RENA ROSENTHAL, aufgewachsen in einem kleinen Örtchen in der Nähe von Oldenburg, hat mit ihrer Trilogie *Die Hofgärtnerin* die SPIEGEL-Bestsellerliste erklommen. Für ihre neue Saga wurde sie durch eine Eislaufszene in der *Hofgärtnerin* inspiriert, durch die sie zufällig über die faszinierende Geschichte der ersten eiskunstlaufenden Frauen gestolpert ist. Als großer Wien-Fan wusste sie, dass ihre neue Saga auf jeden Fall dort spielen soll.

Außerdem von Rena Rosenthal lieferbar:

Die Hofgärtnerin. Frühlingsträume
Die Hofgärtnerin. Sommerleuchten
Die Hofgärtnerin. Blütenzauber

Rena Rosenthal

DER EISPALAST

Roman

PENGUIN VERLAG

Penguin Random House Verlagsgruppe FSC® N001967

2. Auflage
Copyright © 2023 der Originalausgabe by Rena Rosenthal
Copyright © 2023 by Penguin Verlag
in der Penguin Random House Verlagsgruppe GmbH,
Neumarkter Straße 28, 81673 München
Redaktion: Verena Zankl
Umschlaggestaltung: Favoritbuero
Umschlagabbildungen: Sophia Molek/Arcangel;
mauritius images/PhotoStock-Israel/Alamy/Alamy Stock Photos;
Roman Chekhovskoi, Aleksandr Ozerov, Baturina Yuliya, GLYPHstock,
Here, Rob Wilson, Yakovlev Sergey/Shutterstock.com
Satz: Greiner & Reichel, Köln
Druck und Bindung: GGP Media GmbH, Pößneck
Printed in Germany
ISBN 978-3-328-11064-4
www.penguin-verlag.de

Dies ist ein fiktionaler Roman, der lediglich durch wahre Begebenheiten inspiriert wurde.

Prolog

Nikolett

Wien,
Ende des 19. Jahrhunderts

Ich halte den Atem an, als der junge Mann über die Eisbahn fegt. Sein dunkler Umhang flattert im Fahrtwind. Unaufhaltsam saust er auf die Einfassung der Eisbahn zu, muss über seine Partnerin gar hinwegspringen. Ich greife nach Papas Hand und kralle mich daran fest. Viel zu schnell rückt die Bande näher, eine Kollision scheint unvermeidlich und ich erahne bereits seinen Schmerz in meinen Gliedern. Presse die Augen fest zusammen. Statt des ohrenbetäubenden Geräuschs von Knochen, die auf Holz treffen, atmen jedoch Hunderte Menschen gleichzeitig auf. Vorsichtig blinzelnd öffne ich die Augen wieder. Der Mann im venezianischen Kostüm muss sich in letzter Sekunde abgefangen haben. Die goldenen Ornamente seiner Weste glänzen in der Sonne und er hebt die Hand, während er zur Mitte der Eisfläche zurückgleitet und sich in unserem Applaus sonnt.

Erleichtert lache ich auf, Papa zwinkert mir zu. Das erste Winterfest des Wiener Eislauf-Klubs ist wirklich etwas ganz Besonderes. Schon bei unserer Ankunft hatten sich die Fiaker und Equipagen vom Parkring bis in den Stubenring gestaut, da niemand, der etwas auf sich hält, dieses neue gesellschaftliche Ereignis verpassen wollte. Das galt natürlich auch für meine Mutter, Viola Gräfin Finck von Ehrenbach. Für mich hingegen war es Grund genug, wegzubleiben. Doch nun bin ich froh, dass ich mich habe überreden lassen mitzukommen.

Wie die Seiten eines Buches blättern im Hintergrund die Dekorationen um, und ein prunkvoller Ballsaal wird angedeutet. Fünf Damen in Rokoko-Kostümen gleiten auf das Eis. Im adretten englischen Eislaufstil bilden sie verschiedene Formationen und Figuren.

Insbesondere die Haupttänzerin strahlt eine unbändige Freude, ja die reinste Glückseligkeit aus, während sie ihre Kreise zieht. Ich bin so fasziniert, dass ich kaum den Blick abwenden kann.

»Etwas so Wundervolles habe ich noch nie gesehen«, flüstere ich ergriffen meinem Vater zu. Die jungen Frauen wirbeln indes weiter in ihren pompösen Kostümen über das Eis. Er stimmt mir zu, und auch meine Mutter wirkt sehr angetan. Was Ferdinand davon hält, kann ich nicht sehen, er sitzt bei unseren beiden Brüdern, die bereits ausgezogen sind.

Noch als ich nach dem Winterfest im Gedränge der Menschen stehe, die zeitgleich zu den Kutschen und Fiakern zurückkehren wollen, tanzen die Figuren in meinen Gedanken anmutig weiter. Wie wundervoll muss es sein, so umjubelt zu werden für etwas, das man ganz offensichtlich liebt? Denn diese Liebe zum Eislauf stand ihnen ins Gesicht geschrieben, das hätten sie nicht vortäuschen können. Vielleicht sollte ich mich auch einmal aufs Eis hinauswagen?

»Oh, Nikolett, dein Tuch …« Mutter kommt näher und zieht es höher in mein Gesicht. Ihre mittelbraunen Haare sind hochgesteckt und der opalgrüne Hut mit der schwarzen Spitze passt perfekt zu ihrem Kleid. Mit der Perlenkette und der aufwendigen Flechtfrisur, ganz im Stil der Kaiserin, ist sie eine feine Dame, wie sie im Buch steht. Die Partie um die Augen und ihre Stirn sind von Haarlinien durchzogen, doch sie ist so wunderschön, dass sie noch immer zahlreiche Blicke auf sich zieht. Wie es wohl sein mag, wenn man im Anschluss mich mustert?

Ich glaube, der Vergleich macht es nur schlimmer. Das Schöne betont das Hässliche. Und selbst Mutters aufmunterndes Lächeln vermag die dunklen Gedanken nicht zu vertreiben, die nun aufziehen. Während wir uns durch die Menschenmenge bewegen, sehe ich es überall: dieses Flackern, das vom Wegzucken des Blickes zurückbleibt, wenn die Besitzer nach dem Starren gar zu schnell in eine andere Richtung sehen. Andere zeigen fürchterlich betontes Desinteresse an meiner Person und geben vor, dass sie mich gar nicht wahrgenommen haben, obwohl sie kurz zuvor kaum wegsehen konnten.

Ich versuche, hinter Papas breitem Rücken zu verschwinden. Es gelingt mir nicht.

»Was hat denn die?«, fragt ein junger Bub mit fehlenden Schneidezähnen. Sein zierlicher Zeigefinger deutet am weit ausgestreckten Arm genau in meine Richtung und ich hole die breite Haarsträhne hinter meinem Ohr hervor, lasse sie in mein Gesicht fallen. Seine Mutter drückt den Arm rasch herunter und schiebt ihn mit hochroten Ohren weg, ohne mich eines weiteren Blickes zu würdigen. Dabei sind mir offene Fragen sogar lieber als diese Heuchler. Es gibt nämlich auch die Fraktion der Überfreundlichen. Deren Lächeln sitzt wie festgenäht im Gesicht, sie wagen nicht, den Blick auch nur für eine halbe Sekunde von meinen Augen abzuwenden.

Aber das Maul zerreißt sich jeder von ihnen. Ich muss ihnen lediglich den Rücken zuwenden. Deswegen wäre ein solcher Auftritt auf dem Eis, einer, der die Herzen der Zuschauer erreicht, nur ein vager Traum. Wie fliegen können. Man stellt es sich vor, weiß, dass es herrlich wäre, gleichzeitig ist einem bewusst, dass es nie so weit kommen wird.

Ich könnte mich zwar aufs Eis hinauswagen – doch Comtesse Nikolett Finck von Ehrenbach, von der Masse geliebt und umjubelt? Das steht einem Menschen wie mir einfach nicht zu. Schließlich erträgt nicht einmal meine eigene Mutter meinen Anblick.

Julianna

Hennersdorf bei Wien,
Ende des 19. Jahrhunderts

Das neue Mädchen hat gestern gesagt, dass nichts ihr Herz schwerer werden lässt als der letzte Tag des Sommers. Jener Tag, an dem man in jedem einzelnen Knochen spürt, dass die Tage kürzer werden. Und dass die Sonne ihre Macht verloren hat. Dann erkennt man, dass der Herbst sich unbemerkt herangeschlichen hat und darauf lauert, sich gänzlich über das Land zu legen.

Ich liebe diese Tage. Wenn der Herbst da ist, ist der Winter nicht mehr fern. Endlich. Gut neun Monate muss ich jedes Jahr auf die kalte Jahreszeit warten. Denn ich blühe erst auf, nachdem die Bäume ihre Blätter abgeworfen und die Blumen sich zurückgezogen haben. Deswegen bin ich heute schon wach, obwohl es noch ganz ruhig im Schlafsaal ist. Es herrscht jene Stille, die sich nur in den Morgenstunden einstellt, wenn alle zweiundzwanzig Kinder im Tiefschlaf sind. Nicht mehr lang und es werden unzählige Kinderstimmen durch den Raum schallen, einige kreischend und um Aufmerksamkeit heischend, andere flüsternd, um ja nicht aufzufallen.

Trotz der frühen Stunde schlage ich die dünne Wolldecke zurück. Zischend sauge ich die Luft ein, als meine bloßen Füße den eisigen Boden berühren, und tapse auf Zehenspitzen an den eisernen Bettgestellen vorbei zum Fenster am Ende des Raumes. Mit einem leisen Quietschen löst sich der Haken aus dem Ring und ich schiebe die mit Eisblumen übersäten Fensterflügel zur Seite, um sicherzugehen. Klirrende Kälte beißt in meine Arme, dennoch strecke ich meinen Kopf nach draußen und schnuppere.

Die Erleichterung lässt mich lächeln.

Frost.

Es liegt eindeutig der Geruch von Frost in der vollkommen klaren Luft. Gepaart mit einer dezenten Rauchnote, da die Menschen wieder heizen. Noch werden Bäume und Häuser in die grauschwarze Nacht getaucht, aber ich bin mir sicher, dass darunter messerspitzer Raureif die kahlen Äste, Wiesen und Häuser überzieht. Und das zum fünften Mal in Folge. Perfekt! Ich schließe das Fenster und kehre zu meinem Bett zurück. Hastig streife ich die Bluse aus festem Stoff über und steige in Rock und Unterrock. Dann noch das wollene Tuch, bald würde mir ohnehin warm werden. Ich greife nach dem Beutel mit meinem wertvollsten Gut neben der kleinen Bronzefigur meiner Mutter und presse ihn an meine Brust. Als ich zur Tür des Schlafsaals schleiche, gleitet mein Blick über die selig schlafenden Mädchen. Die Haare mal blond, mal schwarz, mal braun oder gar rot. Darin mögen sie sich unterscheiden, doch davon abgesehen sind sie alle gleich.

Nur ich gehöre nicht zu ihnen.

Und das nicht nur, weil mein Äußeres zeigt, dass ich aus Asien stammen muss. Es ist eher innerlich. Ich spüre, dass ich anders bin. Anders denke und fühle als die restliche Gruppe. Deswegen bin ich seit jeher eine Außenseiterin. Es wäre schön, eines der Kinder an der Schulter zu berühren und gemeinsam ins Abenteuer zu ziehen. Doch der Schein trügt. Jetzt mögen sie aussehen, als könnten sie keiner Fliege etwas zuleide tun, aber sobald sie aufwachen, schlagen sie um sich.

Als ich das Bett direkt vor der Tür passiere, halte ich inne. Die Neuen müssen sich stets mit den schlechtesten Betten zufriedengeben und ganz unten in der Hackordnung beginnen. Marilenas Arm ist von einer Gänsehaut überzogen, ihr Körper muss sich vermutlich noch an die kärgliche Ausstattung des Waisenhauses gewöhnen. Kein Wunder, dass sie den Winter verabscheut. Rasch kehre ich an mein Bett zurück, greife nach meiner Wolldecke und breite sie über Marilena aus, ziehe ihr die Decke bis ans Kinn. Wenn man gut geschlafen hat, lassen sich die schneidenden Kommentare und Sticheleien leichter ertragen. Das habe ich in den fünfzehn Jahren im Waisenhaus gelernt. Lautlos schließe ich die Tür hinter mir, schlüpfe in die Küche und nehme mir ein Stück Brot mit. Das Essen im Heim ist nicht gut, aber immerhin gibt es welches.

»Na, gehst du wieder aufs Eis?« Die Stimme, die plötzlich hinter mir erklingt, lässt mich zusammenzucken. Ich drehe mich um und entdecke ausgerechnet Krystof im Flur. Er ist wie ich schon fünfzehn, aber dazu auch der Tonangeber unter den Jungen, der nie zögert, seine Fäuste einzusetzen. Mit verschränkten Armen lehnt er an der Wand und mustert mich abschätzig. »Willst wohl eine Berühmtheit werden wie deine Mami? Wie passen eigentlich so große Träume in einen halben Meter Mensch?«

Zorn brodelt umgehend in mir hoch, da er meine Mutter erwähnt hat. Und mich daran erinnert, dass meine Träume töricht sind. Ich bin einst in das Kontor der Heimaufseherin eingebrochen, da ich die Ungewissheit nicht länger ertragen habe. Ich musste wissen, wer mich hier abgegeben hatte. Daher weiß ich, dass meine Mutter eine berühmte Eistänzerin war. Ein Zeitungsartikel mit ihrem Foto lag in meiner Akte. Ich weiß nur leider nicht, wo meine Mutter ist.

Krystof kommt mit verschmälerten Augen langsam auf mich zu. Ein Schein aus Bedrohlichkeit umgibt ihn. Ich muss schnell etwas sagen, um keine Schwäche zu zeigen. Also gehe ich ihm ein paar Schritte entgegen, statt zurückzuweichen, und sage seelenruhig: »Vielleicht sind die Dinge nicht immer an eine bestimmte Größe gebunden. Ich meine, schau dich an: So ein großer Kopf und doch so wenig Hirn …«

Schnaubend bleibt er stehen, taxiert mich weiter.

Ich drehe mich auf dem glatten Boden, als wäre ich bereits auf dem Eis. »Und dann deine Jämmerlichkeit … die ist obendrein grenzenlos! Aber ich verstehe das. Es muss schon hart sein, wenn man keine anderen Talente hat, als andere niederzumachen«, zwitschere ich über die Schulter, und im nächsten Moment bin ich draußen.

Vor Krystof muss man sich in Acht nehmen. Die meisten scheuen sich daher, Widerworte zu geben. Ich habe im Laufe der Jahre aber festgestellt, dass es besser ist, etwas gegenzuhalten. Am besten so fies wie möglich, das bringt einem bei den Jungen absurderweise Respekt ein. Und ich habe nie ihre Fäuste zu spüren bekommen.

Draußen atme ich mit geschlossenen Augen tief ein und genieße die frische Luft auf meinen Wangen. Ich kann es kaum erwarten, nach all den Monaten endlich wieder das Eis unter meinen Kufen zu spüren. Zum Glück habe ich es vom Heim aus nicht weit. Erst geht es an der Backsteinkirche vorbei, dann am Aichmüller Hof, aus dessen Stall es bereits ungeduldig muht. Danach kann ich in den Erdkuhlenweg abbiegen und muss nur mehr den Schienen bis zum kleineren der beiden Seen folgen, der stets als Erstes zufriert.

Die Dunkelheit lichtet sich, aus dem nächtlichen Blauschwarz wird das einheitliche Grau und in dunklem Smaragdgrün liegt kurze Zeit später der See vor mir. Ich kann gar nicht anders, als zu lächeln. So mag ich ihn am liebsten. Mystisch dunkel und noch vollkommen unberührt. Schon bald werden zahlreiche Furchen seine glatte Oberfläche zerschnitten haben. Auch wenn man meinen sollte, dass die Menschen bei diesen Minusgraden Besseres mit ihrer Zeit anzufangen wüssten, doch in den letzten Jahren ist das Eislaufen zur Mode geworden. Ganz früher haben die Herren die Damen auf einem Schlitten über das Eis geschoben oder sind auf ihren Schuhen über die glatte Fläche geschlittert. Dann hat man sich eine Kufe untergeschnallt, Anlauf genommen, um sich über das Eis schleifen zu lassen. Doch nun gibt es Kufen, die man unter beide Schuhe schnallen kann.

Ich suche mir einen Stein, seine Eiseskälte gräbt sich direkt durch die Stofflagen in meinen Po, als ich mich setze, und ziehe die Schnallen der Kufen fest. Ich habe sie vor einigen Jahren zu Weihnachten bekommen – die beste Spende, die jemals im Waisenhaus abgegeben wurde, wie ich finde.

Zur Sicherheit werfe ich ein paar klobige Steine, so weit ich kann, in die Mitte des Sees, und als sie liegen bleiben, wage ich behutsame erste Schritte. Bei kleineren Seen ist die Gefahr nach mehreren Frostnächten gering, denn sie bilden schnell eine dicke Eisschicht. Einzig bei den größeren Seen ist Vorsicht geboten, deswegen halte ich mich davon eher fern, obwohl das Eislaufen auf einer großen Fläche viel mehr Freude bereitet.

Ich beschleunige mein Tempo, und mit jedem Strich über das Eis fühle ich mich mehr wie ich selbst. Hier gehöre ich hin. Ob es tatsächlich daran liegt, dass meine Mutter Eisläuferin war? Zumindest ist es mir von Anfang an leichtgefallen, und als ich herausgefunden habe, wer sie war, ergab alles für mich plötzlich Sinn.

Schon bald bin ich vollkommen in meiner liebsten Beschäftigung versunken. Doch leider bin ich nicht die Einzige, die es früh aufs Eis hinausgezogen hat. Nach und nach tauchen weitere Menschen auf, sodass ich immer mehr Bogen fahren und meine Geschwindigkeit deutlich drosseln muss.

Und dann geschieht es.

Direkt vor mir stürzt jemand so plötzlich der Länge nach hin, dass ich nicht mehr bremsen kann. Ein dumpfes Pochen, darauf schabende Geräusche auf dem Eis, als er liegend auf mich zu schlittert. O nein! Mit dem nächsten Wimpernschlag werde ich in ihn hineinrasen. Wie von selbst setzen meine Beine kurz vor dem Aufprall zum Sprung an. Im nächsten Moment segle ich über den jungen Burschen hinweg, komme mit beiden Kufen gleichzeitig zurück aufs Eis und umrunde ihn.

»Puh, das war knapp!« Besorgt beuge ich mich außer Atem über ihn. »Geht es dir gut?«

Er reibt sich das Bein. Doch als er aufblickt und mich aus graublauen Augen ansieht, lächelt er.

Für eine Sekunde bleiben meine Gedanken stehen. Oder ist es die Welt? Gefühlt bleibt einfach alles stehen, und nur ganz tief in mir wird mir bewusst, dass ich ihn anstarre.

Und doch kann ich nicht anders.

Ich kann meinen Blick nicht abwenden.

»Alles in Ordnung«, sagt er verschmitzt. Er mustert mich aus seinen eisigen Augen, die alles andere als kühl wirken. Zumindest schafft sein markanter Blick es, dass nach und nach ein warmes Gefühl in mir hochsteigt. Meine Wangen färben sich, und ich hoffe, dass er denkt, dass dies an der körperlichen Ertüchtigung liegt. Ich spüre, wie ein dümmliches Lächeln meine Mundwinkel nach oben ziehen will, und kämpfe es zurück.

»Das war ziemlich beeindruckend gerade«, sagt er.

Diese Stimme! Jetzt, wo ich mehr Worte von ihm höre, will ich künftig ausschließlich in seiner Stimme baden. Sie ist tief und melodisch und so angenehm wie die Wintersonne. Ich schüttle mich leicht und versuche, diese Gedanken loszuwerden. Beobachte angestrengt, wie er sich auf die Knie dreht, um sich aufzurichten.

Als er vor mir steht, muss ich hochschauen. Das bin ich gewohnt, so klein, wie ich bin, aber dieser junge Mann ist wirklich groß. Rotbraune Spitzen schauen unter seiner Wollmütze hervor und er lächelt mich so glücklich an, dass ich jetzt doch einstimmen muss. Was ihn wohl so fröhlich stimmt? Oder hat er generell ein sonniges Gemüt?

Unschlüssig stehen wir da. Und lächeln noch immer.

Herrje, ich komme mir so töricht vor. Wer bin ich denn? Ein liebestrunkener Backfisch? Ich bin immer so stolz gewesen, nicht zu den Mädchen zu gehören, die ständig bis über beide Ohren in irgendwelche Jungen verliebt sind. Meistens in die schlimmsten Raufbolde, wie Krystof, oder in beliebige Schönlinge, die im Fiaker vorbeigefahren sind. Von denen man sicher sein kann, dass sie uns Waisenkinder nicht einmal eines Blickes würdigen würden. Und doch tuscheln die Mädchen und putzen sich aufs Feinste heraus, als könnten Märchen wahr werden. Ich hingegen bin nüchtern. Schnörkellos. Sehe die Welt, wie sie ist: hart und ungerecht.

Und nun schafft es dieser Junge durch ein einziges Lächeln, mich zuversichtlich zu stimmen, nur weil ich ihm gegenüberstehe? Ich schließe nicht mehr aus, dass alles gut werden könnte. Verwirrt schiebe ich eine Haarsträhne unter meine Pudelmütze. Ich habe keinen blassen Schimmer, wie ich mit diesem neuartigen Gefühl umgehen soll.

Bleib einfach den restlichen Tag hier stehen und labe dich an seinem Lächeln, schlägt der Backfisch in mir hingerissen vor. Aber meine nüchterne Seite ruft mich zur Ordnung: *Es ist alles gesagt. Du kannst weiterfahren.*

»Danke«, sagt der Junge in seiner unglaublichen Stimme. »Das hätte böse enden können.«

Ich nicke, da mir nichts Besseres einfällt. Was ist nur los, ich bin doch sonst nie um eine Antwort verlegen! Meine flinke Zunge ist im gesamten Waisenhaus bekannt. Von den Aufseherinnen unzählige Male mit dem Rohrstock bestraft und von den Kindern gefürchtet. Langsam setze ich mich in Bewegung. Ich will nicht, dass unser Zusammentreffen bereits beendet ist, doch ich ahne, dass er kein Arbeiter ist. Ein näheres Kennenlernen ist daher ausgeschlossen. Vielleicht ist das gut, ich stehe schließlich ohnehin vollkommen neben mir.

»A…Also …«, stammle ich, um irgendeine Abschieds-
floskel zusammenzubekommen. Obwohl es mich zerreißt.
Ein Teil von mir schreit, dass ich diesen Menschen nicht
einfach so sang- und klanglos gehen lassen kann. Aber ich
muss den Dingen ins Auge sehen, wie sie sind, ermahne ich
mich. »Also … das war«, setze ich erneut an, als der Junge ins
Schlingern gerät. Es wird heftiger und er beginnt wie wild mit
den Armen zu rudern, droht nach hinten zu fallen.

Geschwind gleite ich zu ihm hinüber und gebe ihm Halt.
Ich höre, wie er tief einatmet, und nehme seinen dezenten
Geruch nach Leder und Sesam wahr. Ist da auch ein Hauch
von Rose? Wir sind uns viel zu nah. Sein verschmitztes Lächeln, das erneut zum Mitmachen lockt, verwandelt meinen
inneren Frieden langsam in eine sanfte, warme Brise. Sie zieht
bis in meine Fingerspitzen.

»Jetzt hast du mich schon wieder gerettet. Müsste nicht
eigentlich der Prinz die Prinzessin retten?«

Wahrscheinlich sollte ich nun sagen, dass es mir eine Ehre
war, oder mit einem Augenaufschlag darauf hinwiesen, dass
er sich gerne erkenntlich zeigen kann. Das hätten die Mädchen im Heim vermutlich so gemacht. Doch bei mir hat die
warme Brise wohl auch den Verstand aus dem Kopf gepustet.

»Vielleicht bin ich ja keine Prinzessin?«

»Was bist du dann?«, haucht er.

»I…Ich weiß nicht«, hauche ich zurück. »Vielleicht ein
Frosch?«

Ich will die Hände über dem Kopf zusammenschlagen.
Sollte da jemals eine romantische Stimmung gewesen sein, ist
sie jetzt weg. *Großartig, Julianna,* jammert auch der Backfisch.
Ein charmanter Junge macht dir den Hof, und dir fällt nichts Besseres

ein, als zu kontern, dass du ein Frosch bist? Das war doch kein Angriff wie im Heim, den du abwehren musst.

Er lässt sich zum Glück nicht so schnell abwimmeln. Im Gegenteil. Ein schalkhaftes Lächeln erscheint auf seinem Gesicht. »Dann soll ich dich jetzt also küssen?«

»Erst wenn du den Drachen getötet hast«, schießt mein Mundwerk sofort zurück. Ohne auch nur den Kopf zurate zu ziehen.

Nein!, kreischt mein Backfisch-Ich verzweifelt. Vielleicht sollte ich einfach so schnell wie möglich davonfahren. Solche Gespräche sind nichts für mich, ganz gleich welch turbulente Gefühle mein Gegenüber in mir auslöst. »Ich … hoffe, du kommst ab jetzt alleine zurecht?«, sagt die nüchterne Julianna schweren Herzens, und ich wende mich ab. Es ist besser, den Abschied schnell hinter mich zu bringen.

Doch seine Worte halten mich zurück.

»Tatsächlich habe ich gerade überlegt, dich zu bitten, mir das Eislaufen beizubringen. Ich bin ein ziemlicher Grünling, wie du gesehen hast.«

Ich zwinge das Fitzelchen Verstand, das mir geblieben ist, über seine Worte nachzudenken. Sollte ich das machen? Dass jemand derartige Gefühle in mir auslöst, ist bisher nie vorgekommen. Ist es dann überhaupt gut, mehr Zeit miteinander zu verbringen? Soll ich nicht besser zurück ins Heim laufen und mein Herz in eine Truhe sperren?

Er beginnt, in seinen Taschen zu kramen. »Bitte, ich zahle dich auch. Du bist ganz offensichtlich eine Meisterin deines Faches und ich wollte es schon immer lernen.«

Unter knirschendem Eis umrunde ich ihn, und im nächsten Moment legt sich meine Hand auf seine, unterbricht ihn bei der Suche. Mein Körper wird so sehr von diesem Jungen angezogen, dass er offenbar die Entscheidungen jetzt alleine trifft.

»Lass mal gut sein«, sage ich.

Seine Augen werden traurig. »Du machst es nicht?«

Ich freue mich, dass es ihm nicht gleichgültig ist. Aber vermutlich geht es ihm nur um die Gelegenheit, das Eislaufen zu erlernen.

»Doch, ich zeige es dir gerne. Mir reicht dein Wille zu zahlen als Zeichen deiner Entschlossenheit. Wenn du die hast, ist der wichtigste Schritt getan.«

»Oh, dann sollte ich kurz vor dem Durchbruch stehen. Ich bin sehr entschlossen. Der reinste Himmelsstürmer, sagen meine Freunde.«

Ein Himmelsstürmer. Das gefällt mir. Wenn das überhaupt möglich ist, gefällt der Junge mir noch besser, und die frische Brise wird zum tosenden Wirbelsturm, der kurz davor ist, mich höchstpersönlich zu einer wortwörtlichen Himmelsstürmerin zu machen.

Er streckt unbeholfen seine Hand aus. Lange, kräftige Finger, die zu seiner Größe passen. Ich ergreife sie und beobachtete fasziniert, wie sie meine kleinen Finger fast vollständig umschließen. Ganz langsam und vorsichtig gleiten wir nach ersten Erklärungen Hand in Hand über das mittlerweile vielfach zerkratzte Eis. Bald finden wir einen gemeinsamen Rhythmus und ich nehme die Stimmen der anderen Menschen kaum noch wahr.

Ich erkläre ihm, dass man in der hohen Schule des Eiskunstlaufs im sogenannten englischen Stil fährt. Dabei sind die Beine kerzengerade, der Rücken ebenso und die Arme dicht am

Körper. »Aber für den Anfang ist es besser, wenn wir etwas in die Knie gehen und die Hände zum Ausbalancieren nutzen.«

Er macht nach, was ich vorgebe. Nach einer Weile wirkt er so sicher, dass ich ihn loslasse. Doch sobald meine Hand ihn verlässt, fehlt ihm das Gleichgewicht und er gerät ins Straucheln.

»War wohl noch zu früh«, überlege ich laut, und er stimmt zu.

Ohne mich aus den Augen zu verlieren, hält er mir seine Hand von Neuem hin. Da ist etwas in seinem Blick, das mich zum Schmelzen bringt. Ich ergreife seine Finger und genieße wieder die Wärme, die zu mir herüberströmt.

»Und was macht ein Himmelsstürmer, wenn er nicht gerade die Himmelsgewölbe erstürmt?«, frage ich, als wir weiter im Einklang über das Eis gleiten. »Sag mir jetzt nicht, dass du bei der Armee bist, bis du das Gut deiner Eltern übernehmen kannst«, purzeln weitere Worte ungefiltert aus mir heraus. So etwas in der Art tun die Söhne der gehobenen Gesellschaft stets, bis sie zum Zug kommen. Wenn er zu ihnen gehört, sollten wir uns besser auf der Stelle verabschieden, allerdings hätte ich vermutlich etwas … unauffälliger nachfragen können.

Ein markerschütterndes Krachen unterbricht uns und ein weißer Riss zieht sich unter uns durch das Eis. »Das ist nur die Spannung«, sagen wir wie aus einem Munde, er hat das wohl ebenfalls bereits in der Kindheit gelernt. Solche Risse klingen beängstigend, sind aber völlig normal.

Gemächlich setzen wir unsere Fahrt fort. Mittlerweile ist es auf dem See so voll geworden, dass wir kaum noch Geschwindigkeit aufnehmen können – nicht dass das mit dem

Jungen überhaupt möglich gewesen wäre. Und der Himmelsstürmer beantwortet nun meine Frage. »Keine Sorge, ich gehe einer todlangweiligen Arbeit nach.« Auf meine Nachfrage nickt er zu den hohen Schornsteinen der Ziegelfabrik, aus denen selbst heute am Sonntag der wolkige Rauch gen Himmel zieht. Sofort wird mir leichter zumute. Welch ein Glück! Er ist wie ich. Kein reicher Fatzke. Ich erzähle ihm, dass ich noch zur Schule gehe. Das mit dem Waisenhaus lasse ich weg, er soll mich schließlich nicht bemitleiden. Er will wissen, was ich danach machen will, und ich zucke mit den Schultern. Es bleibt ja nur die Wahl zwischen dem Dienstbotendasein und der Arbeit in einer Fabrik.

»Und was würdest du machen, wenn du die freie Wahl hättest?«, erkundigt er sich nun.

Ich muss lachen. »Eislaufen natürlich.«

Für einen Moment setze ich mich ab und vollführe eine Drehung mit abschließender Verbeugung. Auf wackeligen Beinen sieht der Himmelsstürmer zu, und ich kehre rasch zu ihm zurück, als er ins Wanken gerät.

»Es wäre so schön, aber das geht ja nicht.« Ein paar Koryphäen gibt es zwar, doch es ist nicht einfach, sich einen Namen zu machen und im Winter so viel zu verdienen, dass man auch im Sommer davon leben kann. Ein vornehmer Mann im dicken Mantel rempelt mich an, sodass es diesmal an dem Jungen ist, mich aufzufangen. Zornig richte ich mich wieder auf. »Oder ich würde eine weitere Eisbahn in Wien aufbauen, sodass die Städter der Landbevölkerung nicht die Seen wegnehmen!«

Der Junge lacht in seiner klangvollen Stimme und ich gestikuliere in die Menschenmasse. »Sieh dich doch mal um –

wenn man nur zwanzig Kreuzer von jedem als Eintritt näh-
me, könnte man reich werden. Und wusstest du, dass man in
London, Montreal und Paris in überdachten Häusern eislaufen kann? Ach, was sage ich denn? Es sind ganze Paläste!«
Ich habe alles darüber gelesen, wie es ist mit dem Eislaufen in
den anderen Ländern. Schließlich ist aller Wahrscheinlichkeit
nach meine Mutter dort aufgetreten.

»Wirklich?«, fragt er und wirkt dabei ehrlich interessiert.

»Ja! Als die überdachte Eislaufhalle in Paris eröffnet wurde, war der Andrang so groß, dass die Leute sogar das Gerüst
erklommen haben und durch die Fenster gestiegen sind! Warum gibt es so etwas nicht bei uns? Das Eis würde viel länger
halten. Und ich hätte mehr Platz.«

Er schmunzelt, wirkt aber auch nachdenklich. Dann sagt
er: »Na ja, es wäre technisch wahnsinnig anspruchsvoll, so
etwas umzusetzen ...«

Ich zwinkere ihm zu. »Klingt für mich nach genau der richtigen Aufgabe für einen Himmelsstürmer.«

Er sieht mir tief in die Augen. »Und für eine Eisprinzessin
wie dich würde ich natürlich sofort einen Eispalast bauen.«
Lachend deutet er auf die andere Seite der Werksstraße, wo
nun auch zahlreiche Gestalten auf dem großen See fahren.
»Es dauert allerdings, bis ich damit fertig bin. Sollen wir fürs
Erste zum größeren See wechseln? Er scheint bereits zu tragen, und dort hättest du ebenfalls mehr Platz.«

Ich stimme zu, und gemeinsam wackeln wir mit den Kufen
über das gefrorene Gras zum Ufer des anderen Sees.

»Was hältst du von einer kleinen Pause, bevor wir weitermachen?«, fragt er unterwegs. »Die Mittagszeit ist ja schon
lange vorbei.«

»I…Ich…« Tatsächlich bin ich hungrig, mehr als das Stück Brot hat es in der Küche heute nicht gegeben.

Er lächelt mich offen an und gibt dem Wirbelsturm in mir dadurch ungeahnte Kräfte. Ich kann nur hoffen, dass mir der spärliche Rest meines Verstandes erhalten bleibt. »Ich habe zwei Brote als Jause dabei.«

Ich nehme auf dem Stein Platz, auf den er gedeutet hat, und verschlinge das Käsebrot, das er mir reicht. Es ist nur noch ein winziger Happen übrig, der partout nicht mehr in meinen Mund gepasst hat, als mir bewusst wird, dass er mich ansieht. Mitten beim Kauen halte ich inne. Da ist ein amüsierter Zug um seine Mundwinkel, und als ich bemerke, dass von seinem Brot lediglich ein einziger Bissen fehlt, ahne ich, warum. Mein Gesicht ist jetzt gewiss rot wie meine Pudelmütze und bei aller Liebe zum Eis hätte ich nichts dagegen, wenn ich auf der Stelle wegschmelzen würde. Wenn es im Heim das Essen gibt, muss man zusehen, jegliche Nahrung so schnell wie möglich in sich hineinzubekommen, sonst wird sie einem förmlich aus der Hand gerissen. Ich bemühe mich nun natürlich umgehend, langsam und bedächtig zu kauen – doch bei so viel Brot auf einmal im Mund ist das nahezu unmöglich.

»Du warst wirklich hungrig, oder?«

Ich versuche, völlig gelassen mit den Schultern zu zucken. Ganz so, als hätte ich mich soeben nicht komplett lächerlich gemacht. Gerne hätte ich eine Gegenfrage gestellt, um die Aufmerksamkeit von mir wegzulenken, aber es wären wohl nur Krümel aus meinem Mund geflogen. Mehrmals muss ich ablehnen, obendrein sein zweites Brot zu essen. Er kann wirklich stur sein, versucht sogar, mir weiszumachen, dass er es nicht schafft. Zum Glück bin ich nicht weniger stur.

»Wollen wir weiterfahren?«, frage ich, sobald die letzte Krume in seinem Mund verschwunden ist, und springe auf. Auf dem See fühle ich mich viel sicherer. Und möglicherweise hängt es auch damit zusammen, dass das gemeinsame Eislaufen die perfekte Ausrede dafür bietet, einander nah zu sein. Ich möchte so gerne noch einmal seinen Arm um meine Taille spüren.

»Wie … wie heißt du eigentlich?«, frage ich schüchtern, bevor wir die Eisfläche betreten. Seit wann bin ich schüchtern? Mit diesem Jungen ist alles verdreht.

Er tritt so nahe an mich heran, dass ich fürchte, er könnte das Tosen in mir hören. Wieder muss ich den Kopf nach hinten legen. Ich sehe seine feinen Bartstoppel und würde nur zu gerne mit den Fingerspitzen darüberfahren.

»Ist … ist das denn wichtig?« Er flüstert seine Frage. Und obwohl die Bedeutung seiner Worte schmerzvoll ist, ist so viel Zärtlichkeit in seinem Blick, als würde er mich im nächsten Moment küssen wollen. Ich bin verwirrt. Dass ich seinen Namen nicht wissen darf, kann nichts Gutes bedeuten.

»Nun ja«, sage ich zaghaft. »Ich kann dich schlecht die restliche Zeit *Himmelsstürmer* nennen …« Und mehr weiß ich schließlich nicht über ihn.

»Warum denn nicht? Das klingt viel spannender als mein stinknormaler Name.« Er streicht mir eine Strähne hinters Ohr, und die feinen Härchen in meinem Nacken richten sich seinen Fingerspitzen folgend auf. »Wie heißt denn du?«

O nein! Nein. Nein. Nein. Nein. Nein.

Er glaubt doch nicht etwa, dass ich meinen Namen preisgeben werde, wenn er seinen geheim hält? Zudem haben wir im Waisenhaus mehr oder weniger willkürliche Namen bekommen. Irgendein Vorname, und der Nachname war schlichtweg der Wochentag oder die Jahreszeit. Ich bin an einem Wintertag abgegeben worden und heiße Julianna Winter. Wenn er eins und eins zusammenzählen kann, weiß er sofort, dass ich ein Waisenkind bin.

»Ist das denn wichtig?«, wiederhole ich daher seine Frage, um den Zauber nicht zu zerstören.

»Ich kann dich schließlich nicht die restliche Zeit Eisprinzessin nennen.«

Hat er nicht zugehört? Ich bin doch alles andere als eine Prinzessin. Aber wenn dies ein Märchen ist, will ich nicht, dass es bereits vorüber ist. Noch nicht. Selbst wenn es gewiss kein glückliches Ende gibt. Heute will ich mich tatsächlich wie eine Eisprinzessin fühlen. Und er schafft das. Ich weiß nicht, wie, aber seit er an meiner Seite ist, fühle ich mich … *besonders*. Deswegen grinse ich vielsagend und wende mich zur Eisfläche.

»Warte.« Er berührt meinen Arm, als ich im Begriff bin, auf das Eis zu treten, und löst seinen grauen Schal. Ist ihm etwa so warm? Ich fröstle eher – bis er mir mit einer einzigen fließenden Bewegung den Schal um den Hals legt. Ich bin erstaunt, wie weich sich der Stoff an meine Haut schmiegt. Fragend sehe ich zu ihm hoch.

»Meinetwegen fährst du viel langsamer als gewöhnlich. Du sollst nicht frieren.«

Er zieht mich sanft in seine Richtung. Wieder sind wir uns viel zu nahe. Doch langsam genieße ich das Toben, das er in mir auslöst. Kämpfe das Lächeln nicht länger nieder.

Eine Weile fahren wir wieder in stiller Eintracht. Genießen die angenehme Sonne, die das Eis zum Glitzern bringt, und die frische Luft.

»Was ist eigentlich mit dir?«, frage ich schließlich und komme auf unsere anfängliche Unterhaltung zurück. »Was würde ein Himmelsstürmer tun, wenn ihm alles offenstünde?« Wir umrunden drei Hockey spielende Kinder und der Junge zieht mich schützend an sich, als der flache Stein, den sie zum Spielen benutzen, bedrohlich nahe kommt. Im ersten Moment will ich ihn anfauchen, immerhin kann ich verflucht gut auf mich selbst aufpassen. Dann bemerke ich, dass es guttut, wenn ich das an einem Tag in meinem Leben nicht tun muss. Es ist schön, wenn jemand für einen da ist, und ich schenke ihm zum Dank ein Lächeln.

»Gute Frage«, sagt er nachdenklich. »Sicherlich nicht in der Fabrik arbeiten. Ich interessiere mich für Technik, würde gerne etwas völlig Neues entwickeln … Aber du weißt ja, wie das ist, man kann sich sein Leben nicht aussuchen. Ich …«

Der Junge kommt nicht dazu, den Satz zu beenden. Ein Kleinkind mit Ohrenschützern, das mit seinem Schlitten überraschend fix unterwegs ist, schießt auf uns zu. Unsere Hände lösen sich, um Platz zu schaffen. Sofort spüre ich die Kälte und vermisse den sanften Druck. Sorgenvoll sehe ich zum Himmelsstürmer. Wird er sich halten können? Er macht just in diesem Moment eine gekonnte Drehung.

Eine verdammt gekonnte Drehung.

Das darf nicht wahr sein! Ich stemme die Hände auf die Hüften und blitze ihn an.

Dieser Bastard hat mir die ganze Zeit etwas vorgemacht. »Du!«, stoße ich aus und weiß nicht, wie lange ich meine Gefühle noch im Zaum halten kann.

»Äh … Du bist eben eine wirklich gute Lehrerin?«, versucht er sich gefinkelt herauszureden.

Doch davon will ich nichts hören. »Bis vor einer Sekunde konntest du dich kaum auf den Kufen halten, und drei Sekunden später machst du eine Rückwärtswende?«

Er fährt sich mit den Händen durchs Gesicht. »Na schön, ich gebe es zu.« Mit kräftigen Zügen umrundet er mich auf dem Eis, zeigt sein eigentliches Können, das recht beeindruckend ist. »Womöglich habe ich mich einen Hauch schlechter gegeben, als ich tatsächlich bin.«

Im nächsten Moment ist er erneut ganz nah. Sesam und Leder. Und eisige Augen ohne Kälte lassen den Wirbelsturm zahlreiche Ausläufer bilden und bald jedes Fleckchen meines Körpers beherrschen.

»Aber das gibt uns jetzt die Gelegenheit, mal eine echte Runde zu drehen.« Er hält mir seine Hand entgegen. Die Hand, die sich so gut und vertraut angefühlt hat. Als wäre unsere Harmonie vollkommen. Normalerweise würde ich sie dennoch unwirsch wegschlagen und auf dem Absatz kehrtmachen. Oder eben auf der Kufe.

Das hätte er verdient. Mich so zu belügen, ist alles andere als nett gewesen.

Doch dann wird mir etwas klar. Wenn er bereits eislaufen kann … ging es ihm niemals um das Erlernen der Kunst. Es gibt nur eine Erklärung: Es ging ihm um mich!

»Na komm.« Nur minimal gleitet er auf mich zu, als wäre ich ein Wildtier, das jeden Moment Reißaus nehmen könnte.

Und schon liegt meine Hand wieder in seiner. Ich werde von seiner wohligen Wärme umhüllt, und diesmal ist der Eislauf ein ganz anderer. Sein Arm liegt um meine Taille. Die Hände fest verschränkt, fliegen wir in atemberaubender Geschwindigkeit über das Eis. Wir bilden eine Einheit und können mühelos anderen Läufern ausweichen. Es ist, als hätten wir unser Leben lang geübt, könnten durch kleinste Hinweise die Richtung des anderen erspüren. Anfangs bemerke ich staunende Blicke der anderen Eisläufer, doch schon bald verschwimmen alle Menschen zu unscharfen bunten Punkten. Da sind nur noch die frische Luft in meinem Gesicht, die berauschende Geschwindigkeit und der Himmelsstürmer. Und dieses unglaubliche Gefühl. Ich weiß mit absoluter Gewissheit, dass all das hier richtig ist. Dass wir zusammengehören.

Selig lächle ich den Jungen an und spüre, dass er ebenso fühlt.

Erst nach unzähligen Runden auf dem Eis kommen wir lachend und prustend zum Stehen.

»Das war fantastisch!«, rufe ich nach Luft schnappend aus. Noch nie in meinem Leben habe ich mich so lebendig gefühlt. Und obwohl wir nicht mehr über das Eis fliegen, ist da noch immer nur dieser Junge in meinem Sichtfeld, der ebenso glücklich und gelöst wirkt wie ich selbst. Und dieses Kitzeln in meinem Bauch.

»Das müssen wir unbedingt wiederholen, bist du nächsten Sonntag wieder hier?«, frage ich, obwohl ich ihn eigentlich an keinem einzigen Tag in meinem Leben mehr missen möchte.

»Nein, ich war heute außer der Reihe hier. Ich …«

Ein ohrenbetäubendes Kreischen unterbricht ihn. Aus einem Schrei werden mehrere, sodass wir nicht sofort verstehen.

Doch dann dringt die bedrohliche Wahrheit an unsere Ohren. »Das Eis, es bricht!«, hören wir Rufe.

Alarmiert sehen wir uns an. Für einen Atemzug setzen meine Gedanken aus.

Was ist geschehen, was sollen wir tun?

»Wir müssen sofort weg von hier!«, ruft der Junge gehetzt und greift nach meiner Hand. Zusammen mit Hunderten anderen Eisläufern strömen wir auf das Ufer zu. Die zahlreichen Menschen scheinen zu einer einzigen Masse zu verschmelzen, die sich ohne Rücksicht auf Verluste in Bewegung setzt. Der pure Überlebensinstinkt übernimmt die Steuerung. Von hinten kommt immer mehr Druck, weil es vorne nicht vorangeht. Wir werden gegen eine ganze Mauer aus Menschen gepresst. Und plötzlich gibt die Mauer direkt vor mir nach, während die vor ihm fest bleibt.

»Nein!«, schreie ich entsetzt. Die Masse hinter mir schiebt mich schonungslos voran. »Warte!«, kreische ich, als ich spüre, wie unsere Hände auseinandergezogen werden.

Ich greife fester zu.

Nichtsdestotrotz gleitet meine Haut über seine. Schon ist die Handfläche fort, und da sind nur noch die Finger. Sie werden schmaler. Verzweifelt krümme ich die Fingerspitzen, um das letzte bisschen festzuhalten. Doch es hilft nichts. Nein. Der Druck wird zu groß. Er presst die Atemluft aus mir heraus. Wir haben uns verloren. Hektisch drehe ich mich nach ihm um, sehe Mantelkragen und Schals. Keine graublauen Augen. Im Geschrei meine ich seine Stimme herauszuhören, verstehe aber die Worte nicht. Ich kämpfe gegen fremde Arme, Oberkörper und metallene Zierknöpfe, die in mein Gesicht gedrückt werden. Will umkehren. Doch die Menschenmasse ist zu stark, ihr gemeinschaftlicher Wille nicht zu brechen. Sie kennen nur eine Richtung: vorwärts.

Es ist ein Kampf, den ich nicht gewinnen kann.

Kapitel 1

Nikolett

3 Jahre später

Seufzend klappe ich den Roman zu und sehe zum Fenster hinaus. Wieder ein Buch, das viel zu schnell zu Ende gegangen ist. Draußen verbergen sich die geschwungenen Wege des Parks, die Buchen, Linden und auch der Seerosenteich unter einer dünnen Schneeschicht. Die unberührte Winterlandschaft verbreitet eine Stille, die sich kaum ertragen lässt. Dabei bin ich Stille gewohnt. Das ist untertrieben. Ich kenne sie so gut, dass ich dreiundzwanzig verschiedene Arten von Stille unterscheide. *Die Stille in mir* ist die Nummer acht. Sie ist so allgegenwärtig, dass sie ohrenbetäubend ist, bis der große Zeiger der hölzernen Kaminuhr, die sich elegant über dem Sims erhebt, geräuschvoll vorrückt.

»Es ist noch nicht einmal drei Uhr, Max, was machen wir mit dem restlichen Tag?«, frage ich meinen kleinen Mischlingshund. Vor drei Jahren habe ich ihn nach dem legendären Winterfest halb verhungert und erfroren am Straßenrand entdeckt. Max hebt den Kopf von den Pfoten, stellt die Ohren auf und sieht mich nachdenklich an. Andere junge Frauen sitzen jetzt vermutlich beim Kaffeekränzchen zusammen und führen sich ein weiteres Stück des Gugelhupfs zu Gemüte oder lauschen gemeinsam einer Nachmittagsmusik. Aber selbst bei solch einem zwanglosen Beisammensein würde ich mich unwohl fühlen.

Ich gleite von der gepolsterten Fensterbank, die eine Mulde an der Stelle hat, wo ich jeden Tag sitze, und ignoriere das nagende Gefühl in meinem Bauch. Langsam wandere ich durch mein Zimmer mit den beruhigenden sanft grünen Wänden. Den Spiegel über dem Kamin habe ich schon vor Jahren abnehmen lassen. Die unzähligen Porzellanpuppen, die mir stets geschenkt werden, habe ich mit dem Gesicht zur Wand gedreht, damit sie mich nicht länger beobachten, und das Vertiko mit den tausend Schubladen enthält ausschließlich Kissenbezüge und Decken, die ich bereits bestickt habe. Ich würde nur zu gerne eislaufen, doch das findet meine Mutter zu gefährlich, daher muss ich damit immer warten, bis sie das Haus verlassen hat.

»Sollen wir uns ein neues Buch holen?«, frage ich Max. Lesen ist immer gut. Obwohl es nur im Kopf geschieht, vertreibt es fast jede Art von Stille.

Er bellt leise.

»Ich weiß. Aber irgendein Buch werde ich gewiss finden, das ich noch nicht kenne. Immerhin hat Vater eine der am besten sortierten Bibliotheken von ganz Wien.«

Max bellt abermals und erinnert mich daran, dass ich neulich sogar ein physikalisches Fachbuch über Kathodenstrahlen durchgeblättert, ein medizinisches Büchlein über die Austilgung der Cholera in Hamburg und einen Band mit japanischen Gedichten gelesen habe.

»Sobald Katalina von ihrem Verwandtschaftsbesuch zurück ist, werde ich sie bitten, mir einige Romane zu leihen«, versichere ich Max. Katalina, meine einzige Freundin, liest zwar nicht viel, aber die Bibliothek ihres Vaters, des Freiherrn von Rottenau, ist ebenfalls sehr gut bestückt.

Mit dem Buch in der Hand gehe ich die linke Seite der Doppeltreppe hinunter. Meine Lieblingsseite, die ich immer wähle, selbst wenn die anvisierten Räumlichkeiten näher an der rechten Seite liegen. Ausreichend Zeit habe ich ohnehin. Die edlen Orientteppiche verschlingen die Geräusche meiner Absätze, und der kristallene Lüster beäugt mich aus tausend Augen. Unten dringen Wortfetzen aus dem Wohnzimmer an mich heran. Die sanfte Stimme meiner Mutter hat heute eine gewisse Dringlichkeit, einen Nachdruck, den sie mir gegenüber nur verwendet, wenn sie mir etwas zu Gefährliches verbietet. Normalerweise wäre ich dennoch weitergelaufen. Ich bekomme oft private Unterhaltungen mit, vielleicht weil ich mich meist so lautlos bewege wie eine Katze. Zumindest behauptet Mutter das immer. Zudem darf ich ohnehin in keiner wichtigen Angelegenheit mitreden.

Im Grunde genommen nicht einmal in den unwichtigen.

Doch der vertraute Klang meines eigenen Namens lässt mich in der Bewegung stoppen. Die vier Lagen Röcke, die ich im Winter trage, schlagen leise raschelnd an meine Waden. Ich halte den Atem an und sehe zu Max, dessen Ohren zucken. Hat man uns gehört? Sollte ich mich bemerkbar machen, immerhin scheint es hier um mich zu gehen.

Mutter spricht jedoch bereits weiter. »Ich bitte dich inständig, János, erweise uns diese kleine Gefälligkeit.«

Dass János auch da ist, ist keine Überraschung. Der beste Freund meines Bruders geht seit Jahren bei uns ein und aus, nachdem er mit zwölf Jahren seine Eltern verloren hat.

Überraschend ist vielmehr seine Antwort. »Wie gesagt, ich würde lieber verzichten. Einem anderen wird es gewiss eine große Ehre sein, die Aufgabe zu übernehmen.«

Welche Aufgabe? Was will er partout nicht übernehmen?

»Aber das ist es ja.« Mutter klingt nahezu verzweifelt. »Keiner will. Ich habe schon vor Monaten meine Fühler ausgestreckt und mittlerweile all meine Kontakte spielen lassen. Doch niemand auch nur ansatzweise Annehmbares lässt sich erweichen. Denkst du, ich frage dich gerne? Mir bleibt schlichtweg keine andere Wahl. Ein Fortbleiben bei Rudolfs Position zu Hofe wäre indiskutabel! Wir müssen zur Wiener Hofsoiree. Der Opernball ist eines der wichtigsten Ereignisse der Saison, wie du sehr gut weißt, und Nikolett *muss* dort debütieren. Sie macht zwar sonst alles allein, aber das Debüt geht beim besten Willen nun einmal nicht ohne Partner.«

Hitze brennt hinter meinen Augenlidern, und ich schließe sie. Das ist es, was János unter keinen Umständen will? Ich taste nach der Kommode im Vestibül. Dabei ist es eigentlich nichts Neues. Ich weiß ja inzwischen, dass die Leute mich ablehnen. Aber selbst János? Gewiss ist es nicht mehr wie früher als Kind, als wir gemeinsam unzählige Abenteuer erlebt haben. In den letzten beiden Jahren haben wir kaum ein Wort miteinander gewechselt. Wir kommunizieren eher über eine befangene Stille, also gar nicht. Aber was soll ich tun? Sobald er auftaucht, geschieht alles in doppelter Geschwindigkeit. Mein Herz geht schneller, dementsprechend auch mein Atem, und das Blut scheint durch meine Adern zu rauschen – zumindest kitzelt es in meinen Handflächen. Und die Gedanken hetzen so geschwind an mir vorbei, dass ich ihnen nicht mehr folgen kann. Das macht es schwer, Konversation mit

János zu betreiben. Denn die Worte sind die einzigen Dinge, die nicht fließen wollen. Quälend langsam bröckeln sie aus meinem Mund, und in meiner Vorstellung sind sie so verzerrt wie die Töne einer Platte auf dem Grammofon, wenn sie sich zu langsam dreht.

Es ist von daher kein Wunder, dass er nicht mein Tanzpartner sein möchte. Dennoch schmerzt seine Ablehnung mehr als die sämtlicher Junggesellen aus ganz Wien zusammengenommen. Ich bin schon so lange in ihn verliebt, dass ich gar nicht mehr weiß, wann genau es angefangen hat. Oder wie eine Welt ohne unglückliches Verliebtsein aussieht, ich habe mich an den klumpigen Schmerz in meinem Bauch schon fast gewöhnt.

»Ich bitte dich, Mutter, irgendwer wird sich gewiss finden lassen«, wirft Ferdinand ein. Er ist der Einzige von meinen Geschwistern, der noch hier lebt. Albert und Benno sind vor einigen Jahren ausgezogen. Und kommende Woche wird auch Ferdinand unseren Palais verlassen und seine Laufbahn beim Militär antreten. »*So* schlimm ist es nun wirklich nicht.«

»Der Ansicht war ich ebenfalls. Aber ich habe bereits alles versucht, schon seit Monaten. Mir ist die Situation mehr als unangenehm, das kannst du mir glauben.«

»Was ist denn mit Albert und Benno, kennen die nicht jemanden, der Nikolett begleiten würde?«

»Ich wünschte, es wäre so einfach, doch im Alter deiner Brüder sind fast alle verheiratet. Deswegen ist János unser letzter Ausweg. Und ich muss mich offen gestanden schon sehr wundern, dass ich hier nahezu betteln muss, nach allem, was unsere Familie für ihn getan hat.«

Das Brennen in meinen Augen zieht bis in den Hals, obwohl Max sich dicht gegen meine Schienbeine drückt und ich seine Wärme spüre. Ich schlucke gegen den wachsenden Klumpen an, während János hörbar herumdruckst.

Ich sehe ihn vor mir, wie er mit fahrigen Händen seine dunklen, lockigen Haare nach hinten schiebt, da er bereits nach der nächsten Zigarette lechzt, und wie seine ohnehin schon traurigen Augen nun gehetzt wirken.

Ich ertrage es nicht länger. Ich will nichts mehr davon hören, wie fürchterlich ich bin. Deswegen lege ich mein Buch auf die Kommode und steuere den Dienstbotenausgang an. Neben dem Lesen gibt es nur eine weitere Betätigung, die mir Freude bereitet.

Aus der Kiste unter der Garderobe der Angestellten hole ich meine Schlittschuhkufen hervor. Es ist mein Geheimversteck. Meine Eltern würden niemals auf die Idee kommen, dass ich Dinge beim Hauspersonal verberge. Ich streife den Mantel über und schlinge ein übergroßes Seidentuch um den Hals, wie immer, wenn ich aus dem Haus gehe oder Besuch erwarte. Heute mein liebstes, mit den filigranen Rosen. Dann verlasse ich lautlos das Palais am Stadtrand von Wien.

Palais Edelweiß wird er genannt. Ich finde den Namen etwas beschämend, denn es blüht kein einziges Edelweiß auf dem gesamten Anwesen. Der Name zeigt nur, dass Vater sich bei der Kaiserin, die ganz vernarrt in diese Blume ist, beliebt machen will.

Ich folge einem geschwungenen Weg aus gefrorenen Kieselsteinen in den Park, der in ein Wäldchen übergeht, um zum Mondscheinsee zu gelangen. Er heißt nicht wirklich so. Aber als Kind, als ich eher in der Welt der Märchen gelebt und jede Menge Abenteuer erlebt habe, habe ich ihn so getauft. Dass ich keine Prinzessin bin, die geduldig auf den Prinzen warten kann, ist mir mittlerweile klar geworden. Nur ganz insgeheim gibt es da diese winzige Hoffnung, an die ich mich klammere: dass irgendjemand mich dennoch lieben könnte.

Dabei findet sich offensichtlich nicht einmal ein Tanzpartner.

Am liebsten wäre ich unsichtbar. Dann würde niemand hinter meinem Rücken tuscheln, und ich hätte derlei Probleme nicht.

Der Wind bläst noch eisiger, dort, wo die weggewischten Tränen ihre Striemen hinterlassen. Fast habe ich den See erreicht, als ein Geräusch mich innehalten lässt. Sind das Vögel? Nein. Da sind Stimmen! Ich verlangsame meine Schritte, gehe nun wie ein frisch geborenes Rehkitz auf den Mondscheinsee zu. Ich ziehe das Tuch höher und hole die dicke Haarsträhne hinter dem Ohr hervor, damit sie mir ins Gesicht fällt. Im Schatten einer weiß bestäubten Zeder begutachte ich den See, der in seiner gefrorenen Stille vor mir liegt. Er wird eingefasst von Schilfgras, dessen Grün nur noch ein Wispern unter dem Frost ist. Auf der rechten Seite steht ein Bootshäuschen. Das Dach ist ebenso weiß überzogen und dicke Eiszapfen hängen von den Kanten herunter. Es fehlt einzig eine heimelige Rauchfahne, die gen Himmel zieht, für ein perfektes Winterbild.

Zwei Personen kann ich in der einsetzenden Dämmerung ausmachen. Es müssen Arbeiterinnen sein, ihrer einfachen Kleidung nach zu urteilen. Eine zierliche, mit hohen Wangenknochen, festem Knoten auf dem Kopf und grauem Schal gleitet in einer bezaubernden Anmut über das Eis. In ihren Gliedern steckt keinerlei Angst und es wirkt, als wüsste sie jederzeit genauestens, wie ihre Kufen auf jegliche Bewegungen reagieren werden. Das zweite Mädchen, mit der Brille, agiert nicht ganz so sicher auf dem Eis. Als sie die Richtung ändern will, gerät sie ins Wanken. Die Resolute ist sofort bei ihr und gibt ihr Halt.

Mein Herz krampft sich zusammen. Das muss schön sein. Echte Gespräche führen, nicht nur gedankliche mit einem Hund. Sich mit einer Freundin auf einem abgelegenen See zu treffen und einen lustigen Nachmittag zu verbringen. Katalina fährt ja nur mitten in der Stadt, auf der Fläche des WEK, des Wiener Eislauf-Klubs. Das habe ich vor dem dunklen Tag auch getan. Mittlerweile sind dort jedoch so viele Menschen, dass ich kaum atmen kann. Und da ich es bisher noch nicht geschafft habe, unsichtbar zu sein, starren mich alle an. Daher wäre so ein kleiner Rahmen mir um einiges lieber. Es wäre herrlich, an diesem stillen Ort meine Lage zu besprechen und gemeinsam zu beratschlagen, was zu tun wäre. Im Palais hängen gewiss noch Fetzen des peinvollen Gesprächs in der Luft. Wie soll ich János eigentlich je wieder in die Augen sehen, jetzt, wo ich weiß, wie sehr auch er mich verabscheut? Dass etwas zwischen uns nicht mehr stimmt, merke ich schon seit gut zwei Jahren. Aber dass es so schlimm ist, erschreckt mich.

Während die beiden Arbeiterinnen nahezu lautlos über das dunkle Eis gleiten, flammt in meiner Brust ein Gefühl der Sehnsucht auf. Vielleicht gibt es da unten am See keine Märchenwelt, in die ich flüchten kann, dennoch gibt es eine andere als die, die ich bisher kannte. Eine ohne Opernbälle und Anstandsbesuche, wo Heiratsanträge keine allzu große Rolle spielen. Eine, wo man auch mal lachen darf und sich gegenseitig unterstützt. Ich weiß nicht, woher es kommt, aber mit einem Mal wünsche ich mir mehr als alles andere, dazuzugehören. Max läuft auf die jungen Frauen zu und sieht auffordernd zu mir zurück.

»Ich soll rübergehen?«, flüstere ich erschrocken.

Für einen Moment sehe ich es vor mir. Wie ich einfach hingehe, mich vorstelle, die Namen der beiden erfahre und wir dann gemeinsam über das Eis schweben. Ich würde erfahren, was sie arbeiten, ein wenig von mir erzählen, und im Anschluss würden wir uns für den kommenden Sonntag abermals verabreden.

So wäre das wohl in der normalen Welt.

Allein die Vorstellung, zu den fremden Frauen hinüberzugehen, lässt allerdings meinen Mund trocken werden und meine Hände schwitzig. Ich spüre das Pulsieren meines Herzens bis in die Ohren.

Ich kann das nicht tun.

Sie würden mich auslachen oder – schlimmer noch – auf der Stelle fortschicken. Mit mir will niemand befreundet sein. Wie oft muss ich abermals auf die Nase fallen, bis ich es begreife? Ich kann dankbar sein, dass Katalina sich mit mir abgibt. Nur wenige Menschen haben so viel Güte. Für eine Sekunde blitzen die gehässigen Augen und das spöttische Grinsen meiner *Freundinnen* aus Kindheitstagen auf. Ich kann mir tausend Dinge ausmalen, die schön wären. Aber wenn ich nicht erneut durch die Hölle der Ablehnung gehen will, muss ich ehrlich zu mir sein.

»Komm, Max, wir gehen«, flüstere ich und ziehe unauffällig den Rückzug an, obwohl er leise winselt.

Die Tür des Wohnzimmers geht auf, als ich die Hand auf das Treppengeländer lege. Ich höre das Knistern des Kaminfeuers, vor dem Mutter gewiss gesessen hat. Der Bezug des weißen Kissens liegt noch in ihrer Hand. Sie stickt des Abends immer, wenn sie nicht außer Haus ist. Die Wintersaison in Wien ist gefüllt mit sozialen Zusammenkünften. Als ich früher meine Mutter in den eleganten Kleidern an der Seite meines adretten Vaters das Haus habe verlassen sehen, habe ich dem Tag entgegengefiebert, an dem ich ebenfalls auf die zahlreichen Bälle und Soireen durfte.

Das war, bevor ich begriffen habe.

Seit ich weiß, welchen Widerwillen, ja welchen Ekel ich in den Menschen auslöse, hadere ich mit diesem Tag.

»Nikolett, da bist du ja wieder. Wo warst du denn so lange?« Mutter sieht sorgenvoll aus. Wenn es nach ihr geht, lauern draußen an jeder Ecke Gefahren. Dabei ist der schreckliche Unfall zu Hause geschehen. Drüben im weißen Salon. Einst das Lieblingszimmer meiner Mutter, hat die Köchin erzählt, nun betritt es kaum mehr jemand.

»Max und mir war nach einem Spaziergang zumute.«

Ich habe schon fest damit gerechnet, dass Mutter sich jetzt – wie immer – erkundigt, ob ich auch vorsichtig gewesen sei, doch es kommt anders.

»Hör mal, dein Vater und ich haben uns wegen des Opernballs Gedanken gemacht.« Sie räuspert sich, und der Griff um den weißen Stoff des Kissenbezugs wird fester. »Wir haben überlegt, wer ein geeigneter Begleiter sein könnte.«

Mein Bauch zieht sich zusammen und mir wird ganz mulmig. »Aha«, presse ich hervor, wage aber nicht, meiner Mutter in die Augen zu sehen.

»Ja«, sagt sie gedehnt. Sie legt den Stoff beiseite und kommt tiefer in das Vestibül, verhakt die Finger ineinander, sucht sichtbar nach Worten. Wie soll sie ihrer geliebten Tochter schonend beibringen, dass sich so gar niemand für sie opfern will?

Gut, dass ich ohnehin nicht vorhabe, bei diesem fürchterlichen Ball anwesend zu sein. Dort ist die gesamte Welt der Schönen und Reichen anzutreffen, und ich würde wie das Aschenputtel herausstechen. Ohne vorherige Verwandlung natürlich.

»Es gab zwar zahlreiche Bewerber, aber dein Vater und ich haben überlegt, dass János der richtige Begleiter für dich ist.«

»János?«, frage ich mit einer zu schrillen Stimme, da ich meine Überraschung nicht verbergen kann. Der wollte doch nicht!

»Ja. Wir haben zunächst gezögert, da ein junger Mann mit einem … etwas respektableren Hintergrund passender für dich wäre, aber du sollst ihn ja nicht heiraten. Und bei János weiß man, was man hat. Er wird sich ehrenhaft verhalten, da müssen wir uns keinerlei Sorgen machen, und daher ist unsere Wahl auf ihn gefallen.«

Ich nicke. Theoretisch wäre er ein passender Begleiter, obwohl er in jungen Jahren das Vermögen seiner Eltern in den Sand gesetzt hat. Aber eben nur theoretisch.

»H…Hat er denn Interesse daran, die nervige kleine Schwester seines Freundes zum Ball zu geleiten? Und es ist ja nicht nur das, all die Proben und Tanzstunden würden ja auch noch hinzukommen, da steht ihm als aufstrebender Geschäftsmann bestimmt nicht der Sinn danach.«

»Warum nicht? Ich kann mir beim besten Willen nicht vorstellen, dass er etwas dagegen haben könnte. Du müsstest ihn einfach nett fragen, da wird er gewiss nicht Nein sagen.«

Ich starre Mutter an. Sie hat mir soeben direkt ins Gesicht gelogen! Und nun soll ich János bitten, weil es ihm sicherlich noch unangenehmer wäre, die Anfrage mit Blick in meine Augen abzulehnen? Vielleicht sogar dermaßen unangenehm, dass er stattdessen zustimmen würde? Das kann Mutter nicht verlangen!

»Das ist alles sehr nett, Mutter«, sage ich mit gespielter Ruhe, während in mir das Blut kocht, »aber ich habe einen Entschluss gefasst.« Ich steige die ersten Stufen hinauf.

Überrascht sieht Mutter zu mir hoch und neigt den Kopf ein wenig.

»Ich werde nicht auf den Opernball gehen.«

Ein knapper Schrei entfährt ihr, und ich greife nach der ersten Säule des Treppengeländers.

»Aber es ist dein Debüt! Wenn du dort nicht hingehst, kannst du an keinem Ball der Société teilnehmen!«

Das stimmt. Allerdings will ich ohnehin kein Teil dieser Gesellschaft sein, die mir das Leben immer so schwer macht. Und ich möchte lieber von der Gesellschaft verachtet werden, als junge Männer anzuflehen, mit mir zu tanzen. Ich werde einfach den Rest meines Lebens in meiner eigenen kleinen Welt aus Büchern verbringen. Dort ist es sicher.

»Du kannst mich nicht zwingen«, stelle ich fest und gehe eilig die Stufen hinauf.

»Nikolett!«, ruft sie mir überraschend zornig hinterher. »Das letzte Wort ist hier noch nicht gesprochen.«

Kapitel 2

Julianna

Als ich hochschrecke, weiß ich im ersten Moment nicht, wo ich bin. Das Geräusch muss mich aus dem tiefsten Schlaf gerissen haben. Kein Wunder. Vorgestern hatten Franz Wilhelm Markow, mein Dienstherr, und seine Gattin Gäste im Haus, und es ist sehr spät geworden. Bis ich abgedeckt und das Geschirr gespült hatte, war nicht mehr viel von der Nacht übrig. Das änderte natürlich nichts daran, dass ich als Erste wieder aufstehen musste, um alle zwölf Kachelöfen im Schloss zu befeuern und Eimer um Eimer Wasser in die Küche zu schleppen. Im Schloss – das eigentlich gar kein richtiges Schloss ist, sondern eher ein großes Gutshaus mit einem Türmchen mit Zwiebeldach in der Mitte – gibt es zwar viele Angestellte, aber ich stehe ganz unten in der Rangordnung. Muss sogar den anderen Hausangestellten zu Diensten sein.

Ein lang anhaltendes Klingeln flirrt durch den schmalen und dennoch eisigen Raum, den ich mit Adreana, der Köchin, und der Kammerzofe teile.

»Jetzt mach schon«, brummt Adreana in ihrem ewig leidenden Tonfall und im Licht des Mondscheines sehe ich, dass sie sich auf die andere Seite dreht.

Um nichts in der Welt will ich mein warmes Bett verlassen. Trotz der Bettwanzen. Ich kann nicht. Ich kann einfach nicht mehr. Mir fehlt jegliche Kraft. Die Nächte sind ohnehin schon so kurz, und diesen Monat konnte ich keine einzige Nacht zwei Stunden am Stück schlafen, sodass eine unendliche Schwere in meinen Gliedern und mittlerweile auch in meinem Gemüt sitzt. Die Aussicht, nun wieder durch die eisigen Gänge unseres Gesindehauses ins Schloss zu huschen, um mich ehrfurchtsvoll zu erkundigen, womit ich zu dieser nachtschlafenden Stunde zu Diensten sein kann, ist kaum erträglich.

Es gibt nur eine Sache, die mich antreibt, es dennoch zu tun. Das Gesindebuch.

Jenes Dienstbüchlein, das einem gutes Benehmen zollt. Fleiß, Treue, Gehorsam, sittliches Betragen und Ehrlichkeit sind unerlässlich, um eine neue Stellung zu beziehen. Es darf keinerlei Lücken in meinem Buch geben, und den Eintrag würde ich sogar von der Polizei beglaubigen lassen müssen. Dabei darf ich allerdings nicht darauf hoffen, gegen einen schlechten Eintrag Einspruch erheben zu können, hat Adreana mir gesagt. Es ist ihnen einerlei, wie wir hier hausen und dass es oft nicht genug Essen für uns gibt. Wir können froh sein, dass unser Hausherr sich nicht an uns vergreift. Er hat jedoch andere Wege, um uns das Leben schwer zu machen, habe ich gehört.

Wenn ich aber jemals eine bessere Anstellung als diese hier ergattern will, darf ich mir nichts zuschulden kommen lassen. Deswegen zwinge ich meine Beine aus dem Bett und schlüpfe vorsichtig unter der Bettdecke hervor. Dann ist mit etwas Glück noch ein Rest Wärme übrig, wenn ich zurückkehre.

Hastig streife ich meine Strickjacke über, doch mein gesamter Körper zittert bereits vor Kälte. Mit knurrendem Magen entzünde ich die Kerze neben meinem Bett und eile zum Klingelbrett. Welche der Herrschaften benötigt denn meine Dienste? Die gnädige Frau, aber gewiss doch. Allein schon, dass ich sie »gnädige Frau« nennen muss, wurmt mich. Nichts an der ist gnädig!

Ich rufe mich zur Ordnung. Diese Stellung muss ich halten! Ich habe bereits meine erste Anstellung ohne Eintrag verlassen und diese nur bekommen, da ich vorgegeben hatte, direkt aus dem Waisenhaus zu kommen. Was auch so gewesen wäre, wenn man mich dort nicht hinausgeworfen hätte. Ein weiteres Mal würde dieser Schwindel nicht gelingen. Deswegen eile ich weiter. Fünfunddreißig Zimmer habe ich an meinem ersten Tag im Schlösschen gezählt. Es hat etwas Absurdes. Selbst nach zwanzig Jahren Arbeit hätte ich vermutlich noch nicht ausreichend Geld zusammengespart, um mir ein apartes Kleid leisten zu können, ganz zu schweigen davon, meine Mutter zu suchen, und im Schloss lauert in jedem der fünfunddreißig Zimmer der ungenutzte Prunk. Manchmal juckt es mir unter in den Fingern, eine vergoldete Vase in meiner Schürzentasche verschwinden zu lassen, aber auch davor bewahrt mich das Gesindebuch.

Schließlich habe ich Tatiana Markows Gemach erreicht. Sie schläft getrennt von ihrem Gemahl. Ich setze ein Lächeln auf, bevor ich das Zimmer betrete.

»Womit kann ich Ihnen zu Diensten sein, gnädige Frau?«, erkundige ich mich höflich – und kann nur hoffen, dass der Sarkasmus nicht durch meine Worte schimmert.

»Mädchen, das muss zackiger gehen!«, ruft Adreana mir Stunden später über die Schulter zu und lässt scheppernd einen Deckel zurück auf den Topf fallen, bevor sie den nächsten anhebt, um den Inhalt zu begutachten. Sie ist außergewöhnlich groß und kann sich problemlos zu den Kräutern strecken, die an einer langen Kordel neben dem Herd hängen, und zupft etwas Petersilie ab. Ich blinzle. Erst jetzt wird mir bewusst, wie langsam ich die Gurke schneide. Dabei warten zudem Paradeiser und ein ganzer Korb voll Erdäpfel auf mich. Aber letzte Nacht hat es für mich keinen Schlaf mehr gegeben. Ich habe Frau Markow das Feuer neu entfacht, da sie gefroren hat, und einen Kamillentee aufgebrüht, da sie nicht schlafen konnte. Als ich mit der flackernden Kerze durch die dunklen Korridore zurück zum Gesindehaus schlich, hat die gespenstische Standuhr drei Uhr angezeigt. Nur noch eine halbe Stunde bis zum Aufstehen. Da ich meine Aufstehzeit unter keinen Umständen verpassen durfte, habe ich mich damit begnügt, für eine halbe Stunde ins Bett zu kriechen und mit offenen Augen in die Dunkelheit zu starren. Hätte ich sie auch nur eine Sekunde geschlossen, wäre ich wohl eingeschlafen.

Ein lauter Schlag, der das gesamte Schloss erbeben lässt, reißt mich aus meiner schläfrigen Trance. Die massive Eingangstür muss laut zugekracht sein. Ich sehe, wie Adreana mit dem Kutscher einen Blick austauscht. Sein Kehlkopf bewegt sich, als er schluckt. Frau Lotzky, die Hausdame, hält beim Silberpolieren inne. »Oh, oh«, murmelt sie unheilvoll, während ihre Hand die filigrane Gabel umkrampft. Die Luft ist so angespannt wie vor den körperlichen Züchtigungen im Heim, als jeder wartete, bis er oder sie an der Reihe war. Das würde es doch hier nicht geben?

»Was ist denn?«, frage ich, obwohl Frau Lotzky mich schon mehrmals darauf hingewiesen hat, mein vorlautes Mundwerk im Zaum zu halten. Aber ich muss wissen, was mich erwartet.

»Das wirst du gleich sehen«, sagt Adreana mit ungewöhnlich dünner Stimme – die Köchin, die gestern, ohne mit der Wimper zu zucken, einer schneeweißen Gans den Kopf abgeschlagen hat.

Schwere Schuhe donnern die Steintreppe herunter und im nächsten Moment wird die Tür aufgerissen. Mit seinem steifen Bein dreht er eine Runde durch den Raum. Markows längliches Gesicht wird von einem Fellkragen gerahmt. Die grauschwarzen Haare kleben ihm auf der Stirn und in den Falten seines Gesichts hat sich Ruß aus den Brennöfen gesammelt.

»Ihr sitzt hier vergnügt zusammen, anstatt zu arbeiten? Verdorbenes Pack, Arbeit ist unser Gottesdienst! Mitkommen!«, zischt er in den Raum.

Ohne zu zögern, lassen die anderen alles stehen. Selbst die Köchin, obwohl der Apfelstrudel, für dessen Teig wir Stunden benötigt haben, im Ofen ist. Wir folgen ihm in den feuchtkalten Keller und ein Geruch nach Asseln und Schimmel schlägt mir entgegen. Ich halte die Luft an und taste nach der winzigen Bronzefigur, die wie immer tief in meiner Tasche steckt. Sie ist das Einzige, was ich von meiner Mutter habe. Der Gedanke, dass sie einst höchstpersönlich diese Figur berührt hat, ist tröstlich und beängstigend zugleich. Hatte sie noch einmal darübergestrichen, bevor sie es in mein Jäckchen gesteckt hat? Oder einen Kuss daraufgehaucht? War ihr die Figur wichtig? Oder schlichtweg entbehrlich? Die Figur zeigt, dass sie mich nicht für immer im Waisenhaus abgeben wollte. Wenn Mütter ihren Kindern ein Erkennungszeichen mitgeben, haben sie nur vorübergehend keine Mittel, sich um die Säuglinge zu kümmern. Und wer weiß schon, was danach geschehen ist?

Wir sind an das Ende des Kellergangs gelangt und Markow greift nach einem bauschigen Kartoffelsack. Was da wohl drin sein mag? Nach Erdäpfeln sieht es nicht aus.

Über meine Schulter sehe ich zur Kammerzofe und stelle mit den Augen eine stumme Frage. Doch sie blickt stur geradeaus. Mein Gott, so, wie die sich alle benehmen, müsste man fast annehmen, er wolle einen von uns auf einem Altarstein zum Opfer darbringen! Er predigt zwar ständig, aber so weit kann seine Gottesliebe nicht gehen.

Markow führt uns zum See. Dort wirft er den Kartoffelsack in den Schnee und holt etwas heraus. Verdattert beuge ich mich näher, denn die Dämmerung färbt den Schnee bereits graublau.

»Kufen?«, hätte ich fast belustigt gefragt. Deswegen machen die solch ein Drama?

Ich begreife erst, als die anderen mit hastigen Bewegungen die Kufen um ihre Schuhe schnallen und vorsichtig auf das Eis tapsen. Kutscher Tomek schafft es nicht einmal so weit. Noch während der hintere Fuß auf dem gefrorenen Gras ist, saust der vordere weg. Er kommt aus dem Gleichgewicht und knallt mit einem polternden Rums auf das Eis. Schon das Geräusch ist schmerzhaft, und ich sauge scharf die Luft ein, als er aufjault und sich fluchend die Hüfte reibt. In der nächsten Sekunde ein weiterer Schrei, und die Köchin fällt der Länge nach hin. Frau Lotzky hält sich zunächst, gerät dann aber ebenfalls ins Wanken, schlägt verzweifelt um sich. Das Eis knirscht verzehrend, als auch sie fällt. Es ist grauenvoll.

Vorsichtig schaue ich zu Markow. Was hat er davon?

Er bemerkt es sofort. Sein Blick schnellt zu mir. Er nickt zum Eis und zischt: »Los!«

Schneckengleich schnalle ich meine Kufen um und überlege fieberhaft, was ich machen soll. Zeigen, was ich kann? Möchte er eine schöne Vorführung sehen?

Ich gehe auf die gefrorene Fläche und wie immer, sobald ich Eis betrete, fühlt es sich an, als würde etwas in mir aufatmen. Ich liebe diese klare Luft, die noch kühler wird, wenn man über das Eis gleitet. Plötzlich werde ich mir der Blicke bewusst. Jeder der Anwesenden starrt mich an. Die Hausangestellten verblüfft, und Markow? Ist das Argwohn?

Fünfzig Waisenkinder und ständig wechselnde Lehrer haben mich einiges über das menschliche Verhalten gelehrt. Ich weiß, dass ich deren Erwartungen nicht erfülle. Bisher bin ich nur drei Meter gemächlich über das Eis geglitten. Eigentlich wollte ich als Nächstes Geschwindigkeit aufnehmen und dann vielleicht einen kleinen Sprung wagen.

Blitzschnell entscheide ich mich um. Denn er war nicht enttäuscht, dass die anderen gefallen sind. Ich lasse meine Beine in unterschiedliche Richtungen fahren, da ich weiß, dass andere das als schmerzhaft empfinden, und mache laute Geräusche, die vorgeben sollen, dass ich keinen Halt mehr habe. Dann lasse ich mich unter Schmerzgejaule fallen.

Mit verschränkten Armen steht er am Ufer und saugt die Szene in sich auf. Seine Lippen bewegen sich dabei konstant, ganz so, als würde er beten. Es ist nicht so, als würde ein Lächeln seine Züge umspielen, dennoch sagt mir etwas, dass er all das genießt.

Und zwar etwas zu sehr.

Beim Aufstehen stelle ich mich besonders dumm an und

falle direkt auf meine Kniescheibe. Ein gleißender Schmerz schießt mein Bein hinauf. Ich wüsste einen besseren Weg, aber ich wähle ihn nicht.

Markow wirkt zufrieden.

Ein eisiger Schauer kriecht auf sanften Spinnenbeinen meinen Nacken hinunter. Er hat nichts mit dem Winter zu tun. Jetzt verstehe ich die anderen. Anfangs dachte ich, es wäre halb so schlimm, aber eigentlich ist diese Strafe garstiger als alle anderen. Schlimmer, als Schläge zu kassieren. Wir werden gezwungen, uns selbst Schmerz zuzufügen. Aber- und abermals. Und jemand, der dermaßen viel Freude am Leid der anderen empfindet, muss ein grauenvoller Mensch sein. Einer, vor dem man besser das Weite sucht.

Und ausgerechnet auf diesen Menschen bin ich angewiesen. Nicht nur, weil ich ohne einen positiven Eintrag ins Gesindebuch nur schwer eine neue Stelle finden würde. Er besitzt zudem einen Großteil der Fabriken in Wien, und wenn ich es mir mit ihm verscherze, lande ich auf der Straße. Also lasse ich mich jetzt noch einmal auf das Eis fallen und verziehe vor Schmerz das Gesicht. Es ist nicht gespielt.

Vier Stunden später, als wir wieder in der Küche sind, sagt keiner ein Wort, obwohl Markow das Schloss verlassen hat. Jeder hängt seinen Gedanken nach und versucht den sengenden Schmerz, der in Knie und Hüfte oder beidem zurückgeblieben ist, zu unterdrücken.

Mein Magen knurrt, da Adreanas Gerstlsuppe einen köstlichen Geruch in der gesamten Küche verströmt. Ich verteile die Suppentassen auf dem Tisch und hoffe, dass sie diesmal mehr als zur Hälfte gefüllt werden. Leider ist Markow nicht nur überzeugt, dass Arbeit ein Dienst an Gott ist und daher jede Art von Müßiggang einer Sünde gleichkommt. Um nach dem Tod in das Himmelreich zu kommen und die Erlösung zu finden, muss zudem alles weltliche Fleisch *abgefastet* werden, sagt er immer. Das gilt vor allem für das Gesinde. Er selbst hat durch das Vermögen, das er angesammelt hat, bereits Gottes Gnade erlangt. Nur wir müssen sozusagen noch auf den Pfad der Tugend geführt werden.

»Wollen wir anfangen?«, frage ich hoffnungsvoll, nachdem Adreana den großen Suppentopf auf die Mitte des Tisches gehievt hat. Wir dürfen erst essen, wenn die Herrschaft durch ist, und ich habe mittlerweile das Gefühl, dass ich allein aus Hunger bestehe.

»Erst wenn Tomek da ist, Dummerchen!«, blafft Adreana und blickt sehnsüchtig zur Tür.

»Dann wird es nur kalt«, erwidert Frau Lotzky und hebt entschieden den Deckel vom Topf. »Tomek hat sicherlich nichts dagegen.«

»Der kümmert sich noch um Bartholomäus«, ruft der Stallbursche Ottokar, der mit einer kalten Wolke aus Pferdegeruch in den Raum kommt und seine Kappe abnimmt. »Es hat sich wohl etwas im Huf verklemmt.« Er nimmt am Kopfende Platz und streckt ächzend die Glieder von sich, als wäre er ein alter Mann, dabei ist er sogar jünger als ich. Ein strenger Blick von Frau Lotzky reicht, damit er grinsend am hinteren Ende des langen Tisches Platz bezieht, wo er seiner Stellung nach hingehört.

Die Art des Lächelns genügt, dass ein nicht fassbarer

Schmerz wie Nebel durch meinen Körper wabert. Es erinnert mich an ihn. Seit drei Jahren passiert so etwas immer wieder. Der leiseste Hauch von Ähnlichkeit genügt, um mir den Verlust bewusst zu machen, als wäre es erst gestern geschehen. Das Steingrau seiner Augen sehe ich im wolkenverhangenen Winterhimmel. In der Küche rieche ich vor allem den Sesam, und bei einer tiefen melodischen Stimme stellen sich sämtliche Haare auf meinen Armen auf.

Doch er ist es nie.

Frau Lotzky hält mir die Suppentasse entgegen, und ich schaue beklommen auf die Pfütze am Boden der Tasse.

»Kann ich nicht …«, setze ich an, doch Frau Lotzky hebt mahnend den Finger. »Du kennst die Regeln. Wir haben heute zu sehr dem Müßiggang gefrönt.«

Vielleicht hätte ich wie Mimi, als sie noch die kleine Marilena war, in einer Ziegelfabrik anfangen sollen. Immer wenn ich zu den riesigen Schornsteinen der Brennerei hinüberblicke, überfällt mich ein beklemmendes Gefühl. Dass er in einer Ziegelfabrik gearbeitet hat, ist eines der wenigen Dinge, die ich über den Jungen vom Eis, den Himmelsstürmer, weiß. Aber die Information war bisher nicht ausreichend, es gibt mehrere Fabriken in Wien. Deswegen dachte ich, dass ich beim Besitzer dieser Fabriken besser aufgehoben wäre. Es mussten doch gewiss immer mal wieder Botengänge gemacht werden, hätte ich vermutet. Leider ist dafür Ottokar zuständig und nicht das Mädchen für alles.

Die Tür schwingt auf, und Tomek kommt herein.

»Ich wollte auf dich warten, aber die da meinte, wir sollten schon anfangen«, ruft Adreana sogleich und schießt vernichtende Blicke auf Frau Lotzky.

Tomek winkt ab. »Schon gut, ihr sollt meinetwegen ja nicht hungern.«

Frau Lotzky erhebt sich. Doch bevor sie nach der Kelle greifen kann, ist Adreana schon aufgesprungen und füllt Tomek besonders viel Suppe ein. Sie überreicht sie mit einem warmen Lächeln, das sie mir gegenüber nie benutzt.

Manchmal kommt es mir vor, als wäre ich noch immer im Heim. Auch hier gibt es Leute, bei denen man sich besser beliebt macht, wenn man dazugehören will, und auch hier bin ich allein. Denn selbst das ist möglich. Man kann mit gut fünfzig anderen Kindern oder eben zehn Erwachsenen unter einem Dach wohnen, den Essenstisch miteinander teilen – aber wenn kaum einer, abgesehen von abfälligen Bemerkungen, mit einem spricht, ist man einsam. Das hat sich im Heim erst geändert, als Mimi hinzugekommen war und ich sie vor einer Horde von Raufbolden in Schutz nehmen musste.

Ganz langsam knabbere ich an meinem harten Stück Brot, mit dem ich die Suppe aufsauge, und versuche, dabei nicht an die himmlische Jause zu denken, die der Himmelsstürmer mit mir geteilt hat.

Danach sammle ich die Tassen und das Besteck ein, um mich an den Abwasch zu machen. Ottokar zieht sich in den Stall zurück, das Kindermädchen wird zu den Zwillingen gerufen. Die restlichen Frauen bleiben am Tisch sitzen, stopfen Socken und bessern Kleidung aus, während Tomek hin und wieder aus der Zeitung vorliest.

Ich höre nur mit halbem Ohr zu, denn Markows Auftritt heute hat mir gezeigt, dass ich das hier nicht schaffe. Wenn ich mich mein restliches Leben als Dienstmädchen tyrannisieren lassen muss, werde ich zugrunde gehen. Aber was sollte ich sonst tun? Mimis Berichte aus der Ziegelei klingen noch schlimmer, und ein anderer Beruf steht uns Frauen nicht offen. Und ich kann auch nichts anderes, denke ich in dem Moment, wo Tomek sagt: »Eislaufen müsste man können. Dann kann man 'nen ordentlichen Reibach machen.«

Wie vom Blitz getroffen, schwinge ich herum. Die Tasse, die ich in der Hand halte, gleitet mir aus den Fingern und zerschellt auf dem Boden.

»Was bist du für ein Trampeltier!«, schimpft Adreana sofort. »Das wird dir vom Lohn abgezogen, da kannst du dir gewiss sein.« An sich ist das eine Katastrophe, wenn vom Hungerlohn sogar noch was abgezogen wird, doch ich nehme ihre Worte kaum wahr.

Mein Kopf nickt. Ich brauche meine gesamte Beherrschung, um Tomek nicht die Zeitung aus der Hand zu reißen. Wie sollte das gehen? Gibt es wirklich eine Möglichkeit, mit Eislaufen Geld zu verdienen?

Zum Glück wendet sich Adreana nun an den Kutscher. »Was wolltest du sagen, Tomek?« Ihre Stimme klingt so weich, als wäre er ein Entenküken.

Er hebt den Kopf und tippt mehrmals auf das Zeitungspapier, sodass es knistert. »Gibt hundert Gulden, wenn du den Wettbewerb gewinnst. Beim Winterfest dieses Eislauf-Klubs. WEK, oder wie der heißt. Wo die immer in so schmucken Kostümen auf dem Eis ihre Schaueinlagen zeigen.«

Hundert Gulden?

H-U-N-D-E-R-T?

Ich kann es kaum glauben.

Das muss ich unbedingt Mimi berichten, am liebsten wäre ich auf der Stelle aufgesprungen. Für hundert Gulden musste selbst die Köchin fast ein ganzes Jahr arbeiten, und ich bekam gerade mal sieben pro Monat! Wenn wir dort teilnehmen könnten, das wäre … Meine Gedanken überschlagen sich ob all der Möglichkeiten, die eine solche Summe mit sich bringen würde. Der Kutscher räuspert sich, und ich verfluche seinen ewigen Husten, denn ich will auf der Stelle alles erfahren, was in der Zeitung steht.

»Da bekommt man so viel? Wieso kriegt man dort dermaßen viel Geld?«, fragt Adreana mit gerunzelter Stirn.

Frau Lotzky lacht auf, ohne den Kopf von ihrer Näharbeit zu heben. »Für die Herrschaften ist das nicht viel Geld. Allemal ein nettes Schmankerl.«

»Dich habe ich nicht gefragt.« Adreana greift nach einer Socke zum Stopfen, die so groß ist, dass sie nur Tomek gehören kann. Er hustet immer noch. Geduldig abwartend sieht sie ihn an.

»Frau Lotzky hat recht«, röchelt Tomek. »Nur für uns, die sich hier abrackern müssen, ist das viel. Aber so 'n Wettbewerb richtet sich natürlich an die Herrschaft. Bei zwanzig Gulden oder dergleichen würden die nur müde lächeln. Dann wäre der ganze Wettbewerb hinfällig.«

»Faszinierend«, haucht Adreana und ich bin nicht gänzlich sicher, ob sie den Wettbewerb oder doch vielleicht Tomek meint. »Warst du schon mal beim Winterfest? Also hast du Markow mal hingefahren?«

Frau Lotzky schnaubt und ihr schmaler Mund wird noch schmaler. »Der gnädige Herr hat derlei Vergnügungen doch entsagt! Natürlich hat er ihn nicht gefahren. Aber mein Gottfried, der war mal dort.« Sie bekreuzigt sich rasch und nimmt dann die Bluse wieder auf.

»Tse!« Adreana lässt die löchrige Riesensocke sinken. »Du willst uns wohl einen Bären aufbinden, die lassen doch gar keine Arbeiter hinein.«

»Zum Wettbewerb schon. Vorausgesetzt natürlich, du überzeugst bei der Vorauswahl im Jänner.« Träumerisch starrt sie in die Ferne. »Sie haben ein halbes Theaterstück auf dem Eis gezeigt. Mit großartigen Kostümen.«

»Und hat er gewonnen?«, speit Adreana voller Missgunst. Obwohl Gottfried bereits verstorben ist, mag sie ihm einen solchen Triumph nicht gönnen.

Frau Lotzky schüttelt jedoch den Kopf. »Das nicht. Aber dieser Tag war der Höhepunkt seines Lebens. Er hat immer wieder daran zurückgedacht. Sogar die Zeitungen haben über ihn berichtet.«

»Die Zeitungen?«, japse ich drei Tonlagen höher als gewöhnlich.

Frau Lotzky blickt überrascht in meine Richtung und sieht mit all der Nostalgie in ihren Gedanken weniger streng aus als üblich. »Ja, weil es damals vollkommen neu war. Mittlerweile führt der WEK jedes Jahr ein eigenes großes Stück auf. Ganze geschmückte Wagen ziehen sie dann aufs Eis. Aber die Ursprungsidee, die hatten mein Gottfried und seine Truppe.«

»Worauf wartest du dann noch?«, fragt Adreana bissig. »Warum stehst du nicht längst auf dem Eis und versuchst, die hundert Gulden zu gewinnen?«

Frau Lotzky lässt die Bluse sinken. »Denkst du, ich hätte mir da draußen die Hüfte freiwillig aufgeschlagen, wenn ich eislaufen könnte? Außerdem kommt Vergnügen der Gotteslästerung gleich. Markow hat gesagt, dass wir Gottes Gnade nur durch Arbeit erlangen können. Und wenn Herr Markow herausbekommen würde, dass jemand von uns bei der größten Wintervergnügung der gesamten Stadt antritt ...« Sie schluckt und blickt langsam in die Runde. »Dann gnade uns Gott.«

Meine Hände zittern, als ich die letzte Tasse abtrockne. Ja, es wäre ein verdammtes Risiko. Gleichzeitig wäre es ein erster Schritt, um kein Dienstmädchen mehr zu sein. Sollte ich es wagen?

Kapitel 3

Nikolett

Gregor, der Hausdiener des Freiherrn von Rottenau, lächelt mich freudig an, nachdem er mir die Tür geöffnet hat. Er kennt mich von klein auf, da er früher bei meinen Eltern im Palais tätig war. »Comtesse Finck von Ehrenbach, wie schön«, sagt er mit seiner geschmeidigen Stimme. »Sie haben uns ja lange nicht beehrt, wenn ich mir diese Bemerkung erlauben darf. Bitte, treten Sie doch ein, ich werde Ihren Besuch sogleich melden.«

Herrje, es ist also selbst dem Hauspersonal bereits aufgefallen, dass ich Katalina in letzter Zeit noch seltener besucht habe als ohnehin schon. Aber die Mutter meiner lieben Freundin, die Freifrau von Rottenau, ist fest in dem Wiener Gesellschaftsleben verankert und empfängt häufig Besuch. Mir ist es daher lieber, Katalina zu uns ins Palais Edelweiß einzuladen, um den zahlreichen Argusaugen zu entgehen. Für den heutigen Tag hat sich allerdings niemand angekündigt, hat Katalina mir versichert, und ich habe versprochen vorbeizukommen.

Ich folge dem Hausdiener in den Salon, erkundige mich nach seinem ältesten Sohn, der vor Kurzem eine Anstellung als Stalljunge bei der Spanischen Hofreitschule ergattern konnte, und warte geduldig. Katalina achtet so gut auf ihr Äußeres, dass sie selbst mich nach unserer langjährigen Freundschaft ausschließlich im einwandfrei aufgebügelten Kleid und mit perfekt sitzenden Haaren begrüßt – und das dauert seine Zeit. Abermals betrachte ich die Ahnen des Freiherrn, die überlebensgroß und goldgerahmt von den Wänden auf mich herabschauen. Nach all den Jahren kenne ich jedes feine Pünktchen auf den silbernen Schuhschnallen, die Anna Katharina Freifrau von Rottenau zu ihrem goldgelben Seidenkleid trägt, und auch jede Delle der in Ochsenrot getünchten Wände dahinter ist mir vertraut.

Stimmen dringen durch die dreiflügelige Ebenholztür und ich erstarre. Katalina hat es doch versprochen! Im nächsten Moment öffnet sich die Tür, und Ilselore Freifrau von Rottenau schwebt, gefolgt von mehreren feinen Damen, in den Raum. Ihr Augenlid zuckt, als sie mich entdeckt, dann eilt sie auf mich zu.

Ich spüre die Augen der Besucherinnen über mein Gesicht gleiten, widerstehe dem Drang, das Tuch höher zu ziehen. Gänzlich lässt es sich ohnehin nicht verbergen. Ich sehe den Schock und das Mitleid in den Augen und wünsche mir nichts sehnlicher, als mit den ochsenroten Wänden zu verschmelzen.

»Nikolett. Ich habe dich ja ewig nicht gesehen, wie geht es dir?«, erkundigt sich die Freifrau mit ihrer leicht schnarrenden Stimme. Sie ist so mager, dass ihre Augen tief in den Höhlen liegen. Die restliche Gesichtshaut spannt sich so fest über den Schädel, dass die Totenkopfform viel zu gut zu erkennen ist. Die üppigen Ketten, die sie selbst an Tagen ohne festliche Aktivitäten um den Hals hängt, haben dadurch etwas Makabres.

Die Baronin von Rottenau hat mich nun erreicht und begutachtet mich auf das Genaueste. Die Augen so hell wie ein Wasserglas, in das zum ersten Mal der blaue Pinsel getaucht wurde. Trotz des exquisiten französischen Parfüms bemerke ich eine Note Zedernholz von den Einlegetüchern gegen die Motten. In solch alten Häusern hat man häufig mit den gefräßigen Tierchen zu tun, aber die Baronin ist so großzügig mit dem Parfümflakon, dass ich mich frage, ob das nicht der Abschreckung genug wäre. Ich hätte zumindest nichts dagegen, drei Doppeltreppen Abstand zwischen mich und die Baronin zu bringen.

Mit Mühe meistere ich ein Lächeln und tausche mit Schweißperlen am Haaransatz die gebotenen Höflichkeitsfloskeln aus, verabschiede mich aber so rasch wie möglich, obwohl der Hausdiener mich noch nicht abgeholt hat. Sobald die Flügeltür sich hinter mir geschlossen hat, geht das Maulzerreißen los. »Wirklich furchtbar …« und »Was für ein armes Ding, dabei wäre sie sonst die reinste Augenweide …« Ich zwinge mich, tief durchzuatmen. »Es ist wahrlich ein Jammer«, fährt die Baronin fort. »Zum Glück hat meine Katalina sich ihrer angenommen, andernfalls hätte sie keine einzige Menschenseele.«

Damit sich meine Kehle nicht gänzlich zuschnürt, rufe ich mir in Erinnerung, dass es nicht stimmt, was sie sagt. Ich bin nicht allein. Ich habe Max, der vermutlich schon ungeduldig auf mich wartet, und meine Familie. Und meine Bücher.

»Natürlich findet sich auch niemand, der das arme Ding zum Opernball begleiten will. Frau Finck von Ehrenbach fragt schon seit Wochen herum, man kann es kaum mit ansehen. Gott, wie unangenehm das sein muss! Ich würde ihr nur zu gerne helfen, aber mein Konrad ist ja bereits verheiratet.

Wenn eine von Ihnen also noch einen patenten jungen Mann kennt, der sich nicht so leicht abschrecken lässt …«

Ich raffe meine Röcke und eile davon. Warum bin ich nicht sofort gegangen? Ich weiß doch, was in derartigen Runden besprochen wird. Ich bin so außer mir, dass ich beinahe mit der Kammerzofe der Baronin zusammengestoßen wäre.

»Comtesse, ich fürchte, die Baronesse ist noch nicht salonfähig«, berichtet die Frau in ihrer blütenweißen Uniform. »Darf ich Sie zurück in den Salon geleiten?«

Vehement schüttle ich den Kopf. Normalerweise würde ich andere Menschen niemals bitten, mir einen Gefallen zu tun, weil ich es hasse, Umstände zu bereiten. Aber diesmal kann ich nicht anders. »Bitte nicht. Ich kann dort nicht mehr hineingehen.«

Überrascht sieht die Kammerzofe auf. »Aber Sie können selbstverständlich nicht hier im Vestibül …«

»Bitte!« Flehentlich sehe ich die Zofe an. »Sie wissen doch gewiss, wie sie sind. Wie die Geier stürzen sie sich auf die winzigsten Fehler und erlaben sich daran. Und ich bin ein einziger wandelnder Fehler. Sagen Sie mir, dass Sie nicht wissen, wie sich das anfühlt. Vermutlich spotten die Damen über das kleinste Vergehen in Ihrer Anwesenheit, weil sie die stille Anwesenheit der Hausangestellten vergessen.« Oh, was würde ich darum geben, dass jemand meine Anwesenheit vergisst. Aber ich bin der reinste Pfau – nur ohne die Schönheit. Ich ziehe die Blicke auf mich. Auf den ersten Blick erwartet man Schönheit – und bekommt das Gegenteil.

Und das ertrage ich nicht länger. Allerdings kann ich auch nicht gehen. Ich bin Katalina so dankbar, dass sie sich meiner erbarmt. Und sie würde außer sich sein, wenn sie sich vergebens herausgeputzt hätte, das kann ich in keinem Fall riskieren. Andererseits kann ich ebenso wenig im Eingangsbereich stehen bleiben, das wäre nicht angemessen, und die Hausangestellten wollen gewiss nicht den Zorn der Freifrau auf sich ziehen. Mutter und Tochter sind in dieser Hinsicht sehr ähnlich. Verzweifelt blicke ich mich um. Nur ein einziges Mal möchte ich auch in den unsichtbaren Aufgängen des Personals verschwinden.

Die Kammerzofe lässt ihren Blick von meinem Haaransatz bis zum dekorativen Schleifensaum meines Kleides wandern. Dann nickt sie knapp. »Kommen Sie mit. Ich weiß genau, was Sie jetzt benötigen.« Ich folge der Zofe durch eine unscheinbare Tür, die in die bunt gemusterte Tapete eingelassen ist, eine schmucklose Steintreppe hinunter. Seit ich denken kann, bin ich mit Katalina befreundet, und doch habe ich in all den Jahren nicht diese zweite, rein funktionale Seite der Villa gesehen.

Gemeinsam betreten wir eine große Küche mit gekalkten Wänden und einem klobigen Holztisch, an dem gewiss die Bediensteten speisen. An diesem bedeutet die Kammerzofe mir, Platz zu nehmen, und stellt wenig später eine Tasse dampfenden Kakao vor mir hin. Dankbar sauge ich den wohligen Geruch in mich hinein, lasse die schwere Süße die Sorgen überdecken und nippe schließlich an der einfachen Tasse aus Emaille. In der Welt des Hauspersonals fühle ich mich sehr viel wohler als in der, in die ich angeblich gehöre.

Gregor, der mich zwischenzeitlich in der Küche entdeckt hat, erscheint wieder und kündigt mit einer leichten Verbeugung an, dass die Baronesse jetzt bereit wäre.

Er führt mich in Katalinas Zimmer, wo diese in einem gel-

ben Kleid auf einer Chaiselongue gebettet auf mich wartet. Wie immer wabert eine Wolke aus Patschuli von ihr ausgehend durch den Raum. In ihre dunklen Locken hat sie sich
Bänder in der passenden Farbe binden lassen, und selbst die
Ohrringe haben gelbe Steine in der Mitte.

Im Gegensatz zu ihrer Mutter hat Katalina reichliche Run-
dungen. Die Baronin hingegen kann ich mir gar nicht ohne
Korsett vorstellen, vermutlich trägt sie gar unter dem Nacht-
gewand eines, denn es macht ihre Taille so schmal, dass jede
Zwanzigjährige dafür töten würde. Doch an Katalina ist alles
rund. Das Gesicht, die Hüften, die Ellenbogen, das Kinn, der
üppige Busen. Sie ist nicht dick, nein, es wirkt nur, als hätte jemand sämtliche Ecken und Kanten der Baronesse weg-
geschmirgelt. Irgendwie habe ich immer vermutet, dass dies
für Konflikte zwischen Mutter und Tochter sorgen könnte,
aber von dem, was ich bisher mitbekommen habe, vergöttern
die beiden einander.

Katalina ist stolz auf die zahlreichen Posten in den Wohl-
tätigkeitskomitees, die ihre Mutter bekleidet, und scheint stets
ihre Meinung zu teilen. Und die Freifrau zeigt ihre jüngste
Tochter, das unverhofft späte Nesthäkchen, mit Freuden herum. Sie liest ihr jeden Wunsch von den Lippen ab.

Durch die etwas knollige Nase und markanten Augenbrauen ist Katalina keine Schönheit im klassischen Sinne –
dennoch hätte ich alles für ein Gesicht wie das ihrige gegeben.

Wir begrüßen uns, und Katalina entschuldigt sich überschwänglich, dass ihre Mutter unerwartet Besuch bekommen
hat. »Auf der anderen Seite kannst du dich auch nicht dein
Leben lang verstecken, Nikolettchen. Ich meine, ich verstehe
dich zwar, aber es tut dir doch nicht gut, ein Igel im ewigen

Winterschlaf zu sein. Bald geht es ohnehin nicht mehr, immerhin haben wir in gut drei Monaten unseren Debütantinnenball.«

Hoch konzentriert studiere ich die zahlreichen Pokale und Auszeichnungen hinter Katalina, die sie für ihre Leistungen beim Lawn-Tennis und im Eislaufen ergattert hat. Ich will nicht über den grässlichen Ball reden. »Die Geburtstagssoiree meines Vaters wird übrigens am sechsundzwanzigsten Jänner nächstes Jahr stattfinden, hat Mutter jetzt festgelegt. Bald folgt die offizielle Einladung. Du kommst doch?« Mein Vater wurde nächstes Jahr sechzig, und das sollte groß gefeiert werden.

»Ich muss noch mal schauen.«

Ich presse die Lippen zusammen. Sie will abwarten, ob bis dahin eine bessere Einladung ins Haus flattert. Dabei weiß sie genau, dass ich sonst niemanden habe.

»Hach, ich kann mich einfach nicht entscheiden, mit wem ich gehen soll.« Und schwups, sind wir wieder bei ihrem Thema. Aber nun gut, wenn es ihr dermaßen viel Freude bereitet, werde ich nicht länger davon ablenken. »Da wäre der General Herbst mit dem entzückenden Schnurrbart, oder besser Graf Grössing? Er genießt ein etwas höheres Ansehen, allerdings ist seine Statur weniger ansprechend. Seine Schultern fallen stets nach vorne.« Sie ahmt es nach und lacht.

Ich umklammere meine Arme. Es fühlt sich nicht gut an, über die Unzulänglichkeiten der anderen zu sprechen. Wer war ich, sie zu verurteilen? Aber ich tue Katalina den Gefallen und wechsle nicht das Thema. Ihr Wohlbefinden ist wichtiger als meines. »Sind Ansehen und Statur denn überhaupt von Bedeutung? Du sollst ja nur mit ihnen tanzen und sie nicht etwa heiraten.«

»Du hast recht. Ich könnte natürlich genauso gut jemand ganz anderen anfragen lassen. Vielleicht den Ritter von Hertwik? Oder den Jüngsten aus der Kubinzky-Familie, wie hieß der noch gleich? Er hat solch bestechend blaue Augen.«

»Ich kann mich ebenfalls momentan nicht entsinnen, aber ich bin mir sicher, dass du die richtige Wahl treffen wirst.« Oder ihre Mutter. Kaum eine junge Frau in ihrer Position konnte selbst entscheiden, was sie vorzog. Doch Katalina ließ ihre Mutter oft sogar *gerne* die Entscheidungen für sich treffen. »Hast du noch ein gutes Buch, das du mir ausborgen könntest? Oder vielleicht gleich mehrere?« Ein weiterer schwacher Versuch, dem schmerzhaften Gesprächsthema zu entrinnen.

»Ja, bestimmt, wir schauen später mal.« Katalina erhebt sich und geht zu ihrem leuchtend gelben Kanarienvogel hinüber. Er flattert auf einen höher gelegenen Stock.

Der Käfig ist das reinste Kunstwerk, ein Anwesen mit mehreren Türmchen und winzigen Fenstern aus Holz. Trotzdem fühlt es sich jedes Mal so an, als wäre der Vogel von Schwermut ergriffen. Vielleicht kommt mir das auch nur so vor, weil es mir nicht gefallen würde, so eingesperrt zu sein. Ist das nicht absurd? Immerhin verlasse ich mein eigenes Anwesen äußerst selten. Allerdings ist es ein selbst gewähltes Eingesperrtsein.

»Wen würdest du denn wählen?« Katalina neckt den Vogel mit ihrem Zeigefinger und macht schnalzende Laute, als könne ihm dies seine Gefährten ersetzen. »Beziehungsweise, wen wählst du? Zwischen welchen Anwärtern musst du dich entscheiden?«

Ich halte inne. Wo ist die Stille Nummer eins – die vollkommene Stille –, wenn man sie braucht? Weiß Katalina es denn nicht? Aber das ist unwahrscheinlich, wenn ihre Mutter im Bilde ist. Vermutlich ist es nur eine aufrichtige Nachfrage aus Höflichkeit. Wir können schlecht ausschließlich über Katalinas Qual der Wahl reden und mich außen vor lassen.

»Oder …«, setzt Katalina nun an, wendet sich vom Käfig ab und streicht die Falten ihres Kleides glatt, »… oder gibt es da vielleicht gar keinen zum Wählen?«

Ich werde stutzig. Normalerweise vergöttere ich Katalina. Wir machen stets, wonach ihr der Sinn steht, und besprechen lange und ausführlich, was Katalina beschäftigt. In meinem Leben gibt es ja nicht viel, sofern wir nicht Bücher analysieren wollen, und Max' lustiges Verhalten ist in der Regel schnell abgehakt. Also geht es einzig und allein um das Auf und Ab in Katalinas Leben. Wer ihr beim Spazieren oder im Theater einen zu langen Blick zugeworfen hat und wer nicht, obwohl sie die Person ermutigt hatte. Wir überlegen Schritte, wie wir mit den begrenzten Mitteln, die uns als höhere Töchter zur Verfügung stehen, ihr Interesse einen Hauch offenkundiger machen könnten und welche möglichen Bewerber sie aus welchen Gründen wieder aussortieren sollte. Immer geht es nur um Katalina, denn dass ich niemals wohlwollende Blicke auf mich ziehen würde, ist gewiss.

Bisher habe ich dieses Arrangement gerne hingenommen. Es ist besser, als gar keine Freundin zu haben. Und wenn es in meinem Leben schon keine zart aufkeimende Zuneigung oder Liebe gibt, bin ich froh, zumindest aus der Ferne an Katalinas Abenteuern teilhaben zu können – auch wenn diese meist nur aus Blicken bestehen, von denen man nie sicher sein kann, ob sie wirklich ausgetauscht worden sind.

Aber heute wird mir das zu viel. Erst die garstigen Worte der Freifrau, und nun stellt meine beste Freundin scheinheilige Rückfragen? Nötigt man eine Freundin, von der man zumindest ahnen könnte, dass sie Schwierigkeiten hat, einen Tanzpartner zu finden, derart zu einer Antwort? Vielleicht bin ich aber auch nur überempfindlich. Dennoch hätte ich alles gegeben, wenn ich ihr jetzt ins Gesicht schleudern könnte, dass ich mit János gehe – ich ahne nämlich, dass sie ein Auge auf ihn geworfen hat. Aber leider ist mir das ja nicht möglich.

»Ach …«, sage ich vage und bin dankbar dafür, dass meine Stimme nicht zittert. »Ich habe überlegt, nicht hinzugehen.«

Katalina reißt die Augen auf. »Du willst nicht zum Opernball?«, fragt sie fassungslos. »Aber das … das wäre gesellschaftlicher Selbstmord. Du wärst vollkommen ausgeschlossen, wie eine Verstoßene. So kannst du doch nicht den Rest deines Lebens verbringen. Du würdest nur noch dahinfristen wie eine Aussätzige!«

Ich presse die Lippen zusammen. Schön sind diese Aussichten wahrlich nicht, selbst wenn ich die Bälle ohnehin nicht mag. Aber wenn sich sogar mein Freund aus Kindheitstagen vor mir ekelt, bleibt mir nichts anderes übrig.

Kapitel 4

Nikolett

Ich habe das Herrenhaus der von Rottenaus, sobald der Anstand es erlaubte, verlassen. Nur einen halben Schritt schneller, und man hätte von »Hinausstürzen« sprechen müssen. Aber das ziemt sich nicht. Also gehe ich so zügig, wie es gerade noch angemessen ist.

Das Palais Edelweiß liegt verlassen da, als ich ankomme. Nur Max springt mir freudig entgegen, und ich gehe vor ihm in die Knie. Endlich wieder Sicherheit! »Ja, ich habe dich auch vermisst, mein Kleiner«, sage ich ihm, während ich das weiche Fell hinter seinen Ohren kraule. »Wollen wir es heute noch mal mit dem Eislaufen versuchen? Ich muss mich unbedingt bewegen.« Und auf andere Gedanken kommen.

Gemeinsam steuern wir den Dienstbotenausgang an, ich hole die Kufen aus dem Versteck, und dann entschwinden wir durch die Hintertür. Wir folgen dem Trampelpfad in das Wäldchen, der immer wieder von winzigen Vogelspuren durchkreuzt wird. »Ich freue mich auf das Eis«, sage ich zu Max. »Es knirscht so schön sachte, wenn ich darübergleite.« Und leises Knirschen übertönt jede einzelne der dreiundzwanzig Arten der Stille.

Doch als wir näher kommen, sind erneut Stimmen zu hören. »O nein!«, murmle ich in mein Tuch und werde langsamer. Ich *muss* jetzt eislaufen! Ich kann unmöglich einen weiteren Nachmittag auf der gepolsterten Fensterbank verbringen. Nicht heute.

Als ich aus dem Wald trete, verstecke ich mich abermals hinter der Zeder. Wieder sind die zierliche Resolute mit dem grauen Schal und das Mädchen mit der runden Brille zu sehen. Diesmal ist dort aber auch eine junge Frau mit einer wilden Lockenmähne. Und ein schlaksiger junger Mann ist ebenfalls hinzugekommen. Ausgerechnet ein Mann. Er fährt gerade vor dem Bootshäuschen über das Eis. Sie sind also nun zu viert!

Die Kufen blitzen immer wieder in der Sonne auf, und die Haare der Mädchen flattern hinter ihnen her. Mich verlässt derweil sämtliche Kraft. Sollte ich vielleicht fragen, ob ich mitmachen kann? Doch vor Männern fällt mir alles noch schwerer. Ich weiß nie, wie ich mich ihnen gegenüber verhalten soll. Früher ist das anders gewesen, da habe ich mehr mit Ferdinand und seinen Freunden gespielt als mit weiblichen Altersgenossinnen. Aber damals war ich ohnehin ein richtiger Wildfang. Es ist vor dem Tag der Erkenntnis gewesen.

Nur was soll ich sonst tun? Ich halte den Atem an, um den Ärger zu unterdrücken. Der See gehört zu den Ländereien meines Vaters, obwohl Wald und Wiese, seit ich denken kann, ungenutzt daliegen. Jeden Winter komme ich her, um einsam meine Runden zu drehen, während Max, der sich nicht auf das Eis traut, am Ufer hin und her springt.

Sie haben kein Recht, hier zu fahren! Wenn sie jedes Mal eine weitere Person mitbringen, wird es hier bald so voll wie auf der riesigen Fläche des Wiener Eislauf-Klubs. Aber sollte ich nun wieder unverrichteter Dinge nach Hause gehen?

Im Schatten der Zeder beobachte ich die Gruppe weiter. Diesmal fährt nicht jeder für sich, sie scheinen verschiedene Formationen zu üben. So wie es der englische Eislaufstil verlangt, gleiten sie auf Ansage in unterschiedlichen Abfolgen über das Eis. Gerade formieren sie einen Stern, nur um sich im nächsten Moment in kühnen Schwüngen zu lösen.

Der einstudierte Lauf hat etwas Herzerwärmendes. Wie ihre Bahnen sich immer wieder kreuzen, zueinanderfinden, sich abermals trennen und beim nächsten Wimpernschlag in einer neuen Position vereinen – bis die mit der Lockenmähne und der schlaksige Kerl zusammenprallen und heftig ins Schlingern geraten. Mit dem nächsten Atemzug liegen sie auf dem Eis. »Ahhhhh, warum?« Das Lockenmädchen streckt die Glieder wie ein Seestern theatralisch von sich, und ich muss wider Willen schmunzeln.

»Kinder, Kinder, jetzt nehmt euch mal zusammen.« Die Resolute klatscht in die Hände, über die sie trotz der Kälte keine Handschuhe trägt. Sicherlich hält die Bewegung sie warm. »Wenn wir so weitermachen, gewinnen wir niemals. Denkt an das Preisgeld, das ist unsere Fahrkarte in ein besseres Leben!«

Im Nu sind die Läufer wieder auf den Beinen. Die Lockenmähne klopft den Schnee aus ihren Kleidern, und alle finden ohne Worte in die richtige Position zurück. Wie bei einem winzigen Vogelschwarm. Sie müssen das bereits mehrfach geübt haben.

Max winselt leise und es fühlt sich fast an, als kämen die Laute von meinem Herzen. Ich spüre, dass ich dazugehören will. Ich wünsche mir nichts sehnlicher, als auch ein kleiner Teil des Ganzen zu sein. Wo könnte ich meine Grässlichkeit besser verstecken als innerhalb einer Gruppe? Vielleicht liegt es daran, dass ich heute etwas neben mir stehe und nicht mehr richtig denken kann, doch ich schließe einen Handel mit mir selbst: Wenn ich es schon nicht schaffe, János zu bitten, mit mir zu tanzen, werde ich stattdessen auf diese Gruppe zugehen.

Ich werde sie bitten, mitmachen zu dürfen.

Es macht mir eine Heidenangst, aber ich werde es tun.

Max springt bereits ausgelassen auf die Menschen zu. Ich rufe ihn jedoch umgehend zurück. Wenn ich es wage, muss ich zunächst exakt überlegen, was ich sage. Und wie ich die Wörter betone.

Vielleicht: *Guten Tag, dürfte ich mich zu Ihnen gesellen?* O nein, das klingt viel zu elaboriert. So sprechen Arbeitermädchen nicht. Duzen sie sich nicht auch schlichtweg? Aber ich kann schlecht herüberrufen: *He, ihr da, beiseite, jetzt komme ich.*

Ich versuche gedanklich weitere Varianten, doch keine erscheint mir angemessen. Resigniert lasse ich die Schultern senken. Ganz gleich, wie sehr ich es will, da ist immer noch eine innere Barriere, die sich nicht überwinden lässt.

Obwohl ich vermutlich eine viel höhere Bildung genossen habe.

Obwohl ich in Konversation geschult bin.

Obwohl der See meiner Familie gehört.

Obwohl eigentlich nichts dabei ist.

Ich kann es nicht und verabscheue mich selbst dafür.

Kapitel 5

Julianna

Letzte Woche habe ich es getan. Trotz aller Risiken. Zu nachtschlafender Stunde habe ich mich freiwillig aus dem Bett gequält, bin wie ein Gauner in die Küche geschlichen und habe auch wahrhaftig etwas gestohlen: die Seite mit dem Zeitungsartikel über dieses Winterfest. Seitdem habe ich den Artikel so oft gelesen, dass ich ihn auswendig kenne. Ende Februar, zur Karnevalszeit, findet der Wettbewerb statt. Die Vorauswahl ist Mitte Jänner. Also bleiben gut zwei Monate. Zwei Monate, um eine Kür einzuproben. Bestenfalls eine noch nie da gewesene Kür. Und natürlich brauchen wir hübschen Stoff, damit ich die Kostüme nähen kann. Und das alles, wo ohnehin kaum Zeit übrig bleibt vom Tag. Und obwohl mein Dienstherr mir die Hölle heißmacht, wenn er herausfindet, dass ich einer Vergnügung nachgehe.

Vielleicht sollte ich gleich wieder aufgeben.

Doch wenn ich beim Winterfest dabei sein könnte, würde das so viel ermöglichen. Wenn ich in die Zeitung käme, könnte der Himmelsstürmer mich entdecken. Vielleicht sogar meine Mutter. Und wenn wir siegten, hätten wir einen Notgroschen, falls wir unsere Stellung verlören. Und es wäre ein Sprungbrett für eine Karriere als Eistänzerin – so wie meine Mutter sie hatte.

Zudem hat Mimi bereits zwei Leute mit zum See gebracht, mit denen wir heute zum dritten Mal üben. Dafür, dass wir noch am Anfang stehen, läuft es recht gut. Ich bin nur unsicher, ob unsere Kür im populären englischen Stil einzigartig genug ist.

»Und jetzt schön gleichmäßig zurück zur Mitte!«, rufe ich nach einem Schulterblick den dreien zu. Mimi hat sich in der Fabrik mit ihnen angefreundet. Wobei das nichts zu bedeuten hat. Mimi schart Außenseiter wie Sammelfiguren um sich und findet sie stets sogleich wahnsinnig nett, egal wie verschroben sie sind. Aber die zwei scheinen in Ordnung zu sein. Zumindest waren sie Feuer und Flamme, als ich von dem Wettbewerb erzählt habe, und sie können bereits eislaufen.

Unter Fannys Pudelmütze springt eine wilde Lockenmähne hervor, und sie trägt ein Eichenblatt-Amulett. Vermutlich wird sie mir demnächst etwas über negative Schwingungen oder so erzählen, zumindest hat sie mir gleich zu Beginn schon offenbart, dass das Schicksal uns zusammengebracht hat. Und natürlich kennen wir uns bereits aus einem anderen Leben.

Der andere Läufer ist das genaue Gegenteil. Ich habe vergessen, wie er heißt, da ich umgehend beschlossen habe, ihn »den Piefke« zu nennen, denn er verhält sich wie ein reicher Piefke. Kerzengerade steht er in seinen zerlumpten Kleidern da, als trüge er einen Anzug.

Wir üben nun seit einer Stunde. Es läuft gut. Aber das reicht nicht. Wenn wir gewinnen wollen, müssen wir restlos überzeugen.

»Fanny, denk an die Beine! Mimi, Arme an den Körper.« Der Piefke macht alles perfekt, er ist einer von diesen Obergenauen. Rechnet alles exakt aus und tausendmal nach. Für den Auftritt können wir das allerdings gut gebrauchen. Er hat sogar schon errechnet, wie oft wir üben können. Unter Berücksichtigung des Schichtplans, Weihnachten und der freien Sonntage ist es jedoch nicht genug. Ich wünschte, es gäbe eine Möglichkeit, auch abends zu fahren, denn für den Wettbewerb würden wir alle sogar auf Schlaf verzichten. Leider ist es dann zu dunkel.

»Seid ihr bereit für das nächste Stück der Kür?«, frage ich.

Keiner antwortet. Alle sehen zum Ufer, wo ich nun einen Hund entdecke, der schwanzwedelnd auf mich zuspringt. Sein Halsband klirrt dabei fröhlich.

»Oah, ist der süß!«, quietscht Mimi völlig hingerissen.

Ich kann nicht zustimmen. Um genau zu sein, ist es der hässlichste Hund, den ich je zu Gesicht bekommen habe. Sein Fell hat alle Farben, die ein Fell haben kann, und das in einer wilden Mischung. Seinem linken Ohr fehlt ein Stück. Aus weißlich blauen Augen sieht er mich allerdings so aufgeweckt an, dass ich ihn dennoch ins Herz schließe.

Fanny ist auf das Ufer gestiegen und hockt sich vor das Hündchen, um es zu kraulen. »Das glaube ich ja nicht! Möhm, bist du das?« Begeistert deutet sie auf ihn. »Er ist die Wiedergeburt meiner Urgroßmutter!«

»Was?«, fragen Mimi und der Piefke zeitgleich. Mir bereitet derweil etwas anderes Sorgen.

Wo Hunde sind, sind Menschen nicht weit.

Und damit meine ich keine inneren Urgroßmütter.

Ich suche das Ufer ab, und im Grau-Weiß der Landschaft entdecke ich jemanden. Hinter einer Tanne. War das etwa ein Lüstling?

»Wer ist da?«, frage ich argwöhnisch.

Es ist jedoch eine junge Frau, die zaghaft hinter der Tanne hervortritt. Hat sie uns beobachtet? Will sie unsere Schau nachahmen? Ich verenge meine Augen, um besser sehen zu können. Der Eindringling muss eine höhere Tochter sein, denn die hellbraunen Haare sind zu einer aufwendigen Frisur hochgesteckt, wobei eine breite Ponysträhne direkt in die linke Gesichtshälfte fällt. Ob sich die entsprechende Haarnadel gelöst hat? Unter dem warmen Mantel lugt ein edel bestickter Stoff hervor, und um den Hals hat sie ein fein gewebtes Tuch gezogen. Was die wohl hier will? Hoffentlich will sie uns nicht vertreiben. Es ist einer von den wenigen Seen, der nicht zu weit vom Schlösschen und der Ziegelei, in der Mimi und die anderen arbeiten, entfernt ist.

»Das … das sah hervorragend aus«, stammelt das Mädchen nun mit hochrotem Kopf und merkwürdig klingender Stimme. »Darf ich …« Sie räuspert sich. »Darf ich vielleicht mitmachen?«, fragt sie dann schüchtern hinter ihrem Tuch und dem hochgeschlagenen Mantelkragen hervor.

Sie will mitmachen?

Das ist mal wieder sehr bezeichnend für eine höhere Tochter. Stolziert durch die Welt und meint, sich nehmen zu können, was ihr gefällt. Aber da hat sie die Rechnung ohne mich gemacht. Ich befreie diese Eisfläche nahezu täglich vom Schnee, der sich angesammelt hat, und jetzt will sie ohne ihr Dazutun etwas vom Kuchen abbekommen. Zudem habe ich in meiner spärlichen freien Zeit Besseres zu tun, als mich mit verwöhnten Fräuleins, die mit dem goldenen Löffel im Mund groß geworden sind, abzugeben.

Ich verschränke die Arme. »Tut mir leid, wir sind bereits vollzählig.«

»Aber … aber … aber sagtest du nicht, es wäre besser, zu fünft zu sein?«, funkt Mimi in ihrer glockenhellen Stimme nun dazwischen und schiebt ihre Brille mit dem Zeigefinger hoch. »Damit du auch mal von außen gucken kannst?« Ich liebe Mimi wie eine kleine Schwester, doch gerade würde ich ihr am liebsten die Kufe vor das Schienbein schlagen, denn das gnädige Fräulein sieht mich nun hoffnungsvoll an.

»Das war zu Beginn. Jetzt sind wir mit den eingeübten Figuren schon so weit, dass es zu spät ist, wenn jemand dazukommt.«

»I…I…Ich könnte ja mitschreiben, was zu tun ist, und jeden Tag üben«, schlägt das Fräulein nun mit einer merkwürdigen Betonung vor. »Ich habe ungeheuer viel Zeit zu erübrigen, es wäre mir ein Vergnügen, alles aufzuholen.«

Natürlich. Wenn einem von Geburt an alles zufällt, weiß man nicht, womit man die Tage füllen sollte, während andere den gesamten Tag schuften und dennoch abends hungrig ins Bett gehen.

»Tse, die Figuren kann man nicht alleine üben. Hier kommt es auf die Abstimmung an, die Gleichzeitigkeit, das ist das Schwierige. Wir proben das bereits seit Wochen.«

»Verstehe.« Ihre Stimme ist kaum hörbar, der Blick gesenkt. Hat meine offensichtliche Lüge sie dermaßen verletzt? Der Frost ist ja erst vor knapp zehn Tagen ins Land gezogen. Ein wenig tut sie mir leid, trotzdem will ich sie so schnell wie möglich loswerden. Das Fest des Wiener Eislauf-Klubs ist schon in gut drei Monaten, bis dahin gibt es viel zu tun, denn die anderen Gemeinschaftsfiguren haben momentan noch etwas … Ameisenhaufenhaftes. Nur weniger organisiert.

»Können wir nicht …«, fragt nun selbst der Piefke aus seiner kerzengeraden Haltung. Er nickt zum Fräulein und beendet die Frage mit seinen Augen. *Können wir nicht vielleicht doch eine Ausnahme machen?*

Ich sehe zu Fanny, die sich bisher nicht geäußert hat. Sie schüttelt kaum merklich den Kopf, nur das Eichenblatt-Medaillon um ihren Hals baumelt leicht hin und her.

Also steht es zwei zu zwei.

»Warum gehst du nicht zur großen Eisfläche in der Stadt? Ich denke, da bist du besser aufgehoben«, schlage ich vor und meine es auch so. Die Eisfläche des Wiener Eislauf-Klubs mit ihrem schicken Restaurant ist ein Platz für das Sehen und Gesehenwerden. Es wimmelt dort vor Aristokraten, und abends springen angeblich monströse elektrische Sonnen an, sodass man selbst in der Dunkelheit fahren und angeben kann. Nicht so wie hier, wo wir schon bald kaum mehr die Hand vor Augen sehen werden.

»Das geht leider nicht.« Das Fräulein spricht nun mit überraschend fester Stimme, hat fast etwas Trotziges.

»Wieso denn nicht? Dein Herr Vater hat doch gewiss eine Kutsche und einen Anstandswauwau, mit dem er dich losschicken kann. Und wenn nicht, nimmst du dir eben einen Fiaker. Läuft es nicht so bei euch?«

Herausfordernd sehe ich das Mädchen an. Ja, möglicherweise bin ich ein wenig missgünstig, aber nach all den Entbehrungen meines Lebens sind mir die Reichen zuwider. All dieser Überfluss und Luxus. Und was noch viel schlimmer ist, ist die mütterliche Wärme. Was hätte ich dafür gegeben, wenn jemand mich am Abend ins Bett gebracht hätte, mir vielleicht eine Geschichte vorgelesen hätte. Das hat die da ganz bestimmt gehabt. Mit einer Kinderfrau obendrein. Ich habe nichts von alledem gehabt. Nun will ich wenigstens diesen See für mich und meine Gruppe haben.

»Die Fahrt wäre tatsächlich nicht das Problem«, sagt das Fräulein und kommt langsam näher.

»Und worauf wartest du dann?«

»Ich möchte zur Erholung eislaufen, um auf andere Gedanken zu kommen. Das wird mir dort nicht möglich sein.«

Die Frage nach dem Warum liegt mir auf der Zunge, doch noch bevor ich sie stellen kann, beginnt das Fräulein an ihrem Mantel zu nesteln, während sie weiter auf uns zukommt. Mit einer fließenden Bewegung löst sie die obersten drei Knöpfe und zieht nun auch ihr schützendes Tuch fort.

»Deswegen.«

Sie schiebt mit der rechten Hand ein Stück ihres Kleides zur Seite und legt ihren Kopf schräg nach hinten, als würde sie ihren Hals einem Vampir zum Biss anbieten. Sie verharrt so, scheint auf ihr Urteil zu warten.

Ich höre den Piefke nach Luft schnappen, Fanny schlägt die Hand vor den Mund, und Mimi murmelt: »Grundgütiger!«

Und ich? Ich weiß nicht, was ich sagen soll.

Kapitel 6

Nikolett

Ich schließe die Augen, während ich die Kommentare über mich ergehen lasse. Es ist hart. Obwohl ich mit dieser zutiefst schockierten Reaktion gerechnet habe. Und die kleine Truppe weiß ja nicht, wie es ist. Mit den Blicken. Wenn ich das Brandmal nicht verbergen kann, ist es am schlimmsten.

Schon seit Langem mache ich mir in dieser Hinsicht nichts mehr vor. Es ist ein grausiger Anblick. Vom Dekolleté aufsteigend rankt die gerötete, wellige Haut in mein Gesicht. Wie Moos überwuchert es meine untere Gesichtshälfte bis zur Schläfe.

Nun lockere ich den Griff wieder, hole den Kopf zurück und sehe in die Runde. »Habt ihr eine Vorstellung, wie es ist, damit zu leben?«

»Das ist noch lange kein Grund, hier mit uns zu fahren.« Das zierliche Mädchen mit dem strengen Dutt verschränkt die Arme. Ihrem Äußeren nach muss ihre Mutter oder ihr Vater aus dem asiatischen Raum stammen, und ich hätte gerne mehr darüber erfahren, doch offenbar werde ich hier nicht länger geduldet. Obwohl die Überwindung zur Ehrlichkeit mich alles gekostet hat. Wäre ich bloß in meiner Bücherwelt geblieben. Die Figuren darin haben es zwar auch nicht immer leicht, allerdings bin ich dann lediglich Zuschauerin.

Sobald ich mich abwende, höre ich hinter meinem Rücken heftiges Flüstern aufbranden. Ich habe die ersten fünf Schritte durch die Winterlandschaft getan, als die feste Stimme der Rädelsführerin wieder erklingt.

»Warte!« Die Entschiedenheit in ihrer Stimme ist beeindruckend.

Zaghaft blicke ich über die Schulter.

»Warum genau willst du hier mitmachen?«

Unschlüssig gehe ich einen Schritt auf sie zu. Ich habe keinen blassen Schimmer, was die Resolute hören will. »Es … sieht sehr vergnüglich aus.«

Oh. Das war alles andere als richtig. Sie verschmälert ihre Augen. »Wir sind nicht zum Vergnügen hier. Wir wollen beim Winterfest des WEK auftreten. Und gewinnen. Das könnte unser Leben verändern. Also bitte verzeih, wenn wir keine Zeit für Spielereien haben!« Der Sarkasmus trieft aus ihren Worten, und vermutlich sollte ich jetzt gehen.

Aber ich habe einen Handel mit mir abgeschlossen. Wenn ich das hier nicht schaffe, muss ich auf János zugehen. Da biete ich lieber diesem Energiebündel die Stirn.

»Ihr wollt beim Winterfest auftreten? Ich liebe die beeindruckenden Schaueinlagen auf dem Eis. Kein einziges habe ich bisher verpasst, obwohl ich es sonst vermeide, das Haus zu verlassen. Ich könnte euch helfen. Vielleicht könnte ich so etwas wie eure Beraterin sein?«

Sie ist noch nicht überzeugt.

»Wie ist es zum Beispiel mit Kostümen? Keiner tritt dort ohne einheitliche Kostüme auf. Habt ihr da schon etwas geplant?«

Kaum merklich verlagert sie das Gewicht. Ist das ein Anflug von Unsicherheit? Die hinteren beiden Mädchen beginnen zu tuscheln. Max bellt und umrundet hechelnd die Truppe, als wolle er uns zusammentreiben. Meine einfache Frage bereitet ihr Schwierigkeiten, und nun verstehe ich die Problematik. Ein edler, glänzender Stoff, wie er für Kostüme üblich ist, ist für sie unerschwinglich.

Und es ist meine Gelegenheit, ihnen etwas zu bieten, das sie wollen.

»Ich habe noch meterweise Stoff zu Hause, den ihr für die Kostüme verwenden könntet«, flunkere ich. Es klingt besser, als zuzugeben, dass ich meinen Charme bei meinem Vater dafür einsetzen würde, ihn zu besorgen. Nur um dazuzugehören.

Mit frisch erwachtem Interesse sieht sie mich an.

Das junge Mädchen mit der Brille greift nach der Hand der Lockenmähne, und der aufrechte junge Mann scheint etwas im Kopf auszurechnen.

»Ach ja?«, fragt die Resolute voller Argwohn. »Und den würdest du uns einfach so geben?«

Ich zucke mit den Schultern. »Warum nicht? Bei uns liegt er ja nur herum. Und ihr habt in den letzten Tagen den See vom Schnee befreit, oder? Das war sicherlich viel Arbeit. Seht es als kleine Anerkennung meinerseits.«

Sie kaut auf ihrer Unterlippe. Schaut nach hinten zu ihren Freunden. Erst dann sieht sie mich wieder an.

»Na schön«, sagt sie schließlich, und die Worte scheinen kaum über ihre Lippen kommen zu wollen. »Du kannst uns beim Üben helfen.«

»Wirklich?« Max spürt meine Freude und bellt wie verrückt. »Danke! Danke, danke, danke! Ihr werdet es nicht bereuen«, sage ich und meine es auch so. Ich werde dieser Truppe alles widmen, damit sie siegen kann.

Die Resolute hebt den Zeigefinger und sieht mich ernst an. »Du kannst aber nicht mit auftreten.« Sie spricht, als wäre das eine Hiobsbotschaft, so ernst, dass ich richtig laut lachen muss. »Glaub mir, nie im Leben würde ich mich beim größten Fest der Saison auf das Eis wagen!«

Kapitel 7

Leopold

»Heipa?« Ich lausche meiner Stimme hinterher, die durch den dunklen, schier endlosen Flur zieht. Ich habe so laut gerufen, um nach Möglichkeit jedes der sechzehn Zimmer des Herrenhauses bis in den letzten Winkel zu erreichen. Woher würde die Antwort kommen?

Es bleibt still.

Also ist er bereits dort, wo er immer ist.

Ich springe die Stufen bis zur Beletage hinauf und gehe zum Zigarrenzimmer. Schon am Gang dringt mir der Qualm entgegen. Ich klopfe an der Tür und öffne sie, ohne eine Antwort abzuwarten. Es würde ohnehin keine kommen. Jetzt presst der dichte Rauch meine Schläfen zusammen. In großen Schritten durchquere ich den Raum und reiße ein Fenster auf, bevor ich mich an meinen Großvater wende.

Wie immer brütet Heinz-Patrick Lindenfels, genannt Heipa, rauchend in seinem Chesterfield-Sessel über dem Schachbrett. Hinter ihm türmen sich die Bücher in den Regalen über dem Kamin, dessen züngelnde Flammen für noch mehr Qualm sorgt. Ich schiebe meine Hemdsärmel nach oben. Soll ich mich nach dem Schachspiel erkundigen, bevor ich gehe? Allerdings spielt er ohnehin nur gegen sich selbst.

Weil er dann in jedem Fall scheitert. Zehn-, zwanzig-, dreißigmal am Tag. Er ist einst ein brillanter Spieler gewesen, doch mittlerweile versucht er, auf jeder Seite so schnell wie möglich zu verlieren, deswegen dauert keine Partie lange.

Zeit seines Lebens hat es für mich alles im Überfluss gegeben. Erst das Geld durch die Blütezeit der Fabriken, unter der auch die Wachstuchfabrik unserer Familie aufgeblüht war. Dadurch hat sich Heipa das Herrenhaus mit den unzähligen Zimmern leisten können. Vermutlich war es nur recht, dass es nun die Trauer ebenfalls im Überfluss gibt. Vor zwei Jahren sind meine Mutter, mein Vater und meine Großmutter bei einem Schiffsunglück ums Leben gekommen. Seitdem hat mein Großvater nie wieder gelächelt. Eigentlich hat er gar nichts mehr gemacht, außer die Fabrik endgültig in meine Hände zu legen.

»Was macht die Fabrik?«, brummt er schließlich, ohne den Blick vom Karomuster des Schachbretts zu heben. Die Fabrik ist das Einzige, wofür er weiterhin Interesse hegt. Unwillkürlich kratzt mein Hemd am Rücken, dort, wo der Schweiß ausgebrochen ist. Ich denke an den zurückgezogenen Großauftrag aus Deutschland. Den kaputten Webstuhl. Und unsere Rücklagen, die dem Schnee am ersten warmen Frühlingstag gleichen.

»Gut«, beeile ich mich dennoch zu sagen. »Alles beim Alten.«

Ich möchte Großvater nicht mit weiteren Sorgen belasten. Es genügt, wenn er eine Lösung findet, einen möglichst schlechten Zug für Weiß zu setzen, denn wenn ich es richtig sehe, könnte die Dame den schwarzen König in zwei Zügen schachmatt setzen.

»Ich werde mich dann aufmachen. Zum Hochrad-Klub.«

Heipa nickt abwesend. »Gut.«

Die Klinke liegt bereits in meiner Hand, als er doch noch etwas sagt. »Wann bist du wieder da?«

Ich zögere. Meine Eltern – und auch mein Großvater – haben mir stets strenge Regeln gesetzt, was die Schule und die Arbeit betraf. Ihre Erwartungen waren hoch. Jede Generation hat die Familie zu mehr Vermögen geführt, bis sie mit meinem Großvater sogar in die zweite Gesellschaft, den Geldadel, aufgestiegen ist. Das ist schwer zu überbieten. Im Grunde genommen ist es schon schwer, diesen Stand zu halten, denn die Zeiten haben sich geändert.

Doch was die Freizeit betrifft, habe ich stets freie Hand gehabt. Immerhin. Haben mir deswegen die Beschäftigungen gar nicht tollkühn genug sein können? Als Kind bin ich auf dem Rohbau eines neuen Fabrikgebäudes geklettert und von den höchsten Bäumen im Park gesprungen. Zudem das Hochradfahren im Sommer, bei dem ein einziger Sturz dem Leben ein Ende bereiten kann. Und das Eislaufen auf den frisch zugefrorenen Seen im Winter. Nicht nur einmal bin ich dabei fast durch das noch zu dünne Eis gebrochen. Dennoch würde ich nie darauf verzichten. Und das hängt nicht nur mit meinem Drang nach Bewegung und Abenteuern zusammen. Nein. Das hat auch einen anderen Grund und der ist eigentlich sogar wahnsinniger, als sich bei Minusgraden aufs Eis hinauszuwagen.

»Warte nicht auf mich«, sage ich und verlasse das rauchige Zimmer. In der Regel isst Heipa ohnehin alleine, da er einen gänzlich anderen Rhythmus hat. Er schläft, so lange es geht, um so wenig wie möglich vom Tag mitzubekommen. Ich bin froh, den dunklen Gängen und Zimmern für ein paar Stunden entkommen zu können, das gesamte Haus hat etwas Bedrückendes, seit alle fort sind.

Erst nachdem ich die hölzernen Stufen der Aufstiegshilfe erklommen habe und den ledernen Sitz des Hochrads unter mir fühle, wird mir wieder leichter zumute. Ich liebe die Geschwindigkeit, die ich damit erreichen kann, und den Hauch von Gefahr. Ein wenig erinnert es mich an das Eislaufen. Sobald ich damit über den Burgring fahre, den frischen Wind in meinem Gesicht spüre, sind die unzähligen Male vergessen, wo ich frustriert den Schraubenschlüssel auf den Boden gepfeffert habe. Im Nachhinein kommt es mir gar so vor, als hätte ich liebevoll und ohne größere Schwierigkeiten Teil um Teil zusammengesetzt – und nicht etwa so laut geflucht, dass es mich nicht gewundert hätte, wenn man mich unverzüglich aus der Kirche geworfen hätte.

Doch nun läuft das Rad wie geschmiert, und es ist schwer vorstellbar, dass es einmal anders war. Ich biege in eine Seitengasse, die zum Praterstern führt, und von dort in die Hauptallee, die sich quer durch die gesamte Auenlandschaft des Praters bis zur Galopprennbahn zieht.

Seit einigen Tagen liegt eine drei Finger breite Schneedecke auf den nackten Ästen und überzieht die Wiesen. Ich genieße das malerische Bild der perfekten Winterlandschaft, obwohl es bedeutet, dass es heute vermutlich die letzte Fahrt mit dem Hochrad in diesem Jahr sein wird. Sobald es häufiger schneit, wird der Schnee so hoch auf den Straßen liegen bleiben, dass er nicht mehr beiseitegeschoben werden kann.

Aber die konstanten Minusgrade bedeuten auch, dass man wieder aufs Eis kann. Ich zwinge meine Mundwinkel, die wie von selbst nach oben gewandert sind, in eine normale Position zurück. Ich sollte mich wirklich besser im Griff haben, Ferdinand und János würden sich nur lustig machen, sie haben ohnehin bereits Verdacht geschöpft. Allerdings kann ich ihnen schlecht die Wahrheit sagen. Mir ist schließlich durchaus bewusst, dass ich mich an einen Strohhalm klammere und es sinniger wäre, aufzugeben. Aber diesen Winter will ich mich der Hoffnung noch hingeben. Danach werde ich weitersehen. Selbst wenn ich nicht sicher bin, ob es mir jemals gelingen wird, mich in eine andere zu verlieben.

Ferdinand hebt die Hand bereits von Weitem, als ich auf den Treffpunkt des Hochrad-Klubs zusteuere. Wie immer sieht er aus wie aus dem Ei gepellt, selbst der buschige Fellkragen seiner Jacke wirkt geschniegelt. János lehnt mit seinem langen Mantel am Zaun und tippt sich an den breitkrempigen Hut, doch sein Lächeln ist von einem Grauschleier überzogen, und der Mantelkragen ist hochgeschlagen. Vom Tschick in seiner Hand schlängelt sich ein dünner Rauchfaden in die Luft.

Ich springe vom Rad und erkundige mich nach den Neuigkeiten. Wir begutachten neue Räder und frisch eingebaute technische Raffinessen der anderen Mitglieder, bis es mir unauffällig genug erscheint, mein Anliegen hervorzubringen.

»Und? Was machen wir mit dem angefangenen Tag? Sollen wir noch zum Eislauf-Klub?« Mir entgeht nicht, dass János und Ferdinand Blicke austauschen.

»Bitte sag mir, dass es diesen Winter nicht schon wieder losgeht.« Ferdinand streicht drei Miniaturschneeflocken von seinem Ärmel, als würden sie im nächsten Moment nicht ohnehin in den beigefarbenen Stoff seiner Jacke sickern.

»Ich sag dir gleich, so eine Odyssee wie im letzten Jahr mache ich nicht noch einmal mit«, fällt János ein und sieht mich so vorwurfsvoll an, als hätte ich verlangt, barfuß nach Budapest zu wandern. Dabei hatte ich lediglich im letzten Winter vorgeschlagen, ein paar andere Seen zum Eislaufen auszuprobieren.

»Siebenundzwanzig Seen!«

Na gut, vielleicht sind es siebenundzwanzig gewesen. Nur leider haben wir damit noch immer nicht alle geschafft. Es gibt viel zu viele Seen in Wien und Umgebung.

»Achtundzwanzig«, korrigiert Ferdinand. »In vier Monaten!«

Nun gut, dann sind es eben achtundzwanzig gewesen.

»Was ist so schlimm daran? Die Fläche des Eislauf-Klubs ist ohnehin immer überfüllt.«

Ferdinand verschränkt die Arme. »Wenn du Ruhe willst, kannst du auch auf dem Anwesen meiner Eltern fahren. Dort gibt es gleich zwei Seen.«

Verdammt! Ferdinand kennt mich doch besser, als ich gedacht habe, dabei haben wir uns erst vor drei Jahren hier im Hochrad-Klub kennengelernt. Er weiß, dass es da noch einen anderen Grund geben muss.

»Ja, schon …«, winde ich mich und suche hastig nach einer unverfänglichen Erklärung, warum mir das nicht passt.

»Genau, warum eigentlich nicht? Dort sind wir ja noch nie gelaufen …«, stimmt nun auch János ein.

»Ach kommt, ihr wisst doch, dass ich mit meiner niederen Herkunft in eurem Palais nicht gerne gesehen bin«, sage ich mit einem Augenzwinkern zu Ferdinand. Seine Mutter hat dies tatsächlich mehr als deutlich gemacht. Glücklicherweise teilen er und János die Vorbehalte gegen Neureiche jedoch nicht. »Warum nicht einmal etwas Neues ausprobieren? Ihr seid sonst doch auch nicht gegen Veränderung …«

János sieht mich mit Gewittermiene an. »Veränderung ist nicht immer gut.«

Ich presse die Lippen zusammen. Wenn es nach János geht, würde man die Zeit auf ewig zehn Jahre zurückdrehen. Dann wären seine Eltern noch am Leben. Und vor fünf Jahren muss ihm eine weitere böse Sache widerfahren sein. Darüber spricht er allerdings nie. Doch was es auch war, was bringt es, sich ewig an den alten Fehlern zu reiben? Wobei – tue ich nicht das Gleiche, indem ich noch immer meiner Eisprinzessin hinterherjage?

Mit ihrem schwungvollen Auftritt hat sie mich damals augenblicklich in ihren Bann gezogen. Sie strahlte eine Kraft, eine Energie aus, der man sonst nur in der wilden Natur begegnet. Peitschende Wellen. Der donnernde Blitz eines Sommergewitters. Oder die Nordlichter. So erhaben, wie ich mich im Angesicht dieser Naturgewalten fühle, erging es mir, als ich ihr gegenüberstand. Oder vielmehr, als ich von meinem unprätentiösen Platz mit dem Hosenboden auf dem Eis zu ihr aufblickte. Ich verfluche mich immer noch, dass ich mich so geheimnisvoll geben musste. Ich hatte das Gefühl, dass es ihr nicht gefallen würde, dass meine Familie der oberen Gesellschaft angehörte, auch wenn es nur die zweite Gesellschaft ist, auf die der alteingesessene Adel der ersten Gesellschaft stetig herabblickt.

Zugegebenermaßen hätte ich vieles getan, um dieser Naturgewalt zu imponieren, doch nach unserer brutalen Trennung, und da ich sie nirgends finden konnte, ist alles vergebens gewesen.

»Wenn du uns nur endlich den Grund nennen würdest, lieber Leo. Warum? Warum diese Besessenheit vom Eislaufen?«

Ich zucke mit den Schultern, um Zeit zu gewinnen. »Es macht eben Spaß.«

Ferdinand verschränkt die Arme und János mustert mich aus noch finsterer Miene als ohnehin schon, während er einen tiefen Zug aus seinem Tschick nimmt.

»Schon gut, schon gut. Ich …« Ich hebe die Hände und ringe um Worte. Möglicherweise würden meine Freunde mich ja verstehen. Wir reden nicht viel über Frauen, aber vielleicht haben auch sie eine Herzensdame, die immer wieder in ihren Gedanken herumspukt? Jemanden, der das Herz so schnell zum Klopfen bringt, als würde man in voller Geschwindigkeit die Hauptallee entlangdüsen?

»Ich … ich hege den Gedanken, eine eigene Eisbahn zu eröffnen.«

»Was?«, ruft János, und Ferdinands Augenbrauen schießen in die Höhe.

Ich weiß nicht, woher meine Worte gekommen sind, woher ich plötzlich diese Ausrede genommen habe. Doch absurder ist etwas anderes: Die Worte fühlen sich richtig an. Instinktiv weiß ich, dass es etwas wäre, worin ich aufgehen könnte. Tagtäglich würde ich das Eis pflegen, überlegen, wie ich es so lange wie möglich halten könnte, um die Fahrtzeiten zu verlängern, vielleicht wenn ich es bei Sonne abdeckte oder …

»Das wäre der reinste Wahnwitz. Du hast doch die Fabrik!« János holt mich mit seiner tiefen Stimme wieder auf den Boden der Tatsachen.

Ja, er hat recht, ich habe die Fabrik. Und damit genug Sorgen. Ich kann mein Leben nicht einem aufregenden Traum widmen, ich muss mich den Herausforderungen stellen, die mein Vater für mich hinterlassen hat. Es gibt ja nur noch mich. Ich beiße die Zähne zusammen und schiebe den Gedanken beiseite.

»Also, wie sieht es aus? Auf zum Eislaufen in den Klub?«

»Wolltest du nicht etwas Neues probieren?«

Ich könnte schreien. Wer meine Freunde hat, braucht wahrlich keine Feinde mehr. Aber eine Idee habe ich zum Glück noch. »Na kommt, ich spendiere auch eine Runde Ottakringer.«

Mit einem Seufzer aus tiefstem Seelengrund schwingen János und Ferdinand sich aufs Hochrad.

»Aber nächsten Sonntag machen wir etwas anderes«, kündigt Ferdinand vorsichtshalber an.

Ich will mich da lieber nicht zu sehr festlegen. »Schau'n wir mal. Und jetzt: Wettfahren bis zum Ende der Allee?«

Kapitel 8

Nikolett

Erst ein Blick über die linke, dann über die rechte Schulter. Und schon husche ich, gefolgt von Max, zum Dienstbotenausgang. Früher habe ich mich nur zum Mondscheinsee gestohlen, wenn alle außer Haus waren. Nun ist das nicht mehr möglich. Seit ich zur Truppe gehöre, geht es in meinem Leben nicht mehr allein um mich. Etwas viel Wichtigeres steht auf dem Spiel. Der Erfolg der Eislaufgruppe. Damit dieser sich einstellt, müssen wir üben, üben, üben, und die Probezeiten richten sich nach Juliannas Arbeit in der Küche und den Schichten der anderen in der Ziegelei. Wenn Katalina sich nun verabreden will, muss zur Abwechslung *ich* zunächst diverse Termine ausschlagen und nicht wie üblich sie. Das ist mir aber nur recht, denn so muss ich mich nicht länger wegen des Opernballs rechtfertigen.

So geräuschlos wie möglich krame ich in der Kiste unter der Garderobe. Alte Schuhe, Mützen, Schals, Tücher. »Wo sind bloß die Kufen?«, flüstere ich Max zu, und er hechelt leise. Normalerweise schiebe ich sie doch stets unter die blaue Kittelschürze.

Meine Oberschenkel schmerzen bereits, da ich so lange gebückt stehe, trotzdem wühle ich abermals die Sachen von links nach rechts. Vielleicht sollte ich systematischer vorgehen?

»Suchst du die hier?«

Ich zucke zusammen. Die Stimme meiner Mutter ist so kalt wie das Eis. Langsam drehe ich mich um. Von ihrem ausgestreckten Arm baumeln die überlebenswichtigen Kufen an ihren Schnallen herab.

Was soll ich nur tun? Alles abstreiten? Es auf Ferdinand schieben?

»Versuch es gar nicht erst. Ich weiß, dass es deine Kufen sind.«

»A…A…Aber … Es ist wirklich nichts dabei. Es friert seit zwei Wochen, die Eisschicht auf dem See ist so dick wie mein Reifrock. Sie würde ein mächtiges Kutschpferd ohne Umstände tragen! Bitte, Mutter, ich flehe dich an, nimm mir nicht auch noch das Eislaufen.«

Mutter wirkt verletzt. »Liebes, das hat doch mit Wegnehmen nichts zu tun. Ich will nur, dass dir nichts geschieht. Und was soll das heißen, der See? Du fährst auf einem See? Bist du von allen guten Geistern verlassen? Weißt du nicht, was da alles passieren kann? Jeden Winter sind die Zeitungen voll davon.«

Oje! Warum habe ich nicht daran gedacht, dass Mutter den See gar nicht zwangsläufig in Erwägung ziehen muss? »Wie gesagt, das Eis ist sicher, ich habe es genauestens geprüft. Und so ein See, der zudem nur einen kleinen Fußmarsch entfernt ist, birgt ja andere Vorteile als der Eislauf-Klub. Dort kann ich zum Beispiel nicht umgefahren werden.«

Sollte ich ihr von den anderen erzählen? Mutter ist allerdings der Inbegriff des Standesdünkels. Ich erinnere mich noch lebhaft, wie sie mich als Kind zur Seite genommen hat, nachdem ich stundenlang in der warmen Küche gesessen und den spannenden Märchen der Köchin gelauscht hatte. Faszinierende Welten hatte sie mir eröffnet, bereits im zarten Alter von sieben Jahren. Weil sich das für eine höhere Tochter jedoch nicht ziemt, untersagte Mutter mir, weiter an deren Seite zu weilen. Vorbei waren die behaglichen Stunden im Duft von Kuchen und Zimt. Der Abschied fiel mir schwer.

Wegen dieser Episode weiß ich, dass Mutter es nicht gutheißen würde. Aber diesmal muss ich einen Weg finden!

»Hmmm«, überlegt meine Mutter nun laut. Ich kann kaum die Kufen aus den Augen lassen, über die sie gerade langsam streicht. »Nun ja. Wenn ich das richtig sehe, hast du also ein gewisses Begehr …«

Ich nicke, allerdings zögerlich.

»Und es gibt gleichzeitig etwas, das ich gerne möchte. Wäre es nicht sinnig, wenn wir einen Handel abschlössen?«

»Du meinst …« Ich atme tief ein, spüre, wie meine Brust sich aufbäumt.

»Ganz richtig. János. Du hast ihn immer noch nicht gefragt.«

Das habe ich tatsächlich nicht. Und das nicht nur, weil es sich anfühlen würde, als würde ich meine Würde höchstpersönlich zur Schlachtbank führen. Ich habe ihn kaum mehr zu Gesicht bekommen. Er mied das Palais, als herrsche hier die Cholera. Dabei müsste er eigentlich so oft wie möglich hier sein, so kurz vor Ferdinands Fortgang. Ich ahne, warum. Vermutlich weiß er, dass ich ihn selbst bitten würde, mit mir zu tanzen. Und das will er nicht.

»Ich mache dir von daher ein gerechtes Angebot: Wir gestatten dir das Eislaufen, wenn du dich überwindest und János bittest, mit dir zu tanzen.«

Fast wäre mir über den gerissenen Vorschlag meiner Mutter der Mund aufgeklappt. Seit wann greift sie zu solchen Mitteln? Es muss ihr wirklich überaus wichtig sein. Doch unsichtbare Klauen halten mich zurück. Ich kann das nicht.

Allerdings kann ich ebenso wenig die Gruppe im Stich lassen. Zwar würde ich unter gar keinen Umständen mit auftreten, aber wenn ich nicht hin und wieder Juliannas Position einnehme, kann Julianna nicht von außen schauen, wie es wirkt. Und natürlich ist das nicht alles. Es fühlt sich einfach gut an, endlich mal dazuzugehören. Gemeinsam zu lachen. Und sie waren so unglaublich dankbar, als ich den Stoff für die Eislaufkostüme mitgebracht habe, den sie so händeringend gesucht haben. Dankbarkeit bin ich nicht gewohnt.

Zum Glück habe ich eine Idee.

Ganz langsam beginne ich zu nicken.

Schon nach der ersten Andeutung einer Kopfbewegung klatscht Mutter begeistert in die Hände. »Vortrefflich! Du machst am besten gleich morgen deine Aufwartung. Ferdinand kann dich begleiten.«

Ein Aufschrei entfährt mir. »Schon morgen?« Das geht unter gar keinen Umständen. Ich muss mir doch noch überlegen, was ich sagen werde. Und wie ich es betonen werde. Und tausend andere Dinge.

»Aber natürlich. Wir dürfen keine Zeit mehr verlieren, nächste Woche beginnen die Proben.«

»Übermorgen, ja? Können wir bitte übermorgen sagen?«

Ihr Ausdruck bekommt etwas Zärtliches, und sie legt ihre Hand auf meinen Unterarm. »Nun gut, wenn es dir wirklich so wichtig ist, dann sagen wir, übermorgen. Aber ich dulde keinen weiteren Aufschub.«

Kapitel 9

Nikolett

»Kannst du nicht mit hereinkommen?« Ich vermeide es, Ferdinand anzusehen, und streiche stattdessen über den tiefen Riss in der Lederpolsterung des Fiakers. Beobachte, wie mein Finger im weichen Material verschwindet.

»Bitte! Bitte, bitte, bitte, Nando!« Selbst sein Spitzname aus Kindheitstagen, als ich *Ferdinand* noch nicht aussprechen konnte, erweicht ihn nicht.

»Das schaffst du schon!« Er stupst mit dem Zeigefinger gegen meine Nase, als wolle er mich aus dem Fiaker puffen.

»Aber ihr verbringt sonst auch jede freie Minute gemeinsam, warum nicht jetzt?«

»Wie ich gehört habe, hast du etwas mit ihm zu besprechen. Und irgendwie … ist das ja eine Sache unter euch. Da würde ich nur stören.«

Ich seufze und sehe zum verschnörkelten Stadthaus mit den traurigen Fenstern. Oder liegt es nur daran, dass János die Läden geschlossen hat? Soll ich da wirklich hineingehen?

»Niko!«, mahnt Ferdinand mit wippendem Fuß. Was hat er es nur so eilig? Auf eine Minute mehr oder weniger wird es für ihn gewiss nicht ankommen. Für mich hingegen ist jede Sekunde, in der ich mich nicht diesem fürchterlichen Gespräch stellen muss, Gold wert.

»Nun mach schon! Ich habe Besorgungen zu erledigen, schließlich geht es nächste Woche bereits los.« Ich mag gar nicht daran denken, wie still es sein wird, wenn Ferdinand seinen Dienst beim Militär beginnt. Darüber sollte ich mir jetzt allerdings nicht auch noch den Kopf zerbrechen.

Ich spüre Ferdinands Hand auf meinem Rücken und steige so langsam und umständlich wie möglich aus dem Fiaker. Mit klappernden Hufen fährt er davon. Vielleicht könnte ich einfach davonlaufen? Aber Mutter würde Ergebnisse verlangen, und früher oder später könnte ich es nicht mehr verheimlichen, wenn ich János nie gefragt hätte. Also versuche ich mir die Worte zurechtzulegen. In einem normalen Plauderton würde ich sie rüberbringen. Nicht etwa, als wäre ich verzweifelt. Nur kann ich nicht direkt mit der Tür ins Haus fallen.

Worüber könnten wir zu Beginn höflich Konversation betreiben?, überlege ich, während ich in winzigen Schritten auf die schwarze Tür zugehe. Er hat kein Namensschild daneben angebracht und keine Gardinen aufgehängt, damit das Haus unbewohnt wirkt. Besucher sind ihm seit dem Tod seiner Eltern zuwider, und nun komme ausgerechnet ich. Gewiss könnten wir uns zunächst mit den Neuigkeiten des Hochrad-Klubs über Wasser halten, allerdings weiß ich eigentlich alles schon von Ferdinand, und es könnte János misstrauisch machen. Seine Geschäfte sind in der Regel ein heikles Thema, es ist mir ein Rätsel, warum er nicht die gleiche Laufbahn wie sein Vater eingeschlagen hat, der so wie mein Vater für den Hofstaat tätig war. Das sind gesicherte Stellen, zumindest solange man sich nichts zuschulden kommen lässt. Aber auch der Hof fällt somit als Konversationsthema weg, und über die Bälle, die er in dieser Saison bereits besucht hat, will ich lieber nichts wissen – auch wenn es das optimale Thema für die Überleitung wäre. Doch die Bilder von ihm beim Tanz mit einem jungen Fräulein fühlen sich an wie ein zu enges Korsett. Selbst wenn er bald vielleicht auch mit mir tanzen würde.

Doch das wäre aus einem anderen Grund.

Und der Gedanke schmerzt. Ich werde nie eine von denen sein, an deren Seite er ausgelassen den gesellschaftlichen Vergnügungen nachgehen kann.

Was bleibt also?

Worüber soll ich mit ihm sprechen?

Es war einst so einfach, damals, als wir alle noch Kinder waren. Ich sehe uns durch den Garten tollen, der eine die anderen jagend, bevor wir atemlos zum Stehen gekommen sind und gelacht haben. Die Welt war damals eine sorglose. Ich sehe uns hinter dem Fliederbusch kauern, János drückt seine Hand sachte auf meinen Rücken, damit ich mich noch etwas tiefer ducke, und er legt beschwörend den Zeigefinger auf die Lippen. Es ist der Tag, an dem ich die hellen Sprenkel in seinen Augen entdecke. Wie im Moment gefangene Miniaturschneeflocken vor dunkler Nacht.

Das erleichterte Aufatmen, als Ferdinand endgültig vorbeigegangen ist und auf der Sonnenseite des Palais weitersucht. János nimmt mich an der Hand, als wir gemeinsam zum Freischlagen rennen und Ferdinands Beschwerden ersticken, der fest überzeugt ist, dass es unfair war, dass wir zusammengearbeitet haben.

So einfach war das. Keine Sekunde musste ich überlegen, die Worte kamen wie von selbst. Und heute? Heute habe ich Angst, ob überhaupt Worte aus meiner Kehle kommen. Denn je näher ich der Tür komme, desto größer wird mein Unbehagen.

Meine Hand zittert, als ich am Seil der Türglocke ziehe, und auch, während seine hagere Haushälterin mich die Treppe hochführt.

»Besuch für Sie, Herr Jacoby«, kündigt sie mich mit ihrer kratzigen Stimme an. Er brummt eine Antwort, wendet jedoch kaum die Augen vom Block, auf dem er zeichnet. Kurz flackert sein Blick zu mir, zurück zur Arbeit, und im nächsten Moment schnellt er wieder hoch. Er schlägt sein Skizzenheft zu und springt auf.

»Niko…Nikolett!«

Sein Blick geht wie immer so tief, als wolle er in meinen Augen meine tiefsten Geheimnisse ergründen. Dinge, die ich nicht einmal meiner liebsten Freundin anvertrauen würde. Unwillkürlich spannt mein Brustkorb sich an – er darf in keinem Fall erfahren, dass ich so viel mehr für ihn empfinde.

Und dann ist da diese Traurigkeit. Er ist kräftig gebaut, und doch wirkt er, als bestehe sein innerer Kern aus etwas sehr Fragilem. Hauchdünnes Glas, das bei der zartesten Berührung zerfällt. Oder eine Schneeflocke, die sich sofort verflüchtigt, sobald man sie auf die Fingerspitze legt.

»Hallo, János.«

»Was führt dich zu mir? Frau Meerkamp, kochen Sie uns bitte eine Kanne Tee?«

Am liebsten hätte ich auch sie angefleht, nicht zu gehen, aber viel zu schnell sind wir alleine in seiner Dachgeschosskammer, wo er am liebsten arbeitet. Mein Blick fällt auf den Schreibtisch, auf dem sich die Blätterberge türmen, einige davon zerknüllt. Vereinzelte Zinnsoldaten von früher liegen vor einem versilberten Bilderrahmen mit dem Hochzeitsbild seiner Eltern. Neben dem Tintenfass ein überlaufender Aschenbecher, den er nun unter den Aufsatz des Schreibtischs schiebt. Dann holt er ihn wieder hervor und zündet sich einen Tschick an.

Angespannt mustert er mich. Offensichtlich ist es ihm mehr als unangenehm, dass ich hier bin. Er ahnt vermutlich, warum.

»Woran arbeitest du gerade?« Mit dem Kinn deute ich zum Skizzenblock.

»Ach«, er schiebt auch den Block unter den Aufsatz. »Nichts weiter.« Er sieht sich um, scheint nicht zu finden, was er sucht, und zieht schließlich den Schreibtischstuhl heraus. »Willst du … willst du dich setzen?«

Unsicher gehe ich einen Schritt nach vorne, denn der Schreibtischstuhl ist die einzige Sitzmöglichkeit im Raum.

»Ach, was mache ich denn? Ich sollte dich in das gute Wohnzimmer führen. Wo bleibt bloß der Tee?«

Die Vorstellung, mit ihm allein in einem edlen Raum auf grünem Samt zu sitzen, ist fürchterlich. Wenn wir nicht einmal das Anfangsgeplänkel hinbekommen, worüber sollen wir dann reden, während der Tee abkühlt und bis die obligatorischen zwei Tassen, die sich groß wie Regenfässer anfühlen, getrunken sind?

»Bitte, keine Umstände«, sage ich schnell. »Ich habe nur eine Frage. Oder vielmehr eine Bitte.«

»J…Ja?«

»Mein Balldebüt steht nächstes Jahr an.« Ich schlucke. Jetzt müssen die Wörter raus. Am besten sofort. Es nützt ja doch nichts. »W…Würdest du … würdest du vielleicht mein Tanz-partner sein?«

Jetzt bin ich also doch mit der Tür ins Haus gefallen. Sogleich senke ich den Blick. Will den Widerwillen nicht sehen. Er will es nicht, und ich habe ihn trotzdem gefragt. Er antwortet nicht sofort. Aus den Augenwinkeln sehe ich, wie er den Hemdkragen lockert.

»Willst … du das denn?«, fragt er, um Zeit zu gewinnen, während er nach einer einigermaßen akzeptablen Ausrede sucht.

Ich nicke beklommen, hasse es, dass ich gezwungen bin, ihm die Schmach abermals zu bestätigen. Dass ich nicht sagen kann, dass er nicht muss, wenn er es wirklich so schlimm findet.

Er zuckt mit den Schultern.

»Heißt das *ja*?«, muss ich nachfragen.

»Aber gewiss doch. Wenn das dein Wunsch ist, mache ich das gerne«, sagt er in formvollendeter Manier, um so viel Distanz wie nur möglich zwischen uns aufzubauen.

Früher haben wir zusammen gekichert und uns gegenseitig zum Narren gehalten. Heute ist da nur noch die distanzierende Höflichkeit.

Kapitel 10

Julianna

»Mimi, deine Knie müssen vollkommen durchgedrückt sein!«
Kurzerhand umrunde ich sie und umfasse beide Schultern,
um auch ihre Haltung stärker aufzurichten. Doch etwas ist
anders, und ich halte inne. Die Schulterblätter stechen zu sehr
unter der Haut hervor, da ist kaum mehr Fleisch. »Geht es dir
wirklich gut?« Unter Mimis Augen liegen tiefe Schatten, und
ihr Gesicht ist fast so weiß wie der Schnee.

Ich könnte Feuer speien vor Wut! »Geben sie euch in der
Fabrik denn kein anständiges Essen?« Erst gestern hat die
Köchin einen fetten Fasan für Markow zubereitet.

Fanny lacht freudlos, und Mimi zuckt mit der linken Schulter. »Dafür ist es immerhin sündhaft teuer. Aber was anderes
können wir ja ohnehin nicht mit dem Blechgeld zahlen.«

»Blechgeld?« Ich runzle die Stirn. »Was ist denn das?«

Fanny kommt in ihrer wallenden Kleidung zu uns herüber-
gefahren. »Markow zahlt nicht nur einen Hungerlohn und lässt
uns in überlaufenen Massenunterkünften wohnen, er gibt uns
dieses sogenannte Blechgeld heraus. Es ist eine fabrikeigene
Währung, die man nur in Läden auf dem Werksgelände nutzen kann, wo alles zu überteuerten Preisen angeboten wird.«

»Das gibt es doch nicht, dieser Mistkerl, was für eine Unverschämtheit!« Es ist mir zutiefst zuwider, dass wir von die-

ser Person so abhängig sind. Am liebsten würde ich die gesamte Eisfläche des Sees mit einem einzelnen Faustschlag zertrümmern, um den Zorn loszuwerden. So kann man nicht leben. Sollte ich jemals Kinder haben, würde ich alles dafür tun, dass sie es besser haben als wir.

»Bist du sicher, dass all das hier dir nicht zu viel wird?«, versichere ich mich bei Mimi.

»Ist das dein Ernst?« Mimi löst sich und vollführt eine Drehung. »Das Eislaufen ist das Einzige, was mich die Tage durchstehen lässt. Wenn ich mit Fanny an der Dachziegelpresse stehe, schieben wir oft unsere Schultern zurück, als würden wir eislaufen, und gehen die Kür durch. Das motiviert uns, weiterzumachen. Dann wissen wir, dass wir schon bald wieder hier auf dem Mondscheinsee sind und wieder wir selbst sein können.«

»Mondscheinsee?«

»So nennt Nikolett ihn, ist das nicht hübsch?«, fragt Mimi in ihrer kindlichen Begeisterung, breitet die Arme aus und lässt ihren Blick vom Waldrand über das Bootshäuschen bis zum gefrorenen Schilf gleiten. Ich kann darüber nur den Kopf schütteln. Nikolett lebt wirklich in der reinsten Märchenwelt.

Jetzt wabbelt es verdächtig unter Mimis Strickjacke und ich lege den Kopf schief. »Hast du Krümel etwa immer noch?« Mimi hat die kleine Maus bei sich aufgenommen, als ich noch im Waisenhaus gelebt habe, und schien gut für sie zu sorgen, denn das Tier hat ein überraschend langes Leben.

Als Antwort senkt sie den Blick. »Eventuell ist es schon Krümel der Zweite. Fantastisch, da kommt Nikolett!«, ruft sie und winkt wie wild.

Auch der Piefke und Fanny heben die Hand zum Gruß, als Nikolett mit einem Korb in der Hand auf uns zukommt. Mit der freien Hand winkt sie freudig zurück. »Ich habe noch mehr Stoff für die Kostüme mitgebracht. Und eine kleine Überraschung.«

Etwas in mir zieht sich zusammen, und ich rufe die anderen auf ihre Position. »Wir können jetzt nicht warten, bis das Fräulein ihre Kufen umgeschnallt hat, schon bald wird es dunkel.«

Ich umrunde die Gruppe und schenke Nikolett keinerlei Beachtung. »Also denkt daran: Unsere Haltung muss perfekt sein. Aufrecht, Arme dicht am Körper, selbst in den Kurven. Ansonsten schreien wir förmlich heraus, dass wir zur Arbeiterklasse gehören, und dann kommen wir nie da raus. Wir müssen es ebenso meisterhaft machen wie die feinen Pimpfe.« Ups. Erst jetzt fällt mir wieder ein, dass einer dieser feinen Pimpfe nun unter uns weilt. Nervös blicke ich zu Nikolett. Wie wird sie reagieren? Auf der anderen Seite hat sie es selbst so gewollt. Und sie darf ruhig sehen, was ich von der herrschenden Klasse halte.

Mimi seufzt entmutigt. »Das schaffe ich nie!«

Nikolett ist offenbar fertig mit dem Umziehen und gleitet auf sie zu. Wie bei den letzten Treffen hat sie ihr Rosentuch tief in die rechte Gesichtshälfte gezogen, sodass ihr Lächeln, das sie Mimi nun zuwirft, nur halb zu sehen ist. Darin liegt anscheinend so viel Verständnis, dass es Mimi auch so aufzumuntern scheint.

»Es ist schon ein wenig eigentümlich, nicht wahr?«, fragt Nikolett in die Runde. »Findet ihr nicht, dass es um einiges einfacher mit leicht gebeugten Knien geht? Und wenn man in den Kurven die Hände mitnimmt, hat man mehr Halt.« Sie demonstriert es, als wären wir allesamt zu dumm, ihre Worte zu verstehen.

Ich verdrehe die Augen, obwohl ich zugegebenermaßen schon oft das Gleiche gedacht habe. »Darum geht es doch gerade! Es soll nicht einfach sein. Eislaufen ist harte Arbeit. Wenn es leicht wäre, könnte es ja jeder Depp, und dann müssten wir hier nicht üben. Und jetzt: Alle zurück auf die Ausgangsposition! Nikolett, du fährst für mich.«

Es hat sich so eingebürgert, dass Nikolett und ich uns abwechseln mit dem Zusehen. Zähneknirschend muss ich zugeben, dass Nikolett ihre Sache gut macht, es ist offensichtlich, dass sie früh mit dem Eislaufen angefangen hat. Sie ist sehr sicher auf dem Eis, und trotz der rigiden Haltung, die der englische Stil verlangt, haben ihre Bewegungen eine gewisse Grazie. Wenn ich ehrlich bin, hätte ich Nikolett gerne beim Schaulaufen dabei, allerdings hat sie mehrmals betont, dass das für sie nicht infrage kommt. Vielleicht ist es besser so. Ich will weder meine Leidensgenossin aus dem Waisenhaus noch Fanny und den Piefke aus der Vorführung streichen.

Diesmal schaffen wir den gesamten Durchlauf mit nur vereinzelten Fehlern. Ich will sogleich die Gunst der Stunde nutzen und einen weiteren Probelauf nachschießen, doch Nikolett hebt die Hand. »Ich denke, wir sollten zunächst eine kleine Verschnaufpause einlegen. Es ist bitterkalt, und ich habe eine Kleinigkeit arrangiert.«

Ich will protestieren, wir haben noch zu viel zu üben. Allein der flehentliche Ausdruck in Mimis Gesicht hält mich davon ab. Grummelig folge ich den anderen ans Ufer, wo Nikolett den Stoff hochhält, den sie von zu Hause mitgebracht hat, damit ich weitere Kostüme für die Vorführung nähen kann. Das Fräulein selbst kann nur sticken und hat nie gelernt, eigene Kleidung anzufertigen. Typisch. Allerdings muss ich zugeben, dass wir ohne den Stoff verloren wären, denn allein der übersteigt alles, was wir aufbringen können. Und sie hat angeboten, kleine silberne Eistänzerinnen auf das Revers zu sticken, was ich irgendwie niedlich fände, aber selbstverständlich habe ich ihren Vorschlag ausgeschlagen.

Nikolett zieht nun Tassen aus einem Weidenkorb hervor und reicht jedem eine. Was hat sie vor?

»Nun kommt das Beste«, kündigt sie an, während sie eine blecherne Flasche von mehreren Schichten Zeitung und Tüchern befreit.

»Was ist das?«, fragt Fanny neugierig und beobachtet gebannt, wie Nikolett eine dampfende Flüssigkeit in die Tassen schenkt. Ich schnuppere vorsichtig und bereue es im nächsten Moment. Mein Magen krampft, da es so verführerisch duftet.

»Das ist ja Kakao«, quietscht Mimi vergnügt, als ihre Tasse gefüllt ist, und sieht begeistert zu mir herüber. Wir teilen die gleichen Erinnerungen. Im Heim hat es zu Weihnachten immer Kakao gegeben. Kakao und Rosinenstriezel und das Fest war perfekt. Und nun kommt hier diese junge Dame, für die es keinerlei Schwierigkeiten bereitet, an einem ganz normalen Sonntag Kakao für alle mitzubringen.

Der Piefke seufzt leise. »Es ist siebenhundertachtundsiebzig Tage her, dass ich zuletzt Kakao getrunken habe«, verkündet er und ich nehme das als Bestätigung, dass er irgendwie von Zahlen besessen ist.

Ich starre auf die nächste Tasse, die sich wie durch Zauberhand füllt, da ich Nikolett ausblende. Ich will ablehnen. Großmütig so tun, als habe ich diesen herrlich warmen und gewiss ebenso süßen Kakao nicht nötig. Ich will nichts achtlos wegtrinken, was andere sich niemals im Leben leisten können.

»Ihr habt im Heim Kakao bekommen?« Fanny begutachtet vorsichtig, wie sich die Flüssigkeit im Becher bewegt. »Ich habe noch nie Kakao getrunken.«

Nikolett bleibt abrupt stehen. »Noch nie?« Mit Genugtuung beobachte ich, wie das Fräulein vom Hals bis zum Haaransatz rot wird. Jetzt ist ihr wohl bewusst geworden, welch dekadentes Verhalten sie hier für uns an den Tag legt.

Fanny winkt ab. »Aber wir haben an Weihnachten immer für die anderen Dorfbewohner gesungen und uns so ein Festmahl verdient.« Sie strahlt Nikolett gewinnend an und nippt dann vorsichtig an der Tasse. »Ach, du meine Güte, das ist ja köstlich! Eines Tages möchte ich in einer ganzen Wanne voll Kakao baden.« Sie kichert und nimmt trotz ihrer Ankündigung nur einen winzig kleinen weiteren Schluck.

Nun reicht Nikolett mir einen Becher. Ich kann jetzt nicht mehr ablehnen. Aber ich verachte Nikolett ein wenig mehr dafür – auch wenn mir nicht entgeht, dass sie für sich selbst keinen Kakao einschenkt.

»Wo hast du eigentlich so gut eislaufen gelernt, Nikolett?«, fragt Mimi, nachdem wir alle eine Weile unseren Kakao genossen haben. »Oder bist du ein Naturtalent wie Julianna?«

Nikolett lacht auf. Es ist ein schönes Lachen. Man hört es nicht oft, aber es ist tief und nicht so überbordend, wie das anderer Frauen oft ist, so als müssten sie beweisen, dass sie wirklich, wirklich, wirklich amüsiert sind.

»Das bezweifle ich«, sagt sie nachdenklich und stellt Mimis Becher zurück in den Korb. »Es kam vielmehr nach und nach vom Beobachten der anderen auf der Eisfläche. Die Vorstellungen beim Winterfest des WEK haben als Kind tiefen Eindruck bei mir hinterlassen.«

»Deine Familie ist Mitglied im WEK?« Mimis Stimme überschlägt sich, und ich halte zeitgleich die Luft an. Ich kann Nikolett einfach nur anstarren, zu mehr bin ich nicht imstande. Nikolett ist sichtlich irritiert, dass diese Neuigkeit Mimi noch mehr aus dem Häuschen gebracht hat als der köstliche Kakao außerhalb von Weihnachten.

Sie kann ja nicht ahnen, was ihre Verkündung für mich bedeutet. Nachdem sie beteuert hat, dort nicht fahren zu können, war ich fest davon ausgegangen, dass sie kein Mitglied ist.

Mimis Augen sagen mit Begeisterung: »Nun mach!«

Doch etwas in mir sträubt sich. »Machen wir nun endlich weiter?«, frage ich stattdessen und kehre, ohne eine Antwort abzuwarten, auf die Eisfläche zurück.

»Julianna!«, schimpft Mimi und kommt hinterher. Ich gehe nicht darauf ein. Obwohl ich genau weiß, was sie meint.

Da ist sie nun. Die Möglichkeit, um die ich seit drei Jahren verbittert gerungen habe. Alles habe ich versucht, um in diesen vermaledeiten Klub zu kommen. Nur einen einzigen Nachmittag. Denn was liegt für Eisläufer näher als die Fläche des bekanntesten Eislauf-Klubs von ganz Österreich?

Das Problem ist nur, dass dieser so elitär ist, dass nur die Société von Wien zugelassen ist. Gehört man nicht zur Crème de la Crème, gibt es kein Hineinkommen. Ausnahmslos.

Nicht einmal, wenn man bereit ist, einen verdammt hohen Preis zu zahlen.

Kein Klubmitglied, kein Eintritt.

In meiner Verzweiflung habe ich alle Menschen befragt, die ich kenne, ob sie nicht jemanden wissen, der dort Mitglied ist und mich mitnehmen kann. Meine Verzweiflung war so groß, dass selbst Mimi mit herumgefragt hat im letzten Winter, doch unsere Anfragen stießen entweder auf Wut oder Gelächter.

Womöglich habe ich einmal sogar versucht, die Mauer zu erklimmen – das endete jedoch in solch einem Desaster, dass ich lieber rasch an etwas anderes denke.

Auch Fanny und der Piefke sind wieder auf dem Eis, Nikolett verstaut noch die Tassen. »Was ist denn los?«, fragt sie verdutzt und sieht zwischen mir und Mimi hin und her.

Ich sehe Mimi beschwörend an, jetzt bloß nichts zu sagen, und sie verschmälert ihre Augen. Doch sie verrät mich nicht. Wendet sich stattdessen an Nikolett. »Hast du nicht gesagt, du könntest dort nicht laufen?«

»Theoretisch könnte ich schon«, klärt Nikolett sie auf, während sie vorsichtig auf die Eisfläche kommt. »Aber dort werde ich so angestarrt, dass es mir keinerlei Freude mehr bereitet.« Sie blickt in die Runde. »Kann ich jetzt endlich erfahren, worum es hier geht?«

Wie auf Kommando sehen alle zu mir. Entschlossen wende ich ihnen den Rücken zu. »Nicht der Rede wert. Und nun alle auf Position bitte!«

Niemand bewegt sich. Mimi verschränkt die Arme und ich muss mich zwingen, ruhig zu atmen, bevor ich über die Schulter zurückblicke.

Was soll das denn jetzt?, fragt Mimi mich stumm.

Ich presse die Lippen zusammen.

Es ist nun mal Fakt, dass ich mich, im Gegensatz zu den anderen, Nikolett gegenüber nicht eben mit Höflichkeit überschlagen habe. Wozu auch? Gewiss ist es nicht einfach, mit einem solch auffälligen Brandmal zu leben. Aber wer hat schon ein einfaches Leben? Da draußen gibt es Menschen, die nicht einmal ein Obdach haben. Zahlreiche Kriegsversehrte sind auf den Straßen. Es gibt Kinder, die hungern. Nikoletts Haltung erscheint mir deswegen schlichtweg falsch. Man muss nicht wie ein geschlagener Hund herumlaufen, nur weil die ansonsten perfekte Schönheit durch eine Narbe zerstört wird.

Zugegebenermaßen eine recht große Narbe, eine ganze Narbenfläche, aber dennoch. Ihre Eltern sind steinreich, sie ist in einer Villa mit Bediensteten aufgewachsen, während Mimi und ich uns im Waisenhaus gegenseitig die Läuse aus den Haaren gesucht haben. Mein Urteil mag etwas streng sein, aber letztlich bin ich fest überzeugt, dass es weitaus schlimmere Schicksale gibt.

Und Nikolett nun, da ich ein Anliegen habe, für meine Zwecke einzubinden, erscheint mir falsch. Vorher habe ich nur das Nötigste mit ihr geredet und nun soll ich so tun, als wären wir Busenfreundinnen? Solche Menschen sind mir schon immer zuwider gewesen.

So bin ich nicht, und so will ich auch nicht sein.

Auf der anderen Seite … Es sind nunmehr drei Jahre. Drei Jahre, in denen ich den Himmelsstürmer überall gesucht habe. Je weiter unser Kennenlernen in die Ferne rückt, desto mehr sinkt die Chance, dass es mir gelingen könnte, ihn zu finden. Ich kann nur hoffen, dass er ebenfalls hin und wieder an mich denkt. Auch wenn mit jedem weiteren Tag, der ins Land zieht, die Erinnerung blasser und blasser wird.

Es ist nur noch eine Frage der Zeit, bis sie ganz verschwindet. Und wenn ich einen passionierten Eisläufer jemals wiederfinden würde, dann ja wohl auf dem großen Platz des Wiener Eislauf-Klubs. Soll ich also über meinen Schatten springen und Nikolett um Hilfe bitten?

Aber ich will nicht auf die Neue angewiesen sein. Wenn es mit dem Probelauf klappt, werde ich ohnehin in den Klub kommen.

Allerdings sind das noch zwei Monate. Und an diesem Tag ist die Bahn vermutlich für das normale Publikum gesperrt. Die Eislaufsaison ist dann fast vorbei, und ich würde ein weiteres Jahr warten müssen. Vielleicht sollte ich also doch …

Ich spüre förmlich, wie mein Geist gegen das Herz kämpft. Sobald ich den Jungen innerlich vor mir sehe, bin ich gewillt, alles zu versuchen. Wirklich alles. Vermutlich hätte ich sogar Gesetze gebrochen wie das ein oder andere Mal, als ich noch im Waisenhaus war.

»Was habt ihr denn nur?« Neugierig blickt Nikolett erneut von einer zur anderen.

»Nichts«, beeile ich mich erneut zu sagen und drehe mich weg. »Können wir jetzt bitte endlich weitermachen?«

Der Piefke zuckt mit den Schultern und setzt sich in Bewegung, Fanny zögerlich hinterher. Mimi hingegen verschränkt die Arme. »Wenn du es nicht sagst, tue ich es.«

»Wage es nicht«, drohe ich.

Doch Mimi kennt mich zu gut. Niemals würde ich ihr etwas antun. Vermutlich petzt sie deswegen, so wie früher die Streber im Heim. »Julianna möchte unbedingt einmal auf die

Fläche des Wiener Eislauf-Klubs. Sie träumt seit Jahren davon und liegt uns allen damit in den Ohren.«

»Tatsächlich?« Überrascht mustert Nikolett mich. »Nun ja, ich gehe nicht gerne hin, aber wenn es dir so wichtig ist, kann ich dich natürlich einmal mitnehmen.«

In der Gegend meines Herzens jubiliert alles, und der nebelverhangene Tag scheint ein Stück heller zu werden. Zumindest will es mir das weismachen. Zum Glück gibt es da noch meinen wachen Geist, der mich im Zaum hält. Am liebsten würde ich das verdammte Herz durch ein Loch in den Eissee schieben, auf dass es für immer erkalten würde. Also rufe ich mir in Erinnerung, wie wahrscheinlich es ist, dass der Junge mich längst vergessen hat. Sonst wäre er schließlich noch einmal zum See gekommen, wo wir uns kennengelernt haben. Jeden Sonntag, wenn ich keinen Hausarrest hatte, habe ich dort wie ein einsamer Schwan meine Runden gezogen, ewig auf der Suche nach ihm. Eingehüllt in seinen kuschelweichen grauen Schal.

Doch er ist nie aufgetaucht. Wozu also kämpfen?

»Danke, das muss nicht sein. Und jetzt auf Anfangsposition bitte!«

Aber wir können es wenigstens versuchen, schreit das Herz in diesem Moment ohrenbetäubend laut. *Nur ein einziges Mal?,* ganz leise hinterher.

Und weil es um den Himmelsstürmer geht, merke ich, wie ich weich werde. Langsam gleite ich an Nikolett heran, gerate ins Stolpern und tauche mit hochrotem Kopf wieder auf.

Kapitel 11

Nikolett

Alles zieht mich auch heute hinaus aufs Eis, aber Mutter begleitet mich höchstpersönlich in die Stadt, wo ich meine erste Tanzprobe haben werde. Wir sitzen im Fiaker, der Fahrer hat die obligatorische schwarze Melone auf dem Kopf, und es gibt keine Möglichkeit zu entkommen. Anderthalb Stunden, in denen ich in unmittelbarer Nähe zu János bin. Wie soll ich das überstehen?

Als wir Schloss Schönbrunn passieren, reckt Mutter den Hals, vermutlich um zu sehen, ob nicht gerade Sisi oder Kaiser Franz Joseph zugegen sind, aber das Schloss ist im Dornröschenschlaf. Jetzt, im Winter, sind sie größtenteils auf der Hofburg direkt in der Stadt. Papa ist auch nirgendwo zu entdecken. Der sitzt die meiste Zeit in seinem Büro und betreibt seine Korrespondenz, um die Einkäufe des Hofes zu koordinieren, und hat dadurch Kontakte in alle Welt.

Mutter erzählt mir die neuesten Gerüchte, während wir uns auf der Linken Wienzeile der prächtigen Ringstraße nähern, die vor einigen Jahren eröffnet wurde. Doch ich höre nicht richtig zu, obwohl ich das eigentlich unhöflich finde.

Wir erreichen die Secession, das umstrittene Ausstellungsgebäude der Vereinigung bildender Künstler. *Der Zeit ihre Kunst. Der Kunst ihre Freiheit,* prangt in goldenen Lettern unter einer gigantischen goldenen Kugel aus Blättern. Der Rest ist schnörkellos und besteht aus geraden Linien. »Solch ein hässliches Gebäude«, schimpft Mutter wie jedes Mal. Es ist in der Tat ungewöhnlich, anders als alles, was es zuvor gegeben hat. Allerdings gehört es zur Kunst, da wäre ein Allerweltsgebäude irgendwie unpassend, finde ich. Zunächst musste ich mich daran gewöhnen, aber mittlerweile gefällt es mir. Es wirkt so aufgeräumt und zeigt mir, dass Dinge auch außergewöhnlich sein dürfen. Von den meisten Wienerinnen und Wienern wird es jedoch spöttisch als »Tempel für Laubfrösche« oder gar »Mausoleum« bezeichnet – vermutlich habe ich einfach eine andere Einstellung zur Hässlichkeit. Bei der Stadt stieß das Gebäude zumindest auf so viel Kritik, dass es nicht einmal mehr direkt an die Ringstraße gebaut werden durfte.

Schließlich kommt die Prachtallee, und der Kutscher lenkt die Pferde nach links. Neben uns taucht die Oper auf, die ein wenig so aussieht, als wäre sie im Boden versunken. Mein Bauch zieht sich zusammen. Ich kriege hier jedes Mal ein schlechtes Gewissen, da ich mich als Kind so wie fast alle Wiener Bürgerinnen und Bürger darüber lustig gemacht habe, dabei konnten die Architekten nichts dafür. Es wirkt nur so, da die Straße im Nachhinein angehoben wurde und dahinter ein riesiges Gebäude steht. Nachdem sogar der Kaiser gesagt hatte, dass das Gebäude wie eingesunken aussieht, soll einer der Architekten sich erhängt haben. Seither ist der Kaiser dazu übergegangen, jegliche Dinge distanziert zu loben, wann immer er nach seiner Meinung gefragt wird. Und auch ich versuche, nicht mehr vorschnell zu urteilen.

Viel zu früh komme ich bei der ersten Tanzprobe an. Wenn es nach mir gegangen wäre, wäre ich als Letzte in den Saal gestolpert und hätte mich die gesamte Stunde über in den hintersten Reihen aufgehalten. Aber da Mutter früh auf ein Kaffeekränzchen geladen ist, muss ich eine Dreiviertelstunde dort warten.

»Was machen wir denn nur, Max?«, frage ich aus der Macht der Gewohnheit heraus. Dummerchen! Max habe ich natürlich zurücklassen müssen. Das arme Kerlchen sitzt vermutlich die ganze Zeit neben der Treppe und beobachtet stur die Haustür. Ein Buch habe ich ebenfalls nicht mitgebracht.

Gedankenverloren schleiche ich über das Parkett. Helle und dunkle Quadrate wechseln sich ab, wie bei einem Schachbrett, und es ist fast so glatt wie das Eis. Wie von selbst verfallen meine Füße in die Abfolge der Kür. Gemeinsam zur Mitte, wieder zurück, linksherum, eine Drehung, rechtsherum, im Kreis fahren, Rechtsdrehung und direkt danach zurück zur Mitte, mit der Hand elfengleich über dem Kopf. Das ist der herausfordernde Part, den man nur schafft, wenn man ausreichend Geschwindigkeit aufgenommen hat. Insbesondere auf dem doch etwas stumpferen Tanzboden ist das nicht einfach und so muss ich leicht das linke Bein nachziehen und gerate ins Ächzen.

Ein Räuspern lässt mich innehalten.

Es folgt peinliche Stille – Stille Nummer drei. Eine, die mir gar nicht lieb ist – und das Blut schießt mir bis in die Ohrläppchen. Eine Frau ganz in Schwarz mit einem akkuraten Scheitel starrt mich an. Hinter ihr warten zahlreiche junge Menschen zwischen den hellgrauen Flügeln der Doppeltür und recken die Köpfe übereinander. Und ich stehe wie ein Hofnarr mit erhobenem Arm mitten auf der Tanzfläche und versuche auf dem Parkett eiszulaufen. Großartig. Genau der unauffällige Auftritt, den ich mir gewünscht habe. Meine Hand fällt herab. »Entschuldigen Sie bitte«, murmle ich und weiß, dass Mutter geschimpft hätte, weil ich nicht laut genug gesprochen habe. Es klang auch irgendwie komisch. Warum habe ich nicht schnell etwas Lustiges auf der Zunge gehabt?

Die Tanzlehrerin, Frau Horvath, kommt mit exakten Schritten bis in die Mitte des Raumes und mustert mich abschätzig. Die anderen tuscheln, während ihre Blicke meine Brandnarbe abtasten und mich zeitgleich als Sonderling abstempeln. Auch Katalina ist unter ihnen, sie presst die Backenzähne zusammen und zwinkert mir zu.

»Sie können es wohl gar nicht abwarten?«, sagt Frau Horvath naserümpfend, und ich flüchte mich an den Rand.

Als ich mich rückwärts an eine Fensterbank lehne, entdecke ich János. Sein Blick ist unergründlich und sorgt dafür, dass ich mich wie ein Kind hinter dem bodenlangen Vorhang verstecken möchte. Hat auch er meine Blamage mitbekommen? Verabscheut er es nun noch mehr, was er für mich tun muss?

Ich kann kaum den Erklärungen der Tanzlehrerin lauschen, und als die Aufforderung kommt, dass wir uns nun in Tanzhaltung aufstellen, erscheint es mir eine großartige Idee, stattdessen aus dem Raum zu stürzen. Wie sollte ich die Nähe ertragen, wenn sie doch nie echt werden würde?

Die anderen Paare haben längst zusammengefunden und ich überlege noch, in welcher Geschwindigkeit ich auf János zugehen soll. Ganz langsam, als wäre ich völlig entspannt? Oder könnte das als Langeweile missdeutet werden? Aber wenn ich zu schnell gehe, könnte man meinen, ich könne es kaum abwarten, ihn zu berühren. Was ein wenig so ist. Gleichzeitig fürchte ich mich davor. Vielleicht gebe ich meinem Gang etwas leicht Beschwingtes, so wie Ferdinand immer läuft. Das wirkt stets gelassen bis fröhlich, so als müsse er nicht einmal darüber nachdenken.

Irgendwie schaffe ich es, zu János zu gelangen, komme mir allerdings vor wie ein Grashüpfer mit zu wenig Kraft.

Ob er meinen Herzschlag hören kann? Er riecht dezent nach Tschick, aber auch gut. Nach Pfefferminze. Er lächelt höflich. Und distanziert. Nervös schiebe ich die Haare hinter mein Ohr, nur um sie sogleich wieder hervorzuholen. Sie sollen mich doch verstecken.

Soll ich jetzt einfach seine Hand nehmen?

Und was würde dann passieren? Nach dem Aufruhr in mir drin halte ich eine Explosion nicht für ausgeschlossen.

Frau Horvath kommt zu uns herüber. »Noch etwas näher zusammen, der Herr steht leicht versetzt«, dirigiert sie.

Noch näher? Verschwendet die Gute keinen Gedanken daran, dass ich auch noch atmen muss? Wir tun einen Zwergenschritt aufeinander zu. Wann war ich ihm zuletzt so nahe? Ich kann mich nicht entsinnen.

»Der Herr hält seine Hand an das linke Schulterblatt der Dame.« János reagiert nicht sofort, und so führt sie kurzerhand seine Hand an die richtige Stelle. Er ekelt sich, mich anzufassen. Und meine eigenen Hände sind schweißnass, es wird also gewiss nicht besser. Warum in aller Welt musste ich János nehmen, verfluche ich mich und meine Mutter. Warum haben wir nicht länger gesucht? All das wäre mit einem pickligen Jüngling, vielleicht noch mit schiefen Zähnen, einfacher als mit dem bestaussehenden Mann von ganz Wien.

Es folgt der Moment, wo unsere Hände zusammentreffen. Ich presse die Augen zusammen, doch die Explosion bleibt aus. Zumindest äußerlich.

Frau Horvath stupst und zieht unsere Haltung weiterhin zurecht. Ich bin froh, dass ich über János' Schulter an ihm vorbeiblicken soll und ihm nicht in die Augen sehen muss. Die Angst ist zu groß, was ich darin finden könnte.

Wir beginnen mit den ersten Schritten, und ich bemühe mich, sie perfekt zu meistern. Wenigstens in *der* Hinsicht will ich János nicht blamieren. Ich denke an die Geschmeidigkeit in den Bewegungen, die richtige Höhe beim Heben des Fußes, den Takt, meinen Gesichtsausdruck, den Abstand zwischen meinen Füßen, den Abstand zu seinen Füßen, die Elastizität in den Beinen, das richtige Anwinkeln der Knie. Ich bemühe mich wirklich. Jedes Detail will ich unter Kontrolle haben, ganz egal wie winzig es ist.

Doch obwohl ich all das bedenke, gelingt es nicht. Das Gegenteil ist der Fall. »Verzeihung« wird zum meistgenutzten Wort an diesem Tag.

Mimi und Fanny haben mir auf dem Eis versichert, dass ich eine gewisse Grazie hätte, und der Piefke hat die stets exakte Anzahl meiner Schritte vor den Drehungen gelobt. Davon ist heute nichts zu merken. Meine Gedanken flattern immer wieder zur Anfangsszene zurück, wo alle mich angestarrt haben. *Das Mädchen ist nicht nur abstoßend hässlich, sondern obendrein sonderbar.* Dabei kann man sich keine Andersartigkeit erlauben, wenn man entstellt ist. Dann hat man sich unscheinbar im Hintergrund aufzuhalten.

»O nein, schon wieder!«, wispere ich rasch, als unter meinem Schuh ein Knubbel in Form von János' Fuß auftaucht und er peinvoll das Gesicht verzieht. »Wirklich … es … es tut mir leid, ich weiß nicht, warum ich es nicht hinbekomme.«

»Schon in Ordnung«, presst er hervor. Doch ich kann hören, dass er es nicht so meint. Krampfhaft versuche ich die Konversation auf ein anderes Thema zu lenken. Ich muss irgendwelche Wörter aus mir herauszwingen. Irgendwas!

»Äh … hast … hast du am Wochenende etwas Schönes vor?«

»Ich weiß es noch nicht genau, Ferdinand bekommt ja leider zu Beginn beim Heer keinen Ausgang. Ein Bekannter vom Hochrad-Klub möchte in den Eislauf-Klub, aber da waren wir in der vergangenen Woche ständig. Vielleicht kann ich ihn überzeugen, mal etwas anderes zu unternehmen.«

»Ihr wollt zum WEK?«, hake ich so überrascht nach, dass ich für einen Moment meine Befangenheit vergesse. Sofort kommt mir die letzte Probe mit Julianna wieder in den Sinn. Ein warmes Gefühl legt sich um mich, wie immer, sobald ich an die Truppe denke. Und dass ich dazugehöre. Auch wenn Julianna mich nicht besonders zu mögen scheint, zollt sie mir stets Respekt, und mir gefällt, dass kein Mitleid in ihren Augen ist. Und vor zwei Tagen, als wir über den WEK gesprochen haben, habe ich eine andere Julianna kennengelernt. Sogar ein Hauch von Unsicherheit war in ihrer Stimme. Deswegen habe ich zugesagt. Ich werde mit Julianna zum Eislauf-Klub in der Stadt fahren, obwohl es mir zuwider ist, mich den Blicken zu stellen. Aber ich habe gefühlt, dass es ihr unglaublich wichtig ist.

»Ich bin am Wochenende vermutlich auch da«, sage ich schüchtern, und meine Hände werden direkt noch etwas schwitziger. Nicht, dass er jetzt denkt, dass ich mich dort mit ihm treffen möchte. Wobei das natürlich schön wäre. Und fürchterlich zugleich.

»Du? Dich habe ich dort ewig nicht gesehen.«

Ich will eine gelassene Antwort geben, da ich so stolz bin, halbwegs normalen Wochenendbeschäftigungen nachzugehen. Für gewöhnlich muss ich bei derartigen Gesprächen schwindeln, da ich schlecht zugeben kann, dass ich das gesamte Wochenende niemanden treffe und die ganze Zeit lesen werde.

In dem Moment stolpere ich jedoch erneut über János' Fuß. Gerade will ich zu Entschuldigung Nummer dreihundertvierundsiebzig ansetzen, als er den Kopf schüttelt und die Lippen zu einer schmalen Linie zusammenpresst. Und ich kann mich nur fragen, wie lang diese vermaledeite Tanzprobe noch gehen mag. Und wie ich diese unerträgliche Nähe zweimal die Woche überstehen soll.

Kapitel 12

Julianna

Fasziniert beobachte ich, wie Nikolett den Besucherschein unterschreibt, und drücke verstohlen die kleine Bronzefigur in meiner Tasche. Mehr braucht es nicht, um mir in den abgezäunten Eislauf-Klub Zutritt zu gewähren, das ist nach all dem Aufwand, den ich betrieben habe, kaum zu glauben. Nikolett lächelt verlegen und deutet auf die Eislauffläche. »Da wären wir also. Der legendäre WEK.«

Mein Herz klopft wild, als ich nicke. Endlich habe ich es geschafft!

Doch ich beruhige mich schnell wieder. Es ist viel unspektakulärer, als ich es mir vorgestellt habe. Eine schöne Freiluftfläche, ohne Frage, allerdings ist es unglaublich voll, und ich ahne jetzt schon, dass ich das Eislaufen hier unter diesen Umständen nicht sonderlich genießen werde.

Aber deswegen bin ich ja auch nicht hier. Eigentlich ist es sogar gut, dass es so voll ist. Umso besser stehen die Chancen, dass *er* ebenfalls hier ist.

Jetzt bemerke ich, dass Nikolett gebannt zum Ausgang sieht, durch den gerade eine Person entschwunden ist. »Suchst du jemanden?«

»Was? Ich? Nein.« Heftig schüttelt sie den Kopf, wirkt danach sogar leicht beduselt.

»Warum siehst du dann immer wieder zum Ausgang, als gäbe es dort Zuckerln umsonst?«

»I…I…Ich … ich dachte nur, ich hätte jemanden gesehen, den ich kenne. Aber es wäre ziemlich unhöflich, sofort zu verschwinden, wenn ich hereinkomme, also war er es gewiss nicht.« Sie schüttelt sich, und ihr Lächeln wirkt aufgesetzt. »Wollen wir dann?«

Ich stimme zu, da Nikolett offenbar nicht darüber reden will, und gemächlich ziehen wir unter den Augen der klassizistischen Häuser unsere Runden. Wir *randeln*, während in der Mitte eine Gruppe eine Kür einübt. Sie ähnelt jener, die ich für uns ausgetüftelt habe, und wieder nagt das Gefühl in meinem Bauch, dass sie für den Wettbewerb womöglich nicht genug fasziniert. Ich versuche unterwegs, einen Blick in jedes Gesicht zu erhaschen, ohne die Menschen allzu offensichtlich in Augenschein zu nehmen. Aber muss ich mich überhaupt so mühen? Im Menschengetümmel spüre ich nämlich, was Nikolett gemeint hat. Warum sie nicht mehr herkommt. Ganz so übertrieben, wie ich vermutet habe, ist ihre Darstellung mitnichten. Doch ich bin es gewohnt, wie ein exotischer Vogel betrachtet zu werden. Österreich-Ungarn ist zwar ein Vielvölkerstaat, in dem mehr als zehn unterschiedliche Sprachen gesprochen werden, doch es gibt nur recht wenig Menschen aus Asien.

Ich kenne daher diese Blicke.

Mir ist es allerdings nie untergekommen, dass die Menschen sich gar noch einmal umdrehen, um eine bessere Sicht erhaschen zu können. Und das Zusammenstecken der Köpfe danach ist mir auch neu. Es fühlt sich selbst für mich fürchterlich an.

Zaghaft sehe ich zu Nikolett. Sie hält sich tapfer, gibt vor, sie würde es nicht bemerken. Jahrelange Übung vermutlich. So langsam begreife ich, welch ein Opfer es für sie gewesen sein muss, und bereue es schon fast, sie um diesen Gefallen gebeten zu haben.

Ich sollte meine Zeit besser nutzen. Abermals lasse ich meinen Blick über die Menschen gleiten, sortiere die Kleinen und die Frauen sogleich aus. Weilt der Himmelsstürmer unter uns? Ist irgendwo ein braunroter Schopf oder dieses spitzbübische Grinsen?

»Juhu, Nikolettchen, was machst du denn hier?« Eine junge Frau saust auf uns zu und kommt nur eine Handbreit vor uns zum Stehen. Ein Schwall erdigen Geruchs, der gleichzeitig süßlich wirkt, weht zu uns herüber und ich muss mich zurückhalten, um nicht das Gesicht zu verziehen. Skeptisch mustere ich Nikoletts Bekannte. Sie hat die Kufen unter Schnürstiefeletten mit so hohen Absätzen geschnallt, dass es mir ein Rätsel ist, wie sie damit fahren kann. Wäre die schweinsartige Nase nicht, hätte sie wohl ein durchschnittliches Gesicht. Ihre teure Kleidung zeigt jedoch, dass sie keine Ansehnlichkeit benötigt, um mühelos durchs Leben zu kommen.

Nikolett stellt sie als ihre Freundin Katalina vor, Tochter des Freiherrn von Rottenau, seines Zeichens Gründungsmitglied des Wiener Eislauf-Klubs. Eine Freiin also. Sie steht damit einen Rang niedriger als Nikolett, die ja eine Comtesse ist. Wir sind aus allen Wolken gefallen, als wir das erfahren haben. Und trotzdem benimmt diese Katalina sich so erhaben, als sei sie eine Prinzessin.

»Und wer ist deine …« Katalinas ameisenbraune Augen wandern über meine mehrfach geflickte Kleidung und sie bemüht sich nicht einmal, ihre Überraschung zu verstecken. »… deine Begleitung?«

Nikolett klärt sie über unser Vorhaben auf und bittet sie, darüber Stillschweigen zu bewahren.

»Zum Vortanzen für das Winterfest wollt ihr? Aber Nikolettchen, warum habt ihr denn nichts gesagt? Ich gehöre natürlich bereits zum Hauptprogramm. Ich kann bei meinen Eltern ein gutes Wort einlegen, und dann könnt ihr euch den ganzen Aufwand sparen. Immerhin leitet meine Mutter den Klub ehrenamtlich.«

Fragend sieht Nikolett zu mir, und selbstverständlich wäre mir nichts lieber, als einmal in meinem Leben nicht für etwas kämpfen zu müssen. Doch ich traue dieser Person nicht. »Keine Abkürzungen«, sage ich daher entschieden. »Wir machen alles, wie es die Regeln verlangen.«

Die Königstochter zieht die feinen Augenbrauen hoch und saust dann im besten englischen Stil davon. »Wie ihr meint«, ruft sie noch über die Schulter.

Nur wenige Minuten später ist sie aber wieder da. Mit einer Verschwörungsmiene, als wäre sie eine Vertraute der Kaiserin. »Da vorne ist General Hirschbeck«, raunt sie Nikolett zu.

Ich folge Nikoletts Blick zu einem plumpen Mann Ende fünfzig. Sein kastenförmiges Gesicht geht wie ein Berghang abwärts, in der Mitte ein Schnurrbart, die kugelrunden Augen scheinen aus dem Kopf springen zu wollen. Ob er krank ist?

»Was ist mit ihm?«, fragt Nikolett leise, während der General stolpert. »Nichts passiert. Weitermachen!«, trötet er unbeholfen in die Umgebung, als wären wir sein Heer.

»Sein Trauerjahr ist um …«, flötet Katalina mit gesenkter Stimme. »Er ist wieder zu ha…ha…ben«, verkündet sie singend und zwirbelt mit dem Zeigefinger an den gelben Schleifen ihrer Frisur herum.

Ich bin nicht sicher, ob ich die Anspielung richtig verstehe, und linse zu Nikolett. Sie hat eine steile Falte zwischen den geschwungenen Brauen.

»Meinst du etwa, dass ich …?«

»Nun ja …« Katalinas unausgesprochene Worte hängen rasierklingenscharf in der Luft. Jede von uns wird langsamer. Ist Katalina klar, was sie soeben zwischen den Zeilen angedeutet hat? Zumindest scheint ihr klar zu werden, dass ihr Vorschlag nicht auf Begeisterung stößt.

»Er … er ist sehr wohlhabend. Und nachdem so viele Männer im Krieg gefallen sind, dürfen wir schließlich nicht mehr so wählerisch sein.«

Und jemand mit einem vernarbten Gesicht schon gar nicht, vervollständige ich Katalinas Gedankengänge im Stillen, und nun platzt mir endgültig der Kragen. Ja, Nikolett trägt dieses Mal, dennoch ist sie tausendmal hübscher – innerlich wie äußerlich – als diese dämliche Katalina. Und sollte Nikolett den Wunsch hegen zu heiraten, würde sie allemal eine bessere Partie machen. Der hier ist doppelt so alt und offensichtlich ein befehlsheischender Tölpel. Und obwohl ich mich zurückhalten sollte, weil ihre Mutter den WEK leitet, kann ich nicht anders.

»Worauf wartest du dann noch?«, frage ich Katalina spitz. »Fahr besser schnell hinüber und sichere dir diese einmalig gute Partie. Nicht, dass ihn dir jemand wegschnappt.«

Beleidigt zieht Katalina davon, nicht ohne Nikolett einen tadelnden Blick zuzuwerfen. Offen zugeben, dass sie selbst sich für den General zu schade ist, will sie vermutlich nicht.

Aber auch Nikolett verstehe ich nicht. »Was war das bitte schön?«, frage ich sie, sobald Katalina Freiin von Rottenau außer Hörweite ist.

Nikolett wirkt verlegen. »Das war … meine Freundin, wie gesagt. Sie ist sonst netter.«

Ich lache auf. »Nikolett! Selbst *ich* bin netter zu dir. Und ich mag dich nicht mal besonders.« Herrje, jetzt ist es schon wieder passiert. Dieses verfluchte lose Mundwerk! Manchmal mochte es ja ganz praktisch sein, nicht selten kam es aber äußerst ungelegen.

»Das ist mir nicht entgangen«, sagt Nikolett schlicht, und ich fahre mit einem schlechten Gewissen in Größe der Hofburg neben ihr her und weiß ausnahmsweise nicht, was ich sagen soll. Eine Weile laufen wir schweigend nebeneinander über das Eis.

Dann stelle ich die Frage, die sich aufdrängt. »Und warum bist du dann mit mir hier?«

»Es schien dir sehr wichtig.« Sie zögert. »Und vielleicht mag *ich* dich ja.«

»Warum solltest du mich mögen?« Ich habe Nikolett gegenüber bisher nichts getan, was man mögen könnte. Fast schäme ich mich jetzt dafür, daher rufe ich mir schnell ins Gedächtnis, unter welchem Prunk sie aufgewachsen ist, während wir im Heim um labbrige Stoffpuppen gekämpft haben.

»Vielleicht sehe ich ja, dass du ein gutes Herz hast«, sagt Nikolett mit einem so warmen Lächeln, dass ich mich gut und gesehen fühle.

Aber natürlich kann ich dem nicht zustimmen, ich muss unsere Unterhaltung schnell weg von all diesen Gefühlen bringen. Das ist nichts für mich. Also lache ich. »Ich ein gutes

Herz? Das gibt es ja nicht. Ihre Naivität kennt keine Grenzen!«

»He!« Nikolett knufft mich ebenfalls lachend in die Seite und ich freue mich, dass erstmalig an diesem Tag das Vergnügen, das ich vom Eislaufen auf dem See kenne, in Nikoletts Augen zurückgekehrt ist.

»Wie wäre es«, frage ich amüsiert, »wenn wir jetzt einen Ehemann für Katalina aussuchen? Vielleicht der dort drüben?« Ich nicke zu einem Mann mit Knautschgesicht.

Doch Nikolett schüttelt vehement den Kopf. »Eigentlich können wir das nicht machen. Solange wir ihren Charakter nicht kennen, wissen wir nicht, ob sie wirklich jemanden verdient hat.«

»Stimmt. Unter Umständen …« Weiter komme ich nicht, denn ein junger Mann gleitet unglaublich schnell und doch graziös an uns vorüber. Hunderte von Blicken ziehen seinen kraftvollen Zügen hinterher. Seine Knie sind leicht gebeugt, er läuft rückwärts, und anstatt die Hände dicht am Körper zu halten, balanciert er sie elegant durch die Luft. Es ist das genaue Gegenteil des englischen Stils. Sein Fahren wirkt vollkommen unbemüht, so als mache es für ihn keinerlei Unterschied, ob er auf dem Eis oder auf dem Land ist. Und jetzt dreht er eine Pirouette, bei der er sogar in die Knie geht.

Es ist das Beeindruckendste, was ich je gesehen habe.

Zeitgleich sehen Nikolett und ich uns an.

»Den nehme *ich*!«, haucht sie in absoluter Faszination.

Kapitel 13

Jackson

Ich gebe mich gänzlich der Musik hin, die in meinem Kopf spielt, hebe mein rechtes Bein und beuge mich weit nach vorne, bevor ich das linke zurück aufs Eis bringe, um neue Geschwindigkeit aufzunehmen. Das Tempo ist das A und O für die Geschmeidigkeit meiner Figuren. Wenn es hier doch nur nicht so verflucht voll wäre! In Schlangenlinien muss ich um die Menschen fahren, darauf vertrauen, dass sie schon Platz machen werden, wenn ich überhaupt mit meinen Übungen vorankommen will. Und das ist wichtig. Viel zu lange bin ich nicht mehr auf dem Eis gewesen, die Weiterreise aus Ungarn hat mehr Zeit in Anspruch genommen, als mir lieb war. Es hat gedauert, bis ich Reisende fand, die in die gleiche Richtung wollten und mich kostenfrei ein Stück des Weges in ihrer Kutsche mitnehmen konnten.

So hatte ich mir das nicht vorgestellt.

Als ich in Amerika aufgebrochen bin, war ich voller Hoffnung, dass in Europa alles besser wäre. Immer wieder habe ich zu hören bekommen, dass man in der Alten Welt offener sei und Kunst schätze – aber offensichtlich erkannte niemand in meiner Art des Eislaufens eine Kunst. Ich habe mir zu viel erhofft. Das muss ich mir nun eingestehen. Ich war nichts weiter als ein eingenommener Fatzke, als ich geglaubt habe, dass ich andere mit meiner Idee begeistern könnte. Jahrelang habe ich als Balletttänzer gearbeitet. Dann, als ich eines Tages für eine Vorführung hätte üben müssen, aber gleichzeitig unbedingt aufs Eis wollte, da ich wusste, dass es nie wieder so schön und glatt wie zu Beginn des Winters sein würde, kam der alles verändernde Einfall: Ich würde auf dem Eis Ballett tanzen.

Eine grandiose, allerdings zunächst sehr schmerzhafte Idee. Ich konnte gar nicht mehr mitzählen, wie oft ich zu Beginn gestürzt bin. Doch nach und nach begriff ich, was ich auf dem Eis anders machen muss. Dann habe ich meine Idee perfektioniert. Die anfangs wackligen Figuren beherrschte ich vollkommen. Ich wusste zu jeder Zeit, wie mein Schlittschuh reagieren würde. Endlich schaffte ich es, die Spannung zu halten und rasch die Richtung zu wechseln. Ganz so, wie ich es wollte.

Stolz zeigte ich den ersten Leuten meine Neuerung. Meine Mutter war begeistert. Meine Freunde verhalten. Fremde haben gelacht. Oder mich für verrückt erklärt. So läuft man doch nicht eis, hörte ich immer wieder. Die Arme mussten dicht am Körper bleiben und die Knie durchgedrückt. Und was sollte diese Elastizität in den Gliedern?

Nein, nein, nein, du machst alles falsch. Niemand würde Geld dafür zahlen, einen solchen Schmu zu sehen.

Aber als Tänzer musste ich irgendwie davon leben!

So schnell wollte ich jedoch nicht aufgeben. Es fühlte sich gut an. Und wieso sollten auf dem Eis gänzlich andere Regeln gelten als auf der Bühne?

Irgendwann konnte ich die abweisenden Reaktionen nicht mehr auf die Menschen schieben. Sie konnten schlecht *alle* Kunstbanausen sein. Ich habe die Städte gewechselt, dann die Staaten. Und schließlich den Kontinent. Spätestens in Europa hätte alles besser werden sollen.

Doch auch hier befindet man meine Art des Eislaufens für grauenvoll. Kaum jemand bucht mich, und in den Gesichtern zeigt sich Irritation statt Faszination.

Ich muss mir folglich eingestehen, dass ich falschgelegen habe: Meine Idee ist nicht grandios. Sie ist dämlich.

Heute übe ich daher wieder im langweiligen englischen Stil, der mir kaum Freude bereitet. Es ist nicht nur die steife Haltung, man kann auf diese Weise kaum etwas machen.

Ich werfe einen Blick über die Schulter. Nur fünf Minuten. Fünf Minuten werde ich in meinem eigenen Stil fahren, damit die Freude am Laufen zurückkehrt. Ich bin mittlerweile nahezu durchgefroren. Mein gesamter Körper atmet auf, als ich mit großen Bewegungen aushole und die Arme vom Körper löse. So sollte es sich anfühlen! Ich spüre die Leichtigkeit in den Armen und genieße die Dehnung meines Beines, als ich es kerzengerade nach hinten strecke. Immerhin kommt die Überfüllung jetzt kaum mehr zum Tragen. Zahlreiche Menschen sind stehen geblieben, verfolgen jede meiner Bewegungen.

Leider nicht mit Faszination. Es ist eher Argwohn.

Im Vorbeirauschen sehe ich das Kopfschütteln, die zusammengesteckten Köpfe, doch es schert mich nicht. Nächste Woche bin ich ohnehin in der nächsten Stadt, werde die nächsten Menschen konsternieren. Aber jetzt, in diesem Moment, will ich für wenige Minuten etwas tun, das ich genieße.

Ich werde wieder langsamer, lasse mich ausgleiten und stütze mich außer Atem auf die Oberschenkel. Das hat gutgetan. Ein junger Herr in Tweedjacke wirft mir einen herablassenden Blick zu und fährt im besten englischen Stil dicht an mir vorbei, als würde er sagen wollen: *So wird es gemacht!*

Obendrein kommt nun der dickliche Herr mit der kreisrunden Brille vom Eingang auf mich zu. Durch seine Uniform sieht er ein wenig wie ein Schaffner aus. Vorsichtig wackelt er über das Eis, da er keine Schlittschuhe hat. Für einen Moment überlege ich, davonzufahren, aber es ist nicht so, als wenn es hier eine Fluchtmöglichkeit gäbe. Also warte ich geduldig ab.

»Entschuldigen Sie bitte?«, näselt der Schaffner.

Ich schenke ihm ein strahlendes Lächeln, das ihn aus dem Konzept zu bringen scheint. »Was kann ich für Sie tun?«

»Sagten Sie nicht, Sie seien Weltmeister in Amerika?«

Ich zucke mit den Schultern.

»Also, jemand, der so fährt wie Sie, ist gewiss kein Weltmeister. Und Sie müssen verstehen, wir sind ein traditioneller Klub … Es passt nicht in das Gesamtgefüge, wenn jemand auf diese Weise eisläuft. Ich fürchte, unter diesen Umständen muss ich Sie bitten zu gehen.«

Verzagt sieht er mich unter seiner Kappe hervor an. Als könne ich aufgrund seiner Worte komplett ausrasten und ihn im Ingrimm mit mir über das Eis schleifen. Ein wenig ist mir auch danach zumute. Auf der anderen Seite bin ich müde. All das Suchen. All das Reisen. Und doch komme ich nirgendwo an. Nur bei der Selbsterkenntnis, dass ich ein vollkommen falsches Selbstbild habe. Dass ich kein bisschen beeindruckend bin. Sondern ein ganz normaler Durchschnittsmensch. Nein, eigentlich bin ich eher unter dem Durchschnitt, wenn ich an die Mienen der anderen Damen und Herren auf dem Eis denke. Ich bin Dreck.

Das habe ich nun verstanden.

Ich nicke dem Schaffner zu. »Selbstverständlich.«

Auf einer Bande am Rand setze ich meine Biberpelzmütze auf, die ich in Montreal geschenkt bekommen habe, und ziehe die Schlittschuhe aus. Sie sind eine Spezialanfertigung, bei der die Kufen direkt mit den Schuhen verschraubt sind. Sie geben mir sehr viel mehr Stabilität und erlauben die beeindruckendsten Figuren. Nein, Figuren, die jeder lächerlich findet, korrigiere ich mich selbst. Auch die Schuhe sind eine Fehlinvestition gewesen.

Mein ganzes Leben ist eine Fehlinvestition.

Und jetzt?, überlege ich draußen, vor den imposanten Häusern Wiens. »Wohin soll ich als Nächstes gehen?«, frage ich das hellgraue Haus, das so weise aussieht. Sollte ich mich noch in weiteren Ländern der Alten Welt blamieren oder gleich als gescheiterter Ausreißer nach Amerika zurückkehren? Jede Option ist gleichermaßen unangenehm.

Hinter mir ein Kichern.

Das kenne ich bereits. Nach meinen Auftritten spricht es sich oft herum, und solange ich in der Stadt bin, bin ich das Stadtgespräch. Wütend schwinge ich herum, will eine zynische Bemerkung losschicken. Doch da ist etwas im Blick der jungen Frauen, das mich zurückhält.

Etwas, wonach ich mich lange gesehnt habe.

Bewunderung.

»Also, ich hätte da eine Idee«, sagt die Kleinere von den beiden resolut. Sie hat einen festen Knoten hoch am Hinterkopf und muss aus Japan oder so stammen, so genau kann ich das nicht sagen.

»Unbedingt«, pflichtet die andere mit den hübsch aufgesteckten hellbraunen Haaren schüchtern bei. Sie hat ein weißes Tuch mit filigranen Rosen weit ins Gesicht gezogen, und eine breite Haarsträhne fällt über die linke Hälfte ihres Gesichts, obwohl ihre Frisur ansonsten tadellos ist. »Wir haben genau den richtigen Ort für Sie!«

Beim Sprechen bewegt sie ihren Kopf, und nun entdecke ich das Narbengewebe, das sich von der Schläfe nach unten zieht. Was wohl mit ihr geschehen sein mag? Sie steht leicht zusammengesunken, obwohl ihre Kleidung exquisit ist. Sie muss aus gutem Hause stammen, während die Kleidung des anderen Mädchens überaus einfach ist. Welch merkwürdiges Paar! Für eine Gesellschafterin ist sie zu jung, und offensichtlich sind sie keine Schwestern. Aber es macht mich neugierig. Ich mag außergewöhnliche Menschen.

»Sie müssen unbedingt mit uns kommen. Das, was Sie da gezeigt haben … das war …« Die Resolute schüttelt den Kopf.

»Das war phänomenal!«, vervollständigt die Braunhaarige.

Kapitel 14

Leopold

Mit den Armen hinter dem Rücken verschränkt mache ich meinen morgendlichen Rundgang von Fabrikgebäude zu Fabrikgebäude. Doch heute bin ich gedanklich nicht bei den Webmaschinen. Lausche eher dem Knirschen des Schnees, den meine Schuhe bei jedem Schritt zusammenpressen. Der Gedanke, den ich vor zwei Wochen hatte, lässt mich nicht los. Als ich am Wochenende eisgelaufen bin, hat die absurde Idee immer mehr Konturen angenommen. Beim WEK ist es wieder viel zu voll gewesen. Das habe ich zum Vorwand genommen, um János zu überzeugen, noch einen weiteren See aufzusuchen, nachdem ich meine Eisprinzessin nach den ersten Runden nicht gefunden hatte. Dass es so voll war, zeigt jedoch, dass es definitiv eine Nachfrage gibt. Dennoch ist es nicht so einfach.

Jeder Stein auf dem Fabrikgelände ist mir vertraut, schließlich habe ich meine halbe Kindheit hier verbracht. Der einst mickrige Busch neben Halle drei, den ich jetzt passiere, ist inzwischen haushoch. Drei neue Gebäude sind hinzugekommen und die einst sandigen Wege sind inzwischen gepflastert. Sonst hat sich nicht viel verändert.

Zumindest auf den ersten Blick.

Wenn man genau hinsieht, bemerkt man die weggesplitterten Rundfenster im Giebel von Halle sieben, acht und zehn. Den abblätternden Putz. Und dass die moderneren Maschinen ausgeblieben sind. Ich betrete Halle vier, und obwohl der Geruch von Schmieröl in der Luft hängt, ist es still. Schon wieder. Immer öfter stehen die Webstühle in letzter Zeit still. Sosehr mir das unablässige laute Rattern der Schäfte mit dem Kettgarn, zwischen dem die Webschützen hin- und herschießen, verhasst ist, so unliebsam ist auch das Ausbleiben dieses Geräuschs. Stillstehende Webstühle bedeuten Verlust. Die Maschinen stammen noch aus der Zeit meines Urgroßvaters und sind schon lange nicht mehr auf dem neuesten Stand. Wir müssten dringend investieren, doch da die Konkurrenz aus Amerika so viel günstiger produziert, fehlt es an Geld für Neuanschaffungen. Es ist der reinste Teufelskreis.

Ich schreite an den Fadensystemen vorbei zum Ende der Maschine, wo Hedvika sich bereits über den Schafthebel gebeugt hat.

»Die Schaftsteuerung schon wieder?«, frage ich sie.

Sie schiebt eine Strähne unter ihr Kopftuch und nickt. »Ja. Irgendwo werden die Schäfte nicht richtig angezogen. Ich weiß aber noch nicht, ob der untere oder der obere Anzug blockiert ist.«

Gemeinsam kontrollieren wir jeden einzelnen Anzugspunkt der vier Schäfte. Nach einer Stunde haben wir das Problem gelöst, und der Webstuhl rattert los.

Ich bedanke mich für ihre Hilfe und setze meinen Rundgang fort. Gewiss werde ich heute auf eine weitere kaputte Maschine stoßen. Wenn es nur das wäre, wäre es nicht schlimm. Ich tüftle gerne die komplexen Zusammenhänge der Maschinen aus, die gesamte Mechanik fasziniert mich. Ich hätte nichts dagegen, den gesamten Tag ausschließlich das zu machen. Aber seit Vaters Tod bin ich eben nicht nur der Maschinenschlosser. Ich bin der Fabrikleiter. Nun muss ich eher organisieren als selber machen. Menschen einstellen, Menschen entlassen, die Bücher führen, Preise aushandeln, Waren prüfen, Waren einkaufen, Kunden akquirieren, Zahlungseingänge prüfen, Frachtschiffe anfragen, schlichtweg ein Auge auf alles haben. Für den Rest meines Lebens.

Ich stoße die Tür zu Halle fünf auf, wo das laute Rattern mich umgehend aufnimmt. Fast kann ich meine Gedanken nicht mehr hören. Ich nicke einigen Arbeitern zu und bin erleichtert, dass es hier heute keine Probleme gibt. Mir ist bewusst, dass ich mich nicht beschweren sollte. Wer geht schon einer Aufgabe nach, für die er brennt? Warum nur kann ich mich nicht meinem Schicksal fügen? Ich sollte froh sein, dass ich diese Arbeit habe. Wie oft haben sich die Menschen beeindruckt gezeigt, wenn ich von der Wachstuchfabrik meiner Familie erzählt habe! Jeder Einzelne von ihnen hat mir versichert, dass ich mich glücklich schätzen könne.

Alle bis auf eine.

Aber die Eisprinzessin hat nichts von der Fabrik gewusst. Wie wäre ihr Urteil ausgefallen, wenn ich ihr davon erzählt hätte?

Zunächst wollte ich sie lediglich näher kennenlernen. Zu oft haben die Frauen sich angebiedert, wenn sie erfahren haben, dass auch meine Familie zum Geldadel zählt. Ich konnte ja schlecht damit hausieren gehen, dass von dem Geld nicht mehr viel übrig ist. Jetzt bereue ich es natürlich. Warum habe ich ihr nicht gesagt, dass ich Leopold Lindenfels bin? So hätte sie mich zumindest finden können. Wenn sie denn das Band ebenso gespürt und mich gesucht hat. Dann müsste ich nicht regelmäßig die buchstäbliche Nadel im Heuhaufen beziehungsweise die Eisprinzessin auf den zahlreichen Eisflächen in Wien suchen.

Sind das am Ende meine Beweggründe? Flüstert mein dummes, dummes Herz mir ein, die Eislauffläche zu bauen, weil ich dann täglich nach ihr Ausschau halten könnte? Und weil sie so begeistert von den Eispalästen erzählt hat?

Aber es ist nicht nur das, ich habe mich bereits ein wenig eingelesen, die Technik hinter den Eisbahnen fasziniert mich wirklich. Und sie hatte recht. Wenn man es richtig macht, könnte es unglaublich lukrativ werden. Lohnenswerter als die Wachstücher, die drüben hinter dem Weltmeer so billig hergestellt werden, dass sie selbst mit Frachtkosten unsere Preise unterbieten. Ich fahre mir durch die Haare, weiß nicht mehr, welcher Gedanke nun der irrsinnigere ist.

Und wie stark mein Herz mein Denken beeinflusst.

Ist es wahnsinnig, eine alteingesessene Fabrik aufzugeben? Oder wäre es fatal, daran festzuhalten, obwohl wir kaum noch Schritt halten können?

Kapitel 15

Jackson

»Ihr seid also die anderen Jünger des beflügelten Stahls?«, frage ich am nächsten Tag die merkwürdige Truppe, die mir gegenübersteht, und muss dafür meine besten Deutschkenntnisse hervorkramen. Nikolett und Julianna sind ja bereits skurril gewesen und die anderen stehen ihnen in nichts nach. War es ein Fehler, mitzukommen? Die Neugierde hat mich getrieben und ich lasse mir nie eine Gelegenheit zum Eislaufen entgehen.

»Was sind bitte Jünger des beflügelten Stahls?«, fragt ein spindeldürrer Bursche.

»Eisläufer«, erkläre ich. »Hier nennt man es auch *Schleifer*, wenn ich das richtig verstanden habe.«

»Ganz genau«, sagt Juli dann zu mir. »Einige nennen es *schleifen auf dem Eis.*« Nun legt sie ihre Hand auf den Rücken einer jungen Frau, die trotz ihrer Brille wie ein Kind wirkt. »Das ist Marilena, aber wir nennen sie Mimi.« Sie spricht mit einer Art mütterlichen Stolzes in der Stimme, während das Mädchen über den Rücken einer kleinen Maus streicht, die eifrig an ihren Fingern schnuppert.

Daneben steht eine hübsche Frau mit wilden Locken und einem Eichblatt-Amulett um den Hals, die mir als Fanny Karela vorgestellt wird.

»Und das hier ist der Piefke.« Sie nickt zu dem hochge-
schossenen jungen Mann mit pockennarbigem Gesicht.

»Der *Piefke*?«, hake ich nach.

»Ja«, bestätigt Juli und fischt nach Worten. Doch es wollen
offenbar nicht die richtigen anbeißen, sodass sie abwinkt.
»Du wirst es mit der Zeit verstehen.«

»Kasimir«, korrigiert der Piefke im pathetischen Tonfall
eines Priesters. »Mein eigentlicher Name lautet Kasimir. Aber
die da«, er deutet mit dem Kinn zu Juli, »findet, dass ich mich
wie ein feiner Piefke gebare.«

»Alright«, sage ich lächelnd. Die Gruppe gefällt mir.

Und die beiden Damen haben nicht zu viel versprochen,
der See ist herrlich. Eine gute Größe, um ordentlich Geschwindigkeit aufzunehmen, und dennoch nicht so aus-
ufernd, dass es ewig dauern würde, bis er zufriert.

Jetzt kann ich mich nicht länger zurückhalten. Ich gebe
mich dem Eis hin, genieße den Wind auf meiner Haut und
dehne meine Glieder. Dann fahre ich mein übliches Eisbal-
lett-Programm vorwärts, rückwärts und schließlich auf
einem Bein. Doch irgendetwas fühlt sich merkwürdig an. Als
ich zum Ufer schaue, merke ich, dass meine neuen Zuschauer
mich mit offenen Mündern anstarren. Niko und Juli werfen
sich stolze Blicke zu. Dabei war all das noch gar nichts. Ich
drehe mich schneller und schneller auf dem Punkt, gehe
sogar in die Hocke und strecke das linke Bein von mir. Als
spontaner Beifall erklingt, verbeuge ich mich tief. Es fühlt
sich gut an. Hier gibt es sie: die Anerkennung, die ich mir
stets gewünscht habe. Die Faszination in den Augen, das auf-
geregte Gerede und Tausende Fragen auf einmal, wie ich was
gemacht habe. Innerlich drehe ich noch immer Pirouetten.

Als Erstes erkläre ich ihnen meine Schlittschuhe.

»Aber ein paar Sachen kann ich euch auch jetzt schon zeigen«, beruhige ich sie, als ich die Enttäuschung in ihren Gesichtern sehe. Ich klatsche in die Hände, denn ich kann es kaum abwarten, diesen wundervollen und wissbegierigen Menschen meine Art des Eislaufens zu zeigen.

Dachte ich zumindest.

Denn kurz darauf nimmt das Desaster seinen Lauf.

Kapitel 16

Nikolett

Wir halten uns zwar alle recht passabel auf dem Eis, doch dieser neue Stil ist etwas ganz anderes. Jackson zeigt uns, wie wir stets in den Knien locker bleiben – was wir uns zuvor mühevoll abtrainiert haben. Danach will er uns in eine erste Wendetechnik einweihen. Er hat eine große Kappe aus Biberpelz auf dem Kopf und bewegt sich so sicher auf dem Eis, als wäre es gar nicht da. Er weiß haargenau, was er tut.

»Wärst du bitte so freundlich, deine Erklärungen noch zu präzisieren«, fragt der Piefke, besser gesagt Kasimir, während er stocksteif dasteht und nicht so recht vom Fleck kommt. Fanny liegt bereits auf dem Eis, Mimi fährt mit kantigen Bewegungen, tief vornübergebeugt, und gleicht einem tollwütigen Stier. Und ich bin mir sicher, dass man bei jeder meiner Bewegungen meine innere Unsicherheit sieht. Einzig Julianna macht es gut.

Zaghaft sehe ich zu Jackson und es ist offensichtlich, was er gerade denkt. *Und die wollen in drei Monaten eine beeindruckende Schau aufs Eis bringen? Das wird sich nie im Leben ausgehen.*

Schnell fahre ich zu ihm hinüber und stelle mich daneben. Sein Deutsch ist nicht sehr gut, und so habe ich Gelegenheit, mich in englischer Konversation zu üben. »Das wird schon noch«, versichere ich ihm rasch, denn trotz aller Schwierigkeiten fühle ich mich so federleicht, als wenn ich jeden Moment abheben könne. Seit ich die Eislauftruppe kennengelernt habe, ist so viel geschehen. Seit Ewigkeiten habe ich mich wieder in den WEK gewagt, und nahezu jeder Tag ist nun vollkommen ausgefüllt. Leider ist auch damit verbunden, dass ich für Mutter tagtäglich Ausreden erfinden muss, da sie den Umgang mit den Arbeiterinnen auf der Stelle unterbinden würde.

Obwohl die Lügen mir kein bisschen ähnlichsehen, kann ich diese neue Beschäftigung nicht aufgeben. Wenn mein Leben nur noch aus Einsamkeit und den grässlichen Tanzproben bestünde, würde ich vertrocknen. Zuvor war ich an die Einsamkeit gewöhnt und habe mein Leben danach ausgerichtet. Doch nun, da ich einmal davon gekostet habe, wie es sein könnte, will ich dieses neue süße Leben nicht wieder aufgeben.

Deswegen muss Jackson bleiben! Der Aufseher des WEK mag von seinem Können nicht beeindruckt gewesen sein, aber Julianna und ich sind uns einig. Etwas derartig Faszinierendes hat es noch nie gegeben, und wenn die Truppe diesen neuen Eislaufstil zeigt, muss sie einfach gewinnen.

Nur ist es offenbar nicht so spielend leicht zu erlernen.

»Wir brauchen lediglich ein bisschen Übung.« Ich beginne zu erahnen, wie viel Zeit Jackson hineingesteckt hat.

»Ich weiß nicht …«, sagt er nachdenklich und ich folge seinem Blick, der auf Kasimir liegt, der momentan tief in die Knie gesunken neben dem Ufer entlanggleitet und wirkt, als würde er sich auf den Abort setzen wollen. Der englische Stil hat ihm besser zu Gesicht gestanden.

»Selbst ich habe fast ein Jahr benötigt, und ich kannte viele

Bewegungen aus dem Ballett. Und ihr …« Er gestikuliert zu Fanny, die gerade über das Eis schlittert. Auf dem Bauch.

»Noch mögen wir keine Primaballerinen auf dem Eise sein …«

»… dafür sind wir wild entschlossen«, ruft Julianna, die als Einzige bereits eine natürlich wirkende Anmut gefunden hat. Sie läuft zwar äußerst langsam, jedoch lässt sich erahnen, dass sie von einem respektablen Ergebnis nicht mehr allzu weit entfernt ist.

»Das ist ja alles schön und gut, nur wie viel Zeit haben wir bis zum Vortanzen, was sagtet ihr? Zwei Monate?«

»Zweieinhalb«, ruft Julianna schnell. »Das Vortanzen für den Wettbewerb ist Mitte Jänner und das Winterfest des Klubs dann einen Monat später. Zur Karnevalszeit im Februar.«

Jackson greift sich an den kantigen Kiefer. »Na, ob wir das schaffen …?«

»Bitte!« Julianna hält vor uns an. »Lass es uns zumindest versuchen. Wir werden in jeder freien Minute proben, zur Not auch nachts. Ich arbeite bereits an den Kostümen, Nikolett hat uns den Stoff besorgt. Die ersten habe ich fertig, und ich kann dir ebenfalls ein sehr stattliches anfertigen.«

»Und ich bringe regelmäßig Leckereien aus der Küche mit. Warte nur, bis du die Punschkrapfen probiert hast!«, werfe ich ein und wünschte, ich könnte noch mehr geben. Obwohl wir uns gerade erst kennengelernt haben und mir normalerweise insbesondere die Anwesenheit von Junggesellen Beklemmungen bereitet, fühle ich mich an Jacksons Seite wohl. Vollkommen unbefangen hat er mich gefragt, was mit meinem Gesicht passiert ist, und ich habe ihm von dem Feuer berichtet, das damals im weißen Salon ausgebrochen ist. Er hat sich mitfühlend gezeigt, ohne mich zu bemitleiden. Er behandelt mich wie einen ganz normalen Menschen. Ob es daran liegt, dass er schon so viele Länder und Kontinente bereist und Menschen verschiedenster Tonarten kennengelernt hat? Um nichts in der Welt will ich einen möglichen Lehrer wie ihn jetzt wieder aufgeben.

»Und ... und ... und denk an das Preisgeld!«, ruft Julianna.

»Apropos Geld.« Jackson läuft drei Schritte am Ufer entlang und schiebt die Hände in die Taschen. Wie er so dasteht, die Pelzmütze locker auf dem Kopf, und in die Winterlandschaft hinausblickt, sieht er unglaublich attraktiv aus. »Was mache ich überhaupt so lange ohne Geld? Normalerweise besorgt der Veranstalter der Eisrevue eine Unterkunft für mich. Aber wenn ich hier so lange nicht auftrete und etwas verdiene ... Nein, ich fürchte, das geht nicht. So gerne ich euch weiterhelfen würde, aber ich muss weiterziehen.«

»Nein!« Julianna spricht mit einer Vehemenz, als würde sie Schmerzen erleiden, und ich kann es ihr nachfühlen. »Bitte, tu das nicht. Wir werden schon etwas finden.« Ihre Augen gleiten nach links oben und auch ich zermartere mir das Hirn, wie ich helfen kann. Ich selbst besitze kein eigenes Vermögen, und wenn ich meine Eltern um Geld bitte, wollen sie ganz genau wissen, wofür.

Jetzt schnellen Juliannas Augen zu Fanny, Kasimir und Mimi. »Könnt ihr ihn nicht in die Unterkunft für die Arbeiter auf dem Fabrikgelände schmuggeln? Dort ist es eh so voll ...«

O ja, so könnte es funktionieren, das klingt nach einem guten Plan.

Kasimir schüttelt den Kopf. »Das ist unmöglich. Den Einfall hatten leider zu viele vor dir, es wäre immerhin eine grandiose Möglichkeit, um Miete zu sparen – auch wenn ich nicht weiß, wer freiwillig in den überfüllten Baracken hausen wollen würde. Das Werksgelände wird streng überwacht, und man kommt nur nach Vorzeigen der Stempelkarte oder eines Passierscheins hinein. Du könntest ihn bei euch im Gesindehaus gewiss einfacher verstecken.«

Julianna seufzt. »Wenn die anderen mir wohlgesonnen wären, vielleicht. Aber Markow bestraft gerne die gesamte Gruppe für die Vergehen einer einzelnen Person und sorgt so dafür, dass wir uns gegenseitig überwachen.«

»Was ist mit dem Bootshaus?«, fragt Mimi wenig überzeugt und sieht zum Schuppen mit dem umgedrehten Ruderboot, auf dem wir manchmal sitzen, um Pause zu machen. Das Häuschen ragt halb in den See und hat deswegen nicht nur löchrige Wände, sondern eine gänzlich offene Seite, um mit dem Boot hinausfahren zu können.

»Klar, wenn du willst, dass er erfriert, wäre das durchaus eine Option«, sagt Kasimir und wirft Mimi einen bösen Blick zu, den man ihm gar nicht zugetraut hätte.

Mimi verdreht die Augen. »War doch nur eine Idee!«

»Was ist mit dir, Nikolett?«, fragt Julianna nun.

Ich schnappe nach Luft. »I … Ich? Ich soll ihn aufnehmen?« Sämtliche Katastrophenszenarien, was dabei alles schiefgehen könnte, rauschen durch meine Gedanken. Ich sehe mich mit Jackson des Nachts durch die Hintertür schleichen und werde prompt von Mutter ertappt. Max bekommt Panik und presst sich ängstlich in eine Ecke, während der Mund meiner Mutter mehrmals aufklappt und sie dann vor Fassungslosigkeit in Ohnmacht fällt. Und Vater? Was würde der machen? Er ist an sich ein friedfertiger Mensch, aber beim Anblick eines Mannes in unbeaufsichtigter Gegenwart seiner Tochter könnte er sich glatt vergessen.

Julianna gestikuliert in Richtung Palais. »Eure Bude hat doch gewiss noch eine Kammer frei. Oder dreiundzwanzig oder so.«

Ich presse die Lippen zusammen. Es stimmt. Zahlreiche Zimmer stehen leer – und ich schäme mich dafür. Dennoch geht es nicht, es ist zu riskant.

»W…Weißt du, ich musste anfangs sogar meine Kufen verstecken, weil …« Ich unterbreche mich selbst. Möchte nicht öffentlich verkünden, dass meine lieben Freunde in den Augen meiner Familie eine nicht angemessene Gesellschaft sind. »… weil meine Mutter stets voller Sorge um mich ist. Was meinst du, wie sie auf einen jungen Mann in unserem Haus reagieren würde? Ich darf nicht einmal männlichen Personen ohne Begleitung einen Besuch abstatten … Ich mag zwar dem ersten Anschein nach in einem Palais wohnen, doch im Grunde genommen hause ich in einem Käfig, selbst wenn die Gitterstäbe unsichtbar sind. Ein wahrlich enger Käfig, die Regeln, die ich zu befolgen habe, sind überaus streng und die Konsequenzen beim Bruch dieser Regeln fürchterlich.«

»Deswegen sollst du ihn ja *verstecken*.« Julianna verschränkt die Arme. »Wenn ihn keiner entdeckt, dann gibt es keine Konsequenzen.«

Ich seufze innerlich. Wann würde Julianna endlich verstehen, dass auch mein Leben kein Kinderspiel ist, nur weil ich in den Wohlstand hineingeboren wurde? »Dann versteck *du* ihn doch!«

Julianna lacht auf. »Weißt du, was mein Hausherr dann machen würde? Das ist ein ganz anderes Kaliber, da würdest du dich umgehend in deinen goldenen Käfig zurücksehnen.«

Jackson saugt die Luft zwischen zusammengepressten Zähnen ein und sieht sich voller Unbehagen um. »Hmmm. Ich würde euch nur zu gerne helfen, fürchte allerdings, dass das unter diesen Umständen nichts wird. Irgendwo muss ich schließlich schlafen, gleichzeitig möchte ich keinesfalls, dass ihr in Schwierigkeiten geratet, weil ihr mich versteckt.«

Ich starre in den Schnee, den wir rund um uns niedergetrampelt haben und wo die frischen Schneeflocken versuchen, die glatte Schneedecke zurückzuerobern.

Jackson schultert seine Tasche und blickt noch einmal in die Runde. »Na dann …«

Wir nicken beklommen. Vermutlich hat keiner ausreichend Stimme, um ihm alles Gute zu wünschen. Ich sehe ihm hinterher, wie er mit seinem leicht beschwingten Gang durch den Schnee stapft, und kann es nur schwer ertragen. Ich spüre, dass wir unglaublich nah an etwas Gutem, vielleicht sogar Weltveränderndem sind. Das können und dürfen wir nicht aufgeben! Ganz gleich, was auf dem Spiel steht.

Es muss eine Möglichkeit geben. Allein die Vorstellung, dass unsere geheimen Zusammenkünfte zu einem jähen Ende kommen würden, zerreißt mich. Möglicherweise hat Julianna recht und keiner wird es bemerken.

Vor der Sache mit dem Eislauf bin ich stets eine vorbildliche Tochter gewesen. Nie im Leben würden meine Eltern mir zutrauen, dass ich heimlich einen Junggesellen verstecke. Einen überaus stattlichen jungen Mann. Meine Hände beginnen zu kribbeln, denn ich spüre, dass ich womöglich über

meinen Schatten springen könnte. Ich muss ihm nur hinter-
herrufen.

Jetzt, solange er noch in Hörweite ist. Sonst ist er weg. Vermutlich für immer.

Die Gruppe würde beim Vortanzen nur eine Variation dessen zeigen, was schon so oft da gewesen ist, und womöglich
scheitern. Unser Leben wird in die langweiligen Bahnen zu-
rückfallen. Der Gedanke, wieder tagtäglich die Langeweile zu
ersticken, ist unerträglich. Das hier ist viel aufregender.

Aber wäre das mit solch einem wagemutigen Einsatz überhaupt noch ich? Und wer will ich sein? Die neue oder die alte
Nikolett? Nervös stecke ich die Haare hinter mein Ohr. Soll
ich es wagen? Oder ist das mögliche Opfer zu groß?

Kapitel 17

Julianna

Mit der Schulter schiebe ich die feuchten Strähnen aus meinem Gesicht, nehme das triefend nasse Hemd aus dem Waschzuber und kontrolliere den Fleck. Seit Ewigkeiten reibe ich nun schon den Stoff über das Waschbrett, leider ist die dunklere Stelle weiterhin sichtbar.

Ich muss ein Gähnen unterdrücken, als ich das Kleidungsstück zurück in das gräuliche Laugenwasser gleiten lasse. Bis tief in die Nacht habe ich an den Kostümen gearbeitet und nach mehreren Nachtschichten fehlen, das von Jackson eingerechnet, mittlerweile nur noch zwei. Erneut gebe ich mich dem eintönigen Rubbeln hin und lasse meine Gedanken auf Wanderschaft gehen.

Noch immer kann ich kaum glauben, was Nikolett getan hat. Vielleicht ist sie doch nicht so still und angepasst, wie ich vermutet habe?

Als Jackson fast verschwunden war, hat sie ihm hinterhergerufen. Er ist im Laufschritt zu uns zurückgekehrt, die Augen voller Hoffnung. Nikolett hat von einem leer stehenden Spielhäuschen erzählt. Selbstverständlich habe ich sie sofort gefragt, ob sie wirklich denkt, dass Jackson in ein Puppenhaus passt.

Wie sich herausgestellt hat, haben die vier Kinder des Hauses Finck von Ehrenbach ein echtes kleines Spielhaus im Wald. Ganz ähnlich wie ein Pförtnerhäuschen. Natürlich mit Ofen und Herd und allem, was das Herz begehrt. Jetzt steht es wohl schon seit Jahren leer.

Unzählige Male hat Nikolett sich entschuldigt, dass alles recht einfach gehalten sei, aber Jackson hätte vermutlich sogar in einem Heustadel geschlafen. Und dem Fräulein ist offensichtlich nicht bewusst, unter welchen Bedingungen das Gesinde und die Arbeiter sonst hausen. Wenn sie eine der Massenunterkünfte sehen würde, würde sie gewiss in Ohnmacht fallen. Und auch in den Pensionen muss man oft mit zahlreichen fremden Menschen das Zimmer teilen, und es gibt nur eine Waschschüssel für alle Gäste.

»Bist du immer noch nicht fertig?«, blafft Adreana, die nun in die Küche gekommen ist.

»Mit den restlichen Hemden schon, aber ich kriege diesen Fleck nicht heraus.«

Sie beugt sich näher und rümpft die Nase. »Blutflecken sind sehr hartnäckig.«

»Blut?« Mir wird schlecht. »Warum hat Markow Blut im Hemd?«

Adreana zuckt die Schultern, während sie auf die Küchenanrichte zugeht, um Zwiebeln aus dem Topf zu holen. »Kennst ihn doch.« Sie hält inne. »Herrje, jetzt hat Markow sein Essen nicht mitgenommen.« Sie legt die Hände an die Wangen, in ihren Augen liegt der reinste Terror. Ich kann nur ahnen, welche Strafe sie uns dadurch eingehandelt hat. Schließlich sind wir Menschen zerfressen von Sünde, und allein harte Arbeit und Enthaltung können uns auf den Weg der Tugend führen, erinnere ich mich sarkastisch an Markows

Worte. Und wenn einem bei der Arbeit ein Fehler unterläuft oder man zu lange pausiert, ist man von diesem Weg abgekommen und muss Buße tun. Aber da wir uns gegenseitig unterstützen sollen, müssen wir auch alle büßen.

Adreana stürmt zum Hinterausgang und reißt die Tür auf. »Ottokar!«, schallt es über den gesamten Hof.

Mehrmals.

Doch alles bleibt still.

»Ja, Herrschaftszeiten! Wo ist der Lümmel, wenn man ihn braucht? Jetzt muss ich auch noch rüber in die Fabrik und der Peitsche sein Essen hinterhertragen«, sagt sie in ihrem leidenden Tonfall und wischt ihre Hände an der fleckigen Schürze ab.

Sofort bin ich hellwach. Das wäre die Gelegenheit, endlich in die gottverdammte Fabrik zu kommen! Mimi und Fanny und selbst Kasimir halten zwar Ausschau für mich, aber ich konnte ihnen ja nur sagen, dass der Junge vom Eis braunrote Haare hat und sehr groß ist.

»Ich könnte ja …«, sage ich so nebensächlich wie möglich. Wenn ich zu viel Interesse zeige, wird Adreana nur neugierig werden. Oder schlimmer noch: misstrauisch.

»Nee, lass nur.« Sie seufzt tief und ausgiebig, greift aber bereits nach ihrem Umhängetuch. »Ich mach schon. Sieh du lieber zu, dass die Wäsche fertig wird, sonst schickt er uns wieder aufs Eis. Oder Gott weiß, was er sich noch überlegt. Einmal hat er uns barfuß und ohne Umhang oder Jacke in den Schnee geschickt.« Sie schüttelt sich leicht.

»Ich glaube, ich hab's jetzt.« Ich halte das Hemd hoch, zeige aber eine falsche Stelle, eine, wo nie ein Fleck gewesen ist. Darum würde ich mich später kümmern. »Aber du hast

recht.« Leidgeplagt blicke ich nach draußen, wo die Schneeflocken toben, und rasch wieder zurück zum Waschzuber.
»Ich erledige besser meine eigenen Aufgaben. Gibt ja noch
genug zu tun.« Die Liste ist in der Tat endlos. Für die Gelegenheit, endlich in die Fabrik zu kommen und mit eigenen
Augen nach dem Himmelsstürmer zu suchen, würde ich allerdings sogar weitere Nächte durcharbeiten. Insbesondere
nachdem meine große Hoffnung, ihn im WEK zu finden, gescheitert ist. So langsam gehen mir die Ideen aus.

Dann gib doch auf, flüstert die Vernunft, aber mein Herz protestiert sofort und zieht sich heftig zusammen.

Adreanas Blick schwirrt vom Weidenkorb auf der Anrichte
zum Schneegestöber und wieder zurück. Entschlossen
nimmt sie den Korb vom Tisch und drückt ihn mir gegen die
Brust. »Botendienste sind tatsächlich eher deine Aufgaben als
meine. Und nicht trödeln!«

Mit Mühe unterdrücke ich ein triumphierendes Grinsen,
lasse das Hemd zurück ins Wasser gleiten und greife nach
dem Korb.

Draußen tanzen die Schneeflocken nur für mich, und der
frische Wind streichelt übermütig meine Haut. Am liebsten
würde ich ununterbrochen singen: »Ich darf endlich in die
Fabrihiiikk!«, vorsichtshalber halte ich mich jedoch zurück.

Ich gehe mit so großen Schritten, wie meine kurzen Beine es mir erlauben, damit ich mir hinter der Werksmauer so
viel Zeit lassen kann wie nur möglich. Am Eingang zeige ich
den Passierschein, den die Köchin mir mitgegeben hat, und

mein Herz klopft wie verrückt, als ich das Werksgelände betrete.

Es gibt vier riesige Hallen, und drei rauchende Schornsteine ragen in die Luft. Ein mächtiges Pferdefuhrwerk wird soeben mit roten Mauerziegeln beladen. Mit Absicht habe ich nicht nachgefragt, wo Markow sein Kontor hat, stattdessen steuere ich sogleich mit klopfendem Herzen die erste Halle an. Alles scheint einem genauen System zu folgen, keiner der Männer mit Mütze und flattriger Schürze oder der Frauen mit Kopftuch beachtet mich.

Ziegelböhm nennt man die Arbeiter hier, da die meisten von ihnen aus Böhmen oder Mähren stammen, aber eben nicht alle. Jedermann scheint in Eile, während sie graue Lehmziegel in Holzkarren auf ein Ziel zuschieben, das fest in ihren Augen liegt. Ich versuche, ihre Bahnen nicht zu kreuzen und trotzdem jedem ins Gesicht zu sehen. Die meisten sind gerötet vor Anstrengung, nicht wenige lehmverschmiert oder mit Ruß überzogen. Dennoch bin ich sicher, dass ich ihn sofort erkennen würde. Ich würde es spüren.

Aber es sind so endlos viele Menschen, und ich verfluche abermals, dass ich seinen Namen nicht weiß. Wie haben wir so viel Zeit zusammen verbringen können, ohne die Namen auszutauschen? Ob ich einfach *Himmelsstürmer?* in die Halle rufen sollte? Gewiss würde meine Stimme im Lärm des Treibens und der Maschinen untergehen.

Ich steuere die nächste Halle an, nachdem ich die erste, so gut es geht, durchsucht habe. Ich bin erst wenige Schritte gegangen, als alles in mir auf Habachtstellung geht. Da vorne. Neben dem Ringofen. Der mit der Schaufel in der Hand, der hat die richtige Größe. Und die Haare sind braunrot. Mein

Herz klopft nicht wild, wie ich es vermutet habe – es setzt einfach aus. Nach all den Jahren habe ich ihn endlich gefunden!

Ich renne förmlich auf ihn zu, kann den Lärm des Werksgeländes nicht mehr hören, da tausend Fragen in meinen Ohren tosen. *Wird er mich erkennen? Was soll ich sagen? Hat er sich verändert?*

»E... Entschuldigung?«, sage ich selbstsicherer, als ich mich fühle.

Er dreht sich um.

Und mein Herz sinkt in den Keller.

Nicht seine Augen. Nicht seine Nase. Nicht sein Mund. Dieser hier hat einen grimmigen Zug und verschwindet in einem dichten Bart. Der mir völlig unbekannte Mensch sieht mich fragend an. »Was?«, fragt er ächzend und voller Ungeduld.

Für einen Moment ringe ich um Worte, dann die Erlösung. Ich frage ihn nach Markows Büro, und er weist mir mit dem Kopf die Richtung. Meine Beine fühlen sich so schwer an wie die Türme aus Ziegelsteinen. Am liebsten würde ich mich den restlichen Tag wie früher im Heim unter einer Decke verkriechen. Allein die tief verankerte Hoffnung sorgt dafür, dass ich mir auf dem verbleibenden Weg zum Kontor möglichst viele weitere Arbeiter ansehe, doch ich weiß instinktiv, dass er nicht hier ist. Es muss eine andere Ziegelei sein.

Oder er hat gelogen.

In Markows Kontor sagt mir die Sekretärin, dass der Herr nicht anwesend sei, und ich übergebe ihr erleichtert den Korb.

»Warum isst er eigentlich nicht hier?«, frage ich sie.

»Wie meinen?«

»Hier in der Fabrik wird doch auch Essen gereicht. Warum isst er da nicht mit?«

Sie lacht, als hätte ich einen brillanten Scherz gemacht, und ich kann nur vermuten, dass das Essen dort so schlecht ist, dass es nicht infrage kommt.

Mit wenig Hoffnung betrete ich nun die dritte Halle, und mein Herz macht einen Hüpfer, als ich Mimi und Fanny entdecke. Ich will ihnen zuwinken, doch meine Hand sinkt wieder hinunter. Die Haare kleben an ihren Köpfen, die Gesichter hochrot. In einem wahnsinnigen Tempo schaufeln sie Lehm in eine ausgeklügelte Maschine mit zwei riesigen Zahnrädern. Diese scheint den Lehm zu pressen, denn in beeindruckender Geschwindigkeit fahren Dachziegel aus dem Schlund hervor, die sogleich von weiteren jungen Frauen sauber geputzt werden.

Mimi fährt sich mit dem Oberarm über die Stirn. Sie ist nur noch Haut und Knochen, sieht man jetzt, da sie keine Jacke trägt. Unter den Augen haben sich tiefe Ringe gebildet. Sie taumelt, reißt sich jedoch zusammen und schaufelt mehr Lehm in die gierige Maschine. Wieder hält sie sich zwischendurch fest, bevor sie weitermacht. Fanny lächelt ihr zu, und selbst aus der Entfernung sehe ich die Sorge in ihrem Blick. Mimi erwidert das Lächeln, tut so, als wenn nichts weiter wäre. Aber ich kenne sie gut. Mimi ist zu zart und wird all das hier nicht mehr lange durchhalten.

Wie erstarrt stehe ich da, benötige all meine Kraft zum Nachdenken. Ich muss einen Weg finden, um Mimi da herauszuholen.

Kapitel 18

Nikolett

»Können Sie nicht die Maße meines letzten Kleids übernehmen?«, frage ich ungeduldig, nachdem die Pendeluhr zweimal
geschlagen hat. Ich lege zwar viel Wert darauf, stets zu jedem
Menschen in der Welt freundlich zu sein, aber die Zeit läuft
mir davon! Und die ist in den vergangenen Wochen unsäglich
kostbar geworden. In knapp drei Stunden wird die Sonne untergehen, und Max steht bereits erwartungsvoll vor der Tür,
durch die ich sonst um diese Zeit entschwinde. Für meinen
Geschmack ist selbst das viel zu spät, und heute will ich unbedingt die Vorwärtsdrehung schaffen.

Leider erlaubt meine Mutter erst, dass ich das Haus verlasse, wenn ich all meinen Pflichten nachgekommen bin. Und
es dauert, bis ein Taschentuch bestickt sowie die Konversation auf Französisch geführt worden ist. Danach muss ich
eine Stunde das Klavier quälen, und heute ist obendrein der
Barbaratag, der vierte Dezember, und ich muss Kirschblüten-
zweige schneiden, damit sie pünktlich zum Weihnachtsfest er-
blühen. Nun ist obendrein die Damenschneiderin da, um Maß
zu nehmen. Pure Zeitverschwendung! Immerhin habe ich beschlossen, nicht zum Opernball zu gehen. Daher benötige ich
auch kein beeindruckendes Kleid. Das ist alles Zeit, die ich mit
Jackson verbringen könnte! Es gibt noch unendlich viel zu ler-

nen, obwohl wir uns in den vergangenen Wochen täglich getroffen haben, wenn ich nicht zur Tanzprobe musste.

»Es ist ganz und gar unmöglich, die alten Maße zu übernehmen«, sagt die Schneiderin, während sie das Maßband um meine Taille legt. »Sie befinden sich unter Umständen noch im Wachstum, Comtesse. Und Sie wollen auf Ihrem ersten Ball doch gewiss in einem perfekt sitzenden Kleid glänzen, oder nicht?«

Beinahe hätte ich aufgelacht. Als wenn ein hübsches Kleid über meine Verunstaltung hinwegtäuschen könnte. Aber da Mutter nichts von meinem Vorhaben wissen darf, nicke ich brav.

Nachdem die Schneiderin alles beisammenhat und ich im Begriff bin, den Essenskorb aus der Küche zu holen und loszurasen, kehrt ausgerechnet Mutter zurück. Wollte sie heute nicht bis in die Abendstunden auf einem Wohltätigkeitskomitee sein?

»Wo willst du denn so eilig hin?«, erkundigt sie sich sogleich.

Ich widerstehe dem Drang, meine Haare hinter dem Ohr hervorzuholen, damit nicht auffällt, wie sehr meine Hände zittern. Mir fällt so schnell keine Ausrede ein. Angeblich alleine eislaufen war ich bereits am Montag und angeblich zusätzlich mit Katalina die Tänze für den Opernball üben am Dienstag. Zudem weiß Mutter, dass Katalina mittwochs immer im WEK ist.

Ich räuspere mich. »Ich wollte einer Freundin einen Besuch abstatten.«

Sie schließt die Windfangtür und klammert sich förmlich an ihr Retikül, als sie auf mich zukommt. »Eine Freundin? Was für eine Freundin?«

O ja, ein unbekanntes Wesen im Leben ihrer zerbrechlichen Tochter – das kann Mutter natürlich nicht ohne Weiteres dulden.

»Ich habe sie im Tanzkurs kennengelernt.« Ich bin etwas stolz auf diese Ausrede, denn das bedeutet, dass sie aus gutem Hause kommt, und jegliche weiteren Nachfragen sind obsolet.

»Wie heißt sie denn?«

»Jack …«, beginne ich wie von selbst und kann mich nur im letzten Moment bremsen. »Jacqueline«, sage ich schnell. Ein neumodischer Name, über den ich kürzlich in einem Buch gestolpert bin.

»Jacqueline?« Mutter artikuliert überdeutlich wie bei einem Buchstabierwettbewerb, und ihre Augenbrauen ziehen sich zusammen. »Und weiter?«

In meinem Kopf tobt Jacksons echter Nachname, Haines, mit den Wörtern, die er gerne nutzt, durcheinander. All das verwerfe ich im Bruchteil einer Sekunde und rufe: »White.«

»Jacqueline White? Das sagt mir so gar nichts.«

»Sie sind zugezogen, stammen aus der Neuen Welt.«

Mutter runzelt die Stirn. »Und dann kehren sie zurück, warum denn nur?«

»Ich fürchte, ich muss jetzt wirklich los. Du willst doch nicht, dass ich mich verspäte?«

Der Satz zeigt Wirkung, schließlich darf ich auf meinen tadellosen Ruf nichts kommen lassen. Pünktlichkeit ist eine Tugend.

Kaum haben wir endlich den Korb geholt, rase ich mit Max eher durch den Wald, als dass ich gehe.

»Entschuldige«, rufe ich von Weitem Jackson zu, der bereits in der gewohnten Eleganz in kräftigen Zügen seine Runden dreht. »Es ging einfach nicht früher. Aber ich habe Nachschub für dich.« Ich halte den Korb in die Höhe, den die Köchin prall mit Essen gefüllt hat. Ich habe mich ihr vor zwei Wochen schlichtweg anvertraut. Zuvor habe ich versucht, einzelne Brote oder Kartoffeln bei den Mahlzeiten verschwinden zu lassen, doch das war recht umständlich und hat trotz des Aufwands Jackson nicht satt gemacht. Und als Lydia gehört hat, dass ich eine ganze Truppe von Arbeiterinnen und Arbeitern treffe, hat sie sich bereit erklärt, regelmäßig Essen für sie abzuzweigen. Daher bringe ich zu den gemeinschaftlichen Probestunden nun stets zahlreiche Brote, Äpfel, Punschkrapfen und manchmal sogar Eingemachtes für alle mit.

Letzte Woche hatten Mimi, Fanny und Kasimir Nachtschicht, sodass sie tagsüber hier waren. Julianna kommt neben den Sonntagen an den Markttagen hinzu und, wann immer sie es schafft, auch spät am Abend, nachdem ich neulich Fackeln aufgestellt habe. Heute habe ich Jackson jedoch ganz für mich. Von unserem Spielhäuschen ist er regelrecht begeistert, und er scherzt ständig, dass er noch nie so komfortabel gewohnt hat. Trotzdem verbringt er die meiste Zeit auf dem Eis.

»Keine Sorge, my dear. Ich habe die Zeit genutzt, um den Anfang unserer Kür zu verfeinern. Schau mal.« Er startet aus einer Drehung heraus und läuft mit ausgestreckten Armen einen weitläufigen Kreis, dreht sich mühelos auf einem Bein und danach geht es rückwärts weiter, wenige Schritte später wieder vorwärts, und erst nach einer Pirouette kommt er zum Stehen. Er schafft all das mit einer grazilen Leichtigkeit, sodass es wirkt wie die reinste Poesie auf dem Eis. Nicht nur seine Bewegungen sind schön, auch die Spuren, die er auf der Eisfläche hinterlässt. Es sind ausschließlich klare, präzise Linien und nicht dieses Gewirr aus Kratzern und Mulden, die nach unseren Fahrten zu sehen sind.

Ich klatsche begeistert und Max bellt. »Traumhaft, Jackson, wirklich! Ich weiß nur nicht, wie wir die Pirouette hinbekommen sollen, wenn uns nicht einmal die einfache Wendung gelingt. Aber es sieht wundervoll aus.« Ich setze mich, um die Schlittschuhe umzuschnallen, die Jackson zwischenzeitlich für mich wie auch für die anderen angefertigt hat, indem er die Kufen fest mit den Schuhen verschraubt hat. Zum Glück hatten wir noch einige alte Schuhe im Palais, sodass jeder ein Paar Schlittschuhe, wie Jackson sie nennt, haben kann.

»Nur Geduld, das schaffen wir. Denk daran, was ihr in den letzten beiden Wochen alles gelernt habt!«

Immerhin haben wir die durch den englischen Stil anerzogene Steifheit aus unseren Gliedern bekommen und fahren nun mit leicht durchgedrückten Knien und auch das Rückwärtslaufen gelingt. Wir beginnen jede Probe mit einem ähnlichen Ablauf. Zunächst gleiten wir wie ein Storch mit einem hochgezogenen, angewinkelten Bein und seitlich von uns gestreckten Armen über das Eis. Nachdem uns das geglückt ist, bringen wir zudem den Oberkörper in Bewegung. Wir strecken uns während des Fahrens ballerinengleich hoch nach oben und tief nach unten. Dennoch sind wir weit von Jacksons Eleganz und Sicherheit entfernt.

»Kümmern wir uns heute um die Vorwärtsdrehung auf zwei Beinen. Stell dir zwei gebogene Linien auf dem Eis vor. Zwei an der Spitze verbundene Halbmonde sozusagen.« Jackson deutet mit dem Zeigefinger die entsprechenden Linien auf dem Eis an. »Dein Körper zeigt dabei nach innen. Du nimmst einmal Schwung und fährst den ersten Halbmond. Immer schön auf dem Fußballen. An der Stelle, wo der darunterliegende Halbmond beginnt, stellst du dich behutsam auf die Spitze und kommst mit Schwung in die rückwärtige Richtung. Die Arme bleiben ausgestreckt und deine Schultern schwingen abwechselnd nach links und nach rechts. Zeitgleich mit den Füßen.«

»Verstehe«, sage ich, bin mir allerdings bewusst, dass es nicht so leicht werden wird, wie es jetzt klingt.

»Dein Körper dreht sich im Grunde genommen einfach nur zwischen den Händen.« Jackson demonstriert es auf der Stelle mit ausgestreckten Armen, während seine Hüfte von rechts nach links schwingt. »Wie eine kleine Ente«, sagt er zwinkernd, und ich muss lachen. Er findet immer Wege, mich zum Lachen zu bringen, wenn die Sorge zu groß wird, dass ich versagen könnte.

»Und wenn du es auf zwei Füßen geschafft hast, machen wir das Ganze mit *einem* Fuß.«

Wieder muss ich lachen. »Na freilich, das stellt für mich keinerlei Schwierigkeit dar.«

»Wenn ich dann bitten dürfte …« Jackson deutet zuversichtlich aufs Eis.

Ich gehe auf die gefrorene Fläche zu und er reicht mir die Hand, da der Übergang vom weichen Gras beschwerlich sein kann. Ich ergreife sie dankbar und strahle ihn an. Bei unseren ersten Proben habe ich mich ihm gegenüber geziert. Doch durch seine unbefangene Art macht er es mir leicht. Nach zwei Wochen des gemeinsamen Übens ist alles selbstverständlich geworden. Ich denke nicht mehr Ewigkeiten darüber nach, was ich sagen und wie ich es betonen soll. Ich spreche alles aus, was mir in den Sinn kommt. Er hat es mir zudem ausgetrieben, zu viel über meine Bewegungen nachzudenken. Stattdessen versuche ich nun, mich auf mein Gefühl zu verlassen und einer inneren Musik zu folgen. Und ich frage mich nicht länger, wie sich meine Hand in seiner anfühlen wird. Jackson hat keinerlei Scheu vor Berührungen, das ist mir bereits nach der ersten gemeinsamen Probe aufgefallen. Er leistet mir häufig Hilfestellung, und wir sind schon oft Hand in Hand gefahren. Und auch jetzt, nachdem ich mehrmals gescheitert bin, kommt er näher, stellt sich direkt hinter mich. Ich spüre seinen warmen Atem in meinem Nacken.

»Darf ich?«, fragt er höflich, während seine Hände über meinen Hüften schweben.

Ich zögere. Meine Mutter würde einen Nervenzusammenbruch erleiden, wenn sie wüsste, wie nah ich hier einem Mann bin – zumal wir völlig alleine auf dem Eis sind. Ich weiß jedoch, dass er beim Ballett mit zahlreichen Frauen getanzt hat, und ich bin überzeugt, dass er ein guter Mensch ist. Er würde sich niemals an mir vergreifen.

Aber das ist nicht der Grund für mein Zögern.

Nein.

Sein Kopf ist auf der Seite des Narbengewebes. Anfangs habe ich es, so gut es ging, mit dem großen Tuch verhüllt. Die Übungen auf dem Eis bringen mich allerdings so sehr ins Schwitzen, dass ich es abgenommen und sogar den Mantel beiseitegelegt habe. Nun ist die gesamte Narbenfläche sichtbar. Vom Dekolleté bis zur Schläfe. Und sein Gesicht schwebt nur eine Handbreit entfernt. Stört es ihn etwa nicht?

»Ich will dir nur etwas mehr Halt geben, Darling. Wenn du dich nicht fürchtest zu fallen, gelingt es gewiss leichter.«

Ich atme tief ein. Und schlucke meine Bedenken herunter. »N…Nun gut.«

Gemeinsam fahren wir einen Halbmond vorwärts, machen am Scheitelpunkt eine halbe Drehung auf der Spitze und fahren einen weiteren Halbkreis rückwärts.

»Geschafft! Ich kann nicht glauben, dass es tatsächlich geglückt ist«, jubiliere ich und spüre, wie der Stolz mich erfüllt.

Jackson umarmt mich im Überschwang. Lachend trennen wir uns, und Jackson dreht mich an einer Hand auf dem Eis.

»Hach, ich wünschte, das Tanztraining würde mir ebenso viel Freude bereiten. Dabei wird mir jetzt schon klamm im Magen, wenn ich daran denke, dass ich dort morgen wieder hinmuss.« Der Gedanke lässt mich kleiner werden. Jegliche Tage mit den Tanzproben sind mir zum Graus geworden. Diese gequälten Unterhaltungen mit János, die Blicke der anderen. Noch immer schwitzen meine Hände fürchterlich, und kein Tanz will mir so recht gelingen.

»Das ist merkwürdig«, überlegt Jackson laut. »Wenn das Eistanzen – so nenne ich das Ballett auf dem Eis – dir so viel Freude bereitet, dann müsste dir der normale Tanz doch ebenso gefallen. So groß sind die Unterschiede nicht.«

Peinlich berührt erinnere ich mich an meine Eistanzeinlage auf dem Parkett und stimme zu, es gibt tatsächlich gewisse Parallelen. »Vielleicht sind es nicht so sehr die Tanz-figuren, sondern die Menschen. Insbesondere die Mädchen sind fürchterlich, sie tuscheln hinter vorgehaltener Hand, und jedes Mal spüre ich diese unsichtbare Mauer zwischen uns. Ich weiß, dass ich nicht dazugehöre, und das …«, ich schüttle den Kopf, »… das schmerzt.«

Langsam gleiten wir Seite an Seite über den See, während winzig kleine Flocken auf uns niedersegeln. Sie erinnern mich an die Punkte in János' Augen. Wenn ich mich an seiner Seite so leicht fühlen würde wie bei Jackson, wären die Tanzproben erträglicher. Aber an sich macht er es nur noch schlimmer. Vor allem durch sein Schweigen. Dieser stille Vorwurf, dass ich ihn zu den fürchterlichen Proben gezwungen habe, wäh-rend er zeichnen oder Hochrad fahren könnte. Obendrein ist er so ein guter Tänzer, dass Frau Horvath ihn jedes Mal als Vorführobjekt herauspickt. Damit jeder sehen kann, wie wundervoll János eigentlich tanzt – wenn er nur die richtige Partnerin an seiner Seite hätte.

Jackson sieht mich aufmerksam an und ermutigt mich da-durch, mehr zu erzählen. Das mag ich an ihm. Wenn er will, kann er ohne Punkt und Komma reden, so viel, wie er bereits erlebt hat, und es gibt zahlreiche Dinge, über die er sich Ge-danken macht. Aber er versteht es ebenso zu schweigen, ist stets an den Geschichten und der Lebensanschauung seiner Mitmenschen interessiert.

»Und dann ist da mein Tanzpartner. János.« Ich seufze. »Ich weiß einfach nicht, was ich mit ihm reden soll. Ganz gleich, wie sehr ich mich bemühe, nach drei Sätzen sind wir immer fertig. Sobald er in der Nähe ist, bin ich immer so be-fangen.«

»Also.« Er greift nach meiner Hand, gemeinsam setzen wir zum Rückwärtslauf an, und ich genieße es. Fühle mich warm und sicher an seiner Seite. »Was die Mädchen betrifft: Vergiss sie. Ich habe schon lange aufgegeben zu versuchen, dazuzugehören. Wenn man akzeptiert, dass man anders ist, dann wird alles sehr viel leichter. Du musst also einsehen, meine Liebe, dass du etwas Besonderes bist.«

»Ich? Besonders?« Ich lache auf. Ich bin allemal besonders seltsam.

Jackson zieht die Augenbrauen hoch. »Wie viele von den höheren Töchtern bei dieser Tanzprobe haben denn junge Männer auf ihrem Anwesen versteckt und verbringen jede freie Minute auf dem Eis?«

Das stimmt. Allerdings stempelt mich das eher als besonders töricht ab, denn wenn das herauskommt, würde es mich meinen guten Ruf und womöglich sogar mein Erbe kosten, und ich stünde fortan auf der Straße.

»Und was diesen jungen Mann betrifft …«

»Ja?«, frage ich hoffnungsvoll. Vielleicht hat Jackson ja eine Idee, wie man Männer zum Reden bewegt.

»Warum übst du das nicht mit mir?«

Ich kann nicht anders, als zu schmunzeln. »Mit dir ist es anders. Bei dir habe ich keine Hemmungen, etwas zu sagen. Bei János hingegen … Ich weiß auch nicht. Mit seinem guten Aussehen, und wie er sich verhält, das ist so einschüchternd. Obwohl wir uns ein Leben lang kennen, ist er völlig unnahbar.« Zumindest seit gut zwei Jahren ist das so.

»Sehe ich etwa nicht gut aus?« Jackson klingt nahezu verletzt.

»Doch, doch, unbedingt. Du siehst blendend aus, trotzdem

strahlst du eine gewisse Leichtigkeit und Freude aus, sodass man keinerlei Hemmungen hat, mit dir in Kontakt zu treten. János hingegen … Da ist ein Hauch von Verwegenheit und immer etwas Geheimnisvolles, so als gäbe es da eine Sache, die er unter gar keinen Umständen verraten würde. Das gibt ihm ein Charisma, das man eher aus der Ferne bewundert. Er ist jemand, bei dem man weiß, seiner niemals würdig zu sein.«

Entschieden schüttelt Jackson den Kopf. »Das glaube ich nicht. Ich bin fest überzeugt, dass du dich unterschätzt, Darling. Letztlich gibt es aber nur eine Möglichkeit, es herauszufinden.«

»Und was soll das sein?«

Er lächelt. »Ganz einfach. Sprich mit ihm.«

Meine Schultern sinken. Niemals werde ich János beichten können, wie es um mich steht. »Glaub mir. Er macht mehr als deutlich, was er von mir hält. Da gibt es nichts zu bereden.«

Mit einer abrupten Wendung umrundet er mich und bringt so auch mich zum Stehen. »Das glaube ich erst, wenn du mit ihm geredet hast.«

»I…Ich …«

»Eh, eh, eh!« Er legt seinen Zeigefinger auf meine Lippen. »Du sagst ihm, was du fühlst. Und dann merkst du dir genau, was er dazu sagt, und berichtest es mir.«

Ich winde meinen Kopf, doch er umfasst meine Schultern. »Versprich es mir.«

Ich schlage die Augen nieder.

»In der Liebe muss man mutig sein! Sonst hat man schon verloren. Und glaub mir, die Männer und auch die Frauen sind nicht immer leicht zu lesen. Jede Handlung kann so gut wie alles bedeuten. Also, kann ich mich auf dich verlassen?«

Die Welt und ich und überhaupt alles besteht nur noch aus Panik bei diesem Gedanken. Doch er sieht mich so eindringlich an, dass ich nicke. Ich will es zumindest versuchen.

Kapitel 19

Julianna

»Gott, es ist so fürchterlich! Was habe ich nur getan?« Adreana vergräbt den Kopf in den Händen. Sie sitzt mit Kutscher Tomek und Frau Lotzky, die den Weihnachtsschmuck poliert, am Tisch. Ich bin noch beim Abwasch und muss mich stark zusammenreißen, keinen Fehler zu machen. Die Müdigkeit liegt nach einer weiteren Spätschicht für die Kostüme wie ein Stein auf meinen Knochen. Obendrein das Eislaufen, wann immer ich abends davonschleichen kann. Immerhin ist mir endlich die Rückwärtswendung auf einem Bein geglückt. Nun rächt sich meine Tollkühnheit allerdings, und ich kann kaum mehr die Augen offen halten.

Was die Köchin gerade erzählt, interessiert mich jedoch. Am liebsten würde ich mich mit an den Tisch setzen, um besser hören zu können, doch alles, was ich machen kann, ist, möglichst wenig mit dem Wasser zu plätschern und die Ohren zu spitzen.

»Ich hätte länger nach Ottokar suchen sollen, dann wäre er nicht in die Bredouille gekommen!« Sie klammert sich an ihr zerknülltes Taschentuch und der Kutscher greift nun über den Tisch und tätschelt ihre Hand, obwohl er husten muss. Nur zu gerne hätte ich den Ausdruck in ihren Augen gesehen, doch sie sitzt mit dem Rücken zu mir, und ich bemerke nur, wie dieser gerade wird. Frau Lotzkys Augenbrauen wandern ebenfalls in die Höhe.

»Mach dir mal keine Sorgen«, sagt Tomek in seiner heiseren Stimme. »Ottokar ist ein gefinkelter Bub, der wird rasch was Neues finden.«

Adreana seufzt. »Auch jetzt, so kurz vor Weihnachten? Und wie er ihn angeschrien hat …«, presst sie unter ihrer tränenerstickten Stimme hervor.

Es ist wahrlich nicht schön gewesen. Markow hat herausgefunden, dass ich das Essen herübergebracht habe, und es hat ihn rasend gemacht. Derartige Botengänge durften seiner Meinung nach nur vom Stalljungen erledigt werden, der gleichzeitig Laufbursche ist. Dass Ottokar nicht anwesend war, kam für ihm dem Müßiggang gleich, und der ist ja eine Todsünde. »Durch Faulheit und Ungehorsam ist alles in der Welt zum Verderben und dem Untergang gerichtet!«, hat er geschrien, und jeder im Schlösschen hat seine Arbeit sogleich noch schneller verrichtet.

Dann hat Markow ihn die Peitsche spüren lassen, die er einzig und allein für diesen Zweck auf seinem Anwesen verwahrt, um den Gehorsam wiederherzustellen und die Welt vor dem Untergang zu bewahren. Selbstredend hat er Ottokar danach mit einem schlechten Eintrag im Gesindebuch vom Hof gejagt.

»Allerdings hat Markow nicht unrecht. Botengänge gehören nun mal zur Arbeit des Stallburschen. Und letztlich will er uns nur vor Gottes Zorn schützen«, sagt Frau Lotzky und nimmt die nächste Christbaumkugel aus der Kiste. Ihr schmaler Mund wird noch schmaler.

Dass sich im Heim einige Kinder auf die Seite der Lehrerinnen oder Lehrer schlugen, konnte ich gewissermaßen verstehen. Sie erhofften sich einen Vorteil dadurch oder sahen vielleicht ihre Eltern in ihnen. Aber warum Frau Lotzky immer wieder für Markow Partei ergreift, ist mir ein Rätsel. Er würde nicht einmal Gnade für ein frisch geschlüpftes Küken walten lassen, und sie tut geradeso, als sei Markow eine Art Messias, der als Einziger die Botschaft Gottes verstehen würde. In der Tat zitiert er gerne Bibelverse und scheint immer etwas Passendes zur Hand zu haben, aber ich kann mir nicht vorstellen, dass seine Auslegungen tatsächlich Gottes Wille sind.

»Ich weiß außerdem nicht, warum du jammerst«, sagt Frau Lotzky jetzt zu Adreana. »Ich bin es schließlich, die nun einen zuverlässigen Stallburschen finden muss.«

Ganz langsam setzen sich meine trägen Gedanken in Bewegung. Zunächst hakt es, wie beim Erlernen einer neuen Eislauffigur, doch dann rastet die Idee ein.

Vielleicht kann ich Mimi über einen Umweg ins Schlösschen holen!

Nikolett habe ich bereits gefragt, ob sie sie nicht in den Palais nehmen könne, aber leider haben ihre Eltern sich quergestellt, da sie keine weiteren Domestiken benötigen.

Die Arbeit im Schlösschen ist zwar mitnichten ein Zuckerschlecken, trotzdem ist sie erträglicher als die Schichtarbeit in der Fabrik mit den Nächten in den Massenunterkünften. Fanny hat erzählt, dass dort neulich sogar eine Frau vor Augen aller ihr Kind zur Welt bringen musste.

»Hol doch einfach jemanden aus'm Waisenhaus«, schlägt der Kutscher vor und streicht gedankenverloren über seinen kahlen Kopf.

»Ich weiß nicht.« Frau Lotzky linst in meine Richtung und

ich tue so, als sei ich unglaublich beschäftigt mit den Tellern und würde sie gar nicht hören. »Die sind immer so …« Sie beugt sich über den Tisch und zu meinem Unwillen kann ich nicht hören, als was wir Waisenkinder abgestempelt werden. Etwas sagt mir jedoch, dass es nicht *lieblich* ist.

»Mein Neffe soll bald den Hof meiner Schwester verlassen. Aber dem mag ich das hier gar nicht zumuten.«

Gott sei Dank. Sobald jemand eine Person aus seiner Familie auf dem Schlösschen unterbringen wollte, wäre ich ohne jede Chance. Solange sie unsere Arbeit als nicht zumutbar empfinden, habe ich vielleicht die Möglichkeit, *meine* Familie ins Schlösschen zu holen. Mimi und Fanny sind immerhin das, was dem am nächsten kommt. Mit Mimi würde ich anfangen und möglicherweise ergibt sich über kurz oder lang auch etwas für Fanny, die ich mir sehr gut am Herd vorstellen könnte, und der Piefke wäre gewiss ein hervorragender Kutscher. Jackson? Den kann ich mir ausschließlich auf dem Eis vorstellen. Und Nikolett könnte ich erst herüberholen, wenn eine Stelle als Burgfräulein frei würde. Ich muss grinsen, weil der Traum von uns allen gemeinsam auf dem Schloss einfach zu absurd ist, und schiebe ihn in die Schublade zu all den anderen unerreichbaren Träumen in meinem Kopf. Gleich neben jenen Traum, durch die Straßen Wiens zu flanieren und plötzlich auf der gegenüberliegenden Straßenseite den Himmelsstürmer zu entdecken.

Das alles gleicht dem Greifen nach den Sternen.

Aber diese eine Sache für Mimi, die muss ich versuchen. Selbst wenn es verdammt unwahrscheinlich ist. Und ein großes Opfer erfordert. Kuschelige Wärme in der heimeligen Küche gegen Kälte und stinkige Stallarbeit zwischen riesigen

Viechern. Ich rufe mir das Bild von Mimi mit ihren spillrigen Ärmchen und den eingefallenen Wangen ins Gedächtnis und zögere nicht länger.

Lasse den Teller los.

Klirrend zerspringt er auf dem steinernen Fußboden in zu viele Teile, als dass man ihn je kleben könnte.

Frau Lotzkys Blick, den sie den anderen zuwirft, scheint zu sagen: *Seht ihr, was ich meine?*

Adreana springt indes auf und stemmt die Hände in die Hüften. »Du bist wahrlich ein Trampel! Das unfähigste Mädchen für alles, das je hier war.«

Ich presse die Lippen zusammen und versuche, niedergeschlagen dreinzublicken. »Eigentlich wäre ich auch viel lieber Stalljunge …mädchen … Stallmädchen.« Herrje, gibt es denn nicht einmal eine Bezeichnung dafür?

»Du?«, rufen der Kutscher, Frau Lotzky und Adreana gleichzeitig.

»Ja. Ich … äh … *liebe* Tiere.« Nicht ganz die Wahrheit. Im Grunde sogar die Übertreibung des Jahrhunderts. Aber Max finde ich immerhin ziemlich süß. Und Mimis Maus habe ich schon einige Male gestreichelt.

»Dann kriegst du allerdings weniger Lohn«, sagt Tomek mit seiner heiseren Stimme.

Verflucht! Noch weniger? Damit habe ich nicht gerechnet. Andererseits bin ich froh, dass er es nicht kategorisch ausschließt. Ich bin zwar auf das Geld angewiesen, aber Mimis Wohlergehen ist mir wichtiger.

»Das passt schon.«

Der Kutscher kratzt sich hörbar am Hinterkopf. »Na, dann soll sie doch …«

»Eine junge Frau als Stallbursche?« Frau Lotzky rümpft die Nase. »Ich weiß nicht.«

»Immerhin wüssten wir da, was wir haben. Und wenn unserem Trampel mal 'n Blecheimer herunterfällt, ist das kein Drama«, sagt der Kutscher und räuspert sich. Adreana nutzt sogleich die Gelegenheit, sich auf seine Seite zu schlagen. »Und ich wäre nicht eben böse, wenn ich ein neues Mädchen bekäme.«

Frau Lotzky mustert mich von Kopf bis Fuß, als hätte sie mich noch nie gesehen. »Das letzte Wort hat ohnehin Herr Markow.« Ihr Ausdruck bekommt etwas Gehässiges. »Frag ihn, es ist seine Entscheidung.«

»*Ich* soll ihn fragen?« Mein Puls beschleunigt sich. Eigentlich kann ich mein Anliegen dann gleich vergessen.

»Jetzt schau nicht so drein, er ist immerhin kein Unmensch!« Frau Lotzky schlägt die Beine übereinander, und ich kann nur hoffen, dass mir meine Gesichtszüge nicht entglitten sind. Aber auch Adreana hat den Kopf geneigt und den Kutscher scheint die Bemerkung zu belustigen.

»Erst neulich hat er eine enorme Summe für wohltätige Zwecke gespendet«, belehrt Frau Lotzky uns, und ich muss zugeben, dass mich das überrascht. Das hätte ich ihm nicht zugetraut.

»Und erst letzte Woche hat er uns das Brennholz für das Gesindehaus gestrichen, da ich ihn angeblich nicht gegrüßt habe«, erinnert der Kutscher Frau Lotzky, obwohl er sich für gewöhnlich nie gegen sie stellt.

Sie lehnt sich nach hinten. »Zu Recht. Wir haben die Herrschaft mit Respekt zu behandeln.«

Ein handfester Streit bricht vom Zaun, da Tomek es eine

Unverschämtheit findet, dass Frau Lotzky ihm überhaupt zutraut, nicht gegrüßt zu haben. Die Köchin meint, dass es so oder so keine gerechte Strafe sei, und alle reden wild durcheinander, während ich ganz langsam die Teller weiter trockne und mir überlege, wie ich es am besten angehe. Ich kann mir keinen Fehler erlauben, sonst würde Mimi in der Fabrik versauern.

Über die Hintertreppe mache ich mich am nächsten Vormittag auf den Weg zu Markows Räumlichkeiten. Es riecht nach feuchten Steinen, und ich fahre mit den Fingerspitzen gedankenverloren über die kalte Wand, während ich im trüben Licht Stufe um Stufe erklimme.

Urplötzlich gleiten meine Finger in eine Nische, und es ist nicht mehr kalt. Ich ertaste Papier. Im nächsten Moment ziehe ich ein dünnes Heftchen hervor und muss grinsen. Das muss einer der viel gerühmten Hintertreppenromane sein. Neugierig schlage ich das Heftchen im Schein der Öllampe auf, die Seiten sind unglaublich dünn, knistern so hell, dass ich Sorge habe, sie zu zerreißen. Im Waisenhaus haben jene Mädchen, die hin und wieder Geld von entfernten Verwandten bekamen, auch den Kolportageromanen gefrönt. Es gab Abenteuer und Geistergeschichten. Am beliebtesten waren aber jene, in denen es um die großen Liebesgeschichten geht. Ich stelle mich daher auf blumige Beschreibungen vom Herzensgrunde empfundener Sehnsüchte ein – und bin enttäuscht, was ich stattdessen lese.

… und gegenüber den Dienstgebern ist allein deswegen schon Demut

und Gehorsam zu zeigen, da die Dienerschaft eine von Gott gewollte
Gegebenheit ist.

Tse, das klingt ja fast wie Markows Predigen! Wer liest denn so etwas freiwillig?

Enttäuscht schiebe ich das Heft zurück in die Nische und erklimme die letzten Stufen bis zur Beletage. Als ich die Tür zu seinem Arbeitszimmer erreiche, bleibe ich erstaunt stehen. Ich weiß nicht, was ich erwartet habe. Vielleicht, dass er früh am Morgen seine Gattin oder die Zwillinge zusammenstaucht. Oder zumindest, dass laut schmatzende Geräusche bis durch die Holztür nach draußen dringen. Ich sehe ihn noch vor mir, wie er neulich Brathendl gegessen hat. Von den Fingern lief das Fett, während er so gierig in das Fleisch biss, dass seine Mundpartie glänzte. Kleine Fetzen der Haut hingen in seinem Schnurrbart, und er schmatzte so laut, dass ich mich beinahe auf den Orientteppich erbrochen hätte.

Doch nichts Derartiges dringt durch die Kassettentür. Stattdessen begrüßen mich sanfte Klänge einer Musik, so traurig und melancholisch, dass sie meine Seele mit Schatten belegen. Ich bekomme eine Gänsehaut, und Beklommenheit nistet sich in meinem Magen ein. Eigentlich kann es nur eine Schellackplatte sein, folgere ich. Nie im Leben ist ein solcher Mann in der Lage, auf diese Weise Geige zu spielen.

So voller Gefühl.

Als wäre er nicht ein zornerfüllter Klotz.

Sachte lege ich mein Ohr an die Tür. Die Musik wird nicht verzerrt, es gibt keine leisen Knistergeräusche. Sie ist echt. Und weckt in mir eine schmerzliche Sehnsucht.

Ist Frau Lotzky ihm deswegen zugetan? Kennt sie eine Seite, die ich ihm niemals zugetraut hätte?

Erst nachdem er das Stück beendet hat und es eine Weile still bleibt, wage ich zu klopfen.

»Was?«, peitscht es von drinnen und ich zucke zusammen, als hätte mich ein wahrhaftiger Peitschenhieb getroffen. Ich habe Angst, die Tür zu öffnen, zwinge mich aber dazu. *Für Mimi,* sage ich mir und rufe mir die Bilder abermals ins Gedächtnis, wie sie sich in der Fabrik schwankend festhalten musste.

Mit festen Schritten betrete ich den Salon. Wie immer erdrückt er mich mit seinem Überfluss. Die geblümten Ornamente der grünen Tapete, davor die bodenlangen Gardinen mit grün-roten Blüten, schwere Teppiche, gepolsterte Stühle zu den üppig verzierten Möbeln. Er sitzt an seinem Sekretär, die Geige lehnt an der Wand, und wäre dem nicht so, würde ich noch immer nicht glauben, dass es wahrhaftig sein Werk gewesen ist.

»Was ist? Ich habe zu tun.« Seine ganze Person mit dem länglichen Gesicht und der ledernen und tatsächlich leicht öligen Haut und dem unwilligen Gesichtsausdruck scheint eine Wutwolke zu umhüllen.

Obwohl ich sonst nicht so schnell einzuschüchtern bin, ist mir danach, mich mehrfach zu entschuldigen und die Worte leise zu stammeln. So wie Nikolett anfangs geredet hat. Aber ich weiß, dass er das nicht schätzen würde. Also mache ich kurzen Prozess.

»Da der Stallbursche nun weg ist, müssen wir jemand Neues finden. Ich würde es gerne machen, und stattdessen suchen wir ein neues Zweitmädchen. Das ist unproblematischer, da es mehr junge Mädchen gibt, die eine Stelle suchen.« Junge Burschen und Männer ziehen es vor, in der Fabrik anzufangen oder, wenn es irgendwie geht, ein Handwerk zu erlernen. Meiner Meinung nach muss Markow daher zustimmen.

Doch es kommt anders.

»Was nervst du mit solchen Banalitäten? Das ist Lotzkys Sache! Kein Ausgang mehr, da du mich unnötig von der Arbeit abgehalten hast und deiner wegen Nichtigkeiten fernbleibst.«

»W…Wie bitte?« Verflucht, nun gerate ich dennoch ins Stammeln. Doch was ich gerade meine verstanden zu haben, versetzt mich in Himmelsangst und Schrecken.

Er steht auf, breitet seine Hände aus, stützt sich auf den Schreibtisch und beugt sich näher. So nahe, dass ich die großen Poren neben seinen Nasenflügeln sehe. »Zeitverschwendung ist eine der größten Sünden des Menschen! Ihr Unwissenden vermutet wahrscheinlich, dass mein wirtschaftlicher Erfolg Zeichen genug ist, dass ich zu den Auserwählten gehöre, die nach dem Tod in den Himmel kommen. Was nicht in euren Kopf will, ist, dass Arbeit der Selbstzweck des Lebens ist. Das Handeln des Menschen muss nützlich sein, nur dann leben wir nicht in Sünde.«

Ich verstehe nicht ganz, worauf er hinauswill, halte es aber für keine gute Idee, jetzt sein Geigenspiel als Gegenargument anzuführen, wie mein Mundwerk versucht ist. Zum anderen kann das auch nicht richtig sein. Wenn Menschen in der Lage sind, etwas so Schönes wie Musik zu erschaffen, sollte man es dann nicht genießen können? Kann es tatsächlich gottgewollt sein, ausschließlich zu arbeiten, um danach angeblich in den Himmel zu kommen?

»Um euch zurück auf den Weg der Tugend zu führen, streiche ich euch den Ausgang! Dich sehe ich doch ständig spätabends davonschleichen. Damit ist jetzt Schluss!«

Ich schlucke hart und zwinge mein Gesicht, keine Miene zu verziehen, obwohl ich am liebsten an der steinernen Mauer herabsinken möchte. Meine Kraft schwindet. Zwar hat Mimi nun eine reelle Chance auf die Stelle, wenn Markow sich raushält, sie muss nur noch um eine Anstellung bitten, bevor Frau Lotzky beim Waisenhaus anfragt oder ein Inserat aufgibt, und das sollte zu schaffen sein. Allerdings habe ich mir selbst Steine in den Weg gelegt. Mächtige Steine. Bisher habe ich vermutet, dass es, abgesehen von Adreana, mit der ich mir die Kammer teilen muss, keinem aufgefallen ist, wenn ich mich in den freien Stunden davonstehle. Wenn das Üben in den Abendstunden nun tatsächlich wegfällt, werden wir nie eine überzeugende Nummer auf das Eis bringen. Allemal eine Lachnummer.

Kapitel 20

Nikolett

Die Tanzstunde beginnt heute anders als üblich. Frau Horvath läuft dozierend im Ballsaal auf und ab und weiht uns in alles ein, was wir über den Opernball wissen müssen. Da Weihnachten näher rückt, steht ein mächtiger Tannenbaum mit allerlei glänzenden Christbaumkugeln in der Ecke, gleich neben einem der prunkvollen Lüster, die in regelmäßigen Abständen von der Decke hängen. Ich bin froh, dass ich noch etwas Aufschub habe, bevor der Tanz losgeht. Jackson lässt nicht locker und fragt täglich, ob ich endlich mit János geredet habe. Diesmal muss ich es tun.

Zaghaft sehe ich zu János hinüber. Obwohl er die Gelegenheit gehabt hätte, steht er nicht weit von mir und lauscht mit höflicher Miene den Ausführungen. Früher haben wir uns ständig mit Blicken unterhalten. Heute bemerkt er es nicht einmal, sieht weiter stur geradeaus. Direkt neben ihm steht Katalina, scheint jedoch nicht richtig zuzuhören, denn ihre Blicke sind überall, nur nicht auf Frau Horvath.

»Damit keine Missverständnisse aufkommen, möchte ich Sie daran erinnern, was ich Ihnen zu Beginn der Stunden bereits mitgeteilt habe: Die Damen tragen ein weißes Ballkleid, weiße Handschuhe und helle Schuhe. Ihr Schmuck sollte dezent sein, die Haare selbstredend hochgesteckt.«

Jetzt beugt Katalina sich vor und zupft einen Fussel aus János' Haar. Hält ihn wie zum Beweis hoch und lächelt ihn verführerisch an. Natürlich erwidert er es, und in meinem Magen brodelt es wie kochendes Wasser. Er kann eine Frau wie Katalina haben! Will ich mich heute wahrhaftig zur Närrin machen? *Liebe benötigt Mut,* flüstert Jacksons Stimme in dem Moment durch meinen Kopf. Dass Frau Horvath die Kleiderordnung für die Männer durchgibt, nehme ich kaum wahr.

»Sie können sich übrigens glücklich schätzen, dass Sie überhaupt den Walzer tanzen dürfen«, klärt Frau Horvath uns weiter auf. »Als der Tanz neu aufkam, wurde behauptet, er sei unmoralisch, zu rasch und führe zu Überhitzung. Einige meinten, er führe zu Krankheit oder gar zum Tod. Glücklicherweise hat er sich auf dem Land dennoch durchgesetzt.«

Jetzt flüstert Katalina János etwas ins Ohr und kichert hinter vorgehaltener Hand. Frau Horvath schießt ihr einen Blick zu und ich wünschte, er würde sie erdolchen.

»In Preußen wurde er 1790 zwar am Hofe gelehrt, Königin Luise hat den Tanz jedoch glatt verboten. Und noch unter Kaiser Wilhelm II. durfte der Walzer zunächst nicht linksherum getanzt werden.«

Fassungslos sehen wir sie an. Selbst Katalina ist still. Es ist kaum vorstellbar, dass ein solch beliebter und wundervoller Tanz einst dermaßen umstritten war.

Es folgt Stille Nummer elf. Gebannte Stille.

In der Sonne der Aufmerksamkeit hebt Frau Horvath nun den Zeigefinger. »Allein weil die Begeisterung für den Walzer in der Bevölkerung so groß gewesen ist, war sein Siegeszug nicht mehr aufzuhalten.«

Ich lächle, und für einen Moment sind die dumme Katalina und der dumme János vergessen. Genau so wird es mit unserem neuen Eislaufstil auch sein! Es mag anfangs Vorbehalte gegeben haben, wie Jackson erzählt hat, doch schon bald wird sein Siegeszug nicht mehr aufzuhalten sein.

Beklommen wie immer finden János und ich zusammen und absolvieren unseren ersten Tanz. Wie jedes Mal, wenn ich ihn berühre, ist in mir alles hellwach. Äußerlich bewege ich mich allerdings so geschmeidig wie ein Kartoffelsack. Wenn wir Katalina passieren, lächelt sie wie Kerzen auf einer Geburtstagstorte. Mehr um Jackson einen Beweis vorlegen zu können, beschließe ich, endlich das Gespräch zu eröffnen, das schon so lange überfällig ist.

Ich werde es tun.

Ich werde ihm sagen, wie viel stärker meine Gefühle plötzlich sind. Aber nein, eigentlich ist es nicht plötzlich gekommen. Mit jedem Tag, den wir uns kennen, ist meine Zuneigung einfach ein klein wenig größer geworden. Ganz gemächlich. Bis es Liebe war.

Aber so kitschig kann ich ihm das natürlich nicht sagen.

Gibt es nicht eine unverfänglichere Methode, es auszudrücken? Ich muss es wohl zwischen den Zeilen vermitteln.

»Denkst du manchmal an früher?«, frage ich ohne jegliche Vorbereitung. Die Gefühle von damals sind schließlich der Ausgangspunkt.

Überrascht sieht er zu mir. Für gewöhnlich reden wir ja nicht wirklich.

»Natürlich«, sagt er. Seine Miene kann ich nicht einschätzen. Sind es gute Erinnerungen?

»Und … vermisst du es?«

»Was soll ich denn vermissen?«

»Na … alles. Das, was war.« Dass wir damals stundenlang miteinander reden konnten. Lachen. Nebeneinander im Gras liegen. Und all das völlig unbefangen.

Sein Blick wandert kurz durch den Raum und kehrt schließlich zu mir zurück. »Hat sich für dich denn so viel verändert?«

War das sein Ernst? »A…Aber natürlich. Alles hat sich verändert.« Die Gefühle sind mittlerweile ausgewachsen. Und wir können kaum mehr ein vernünftiges Wort miteinander wechseln. Prüfend sehe ich ihn an. »Für … für dich also nicht?«, presse ich hervor. Jetzt bin ich schon so weit gekommen im Gespräch, dass ich nicht auf den letzten Metern aufgeben will. Ich muss wissen, woran ich bin.

»Nein«, sagt er ganz ruhig. Sieht mir dabei sogar direkt in die Augen und dennoch kann ich nicht sagen, ob es für ihn positiv oder negativ ist. Fast vergesse ich meine Schritte. Doch er dirigiert mich in die richtige Richtung. »Für mich hat sich nichts verändert.«

Das kann nur heißen, dass er mich noch immer als Kind sieht. Ich zwinge ein Lächeln auf meine Lippen. Bloß nicht zeigen, wie sehr mich seine Worte zerstören!

Kapitel 21

Leopold

»Wie wäre es morgen mit einer Partie Eishockey?« Ferdinand ist für die Weihnachtstage nach Hause zurückgekehrt und sieht mich und János nach dem Treffen des Hochrad-Klubs abwartend an.

János grummelt lediglich unwirsch und holt seine Tschick hervor.

»Mal sehen«, antworte ich. »In der Fabrik ist der Teufel los … Außerdem ist es vermutlich zu überlaufen zum Spielen. So kurz vor Weihnachten haben viele frei.«

»Na kommt schon. Bald bin ich wieder weg, wir müssen die Zeit nutzen. Und wir können ja bei uns fahren. Da gibt es einen See, der wird höchstens mal von Nikolett genutzt.«

Ich wäge ab. Eigentlich würde ich gerne mal wieder spielen, andererseits will ich weiterhin jede freie Minute, die ich nicht in der Fabrik bin, nach dem Mädchen suchen oder meine Überlegungen zur Eislauffläche vorantreiben. Das macht mich unruhig. Nichts hat sich seit dem letzten Mal verändert. Vor drei Wochen war ich noch fest entschlossen, es mit der Eislaufbahn zu wagen, doch ein Blick in Heipas Augen hat genügt, um mich auf den Boden der Tatsachen zurückzuholen.

Ich muss mich entscheiden. Dennoch tue ich nichts, als die Gedanken von der einen Seite auf die andere zu wälzen.

»Also, ich kann nicht«, sagt János und nimmt einen tiefen Zug von seiner Zigarette. Ich frage mich, was er vorhat, doch er kommentiert es nicht weiter.

Ferdinand wirkt geknickt, daher willige ich ein. Etwas in mir rebelliert zwar dagegen, einen perfekten Wintertag, wo ich sie suchen könnte, zu verschwenden, andererseits kann ich nicht alles für ein Mädchen vernachlässigen, das ich womöglich nie wiedersehen würde.

Wir verabschieden uns und machen uns auf den Rückweg. Zu Fuß, denn mittlerweile liegt so viel Schnee, dass man nicht mehr fahren kann. Erst nach anderthalb Stunden komme ich zu Hause an.

Nachdem ich meine Sachen abgelegt habe, gehe ich ins Wohnzimmer. Es liegt noch immer so da, wie Mutter und Vater es zurückgelassen haben. Es geht einfach nicht, wird mir wieder mit schmerzhafter Erkenntnis klar. Die Wachstuchfabrik ist seit Jahren in Besitz der Familie Lindenfels. Das kann ich aufgrund eines Flohs in meinem Ohr doch nicht aufs Spiel setzen! Heipa ist ohnehin bereits gebrochen, soll ich ihm den Todesstoß versetzen, indem ich ihm sage, dass ich keinerlei Interesse an der Fabrik habe, der er sein Leben gewidmet hat?

Es wäre undankbar.

Ich gehe zum Trichtergrammofon hinüber und drehe an der Kurbel, um den Federmotor aufzuziehen. Mein Vater hat es selbst gebaut, auch er war ein Tüftler und begeistert von Technik. Er hat nicht aufgegeben, bis endlich die Töne des Grammofons durch das Wohnzimmer geschallt sind. Noch heute erinnere ich mich an die Freude in seinem Gesicht und wie er mit Mutter durchs Zimmer getanzt ist. Es muss einer unserer glücklichsten Tage gewesen sein.

Ich löse den Plattenstopper und beobachte, wie die Schellackplatte Geschwindigkeit aufnimmt. Daraufhin setze ich den Tonarm vorsichtig auf die Platte. Lausche dem Kratzen und schließlich der melancholischen Melodie.

Heipa betritt den Raum und sieht verwundert zum Grammofon und dann zu mir. Der Schmerz in seinem Gesicht ist so allumfassend, dass ich den Tonarm von der Platte hebe und sie stoppe. Es hat ewig keine Musik in diesem Haus gegeben. Es ist, als würden wir alles meiden, was meine Eltern gemacht haben. Vielleicht habe ich deswegen das Gefühl, ich könne in diesem Haus nicht richtig leben.

»Geht es dir gut?«, fragt er.

»Mir? Aber gewiss doch. Warum sollte es mir nicht gut gehen?«

Er nickt zum Grammofon. Ich streiche mit zwei Fingern über das lackierte Holz. »Es ist ein schönes Stück. Wir nutzen es viel zu selten.«

Sein Blick verdunkelt sich. Hier ist kein Platz für Frohsinn.

Und dann kommt sie. Die unvermeidbare Frage.

»Was macht die Fabrik?« Mit ihr schwingen tausend stille Vorwürfe. Warum bist du nicht dort? Hast du die Maschinen schon repariert? Konntest du die offenen Stellen nachbesetzen? Hast du einen Weg gefunden, um genauso günstig wie die Amerikaner produzieren zu können? Den gäbe es. Aber ich bringe es nicht über mich, Kinderarbeit anzuordnen. Die Kindheit sollte zum Herumtollen und Abenteuerentdecken da sein. Kein Kind soll sein noch so junges Leben in staubigen Fabriken verbringen müssen.

Dann sollte eher die Fabrik untergehen.

Wäre das nicht ohnehin die bessere Lösung? Wenn wir

Konkurs anmelden müssten, wäre die ganze Last verschwunden. Doch dann denke ich an all die Menschen, die in der Fabrik arbeiten und auf die Löhne angewiesen sind. Ich kann sie nicht im Stich lassen.

Also lächle ich und schlucke meine eigenen Wünsche hinunter. »Die Fabrik läuft.«

»Gut«, brummt er und will das Wohnzimmer wieder verlassen.

»Aber es könnte besser gehen«, rufe ich ihm hinterher und weiß selbst nicht, was in mich gefahren ist. Ist es die aufgestaute Verzweiflung, die aus mir herausbricht? Nicht nur wegen der zehntausend Probleme in der Fabrik, sondern auch, weil ich sie noch immer nicht gefunden habe. Sieben weitere Seen habe ich mit János erkundet in den letzten Wochen. Doch nirgendwo war sie und allmählich hasse ich mich dafür, dass ich die Hoffnung nicht aufgeben will.

»Was sagst du da?«, fragt Heipa und kommt langsam wieder in den Raum.

Mit allen zehn Fingern streiche ich meine Haare zurück, hoffe, dass ich die Anspannung ebenso mit fortschiebe. »Willst du dich vielleicht setzen?«

Mit gerunzelter Stirn nimmt er auf der vorderen Kante des Fauteuils Platz und ich beginne, alles für ihn zusammenzufassen.

»Dann bekommen wir also bald ein Liquiditätsproblem?«, hakt er mit stoischem Gesichtsausdruck nach, als ich fertig bin.

»Wenn sich nichts ändert, ja. Aber ich habe bereits eine Idee, wie wir an neues Geld kommen könnten.«

Ich erzähle ihm alles über meine Idee mit der Natureisfläche auf dem Fabrikgelände. Seine Miene bleibt versteinert und seine Worte machen deutlich, was er davon hält.

»Eine Eisfläche hier in Hernals? So ein Humbug. Wer eislaufen will, geht zum Eislauf-Klub.«

»Aber das ist es ja! Es ist eine ziemliche Strecke bis zum stillgelegten Hafen und dort ist es immer proppenvoll. Ich denke, wir könnten viele erreichen, die hier in der Gegend eislaufen wollen. Und wir brauchen nicht viel, nur den Platz und das Wasser.« Ich beiße die Zähne zusammen, denn ich vermute, dass ich das gerade sehr stark vereinfacht habe.

»Wenn es so einfach wäre, würde jeder bei sich im Garten eine Eislauffläche einrichten. Und wie willst du dich darum auch noch kümmern, wenn dir ohnehin schon die Arbeit über den Kopf wächst?«

Diese Frage habe ich befürchtet, aber ich versichere ihm, dass er das ganz meine Sorge sein lassen kann. »Alles, was ich brauche, ist dein Einverständnis.« Als hätte er geahnt, dass ich abtrünnig werden könnte, gehört die Fabrik auf dem Papier schließlich immer noch ihm. Am liebsten würde ich die Hände zum Gebet verschränken, auch wenn ich sonst nicht sehr gläubig bin, aber das hier ist einfach zu wichtig.

Doch er lacht. Allerdings ein sarkastisches Lachen ohne Begeisterung und all meine Hoffnung löst sich schlagartig in Luft auf.

»Du willst all das auf dich nehmen, dabei gibt es einen um einiges leichteren Weg, an Geld zu kommen.«

Ich verschränke die Arme. »Ach ja? Was soll ich denn machen?«

Er rollt mit den Augen. »Heiraten natürlich. Wenn du deine Braut geschickt auswählst, haben wir sofort wieder die nötigen Mittel, um gegen die Amerikaner anzukommen, und der Erfolgskurs kann weitergehen.«

Ich starre ihn an. Die Idee ist nicht abwegig, noch immer wird sehr häufig aus pragmatischen Gründen geheiratet. Ich habe es nur niemals für mich in Erwägung gezogen.

Schon gar nicht mehr, seit ich sie getroffen habe.

Obwohl sie leider nicht wie eine höhere Tochter aus zahlungskräftigem Hause gewirkt hat. Ich denke daran, wie sie die Jause verschlungen und geflucht hat, und muss beinahe wieder schmunzeln. Wenn es nicht so verdammt ernst wäre.

»Das … wäre durchaus eine Möglichkeit«, sage ich, da ich instinktiv weiß, dass ich das hier behandeln muss wie eine rein geschäftliche Angelegenheit. Für Heipa ist es das ja auch. Erst jetzt wird mir klar, dass er meine Oma vielleicht auch nicht aus einer Leidenschaft heraus geheiratet hat. Aber seine Kinder, die hat er wirklich geliebt. Und mich. Im Grunde will er nur das Beste für mich. Er selbst ist in den Nachwehen der Napoleonischen Kriege mit spärlichen Mitteln aufgewachsen, da war das Mittel zum Glück die Anhäufung des Vermögens. Es hat ja auch mir vieles ermöglicht.

Dennoch will ich keine Zweckehe. Nur würde er das vermutlich nicht verstehen.

»Aber warum lässt du mich nicht zunächst meine Idee versuchen?«

Er verzieht das Gesicht und murmelt, wenn ich es richtig verstehe, etwas von *Traumtänzer.*

»Bitte.« Ich stehe auf und bewege mich durch den Raum, vielleicht bringt das den so dringend benötigten Einfall. »Erinnere dich doch an deine Jugend, als du voller Ideen warst.« Ich gehe wieder zum Trichtergrammofon. »Oder denk an Va-

ter. Er hatte eine recht ähnliche Idee zum Bau eines Musik-
abspielgeräts. Wenn er sie verfolgt hätte, wäre er heute möglicherweise berühmt.«

Ganz gemächlich bröckelt da etwas in seiner Fassade.

»Nur einen Winter. Lass es mich nur diesen Winter versuchen, ja?«

Er schweigt noch, aber ich sehe eine Chance.

»Bitte, Heipa. Sollte es nicht klappen, werde ich dir damit
nie wieder in den Ohren liegen. Nur einen Winter, bitte.«

»Na schön«, brummt er und wirkt dabei so düster, als habe
er das Gegenteil gesagt.

Es ist mir egal, ich strahle trotzdem über das gesamte Gesicht und hätte ihn am liebsten umarmt. Aber wir zeigen hier
keine derartigen Gefühle, also sage ich: »Danke, Heipa, wirklich!«, und gehe sofort zur Tür. Ich will so schnell wie möglich
die beste Fläche auf dem Fabrikgelände aussuchen. Danach
würde ich mich schlaumachen, wie man verhindern kann, dass
das Wasser schlichtweg in den Boden sickert, und dann …

»Ach … Leopold?«

Mit dem Türgriff in der Hand schwinge ich herum. »Ja?«

»Wenn es nicht funktionieren sollte, siehst du dich, sobald
der Winter vorbei ist, nach einer passenden jungen Dame um.«

Alles scheint in diesem Moment zu erfrieren. Die Flammen
im Kamin. Das Pendel der Standuhr. Mein Herzschlag.

»Ich meine es ernst«, fährt Heipa fort, als ich nichts sage.
»Du kannst dich in Ruhe umsehen, aber ich erwarte, dass im
kommenden Sommer die Hochzeitsglocken läuten.«

Nächsten Sommer bereits? Dann bleiben mir wenige Monate. Das nennt er in Ruhe umsehen? Ich suche die Richtige
doch schon seit Jahren.

Kapitel 22

Julianna

Mit zitternden Fingern drücke ich gegen die Luken des Wareneingangs im Keller. Heute ist es so eisig, dass es selbst im Schlösschen bitterkalt ist. Insbesondere hier im Keller. Nichts rührt sich. Dabei habe ich den vorgeschobenen Balken gelöst. Aber nicht nur die Kälte, auch die unendliche Müdigkeit steckt in meinen Gliedern, denn wenn ich nicht eislaufen kann, will ich zumindest mit den Kostümen vorankommen, und ich habe einen Großteil der Nacht dafür geopfert. »Na komm schon!«, murmle ich und stemme mich mit aller Macht gegen die Bretter.

Eine Woche lang habe ich nach Markows Warnung das Anwesen nicht verlassen. Aber ich muss Mimi dringend sagen, dass sie hier vorstellig werden soll, damit niemand anderes die Stelle bekommt. Frau Lotzky habe ich in dem Glauben gelassen, dass Markow einverstanden ist. Außerdem muss ich unbedingt weiter üben, vermutlich habe ich die Hälfte von all den neuen Bewegungen bereits wieder vergessen.

Ich nutze die aufwallende Wut darüber, um sie gegen die Luken einzusetzen. Minimal erheben sie sich, fallen aber mit einem lauten Krachen zurück. Ich halte die Luft an. Hat mich jemand gehört? Am Ende denken sie noch, ich würde den kostbaren Wein stehlen, der hier lagert, dabei will ich einfach nur raus. Und es gibt nur diesen Weg, wenn ich nicht die vordere Einfahrt nutzen will, wo Markow mich offenbar gesehen hat.

Obwohl mir die Angst im Nacken sitzt, drehe ich mich und drücke mit dem Rücken gegen die Luken. Endlich geben sie nach, und ich sauge dankbar die eisige Luft in mich hinein. Ich habe es geschafft!

Flink wie ein Wiesel husche ich zum Brunnen, verberge mich dahinter und lausche mit angehaltenem Atem in die Stille. Waren dort Schritte? Ich verharre, als wäre ich ein Teil des Brunnens, und erst eine ganze Weile später löse ich mich und haste zur dicken Kastanie. Von hier ist es nicht mehr weit zu den mächtigen Bäumen, die das Anwesen umgeben, da bin ich in Sicherheit.

Zumindest solange mein Fortbleiben unbemerkt bleibt. Aber zum Glück ist das Kindermädchen ins Schlösschen gezogen, um sich nachts rascher um die Zwillinge kümmern zu können, und Adreana ist in letzter Zeit auch immer öfter verschwunden.

Gleichwohl klopft mein Herz wie wild, als ich über die dunkelgrauen Felder und Wiesen zum See eile. Wiederholt blicke ich über meine Schulter, bin fest überzeugt, dass mich jemand beobachtet. Doch da ist nichts. Dennoch fühle ich mich so unbehaglich wie damals, als ich wegen meiner eigenen Dummheit aus dem Heim geworfen wurde. Dabei wollte ich nur das Rätsel um meine Mutter lösen. Wieder einmal.

Ich bin allerdings nicht immer so besessen gewesen. Es fing damit an, als ich an der Donau nach Schätzen gesucht habe. Ich muss neun oder zehn gewesen sein, trotzdem sehe ich es noch genau vor mir. Weit und breit war keine Menschenseele, nur das sanft fließende Wasser, eine Handvoll Enten, zwei elegant dahingleitende Schwäne und ich. Ich hatte einen merkwürdig geformten Stein und eine nahezu ganz heile Feder in meiner Tasche. Plötzlich entdeckte ich in der Ferne etwas im Fluss, konnte jedoch nicht sagen, was es war. Hoffentlich kein Mensch? Ich verengte meine Augen, konnte es aber dennoch nicht ausmachen. Es trieb auf mich zu. Mein Herz zog sich zusammen, als ich es schließlich erkannte. Ein Kranz aus feinsten Blumen.

Wie man ihn auf Gräbern hat.

Ich schluckte, als er gegen das Ufer schwappte und auf seinem winzigen Floß auf und ab schaukelte. Die durchtränkte weiße Schleife wirkte grau. *Den Opfern der Donau,* entzifferte ich. Und ich las etwas vom Friedhof der Namenlosen. *Bitte das Floß einfach weiterstoßen, wenn es am Ufer hängen bleiben sollte.*

Beklommen folgte ich der schriftlichen Bitte, auch wenn sich alles in mir zusammengezogen hatte. Denn ich hatte in mühevoller Kleinarbeit alle Friedhöfe in Wien abgeklappert, war aber auf kaum einen asiatischen Namen gestoßen. Die wenigen, die ich fand, hatten keine Kinder aus meinem Jahrgang im Kirchenbuch verzeichnet.

Nur was, wenn meine Mutter oder mein Vater auf diesem Friedhof der Namenlosen lag?

Tage später machte ich ihn ausfindig. Die überwucherten eisernen Kreuze wirkten wie aus einer anderen Welt. Der Friedhofswärter war gar nicht gruselig und wortkarg, wie ich ihn mir vorgestellt hatte, er schien sich über meinen Besuch gar zu freuen.

»Wir haben den Friedhof der Namenlosen hier eingerichtet, da die entseelten Körper, die Wasserleichen der Donau, hier ohnehin angespült werden.«

»Wasserleichen?«, fragte ich mit zittriger Stimme.

»Ja. Die, die es mit dem Alkohol in einer Nacht nur allzu gut meinten und in den Fluss gestürzt sind. Oder die, die nicht mehr konnten und von einer Brücke gesprungen sind. Da macht die Donau keinen Unterschied. Wegen der Kurve und der Strömung werden alle früher oder später hier angespült. Und ich begrabe sie dann.«

Natürlich mache er sich Notizen, schreibe alles auf, was einen Hinweis auf die Person liefern könne. Aber er müsse keinen Blick in sein Notizbuch werfen, um mir zu sagen, dass keine einzige Person mit asiatischen Wurzeln auf diesem Friedhof beerdigt wurde. Daran würde er sich erinnern können.

Mir fiel ein Stein vom Herzen, und gleichzeitig war ich ernüchtert. Wieder kein Hinweis auf meine Herkunft. Die Ungewissheit blieb. Er fragte, was los sei, und ich erklärte es ihm.

»Wenn du mehr darüber wissen willst, solltest du an der Quelle suchen und nicht am Fluss.«

Fragend sah ich ihn an. »Aber ich weiß nichts über meinen Ursprung. Noch nicht einmal, aus welchem asiatischen Land meine Eltern stammen. Das versuche ich doch gerade herauszufinden. Es ist grauenvoll, nichts über seine Herkunft zu wissen.«

»Wenn es etwas gibt, wird es Unterlagen darüber im Waisenhaus geben. Solche Häuser schreiben immer alles auf.«

»Aber ich habe die Heimleiterin gefragt. Sie sagt, man weiß nichts.«

Nachdenklich fixierte er mich, bevor er sprach. »Erwachsene lügen«, sagte er schließlich. Und er sollte recht behalten.

Noch am selben Tag durchsuchte ich nachts das Büro von Frau Brunner und stieß auf den Zeitungsartikel über meine Mutter. Ich freute mich unbändig darüber, dass sie eine Eistänzerin war. Sie machte etwas, das auch mir Freude bereitete. Im Vertrauen berichtete ich einer Freundin davon – und sie verbreitete es im ganzen Heim. Die Kinder verspotteten mich natürlich, und hätte ich sie nicht mit meinen frechen Antworten in ihre Schranken gewiesen, wäre ich wohl untergegangen. Aber ich zeigte keine Schwäche. Nur leider erfuhr so auch Frau Brunner von meinem Einbruch. Sie verwarnte mich.

Und doch konnte ich es auch danach nicht lassen.

Kurz nachdem ich den Himmelsstürmer getroffen hatte, brach ich abermals in das Büro ein. Es war nämlich so, dass ich wegen der Akte gar nicht vollkommen sicher war. Sie trug zwar meine Initialen, mehr aber nicht. Da war nur der Zeitungsartikel, und mittlerweile erschien mir das ungewöhnlich. Es musste doch weitere Dokumente geben, nur hatte ich das in jungen Jahren nicht bedacht. Deswegen musste ich mich abermals auf die Suche begeben.

Das Schloss war ohne großen Aufwand zu knacken. Doch noch bevor ich meine Akte aus dem Fach ziehen konnte, hatte sich hinter mir jemand geräuspert. Frau Brunner ließ keine meiner Ausreden gelten. Am nächsten Tag musste ich das Heim verlassen. In den darauffolgenden Tagen wurde ich bei allen Anwesen in der Gegend vorstellig, bis schließlich mein Stellengesuch erhört wurde. Ich blieb dort – bis sie mich entließen und ich bei Markow landete.

Atemlos komme ich an. Der See liegt verlassen da, wirkt fast ein wenig gespenstisch, wenn die Fackeln nicht entzündet sind. Hinter mir ein Geräusch. War es ein Husten? Gebannt lausche ich in die Stille. Nichts. Ich eile zum Spielhäuschen, dessen heimeliges Licht mich bereits von Weitem begrüßt, und klopfe hastig an die Tür. Mehrmals. Wir haben keine Zeit zu verlieren. »Wusste ich doch, dass das nicht Nikolett sein kann«, sagt Jackson mit einem schiefen Grinsen, erkundigt sich dann aber ernst, was vorgefallen ist, dass ich so lange nicht gekommen bin. Ich setze ihn ins Bild, während er Jacke und Biberpelzmütze anzieht.

»Das ist nicht gut«, sagt er. »Das ist gar nicht gut.«

Ich habe ihn noch nie besorgt erlebt.

»Wir waren auf einem ganz guten Weg. Ich habe überlegt, unsere Kür dahingehend zu ändern, dass wir nicht alle gleichzeitig fahren, sondern nacheinander unterschiedliche Figuren zeigen. Jeder hat verschiedene Stärken und könnte sich darauf fokussieren. Nur wie soll das funktionieren, wenn meine zwei besten Läuferinnen verhindert sind? Die eine kann jeden Tag üben, will sich jedoch nicht öffentlich zeigen, und die andere will unbedingt auftreten und kann jetzt nicht mehr üben?« Wütend tritt er gegen einen Schneehaufen, der in Millionen kleine Schneeflocken zerspringt. »Wie soll das gehen, Julianna? Ich wusste, dass es nicht einfach werden würde, aber so …?«

Er fährt mich an, als wäre all das meine Schuld. Dabei bin ich es doch, die auftreten will! Was kann ich dafür, dass es erlaubt ist, Dienstmädchen schon nach dem kleinsten Vergehen hinauszuwerfen? Im Grunde genommen braucht es nicht einmal ein Vergehen. Nikolett, die sollte sich mal zusammenreißen! Ich balle die Hände zu Fäusten.

»Irgendwie muss es gehen, oder willst du jetzt gleich wieder den Schwanz einziehen?«, raunze ich zurück. Es ist nicht einfach, aber wir sind auch ein gutes Stück vorangekommen, und wenn Jackson uns nun verlässt, nachdem wir die gesamte Kür auf seinen Stil umgestellt haben, werde ich ihn höchstpersönlich einen Kopf kleiner machen.

Im nächsten Augenblick sind wir in einen handfesten Streit verwickelt, in dem wir uns Dinge an den Kopf werfen, die man besser nicht einmal in den Mund nehmen sollte. Erst als plötzlich neben uns eine Bewegung auszumachen ist, erstarren wir.

»Was ist denn hier los?« Nikolett hat die Arme aufgestemmt, und Max knurrt uns sogar an, was er noch nie getan hat.

Sowohl Jacksons als auch meine Arme sinken nach unten. Erst jetzt merke ich, wie angespannt sie waren und wie heftig mein Atem geht.

»Ich … Markow hat mir verboten, abends das Anwesen zu verlassen«, sage ich kraftlos und sehe, wie die Sorge sofort von Nikolett Besitz ergreift. »Apropos, was machst du so spät hier?«

»Zur Weihnachtszeit reiht sich ein Ball an den nächsten. Eigentlich wollte ich nur Jackson schnell einen Besuch abstatten«, erklärt sie.

»So, so. Trefft ihr euch des Abends öfter auf ein Techtelmechtel?«, fragt mein Mundwerk sofort, und trotz der Dunkelheit könnte ich schwören, dass Nikolett puterrot wird. Zumindest klemmt sie ihre dicke Haarsträhne hinters Ohr, dabei will sie doch immer, dass sie ihr ins Gesicht fällt. Natürlich weiß ich, dass Nikolett sehr brav ist, aber ich finde, man muss sie nicht mit Samthandschuhen anfassen, und jeden anderen hätte ich ebenso damit aufgezogen.

Sie rollt mit den Augen. »Red keinen Unsinn! Lass uns lieber überlegen, was wir machen, denn das ist nicht gut, Julianna, gar nicht gut.«

Schon wieder diese Worte. »Das weiß ich selbst«, zische ich. Warum glaubt heute jeder, mir das sagen zu müssen? Ich weise darauf hin, dass es womöglich besser werden könnte, wenn ich erst Stallmädchen wäre, dazu meine Stelle neu vergeben würde und sie Mimi so schnell wie möglich Bescheid sagen sollten.

»Und bis dahin? Wer weiß, wie lange das dauert. Kannst du denn wirklich nie weg?«

»Höchstens, wenn ich zum Wochenmarkt gehe. Mehr als eine halbe Stunde bringt das allerdings nicht. Schließlich muss ich auch noch tatsächlich zum Markt und die Sachen besorgen, die die Köchin benötigt.«

»Na, das könnte ich doch machen«, schießt es aus Nikolett heraus.

»*Du* willst auf den Wochenmarkt gehen? Weißt du überhaupt, wie das geht?«

Sie neigt den Kopf und sieht mich tadelnd an. »Natürlich weiß ich das! Ich bin ja nicht doof. Nur vielleicht etwas verhätschelt.«

Ich zucke mit den Schultern. »Nun gut. Dann ist es abgemacht. Du machst meine Besorgungen und ich übe in der Zwischenzeit.«

Jackson legt seinen Arm um mich. »Und wo du schon mal hier bist, können wir gleich damit beginnen.«

»O ja, ich entzünde sogleich die Fackeln«, ruft Nikolett und stürmt davon.

Jackson und ich ziehen die Schlittschuhe an und wenig später gleiten wir in der Storch-Pose Seite an Seite über den See.

Es ist beeindruckend, Jackson kann sogar seinen Oberkörper in sämtliche Richtungen biegen, während er auf einem Bein steht, ohne aus dem Gleichgewicht zu geraten.

Als ich meines anziehe, wird es ziemlich wackelig.

»Du kannst übrigens gerne mit mir Englisch sprechen, ich würde es gerne lernen.« Ich habe mir überlegt, dass es perfekt wäre, etwas Englisch zu können, wenn ich eines Tages die ganze Welt als große Eistänzerin bereise. Deswegen muss ich es nutzen, dass er hier ist.

»Alright, my pleasure!«, antwortet er mit einer Verbeugung und erklärt mir danach, dass es wohl so viel heißt wie, dass es ihm eine Ehre sei. Auch die nächsten Anweisungen gibt er mir auf Englisch, und da er sie zeitgleich vormacht, verstehe ich sogar, was er meint. Er fordert mich auf, mich weit zu strecken und ballerinengleich ein O über meinem Kopf zu formen, und als Nächstes geht es so tief hinunter wie möglich. Alles im Fahren natürlich. Es ist nicht einfach, erfordert meine vollkommene Aufmerksamkeit und doch liebe ich es. Deswegen liebe ich es. In dieser einen Stunde auf dem Eis kann ich alles vergessen, was zuvor gewesen ist.

Kapitel 23

Nikolett

Pünktlich zum Fest sind die Barbarazweige in den Vasen aufgeblüht und verleihen der Villa eine festliche Stimmung. Obwohl der Weihnachtsbaum in diesem Jahr deutlich kleiner ist als üblich, gerade mal so groß wie ich. Mutter erklärt dies damit, dass Ferdinand und ich nun ja keine Kinder mehr seien. Ich weise sie nicht darauf hin, dass das auch bereits im letzten Jahr der Fall gewesen sei und dass der riesige Baum seit jeher eher Repräsentationszwecken dienen würde. Es stört mich ohnehin nicht. Genauso wenig wie, dass der Weihnachtsball nicht stattfindet, da wir im Jänner Vaters sechzigsten Geburtstag groß zelebrieren werden.

Weihnachten im kleinen Rahmen der Familie und engsten Freunde gefällt mir sehr viel besser. Nur wenn ich an Jackson denke, wie er an diesem Festtag alleine im Spielhäuschen sitzt, quält mich mein Gewissen. Warum muss die Gesellschaft so getrennt sein? In meiner eigenen Welt würde ich meinen Eltern von diesem jungen Mann, der aus Amerika herübergekommen ist, berichten und sie würden ihn freudig zum Essen dazubitten. Gewiss wären sie sogar ebenso fasziniert von seinen bisherigen Erlebnissen wie ich. Die Überfahrt in der vierten Klasse im Bauch eines Schiffes muss eine Qual gewesen sein. Er hat die enge Kajüte mit einer Großfamilie geteilt und nach der Hälfte der Reise war einer nach dem anderen krank geworden. Zahlreiche Passagiere haben die Alte Welt nie zu Gesicht bekommen. Es ist ein Wunder, dass Jackson überlebt hat. Aber er weiß auch wunderschöne Dinge zu berichten. Von den beeindruckenden Fjorden in Norwegen, die so tief waren, dass man sich von Ehrfurcht erfüllt fühlte. Von der nicht weniger imposanten Verdonschlucht in Frankreich oder den Plitvicer Seen in Kroatien. Sechzehn Seen inmitten eines Urwalds, kaskadenförmig miteinander verbunden, es gab überall Wasserfälle, einer größer als der andere.

Dennoch ist eine Einladung unmöglich. Selbst jemand aus der zweiten Gesellschaft ist schon schwierig, denn unsere Familie gehört zum Hochadel. Mehr als achtzehn Generationen von Vermählungen zwischen nicht weniger adeligen Familien von vermeintlich bester Herkunft. Da gibt man sich nicht mit Proletariern ab – die Worte meiner Mutter. Ich hingegen könnte mir nichts Schöneres vorstellen, als den Abend mit Jackson, Mimi und den anderen zu verbringen. Mimi arbeitet nun nicht mehr in der Fabrik und ist richtig aufgeblüht, das war herrlich mit anzusehen. Und obwohl auch die Eislauftruppe hin und wieder schlecht über andere redet, gibt es nie diese Gehässigkeit, die ich von höheren Töchtern gewohnt bin. Vielleicht weil sie tatsächlich Grund zur Beschwerde hat.

Möglicherweise ist es mir deswegen zuwider, hier am fein gedeckten Tisch zu sitzen. Meine anderen beiden Brüder sind mit ihren Gattinnen geladen, und natürlich darf János dabei nicht fehlen. Keiner will, dass er das Weihnachtsfest alleine verbringen muss. Auch ich nicht. Aber es ist mir nicht entgangen, dass er den Platz gewählt hat, der am weitesten von mir entfernt ist. Wie immer in seiner Anwesenheit bin ich mir meiner Handlungen nur allzu sehr bewusst. Gerade ist mein Messer so quietschend über den Teller gefahren, dass der Schmerz bis ins Zahnfleisch gezogen ist. Und jetzt, als ich eine Gabel voll Salat genommen habe, ist das Blatt so groß, dass es feucht gegen meine Wangen klappt und ich es wie ein Vielfraß hineinschieben muss. Rasch sehe ich mich um. Ob es jemand bemerkt hat? Natürlich schnellt sein Blick gerade zur Seite. *Nicht einmal zu benehmen weiß sie sich,* wird er sich denken. Fortan nehme ich nur noch Mäusehäppchen und bin kaum satt, als der Hausdiener die Teller einsammelt.

Die Gespräche plätschern, Ferdinand erzählt vom Heer, und unsere Brüder geben Ratschläge, wie er sich für höhere Posten beliebt machen kann. Nach dem Essen wechseln wir ins Wohnzimmer, das vom Kaminfeuer kuschelig warm ist. Wieder denke ich an Jackson, hoffe, dass der Ofen ausreichend Wärme im Spielhäuschen verbreitet, denn heute ist es bitterkalt.

Endlich ist es an der Zeit, die Geschenke auszutauschen. Wie jedes Jahr bekomme ich zahlreiche Bücher, was genau das Richtige für mich ist, Bücher kann man schließlich nie genug haben. Vorsichtig luge ich zu János, der in diesem Augenblick die Schleife von meinem Geschenk löst. Ich habe ihm ein Etui mit Gravur, das Bleistifte in verschiedenen Stärken beinhaltet, ausgesucht, da er so gerne zeichnet. Kaum hat er es ausgepackt, legt er es zur Seite, nickt mir unverbindlich zu und sagt rasch: »Danke!« Am liebsten würde ich mich winzig klein hinter dem Sofakissen verstecken. Wieder so eine törichte Idee von mir, obwohl ich zuvor ewig überlegt habe.

Aber gewiss hat er bereits alles, was man zum Zeichnen benötigt, und es ist so wie damals, als jemand in der Familie mir eine Porzellanpuppe geschenkt hat. Irgendwie ist das Gerücht entstanden, dass ich sie sammeln würde, und in den folgenden Jahren habe ich zu Weihnachten, zum Namenstag und Geburtstag immerfort diese seelenlosen Puppen geschenkt bekommen. In Wahrheit sind sie mir zuwider. Mit ihren makellosen Gesichtern erinnern sie mich stets an meine Unzulänglichkeit, und der starre Blick hat etwas Furchteinflößendes. Deswegen habe ich sie mit dem Gesicht zur Wand gesetzt, was sich dann allerdings so anfühlt, als würden sich sogar die Puppen von mir abwenden. Trotzdem habe ich es nie geschafft, öffentlich zu verkünden, dass ich die Puppen nicht mag, und bin erleichtert, dass ich nun zu alt für Puppen bin.

Gemeinsam singen wir einige Weihnachtslieder und ich überlege gerade, ob es zu unhöflich wäre, mich nun zurückzuziehen, da ich mit János am anderen Ende des Wohnzimmers nicht richtig entspannen kann. Nach meiner Liebeserklärung ist alles noch schwieriger geworden. Ich will mich erheben, als Mutter das Wort ergreift.

»Wie ist es denn, Nikolett und János, bekommen wir schon eine kleine Kostprobe von dem, was uns in zwei Monaten erwartet?«

Sie sagt es leicht dahin, für mich fühlt es sich allerdings so an, als habe sie soeben vorgeschlagen, meine Haut abzuziehen. Ach, hätte sie doch nach dem Eislaufen gefragt! Das eiserne Üben macht sich so langsam bezahlt und ich wäre nur zu gerne bereit, den Gästen meine Fortschritte auf dem Eis zu zeigen. Aber tanzen? Oder vielmehr tanzen mit János? Unser Tanz fühlt sich an, als würde jemand einer Geige die schiefsten Töne entlocken. Unwillkürlich spannt sich alles in mir an, so als könnte ich mich dagegen wappnen.

Ich tue so, als würde ich ein Gähnen verstecken. »Furchtbar gerne, ich bin jedoch überaus erschöpft und wollte mich gerade zurückziehen.« Ich werfe einen entschuldigenden Blick in die Runde, stupse Max von meinem Schoß und erhebe mich umständlich. Dabei stelle ich fest, dass sich mein Rock überschlagen hat und ich eine lange Falte hineingesessen habe. *Très chic!* Ich streiche über den Stoff, aber natürlich verschwindet sie nicht so rasch.

Mutters tadelnder Blick bleibt nicht aus. Warum habe ich nicht besser aufgepasst? Wenn man so aussieht wie ich, sollten zumindest die Dinge, die sich kontrollieren lassen, einwandfrei sein.

»Ach bitte, nur einen Tanz. Danach kannst du dich ausruhen«, insistiert sie.

Da ich bereits stehe, fühle ich mich wie in einer Falle. Obwohl wir im kleinen Kreis sind, gehört es sich nicht, seiner Mutter zu widersprechen, und die einzig akzeptable Entschuldigung lässt sie mir offensichtlich nicht durchgehen.

»In zwei Monaten sieht euch ohnehin jeder auf dem Opernball«, sagt mein Vater und meint es ermutigend, er hätte jedoch genauso gut den Ohrensessel auf mich werfen können. Unter gar keinen Umständen werde ich mich einen ganzen Abend lang im eleganten Kleid von der gehobenen Gesellschaft begaffen lassen. Die Vorstellung lässt meinen Haaransatz kribbeln, das Kaminfeuer ist plötzlich viel zu heiß. Aber dass ich alle belüge und nicht hingehen werde, fällt mir auch nicht leicht.

Es braucht nur einen einzigen Blick meiner Mutter zu János, damit er sich mit einem »Natürlich!« erhebt. Höflich tritt er an mich heran und verbeugt sich leicht vor mir, sodass ich gezwungen bin, mit einem Knicks darauf einzugehen.

»Was darf es denn sein?«, fragt Benno, mein großer Bruder, vom Klavier. »Walzer? Mazurka oder Slowfox?«

»Walzer«, sage ich in dem Moment, wo János »Quickstepp« sagt. Ist er noch bei Sinnen? Keiner der Tänze liegt mir, aber der Quickstepp bei Weitem am wenigsten.

Benno sieht fragend und leicht amüsiert vom Klavier herüber.

»Quickstepp«, sage ich und János im gleichen Moment: »Walzer.«

Ach herrje. Wir haben nicht einmal begonnen und blamieren uns bereits.

»Welch perfekte Harmonie zwischen euch beiden«, scherzt Benno nachsichtig. »Ich spiele den Kaiserwalzer von Strauß, der geht mir gut von der Hand.«

Der Ohrensessel und die Chaiselongue werden beiseitegerückt, und ich spüre nur allzu deutlich János' Hand, als er mich auf die improvisierte Tanzfläche führt. Sie ist trotz der Hitze eisig, während meine wie immer schweißnass ist. Am liebsten will ich sie ihm entwinden und an meinem zerknitterten Rock abwischen. *Unzulänglichkeit,* schreit dieser genauso wie mein gesamter Körper und droht uns zu erdrücken.

Wir verneigen uns abermals, und fast bin ich stolz, dass dieser Part glückt, obwohl er so einfach ist. Er sieht mich an, und obgleich er keinen Hehl aus seiner Sicht der Dinge gemacht hat, wirbelt sein Blick so viel in mir auf. Und da ist etwas, das ich nicht einordnen kann. Traurigkeit? Bedauern? Bevor ich dem nachfühlen kann, setzt die Musik ein.

Im nächsten Moment bin ich János fürchterlich nah – auch wenn er mich so weit wie möglich auf Abstand hält. Aber eine Armeslänge ist eben nicht besonders lang.

Die sanften Klänge des Klaviers erfüllen den Raum, und wir tun unsere Schritte. Als mehr kann man es nicht bezeichnen. Ganz gewiss ist es kein Tanz. Es ist so unangenehm, dass ich nicht ein einziges Mal wage, János in die Augen zu sehen.

Alle vier Jahreszeiten scheinen zu vergehen, bis der erlösende Abschluss des Liedes erklingt. Wir verbeugen uns voreinander, und endlich fällt die Anspannung ab. Der anschließende Applaus ist fast genauso peinlich berührt wie unser »Tanz«.

»Hier auf dem Teppich ist es ja auch nicht ganz so einfach«, sagt meine Mutter in die Runde und ich nicke, bin dankbar für ihren Rettungsversuch.

Danach verabschiede ich mich, bin erleichtert, endlich der festlichen Gesellschaft zu entkommen. Vielleicht kann ich noch ein oder zwei Stunden schlafen, bevor der eigentliche Höhepunkt meines Abends beginnt.

In nervenzermürbender Langsamkeit schließe ich drei Stunden später meine Zimmertür. Zuvor habe ich Kissen unter der Bettdecke versteckt und sogar ein Haarteil auf das Kopfkissen gelegt. Die Zeiten sind zwar lange vorbei, in denen meine Eltern des Nachts in mein Zimmer geschaut haben, und nach der Feier sind sie gewiss erschöpft in den Schlaf gesunken, doch sicher ist sicher.

»Du musst jetzt ganz leise sein.« Beschwörend sehe ich Max an, und es kommt mir fast vor, als würde er kurz nicken. Geräuschlos hebe ich Jacksons Geschenk vom Boden auf, und wir schleichen die Treppe hinunter, an der Garderobe der Bediensteten schlüpfe ich in meinen dicken Mantel und steige in die Stiefel.

Der Wind reißt mir die Hintertür aus der Hand und spuckt mir kalte Flocken ins Gesicht. Ich drücke das Geschenk für Jackson fest an mich und schaue besorgt zu Max, doch er ist bereits die ersten Meter gelaufen und sieht auffordernd zu mir zurück. Nun gut. Dann werden immerhin unsere Abdrücke im Schnee nicht allzu lange zu sehen sein. Meine Aufregung ist ohnehin so groß, dass mir der Schneesturm nichts anhaben kann, und sie wird noch größer, nachdem ich abgebogen bin. Durch die geschlossenen Fensterläden schimmert das Licht des Spielhäuschens.

Zaghaft klopfe ich an die grau-grüne Tür, mahne mich, es abermals mit mehr Nachdruck zu versuchen, denn solch ein zaghaftes Klopfen geht im Tosen des Sturms gewiss unter. Doch schon schwingt die Tür auf, und Jackson strahlt mich an. Rasch zieht er mich ins Innere und begrüßt mich auf seine überschwängliche amerikanische Art. Der gesamte Raum ist eigentlich eine geräumige Küche. Eine sehr einfache Küche. An der linken Seite verläuft eine Anrichte, daneben der gusseiserne Herd. Darüber wurde eine Wäscheleine gespannt, von der einige Hemden baumeln. An der Wand ein karges Regal mit Gläsern und Dosen, darunter hängen Stieltöpfe und eine blaue Teekanne aus Emaille. Auf der gegenüberliegenden Seite steht die Pritsche, auf der Jackson schläft. Dort sind auch die Waschschüssel und der Wasserkrug mit den blauen

Ornamenten, den ich aus einem der Gästezimmer ausgeborgt habe. Mit den Fingerspitzen streiche ich über die Mondgesichter und Blumen, die Ferdinand, János und ich als Kinder dorthin gemalt haben. Relikte einer glücklicheren Zeit.

Zu meiner Erleichterung stelle ich fest, dass es angenehm warm ist, aber ich bin verwundert. Ich hatte ähnlich wie bei János eine Junggesellenbude erwartet, die halb in der Unordnung versinkt. Doch Jackson hat alles vorzüglich aufgeräumt und sogar weihnachtlich mit Tannenzweigen dekoriert. Max macht es sich vor dem Ofen gemütlich und legt den Kopf auf die Pfoten. »Schön, dass du es geschafft hast, ich war mir nicht sicher, ob du es tatsächlich wagst«, sagt Jackson fröhlich.

Plötzlich überkommt mich ein Gefühl der Befremdung. Ich war noch nie allein mit einem jungen Mann, fällt mir auf. Auf dem Eis zwar schon, aber in einem geschlossenen Raum ist es anders. Sogar bei János war immer Ferdinand oder seine Haushälterin eine Tür weit entfernt.

Hier gibt es nur uns. Und Jackson ist mir so nah, dass ich ihn berühren könnte. Alles ist so intim. Ich kann seinen Geruch deutlich wahrnehmen. Behaglichkeit mit einem Hauch Bienenwachs. Er gefällt mir. Gleichzeitig macht es mich noch nervöser und dann setzt die alte Furcht wieder ein. Was soll ich sagen und wie? Stehe ich nicht ziemlich ungelenk? Hoffentlich werde ich nicht rot, denke ich und spüre bereits das verräterische Prickeln unter meiner Haut. Rasch lasse ich meine Haare ins Gesicht fallen. Mein Puls beschleunigt sich, und ich sehe nach, ob die Tür weiterhin an ihrem Platz ist.

»Und wie war die Feier?«, fragt Jackson jedoch gelassen, während er sich an den wackeligen Holztisch setzt und an der

Öllampe dreht. Er nickt zum gegenüberliegenden Stuhl und ich bin erleichtert.

Sitzen ist gut.

Ich stakse darauf zu und schaffe es irgendwie, Platz zu nehmen. Im Bauch des Tisches entdecke ich die kleine Schublade. Sie war früher unser geheimer Briefkasten. In einem der letzten Briefe hatte János ein Herz gemalt, und ich habe tagelang nicht aufgehört zu lächeln. Vorsichtshalber öffne ich die Lade einen Spalt und spähe hinein. Sie ist leer. Natürlich.

Jacksons Blick erinnert mich an seine Frage. Ich winke ab, will den Abend mit all seinen Demütigungen lieber so schnell wie möglich vergessen. »Nicht der Rede wert.«

»Wie war es mit János? Hast du noch mal mit ihm geredet?«

Jackson ist fest überzeugt, dass ich in dem Gespräch etwas falsch verstanden habe, und drängt mich dazu, es abermals zu versuchen. Meiner Meinung nach spricht János' Verhalten allein aber Bände, und wenn ich eine Sache kann, dann lesen.

»Lass uns besser zum wichtigen Teil des Abends kommen, ich habe eine Kleinigkeit für dich mitgebracht.« Stolz reiche ich ihm sein Paket. Ich bin gespannt, was er sagen wird, denn ich habe ihm Whiskey aus seiner Heimat besorgt. Ein Stückchen Heimat in einem fremden Land muss guttun, habe ich überlegt. Zudem hat er erzählt, dass die Eisläufer sich früher vor den Eislaufwettbewerben, wenn sie ewig warten mussten, bis sie an der Reihe waren, gerne mit einem Schlückchen Hochprozentigem aufgewärmt haben. Und Jackson muss häufig auf uns warten und zuschauen, um uns Ratschläge zu geben, auch wenn wir uns durch die zahlreichen Proben bereits deutlich verbessert haben.

Er schlägt die Hand vor den Mund, nachdem er den hölzernen Kasten geöffnet hat, und mit seiner Rührung wächst meine Freude. Tränen glitzern in seinen Augen, er blinzelt sie weg und sieht mich voller Dankbarkeit an. »Das ist das Netteste, was je jemand für mich getan hat.«

Ich lächle, aber ich spüre auch seinen Schmerz mit jedem Atemzug. Er muss seine Heimat fürchterlich vermissen.

»Warte kurz«, sagt er und erhebt sich. Er holt etwas unter der Pritsche hervor. Ein flaches Päckchen, eingeschlagen in Zeitungspapier.

»Was ist das? Du sollst mir doch nichts schenken! Ich wollte mich lediglich erkenntlich zeigen, dass du dich mit uns Dilettanten herumschlägst, obwohl du vermutlich der beste Eisläufer der Welt bist.«

Er lacht herzlich, nimmt gegenüber Platz und sieht mir so tief in die Augen, dass es sich anfühlt, als würde er mich wirklich sehen. War er deswegen so unbeeindruckt von meiner Narbe?

»Und ich wollte mich erkenntlich zeigen, dass ihr mich in eurer Truppe aufgenommen habt. Es ist ein toller Haufen, honestly. Ich versuche nun schon seit Jahren, die Menschen für mein Eisballett zu begeistern. Vergebens. Ihr seid die Ersten, die meine Begeisterung teilen, und dafür bin ich dankbar. Und euer Plan gefällt mir sehr. Vielleicht bin ich es in den vergangenen Jahren schlichtweg falsch angegangen. Man kann nicht einfach eine bekannte Sache vollkommen anders machen und hoffen, dass sie auf Gefallen stößt. Menschen sind Gewohnheitstiere. Aber im Rahmen eines Vortanzens, wo die Leute etwas Spektakuläres erwarten und wir es in einer ganzen Gruppe zeigen – ich denke, damit können wir wirklich überzeugen.«

»Das hoffe ich sehr. Ihr habt es euch verdient!«

Er sieht zu meinem Geschenk, das noch immer unberührt unter meinen Fingern liegt. »Willst du gar nicht aufmachen?«

Rasch hole ich das Päckchen an mich heran und löse die Schleife. Ich ziehe ein dünnes Büchlein hervor und blättre neugierig durch. Zuerst verstehe ich nicht. Es ist voller Zeichnungen, hauptsächlich Bögen, Kreise und Achten. Dann rastet etwas in meinem Kopf ein.

»Hast du etwa …«

Jackson nickt. »Du meintest ja mal, du bräuchtest all die Drehungen, Figuren und Wendungen schriftlich. Ich habe die Spuren, die sie auf dem Eis hinterlassen würden, aufgezeichnet. Und Namen vergeben.«

Ich blättere abermals durch die Seiten. *Bogen-Achter, Schlangenbogen, Dreier, Schlinge* und andere Bezeichnungen stehen über jeder Figur. Zärtlich streiche ich darüber. Es muss ihn Tage gekostet haben, all das zusammenzustellen und einzuzeichnen, denn die Bilder sind makellos. Durch den Gedanken, dass er so viel Mühe für jemanden wie mich aufgewendet hat, wird meine Kehle ganz heiß, und ich gebe ihm offen und ehrlich das Kompliment, das er mir zuvor gemacht hat, zurück. »Das ist das Netteste, was je jemand für mich getan hat.«

Er greift nach meinen Händen und drückt sie. Sofort spüre ich unsere Verbundenheit.

»Jetzt kann ich selbst abends noch an den Figuren üben. Ich denke, es wird wahrlich helfen, wenn ich die Linien der Figuren im Kopf habe, das ist dann eine Sache weniger, worüber ich nachdenken muss.«

»Das freut mich.« Er lässt meine Hände wieder los, was

mich ein wenig schmerzt, lehnt sich zurück und taxiert mich. »Da gibt es aber etwas, das ich nicht verstehe.«

Oha, was mochte jetzt kommen?

»Du gibst alles, Nikolett. Kniest dich stärker rein als jede andere. Dennoch möchtest du nicht mit uns auftreten.«

Ich nicke bestätigend und damit ist die Sache für mich abgehakt. Doch er lässt nicht locker, beobachtet jede meiner Regungen, wie Max manchmal, wenn ich in meinem Zimmer mit mir selbst debattiere.

»Warum?«, fragt er schlicht.

»Ist das nicht offensichtlich?«

»Du meinst deine Narbe?«

Ich schnaube. Als wenn man hier eine Rückfrage stellen müsste! »Mit Sicherheit sind es zumindest nicht meine zu schmalen Hüften. Die lassen sich unter den weiten Röcken ganz gut verstecken.«

»Und weil man deine Narbe nicht gänzlich verstecken kann, hast du beschlossen, die gesamte Nikolett für den Rest ihres Lebens unter Verschluss zu halten?«

Wann war dieser schöne Weihnachtsabend eigentlich zu einer kritischen Bestandsaufnahme meines Lebens geworden? Mein Blick zuckt wieder zur Tür, doch es wäre zu unhöflich zu gehen – auch wenn es mir so gar nicht gefällt, was Jackson hier versucht.

»Ich habe alles, was ich brauche«, erkläre ich knapp.

Er legt den Kopf schief. »Das glaubst du doch wohl selbst nicht. Wovor versteckst du dich eigentlich? Narbe hin oder her, du bist ein wundervoller Mensch, du solltest nicht jeden Tag alleine verbringen.«

Ich verschränke die Arme. Was weiß er denn schon? Jackson sieht blendend aus und hat ein geselliges Wesen, das es ihm erlaubt, mit Leichtigkeit auf Menschen zuzugehen. Für ihn gibt es keine unsichtbaren Mauern aus Abneigung zu überwinden. Und er hat nichts, wofür man ihn verachten könnte.

»Was soll denn schon passieren?«

Freudlos lache ich auf und er sieht mich herausfordernd an.

»Nun?«

Er glaubt wirklich nicht, dass etwas Unangenehmes geschehen könnte, nur weil man entstellt ist. Das ehrt ihn als Menschen. Aber er kennt eben nicht mein Leben.

»Was passieren soll? Nichts Großartiges. Nur werde ich vermutlich ausgelacht oder verspottet oder, schlimmer noch, verachtet.«

»Liebes ...«, setzt er an, doch ich unterbreche ihn.

»So sind die Menschen nun mal! Grenzen aus, was anders ist.«

»Sieh es vielleicht mal so: Möglicherweise findest du wundervolle Freunde fürs Leben, wenn du dich mehr aus deinem Schneckenhaus heraustraust. Woher willst du es wissen, wenn du es nie versucht hast?«

Ich starre auf die Maserung des Holztisches. Da ist ein winziges Loch, um das sich die Holzringe schlängeln. Dann verschwimmt alles. Ich kann kaum antworten, da die Maserung sich mit den Bildern aus meiner Erinnerung vermischt.

»Vielleicht habe ich es ja mal versucht. Vielleicht war ich ja früher nicht ganz so scheu.«

»Ja?« Da ist so viel Überraschung in seiner Stimme. »Und ... und was ist geschehen?«

Ein taubes Gefühl erfasst mich, ich schaffe es gerade, minimal die Schultern zu heben. »Ich habe den dunkelsten Tag meines Lebens erlebt.«

Für gut eine Minute bleibt es vollkommen still im Spielhäuschen.

Schließlich räuspert Jackson sich. »Was … was ist denn geschehen?«

Ich presse die Lippen zusammen. Obwohl das alles fünf Jahre her ist, stehen mir die Geschehnisse so deutlich vor Augen, dass mir noch heute speiübel wird, wenn mir der Geruch von Jasmin in die Nase steigt. Die weißen Sternenblüten sitzen unschuldig auf den Zweigen, und doch genügt schon ein Hauch ihres Duftes, damit die Verzweiflung mich einholt.

Sofort bin ich wieder zwölf.

Zum Spielen bei der Marquise. Therese und Aloisia wissen nicht, dass ich heute auch komme, denn Mutter hatte ursprünglich andere Pläne und sich kurzfristig zu diesem Besuch entschieden. Die Mädchen seien bereits im Garten, wurde mir gesagt, und ich stehe neben dem Jasminstrauch, als ich sie reden höre. Etwas lässt mich innehalten. Sind es die geheimnisvoll gesenkten Stimmen? Die verschwörerische Eindringlichkeit?

»Ich bin ja so erleichtert, dass du es ebenso siehst«, sagt Therese und rückt den Teller des üppig gedeckten Gartentisches zurecht.

»Absolut, ich meine, sie tut mir leid, aber sieh sie dir doch nur mal an«, pflichtet Aloisia ihr eifrig bei. »Es ist scheußlich. Ich hasse es, dass unsere Eltern uns zwingen, dennoch mit ihr zu spielen. Nur weil ihr Vater oberster Hofkämmerer ist! Wissen die eigentlich, was sie uns damit antun? Wenn wir uns an ihrer Seite in der Öffentlichkeit zeigen, wird es die reinste Blamage.«

Damals hatte ich doch tatsächlich so viel Kraft in mir, um eher zornig als erschüttert zu sein. Heute weiß ich nicht einmal mehr, woher diese Kraft gekommen ist.

Aber als Therese sagt: »Und sie selbst scheint vollkommen ahnungslos, nicht den blassesten Schimmer hat sie«, trete ich hinter dem Busch hervor und stemme meine Arme auf.

»Natürlich weiß ich, dass ich durch ein großes Unglück eine Narbe habe. Mutter sagt jedoch, das sei nicht weiter schlimm. Man gewöhnt sich an den Anblick und durch meine liebenswürdige Art mache ich alles wieder wett. Zudem gibt es Menschen, die es weitaus schlechter als ich getroffen haben.«

In meiner damaligen Naivität habe ich tatsächlich auf Einsicht gehofft. Dass Therese und Aloisia kurz darüber nachdenken und schließlich wie in einem Theaterstück überdeutlich die Hand vor die Stirn schlagen, bevor sie ihre Einsicht äußern. Stattdessen sehe ich Mitleid in ihren Gesichtern. Mitleid mit einem guten Batzen Überheblichkeit. Und Spott.

Am Ausgang des Irrgartens hinter ihnen raschelt es, und im nächsten Moment treten Katalina und Ludovica mit ihrem Hündchen heraus. Verwundert kommen sie auf uns zu, als sie uns entdecken.

»Was ist denn hier los?«, fragt Ludovica und ihr Pudel, der mich begrüßen will, kommt schwanzwedelnd auf mich zu. Aber Ludovicas Sensationsgier lässt keine Zeit für derartige Unterbrechungen, sie reißt ihn an der Leine zurück.

»Nichts«, sagt Therese und tupft ihren Mund ab, bevor sie die Serviette sorgfältig faltet. »Nikolett ist nur der Meinung, dass ihre Entstellung nicht so schlimm sei.«

Ludovica lacht auf.

Aloisia erhebt sich geruhsam vom Gartentisch. »Vielleicht sollte ihr so langsam mal jemand von uns die Wahrheit sagen? Ich meine, sind gute Freundinnen nicht dazu da? Ist es nicht niederträchtig, sie in dem Glauben zu lassen, alles wäre normal?«

Zustimmung von allen Seiten, nur Katalina sieht unsicher aus, bleibt aber still. Sie will die Sache nicht noch schlimmer machen, wird sie mir später erklären.

»Ich bin also nicht normal?«, frage ich vorsichtig.

Aloisia schüttelt entschieden den Kopf. »Nein, bist du nicht. Du bist …« Ihr Blick schweift umher, als suche sie zwischen den schwirrenden Insekten der Spätsommerluft nach den richtigen Worten. »… entschuldige meine Direktheit, aber ich kann es nicht beschönigen: Du bist unansehnlich.«

Therese schnaubt verächtlich. »Unansehnlich? Sagen wir doch, wie es ist: Du bist hässlich. Das reinste Scheusal. Es tut mir sehr leid, Nikolett, aber so ist es nun mal.«

In diesem Moment zerreißt etwas in mir.

Nicht, weil ich so überrascht bin, vielmehr, weil ich es insgeheim immer befürchtet habe. Trotz Mutters Beteuerungen, dass jeder oder jede sich hässlich fände, wenn er oder sie in den Spiegel sieht.

Das Atmen ist plötzlich nicht mehr so leicht, und ich suche nach etwas, woran ich mich festhalten kann, aber da ist nur ein leerer Stuhl vor dem Gartentisch, und ich will nicht noch näher an die Mädchen herangehen.

Ich sehe zu Katalina, die ihre Lippen zusammenpresst und den Blick abwendet, und dann zu Ludovica, die nickt. Trotz der Hitze bekomme ich eine Gänsehaut, und trotz der Menschen fühle ich mich allein. Spätestens das ist der Moment, in dem ich gehen sollte. Wenn deine Freunde dir das Gefühl geben, allein zu sein, sind sie alles andere als deine Freunde.

Stattdessen strecke ich den Rücken durch und schlucke meine Bestürzung hinunter. »Nun gut, dann bin ich eben … hässlich.« Die Worte selbst über die Lippen zu bringen, schmerzt noch mehr. Es ist, als würde jede Wiederholung sie echt machen, sie tief in die Wirklichkeit hineinmeißeln. »Aber jeder hat verschiedene Qualitäten und brilliert bei etwas anderem.« Das hat nicht Mutter oder Vater mir erklärt, sondern unsere Köchin. Deswegen ist sie Köchin geworden und nicht etwa Hausdame, und damals hat es sehr sinnig geklungen. Natürlich träumte auch ich den Jungmädchentraum und wollte für mein gutes Aussehen bewundert werden, aber offensichtlich stand mir ein anderes Schicksal bevor. »Ich kann dennoch eine hervorragende Ehefrau und Mutter werden.«

Therese lacht so damenhaft, dass ich mir sicher bin, dass sie es zuvor geübt hat. »Das mag ja sein, allerdings bräuchtest du dazu erst mal jemanden, der sich deiner erbarmt. Meine Mutter sagt, unser gutes Aussehen ist das A und O. Was meinst du denn, warum wir jetzt schon die ganzen hübschen Rüschenkleider kriegen? Die Männer wollen später was zum Vorzeigen, die wollen mit uns angeben. Deren Aufgabe ist es, das Geld heranzuschaffen, unsere Aufgabe ist es, ein behagliches Zuhause zu schaffen und gut auszusehen. Aber wie gesagt … Mit deinem Gesicht …«

»… laufen die Männer eher vor dir davon«, vervollständigt Aloisia Thereses Satz.

Keine von den anderen erhebt Widerspruch. Dennoch

brauche ich einen weiteren Blick in ihre Augen, bevor ich es erkenne. Da ist Abscheu, wenn nicht sogar Ekel. Mein Herz hat währenddessen immer schneller gepocht, und endlich verstehe ich, was es mir sagen wollte: Du bist ein Monstrum.

Doch anstatt die anderen zu jagen oder gar zu zerfetzen, wie ein Monster es tun würde, renne ich feige davon. Und das ist die beschämende Quintessenz meines Lebens, denn das alles macht es nur noch erbärmlicher: Wenn man ein Monster ist, will man doch wenigstens stark sein, aber nicht einmal das bin ich. Ich bin ein Sammelbecken der negativen Dinge. Ich bin ein Monstrum, und überängstlich obendrein.

Da ist nicht ein Hauch Gutes an mir, kein Wunder, dass ich keine Freunde habe. Umso dankbarer muss ich Katalina sein, dass sie trotz aller Schande, die ich über sie bringe, zu mir hält.

Das alles erzähle ich Jackson.

Als ich geendet habe, sagt er nichts. Er steht auf, kommt zu mir herüber und zieht mich in eine feste Umarmung, hält mich eine ganze Weile einfach nur fest. Es fühlt sich an, als würde ein Teil seiner Kraft zu mir herüberwandern, und irgendwann versiegen die Tränen und der Kloß in meinem Hals löst sich auf.

Als ich beginne zu schwanken, führt er mich zur Pritsche, und wir setzen uns nebeneinander. Ungläubig schüttelt er den Kopf. »Du magst vieles sein, Nikolett, aber ein Monstrum bist du nicht.«

Ich seufze. Habe für den Tag keine Emotionen mehr über und fühle mich einfach nur kraftlos und leer.

»Verstehst du jetzt, warum ich nicht mit euch auftreten kann? So viele Augen auf mir ... das schaffe ich nicht.«

Jackson nickt langsam, den Kopf nachdenklich auf seine Hand gestützt. »Ich verstehe dich. Wirklich. Das Problem ist nur ... ich habe ja schon den einen oder anderen Wettkampf mitgemacht. Ich weiß, worauf die Preisrichter achten und was sie wollen.«

Ich runzle die Stirn. Was er sagt, ergibt keinen Sinn. »Aber das ist doch gut. Dann wissen wir, worauf wir schauen müssen.«

»Ja, das wissen wir. Allerdings ... bin ich mir sicher, dass wir es ohne dich nicht schaffen. Wir brauchen dich in der Vorführgruppe, wenn wir überzeugen wollen. Abgesehen von Julianna, die ein Naturtalent ist, fehlt den anderen die Übung. Du hingegen hast diese Grazie, eine richtige Anmut auf dem Eis. *Das* ist es, was die Preisrichter wollen.«

Je länger er spricht, desto enger schnürt sich die Schlinge, die seine Worte um meinen Hals zu legen scheinen. Öffentlich auftreten? Das geht einfach nicht.

»Du wärst Teil der Gruppe, des großen Ganzen, und wir bewegen uns so schnell, dass kaum jemand Zeit hat, dich genauer zu inspizieren.«

Das klingt sinnig, dennoch wird mir allein bei der Vorstellung schwindelig.

»Bitte, Nikolett. Sonst können wir den Preis vergessen, und du weißt, dass das Preisgeld unser Ticket in ein besseres Leben sein könnte.«

In meinen Ohren beginnt es zu sausen. Die anderen arbeiten so hart, um zumindest etwas mehr Geld zu haben. Sollten sie nun daran scheitern, weil es sich für mich nicht gut anfühlt? Gleichzeitig tauchen die schlimmsten Katastrophenszenarien in meinem Kopf auf, in denen ich nackt und mutterseelenallein mitten auf dem Eis stehe. Panisch sehe ich in alle Richtungen, drehe mich dabei leicht im Kreis. Natürlich gerate ich ins Straucheln, und im nächsten Moment lande ich auf dem Allerwertesten, was ohne Kleidung noch schmerzvoller ist, und meine Füße ragen wie bei einer Karikatur in die Höhe. Die zahlreichen Zuschauerinnen und Zuschauer um die Bande der Eislauffläche lachen, zeigen mit dem Finger auf mich, und schon bald bade ich in einem Meer aus höhnischem Gelächter.

»Nikolett.« Jacksons weiche Stimme holt mich zurück. Er legt eine Hand auf mein Bein und nun bemerke ich, dass ich um Atem ringe.

»Ich … ich werde darüber nachdenken.« Rasch erhebe ich mich von der Pritsche. »Jetzt muss ich dringend zurück, es ist unglaublich spät.« Meine Eltern würden sich wundern, wenn ich morgen den halben Tag verschliefe.

Jackson hilft mir in den Mantel und mit Max an der Seite stapfe ich zurück zum Palais. Zum Glück hat der Sturm sich gelegt und der nachtblaue Schnee erstreckt sich unter dem von den Wolken frei gepusteten Sternenhimmel. Seltsamerweise geht es mir gut. Richtig gut. Ich hatte geglaubt, dass ich mich fürchterlich fühlen würde, wenn ich über den Tag meiner Erkenntnis spräche, aber es hat gutgetan, über all das zu reden und Jacksons aufrichtiges Mitgefühl zu spüren. Es war Mitgefühl, kein Mitleid, das ist ein großer Unterschied. Er bedauert zwar, was mir passiert ist, bemitleidet meine Person jedoch nicht.

Und trotz der Panik, die ein möglicher Auftritt mit der Eislaufgruppe in mir auslöst, fühlt es sich gut an, gebraucht zu werden. Kann ich in diesem Fall überhaupt Nein sagen?

Wenn das Wohlbefinden der anderen von meinem Mut abhängt, muss ich mich dann nicht zusammennehmen und diesen aufbringen?, überlege ich, während ich die Klinke zu meinem Zimmer hinunterdrücke – nur um im nächsten Moment
zusammenzufahren. Es ist hell erleuchtet. Habe ich das Licht
vergessen?

Die Statur meiner Mutter, die sich von meinem Bett erhebt, die Augen zusammenzieht und die Arme verschränkt,
gibt mir die Antwort.

Nein. Ich bin auf frischer Tat ertappt worden.

Kapitel 24

Julianna

Weihnachten ist besonders schlimm für uns Waisenkinder. Wenn jeder in der Geborgenheit der Familie feiert, wird uns einmal mehr bewusst, dass wir anders sind. Deswegen taste ich an Feiertagen öfter nach der kleinen Bronzefigur und frage sie, warum meine Mutter nie gekommen ist. Ich spüre, dass sie noch am Leben ist, und wünschte, ich könnte erfahren, was sie abgehalten hat. Die nagende Ungewissheit bedrückt mich nahezu täglich. Ist es da nicht besser, wenn es ein Grab gibt, das man aufsuchen und dort um seine Eltern trauern kann? Im Wissen, dass sie zwar gehen mussten, aber dass man bis dahin geliebt wurde. Bei mir hat die Liebe offenbar nicht gereicht, um mich wieder abzuholen. Wenn ich je die Möglichkeit bekommen würde, meiner Mutter oder meinem Vater eine Frage zu stellen, würde ich einfach nur nach dem *Warum* fragen, damit die Frage mich nicht länger quält.

Ich sehe zu Mimi, die der Länge nach in voller Montur auf ihrem Bett liegt, und greife nach dem nächsten Kostüm. Ich will heute bei allen den Halsausschnitt mit einer Sicherheitsnaht verstärken.

»Hach, das ist himmlisch!« Sie streckt sich mit einem wohligen Seufzen. Ironischerweise hat sie wieder das Bett genau neben der Tür, wie damals im Heim. Ich würde ihr meines überlassen, aber hier unter dem zugigen Fenster direkt neben der Außenmauer, an der ich lehne, ist es nicht besser.

»Ich kann noch immer nicht glauben, dass wir diese Kammer nur zu dritt bewohnen und ich ein eigenes Bett habe! Und die Luft! Die ist so …« Sie hebt den Kopf und schnuppert wie ihre kleine Maus, die auf ihrem Bauch ruht. »… so frisch! Keinerlei Schweiß oder Qualm oder … Schlimmeres. Und die Wände sind so schön sauber!«

Ich schüttle den Kopf über mich selbst, während ich den nächsten Stich für Jacksons Kostüm setze. Ich sitze hier und bemitleide mich, da meine Mutter oder mein Vater mich nie abgeholt haben, anstatt zu schätzen zu wissen, wie gut es mir eigentlich geht. Ich mag mir die Baracken der Arbeiterinnen gar nicht vorstellen, wenn Mimi sogar über gekalkte Wände entzückt ist.

»Und was das Beste ist: Endlich einmal nichts tun. Rein gar nichts. Drei ganze Tage!«

Ich freue mich ebenso auf unsere einzigen freien Tage im Jahr, die jetzt bevorstehen, und kann es kaum abwarten, sie komplett auf dem Eis zu verbringen. Und vielleicht kann ich Nikolett überreden, dass wir noch einmal zum WEK fahren. Auch die Fabrikarbeiter haben zu Weihnachten frei, und womöglich hat der Himmelsstürmer ja ebenfalls Freunde, die ihm Zugang gewähren können. Oder sollte ich einen der zahlreichen umliegenden Seen absuchen? Die Wahrscheinlichkeit, dass ich ihn dort finden würde, ist allerdings relativ gering. Andererseits ist es vielleicht zumindest einen Versuch wert.

»Ich glaube, ich werde die gesamte Zeit einfach nur hier liegen.« Mimi kuschelt sich in die Decke. Niemand sieht so wohlig aus wie sie.

»Ach ja? Und wie ist es, wenn ich dir erzähle, dass Nikolett versprochen hat, Kakao und Punschkrapfen zur nächsten Probe mitzubringen?«

Bevor Mimi antworten kann, wird die Tür zu unserer Schlafkammer ohne Vorwarnung geöffnet. Mimi und ich zucken zusammen.

Sollte es etwa Markow sein? Er kommt eigentlich nie ins Gesindehaus.

Meine Muskeln entspannen sich wieder, als ich die hochgewachsene Köchin hereinkommen sehe. Ihre Wangen sind heute gerötet, und das große Fest scheint sogar *ihre* Stimmung zu heben, obwohl sie die letzten Tage in der Küche geschuftet hat wie ein Pferd. Zumindest hat Mimi das erzählt. Ich war jetzt ja meist in den Stallungen.

»Das habe ich noch vergessen«, singt Adreana mehr, als dass sie es sagt, hält ein Paar Ohrringe hoch und tritt damit vor den fleckigen Spiegel.

»Du siehst wunderschön aus.«

Unter Mimis Worten wird die Köchin noch strahlender und lächelt ihr dankbar zu.

»Habt einen vergnüglichen Abend«, setzt Mimi hinzu, und ich frage mich, woher sie weiß, was Adreana vorhat.

»Ihr ebenso. Macht es euch gemütlich! Im großen Schrank ganz oben links ist Kakao und in der Dose daneben sind Zimtsterne.« Sie zwinkert Mimi zu. Wer ist diese Frau?

»Sieht aus, als müssten wir nicht bis morgen warten!«, ruft Mimi, kaum dass Adreana das Gesindehaus verlassen hat, und flitzt über die Verbindungstür ins Schlösschen, während ich an Jacksons Kostüm für den großen Auftritt weiternähe. Ich möchte unbedingt vor Jahresende fertig werden, um die

225

anderen anzuspornen, denn gewiss wirkt es hochprofessionell, wenn wir alle einheitlich gekleidet sind, und dann macht es noch mehr Spaß. Es ist meine Art, Danke zu sagen dafür, dass sie sich alle so reinhängen. Ich kann kaum abwarten, was sie sagen werden. Zwar musste ich mir zahlreiche Nächte um die Ohren schlagen, doch ich denke, es hat sich gelohnt.

»Bescherung!«, ruft Mimi, als sie mit einem Tablett ins Zimmer kommt, wo wir zur Feier des Tages sogar den Ofen angefeuert haben. Sie reicht mir ein kleines Päckchen und mit Schrecken wird mir klar, dass sie nicht allein das Festtagsmahl gemeint hat.

Oje. Das ist peinlich. Mimi sollte mich eigentlich mittlerweile besser kennen, ich mache doch nie Geschenke. »Mimi …«, stammle ich hervor. »Ich … ich habe gar nichts für dich.«

Sie lacht herzlich und umarmt mich kurz entschlossen. »Das musst du auch nicht! Dein riesiges Geschenk hast du ja schon gemacht, indem du deine großartige Stelle als Dienstmädchen für mich geopfert hast.«

Unbeholfen lache ich auf, weise sie jedoch nicht darauf hin, dass ich die Stelle gar nicht so sehr vermisse. Zunächst waren die Pferde recht respekteinflößend aufgrund ihrer Größe, aber mittlerweile verbringe ich gerne Zeit in den Stallungen. Wir verstehen uns gut. Und ich miste sogar lieber den Stall aus, als mich von Adreana anpflaumen zu lassen. Einziger Wermutstropfen ist das Leeren der Nachttöpfe, das ebenfalls zu meinen Aufgaben gehört. Niemand befasst sich gern mit menschlichen Ausscheidungen, und natürlich kostet es auch mich reichlich Überwindung. Aber bei Markow nimmt das ganz andere Ausmaße an. Ich hasse diesen Menschen bis aufs Blut, und dass ich gezwungen bin, seine Seiche zu entsorgen, ist unglaublich erniedrigend. Selbst für mich, die als Waisenkind nie nach würdevoller Behandlung hat verlangen dürfen. Aber sobald mir der beißende Geruch seines Harns in die Nase steigt, bin ich versucht, den Inhalt über sein Bett zu verteilen oder mich auf ähnliche Art zu rächen.

Und doch folge ich nie meinem Impuls.

Die Anstellung im Schlösschen ist zu wichtig. Also muss ich die Erniedrigung auf mich nehmen. Allein der Gedanke, dass es mir vielleicht eines Tages gelingen könnte, nicht mehr auf die Gunst anderer angewiesen zu sein, meine eigene Herrin sein zu können, lässt es mich ertragen. Aber mit jedem weiteren Nachttopf, den ich mit angehaltenem Atem und weit ausgestrecktem Arm draußen entleere, wird mir bewusst: Wir müssen es schaffen! Wir müssen beim Schaulaufen überzeugen – sonst würde ich eines Tages an der Demütigung zugrunde gehen.

Davon abgesehen ist die Arbeitslast im Stall jedoch geringer, und ich wundere mich nicht mehr, dass Ottokar stets verschwunden ist. Ich selbst stehle mich ja so oft wie möglich heimlich zum Mondscheinsee. Gott, jetzt rede ich schon genauso blumig wie Nikolett! Ich gehe so oft wie möglich zu unserem geheimen See. Markow hat es zwar verboten, aber ich muss einfach üben, wenn wir gewinnen wollen.

Es tut mir leid, dass Mimi im Haus viel eingespannter ist. Sie kann wie ich zuvor nur an den Markttagen und am Sonntag kommen. Zumindest hat sie es aber geschafft, eine ganz neue Seite der Köchin hervorzukehren, und so scheint momentan alles auf einem guten Weg zu sein.

»Nun mach schon auf! Ach was, ich mache es!« Mimi nimmt mir das Päckchen aus den Händen und reißt das Packpapier weg. Dann hält sie mir jubilierend ein rotes Buch hin. Bedächtig lese ich den Titel und bin so ergriffen, dass ich nicht wage, es zu berühren.

London nebst Ausflügen steht auf dem Deckel. Zögerlich sehe ich Mimi an.

»Toll, nicht? Wenn wir gewinnen und du erst eine berühmte Eisläuferin bist wie deine Mutter, wirst du gewiss alle großen Städte bereisen. So kannst du dich schon mal vertraut machen. Dort haben sie doch einen dieser gigantischen Eispaläste, von denen du erzählt hast. Nikolett hat mir geholfen, es zu besorgen. Möglicherweise hat sie es auch zum größten Teil bezahlt, aber die Idee kommt von mir.«

Ganz langsam greife ich danach, wage kaum, es zu berühren, denn das Buch rückt meinen Traum, vom Eislaufen meinen Lebensunterhalt bestreiten zu können, ein Stück weit näher. Nun wird mir mit beeindruckender Kraft bewusst, dass es tatsächlich gelingen könnte. Wenn wir gemeinsam beim Winterfest auftreten und unsere Schau die Begeisterung auslöst, die wir fühlen, wäre das ein erster Schritt in eine Profilaufbahn.

Und noch etwas könnte geschehen, falls die Zeitungen von uns berichten. Wenn sie ein Foto zeigen, könnte der Himmelsstürmer es sehen. Ich drücke das Buch an mein Herz.

»Danke, Mimi«, sage ich andächtig, kann nicht in Worte fassen, wie viel es mir bedeutet. Allerdings hat sie einen entscheidenden Fehler gemacht. »Aber du meinst wohl: *falls.*«

»Hmmm?« Mit einem breiten Kakaobart sieht sie mich fragend an und legt dann einen Zimtstern in ihren Mund. »Was meinst du?«, fragt sie kauend und schiebt den nächsten hinterher.

»*Falls* wir gewinnen, Mimi, nicht *wenn*. Es ist noch lange nicht sicher.« Und es kann fatal enden, wenn man sich einer Hoffnung hingibt.

»Aber unsere neue Idee hat unser Ziel doch erreichbarer gemacht, findest du nicht?« Wir haben beschlossen, anstelle einer gemeinsamen Kür lieber hintereinander verschiedene beeindruckende Figuren zu zeigen. So kann jeder das zeigen, was ihm oder ihr besonders gut liegt, und das Publikum bekommt zugleich eine größere Spannbreite unserer Künste zu sehen.

»Ja, schon … Es hat zumindest den Vorteil, dass keiner alle Figuren beherrschen muss. Es ist nur ein Jammer, dass Nikolett sich wehrt, mit uns aufzutreten. Ihre Schlangenbogen-Schlinge ist bei Weitem die überzeugendste. Aber auch wenn sie mitmachen würde: Wir können nicht sicher sein. Wir wissen ja nicht einmal, was die anderen Gruppen zeigen werden.«

»Das stimmt. Aber wir haben noch einen Monat zum Üben, die Kostüme sind so gut wie fertig«, sie nickt zu Jacksons Anzug, der in meinem Schoß liegt, »und wir werden einen völlig neuen Stil zeigen, der absolut faszinierend ist. Was soll groß schiefgehen?«

In dem Moment hören wir ein Poltern auf der Treppe. Besorgt sehen Mimi und ich uns an. Im nächsten Moment geht die Tür so schwungvoll auf, dass der Türknauf sich in die gegenüberliegende Wand gräbt und Putz herunterrieselt. Markow tritt ins Zimmer, bleibt breitbeinig stehen, und die Luft scheint sich zu verdunkeln.

»Was ist hier los?«, zischt er. Er sieht zum Teller, wo ein letzter verbliebener Zimtstern zwischen den Krümeln *Schul-*

dig im Sinne der Anklage! zu rufen scheint, und dann zu den Bechern in unserer Hand.

Mimi wirkt wie ein angsterstarrtes Kaninchen, ihr Brustkorb hebt und senkt sich rasch.

Ich überlege fieberhaft, was die richtige Taktik ist, damit Markow sich beruhigt. Gibt es überhaupt eine? Sollen wir uns verteidigen oder lieber direkt um Gnade flehen?

»Nachdem wir unsere Arbeit erledigt haben, haben wir zur Feier des Herrn …«, beginne ich mit einer so festen Stimme wie möglich.

»Da sieht man es wieder: *›Gott muss uns die Güter dieser Welt mit Maß geben; denn wenn er sie uns im Überfluss gibt, so sind wir gleich außer uns.‹* Was ist das für eine Völlerei? Ihr ehrt ohnehin nicht die Geburt Jesu, euch geht es einzig und allein um die arbeitsfreien Tage. Ich will über die gesamten Feiertage kein Essen mehr sehen!«

Seine Stimme zittert vor Wut, und Mimi sieht ängstlich zu mir. Die Köchin hat Karpfen mit Erdäpfel-Vogerl-Salat vorbereitet und als Stärkung nach der Mitternachtsmette wartet die Schnittlsuppe. Generell biegt sich die Küche vor Essen, denn die Köchin hat bereits für die Besuche am Christtag und Stephanitag eingekauft.

Jetzt tritt er auf mich zu.

»Und was ist das?«, zischt er, nimmt mir Jacksons Kostüm aus der Hand und betrachtet es lustlos.

»N…Nichts«, sage ich so gleichmütig wie möglich. Doch er hört die Furcht in meiner Stimme, das weckt seine Aufmerksamkeit. Er sieht sich in unserer Kammer um, stößt auf das Packpapier von Mimis Geschenk und greift es zornig. »Geschenke? *›2. Buch Mose 23:8: Du sollst nicht Geschenke nehmen; denn*

Geschenke machen die Sehenden blind und verkehren die Sachen der
Gerechten.«

Mein vorlautes Mundwerk flüstert mir ein, dass es in diesem Fall aber die Schmucklosen schillernd machen wird, doch ich bringe es rasch zum Schweigen. Die Sache ist zu ernst.

Ich räuspere mich. »Es ist kein Geschenk. Es sind Kostüme. Wir arbeiten an einer Aufführung.«

»Theater?«

Er will vermutlich zu einer Predigt zur Vergnügungssucht der gottlosen Menschheit ansetzen, als Mimi einwirft: »Ja, es ist ein kirchliches Stück.«

Meine Mimi! Was für eine tolle Idee. Er sieht dennoch argwöhnisch aus.

»In der Tat. Es geht um den Gehorsam gegenüber den Dienstgebern, da Armut eine gottgewollte Gegebenheit ist«, zitiere ich den Hintertreppenroman, den ich neulich gefunden habe.

Misstrauisch begutachtet er uns. Dann schnaubt er, klaubt alle Kostüme zusammen und wirft uns einen vernichtenden Blick zu.

Es kostet mich meine gesamte Kraft, nicht zu schreien, nicht auf ihn zuzustürzen und ihn aufzuhalten. All die durchwachten Nächte, all die Arbeit! Das durfte er mir nicht nehmen!

Ich will schreien.

Flehen.

Wimmern.

Ich würde alles dafür geben, dass er sie nicht mitnimmt.

Genau das scheint er zu spüren. Es ist, als würde mein Seelenschmerz ihm neue Nahrung geben.

Mimi wimmert, als er die Tür ansteuert, will etwas sagen, doch ich stoppe sie mit einer winzigen Kopfbewegung. Nichts wird ihn aufhalten. Er hat bereits das, was er will. Er hat uns zurück auf null gesetzt. Wir sind am Boden. Schwimmen gegen den Strom im Meer aus Verzweiflung. Und ich weiß nicht, warum, aber irgendwie macht ihn das glücklich.

Kapitel 25

Leopold

»Hier entlang!« Ich hebe aufgeregt die Hand, als die schwere Dampfwalze auf dem Betriebsgelände eintrifft, und weise sie in die richtige Richtung. Die mächtige Walze sieht mit dem leuchtend roten Lack spektakulär aus. Wie eine Lokomotive, nur dass sie anstatt der Räder auf den riesigen Walzen läuft. Ich bin so begeistert, dass es endlich so weit ist, dass selbst die stinkenden Abgase des Dieselmotors, die aus dem langen Schornstein in die Luft wabern, mir lieblich erscheinen.

Die Anmietung ist mein persönliches Weihnachtsgeschenk an mich selbst. Um den letzten freien Termin ergattern zu können, musste ich allerdings Ferdinand schweren Herzens absagen, denn bis März kann ich nicht warten. Dann ist der Winter so gut wie vorüber.

Ich deute auf die freie Fläche vor dem Apfelbaum, nachdem wir Halle drei und vier passiert haben. Neben Letzterer entdecke ich Heipa. Ungekämmt und mit den Händen in den Taschen. Aber er hat das Haus verlassen.

»Das wolltest selbst du dir nicht entgehen lassen, was?«

Er zuckt die Schultern. »Hätte gedacht, dass du einfach so die Wiese flutest.«

Ich schieße ihm einen schrägen Blick zu, denn er ist hier schließlich nicht der einzige Ingenieur in der Familie. Bevor ich in die Fabrik eingestiegen bin, habe ich sogar mitgeholfen, die Mariazellerbahn aufzubauen. Dass sich das Wasser ohne jegliche Bearbeitung des Bodens nicht halten würde, ist klar.

Er tritt drei Schritte vor und beobachtet an meiner Seite, wie die Walze gemächlich über das Land zieht und alles unter sich begräbt.

»Wie ist der Plan?«, fragt er nach einer Weile brummend und ich freue mich ehrlich über sein Interesse. Ich habe immens viel darüber gelesen und nachgedacht, sodass ich am liebsten den ganzen Tag über nichts anderes sprechen würde. János kann es schon nicht mehr hören.

»Also. Nachdem der Boden durch die Walzen eine gewisse Dichtigkeit bekommen hat, werde ich eine Tegelschicht von sechs Zentimetern darüber verteilen. Auch diese Schicht wird festgewalzt.«

Er nickt. Ich freue mich schon darauf, ihm jetzt meinen Clou zu verkünden. Zugegebenermaßen habe ich mir das vom WEK abgeschaut, aber die Idee ist zu gut. »Damit der Platz im Sommer als grüne Wiese genutzt werden kann, kommt danach eine dünne Erdschicht obenauf.« Ein Zentimeter sollte bereits genügen, um genügend Humus zu haben.

Er nickt wieder, allerdings sichtlich angetan.

»Danach werde ich einen fünfzig Zentimeter hohen Damm bauen, um das Wasser zu halten. Und mit etwas Glück haben wir schon nächste Woche unsere eigene Eislauffläche.« Und mit noch mehr Glück würde ich noch diesen Winter meine Eisprinzessin endlich finden, da sie gewiss eine neue Fläche ausprobieren würde. Ich bin so stolz, dass es sich anfühlt, als wäre ich einen Zentimeter gewachsen, und so voller Tatendrang, dass ich am liebsten die gesamte Nacht durcharbeiten würde.

Heipa verschränkt die Arme. »Und woher nimmst du das Wasser?«

Eine berechtigte Frage, die mir einiges an Kopfzerbrechen bereitet hat. Tagelang bin ich die umliegende Gegend abgelaufen, auf der Suche nach einer Lösung. Doch schließlich habe ich eine Möglichkeit gefunden. »Ich werde mittels Pumpen Wasser aus dem Donaukanal entnehmen.«

Er schiebt die Lippen vor und lässt Luft entweichen. Ohne den Blick von der leise tuckernden Walze zu nehmen, stellt er die nächste Frage. »Ich … gehe davon aus, dass du die Genehmigung dafür eingeholt hast?«

Ich schaffe es, das Grinsen zu unterdrücken. Seit einem Jahr leite ich die Fabrik. Vaters favorisierter Spruch war, dass in unserem Land nicht einmal der Tod umsonst ist, da er sich so oft mit den Behörden herumärgern musste. Und dennoch traut mein Großvater mir zu, dass ich blauäugig ohne Genehmigung Wasser aus dem Fluss entnehme, als sei ich ein kleiner Junge. »Aber selbstverständlich habe ich das.«

Er klopft mir auf die Schulter und kehrt nach einem knappen Nicken ins Haus zurück. Erst nach einer Weile wird mir bewusst, dass ich noch immer auf die Haustür starre. Und dass das Lächeln noch immer in meinem Gesicht steht. Wann hat er mich zuletzt gelobt? Auf seine Weise. Wann hat er mich überhaupt je gelobt? Da ist nun etwas, das ich lange nicht gespürt habe: Zuversicht. Und damit lebt es sich verdammt gut.

Die folgenden Tage arbeite ich wie ein Besessener. Und irgendwie bin ich es auch, so knapp vor der Erreichung meines Ziels.

Eine Woche später ist es bereits so weit. In dicken Schläuchen rollt das Wasser von der Donau bis in mein Bassin. Wieder stehen Heipa und ich Seite an Seite und beobachten, wie sich das schmale Becken langsam füllt. Es ist faszinierend, wie das Wasser erst weiß ist und im schaumigen Strahl in das Becken sprudelt.

Schließlich werden die Pumpen abgestellt. Mittlerweile ist es so dunkel, dass das Wasser wie eine dunkle Masse aus Öl wirkt. Heipa ist schon vor langer Zeit schlafen gegangen. Ich werde sicherlich vor Aufregung kaum ein Auge zutun. Ich bleibe, bis auch die letzte Schaumblase, die träge über das Wasser gezogen ist, geplatzt ist.

Erst dann lege ich mich ebenfalls ins Bett. Eher da ich muss, nicht, weil ich müde bin. Dazu saust zu viel Vorfreude durch meine Adern. Schon am nächsten Morgen wird sich eine erste dünne Eisschicht gebildet haben. Der Beginn von etwas ganz Großem.

Irgendwann muss ich in den Schlaf gesunken sein. Richtig erholsam ist er jedoch nicht. Ich habe unzählige kleine Miniaturträume, zwischen denen ich wach liege und Berechnungen für die nächsten Schritte anstelle. Dann dämmere ich wieder weg und sehe die Donau, die Pumpen, zwischendurch Heipa oder Ferdinand, ganz viel Eis, vor allem aber ihre dunklen Augen.

Als ich am nächsten Morgen wach werde, noch in der Dämmerung, streife ich die Jacke über meinen Pyjama und stürze sofort nach draußen. Eisige Kälte kriecht durch die Schlitze meiner Kleidung. Trotzdem will ich zumindest einmal mit meiner Hand über die eisige Schicht fahren, bevor ich mich wohlgemut anziehe.

Ich renne zum Bassin.

Doch noch bevor ich es erreiche, werde ich langsamer. Hier stimmt etwas nicht!

Da ist keine mystisch dunkle Fläche.

Mit den nächsten Schritten habe ich das Becken erreicht. Das kann nicht sein!

Es ist alles weg. Klaffender Boden starrt mich an. Fassungslos klettere ich in das Bassin und stehe in einer riesigen, kreisrunden Fläche aus Matsch.

Das Wasser ist verschwunden.

Kapitel 26

Nikolett

Die furchtbarste Stille ist zurück. Stille Nummer acht: die Stille in mir. Verzweifelt streife ich durch das Haus, das ich dieses Jahr nicht mehr verlassen darf. Mutters durchdringender Blick sitzt mir noch immer in den Knochen.

»Wo warst du?«, hat sie mehrmals gefragt und war ganz außer sich. Sogar geflucht hat sie.

»Und du, was hast du in meinem Zimmer zu suchen zu so später Stunde?«, fragte ich zurück, um Zeit zu gewinnen. Natürlich ließ sie sich von der eigentlichen Frage nicht abbringen, und ich war froh, dass sie mir zu glauben schien, meine neue Freundin Jacqueline aus dem Tanzkurs getroffen zu haben. Kurz überlegte ich, mich mit neumodischen Weihnachtsbräuchen der Neuen Welt herauszureden, doch das hätte sie überprüfen können. Was sie hingegen nicht nachprüfen kann, ist, ob ich wirklich mitten in der Nacht eine Freundin getroffen habe. Mutter will meinen guten Ruf nicht aufs Spiel setzen, daher würde sie unter gar keinen Umständen bei Bekannten herumfragen, ob ihre Töchter sich zu nächtlichen Weihnachtsverabredungen hinausschlichen.

Sehnsüchtig trete ich ans Fenster. Auch ohne die kalte Luft auf der Haut zu spüren, lässt sich absolute Klarheit erahnen, da bei leuchtend blauem Himmel eine klirrende Kälte herrscht. Schon nach zwanzig Minuten auf dem Eis mit all den Bewegungen und Muskelanspannungen spürt man sie kaum noch. Was haben wir uns auf diese Tage gefreut, und nun bin ich hier gefangen wie Katalinas Kanarienvogel. Meine angebliche Verabredung mit Jacqueline, was sonst stets meine Ausrede für den Mondscheinsee war, habe ich absagen müssen. Was die anderen jetzt denken mögen?

Nehmen sie an, dass ich kneife, weil Jackson mich gebeten hat, sie beim Vortanzen zu unterstützen? Der Gedanke schnürt mir tatsächlich die Luft ab, dennoch würde ich sie nie ohne Erklärung ihrem Schicksal überlassen.

Betont gleichgültig schlendere ich in die Bibliothek. Mutter sitzt neben dem knisternden Kaminfeuer und blättert in einer Zeitung, vermutlich um über die neueste Mode informiert zu bleiben. Sie blickt auf und deutet auf eines der eleganten Kleider, die an der Taille immer viel zu schmal wirken. »Sieh mal, wäre das nicht etwas für dein Debüt? Es sind nur noch zwei Monate, wir müssen das Kleid bald in Auftrag geben.«

»Hmmm«, stimme ich vage zu und lege meine Hand auf meine Kehle, weil mich das beruhigt. Es fühlt sich nicht gut an, meine Eltern Unmengen in ein kostbares Kleid investieren zu lassen, von dem gewiss ist, dass ich es nie anziehen werde.

»Ist Vater im Kontor?«, erkundige ich mich. Dann könnte ich ihn dort aufsuchen, vielleicht würde er mir neue Geschichten von den Waren aus aller Welt erzählen. Da er die meiste Zeit im Schloss tätig ist, sehe ich ihn viel zu wenig.

»Nein, er ist mit Ferdinand ausgefahren. Er wollte sich diese Hochräder nun auch einmal ansehen und es gibt eine Ausstellung. Hoffentlich kommt er nicht auf die Idee, einen

Fahrradführerschein zu machen, das ist viel zu gefährlich für einen Mann seines Alters.«

Das sollte reichen an Gesprächsgeplänkel, beschließe ich.

»Die Luft ist so herrlich klar. Darf ich ein wenig im Garten spazieren?« Mit den Fingerspitzen streiche ich über die Zimmerpflanzen, um meine Natursehnsucht zu betonen.

»Nikolett.« Mutter klappt die Zeitschrift zu. »Hausarrest ist Hausarrest. Du bleibst hier.«

Ich muss mich zusammennehmen, um nicht die patzige Antwort einer Fünfjährigen herauszuschießen. »Aber die frische Luft würde meiner Gesundheit guttun.«

Dass nicht einmal mein körperliches Wohlbefinden meine Mutter überzeugt, zeigt, wie sehr sie mir zürnt. Resigniert verlasse ich die Bibliothek und im Vestibül springt mir Max entgegen. »Na, hast du schon auf mich gewartet?«, frage ich ihn, als es an der Haupttür läutet. Wer mag das sein? Wir erwarten niemanden und es ist Weihnachten. Ob die anderen mit einem Trick versuchen, herauszufinden, wo ich bleibe?

Obwohl es ungewöhnlich ist, Besucher persönlich in Empfang zu nehmen, rufe ich über die Schulter: »Ich geh schon!« Und im nächsten Moment bin ich an der Eingangstür und öffne sie schwungvoll. Doch kein Jackson oder Kasimir, keine Julianna, Mimi oder Fanny stehen verkleidet vor mir. Es ist János. Den Hut hat er ins Gesicht gezogen und der Mantelkragen steht hoch. Erst nach einem Moment fange ich mich und kann mich auf meinen Atem konzentrieren, damit mein Herzschlag sich beruhigt.

»Nikolett?«, sagt er nicht weniger überrascht. Gewiss hat er fest damit gerechnet, dass unsere Hausdame ihm öffnet.

»Ich stand gerade mehr oder weniger neben der Tür«, sage

ich, als müsste ich mich dafür entschuldigen. »Was führt dich zu uns? Hast du noch immer nicht genug von unserem Kletzenbrot?« Es ist das Erstbeste, was mir in den Kopf kommt. Mir ist nicht entgangen, wie oft er nach einer weiteren Scheibe gegriffen hat, ich war sogar ein wenig stolz, da ich der Köchin geholfen habe, die getrockneten Birnen und Äpfel vorzubereiten, als Mutter außer Haus war. Doch was für ein törichter Scherz! János greift sich mit einem gequälten Lächeln in den Nacken und ich würde am liebsten meine Stirn gegen die Mauer schlagen. Mehrmals.

»Nein, ich … äh … ich habe gestern hier etwas liegen lassen. Kann ich es geschwind aus dem Salon holen?«

Deswegen kam er extra her? Er hätte ebenso gut eine Nachricht schicken können, damit ich es mit zum Tanzen bringe. Zudem ist doch gerade Treffen des Hochrad-Klubs, das hat er freiwillig verpasst?

»Was ist es denn? Dann hole ich es rasch.«

»Nein, nein, geht schon.« Er macht einen Schritt auf mich zu. Obwohl ich seine Nähe durch die Tanzstunden gewohnt sein sollte, fühle ich mich so berauscht wie im vergangenen Jahr, als ich zum ersten Mal mit einem Automobil gefahren bin. Auf der Stelle muss ich diese Situation verlassen. Ich eile hinein.

»Unsinn«, rufe ich vom Vestibül aus, »ich habe ohnehin nichts zu tun. Was ist es?«

»Mein Skizzenblock.«

Er wirkt niedergeschlagen. Ist es für ihn genauso dramatisch, wenn er nicht zeichnen kann, wie wenn ich nicht eislaufen kann? Aber hat er denn keine anderen Papiere? Merkwürdig. Ich habe das Wohnzimmer erreicht, das dank der

Hausangestellten bereits wirkt, als hätte nie eine Feier statt-gefunden. Auf dem Kaminsims entdecke ich János' Block und will zurückeilen, dennoch halte ich inne. Betrachte das beschriftete Deckblatt. Ich weiß, dass ich es nicht tun soll-te, doch die Neugierde siegt. *Nur die erste Seite,* sage ich mir und schlage das Deckblatt zurück. Ich muss lächeln. Es ist Ferdinand in seiner Uniform auf dem Hochrad. János ist es ganz genau gelungen, das Schimmern in den Augen und den stolzen Blick einzufangen. Im Hintergrund steht ein junger Mann, den ich nicht kenne, der durch sein schalkhaftes Lä-cheln aber sehr sympathisch wirkt. Ich blättere weiter – und erstarre.

Der erste Tag der Tanzprobe.

Die Frauen stehen auf der linken, die Männer auf der rech-ten Seite. Eine lehnt an der Fensterbank, gehört ganz offen-sichtlich nicht zur Gruppe. Sie steht abseits und wirkt völlig verloren. Trotz des ausladenden Rocks scheint sie so wenig Raum einnehmen zu wollen wie möglich. Die Arme sind dicht am Körper und eine ängstliche Aura umgibt sie. Durch das Kleid weiß ich, dass ich es bin. Einen anderen Anhalts-punkt gibt es nicht, denn das Gesicht, das er diesem Mädchen gemalt hat, ist nicht meines. Es ist vollkommen. *So hübsch wäre ich ohne Narbe?,* fragt eine klägliche Stimme in mir, doch ich schlage den Block rasch zu. Ertrage den Anblick nicht länger, denn eines ist klar: Das ist die Nikolett, die er gerne hätte. Das Mädchen, das ich jedoch nie sein kann. Meine schlimms-te Befürchtung hat sich bewahrheitet. Deswegen kam er so-gar am Weihnachtsfeiertag hierher! Er wollte so schnell wie möglich den Block holen, um zu verhindern, dass ich es sehe. Und obwohl alles in mir schmerzt vor Verzweiflung, setze ich ein Lächeln auf und eile zurück. Ich darf keine Zeit mehr verlieren. Er soll nicht wissen, dass ich es gesehen habe.

»So, bitte, dann kann das Zeichnen ja weitergehen«, sage ich fröhlich. Er will etwas erwidern, doch ich greife nach der Türklinke. »Wenn du mich nun entschuldigen würdest? Ich habe noch viel zu tun.«

Kapitel 27

Julianna

Unsere Haltung beim Training ist heute nicht ganz so aufrecht wie sonst und mit jedem weiteren Abstoß des Spielbeins scheinen meine Schultern tiefer zu sinken. Was haben wir uns auf diese Tage gefreut, die unsere Gruppe ein ordentliches Stück voranbringen sollten. Nachdem ich die Hiobsbotschaft mit den Kostümen überbracht hatte, ist die Stimmung allerdings gekippt. Immer wieder gleitet mein Blick zum Wäldchen. Doch keine Nikolett in gedeckten Farben mit kläffendem Max an der Seite tritt rotkäppchengleich mit großem Weidenkorb zwischen den Bäumen hervor. Ob der Mut sie verlassen hat?

»Wo bleibt sie denn nur?«, frage ich ungehalten in Jacksons Richtung. Er arbeitet mit Mimi gerade an der Rückwärtswende und sieht ebenfalls immer wieder zum Wald.

»Ich weiß es nicht, letzte Nacht schien noch alles in Ordnung.«

»Letzte Nacht?«, fragt Fanny über die Schulter mit vielsagendem Unterton, wird dafür aber mit einer Landung auf das Hinterteil bestraft.

»Wir haben zusammen Weihnachten gefeiert. Also, nach ihrer Feier im Kreis der Familie.«

»Uuuuhhhh!«, ruft Mimi und dreht sich danach gekonnt

um ihre eigene Achse. Jackson senkt in ungewohnter Schüchternheit den Blick. »Hoffentlich wurde sie nicht ertappt. Es ist der einzige Grund, den ich mir vorstellen kann, warum sie nicht hier ist. Dabei …«

»Was?«

»Ich habe sie gefragt, ob sie mit uns auftritt.«

Ich sehe Jackson so fassungslos an, dass ich fast gegen das Ufer gerast wäre. »Hast du den Verstand verloren?«, fahre ich ihn aus der Anspannung der letzten Tage heraus an. »So ein öffentlicher Auftritt ist Nikoletts größter Albtraum. Anfangs habe ich sie zugegebenermaßen ein wenig belächelt. Aber seit ich mit ihr im WEK war, weiß ich, dass sie nicht übertreibt. So, wie die Menschen sie dort angestarrt haben … Das hat sich selbst für mich fürchterlich angefühlt, und ich bin ja nicht gerade …«

»Eine Prinzessin auf der Erbse?«, schlägt Mimi vor, und ich nicke.

»Genau, ich bin keine Prinzessin. Nikolett wird nie im Leben mit uns auftreten. Jetzt hast du sie bestimmt ein für alle Mal vergrault und wir werden das Problem mit den Kostümen nie lösen, auf ewig im Schlösschen versauern oder in der Ziegelei bleiben, bis wir kläglich einen viel zu frühen, aber grausamen Tod sterben!«

»Ich mag es, dass du immer so sachlich und kein bisschen dramatisch bist«, sagt Fanny im Vorbeisausen.

Jackson verschränkt die Arme. »Es wäre allerdings überaus wichtig, dass sie dabei ist.«

Die Ernsthaftigkeit in seiner Stimme lässt mich aufhorchen. Sie hat üblicherweise etwas Leichtes, nahezu Singendes.

»Sonst schaffen wir es nicht?« Eine jede von uns bleibt stehen, sieht ihn an. Vom zu frühen und grausamen Tod mag keiner mehr scherzen, denn diese schmerzhafte Wahrheit ist zu nahe gerückt. Wenn auch nicht als echter Tod. Aber der Wegfall dieser Möglichkeit würde uns unwiderruflich in unser freudloses Leben mit all seinen Widrigkeiten zurückdrängen.

Jackson presst die Lippen zusammen. Ich schließe für einen Moment die Augen und mein fürchterlicher Traum aus der letzten Nacht kommt wieder hoch. Ich war wieder mit dem Himmelsstürmer auf dem Eis. Wie so oft. Seine Hand liegt warm in meiner, doch plötzlich gibt das Eis diesen herzzerschmetternden Laut von sich, bis es schließlich bricht. Bloß diesmal ist es nicht am anderen Ende des Sees, sondern direkt unter ihm. Er gleitet ins dunkel-bedrohliche Wasser, und wir halten krampfhaft aneinander fest, doch ganz gleich wie sehr wir es versuchen, er rutscht und rutscht tiefer, ich bekomme ihn nicht richtig zu fassen. Es muss das Sinnbild meines Lebens sein, denn genau das widerfährt mir immer wieder. Egal wie sehr ich es versuche, die Dinge scheinen mir zu entgleiten. Zuerst meine Eltern. Dann der Himmelsstürmer. Nun der Wettbewerb. Die erfolgreiche Teilnahme rückt stetig in die Ferne.

Ein Bellen reißt mich aus den Gedanken. Voller Hoffnung sehe ich zum Wald, und tatsächlich springt der bunt gemusterte Max zwischen den Bäumen hervor und kommt schwanzwedelnd auf mich zu. Warme Erleichterung hüllt mich ein. Dann kommt Nikolett doch noch! Und wenn sie dabei ist, haben wir doppelt so hohe Chancen, beim Schaulaufen zu überzeugen, und auch wenn ich es hasse, sie darum zu bitten, weiß sie gewiss eine Lösung für unser Kostümproblem.

Ich lasse mich aufs Ufer zu gleiten und kraule Max das Fell. »Na, wo bleibt denn dein Frauchen? Muss es noch ihren Tee vom goldenen Löffel schlürfen?«

Merkwürdig. Am Waldsaum taucht niemand sonst auf. Max war doch stets an Nikoletts Seite. Fragend sehe ich zu Jackson, der die Schultern hebt.

»Nikolett?«, rufe ich in den Wald und lausche meiner Stimme nach, die sich schon bald verliert. Das alles wirkt plötzlich unwirklich, und ein ungutes Gefühl kriecht meinen Nacken empor. Ob ihr etwas zugestoßen ist?

Max bellt und hechelt und nun spüre ich Mimi zu mir aufschließen. »Oh, schau mal da, Juli!« Sie deutet auf sein ledernes Halsband, und ich entdecke einen kleinen gefalteten Zettel dahinter und ziehe ihn hervor.

Das Fräulein hat leider Hausarrest, lese ich und fluche innerlich. *Kann erst im neuen Jahr wiederkommen. Die Köchin wird euch Essen in das Bootshaus stellen.*

Nächstes Jahr erst? Das ist eine ganze Woche ohne Training. Und eine Woche, in der wir wegen der Kostümfrage nicht vorankommen. Ich seufze. Das ist nun wirklich das Letzte, was wir gebrauchen können.

Kapitel 28

Nikolett

Ich seufze, während ich neben Mutter in die Droschke steige. Gebettelt, logisch argumentiert und sogar gefleht habe
ich, aber die Tanzproben bleiben vom Hausarrest ausgenom-
men. Heute bringt sie mich wieder persönlich hin. Obwohl
ich noch immer nicht weiß, ob ich es schaffe, mit den anderen
aufzutreten, auch wenn ich ihnen gerne helfen würde. Vier
Tage bin ich schon nicht mehr gefahren, und ich sorge mich,
dass ich beginne zu vergessen.

Während die Droschke über die Straße rumpelt, frage ich
mich, was mit Jackson ist. Zieht er heute wie immer auf dem
Eis seine Runden? Und hat die Truppe meine Nachricht erhalten? Der Zettel war weg, aber vielleicht hat Max ihn nur
verloren. Machen sie allein weiter? Oder erobert der Schnee
heute die Eisfläche zurück, und ich finde den See fortan unberührt vor?

Ich mag es mir kaum vorstellen und schüttle den Gedanken ab. Mein Trübsinn ist ohnehin groß genug.

Da Mutter zu einem Nachmittagstee eingeladen ist, bin ich
wieder zu früh und schleiche besonders langsam zum Tanzsaal, fest entschlossen, diesmal keine Eislaufübungen auf
dem Parkett zu veranstalten, ganz egal wie lange ich warten
muss.

Doch bevor ich den Saal betreten kann, halte ich vor der angelehnten Tür inne. Drei Mädchen sind bereits dort und unterhalten sich. Ich will zunächst hören, worum es geht, bevor ich dazustoße, damit ich vorab überlegen kann, was ich sagen werde.

»Also, gegen János als Tanzpartner hätte ich auch nichts einzuwenden«, sagt ein Mädchen mit einer rauen Stimme. »Er weiß sich wirklich zu bewegen und versprüht solch eine geheimnisvolle Aura.«

Obwohl ich keinerlei Anrecht auf ihn habe, bedrängt mich die Eifersucht von allen Seiten.

»Aber er schaut immer so mürrisch drein«, wendet eine zweite Stimme ein.

Eine dritte kichert leicht. »Na, wie würdest du denn schauen, wenn du mit so einer tanzen müsstest?«

Der Schmerz trifft mich unvorbereitet. Zu lange habe ich meine Mauern eingefahren und nicht mehr an meine Unzulänglichkeit gedacht. War im Schutz der Gruppe nachlässig geworden. Wie konnte ich das nur aus den Augen verlieren? Rasch wende ich mich vom Tanzsaal ab, eile den Flur entlang und verharre in einem dunklen Winkel, bis die Tanzstunde beginnt.

Mit Absicht komme ich einige Minuten zu spät, entschuldige mich aber nicht einmal. Recke den Kopf zur Seite und stolziere gleichgültig auf János zu, obwohl zahlreiche Augen mich durchbohren. Katalina sieht mich verblüfft an. Ich ignoriere sie und sehe mit verschränkten Armen zur Tanzlehrerin, die nun mit ihren Erklärungen fortfährt.

Wir sollen den Quickstepp nachtanzen, ausgerechnet, doch irgendwie ist es mir gleichgültig. Ich ignoriere auch die fragilen Blitze, die von den Händen ausgehend meinen Körper durchfahren, sobald János mich berührt. Ich tanze den vermaledeiten Tanz, so wie die Tanzlehrerin ihn vorgemacht hat, verlasse mich dabei aber ebenso auf mein Gefühl, so wie Jackson es mir gezeigt hat. Der Gedanke an ihn gibt mir Kraft. Ganz egal, wie sehr die feinen Damen hier sich das Maul zerreißen, es gibt da draußen eine Gruppe, zu der ich gehöre, und einen jungen Mann, der mir trotz der Narbe zugetan ist. Mir ist es einerlei, was hier im Raum geschieht. Ich beachte die anderen Paare nicht, lasse mich von János führen, mache meine Arbeit.

»Vorzüglich, Nikolett«, lobt Frau Horvath, »bei dir ist offensichtlich der Knoten geplatzt, weiter so.«

Ein zaghaftes Lächeln von János, aber selbst das tangiert mich nicht mehr. Soll er hier doch der strahlende Pfau sein, den alle jungen Frauen bewundern. Mich wird er nie mögen, und das muss er auch nicht. Ich habe meine Gruppe gefunden. Ich brauche sein Mitleid nicht.

»Das klappt ja wirklich gut«, sagt er nun stockend. »Hast du heimlich geübt?« Ein nervöses Lachen folgt.

»Sozusagen. Apropos. Ich muss heute leider früher weg. Und am Freitag kann ich gar nicht kommen. Das sollte aber in Ordnung gehen, nicht wahr? Jetzt, wo es so gut klappt?«

Verdattert sieht er mich an. Vielleicht weil ich zum ersten Mal meine Worte nicht halb geflüstert habe. »N…Natürlich. Wie immer es dir beliebt.«

Mit Sicherheit ist er froh, dass er so mehr Zeit für das Hochrad und seine Zeichnungen hat. Aber auch das ist mir einerlei. Mit wehenden Kleidern eile ich aus diesem Puppentheater davon. Ich werde etwas machen, was von Bedeutung ist. Ich werde eislaufen. Und das nicht zum puren Vergnügen, sondern für Julianna, Jackson und die anderen, für die das Preisgeld ein erster Schritt in ein besseres Leben ist. In dem Moment wird mir klar: Ich werde mit ihnen bei der Vorauswahl auftreten. Das ist eine Vorführung im kleinen Rahmen. Die große Schau vor Publikum, wo sogar der Kaiser Franz Joseph zugegen sein wird, die müssen sie alleine bewältigen, das ist für mich nun wirklich nicht denkbar. Aber für das Vortanzen würde ich über meinen meterlangen Schatten springen.

Kapitel 29

Nikolett

Das Hallo ist groß, als ich beim Mondscheinsee ankomme, und Balsam für die Seele. »Nikolett, Liebes, was machst du denn hier?«, ruft Jackson, der so schwungvoll am Uferrand zum Stehen kommt, dass er einen ganzen Schwung Eisflocken auf das Gras sprüht. »Ich dachte, du hättest Hausarrest?«

»Für die Tanzprobe galt er natürlich nicht«, erkläre ich.

Kasimir runzelt die Stirn. »Und warum bist du dann jetzt nicht bei der Tanzprobe? Die wäre doch jetzt, wenn ich mich nicht irre?«

»Ach …« Mit einer einzigen Handbewegung wische ich die Probe davon. »Vergessen wir doch den Opernball und tuschelnde Debütantinnen und fürchterliche Tanzpartner und fokussieren uns auf das Wichtige: Ich werde mit euch tanzen!« Mimi beginnt bereits zu klatschen, daher hebe ich den Zeigefinger. »… bei der Vorauswahl. Für die große Schau beim Winterfest seid ihr auf euch gestellt.«

Alle jubilieren so fröhlich, dass Max zu bellen beginnt. Dennoch fühle ich, dass sie etwas in ihrer Freude zurückhält. »Was ist los?«, hake ich nach und sehe von einem zum anderen.

Es ist Julianna, die schließlich das Wort ergreift. »Markow hat mich beim Nähen erwischt. Er hat alle Kostüme an sich genommen.«

Ich sauge scharf die Luft ein. »… und, äh … besteht zufällig noch irgendeine Möglichkeit, dass du die Kostüme wieder zurückbekommst?«

Julianna schaut mich grimmig an.

Doch bevor sie mich auffrisst, hebe ich abwehrend die Hände. »Schon gut, schon gut. Lasst uns zur Lagebesprechung ins Bootshaus gehen, da ist es etwas wärmer. Ich habe heute wieder Punschkrapfen dabei.«

Jeder sucht sich einen Platz, und ich ringe um eine Lösung. Leider habe ich jegliches Geld, das ich besessen habe, in den königsblauen Stoff investiert – auch wenn ich vorgegeben habe, dass ich ihn zufällig zu Hause hatte.

»Was ist mit deinen Kleidern? Können wir nicht welche für den Auftritt leihen?«, fragt Fanny, die sich neben Mimi auf das umgedrehte Ruderboot setzt und ihre Lockenmähne nach hinten wirft.

Ich lache – bis ich erkenne, dass es Fannys Ernst ist. Und verstumme rasch. Gewiss, sie weiß es nicht. Woher auch? Nur wie sollte ich es erklären, ohne ihr zu nahe zu treten? Unbeholfen räuspere ich mich. »Leider gehört es zum guten Ton, dass man jede Saison die Kleider wechselt. Und um zu beweisen, dass man sich zahlreiche unterschiedliche Kleider leisten kann, gleicht keines dem anderen. Wir würden wie ein mobiler Regenbogen aussehen.«

»Oder wie eine Blumenwiese«, ruft Mimi begeistert und breitet die Hände aus, obwohl sie einen Krapfen in der Hand hat. »Das stelle ich mir entzückend vor!«

»Ja …«, sage ich gedehnt. Wieder diese Erklärungsschwie-
rigkeiten.

»Die Preisrichter sind allerdings Männer.« Jacksons Stimme
ist ungewohnt hart. »Die meisten mögen es nicht zu bunt.
Vermutlich hat zudem jedes Kleid eine andere Aufmachung.
Das geht nicht, es muss einheitlich sein.«

»Das wäre für unsere Choreografie auch besser. Es muss
schlichtweg alles perfekt sein. Wenn die anderen antretenden
Personen einheitlich gekleidet sind, wollen wir doch nicht als
Dilettanten daherkommen«, gebe ich Jackson recht.

»Wir brauchen folglich Geld«, überlegt Kasimir laut. »Hat
irgendwer Ersparnisse?«

Das traurige Lachen der anderen ist Antwort genug und
ich erkläre, dass auch ich in unserer wohlhabenden Schicht
als Frau vollkommen auf das Wohlwollen der Geldverdiener
angewiesen bin. Was mir schon immer zutiefst zuwider gewesen ist.

»Wie kommen wir dann an Geld, wenn alles, was uns zur
Verfügung steht, unsere entzückenden Persönlichkeiten sind?
Kann jemand singen?«, fragt Mimi.

Jackson lacht leise. »Bei uns drüben in Amerika gibt es eine
Familie, oder vielmehr sieben Schwestern, die nennen sich
Real-Life-Rapunzel.« Fanny sieht ihn verdattert an, und er erklärt: »Rapunzel, wie aus dem Märchen. Sie behaupten, sie
wären die *echten* Rapunzel. Um aus der Armut herauszukom-
men, wollten sie ursprünglich Kirchenlieder singen, doch es
stellte sich schnell heraus, dass die Leute vor allem von ihren
Haaren begeistert waren. Sie sind so lang, dass sie auf dem
Boden schleifen. Und jetzt verkaufen sie ihre eigenen Haar-
tinkturen und nehmen Geld dafür, dass die Leute ihre Haare

berühren dürfen … Die sind mittlerweile reich, ist das nicht verrückt?«

Wir stimmen in sein Lachen ein, doch Kasimir lässt schließlich die Schultern sinken. »Großartig. Dann müssen wir ja nur noch dreißig Jahre warten, bis die Damen eine ebensolche Haarpracht entwickelt haben …«

»So schön die Vorstellung auch ist, aber ich fürchte, wir brauchen einen anderen Plan«, sagt Fanny, immer noch glucksend.

Julianna wendet sich an mich. »Hast du in deinem Prunkkasten nicht irgendetwas, was wir verkaufen können?«

Ich verziehe das Gesicht, während sie ihre Finger durch Max' flauschiges Fell gleiten lässt, der es sich auf ihrem Schoß bequem gemacht hat. »Das meiste gehört leider Gottes meinen Eltern, und ich werde gewiss nicht so weit gehen, sie zu bestehlen.«

»Also stehen wir da, wo wir am Anfang waren«, sagt Julianna traurig. »Und wenn wir nicht entsprechend aussehen, können wir es gleich lassen, denn dann haben wir bereits verloren.«

Aufgelöst suche ich nach einem Weg, rufe mir mein Zimmer vor Augen und gehe systematisch alle Habseligkeiten durch. Meine Gedanken wollen fast schon weiterziehen, als mir etwas in den Sinn kommt. Meine Mundwinkel ziehen sich nach oben. Ganz langsam.

»Ich glaube, ich hätte da was …«

Julianna nimmt mir drei Tage später den Kopfkissenbezug aus der Hand, den ich aus Mangel an Alternativen als Beutel genutzt habe. Wieder haben wir uns im alten Bootshaus zusammengefunden. »Dann lass mal sehen, was du Schönes für uns zum Verkaufen hast. Hast du doch noch Schmuck gefunden? Sammeltassen mit Goldrand? Silberbesteck?«

»Warte!« Ich will den Beutel zurückerobern, aber sie dreht sich flugs weg und späht eifrig hinein, bevor ich etwas sagen kann.

Dabei wollte ich sie vorwarnen.

Sie schreit auf. Schließt den Beutel rasch mit den Händen, ganz so, als könne andernfalls ein ekelerregendes Wesen entkommen. Dann legt sie ihren Kopf schief und sieht mich tadelnd an. »Das Fräulein beliebt wohl zu spaßen?«

»Was ist es denn, was ist es denn?«, ruft Mimi auf den Füßen wippend und reißt Julianna den Beutel aus den Händen, als diese nicht umgehend antwortet.

»Vorsicht«, mahne ich, als der Beutel gefährlich nah zum Ruderboot pendelt und beinahe gegen das Holz schlägt. »Es ist zerbrechlich.«

Selbst Mimi, die vermutlich sogar an Kellerasseln eine entzückende Schönheit erkennen kann, verzieht das Gesicht, als müsse sie sich erbrechen. »Iiiihhh, was ist das denn?«

Die anderen werden unruhig und versuchen ebenfalls einen Blick zu erhaschen.

Mimi zieht eine der Porzellanpuppen am Arm aus dem Sack und lässt sie mit spitzen Fingern weit weg von sich wie von einem Galgen durch die Luft baumeln.

Nun wirft auch Jackson einen Blick in den Kopfkissenbezug, der voll von Puppen ist. »Nikolett, wie soll das gehen?«, fragt er lachend, und Kasimir stimmt zu. »Die Dinger ... die sind so furchteinflößend, dass wir den Leuten Geld geben müssten, damit sie sie nehmen!«

Ich verschränke die Arme.

»Sapperlot, wie viele hast du davon?«, fragt Fanny, die sich nun ebenfalls von der Grausamkeit überzeugt hat.

»Zweiunddreißig. Die da drin sind nur eine erste Auswahl.«

Den anderen steht der Mund offen.

»Und nun mal ernsthaft. Ich weiß, sie sind nicht gerade ... lieblich. Dennoch sind sie wertvoll, immerhin ist es echtes Porzellan und einige sammeln sie tatsächlich. Davon abgesehen ist es das Einzige, was ich habe, das wir verkaufen können.«

Nun eilt Jackson mir zu Hilfe. »Nun gut, wie machen wir es? Wie bringen wir die Puppen an den Mann? Oder vielmehr an die Kinder?«

»Ich kenne Weiterverkäufe nur über Inserate, allerdings sind die ebenfalls kostenpflichtig. Vielleicht gehen wir zu einem Gebrauchtwarenhändler?«

»Das ist einfach«, sagt Kasimir ungewohnt selbstbewusst und steht vom Boot auf. »Wenn man eine Sache möglichst hochpreisig verkaufen will, geht man auf den Schwarzmarkt und tut so, als habe man etwas ganz Besonderes.«

Sofort branden Gegenstimmen auf, und ich frage mich, ob der Schwarzmarkt der richtige Platz für Porzellanpuppen ist.

»So ein Schmarrn!«, ruft Fanny. »Jeder weiß, dass, wenn man etwas verkaufen will, man einen Handwagen mit allerlei interessanten Dingen füllt und so die Leute anlockt.«

»Das kann ich mir schon eher vorstellen«, stimmt Julianna zu und alle sehen mich abwartend an.

Ich zucke die Schultern. »Ich denke nach wie vor, dass es beim Altwarenhändler am einfachsten wäre. Aber wie auch immer. Es sind genügend Puppen da. Warum probiert es nicht jeder auf seine Weise?«

Kapitel 30

Nikolett

Mimi wollte mich eigentlich zum Altwarenhändler begleiten, da sie jedoch auch nach mehreren Minuten Wartezeit nicht zum Treffpunkt gekommen ist, nehme ich an, dass sie nicht vom Schloss wegkommt. Also schleiche ich mich alleine zur Straße, wo ich nach einem Fiaker Ausschau halte. Wie andere Frauen zu den Markttagen habe ich ein sehr einfaches Kleid mit Schürze an, die Haare zu einem losen Zopf geflochten und unter einem schlichten Kopftuch verborgen. So werden alle annehmen, ich sei eine Bedienstete. Es fühlt sich seltsam an, allein in der Droschke zu sitzen, aber es gefällt mir, denn es gibt ein Gefühl von Freiheit.

Im Laden des Altwarenhändlers bin ich geschockt, welch lächerliche Summe er mir für die Puppe bietet, die ich aus dem Korb genommen habe. Ich bin mir sicher, dass sie selbst gebraucht deutlich mehr wert ist. Eigentlich hätte ich geglaubt, dass die einfachen Kleider auch für den Händler von Vorteil sein würden. Doch während er mich mustert, überlege ich, ob er vor einer höheren Tochter des Hochadels eventuell mehr Respekt hätte.

»Geht nicht ein wenig mehr?«, flehe ich. »Bitte, wir benötigen das Geld sehr dringend.«

Es soll so klingen, als müsse ich meine Familie versorgen,

und ein wenig fühlt sich die Eislauftruppe inzwischen auch so an.

Der Händler steckt das Vergrößerungsglas weg, mit dem er die Puppe inspiziert hat. »Wir benötigen alle dringend Geld. Aber ich sage dir was: Für Gauner und Diebe gibt es nicht mehr.«

Ich verstehe nicht, was er meint, und das muss er mir ansehen.

»Ach komm schon, wo soll eine wie du eine solche Puppe herhaben, wenn sie sie nicht ihrer Herrin geklaut hat?«

Obwohl die Verachtung in seinen Augen einer falschen Annahme entspringt, schießt sie mir direkt ins Herz. »A… Aber ich …« Mir fällt auf die Schnelle keine Erklärung ein.

»Dachte ich es mir doch. Also. Sieben Neukreuzer, oder du kannst *deine* Puppe wieder mitnehmen.«

Ich schlucke. Das war ja kaum die Fahrt mit dem Fiaker wert. Dennoch stimme ich zu.

Danach fahre ich mit den restlichen drei Puppen im Korb zu Kasimir und Jackson. Vielleicht gibt es auf dem Schwarzmarkt ja doch mehr, dann können sie meine dort ebenfalls verkaufen.

Der Fahrer wirft mir einen zweiten Blick zu, als ich ihm den Mexiko-Park als Ziel nenne, und mein Magen wird noch flauer. Auch ich kenne den Park nur mit dem Beisatz, dass man ihn besser meiden sollte.

Vermutlich bin ich deswegen überrascht, als ich ankomme. Auf den ersten Blick ist es ein ganz normaler Park, in der Mitte steht die hübsche Franz-von-Assisi-Kirche im unschuldigen Weiß mit roten Dächern und die Vögel zwitschern. Es herrscht reges Treiben, und so habe ich keine Hemmungen, mich unter die Spaziergänger (oder sind es Kaufinteressierte?) zu mischen. Die Puppen liegen sicher im Korb unter einem Geschirrtuch, als hätte ich sie zum Schlafen gelegt.

Wo sind Kasimir und Jackson? Immer wieder lasse ich meinen Blick über die Leute streifen, während ich langsam den Weg entlangschlendere. Als eine männliche Stimme meinen Namen sagt, schwinge ich glücklich herum, nun haben sie mich wohl entdeckt.

Dann erstarre ich.

Vor mir steht János.

Nein. Nein. Nein.

Bitte nicht.

»János?«, sage ich freudig, denn ein lächerlicher Teil von mir freut sich tatsächlich, ihn zu sehen. Gleichzeitig ist es natürlich eine Katastrophe, ausgerechnet ihn hier in meinem Aufzug zu treffen. Was zum Teufel will er auf dem Schwarzmarkt? Und wann, verdammt noch mal, habe ich angefangen zu fluchen wie Julianna?

»Was machst du hier?«, kommt sogleich die unausweichliche Frage. János wirkt wütend.

»Ich?«, hake ich dümmlich nach und danke Jackson, dass er von uns verlangt, beim Eislaufen lächelnd weiterzufahren, auch wenn wir uns gerade den Knöchel verknackst haben.

Genau so lächle ich jetzt.

»Na, ich will zum Markt«, plappere ich das Erstbeste, was mir in den Sinn kommt. Keine allzu schlechte Ausrede, erkenne ich, und mein Lächeln wird authentisch. Zur Unterstreichung der Aufrichtigkeit meiner Erklärung halte ich den Weidenkorb hoch.

»Hat eure Köchin dich geschickt?«, fragt er verwundert.

»Ja, sozusagen. Sie war vollkommen aufgelöst, da sie so viel zu tun hat und nicht weiß, wie sie das alles schaffen soll. Da habe ich angeboten, für sie zu gehen. Weil keiner Zeit hatte, mich zu begleiten, habe ich mich als Küchenmädchen verkleidet.« Mein Kichern klingt wie ein Hicksen, und ich schlage die Hand vor den Mund. »Mutter darf natürlich von alldem nichts erfahren«, raune ich ihm verschwörerisch zu und schaue abwechselnd über die Schultern, als könne sie just in diesem Moment auftauchen.

»Verstehe, verstehe. Nur, was machst du dann … *hier*?«

»Wie meinst du das?«

»Na, hier.« Er nickt in alle Richtungen.

»Ich weiß auch nicht, ich habe dem Fahrer gesagt, dass ich zum Markt möchte, er hat mich hierhergebracht und seitdem suche ich ihn. Ich dachte, die Stände sind vielleicht hinter der nächsten Kurve?« Ich recke meinen Hals, als könne ich so hinter die Kirche schauen.

»Nikolett …«, jetzt sieht János sich ebenfalls um und beugt sich dann näher zu mir, sodass ich noch unruhiger werde und mich auf seine Bartstoppeln konzentriere. »Hier ist der Schwarzmarkt.«

»Der Schwarzmarkt?« Ich ziehe meine Stirn kraus und hasse mich schon jetzt für das, was ich gleich tun werde. »Was ist denn ein Schwarzmarkt? Ich sehe hier gar nichts Schwarzes. Nur Bäume. Und Rasen. Und die weiße Kirche mit dem rostroten Dach. Nicht einmal die Leute tragen Schwarz.«

Jetzt ist es raus. Mit meiner letzten Äußerung habe ich das letzte bisschen Ansehen vor János verloren, da bin ich mir ganz gewiss. Nun bin ich nicht nur abstoßend und ohne Manieren, sondern obendrein einfältig.

Er mustert mich skeptisch. Obwohl wir seit Jahren kein ordentliches Gespräch mehr geführt haben, müsste er wissen, dass ich nicht auf den Kopf gefallen bin. Dennoch kann er nicht sicher sein. Von uns Frauen wird so viel ferngehalten. Mit uns redet man nicht über Politik oder Geschäfte, und schon gar nicht übers Geld. Woher sollte eine junge Frau also den Schwarzmarkt kennen? Ich selbst weiß davon nur aus der Zeitung, aber die wird von den wenigsten Frauen gelesen, sie halten sich eher an die Zeitschriften. Und den meisten höheren Töchtern aus unserem Tanzkurs würde ich durchaus zutrauen, dass sie eine derartige Rückfrage stellen würden.

»Nun ja, das ist eher ein Markt für verbotene Sachen. Oder besonders Dinge, die im Geschäft höhere Preise haben.«

»Was denn für Sachen?« Er hat mich gerade so sehr gegrillt mit seinen Fragen, dass ich mir diese kleine Genugtuung verschaffen muss. Außerdem kann ich so in Ruhe planen, wie ich aus der Situation wieder herauskomme.

»Ach, vor allem Alkohol und Tschick. Deswegen bin ich ja hier.« Er hält eine blaue Schachtel hoch, auf der *Sportzigaretten* steht. »Alles Mögliche gibt es hier aber im Grunde. Stell dir vor, eben ist sogar einer mit langem Mantel auf mich zugekommen und wollte mir eine Porzellanpuppe verkaufen! So eine, wie du als Kind ständig geschenkt bekommen hast, obwohl du sie so gehasst hast.« Plötzlich lacht er so herzlich, dass ein Hauch der Verbundenheit von früher da ist, und obwohl ein Teil von mir das Gesicht in den Händen vergraben will, heben sich meine Mundwinkel, und mein Herz glimmt auf. Er weiß es noch. Offenbar hat er nicht alles von früher vergessen.

»Ich war immer neidisch auf die flauschigen Kuschelbären, die Ferdinand bekommen hat«, sage ich versonnen.

»Und das Schweizer Messer. Vergiss das Taschenmesser nicht. Ich glaube, du hast angedroht, den Kopf einer Puppe zu zertrümmern, damit du die Scherben so wie er zum Schnitzen nutzen kannst, wenn er es dir nicht leiht.«

Mein Lächeln wird wehmütig. János hat mir damals kurzerhand ein Taschenmesser gekauft. Obwohl er kaum Geld hatte. Ob er das noch weiß? Lieber erinnere ich ihn nicht daran. Verstaue die Erinnerung wieder tief in der Truhe, wie auch das Messer selbst, da der Anblick auf dem Ehrenplatz, den es zu Beginn hatte, irgendwann nicht mehr erträglich war.

Hinter János sehe ich plötzlich Jackson und Kasimir auftauchen. Jackson trägt einen langen Mantel und wirkt wie ein Privatermittler, wie er im Buche steht. Kasimir sieht aus wie immer, nur dass er einen Karton trägt. Jacksons Gesicht leuchtet auf, als er mich entdeckt, und die beiden eilen auf mich zu. Durch ein leichtes Kopfschütteln gebe ich ihnen zu verstehen, dass sie mich besser nicht ansprechen.

»Aber wo ist denn jetzt der richtige Markt?«, frage ich János rasch.

»Also, direkt bei euch in Hietzing ist ja einer«, setzt er an, und ich will am liebsten den Kopf in meinen Händen vergraben.

»Nein, ich brauche einen besonders gut sortierten. Die Köchin hat sehr spezielle Wünsche …«

Er lächelt. »Dann weiß ich genau das Richtige.«

Gemeinsam gehen wir in Richtung der Straße, von der das rhythmische Hufgeklapper der Fiaker und Pferdetramways zu uns herüberzieht.

»Danke, wir haben ausreichend Porzellanpuppen«, sagt er grinsend, als wir Jackson und Kasimir passieren, und ich bete zum Himmel, dass sie nicht antworten.

Zum Glück haben Jackson und Kasimir Stillschweigen bewahrt und nicht offenbart, dass sie mich kennen, und wir schaffen es ohne weitere Vorkommnisse zur Straße.

»Gut, dann werde ich nun mal zum richtigen Markt fahren. Wie lautet die Adresse?« Wir stehen nebeneinander auf dem Trottoir, und ich suche die vorüberziehenden Kutschen nach einem freien Fiaker ab.

»Natürlich begleite ich dich. Deine Mutter würde mir den Kopf abreißen, wenn sie erfährt, dass ich dich in der Stadt getroffen und alleine habe weiterziehen lassen.«

Ich suche nach einer Ausrede, denn ich habe ja nicht einmal ausreichend Geld dabei, um mehr als zwei Äpfel zu erstehen.

»He, János!«, tönt es aber plötzlich hinter mir. Als ich mich umwende, sehe ich einen hochgewachsenen jungen Mann mit rotbraunen Haaren, der seinem Kutscher gerade bedeutet, stehen zu bleiben. Er kniet sich auf die hintere Bank und hebt einen Arm in einer großen Geste zum Gruß. Trotz der Kälte hat er hochgekrempelte Ärmel. *Typisch Neureiche,* würde Mutter jetzt schimpfen, denn hochgekrempelte Ärmel sind unschicklich, aber mir gefällt es. Gemeinsam gehen wir auf ihn zu.

»Na, brauchtest du neue Tschick?«, fragt er sonnig und schafft es irgendwie, seine Augen nicht auf meiner Entstellung verweilen zu lassen.

János nickt. »Und du?«

»Besorgungen für die Fabrik.«

János stellt ihn als Leopold Lindenfels vor, und ich will mich direkt danach höflich verabschieden.

»Wo müsst ihr denn hin?« János' Freund lehnt sich gegen das lederne Polster. »Soll ich euch mitnehmen?«

»Danke, das ist sehr liebenswürdig. Ich möchte jedoch keine Umstände bereiten. Fahr du aber ruhig mit deinem Freund, János«, lehne ich freundlich, aber bestimmt ab.

Mir entgeht nicht, dass Leopolds Augenbrauen nach oben zucken, doch die Gelegenheit ist zu gut, um János wieder loszuwerden.

»Wir sehen uns ja morgen in der Tanzstunde«, ergänze ich, nachdem János unbeweglich bleibt und seine Miene sich noch mehr verdüstert hat.

»Nikolett«, sagt er mahnend und sieht mich eindringlich an. Ja, ich weiß, dass man eine höhere Tochter niemals unbeaufsichtigt in der Stadt zurücklassen darf, aber ich bin bisher gut zurechtgekommen und werde auch den Rückweg finden.

»Mutter wird nichts davon erfahren«, beschwichtige ich deshalb und sehe, wie sich seine Nasenflügel aufblähen und sein Atmen etwas Beherrschtes hat.

»Ihr wollt also sicher nicht mit?«, fragt Leopold aus der Kutsche und ich will János abermals ermutigen, einzusteigen, doch er schneidet mir das Wort ab.

»Danke, wir kommen zurecht«, zischt er förmlich, ohne mich aus den Augen zu lassen.

»Nun gut, wie es euch beliebt. Kommst du am Wochenende zum Fabrikgelände, János? Ich denke, ich habe die Eisfläche im Bassin jetzt endlich so weit!«

»Bist du denn sicher, dass nicht wieder das gesamte Wasser im Boden versickert?«, fragt János.

An der Art, wie Leopold Lindenfels seine Arme verschränkt, erkenne ich, dass er verärgert ist. »Das Problem habe ich behoben«, antwortet er dennoch freundlich.

»Na dann.« János tippt sich zum Abschied an die Hutkrempe, winkt und holt mit der gleichen Bewegung einen Fiaker heran.

Widerwillig steige ich ein.

Am liebsten würde ich schmollen, nichts traut János mir zu. Schweigend sitzen wir nebeneinander. Jeder so nah wie möglich an seine Außenwand geklemmt.

»Was hat dein Freund mit der Eisbahn gemeint?«, frage ich, als die Stille unerträglich wird.

János schüttelt den Kopf. »Er hat sich in den Kopf gesetzt, eine eigene Eisbahn zu eröffnen, draußen in Hernals.«

Eine weitere Eisbahn in Wien? Das klingt interessant.

»Willst … willst du auch kommen?«, fragt er nach einer Weile, und ich hebe verblüfft den Kopf.

»Du bist immer so gerne gefahren.« Mit einem Mal wirkt er fast schüchtern.

Doch ich denke an den WEK, und wie sich die Blicke dort angefühlt haben. Und daran, wie viel wir noch üben müssen, und bleibe daher vage. »Ich schau mal.«

Als wir den Marktplatz erreichen, setzt mein Herz ein weiteres Mal aus. Es ist ausgerechnet der Markt, wo auch Julianna und Fanny versuchen die Waren zu verkaufen. Die Betonung liegt auf *versuchen,* denn aus der Ferne sieht es so aus, als ob alles, was ich aus meinem Zimmer zusammengesucht habe, noch da wäre.

»Nikolett!«, höre ich Fanny von Weitem rufen. Schnell drehe ich mich zu János, damit sie sehen, dass ich nicht alleine bin.

János sieht mit zusammengezogenen Augen in Juliannas und Fannys Richtung, und ich biege geschwind in einen Gang ein. »Wurde dort gerade dein Name gerufen?«

»Was? Nein. Das kann ich mir nicht vorstellen. Danke für dein Geleit! Den Rest schaffe ich ohne dich, danke.«

»Ich kann dich doch jetzt hier nicht mitten auf dem Wochenmarkt alleine lassen.«

Das sagt er, wirkt jedoch wenig begeistert. Sicherlich wäre er lieber woanders.

»Also, was brauchst du?« Fragend sieht er mich an und zieht seine Zigarettenschachtel hervor. Um ein Haar wäre mir abermals ein dümmliches *Ich?* entfleucht, aber ich erinnere mich gerade noch rechtzeitig, dass ich angeblich Einkäufe erledigen muss. Hoffentlich bemerkt er nicht, dass auch mein Korb voller Porzellanpuppen ist.

»Äh … Äpfel«, sage ich, nachdem ich mich unauffällig umgesehen habe. »Und Erdäpfel und Wurzeln … Aber weißt du was?« Ich fahre mir über die Stirn. Der Schweiß dort ist echt. »Nun habe ich doch glatt das Geld vergessen.« Jetzt, wo János aufgetaucht ist, kann ich den anderen ohnehin nicht helfen und ziehe es vor, rasch wieder von der Bildfläche zu verschwinden.

»Das macht nichts, ich zahle. Deine Eltern haben mich so oft zum Essen eingeladen, da ist es das Mindeste, was ich tun kann.«

In letzter Zeit war er allerdings kaum mehr da. Wir beide wissen, warum.

Nach und nach besorgen wir die aufgezählten Dinge, als ich aus den Augenwinkeln bemerke, wie eine abgehetzte Mimi auf das Marktgelände eilt. Sie stürzt auf Fannys und Juliannas Verkaufswagen zu und die drei scheinen wegen etwas uneins zu sein, gestikulieren heftig. Ich gebe vor, einige Tücher zu inspizieren, während ich sie beobachte wie damals hinter der Zeder. Jetzt sehe ich, dass tatsächlich alle sechs Puppen, die sie mitgenommen haben, immer noch auf dem Wagen sitzen und aus ihren toten Augen starr auf den Marktplatz blicken. Verflucht! Dann fehlt uns noch immer das Geld. Und die Zeit rinnt uns durch die Finger, denn das Vortanzen ist bereits in drei Wochen.

Plötzlich schnappt sich Mimi eine der Puppen und stapft in ihrem hellen Kleid davon. Wenn ich nicht wüsste, dass sie fast so alt ist wie wir, hätte ich sie mit der Puppe in der Hand selbst für ein junges Mädchen gehalten. Ihr Gesicht ist mindestens ebenso unschuldig wie das der Puppen. Langsam gehe ich durch die Reihen, folge ihr mit etwas Entfernung und beuge mich zur Tarnung immer mal wieder über das Gemüse. János lehnt mit einigen Metern Abstand an einer Mauer zum Park und raucht den nächsten Tschick.

Mimi wiegt die Puppe im Arm wie ein echtes Wickelkind und steuert nun eine Parkbank an. Was hat sie vor? Auf der Bank wird sie gewiss keinen Käufer finden. Sie herzt die Puppe mit so viel reiner Freude in den Augen, dass man neidisch werden könnte, hält sie glücklich in die Luft und dreht sich lachend im Kreis, sodass ihr Rock sich auffächert. Dann setzt sie sich auf die Bank und hält die Puppe dabei vorsichtig an sich gedrückt. Danach streicht sie ihr die weißen Haare glatt und bindet die Schleife des Mützchens neu. Die passierenden

Leute lächeln sie versonnen an, sie wirkt so überglücklich, nahezu selig. Herrgott, selbst ich beginne mich zu fragen, ob ich die Puppen jemals hätte hergeben dürfen. Sie scheinen ja ein Quell des puren Glücks zu sein.

Ein Mann im stattlichen Anzug wird von einem siebenjährigen Mädchen zu Mimi gezogen und so langsam muss ich grinsen.

»Ich will auch, Papa, genauso eine Puppe will ich auch«, befiehlt sie laut.

Der Vater wirkt nicht begeistert, spricht Mimi jedoch trotzdem an. Ich kann nicht hören, was sie sagt, doch sie schüttelt mehrmals den Kopf.

Schließlich hält er ihr eine Münze hin. Mimi presst die Puppe fest an sich, wirkt so verzweifelt, dass ich am liebsten hinüberrufen möchte, dass sie nicht verkaufen muss. Er wühlt tiefer in seiner Geldbörse und hält ihr letztlich eine ganze Handvoll hin. Es muss ein kleines Vermögen sein. Im Schneckentempo reicht sie dem Kind die Puppe.

»Mein lieber Herr Gesangsverein«, raunt János, der plötzlich so nah hinter mir steht, dass ich mich anlehnen könnte. »Wenn du deine Sammlung noch hättest, könntest du ein Vermögen machen.«

Ich nicke und muss mich zusammenreißen, um nicht laut loszulachen. »Geh schon mal vor zum Fiaker, ich gebe auf, was das mysteriöse Gemüse betrifft, und komme gleich nach.«

Er greift sich an die breite Krempe seines Hutes und läuft in Richtung der Kutsche. Rasch eile ich zu Mimi hinüber.

»Du, wenn du diese Puppen so sehr magst, kannst du gerne eine haben …«

Sie lacht herzhaft. »Nicht einmal geschenkt, meine liebe Nikolett. Ich wollte euch nur einmal zeigen, wie eine echte Geschäftsfrau das macht.«

Kapitel 31

Leopold

Voller Stolz sehe ich über die reinweiße Fläche, die sich heute an die Wände des Bassins schmiegt. Neues Jahr, neues Glück! Es ist noch nicht ganz der Eispalast, von dem meine Eisprinzessin gesprochen hat, aber definitiv ein erster Schritt in die richtige Richtung. Meine neuen Berechnungen haben ergeben, dass eine schwimmende Eisfläche, wie ich sie anstrebe, in den ersten Jahren des Bestehens mehrere Hektoliter Wasser aufsaugt. Trotz der Abdichtung mit Lehm muss ich also stetig Wasser nachpumpen. Langwierige Verhandlungen mit der niederösterreichischen Statthalterei sind nötig gewesen, und schließlich, womöglich als eine Art Neujahrspräsent, ist nach Zahlung einer deftigen Abschlagszahlung die Genehmigung ins Haus geflattert.

Nun ist tatsächlich eine Eisfläche da. Überzogen mit einer feinen Schneeschicht liegt sie vor mir. Langfristig würde ich den Schnee regelmäßig wegschieben, doch für diesen ersten Fahrversuch stört die Schicht nicht.

Hufgeklapper ertönt und wenig später sehe ich Ferdinand und János im Fiaker vorfahren. Triumphierend deute ich auf die Eisfläche. Ha! Nachdem der erste Versuch so katastrophal gescheitert ist, haben sie gewiss damit gerechnet, dass es abermals nichts zu sehen gibt.

»Du hättest deine Freundin ruhig mitbringen können«, necke ich János, da er in der Stadt so seltsam gewirkt hat. Insgeheim freue ich mich, dass ich offenbar nicht der Einzige bin, der Frauengeheimnisse hat. Und wer weiß schon, ob Ferdinand wirklich derart vom Militär beansprucht wird, wie er vorgibt, oder ob da nicht auch noch etwas anderes ist.

Dennoch sollen sie unter keinen Umständen erfahren, welchen Aufwand ich für ein Mädchen betreibe, das ich erst ein einziges Mal in meinem Leben gesehen habe, und das vor Jahren! Das wäre dermaßen peinlich, dass Ferdinands mechanischer Klapperaffe aus Kindheitstagen, den ich mal in seiner Tasche entdeckt habe, dagegen unglaublich lässig wirkt.

»Sie ist nicht meine Freundin«, grummelt János und langt in seine innere Jackentasche, vermutlich auf der Jagd nach seinen Tschick.

»Wer denn?«, fragt Ferdinand, während er den richtigen Sitz seiner Uniform inspiziert.

»Nikolett.« János' Stimme zischt leise, und ich frage mich, ob er sie wirklich nicht mag.

»Stimmt, für meine Schwester wäre das wirklich genau das Richtige. Sie liebt das Eislaufen seit dem ersten Winterfest und übt, sobald die Seen zugefroren sind.«

Kurz wundere ich mich. Wenn das neulich Ferdinands Schwester war, gehört sie dem Hochadel an. Danach hat sie nicht im Geringsten ausgesehen. Und obendrein war sie allein mit János in der Stadt. Ich stelle es jedoch besser nicht infrage. Manchmal ist es schlauer, gewisse Dinge einfach auf sich beruhen zu lassen.

»Na dann …«, deute ich freudig auf meine Errungenschaft. »Bring sie doch nächstes Mal mit. Und wenn sie noch

Freundinnen hat«, setze ich obendrauf, »sind sie ebenso willkommen.« Es wäre eine erste Möglichkeit, die Damenwelt auf meine Eisfläche aufmerksam zu machen.

»Also«, ich setze mich auf den Rand des Bassins. »Wer will den Anfang machen? Nein, wartet, lasst uns alle gleichzeitig losfahren. Auf drei!«

Ich hole tief Luft, auch um mich zu beruhigen, und beginne zu zählen.

»Eins.«

Ich kann es kaum abwarten. Die obligatorische Kunstpause darf jedoch nicht fehlen.

»Zwei.«

Beschwörend sehe ich von János zu Ferdinand. Gleich ist es so weit! In wenigen Augenblicken gleiten wir zum ersten Mal über mein selbst gemachtes Eis. Ein erster Schritt in die Zukunft.

»Drei!«, rufe ich entschlossen und stoße mich ab.

Im nächsten Moment ist ein ohrenbetäubendes Krachen zu hören. Es erinnert mich an jenen verhängnisvollen Tag vor vier Jahren. Den Tag, an dem ich sie verloren habe. Auch jetzt bricht wieder das Eis, dabei kann das nicht sein. Ich habe vier Tage gewartet, und es hat jeden Tag gefroren. Und das Wasser ist nur vierzig Zentimeter hoch, ich hatte es doch genau berechnet.

Dennoch liege ich der Länge nach im Bassin, wie ein gestrandeter Seehund. Spüre das eisige Wasser an den Beinen und Händen. Und nun, wo mein Körper so viel Eis weggebrochen hat, erkenne ich das Problem. Trotz des nachgepumpten Wassers war es offenbar nicht ausreichend. Die Eisfläche ist nicht wie geplant auf dem Wasser nach unten gerutscht, um darauf zu schwimmen und stetig dicker zu werden, sondern als dünne Schicht oben geblieben, während der Wasserspiegel gesunken ist.

»Zum Teufel auch!«, fluche ich, winde mich auf den Po und trete eine in der Luft hängende Eisscholle weg. Vermutlich sind die Pumpen zu langsam.

János liegt bis zu den Knien im Eiswasser, sein Hut ist ihm ins Gesicht gerutscht, und nun windet er sich wortlos zum Beckenrand.

Ferdinand hat es irgendwie geschafft, sich auf den Füßen zu halten, obwohl auch unter ihm das Eis weggebrochen ist. Er verschränkt die Arme und zieht die linke Augenbraue hoch. »Vielleicht warten wir noch ein wenig, bis wir die Damenwelt mit deiner großartigen Erfindung beglücken.«

Kapitel 32

Nikolett

Der fast volle Mond leuchtet heute Nacht so stark, dass die wattigen Ränder der Wolken hellblau bis weiß erscheinen, bevor sie allmählich in das Mitternachtsblau übergehen. Sie ziehen geschwind am Himmel vorüber, doch trotz der Frische und obwohl wir ohne Jacken fahren, friert keine von uns.

Obgleich es weit nach Mitternacht ist und ich normalerweise um diese Zeit schlafe, fühle ich mich voller Kraft, während ich im Mondschein über den gefrorenen See gleite. Letztlich ist er also tatsächlich ein Mondscheinsee, denn durch seine offene Lage scheint er das Licht begierig aufzunehmen und erleichtert so unsere Probe.

Die allerletzte vor dem großen Tag der Auswahl.

Übermorgen ist es so weit. Unermüdlich haben wir in jeder freien Minute geübt. Es sieht gut aus, wie wir in unseren brandneuen königsblauen Kleidern aus dem Warenhaus synchron auf das Eis gleiten und in einer Linie stehen bleiben. Wir grüßen die imaginären Preisrichter, und auf ein unsichtbares Kommando fahren wir zeitgleich wieder los. Fanny und ich jedoch einen Wimpernschlag zu langsam. Herrje! Das darf uns morgen nicht passieren.

Wir beziehen in gleichmäßigen Abständen unsere Positionen am Rand. Zuerst setzt sich Kasimir in Bewegung. Wie von Jackson geplant, startet er aus einer Drehung heraus und läuft mit ausgestreckten Armen einen weitläufigen Kreis. Danach dreht er auf einem Bein und fährt – allerdings leicht strauchelnd – rückwärts weiter, bevor er nach einem kleinen Sprung endet. Julianna übernimmt, macht eine Wendung auf einem Fuß und fährt dann einfüßig rückwärts weiter, endet mit einem Sprung, der gleichzeitig mein Startzeichen ist. Ich fahre meine Schlangenbögen, drehe mich mehrmals auf dem linken Fuß in die Runde und dann kommt der noch schwierigere Teil, bei dem ich einige Schritte auf der Spitze des Schlittschuhs laufe. An jedem der letzten Tage hat es funktioniert, ausgerechnet heute verheddern sich meine Beine und nach nur drei Schritten gerate ich aus der Balance, sehe mich bereits auf dem Eis liegen.

Denn ich bin mit den Gedanken woanders. Die Tanzproben mit János laufen weiterhin hervorragend, nachdem ich innerlich resigniert habe und nicht mehr versuche, ihm oder irgendwem zu gefallen. Inzwischen lässt Frau Horvath uns sogar gemeinsam unter ihrer strengen Korrektur vortanzen, da sie auf diese Weise besser auf die Stellen deuten kann, die entscheidend sind. Und zu meinem Schrecken hat sie verkündet, dass János und ich die Parade der Debütantinnen anführen sollen. So viele der Anwesenden haben gleichzeitig losgeflüstert, sodass ein Rauschen den Ballsaal erfüllt hat, dem Frau Horvath sofort Einhalt geboten hat. Den zaghaften Einwand von Katalina, bei dem man den Verweis auf meine Entstellung nur zwischen den Zeilen heraushören konnte, hat sie umgehend davongewedelt. Für Frau Horvath zählen einzig und allein die Tanzkünste. Offenbar sieht sie in meinen Bewegungen etwas, das den anderen fehlt. Was mich einst in pure Panik versetzt hätte, ist mir jedoch einerlei, denn ich werde ja nicht zum Debüt erscheinen, wie ich beschlossen hatte.

Wie sehr wünsche ich mir jetzt, diese Gleichgültigkeit auch beim Eislaufen abrufen zu können! Warum hören die Gedanken so selten auf den Kopf? Ich wünschte, ich könnte ihnen ein Geschirr anlegen und sie wie Kutschpferde in die Bahnen lenken, in denen ich sie benötige. Doch sie flattern umher wie ein aufgeregter Vogelschwarm. Wahrscheinlich, weil mir nur allzu bewusst ist, wie viel auf dem Spiel steht. Wenn wir nicht überzeugen, werden all die Wochen des verbissenen Trainings, die Stunden in der Kälte und der gestohlene Schlaf, um noch mehr Zeit auf dem Eis zu haben, vergebens sein.

Das merkt man auch an Mimis Flügel-Achter, der heute plötzlich wackelig wirkt, obwohl sie ihn eigentlich so gut beherrscht. Jackson kommt hinzu, spiegelt Mimis Lauf mit etwas Abstand, und sie fahren synchron einen Bogen rückwärts außen mit Übertreten und nachfolgendem Dreier. Danach kehrt Mimi in Wartehaltung zurück, und Jacksons Solo beginnt.

Jackson, von dem wir alles gelernt haben.

Jackson, der für mich der begnadetste Eisläufer der Welt ist.

Doch selbst er, die Koryphäe unter den Eisläufern, gerät bei seiner tiefen Pirouette ins Straucheln.

Mir wird übel. Mehr noch. Ich spüre die reinste Hysterie in mir aufsteigen. Eine ganze Weile hatte ich keine Katastrophenszenarien mehr in meinem Kopf und nun sehe ich jeden von uns bei der Vorauswahl wie die Tölpel über das Eis stolpern. So als hätten wir zum ersten Mal Kufen unter den Füßen. Nicht eine Figur gelingt und ich falle so unglücklich, dass die Schwimmeisfläche bricht und das Wasser meine Kleider durchtränkt. Statt zu helfen, zeigen die umliegenden Menschen mit dem Finger auf mich und halten sich wie in einer Karikatur den Bauch vor Lachen. Ich ringe um Atem.

Die reinste Lachnummer.

Das werden wir sein.

Meine innere Furcht muss mir ins Gesicht geschrieben stehen, denn Jackson kommt und legt den Arm um mich. Ich genieße seine Nähe, lehne mich leicht dagegen, kann die Bedenken jedoch nicht abschütteln.

»Mach dir keine Sorgen, Darling, die Generalprobe *muss* schiefgehen, sagt man in Künstlerkreisen. Sonst wäre das ein schlechtes Omen für die große Vorführung. Und so, wie es heute gelaufen ist«, er grinst schief, »werden wir morgen eine Meisterleistung vollführen.«

Mein Versuch zu lächeln scheitert. Ich wünsche es mir, nur nach dem, was wir heute abgeliefert haben, kann ich seine Zuversicht beim besten Willen nicht teilen.

Kapitel 33

Leopold

War ich jemals zuversichtlich? Als ich es mir in meinem Kopf zurechtgelegt habe, klang es wie ein vielversprechender Plan zur Lösung meiner Probleme. Doch es braucht nur einen Blick in das kantige Gesicht der Freifrau von Rottenau, um meine Zuversicht schwinden zu lassen.

Ich habe ihr soeben meinen Vorschlag einer Zusammenarbeit des WEK und der von mir anvisierten Eislauffläche unterbreitet. Meine Eisfläche auf unserem Fabrikgelände, draußen in Hernals, würde auch den Vereinsmitgliedern zur Verfügung stehen, und durch den neuen Standort könnte man weitere Mitglieder anlocken. Im Gegenzug würde ich einen Teil der Einnahmen für die Anschaffung der Gaspumpen verwenden, um stetig Wasser für die Schwimmeisfläche in das Bassin pumpen zu können. Ein Übereinkommen, in dem es nur Gewinner gäbe.

»Zudem habe ich überlegt, auch Tagesbesucher zuzulassen, da sich womöglich nicht jeder den Jahresbeitrag leisten kann.«

Dem Gesichtsausdruck der Freifrau zufolge war der Vorschlag ein weiterer Sargnagel für die Beerdigung meiner Geschäftsidee. »Ich fürchte, dann kommen wir nicht zusammen«, sagt sie dann auch. »Wir haben den WEK gerade gegründet, um der gehobenen Gesellschaft einen Platz zum gediegenen Fahren fernab der übervölkerten Seen zu geben. Das wäre ja hinfällig, wenn plötzlich jeder Zutritt hätte.«

Ich schlucke meinen Protest hinunter, da ich weiß, dass ich bei ihr mit Argumenten der Fairness nicht vorankommen werde. Vermutlich gehört sie selbst seit Generationen zum Hochadel und ist deswegen darauf bedacht, sich abzugrenzen. Oder – denn das kommt auch häufig vor – sie ist frisch in den Adelsstand aufgestiegen und will aufgrund dessen mit den, in ihren Augen, niederen Menschen nichts zu tun haben. Instinktiv spüre ich, dass ich diplomatisch vorgehen muss.

»Hier könnten Sie das ja weiterhin so handhaben. Aber drüben, in der Außenstelle, könnte ein Raum für Experimente sein. Das könnte durchaus von Vorteil sein. Wenn wir neue Tücher auf den Markt bringen, beginnen wir ja auch mit einer kleinen Charge und erhöhen diese erst, wenn sie gut angenommen wird.«

Sie rümpft die Nase, als hätte sie eine Spinne verschluckt. »Nein, nein, nein, so etwas bekommt man nicht an die Mitglieder kommuniziert. Wenn wir uns zu einer Kooperation entschließen sollten, müssen überall die gleichen Regeln gelten.«

»Verstehe«, sage ich, obwohl ich wenig überzeugt bin. »Und die anderen Vorstandsmitglieder teilen Ihre Meinung, Frau Baronin?« Das ist die beste Formulierung, die mir eingefallen ist, um herauszufinden, ob sie so etwas Weitreichendes denn überhaupt allein entscheiden darf. Und ich bin heilfroh, dass ich mich im letzten Moment entsonnen habe, dass man eine Freifrau mit *Frau Baronin* anspricht, während man schriftlich *Ihre Hochwohlgeboren* wählen müsste. Kein Wunder, dass der Hochadel auf seine sechzehn Generationen adeliger Vorfahren pocht – so lange braucht man wahrscheinlich, um all die Regeln der unterschiedlichen Anreden zu verinnerlichen.

Ihre feinen hellgrauen Augenbrauen zucken nach oben. Die durchscheinende Gesichtshaut wird dadurch noch stärker gespannt und schlagartig werde ich mir des Totenschädels bewusst, der darunterliegt, und unterdrücke ein Schütteln.

»Die Herren sind allesamt in hochrangigen Positionen. Sie sind Ärzte, Hofbeamte, Bankiers, Großindustrielle und Offiziere. Es hat schon seine Gründe, dass sie die Belange des Vereins in meine fähigen Hände gelegt haben. Wenn Sie mich dann bitte entschuldigen würden? Wie Sie sehen, haben wir heute eine Veranstaltung. Die teilnehmenden Gruppen für unser großes Winterfest zu Karneval werden ausgewählt.«

»Aber gewiss doch.« Ich habe mich bereits gefragt, was der Tumult zu bedeuten hatte, als ich gekommen bin. Überall standen kostümierte Kleingruppen. Eine Truppe in Rot war zu dem Zeitpunkt auf dem Eis und zeigte verschiedene Formationen im englischen Stil. Ich hatte jedoch kaum Zeit, mich weiter umzusehen, da ich direkt zur Freifrau geführt wurde.

Wir erheben uns, und sie geht unumwunden mit festen Schritten zur Tür des Kontors. Sie öffnet sie weit und ich bin gezwungen, hinauszutreten. Nach einem knappen Nicken lässt sie mich stehen und schreitet in die entgegengesetzte Richtung des Ausgangs davon. Langsam atme ich aus und mit der Atemluft scheinen die kläglichen Reste meiner Hoffnung zu entweichen. Es ist schlichtweg unmöglich. Ohne jegliche Ressourcen habe ich kaum eine Möglichkeit, die Eisfläche zu realisieren, solange das Wasser aber- und abermals im Boden versickert.

Vielleicht sollte ich aufgeben.

Mit der Schwere der Resignation in den Gliedern gehe ich auf den Ausgang zu. Die Dämmerung ist zwischenzeitlich hereingebrochen und der graue Schleier, den sie über alles legt, passt genau zu meinem Gemüt. Ich nehme die derzeitige Gruppe, die wie gelbe Kanarienvögel über das Eis gleitet, nur aus den Augenwinkeln wahr. Ob ich noch verweilen und mir die weiteren Vorführungen ansehen sollte? Doch die künstliche Freude, die sie verbreiten, lässt sich für mich momentan nur schwer ertragen.

Immerhin geht es um so viel mehr als eine normale Eislaufbahn.

Es geht um mein Leben.

Zudem wird es bald gänzlich dunkel sein und die Veranstaltung gewiss beendet. Die Tannen, die die Eisfläche von der Straße mit den Pferdetramways abgrenzen, sind bereits nur mehr schwarze Schatten. Dahinter scheint es einen Tumult zu geben, denn ich höre die Tiere aufgeregt wiehern, und eine Stimme flucht laut: »Teufelsbrut!«

Ich trotte weiter. Fühle mich wie ein altersschwaches Schlachtross, das jeglichen Kampfeswillen verloren hat. Langsam biege ich um die letzte Ecke der Bahn auf die schmale Seite, wo sich der Ausgang befindet. Als ich ihn fast erreicht habe, geht ein Ruck durch die Manege. Irgendetwas ist anders. Ich drehe mich um und kann kaum fassen, was ich sehe: Sechs baumhohe Leuchtsäulen strahlen so hell wie die Sonne. Sie werfen ihr Licht auf die Eisbahn, sodass sie nahezu tageshell erscheint. Das ist genial, stelle ich fasziniert und geschockt zugleich fest. Das erhöht die mögliche Fahrtzeit um mehrere Stunden. Dennoch bricht zeitgleich Panik in mir aus. Wenn der WEK *das* seinen Besuchern bietet – zuzüglich der edlen Restauration und der Wärmehallen –, bin ich mit meiner kläglichen Eisfläche auf dem Fabrikgelände dann überhaupt konkurrenzfähig?

Es fühlt sich an, als würde sich eine Schnur um meinen Hals legen und stetig enger ziehen. Was habe ich denn schon neben der maroden Fabrik? Eine Eisarena ohne Eis. In mühevoller Kleinarbeit haben wir die brüchige Eisfläche, die sich zu hoch über dem Wasser gebildet hat, wieder abschlagen müssen. Es hat Stunden gedauert. Aber sonst gibt es bei der Fabrik nichts, während man hier alles geboten bekommt, was das Herz begehrt. Mit einem Mal kommt mir meine Idee unendlich töricht vor. Was habe ich mir nur dabei gedacht?

Applaus schallt über die Bahn und mir scheint, als wäre er für das erfolgreiche Konzept des WEK und nicht für die Eisläufer in Gelb. Die Kanarienvögel gleiten von der Eisfläche, und die ersten Läufer der nächsten Gruppe strömen hinaus.

Diesmal in Königsblau.

Kapitel 34

Julianna

Mein königsblaues Kostüm trage ich bereits drunter. Jetzt fehlt nur noch der geeignete Moment, um mich davonzustehlen. Ich frage mich, ob die Pferde meine Anspannung spüren, denn ihr Tänzeln und das unruhige Wiehern spiegeln genau das wider, was ich fühle. Meine Handflächen kitzeln, weil das Blut unglaublich schnell durch den Körper rast. Ich bin so sehr in Alarmbereitschaft, dass ich vermutlich beim kleinsten Geräusch wie ein junges Rennpferd durchgehen würde. Ich weiß nicht, ob ich jemals in meinem Leben so nervös gewesen bin. Vielleicht an dem Tag, als ich den Himmelsstürmer kennengelernt habe, aber das war eher eine angenehme Aufregung, ein Gefühl der absoluten Lebendigkeit.

Heute ist mir schlecht, und meine Gedanken drehen dauerhaft Stolperpirouetten. Dabei hatte ich bis zur Generalprobe ein gutes Gefühl. Die Figuren fühlten sich vorzüglich an und das, was ich bei den anderen habe sehen können, sah erstklassig aus. Nach all dem Üben hatte jeder seine Eleganz und Geschmeidigkeit gefunden – bis zur letzten Probe zumindest. Jackson hat uns zwar versichert, dass es so sein muss, mir wäre dennoch besser zumute, wenn auch die letzte Probe reibungslos abgelaufen wäre.

In der Ferne läuten die Kirchenglocken viermal und ich

zucke zusammen, als der Blecheimer für den Hafer vor mir über den Boden scheppert, ich muss ihn umgestoßen haben. Ich sinke auf die Knie und klaube hastig die Körner zurück, denn ich muss wirklich los.

Mimi ist bestimmt schon bei den anderen im WEK. Sie hat vorgegeben, eine kranke Mutter zu haben. Zum Glück hatten wir nie erwähnt, dass sie ebenso aus dem Waisenhaus kommt. Auch Fanny und der Piefke sind unter Vorwänden der Ziegelei ferngeblieben. Da ich nicht ebenfalls kranke Verwandte haben konnte und mir nichts anderes einfiel, habe ich gepokert. In der Regel kommt Markow erst spät aus der Fabrik, und seit ich im Stall arbeite, hat Markows Frau erst ein einziges Mal meine Dienste beansprucht. Von meinen morgendlichen Diensten an ihrem Nachttopf mal abgesehen. Es wäre schon verrückt, wenn ausgerechnet heute, am Tag der Tage, ihr Wunsch auszureiten aufkommen würde.

Vermutlich hätte ich es nicht denken dürfen, denn gerade, als ich mich davonstehlen will, öffnet sich die Tür des Schlösschens, und Frau Markow kommt mit den Zwillingen an der Hand heraus. Mit ihren rosigen Wangen und den großen Augen sieht sie aus wie ein possierlicher Unschuldsengel, doch schon bei unserer ersten Begegnung bin ich eines Besseren belehrt worden. Trotz des Anscheins der Unschuld verlässt ihren Mund ausschließlich Sarkasmus. Vielleicht ist das eine Überlebensstrategie, um ein Leben an der Seite von Markow zu ertragen, denn aus Liebe haben die beiden mit Gewissheit nicht geheiratet. Die meiste Zeit verbringt sie auf den Anwesen von Freundinnen und Verwandten in Deutschland und Italien, was sie mir anfangs sympathisch gemacht hat. Offenbar reicht der geteilte überbordende Hass gegen Markow jedoch nicht als verbindendes Element, denn sie behandelt mich ebenso herablassend wie er.

Vielleicht will sie nicht zu mir, sondern lediglich spazieren gehen?

»Sattle bitte das ruhigste Pferd, ich will den Jungen heute das Reiten beibringen.«

Ich unterdrücke mein Fluchen und sage stattdessen seelenruhig: »Gerne, gnädige Frau.« Dann zögere ich. »Aber wenn die Kleinen zum ersten Mal im Sattel sitzen, soll ich dann nicht besser beim Pichler-Bauern fragen, ob er uns das Pony ausborgt? Das könnte ich gleich morgen erledigen.«

»O ja, gerne«, zwitschert sie zunächst freundlich, und gerade, als ich mich wundere, schlägt ihre Stimme in triefenden Sarkasmus um. »Weil mein werter Gatte es gewiss begrüßen wird, wenn er seine Stammhalter auf Ponys vorfindet. Nicht umsonst heißt es schließlich: ein Königreich für ein *Pony*.«

Ich zucke die Schultern und weiß, ich sollte es lassen, doch die Worte sprudeln wie von selbst über meine Lippen. »Manchmal ist es aber auch gut, wenn man von seinem hohen Ross herunterkommt.«

»Man muss sich seine Sporen allerdings erst verdienen«, hält sie dagegen.

»Aber unbedingt.« Ich hebe den Zeigefinger. »Dabei darf man jedoch nicht aufs falsche Pferd setzen. Immerhin kommt Hochmut vor dem Fall.«

»Nun gut. Wollen wir dann jetzt mal Ross und Reiter beim Namen nennen? Was geht hier vor? Willst du mich für dumm verkaufen?« Mit zusammengezogenen Augenbrauen taxiert sie mich, und ich versuche, meinen Kopf trotz der Nervosität zu Höchstleistungen anzutreiben. Wie kann ich einen Menschen wie sie am ehesten dazu bringen, mich gehen zu lassen? Lässt sich ihr Herz durch kranke Verwandte erweichen? Oder durch die Wahrheit? Was würde sie davon halten, dass ich eislaufen will?

»Ich … muss … offen gestanden dringend weg.«

Sie lacht auf. »Aber gewiss doch. Wenn du wegmusst, dann mach dich unbedingt auf den Weg. Es ist ja nicht so, als wenn wir dich dafür bezahlen würden, uns zu Diensten zu sein. Tut mir schrecklich leid, wenn unsere Anwesenheit dir Unannehmlichkeiten bereitet«, zischt sie.

Ich beobachte die Spitzen meiner Schuhe, die sich an unterschiedlichen Stellen ausbeulen, da sich meine Zehen darin so hektisch bewegen. Gott, sie hat ja recht. Sie ist durch ihre Abwesenheit eine recht pflegeleichte Herrin geworden … aber ausgerechnet heute! Und je länger wir hier stehen und diskutieren, desto größer ist die Gefahr, dass meine Gruppe bereits aufgerufen wird und ich noch nicht einmal auf dem Weg bin.

Ich spüre den Schweiß in feinen Rinnsalen über meinen Rücken rennen.

»Mit Sicherheit habe ich keinerlei Recht, das zu verlangen, aber ich bitte Sie inständig, mich gehen zu lassen. Ich muss wirklich ganz dringend weg.« Ich lege die gesamte Hoffnung in meinen Blick und wünschte, ich würde Mimis Unschuld in mir tragen. Sie ist großartig in derlei Dingen – ich hingegen wecke meist nur Skepsis. So auch jetzt.

»Warum?«, fragt Frau Markow argwöhnisch, während der vordere Zwilling begeistert eine Handvoll Schnee ergreift und der hintere juchzend durch eine unberührte Schneefläche läuft.

»Ich … äh … meine Mutter … die ist …«

»Bist du nicht Waisenkind?«

Verflucht, das weiß sie? »Ich war ja noch nicht fertig.« Geschwind taste ich nach der Bronzefigur und fahre mit dem Daumen über den Oberkopf, der schon ganz abgerieben und daher glatt wie frisches Eis ist. »Meine Mutter hatte eine Schwester. Das habe ich erst vor wenigen Jahren herausgefunden. Sie lebt hier in der Stadt und ist schwer erkrankt.«

Frau Markow macht einen Schritt auf mich zu, verschmälert ihre Augen noch. »Ich wiederhole mich nur ungern: Versuch nicht, mich für dumm zu verkaufen. Ich mag nicht viele Talente haben, aber Lügen, die erkenne ich sofort.«

Meine Schultern sinken. Ich werde es nicht schaffen. Die Wahrheit wird mich nicht weiterbringen. Nie und nimmer wird sie mich gehen lassen, um an einem Wettbewerb teilzunehmen. Der gehobenen Gesellschaft ist schließlich wenig daran gelegen, dass die niederen Menschen den Arbeiterstand verlassen.

»Aber ich bin neugierig geworden.« Langsam umrundet sie mich, und falls sie mir das Gefühl geben will, dass ich umzingelt bin, ist sie erfolgreich.

Die Kirchenglocke läutet ein weiteres Mal. Viertel nach vier. Spätestens jetzt sollte ich auf dem Weg sein.

»Warum in aller Welt will jemand wie du so dringend weg?«

Jemand wie ich? Ach ja, ich hatte ganz vergessen, dass Menschen aus unserer Schicht nichts zu wollen haben. Unser einziger Wunsch sollte sein, der Herrschaft zu dienen, und abgesehen vom sonntäglichen Kirchgang und dem Verwandtschaftsbesuch zu Weihnachten hat unser Leben leer zu sein.

»Oder …«, sie schnellt zu mir zurück und mustert mich von Kopf bis Fuß, »… hat es etwa mit der Liebe zu tun? Ein geheimes Treffen mit einem heimlichen Verehrer?« Sie spricht gehässig, und dennoch liegt da etwas in ihrem Blick, das mich aufmerken lässt. Ich kann es nicht mit Gewissheit einordnen. Ist es Hoffnung? Oder macht sie sich lustig? Sie verschränkt die Arme, lehnt sich zeitgleich näher. Vielleicht wäre ein geheimes Techtelmechtel genau das, wonach sie sich sehnt. Ich könnte es ihr nicht verdenken, Markow wirkt in etwa so liebevoll wie der Schwarze Tod. Den kläglichen Hauch seiner Zärtlichkeit, den er in sich trägt, vergibt er gewiss einzig und allein an seine Geige. Was sie zu ertragen hat, mag ich mir kaum vorstellen.

Nur, wenn es das ist, was sie hören will, sie gleichzeitig allerdings jede Lüge erkennen kann – wie soll ich sie dann überzeugen?

Ich denke an Mimi, Nikolett und die anderen, die meine Freunde sind. Ist Freundschaft nicht die sanfte Form der Liebe? Ich denke an meine Mutter. Wenn ich durch einen Sieg einen ersten Schritt in Richtung professionelle Eistänzerin täte, könnte ich ihren Spuren folgen. Geht es also nicht auch um mütterliche Liebe? Ich denke an den Himmelsstürmer. Rufe mir die Erinnerung genau ins Gedächtnis. Seinen Geruch nach Leder und Sesam mit diesem Hauch von Rose, der eine ganze Weile noch in seinem Schal zu spüren war, den er mir gegeben hat. Ich trage ihn bis heute jeden Tag im Winter. Dann waren da diese hellblauen Augen, die trotz der Farbe alles andere als kühl wirkten – vielleicht weil mir in seiner Anwesenheit so heiß geworden ist. Und dieses leicht verwegene Grinsen, als er mir offenbart hat, dass er *mitnichten* der schlechteste Eisläufer auf Erden war. Ich rufe mir zudem das fürchterliche Gefühl des unwiederbringlichen Verlusts ins Gedächtnis. Denke daran, wie unsere Hände immer weiter auseinandergezogen wurden. Erinnere mich an den Schmerz. Schließlich gebe ich mich der sehnsuchtsvollen Hoffnung hin, dass ich ihn auf dem großen Winterfest des WEK wiederfinden könnte. Endlich. Nach all der Zeit.

»Ja«, hauche ich, während die Sehnsucht noch in mir lodert. »Es geht um die Liebe.«

Skeptisch beobachtet sie mich. Da ist ein Zucken um ihre Mundwinkel. Wird sie mich nun verspotten dafür, dass ich an so etwas Törichtes wie die Liebe glaube? Etwas, das ohnehin kaum je erreichbar ist, und für uns Hausangestellte schon gar nicht?

Doch sie verzieht ihren Mund zu so etwas Ähnlichem wie einem Lächeln. Nickt schließlich knapp zum Tor. »Worauf wartest du dann noch?«

Natürlich hatte ich nicht das Glück, ein größeres Stück auf einem Fuhrwerk mitzufahren, und nun dämmert es bereits, als ich auf den Eingang des WEK zuhetze. Ich entledige mich der letzten Kleider beim Rennen über die Straße, stolpere dabei über die Gleise der Pferdetramways und der Tramwayführer muss an den Zügeln reißen, um die Pferde zum Stehen zu bringen.

Ganz wie man sich eine anmutige Eistänzerin vorstellt, denke ich und hebe entschuldigend die Hand, während ich weiterstolpere.

»Teufelsbrut!«, ruft er mir hinterher.

Mein Kostüm und meine Eile sorgen dafür, dass ich anstandslos durchgelassen werde. Wenn ich das gewusst hätte, hätte ich mich bereits vor Jahren einschleichen können, um nach dem Himmelsstürmer zu suchen, allerdings hätte sich keine von uns ohne den Verkauf von Nikoletts gruseligen Puppen ein Kostüm für das Vortanzen leisten können. Sofort biege ich nach rechts, wo der abgeschirmte Vorbereitungsbereich der Gruppen eingerichtet wurde.

Schon von Weitem sehe ich die Anspannung aus Nikoletts Körper weichen, als sie mich entdeckt. Passenderweise springen genau in diesem Moment mehrere Leuchttürme an. Beeindruckt sehe ich zu den riesigen Säulen, die ihr Licht nun auf die Eisfläche werfen und sie tausendfach zum Glitzern bringen.

»Das wär' doch nicht nötig gewesen!«, scherze ich außer Atem, und Nikolett sieht mich tadelnd an. Hinter ihr betritt der Piefke bereits die Eisfläche.

»Erklärungen später«, entscheidet sie knapp, »wir müssen sofort raus. Jackson, Mimi, wir ändern für den Einlauf die Reihenfolge, Juli muss noch ihre Schlittschuhe anziehen.«

Irgendwie schaffe ich es trotz der zitternden Hände und im nächsten Moment stehe ich auf dem Eis. Die kühle Luft und der eigentümliche Geruch füllen mich mit neuer Energie, während ich als Letzte meine Position vor den Preisrichtern beziehe. Im Stillen zähle ich *Einundzwanzig, zweiundzwanzig,* und zeitgleich gleiten wir in unserem beschwingten Ballettstil auf die jeweiligen Positionen.

In der Arena ist es vollkommen still, und die glitzernden Eiskristalle verbreiten eine magische Stimmung in der Arena.

Mit einem Mal sickert mir mit Wucht ins Bewusstsein, dass dieser Moment real ist. Der Tag, auf den wir so lange hingearbeitet haben, ist gekommen, und nun stehen wir tatsächlich gemeinsam auf der Fläche des WEK. Mein Körper erscheint mir viel zu klein für all die Gefühle, die durch ihn hindurchtoben. Da sind diese unbändige Freude und Leidenschaft, aber auch Sorge, Zweifel und Furcht – wenn nicht sogar eine Heidenangst. Und all die widerstrebenden Gefühle verdoppeln sich, als der Piefke sich in Bewegung setzt. Wie geplant, startet er mit seiner Drehung und läuft mit elegant ausgestreckten Armen einen weitläufigen Kreis, dreht auf einem Bein und fährt danach rückwärts weiter. Mein Herz scheint ein Stück zu wachsen, als ihm das vollkommen fehlerfrei gelingt.

Sobald er sich nach einem Sprung ausgleiten lässt, übernehme ich mit nun wild pochendem Herzen. Die Wendung auf einem Fuß klappt schon mal gut. Als Nächstes fahre ich einfüßig rückwärts weiter und ende mit einem Sprung, der – dem Himmel sei Dank – ebenso glückt. Wie unzählige Male geübt, übernimmt Nikolett und macht ihre Schlangenbögen. Danach dreht sie sich auf dem linken Fuß um die eigene Achse – und ich halte die Luft an. Wird sie den brenzligen Teil meistern?

Vollkommen souverän läuft sie mehrere Schritte auf der Spitze des Schlittschuhs, bevor sie elegant auf ihre Randposition zurückgleitet. Am liebsten will ich wild applaudieren, da sie sich so unglaublich viele Sorgen gemacht und nun solch eine Meisterleistung gezeigt hat. Doch ich darf mich natürlich nicht bewegen und so belasse ich es bei einem Grinsen. Das Glück tanzt in Nikoletts Augen, als sie es ausgelassen erwidert.

Mimi und Jackson absolvieren ihren parallelen Lauf ebenso überzeugend und Jacksons atemberaubendes Solo mit der tiefen Pirouette ist der krönende Abschluss. Er fliegt nahezu über das Eis, dreht, wendet sich und springt sogar. Wie immer erweckt er den Anschein, als wäre es spielend einfach, was eine unglaubliche Muskelbeherrschung erfordert.

Vermutlich ist das Publikum ebenso fasziniert wie ich. Denn auch als wir fertig sind, ist abgesehen von einem andächtigen Wispern nichts zu hören.

Erst dann setzt der Applaus ein und ich spüre, dass es gut war.

Kapitel 35

Nikolett

Mit fahrigen Bewegungen ziehe ich die goldene Taschen-
uhr hervor und, wenig überraschend ist es nur eine Minute
später als beim letzten Mal. Fanny lächelt mich wissend an,
fährt aber heute auch nur halbherzig, und ihre Hände scheinen die Luft zu kneten. Keinem von uns gelingt eine or-
dentliche Figur. Dabei wäre die Gelegenheit optimal. Fanny,
Mimi und Kasimir haben wegen einer vermeintlich längeren
Reise, um ihre erkrankte Familie aufzusuchen, mehrere Tage
freibekommen und Julianna würde später dazustoßen, sobald sie Markows Kutsche auf den Weg gebracht hätten. Er
will für einige Tage zu Geschäftspartnern nach Deutschland
reisen.

»Es ist zwecklos heute. Solange wir nicht wissen, ob wir
überhaupt am Wettbewerb teilnehmen dürfen, ergibt es gar
keinen Sinn, dass wir üben.« Mimi setzt sich in das festgefro-
rene Ruderboot und krault Max hinter den Ohren, der ihr
hinterhergesprungen ist.

»Aber natürlich dürfen wir auftreten«, ruft Jackson uns zu,
der in Schlangenbögen über das Eis saust. »Hast du den Applaus nicht gehört? Ich habe bereits einige Niederlagen erlebt. Das gestern hat sich nicht wie eine angefühlt.«

»Sicher sein können wir erst, wenn sie die Liste ausgehängt

haben«, spezifiziert Kasimir und wirft einen kritischen Blick auf die Spuren, die er im Eis hinterlassen hat. Sie sind noch immer nicht ganz so klar und präzise wie die von Jackson, obwohl wir alle uns in den vergangenen Wochen immens verbessert haben.

Fanny bleibt stehen und fährt sich mit der Hand über ihre Kehle. »Du bist sicher, dass wir es erst am Wochenende erfahren?«, fragt sie mich sinnend. »Ich spüre Schwingungen, dass das Urteil fast schon gefällt ist.«

»Leider ja. Ich habe extra noch einmal nachgefragt, aber das Eislaufen wird in Wien sehr ernst genommen, und sie benötigen die Zeit, um sich zu beratschlagen und die richtige Wahl zu treffen. Immerhin haben sie einen Ruf zu verlieren. Das Winterfest des WEK gilt als das pompöseste und spektakulärste weltweit.«

Jackson lacht auf. »Seltsam. Das behauptet in meiner Heimat auch so manche Stadt. Well, anyway. Was machen wir, um die Zeit totzuschlagen?«

»Mir ist alles recht … außer Eislaufen.« Fanny sinkt auf einen Stein am Ufer und beginnt, ihre Schlittschuhe aufzuschnüren. Ich lasse mir die diversen Amüsement-Möglichkeiten durch den Kopf gehen. Konzert- oder Theaterbesuche, Kaffeehäuser, Bogenschießen, Lawn-Tennis. Leider ist alles mit nicht unerheblichen Kosten oder exklusiven Mitgliedschaften verbunden.

Die anderen scheinen genauso ratlos zu sein wie ich.

Kasimir lacht schließlich leise. »Sind wir nicht ein erbärmlicher Haufen? Jeder an unserer Stelle würde sich über eine Pause freuen und schlichtweg in den Tag hineinleben. Und wir sind vollkommen hilflos, wenn wir unseren Körper einmal nicht bei Minusgraden in unnatürliche Richtungen verbiegen können. Was stimmt nicht mit uns?«

Wir alle lachen mit.

»Nö, mir ist das Eislaufen eigentlich völlig wurst«, ruft Mimi vom Bootshaus. »Ich komme nur, weil meine Wangen dann so schön rosig werden.«

»Und ich mag den Nervenkitzel, weil wir jeden Moment fallen oder gar ins Eis einbrechen könnten«, stimme ich amüsiert ein. »Wie wir ja alle wissen, ist mein Leben als höhere Tochter sonst gähnend langweilig.«

»Und durch den dampfenden Atem fühlt man sich, als könne man sich teure Tschick leisten.« Kasimir bringt uns durch eine waschechte Rauchparodie zum Lachen. Anfangs hat er so kühl und unnahbar gewirkt, aber man darf ihn nicht unterschätzen.

»Und du, Jackson?«, ruft Mimi quietschvergnügt aus dem Bootshaus.

»Ach«, sagt er und dreht eine perfekte Pirouette. »Ich komme eigentlich nur wegen des köstlichen Kakaos, den Nikolett immer mitbringt.«

Plötzlich ist er hinter mir und legt seine Arme um mich. Damit habe ich nicht gerechnet. Kreischend taumle ich nach hinten, doch er fängt mich auf und lehnt mich wie bei einem verruchten Tanz nach hinten. Sofort fühle ich mich federleicht. Und unbesiegbar. Dann zieht er mich wieder hoch und lässt mich eine Drehung vollführen. Ich lache vergnügt, so wie die anderen, und frage mich, wann ich mich je so großartig gefühlt habe. Hier kann ich sein, wer ich sein will. Es ist einerlei, dass ich kurz zuvor fast gestolpert wäre, und an meine Narben denke ich oft gar nicht mehr. Hier fühle ich mich einfach vollkommen wohl, muss mich nicht verstellen. Ich bin angekommen.

»Ach, gebt es doch zu«, sagt eine vertraute Stimme hinter mir. Ich wirble herum und sehe Julianna mit verschränkten Armen, aber verschmitztem Ausdruck am Ufer stehen. Am liebsten würde ich sie fest in die Arme schließen. Ich bin ihr so dankbar, dass sie diese Idee mit der Eislauftruppe hatte. Mittlerweile genügt schon der Geruch von Eis, um mich fröhlich zu stimmen – während der von Bohnerwachs auf dem Tanzparkett dafür sorgt, dass sich alles zusammenzieht.

»Im Sommer sind wir ein Nichts!«, spricht Julianna weiter.

Mimis herausfordernde Stimme kommt aus dem Bootshaus. »Woher willst du das wissen?«

Julianna grinst. »Weil es bei mir so ist, wenn ich nicht eislaufen kann.«

»Könnte ich eventuell etwas Geld bekommen?«, frage ich wenig später meine Mutter im Palais, denn ich habe eine Idee. »Ich möchte mit meiner Freundin ein Kaffeehaus aufsuchen.«

Ihre Augenbrauen ziehen nach oben, aber sie erhebt sich, um ihre Geldbörse zu holen.

»Wieder mit dieser Jacqueline?«

»Ganz richtig«, sage ich dankbar, dass sie mir diese Lüge abnimmt.

»Lade sie bei Gelegenheit doch einmal ein.«

Ich kann nur hoffen, dass mir meine Gesichtszüge nicht

so entglitten sind, wie es sich anfühlt, während Mutter einige Münzen in meine Hand zählt. »Könnte ich ein klein wenig mehr bekommen? Jacqueline hat neulich das Zahlen übernommen, daher möchte ich sie heute einladen.«

Mutter legt eine weitere Münze in meine Hand.

Gut. Nun muss ich es nur noch schaffen, eine ganze Truppe mit dem Geld eines Kaffeehausbesuchs zu unterhalten. Zum Glück verfüge ich durch meine Vorliebe, mit dem Hauspersonal Gespräche zu führen, über gewisse Beziehungen. Zwar ausschließlich über welche, die meiner Mutter ein Dorn im Auge sind, aber heute könnten sie mir zugutekommen.

Zunächst rufe ich eine Mietdroschke heran, und an der verabredeten Kurve steigen die anderen hinzu. Unter dem rhythmischen Hufgeklapper geht es in die Stadt, und wenn ich die Begeisterung in Fannys und Mimis Gesicht richtig deute, hätte allein die Kutschfahrt als Amüsement ausgereicht.

Aber ich will mehr.

Ihnen bleibt etliches verwehrt, was unserer Schicht zur Selbstverständlichkeit geworden ist. Ich wünschte, es wäre anders. Ich will so viel für meine Truppe, am liebsten hätte ich sie bei mir in der Villa einquartiert. Ich würde meine Habseligkeiten mit ihnen teilen und ich wünschte, ich könnte ihnen noch mehr Essen zuschustern. Jedoch liegt das alles nicht im Rahmen des Möglichen.

Doch diese eine Sache, die ist machbar. Ich würde dafür sorgen, dass sie den schönsten Tag ihres Lebens haben, während wir auf die Ergebnisse warten, die ein erster Schritt aus dem Arbeiterstand sein könnten. Es ist quasi eine Einstimmung auf das, was folgen könnte.

Als Erstes fahren wir daher zum Naschmarkt neben dem Freihaus auf der Wieden. Mimis Füße wippen, Fannys Augen funkeln und Juli reckt den Hals, als wir den Platz mit den zahlreichen bunten Schirmen erreichen. In Rot, Braun, Blau und Gelb leuchten sie uns entgegen. Bisher waren die vier vermutlich eher auf den Wochenmärkten oder beim nahe gelegenen Getreidemarkt in der Kettenbrückengasse, wo es auch Obst und Gemüse zu kaufen gibt. Der Naschmarkt hingegen ist berühmt für seine exotischen Süßigkeiten. Scherzhaft wird sogar gesagt, dass der Orient in Wien beginnt.

Mir geht das Herz auf, als ich sehe, wie Fanny Juliannas Arm packt, nachdem sie zum ersten Mal Datteln gekostet hat. Und als Jackson die in Zucker eingelegten Orangenschalen kostet, knabbert er zunächst nur eine klitzekleine Spitze ab – bevor sich seine Augen weiten. »Oh my, das musst du probieren«, sagt er zu Kasimir, der eher zweiflerisch dreinschaut.

Ein paar weitere Kostbarkeiten versuchen wir noch, ehe wir weitergehen. Die anderen können sich kaum sattsehen an all den ungewohnten Eindrücken. Wir lassen unsere Finger durch Säcke mit Körnern und getrocknetem Gemüse und über Seidentücher aus dem Orient gleiten, die besonders Juliannas Interesse wecken.

Zum Schluss kaufe ich jedem ein Säckchen heiße Maronen, es ist das Einzige, das auch in größeren Mengen bezahlbar ist. Ich will zum Aufbruch aufrufen, doch Jackson tänzelt zu den zahleichen Blumenständen hinüber, deren Duft bis zu uns herüberzieht. Sie liegen gegenüber des Theaters, da es üblich ist, der Dame seines Herzens einen Strauß Blumen vor dem

Theaterbesuch zu überreichen. Jackson zieht eine einzelne aus einem Bouquet. Die zahnlose Verkäuferin will protestieren, doch er vollführt einen stummen Bitt-Tanz, ganz wie ein Pantomime, und strahlt sie zum Schluss hoffnungsvoll an. Gutmütig winkt sie ab.

Mit geschwellter Brust tritt er an mich heran. »Danke, dass du uns hierher entführt hast.« Er überreicht mir die rote Blüte. Meine Wangen werden mindestens genauso rot und fühlen sich an wie damals, als ich eine Chilischote gekostet habe.

Schnell rufe ich zum Aufbruch.

Insbesondere Mimi piesackt mich mit Fragen, aber von mir erfährt sie nichts. Es soll schließlich eine Überraschung werden. Als wir angelangt sind, nehme ich Antolin zur Seite. Er ist der Sohn des Hausdieners der Familie von Rottenau und hat früher auch dort gearbeitet. Zum Glück erinnert er sich an mich, ein Nebeneffekt meiner Entstellung. Ich weihe ihn in meinen Plan ein und er erfüllt mir meinen Wunsch.

In der Halle angekommen, wenden die anderen die Köpfe in alle Richtungen. Wie im Palast gibt es eine elegante Balustrade aus feinem Marmor. Sie grenzt den Besucherbereich von der Fläche in der Mitte ab. Drei Meter über uns verläuft eine weitere Empore mit der gleichen Balustrade, gehalten von üppig verzierten Säulen. Die meterhohe Decke ist bemalt und stuckverziert, lässt uns wie Figürchen aus einer Spielzeugfabrik erscheinen. Ich dirigiere die Gruppe zur Mitte der schmalen Seite, wie Antolin es mir empfohlen hat. Die anderen folgen stockend, da sie sich mit in den Nacken gelegten Köpfen noch immer umsehen.

»Was machen wir hier?«, raunt Julianna mir nicht sauer, sondern fasziniert zu. Eine sanfte Melodie setzt ein, angeführt von den Violinen, und passend dazu trabt der Grund unserer Anwesenheit herein. Einheitlich hintereinander. Sechs prächtige Schimmelhengste in einer schnurgeraden Linie. Zeitgleich gehen die behandschuhten Hände der Reiter zum Zweispitz, der mit einer goldenen Borte versehen ist, und heben ihn scheinbar nur für uns ab.

Ich höre Mimi nach Luft schnappen. »Jesus, Maria und Josef! Ist das etwa …«

Lächelnd nicke ich. »Eine Probe der Spanischen Hofreitschule.«

Sie schlägt die Hände vor den Mund, und ich spüre, dass sie mir um den Hals fallen will, aber wir sind alle andächtig wie in einer Kirche. Wagen es allemal zu flüstern und bewegen uns nur ganz bedächtig.

Die Reiter setzen die Hüte zurück, und während die Flöte dem Walzer eine spielerische Note verleiht, biegen die Pferde direkt vor uns wechselweise nach links und nach rechts ab. Das goldverzierte Mundstück des Zaumzeugs passt perfekt zu den goldenen Knöpfen auf dem Frack der Reiter. Mit anmutig geneigtem Kopf kehren sie seitwärts laufend zur Mitte zurück und formen eine neue Linie, bevor sie einheitlich in einen eleganten Trab verfallen. Als die Blechbläser einsetzen und der sanften Melodie mehr Kraft geben, werden auch die Schritte der Pferde raumgreifender. Welch eine Abstimmung! Pferd, Mensch und Musik bilden eine perfekte Einheit, und es scheint, als würden sie die Lipizzaner mittels ihrer Gedanken lenken. Ich kann kein einziges ihrer Kommandos sehen. Zusammen bilden sie ein so harmonisches Bild, dass ich allein durch das Zuschauen glücklich werde. Auch die anderen sind gefesselt von den vollkommenen Bewegungen und der Anmut der Pferde, wie mir ein Seitenblick verrät.

Die Zeit ist wie im Flug vergangen, und als wir wieder nach draußen treten, fallen dicke Flocken herab. Der Himmel blaugrau und die Farben der Häuser fahl, kein heimeliges Licht leuchtet aus den Fenstern. Kutschen und Fiaker ziehen an uns vorüber und die Menschen, die heute Abend unterwegs sind, haben sich allesamt herausgeputzt. Man sieht keinen Mann ohne Spazierstock und Zylinder, keine Frau ohne mondänen Hut mit Feder oder Blume.

Halb sechs zeigt die Kirchturmuhr, und der ältliche Lampenanzünder in der blauen Schürze zieht mit seiner Leiter zu den letzten Laternen, damit auch sie ein Stück der Dunkelheit vertreiben. Der Wind bläst eisig, doch wir glühen vor Übermut.

»Das war der Wahnsinn, Nikolett!« Fanny legt einen Arm um mich. »Wie bist du nur auf die Idee gekommen?« Ich hebe vergnügt die linke Schulter. »Ihr wolltet doch etwas, das vollkommen anders ist als Eislaufen. Irgendwie kam ich da auf Pferde. Schöne, *warme* Pferde in einer *überdachten* Halle auf *trockenen* Sägespänen.«

»Allerdings ... so, wie sie eingelaufen sind ... das hat mich schon ein wenig an unsere Kür erinnert«, wirft Kasimir ein, während wir eine Seitengasse in Richtung des Zentrums einschlagen.

»Du willst uns also mit Pferden vergleichen?«, werfe ich ihm gespielt empört vor.

»Nein, nein«, beschwichtigt er. Dann bekommen seine Augen etwas Schalkhaftes. »Höchstens Julianna. Die kann ein ziemliches Trampeltier sein.«

»Bitte?« Julianna stemmt die Arme auf. »Ihr braucht nun mal manchmal einen gehörigen Tritt in den Hintern. Ohne mich würdet ihr doch noch *Ringel-Rangel-Rose* auf dem Eis spielen!«

»Wo denkst du hin? Ohne deine Befehle hätte keiner von uns seinen lauschigen Platz im Mutterleib je verlassen.« Fanny streckt ihr die Zunge heraus und rennt kreischend davon, als Juli sie packen will.

Ich kann mir plötzlich sehr gut vorstellen, wie es im Waisenhaus gewesen sein muss. Ein Teil von mir wird wehmütig, obwohl ich weiß, dass ein solches Leben voller Entbehrungen sein muss. Ich höre Fanny quietschen, die nun von Julianna ihre Lockenmähne durchgewuschelt bekommt. Ein wildes Durcheinandergerede nimmt seinen Lauf, doch die zwischenzeitlichen quietschenden Lacher zeigen, dass keiner es böse meint.

»Jetzt aber mal ernsthaft«, sagt Jackson, als wir uns beruhigt haben. »Wir sollten ebenfalls Musik hinterlegen, das hatte was.«

Ich will zustimmen, doch dann sehe ich in der Ferne eine fein herausgeputzte Person mit flatternden Bändern im Haar, die Richtung Petersplatz spaziert. Katalina. Es fühlt sich so an, als würde der Himmel aufklaren. Katalina weiß womöglich bereits die Ergebnisse. Wenn ich sie überreden kann, sie mir mitzuteilen, könnten wir unter Umständen noch heute Abend gemeinsam feiern. Was für ein fulminanter Abschluss für einen wunderschönen Tag!

Ich krame eine Münze aus meinem Retikül und lege sie in Jacksons Hand. »Kommt ihr ohne mich nach Hause? Ich habe etwas Dringendes zu erledigen.«

»Liebes, was hast du denn vor?«, ruft er mir hinterher, während ich bereits über das Kopfsteinpflaster eile.

Ich hebe lediglich die Hand. Keine Zeit für Erklärungen. Falls ich Katalina im Gewühl aus den Augen verliere, würde ich sie nicht wiederfinden.

Zum Glück türmt sich Katalinas Frisur mit den gelben Schleifen so hoch, dass meine kleine Verfolgungsjagd gelingt. Kurz bevor ich sie erreiche, verlangsame ich mein Tempo, damit sich mein Atem beruhigt.

Katalina ist mit ihrer Kammerzofe unterwegs, und ich beobachte überrascht, wie kokett sie einigen jungen Herren zulächelt. Das würde ich mich nie im Leben trauen. Sowohl unsere Mütter als auch Frau Horvath würden uns arg dafür zurechtweisen, aber jeder ist wohl auf seine eigene Art und Weise rebellisch.

»Katalina«, rufe ich nun und winke, als sie sich suchend umsieht. Sie lächelt von einem Ohr zum anderen, sobald sie mich erblickt.

»Nikolettchen, na, das ist aber eine Überraschung. Seit wann traust du dich in die Stadt?« Sie lacht glockenhell, und nachdem sie ihre Kammerzofe angesehen hat, lächelt auch diese. »Noch dazu ganz alleine?« Zwischen ihren Augenbrauen erscheint eine Falte, als sie kein Personal hinter mir erblicken kann.

»Ich … habe Frau Zauner sofort nach Hause geschickt, als ich dich gesehen habe. Du gehst gewiss eine Melange mit mir trinken? Dann brauche ich ja keine Anstandsdame mehr.«

Sie überlegt einen Moment und hakt sich anschließend bei mir unter. »Mit Vergnügen. Später gehen wir ins Theater, eine kleine Stärkung zuvor wird mir guttun.«

Anstatt die Kammerzofe höflich um etwas Privatsphäre zu bitten, wedelt sie sie mit einer Handbewegung fort, und ich kann der Zofe nur noch einen entschuldigenden Blick hinterherschicken.

Wir entscheiden uns für das Oberlaa, und wenig später sinke ich dankbar auf den Sessel mit der gebogenen Lehne.

»So bescheiden, Nikolettchen?«, fragt Katalina, nachdem ich nur ein Wasser bestellt habe, da ich kaum Geld übrig habe. Sie lässt sich Powidltascherln und Kardinalschnitten kommen und genießt dazu ihren Verlängerten. Ich bin so nervös, dass ich tatsächlich keinen Happen hinunterbekommen würde, nur gegen einen schönen heißen Tee hätte ich nichts einzuwenden gehabt, aber ich weiß auch so schon nicht mehr, wie ich ohne ausreichend Geld für eine Droschke nach Hause kommen soll.

Endlich haben wir genug Konversation betrieben, dass ich mein eigentliches Anliegen anschneiden kann.

»Du, sag mal«, ich rutsche näher an sie heran, und Katalina mustert mich neugierig. »Du weißt nicht zufällig schon etwas wegen des Winterfestes?«

Mit einer spitzen Zunge leckt sie genüsslich die Zuckergussreste der Kardinalschnitte aus ihren Mundwinkeln, bevor sie antwortet. Lässt mich derweil mit hoffnungsvollen Augen hängen.

»Was sollte ich da wissen?«

»Na, wer dabei ist. Wer wird neben den Mitgliedern beim Winterfest auftreten?«

Sie schlägt die Beine übereinander. Lehnt sich nach hinten. Seufzt. »Und wenn ich es wüsste?«

»Dann würde ich es nur zu gerne auch wissen wollen. Du weißt ja, dass ich ebenfalls mit einer Gruppe angetreten bin.«

»Ja, ich erinnere mich.« Ihr Mund kräuselt sich. »Dein kleines … Abenteuer.«

»Genau. Also, wie ist es? Hast du etwas mitbekommen? Der Vorstand des Klubs tagt doch regelmäßig bei euch, soweit ich weiß.«

»Das ist richtig.«

»Und?«

»Ich kann es dir jedoch leider nicht sagen.«

Was für ein Biest! Ich erhebe mich und verschränke die Arme, bevor ich gehe. »Weil es dir lieber ist, dass ich noch bis nächste Woche warten muss?«

»Wo denkst du denn hin?« Sie wirkt bestürzt. Jetzt senkt sie obendrein den Blick. »Weil es mir lieber wäre, wenn du es nicht von mir erfährst.«

Es dauert, bis die bittere Wahrheit eingesickert ist. Stück für Stück sinke ich zurück in meinen Sessel. Ich muss innerlich umschwenken. Von meiner Wut auf Katalina zur Erkenntnis, dass es vorbei ist.

Es gelingt mir nicht.

Das kann schlichtweg nicht sein! Sie muss es anders gemeint haben.

Vielleicht will sie lieber, dass ich die frohe Botschaft direkt schwarz auf weiß sehe. Deswegen soll ich es nicht aus ihrem Mund erfahren. Oder? Etwas in der Art wird es doch gewiss sein?

Vorsichtig sehe ich sie an. »Wir haben also …«

Sie presst die Lippen so stark aufeinander, dass ihre vollen Lippen zu einer schmalen Linie werden. »Es hat leider nicht gereicht.«

»Bist du sicher? Vollkommen sicher? Es waren so viele Gruppen da. Wir waren Gruppe acht. Hast du ganz gewiss nichts verwechselt?«

»Ja, ich weiß es mit absoluter Sicherheit.« Sie nickt obendrein und sieht mich aufrichtig an. »Habe extra noch mal nachgefragt.«

»Wie viele der angetretenen Gruppen dürfen auftreten?«

Sie hebt die linke Schulter. »Gut die Hälfte, glaube ich. Zumindest war es bisher meist so.«

Die Hälfte? Und wir sollten nicht dabei sein? Das kann nicht stimmen! Unsere Kür war fehlerfrei, und wir haben etwas noch nie Dagewesenes auf dem Eis gezeigt. Die Leute haben geklatscht. Habe ich mir das nur eingebildet? Ich spüre das verräterische Brennen in meiner Kehle und den Druck auf meinen Augen, jedoch will ich um nichts in der Welt vor ihr weinen.

Obwohl wir damit nicht nur den Auftritt verlieren, sondern so viel mehr.

Die Möglichkeit, unsere Begeisterung für die neue Art des Eislaufens zu teilen.

Den Lohn für unsere Mühe.

Und vor allem: den ersten Schritt in ein besseres Leben für die anderen.

Unzählige Zurückweisungen habe ich in meinem Leben bereits erfahren. Offene, verschlossene, zaghafte, boshafte. Laute und leise. Und doch ist dieses Nein das schmerzhafteste, das mir je begegnet ist.

Ich stelle mir die Gesichter der anderen vor, wenn ich ihnen sage, dass wir es nicht geschafft haben. Bei dem Gedanken schwappt eine neue Welle aus Schmerz durch meinen Körper. Dass wir nicht am Wettbewerb teilnehmen dürfen, zieht weitere desaströse Folgen nach sich: Ich werde auch Jackson verlieren, dessen Nähe mir so guttut. Der erste wahre Freund seit meiner Jugend. Doch wenn wir nicht auftreten können, wird er nicht bleiben.

Jetzt kostet es mich meine gesamte Kraft, mich nicht den Tränen hinzugeben, die noch vehementer nach draußen drängen. Ich blinzle und weine stattdessen innerlich. Habe das Gefühl, als würde jede unsichtbare Träne ein Stückchen meines Selbst zersetzen.

Katalinas Worte nehme ich kaum noch wahr.

»Ich bin wirklich untröstlich, muss jetzt aber leider los«, höre ich dumpf durch einen Nebelschleier, während ich um Julianna und ihren befehlshaberischen Ton weine. Um Mimis kindliche Begeisterung. Um Fannys und Kasimirs Neckereien. Vor allem aber um Jackson.

»Das Treffen vor dem Theater ist schließlich immer das Schönste«, plappert Katalina unbedarft weiter. »Ich liebe dieses Sehen und Gesehenwerden, du nicht auch? Ach, was sage ich denn? Für dich muss das furchtbar sein, bitte entschuldige.«

Selbst Katalinas Sticheleien sind nicht mehr wichtig, erreichen meinen Kern nicht einmal. Stattdessen wälze ich meine Gedanken auf der Suche nach einer Lösung. Ich kann der Truppe nicht sagen, dass es vorbei ist, und ihnen jegliche Hoffnung nehmen. Das bringe ich nicht übers Herz.

Leider sagt mir mein Verstand, dass Katalina meine einzige Möglichkeit ist.

»Warte!«, rufe ich schwach, als sie sich vom Sessel erhebt.

Fragend sieht sie mich an, nimmt jedoch nicht Platz, sodass ich zu ihr hinaufsehen muss.

Ich muss mich räuspern. »Könntest du …« Meine Kehle ist erneut viel zu trocken. »Könntest du deine Eltern vielleicht bitten, mit den anderen Vorstandsmitgliedern zu sprechen und … äh …« Herrje, ist das widerlich! Doch es nützt nichts. Letztlich hat sie es damals im WEK ja selbst angeboten. »Könntest du sie bitten, eine Ausnahme für uns zu machen?«

Wie eine Schnecke gleitet sie ganz gemächlich auf ihren Sessel zurück. »Eine Ausnahme?«, fragt sie dümmlich nach und ich bin für einen Moment geneigt, ihr den Auszug aus dem Wörterbuch zu zitieren, um zu erklären, was eine Ausnahme ist. Aber ich muss freundlich bleiben. Sie kann ja nichts dafür, dass wir nicht überzeugt haben. Oder doch?

»Bitte, wir *müssen* einfach auftreten. Mag sein, dass wir uns restlos blamieren, dennoch müssen wir es versuchen.«

Sie wickelt in aller Ruhe eine Locke um ihren Finger und mustert mich dabei eindringlich. Für einen Moment sind nur das leise Klappern des Geschirrs und die Stimmen der anderen Gäste zu hören.

War der Abstand zwischen den Sekunden schon immer so groß?

Endlich eine Reaktion. Ein Lächeln. »Natürlich werde ich ein gutes Wort für dich einlegen.«

Ein kleiner Lacher entfährt mir. Welch eine Erlösung! Für einen Moment habe ich geglaubt, sie würde es nicht tun. »Wirklich?« Ich falte erleichtert die Hände vor Mund und Nase, um meine Atmung zu beruhigen.

»Aber gewiss doch, wofür sind Freundinnen denn da?«

»Danke, Katalina!« Wenn wir nicht in der Öffentlichkeit wären, würde ich jetzt aufspringen und ihr übermütig um den Hals fallen. So kann ich lediglich ihren Arm tätscheln. Aber mein Strahlen sagt ohnehin alles. »Danke, ich kann dir gar nicht sagen, wie erleichtert ich bin.«

Lachend winkt sie ab.

Jetzt kann doch noch alles gut werden. Zumindest wird Jackson weiterhin bleiben, wir könnten einen weiteren Monat bis zum Kostümfest üben und …

»Du wirst jedoch sicherlich verstehen, dass es einen Preis hat?«, reißt Katalina mich aus den Gedanken, und ich fühle mich, als würde ich unverhofft in Nebel abtauchen. Zumindest wird mir urplötzlich kalt. Und die Stimmung wird ebenso merkwürdig. So als könne ich nie vollkommen gewiss sein, was sich eine Handbreit entfernt von mir abspielt. Bin ich in Sicherheit, oder lauert dort ein Monstrum?

»Ein … Einen Preis?«, frage ich beklommen.

Statt einer Antwort schlägt Katalina die Beine übereinander. »Eine Hand wäscht die andere. Ich erweise dir eine Gefälligkeit, du erweist mir eine Gefälligkeit. Da ist ja nichts weiter dabei.«

Das klingt unverfänglich. Trotzdem erfasst mich ein flaues Gefühl. Der Nebel verdichtet sich. »W … Was willst du denn?«, frage ich verhalten und habe fast schon Angst. Was in aller Welt könnte sie wollen? Ich habe doch nichts, wie wir erst neulich auf der Suche nach verkäuflichem Gut festgestellt haben.

Ihre Antwort ist kurz.

Und knapp.

Die Betonung nahezu beiläufig. Ganz so, als wäre es nichts weiter.

Dennoch reißt sie mir den Boden unter den Füßen weg.

»János«, sagt Katalina und lächelt mich zufrieden an.

Meine Mutter und mein Vater stürzen in das Vestibül, sobald ich kaum hörbar die Tür hinter mir geschlossen habe, mit zusammengepressten Zähnen. Es ist spät. Entsetzlich spät. Viel später, als wenn ich nach einem gemütlichen Kaffeekränzchen nach Hause gekommen wäre.

Ich habe mich bemüht, leise zu sein. In der Hoffnung, dass niemand mein Fortbleiben bemerkt. Früher habe ich schließlich die meiste Zeit gelesen, und man hat stundenlang nichts von mir zu sehen bekommen. Doch nun steht nicht nur Mutter, sondern auch Vater mit vorwurfsvollem Blick vor mir. Dass sie zu zweit kommen, kann nichts Gutes heißen. Bislang hat Vater sich nie in die Erziehung eingemischt und alle Entscheidungen meiner Mutter überlassen.

Bislang bin ich allerdings auch noch nie aus der Reihe getanzt.

»Wie war das *Kaffeekränzchen*?«, fragt meine Mutter spitz und verschränkt die Arme.

»Ich … äh …« Ich bleibe auf der Stelle stehen, um so viel Abstand wie möglich zwischen uns zu wahren, und lasse den Satz ins Leere laufen. Mein Gehirn ist offenbar noch zu taub, um auf die Schnelle irgendwelche plausiblen Ausreden hervorzubringen. Es schreit in einem fort: *János, János, János, János, János, János, János, János, János!*

Und sonst nichts.

»Neun Uhr am Abend?«, fragt nun mein Vater, bleibt aber

sachlich. »Was ist denn nur in dich gefahren, Nikolett? So kennt man dich gar nicht.«

Durch eine knappe Kopfbewegung lasse ich mir meine Haare ins Gesicht fallen.

»Das kann ich dir genau sagen!« Mutter kommt mir zwei Schritte entgegen und wendet sich dann kurz Vater zu, bevor sie mich anklagend ansieht. »Es ist diese Jacqueline, nicht wahr? Dieses unziemliche Verhalten hat begonnen, seit du Bekanntschaft mit ihr geschlossen hast. Das werde ich … das werden wir nicht länger dulden. Diese Jacqueline hat keinen guten Einfluss auf dich. Seit Stunden warten wir hier, haben sogar eine Überraschung für dich, und du treibst dich herum wie die Hausierer!«

Ich senke den Blick. Was soll ich dazu sagen? Die Wahrheit wäre nicht weniger schlimm für sie. »Ich … es tut mir leid. Ich habe mein Geld verloren und musste nach Hause laufen.«

»Du bist die gesamte Strecke vom ersten Bezirk bis nach Hietzing gelaufen? Mein armes Kind, komm her.« Mutter wirkt wie ausgewechselt. Sollte ihr überbehütendes Gluckenverhalten zur Abwechslung mal zum Vorteil für mich sein?

Entsetzt und voller Sorge sieht sie mich an. Ich fühle mich schlecht, denn es ist nur die halbe Wahrheit. Ich habe den Großteil des Weges in einem Fiaker mitfahren können, dessen Fahrer Mitleid hatte, als er mich auf der Straße aufgegabelt hat. Er hat mir seine halbe Lebensgeschichte erzählt und mir immer wieder seinen Flachmann gereicht, da ich permanent gezittert habe. Ich trank in großen Schlucken, konnte aber kaum zuhören, was er sagte, da mein Kopf von Katalinas Worten beherrscht wurde.

»János?«, hatte ich nachgefragt, und es fiel mir schwer, seinen Namen auszusprechen. Es fühlte sich so an, als wäre ich bereits gewillt, ihn an sie zu verhökern.

Sie hat genickt. »Ja. *Ich* werde mit János zum Opernball gehen. *Ich* werde an seiner Seite die Parade anführen.« Ihre Augen haben geleuchtet. »Wenn du damit einverstanden bist, werde ich bei meinen Eltern ein gutes Wort für eure Gruppe einlegen.«

Ich konnte sie einfach nur anstarren.

»Wenn nicht …«, fuhr sie unter Inspektion ihrer Fingernägel fort, »… wirst du sicherlich verstehen, dass ich deinen Eltern nicht länger vorenthalten kann, mit was für einem Pack du deine Freizeit verbringst. Zu deinem eigenen Schutz. Du weißt nicht, was gut für dich ist. Frau Zauner hätte dich nie alleine hier zurückgelassen, ich weiß genau, mit wem du unterwegs warst.«

Seitdem stehe ich vollkommen neben mir. Bin geschockt, dass meine vermeintlich beste Freundin mir das antut. Und dass ich das opfern muss, was mir am wichtigsten ist, wenn ich meine Freunde retten will. János.

»Komm, rasch ins Wohnzimmer mit dir. Du musst völlig ausgekühlt sein«, sagt Vater und steuert die Tür an. Zögerlich folge ich ihm. Sie dürfen auf keinen Fall den Fusel in meinem Atem riechen, und mir ist beim besten Willen nicht nach Konversation zumute.

»I…Ich lege mich besser direkt hin. Unter der dicken Federdecke wärme ich gewiss flugs wieder auf. Vielleicht kann Frau Zauner eine Bettpfanne für mich bereiten.« Ich liebe es, wenn die kalte Decke durch die glühenden Kohlen in der gusseisernen Pfanne angewärmt wurde und man sogleich von der heimeligen Wärme umschlossen wird, anstatt selbst für sie zu sorgen. Normalerweise verzichte ich dennoch auf diesen Komfort, um den Hausangestellten nicht zusätzliche Arbeit zu bereiten. Sie sind den ganzen Tag auf den Beinen und haben sich ihren Feierabend verdient.

»Das kannst du gleich machen. Aber willst du nicht noch erst einen Blick auf deine Überraschung werfen?« Da schwingt solch eine Begeisterung in der Stimme meiner Mutter mit, dass sie mich an Mimi erinnert. Es scheint ihr wirklich wichtig zu sein. Aber eigentlich möchte ich heute nichts anderes mehr, als mir die Bettdecke über den Kopf zu ziehen.

Ich räuspere mich. »Natürlich.«

Umständlich hänge ich meinen Mantel an den Garderobenständer und versuche währenddessen, so viel Speichel wie möglich zu produzieren und im Mund herumzuschieben, um den Branntweingeruch loszuwerden. Beklommen stakse ich ins Wohnzimmer, in dem wie immer in den kalten Monaten das Kaminfeuer prasselt. Die heimelige Wärme löst meine Anspannung jedoch nicht, obwohl ich mich direkt danebenstelle und mir den Rücken durchwärmen lasse.

»Tataratataa!«, ruft meine Mutter und macht eine präsentierende Geste zur Anrichte, hinter deren eleganten Fenstertüren das gute Goldrandgeschirr verwahrt wird. An den Messinggriffen der Schranktüren hängt es. Ein prächtiges Debütantinnenkleid aus weiß rauschendem Stoff, bestickt mit feinen Rosenknospen, ebenfalls in Weiß. Ihre wie zum Gebet gefalteten Hände drückt Mutter an ihr Herz, und da ist wieder diese immense Begeisterung in ihren Augen.

»Na, was sagst du?«, fragt sie, nachdem meine Reaktion ausgeblieben ist. Noch immer stehe ich unschlüssig da, sauge die Unterlippe zwischen meine Zähne. Am liebsten würde ich ganz fest zubeißen, nur um etwas anderes zu fühlen als das, was sich jetzt in meinem Körper ausbreitet.

»Du wirst die reinste Augenweide sein«, sagt mein Vater. Ich weiß, dass er es gut und sogar ehrlich meint, dennoch macht mich sein Kommentar wütend. Er hat ja keine Ahnung, was mich an diesem Abend erwarten würde. Insbesondere, wenn János nicht an meiner Seite wäre. Ich hatte heute einen der schlimmsten Tage meines Lebens – ganz egal, wie schön er angefangen hat –, und nun konfrontieren sie mich mit diesem Ballkleid. Ein Kleid, das ich an einem Tag tragen soll, der der neue fürchterlichste Tag meines Lebens werden würde.

Katalina kann nicht ahnen, dass ihre Forderung mir eigentlich einerlei sein könnte, schließlich werde ich nicht zum Ball gehen. Ich bin vielmehr aus dem Gleichgewicht geraten, weil ich durch ihr Verlangen endgültig erkannt habe, was für eine Person sie ist.

Und die hat nichts mit dem Menschen zu tun, für den ich sie gehalten habe. In ihr war kein Fünkchen Nettigkeit. Natürlich ist mir stets klar gewesen, dass sie eitel und selbstbezogen ist. Aber jeder hat seine Fehler, habe ich mir gesagt und konnte es ihr verzeihen.

Sie weiß ganz genau, wie schwer mir der Opernball fallen wird. Sie weiß genau, dass keiner mit mir wird tanzen wollen, während sie sich kaum entscheiden kann. Dass sie dennoch, ohne mit der Wimper zu zucken, mir den einzigen Partner nehmen möchte, der mir Sicherheit geben würde, zeigt, wie viel ich ihr wert bin.

Nichts.

Rein gar nichts.

Obwohl wir Freundinnen sind, seit wir denken können.

Die Erkenntnis ist so groß, dass die Wut mich nahezu lähmt.

»Also, ein bisschen mehr Dankbarkeit hätte ich schon erwartet«, sagt meine Mutter verletzt.

Ich schnaube. Meine Eltern erscheinen mir in diesem Moment auch nicht besser. Sie haben mich schließlich überhaupt erst in diese Situation gebracht, indem sie verlangt haben, dass ich auf einem Ball tanze, wo es allein um Schönheit geht. Warum glaubt eigentlich jeder, über mich und mein Leben bestimmen zu können? Ich bin doch keine Marionette! Der Zorn rast inzwischen durch meinen Körper, und am liebsten würde ich die Fenster öffnen und ihn laut hinausschreien.

Mutter nimmt das weiße Kleid von den Schranktürgriffen. »Lass es mich dir wenigstens einmal anhalten.« Mit jedem Schritt, den sie näher kommt, scheint sie mir mehr Luft zum Atmen zu rauben. Presst sie gar aus meiner Lunge heraus.

Da ich direkt vor dem Kamin stehe, gibt es kein Entkommen.

Strahlend hält Mutter das in sanften Wellen fallende Kleid gegen mich. Der seidige Stoff umschmeichelt meine Hände. Er ist so unendlich weich, dass ich ahne, wie teuer er gewesen sein muss. Ich weiß, dass ich dankbar sein sollte, doch obwohl das Kleid sich über mich ergießt, fühle ich mich wie die Pechmarie. Am liebsten würde ich den Stoff angeekelt fortstreichen, denn er widert mich an. Er ist das Sinnbild der öffentlichen Zurschaustellung meiner Verunstaltung. Für die meisten mag es nur ein weiterer großer Ball der Société sein, doch ich würde mich fühlen wie in einem Menschenzirkus mit seinen unwürdigen Vorstellungen.

Bewundern Sie jetzt den haarigsten Menschen der Welt und gleich da-
neben Nikolett – die hässlichste junge Frau auf Erden.

Mutters begeistertes Lächeln ist urplötzlich wie weg-
gewischt. Sie beugt sich näher. Schnuppert. Zieht die Oberlippe zur Nase.

»Hast du etwa getrunken?«

Vater fährt aus seinem Lesesessel hoch. »Wie bitte? Jetzt
hört es aber ganz auf.«

»Soso, für die Kutsche hattest du kein Geld, wohl aber für
den Branntwein? Oder hattest du *deswegen* am Ende kein Geld
mehr? Ich bin entsetzt, Nikolett! Was sollen denn nur die
Leute denken? Hast du auch nur ein Mal an deinen guten Ruf
gedacht? Wir müssen den ganzen Aufwand mit dem Opernball nicht betreiben, wenn du gleichzeitig alles sabotierst.
Dass deine Brüder mal über die Stränge schlagen, kann ich
ja noch verstehen, aber du als Frau? Du hast es doch schon
schwer genug …«

Ich kann all das nicht mehr hören. »Gut. Dann lassen wir
es doch mit dem vermaledeiten Opernball ganz sein.«

Mutter gestikuliert, und das Kleid schwingt dabei an ihrer
Hand durch die Luft. »Wie oft müssen wir diese Unterhaltung
noch führen? Natürlich gehst du zum Ball. Wir haben jetzt
das Kleid und die Tanzstunden … Ich habe mich für dich
förmlich verbogen, um das alles zu arrangieren!«

Sie hat sich verbogen? Wer hat sich denn vor János ernied-
rigt und ihn angefleht? Nur um ihn jetzt wieder abgeben zu
müssen. Wer hat zweimal wöchentlich die Ablehnung während der Tanzstunden durchlitten? Wer wird auf dem Opernball zum Abendgespräch werden?

Und wozu das alles?

Ich will es doch nicht einmal. Ich will nicht dieser gehobenen Schicht angehören. Eigentlich will ich nur ein ganz normales Leben führen. Und am liebsten will ich eine ganz normale Person heiraten. Keinen Grafen, Ritter oder Herzog. Die wollen mich ohnehin nicht. Wozu also die Mühe? Wozu dieses Schauspiel?

Doch all das ist Mutter vollkommen gleichgültig.

»Ich gehe aber nicht! Ich gehe nicht zu diesem verfluchten Ball!«, keife ich wutentbrannt. Der Zorn hat jetzt endgültig die Oberhand gewonnen. »Wie oft muss ich das noch sagen?«

Mutters Antwort kommt sofort. »Du bist das undankbarste Wesen auf der Welt! Ich kann nicht glauben, was ich hier höre!«

Den ganzen Abend über habe ich meine Gefühle unterdrückt. Während der Nachricht, dass wir nicht überzeugt haben. Als meine beste Freundin den jungen Mann verlangt hat, von dem sie vermutlich ahnt, dass ich schon viel zu lange in ihn verliebt bin. All der Ärger und die Verzweiflung spülen nun übermächtig nach oben.

Ein Mal in meinem Leben möchte ich selbst etwas entscheiden!

Wie im Wahn greife ich nach dem Kleid, lasse noch einmal meinen Blick darübergleiten. *János,* sagt Katalinas zuckersüße Stimme in meinem Kopf. *Ich werde mit ihm zum Ball gehen.* Die Wut macht mich blind und beherrscht meine Gedanken. Ich fühle nichts anderes mehr. Weiß nicht, wohin mit dieser übermächtigen Kraft, und bin nicht weit davon entfernt, das gesamte Wohnzimmer zu zertrümmern. Stattdessen schleudere ich das Kleid in einer einzigen fließenden Bewegung ins Feuer.

Mutter kreischt.

Der weiße Stoff wird umgehend von den Flammen er-obert. Sie züngeln so hoch, dass sie bis in den Kaminschlund reichen.

Ich atme heftig.

Der beißende Geruch presst meine Schläfen zusammen. Dann sind da Vaters Hände, die mich vom Kamin wegziehen, da die Flammen so gierig sind. Mutter hat die Hände vor den Mund gelegt und sieht mich mit purem Entsetzen an.

Doch für mich ist es anders. Für mich fühlt es sich an wie eine Befreiung.

Kapitel 36

Nikolett

Tief im Inneren weiß ich, dass ich wach bin. Dennoch bleibe ich unbeweglich wie eine Wasserleiche liegen und spiele meinem Kopf vor, dass ich noch schlafe. Vielleicht hört er dann auf zu dröhnen. Oder mir episodenhaft die Bilder der letzten Nacht vorzuzeigen. Dieser fürchterlichen Nacht nach dem eigentlich so schönen Tag. Da sind die tanzenden Beine der Lipizzaner – und gleich darauf mein Kleid, das lichterloh in Flammen steht. Die feinen Pailletten färben sich von glänzend zu schwarz. Fannys und Mimis ausgelassenes Lachen auf dem Naschmarkt, als sie um eine honigsüße Dattel rangeln – und im nächsten Moment Katalinas Stimme, die mit abgebrühter Entschlossenheit *János* sagt und mir eine Gänsehaut auf die Arme holt. Ich kämpfe die Bilder zurück, will nichts denken. Dennoch dringt ein hartnäckiges kleines *Tick-Tick-Tick-Tick* an meine Ohren. Dazu ein sanftes Klirren.

Es sind Max' Pfoten auf dem Parkett und die Metallplakette an seinem Halsband. Er wechselt unablässig zwischen meinem Bett und der Tür. Ich weiß genau, wie er aussieht mit seinen traurigen Augen, die nicht verstehen, was los ist. Als er nun obendrein leise winselt, sage ich: »Komm ja schon«, und klinge dabei wie in einem Klagegebet.

Langsam quäle ich mich aus dem Bett. Das Brennen in meinen Augen verrät mir, dass sie ausgetrocknet und vermutlich auch rot sind. Jede zu schnelle Bewegung scheint meine Schläfen zusammenzuquetschen. Liegt es am schlechten Schlaf? Am Alkohol? Oder an den zermürbenden Gedankenschleifen? Vorsichtig wasche ich mich und kleide mich an, bin froh, dass ich dazu keine Kammerzofe benötige wie Katalina. Mutter ist der Meinung, dass eine junge Frau das allein beherrschen sollte, und ausnahmsweise stimme ich ihr zu. Es ist einer der wenigen Punkte, in denen ich mich nicht ihren Wünschen fügen muss.

Zumindest habe ich das normalerweise stets getan. Bis die Sache mit dem Eislaufen begonnen hat, die mir erstmalig meine eigenen Bedürfnisse in einer absoluten Klarheit vor Augen führte. Und nun ist alles eskaliert. Habe ich das Kleid wirklich in den Kamin geworfen? Ich schließe die Augen. Sehe umgehend die hoch aufschlagenden und gleißend hellen Flammen, höre sie knistern und rieche den beißenden Gestank.

Ich hätte es nicht tun sollen.

Das Kleid hat gewiss ein Vermögen gekostet. Welch eine Verschwendung! Und obendrein weiß Mutter nun über mein Vorhaben Bescheid. Warum habe ich kein Stillschweigen bewahrt und erst am Tag des Opernballs Unwohlsein vorgetäuscht? Es war schlichtweg zu viel gestern.

Unhörbar schleichen mein Brummschädel und ich nach unten. Dort schlüpfe ich in Mantel und Stiefel und geräuschlos zur Hintertür hinaus. Max stürmt sofort davon und kommt freudig zu mir zurück, nachdem er sein Geschäft verrichtet hat.

»Und nun?«, frage ich ihn, und er legt den Kopf schief und

bellt. Ein Hauch des Gefühls von vor zwei Monaten steigt in mir hoch. Der ganze Tag erstreckt sich vor mir, und ich habe keinen blassen Schimmer, was mit ihm anzufangen ist. Und in meinem Magen liegt ein Feldstein aus diffusen Gefühlen. Normalerweise wären wir jetzt zum See gegangen, aber Jackson geht davon aus, dass ich heute Vormittag zum WEK fahre, um das Ergebnis aus der ausgehängten Liste zu entnehmen. Allein die Vorstellung, wie das negative Urteil hinter unserer Gruppennummer steht, lässt meine Arme schwer werden, und ich balle meine Hände.

Max und ich gehen eine kleine Runde durch den Park. In der klaren Winterluft entzerre ich jeden einzelnen meiner Gedanken und breite ihn fein säuberlich vor mir aus. Was habe ich alles zu berücksichtigen? Und viel wichtiger noch: Was will ich eigentlich selbst?

Meine Eltern wollen, dass ich auf dem Opernball debütiere.

Katalina will meinen Tanzpartner.

Jackson, Julianna und die anderen wollen eislaufen. Um der Welt ihren wundervollen neuen Stil zu zeigen, um Geld zu gewinnen, und es könnte obendrein für Julianna und Jackson ein Sprungbrett für eine Laufbahn als professionelle Eisläufer sein. Dann könnten sie mit dem Eislaufen Geld verdienen.

Und ich? Ich wollte nie auf den Opernball und will es noch immer nicht.

Max bellt, und ich muss ihm zustimmen. Liegt die Lösung nicht bereits auf der Hand? Wenn Katalina meinen Tanzpartner will und ich dadurch den anderen zu ihrem Auftritt verhelfen kann … So betrachtet, mag sie eine miese Schlange sein, aber János will mich ja ohnehin nicht und ich habe längst beschlossen, gar nicht zum Opernball zu gehen. Warum sollte sie ihn also nicht nehmen?

Mir muss es nur endlich gelingen, meine Eltern zu überzeugen, dass ich nicht dorthin gehen kann. Ich kann nicht auf dem Opernball debütieren, weil ich es nicht schaffe. Deswegen werde ich darauf verzichten, selbst wenn ich dann nicht am Gesellschaftsleben teilnehmen kann. Offen und ehrlich werde ich mit meinen Eltern reden, von Erwachsener zu Erwachsenen. Ich werde ihnen erklären, wie es sich anfühlt, wenn die Leute starren.

Dass Blicke wehtun können.

Dass ich weiß, wie wichtig ihnen der Ball ist, meine Bedürfnisse aber ebenfalls von Bedeutung sind. Ich werde ihnen sagen, dass ich ihnen nur zu gerne das geben würde, was sie wollen – aber dass es nicht geht. Nicht mit einem solch offensichtlichen Makel. Es ist kein kindlicher Starrsinn, kein bloßes Zieren. Es sind die Umstände, mit denen ich zeit meines Lebens hadere, und dieses Mal würden auch sie die Konsequenzen mittragen müssen. Das müssen sie doch verstehen. Wenn ich es so begründe, ist es gewiss nachvollziehbar.

Frischen Mutes kehren Max und ich in die Villa zurück.

Ich atme so viel Luft ein, bis nichts mehr in meinen Brustkorb passt. Plötzlich bin ich wieder unsicher. Wie werden sie nach meinem gestrigen Benehmen überhaupt auf mich reagieren? Was wird diesmal meine Strafe sein?

Ganz gleich, wie, es lässt sich nicht länger vermeiden, ich muss ihnen unter die Augen treten und meinen Entschluss mitteilen.

Mit einem mulmigen Gefühl drücke ich die kühle Türklinke hinunter. Die beiden sitzen noch am Frühstückstisch.

Der Geruch von Kaffee und frischen Weckerln steigt mir in die Nase, ein Duft aus einer heilen Welt, der mich wehmütig macht. Normalerweise liebe ich das Sonntagsfrühstück.

»Bei Ehrenberg in der Rauhensteingasse gibt es neuerdings Sicherheitspetroleum«, liest meine Mutter vor, ohne mich zu beachten. Die Zeitung in ihrer Hand knistert, als sie sie mit einer ruckartigen Bewegung zurechtrückt. »Klingt das nicht vielversprechend?«, hakt sie bei meinem Vater nach, als er nicht reagiert. Jetzt brummt er etwas Zustimmendes.

Ich weiß nicht, wie ich mich verhalten soll. Ich hätte ein weiteres Donnerwetter erwartet, sobald ich auftauche, und eine ganze Reihe von Konsequenzen, die ich zu tragen habe.

Doch sie beachten mich nicht einmal.

»R. Ditmars Sicherheitspetroleum ist wasserhell«, liest sie vor, »gibt eine rein weiße Flamme, verbrennt bei einer Ersparung von zwanzig Prozent gegenüber gewöhnlichem Petroleum geruchlos und ist erst bei einer Erhitzung von über fünfzig Grad Reaumur entzündlich. Es bietet daher gegenüber allen im Handel vorkommenden Petroleumsorten den Konsumenten eine Ersparung und unvergleichliche, bisher nie erreichte Sicherheit«, endet sie. »Rudolf, das müssen wir erstehen! Denk nur daran, wie viele Unfälle dadurch verhindert werden könnten.«

Ein Schatten huscht über ihr Gesicht und auch mein Bauch zieht sich zusammen. Meine Narben habe ich einem solchen Unfall zu verdanken. Mir wurde erzählt, dass durch eine Nachlässigkeit des Kindermädchens eine Petroleumlampe umgefallen war. Noch vor meinem ersten Geburtstag, nebenan im weißen Salon. Mein Stubenwagen hatte sofort Feuer gefangen und meine Mutter konnte gerade noch im letzten

Moment herbeistürzen, um mich zu retten. Mein Leben zumindest, für mein Äußeres war es zu spät. Natürlich wurde das Kindermädchen fristlos entlassen und den weißen Salon nutzen wir seitdem kaum mehr.

Deswegen ist Mutter dieses Sicherheitspetroleum wohl so wichtig. Wenn der Unfall nicht gewesen wäre, hätte sie jetzt nicht diese biestige Tochter, die sich mit Händen und Füßen gegen etwas wehrt, wonach normale Töchter sich die Finger lecken.

Vater schlägt seine Zeitung zu.

»Dann lass uns doch einige Kilo davon zukommen.« Er steht auf. »Ich muss noch ins Kontor. Wir erwarten eine große Anlieferung am Montag und ich muss zuvor die Bücher auf den neuesten Stand bringen.«

Im Vorbeigehen lächelt er mir zu, ich bin aber nicht sicher, ob es tatsächlich mir gilt. Ich verstehe die Welt nicht mehr. Wieso benehmen sie sich, als sei nichts geschehen? Oder soll die Strafe sein, dass sie mich künftig wie Luft behandeln? So wie die, die nicht wissen, wie sie mit meiner Verunstaltung umgehen sollen, und schlichtweg durch mich hindurchsehen? Soll ich fortan ein Leben als Geist führen, bei dem die gesamte Welt so tut, als würde ich nicht existieren?

Mutter legt die Zeitschrift beiseite, räuspert sich, schlägt die Beine übereinander und sieht mich auffordernd an.

Fast bin ich erleichtert. Also kein Geist.

»Hast du mir etwas zu sagen?«

Ich nicke, gehe langsam auf sie zu und fühle mich wie Max, der den Schwanz einzieht, wenn er etwas ausgefressen hat.

»Es tut mir leid. Das teure Kleid …« Ich schüttle den Kopf, kann noch immer selbst kaum glauben, was ich getan habe.

»Das hätte ich nicht machen dürfen. Ich wünschte, ich könnte es wiedergutmachen.« Das möchte ich wirklich, aber ich kann es nicht ungeschehen machen und habe keinerlei Geld, das ich ihr geben könnte.

Sie zieht den Stuhl nach hinten und bedeutet mir, mich zu setzen. Ich folge ihrem Wunsch und sehe sie zaghaft an.

»Du weißt, was ich möchte.«

Ich unterdrücke ein Seufzen. Natürlich will sie weiterhin, dass ich auf den Opernball gehe. Ich habe zwar mein Kleid verbrannt, doch ihr Wunsch lässt sich nicht so einfach vernichten. Der ist feuerfest. Vermutlich noch sicherer als das neuartige Sicherheitspetroleum.

»Mutter, ich weiß, dass es dir ungemein wichtig ist. Und ich verstehe, dass es ungewöhnlich für eine Familie in unserer Position wäre, wenn ich nicht hoffähig würde. Ich möchte dich gerne glücklich machen, aber wir beide wissen, dass ich nicht die Tochter bin, die du dir gewünscht hast. Wollen wir nicht Vernunft walten lassen und der Wahrheit ins Auge sehen. Ich gehöre so wenig auf den Opernball wie ein Warzenschwein in den Spiegelsaal.«

Erschrocken sieht sie mich an. »Aber Nikolett, was redest du denn da? Zuallererst: Du bist genau die Tochter, die ich mir nach all den Jungen gewünscht habe. Und was den Opernball betrifft, du hast das gleiche Recht wie jede andere höhere Tochter, dort zu sein. Es ist eine Ehre, dass du dort debütieren darfst, und es ist mir ein Rätsel, warum du dich so querstellst.«

Ich lege den Kopf in den Nacken und zermartere mir das Hirn. Wie kann ich ihr das Gefühl begreiflich machen? »Bitte verstehe doch ... Das wird für mich der reinste Spießrutenlauf.«

Sie legt ihre Hand auf meine. »Mir ist bewusst, dass es für dich unter Umständen nicht leicht wird. Dennoch möchte ich dich bitten, nicht nur an dich zu denken. Wir sind eine Familie, wir halten einander den Rücken frei. Seit Generationen. Jeder hat seine Pflichten zu erfüllen. Denkst du, dein Vater hat Lust, am heiligen Sonntag im Kontor zu sitzen? Oder Ferdinand, glaubst du, er war versessen darauf, zum Militär zu gehen? Jeder muss zum Wohle der Familie die eine oder andere Unannehmlichkeit in Kauf nehmen.«

Ich schlage die Augen nieder. Für mich hat es immer so geklungen, als wenn Ferdinand gerne dem Heer beitreten würde. Und Vater verbringt so viel Zeit im Kontor, dass ich ihn mir ohne kaum vorstellen könnte. Als Kind habe ich ihn gerne dort besucht und all die exotischen Gegenstände aus aller Herren Länder begutachtet, die er für den Hof einkauft. Und wenn es nach mir ginge, würde ich problemlos ebenfalls die Tage des Herrn hinter dem Schreibtisch verbringen. Es kann beim besten Willen nicht so schmerzhaft sein wie die Erniedrigung, die mir beim Opernball entgegengebracht werden würde.

»Aber inwiefern soll mein Auftritt beim Opernball unsere Familie betreffen? Da geht es doch nur um mich. Und ich habe für mich entschieden, dass ich nicht dorthin möchte.«

Mutter seufzt. »Die Anstellungen zu Hofe sind ein kompliziertes Konstrukt. Dein Vater hat es nur durch viel Geduld und kluge Schachzüge so weit nach oben geschafft. Und wir müssen dafür sorgen, dass es so bleibt. Wir sichern die Zukunft unserer Familie und erweitern unsere hohe Stellung. Das gilt für Benno und Albert, die relativ weit unten anfangen mussten, gleichermaßen. Das geht nur durch Heirat innerhalb der geschlossenen ersten Gesellschaft. Und das wiederum wird sich nur bewerkstelligen lassen, wenn du in die Gesellschaft eingeführt bist. Keiner will eine Frau, die den sozialen Anlässen nicht beiwohnen kann.«

Ich schlucke. Vaters Stellung und auch die meiner Brüder werden dadurch beeinflusst, wen ich heirate? Das höre ich zum ersten Mal. »Warum weiß ich dann über diese Angelegenheit noch gar nichts? Das hättest du mir unbedingt sagen müssen.«

Mutter schlägt die Augen nieder. »Du weißt doch, dass diese politischen Dinge nichts für Frauen sind. Für junge Mädchen schon gar nicht. Und davon abgesehen …« Sie streicht ihren Rock glatt. »Ich habe ja auch gehofft, dass wir vielleicht nicht zu diesen Mitteln greifen müssen. Dass sich das Angenehme mit dem Nützlichen verbindet und du von selbst jemanden ins Auge fasst, dessen Familie so angesehen ist wie unsere. Aber darauf ist jetzt wohl nicht mehr zu hoffen.« Sie seufzt erneut, und eine Weile schweigen wir.

Stille Nummer einundzwanzig. Bleierne Stille.

Dann fixiert sie mich wieder. »Nun gut. Jetzt, wo du weißt, was auf dem Spiel steht …« Sie atmet zittrig ein und sieht mich beschwörend an. »Wirst du deinem Dienst an der Familie nachkommen und zum Ball gehen?«

Ich presse die Lippen zusammen. Der Duft der frischen Weckerln, die Krümel neben den unschuldigen Erdbeermarmeladengläsern, all das sind Zeugen einer heilen Welt.

Zu meiner passen sie nicht mehr, denn die ist nun endgültig zerstört. Ja, man könnte es als Dienst an der Familie bezeichnen, wenn meine Vermählung dazu beitragen würde, Vaters Anstellung und die meiner Brüder zu festigen.

Nur, warum fühlt es sich dann so an, als sei ich eine Kurtisane?

Meine Unschuld im Tausch gegen die Fortführung einer Anstellung, die wiederum zu Geld führt. Alle bilden sich etwas darauf ein, zur ersten Gesellschaft zu gehören. Ich hingegen kann mich nur diese eine Sache fragen: Ist es das wirklich wert?

Kapitel 37

Nikolett

Der nächste Tag verschwimmt in unterschiedlichen Grautönen. Auch bei der Tanzprobe heute gibt es keine farbenfrohen Kleider, sondern lediglich Gelb-Grau, Grün-Grau, und gerade schwebt Katalina in Rot-Grau an mir vorüber. Das Gespräch im Oberlaa hat unserer Freundschaft den Garaus gemacht. Ich habe mir Bedenkzeit erbeten, und wann immer János und ich sie passieren, kann ich nicht anders, als sie unauffällig zu mustern. Was geht in ihrem Kopf vor?

János dirigiert mich mit kaum spürbarem Druck in eine Drehung, und ich folge ihm, erhasche ein weiteres Puzzlestück von Katalina. Auf den ersten Blick sehe ich, dass ihr Schwerpunkt bei der Drehung an der falschen Stelle sitzt und daher etwas ungelenk wirkt. Jackson hat mich gelehrt, dass exzeptionelles Eislaufen vor allem von der richtigen Positionierung des Schwerpunkts abhängt, und wir haben viel Zeit darauf verwendet, diesen zu bestimmen, da er sich je nach Bewegung verlagert. Nach allem, was in den letzten Tagen geschehen ist, hätte es mich nicht gewundert, wenn János' und meine neu gefundene Leichtigkeit beim Tanzen entschwunden wäre.

Aber sie ist noch da.

Trotzdem bricht mir beim Gedanken an den Opernball der Schweiß aus, denn was nützt es? Womöglich ist das heute unser letzter Tanz. Zumindest wenn ich auf Katalinas Forderung eingehe. Und das muss ich, wenn ich meinen Freunden ein besseres Leben ermöglichen will. Und sie behalten will, denn sobald Katalina mich an meine Eltern verpetzt hat, wird meine Mutter den heimlichen Verabredungen den Riegel vorschieben. Gleichzeitig will ich nicht diejenige sein, die unsere Familie in den Abgrund zieht, indem ich als Einzige nicht meine Pflicht erfülle.

Was ist wichtiger? Freunde oder Familie?

Bei meinen Freunden geht es um etwas Essenzielles, aber Familie ist eben Familie. Und sie kämpfen bereits seit Generationen. Diese Gedankenspirale treibt mich langsam, aber sicher in den Wahnsinn. Ich widerstehe dem Drang, meine Hände am Rock abzuwischen. János bemerkt meinen inneren Aufruhr dennoch.

»Was hast du denn?«, fragt er leise. Für einen winzig kleinen Moment vergesse ich, dass wir schon lange nicht mehr so vertraut sind, wie wir es einst waren. Ich schaue zu ihm auf. Seine dunklen Augen sind voller Sorge, und ich richte rasch meinen Blick auf seinen Mund. »Es klappt doch ganz hervorragend«, sagt dieser gerade, als ich merke, dass es ein Fehler war, seine Lippen zu betrachten. Zu sehen, wie die feinen Linien sich glätten, während er spricht, und schließlich an ihren Platz zurückkehren, als er den Satz beendet hat. Sie müssen samtweich sein. Und gewiss so beruhigend warm wie seine Hände. Die mich jetzt kurz drücken.

»Nikolett?«

»Äh, was?«

Er schmunzelt über meine wenig damenhafte Antwort, und ich bin unendlich dankbar, dass er mich noch aus Zeiten kennt, wo ich nicht gezwungen war, mich damenhaft zu verhalten. Das mindert die Blamage ein wenig.

Ich will ihn nicht aufgeben.

Unter gar keinen Umständen.

»Warum sorgst du dich? Frau Horvath ist voll des Lobes. Wir müssen uns der Tanzkünste wegen beim besten Willen nicht schämen.«

Nein, deswegen müssen wir uns nicht schämen. János' gesichtslose Zeichnung von mir kommt mir in den Sinn. Aber ich will ihn nicht daran erinnern, dass unsere Tanzkünste das Letzte sind, worauf die Gäste des Opernballs bei meinem Aussehen achten werden. Ich weiß nicht, warum mir der Opernball so viel schwerer fällt als unser Vortanzen auf dem Eis. Vielleicht weil die erste Gesellschaft um einiges höhere Erwartungen hat als der Rest der Bevölkerung? Ein Rocksaum, der einen Millimeter zu hoch ist, würde bereits genügen, um sich zum Abendgespräch zu machen. Und dann komme ich mit meinem offensichtlichen Makel? Genauso gut könnte ich nackt erscheinen und dabei laut kreischend die Arme hochreißen.

»Der Opernball rückt näher, und ich weiß, dass es für mich ein fürchterlicher Abend sein wird«, erkläre ich János meine Bedenken. Zumindest die Hälfte, die er wissen darf. Dass Katalina mich erpresst und ich einer geheimen Eislauftruppe beigetreten bin, würde zu weit führen.

Er lässt mich nicht aus den Augen. Obwohl wir normalerweise streng darauf bedacht sind, die Blicke über die anderen Tänzer schweifen zu lassen, nachdem wir uns der Höflichkeit halber kurz angesehen haben. »Das hat dir doch die letzten Wochen auch nicht zugesetzt, oder?«

Jetzt wende ich den Blick ab. Er soll nicht wissen, dass er sich zu den Proben mit mir gequält hat, nur um meine Mutter ruhigzustellen. Obwohl ich nichts dergleichen sage, lacht er freudlos auf. »Du willst nicht hingehen? Nikolett, das kann nicht dein Ernst sein.«

Ich kann ihm kaum in die Augen sehen. Seine Bewegungen verlieren an Geschmeidigkeit, bekommen etwas Zackiges, und der Druck seiner Hände ist plötzlich ganz fest und nicht mehr höflich distanziert.

Frau Horvaths Augenbrauen wandern zur Stuckdecke, als sie an uns vorüberschreitet, trotzdem sagt sie nichts, korrigiert stattdessen Katalinas Haltung.

Ich hatte vermutet, dass er nicht erfreut sein würde, dass all die Tanzproben nur vertane Zeit sind. Dass es ihn jedoch dermaßen wütend macht, zerbricht einen weiteren Teil meines Herzens, und ich schlucke heftig, um es zu kühlen. Vielleicht wäre es gut, wenn er mit Katalina tanzt.

»Und wodurch hast du deine Meinung geändert?«, zischt er, funkelt mich düster an und aus jedem einzelnen Wort sprüht der Zorn.

»Meine Eltern.« Mehr bringe ich nicht hervor. Gerne würde ich es genauer erklären. Dass es, wenn es nach mir ginge, all das nie hätte geben müssen. Dass ich nicht wollte, dass er meinetwegen seine Zeit vergeudet. Er sollte machen, was ihn glücklich macht, denn ihn so unglücklich zu sehen, tut mir in der Seele weh. Doch jedes weitere Wort würde mir die Tränen in die Augen treiben, und so schweige ich.

»Natürlich.« Abrupt bleibt er stehen. »Würdest du mich bitte entschuldigen? Heute habe *ich* noch etwas vor und kann leider nicht bis zum Ende bleiben.«

Mit einer Entschlossenheit, die man selten an ihm erlebt, verlässt er in eiligen Schritten den Raum und ich bleibe zwischen all den tanzenden Paaren alleine zurück.

Kapitel 38

Nikolett

Noch vor wenigen Monaten hätte ich mich wochenlang nicht davon erholt, dass János mich sang- und klanglos zurückgelassen hat. Heute, auf dem Weg zu meinen Freunden auf dem Eis, gibt es mir zwar einen Stich, gleichzeitig rufe ich mir ins Gedächtnis, dass es gut ist. Wenn er mich seinerseits noch mehr ablehnt, würde es leichter werden, ihm zu offenbaren, dass wir trotz der Bemühungen und auch trotz der Erfolge nicht miteinander tanzen werden. Gewiss würde er sich ohnehin freuen, wenn er statt meiner mit Katalina auf dem Ball gesehen würde. Vielleicht entstünde ja sogar mehr daraus. Wäre ihre flatterhafte Leichtigkeit nicht der perfekte Gegenpol zu seiner stillen Ernsthaftigkeit? Ich halte inne. Der spontane Gedanke erfasst mich mit einer unerwarteten Wucht und hinterlässt einen fürchterlichen Nachgeschmack. Einer, der sonst nur bleibt, wenn man an den möglichen Tod eines geliebten Menschen denkt.

Rasch verdränge ich den Gedanken wieder. János könnte mit ihr tanzen, aber dass die beiden heirateten, würde ich niemals ertragen. Sollte ich ihn dennoch Katalina überlassen?

Trotz aller Konsequenzen tendiere ich dazu, sobald ich die Truppe von Weitem sehe. Durch das Wäldchen hat sich bereits ein kleiner Trampelpfad gebildet, weil ich den Weg diesen Winter so oft gelaufen bin. Jedes Mal geht mein Herz auf, wenn ich höre, wie sich die Freude verbreitet, nachdem einer von ihnen mich entdeckt hat. Sie ist echt.

Und dieses Mal zudem voller Hoffnung.

»Guten Tag«, rufe ich und winke, als ich den Waldrand erreiche. Bei der Erinnerung, dass ich mich zu Beginn vor diesen lieben Menschen versteckt habe, muss ich mittlerweile schmunzeln.

»Nikolett, na endlich! Warst du dort? Wir platzen vor Neugier!«, ruft Mimi und auch Jackson, Fanny und Kasimir können es offensichtlich kaum erwarten. Sie hoffen, dass ich dem Aushang des WEK die Ergebnisse des Vortanzens entnommen habe, da sie selbst von der Arbeit nicht wegkommen und auch kein Geld für den Fiaker haben. Tatsächlich habe ich vor der Tanzprobe einen Abstecher dorthin gemacht. Nur um sicherzugehen. Doch Katalina hat recht behalten. Die Hälfte der Gruppen ist weitergekommen, unter anderem die im leuchtend gelben Kostüm vor uns, wo der Brillenträger zweimal fast gestürzt wäre. Und wir nicht. Wien ist also ganz offiziell noch nicht bereit für den neuen Stil, selbst wenn ich spüre, dass er eines Tages die Welt erobern wird.

»Natürlich war ich da«, sage ich, um Zeit zu gewinnen. Wo ist Julianna? Ich habe gehofft, zuvor mit ihr reden zu können.

»Also, heraus mit der Sprache!«, verlangt Jackson. Alle sind an den äußeren Rand des Sees gefahren und sehen mich hoffnungsvoll an. Max steckt seine Nase enthusiastisch in einen Schneehaufen und nimmt für einen Moment die Spannung aus der Luft, da wir lachen, doch die Ernsthaftigkeit kehrt schnell zurück. Das hier ist zu wichtig.

Da der See etwas tiefer liegt, müssen sie zu mir aufblicken. Die Situation erinnert mich an den Kaffeehausbesuch mit Katalina. Mein Schicksal lag in Katalinas Händen, und ebenso kann ich über das Glück oder Unglück meiner Freunde bestimmen.

Und ich hasse diese Macht.

Ich will sie nicht.

Wenn es nur um mich ginge, würde ich sofort verzichten. Ich würde alles darum geben, dass sie antreten und zumindest versuchen können, den Lohn für ihre Mühe zu ernten. Gleichzeitig fühle ich mich meiner Familie verpflichtet. Kann ich wirklich als Erste und Einzige egoistisch sein und keine Opfer bringen?

Inmitten der angespannten Stille knackt ein Ast im Wald. Ich erschrecke. Umgehend wird mir heiß, und ich versuche hastig, mit angehaltenem Atem zwischen den Baumstämmen etwas zu erkennen. Wenn meine Eltern herausfinden, mit wem ich mich treffe, ist das das Ende.

Doch alles bleibt ruhig.

Schließlich lacht Fanny auf, holt mich in die Wirklichkeit zurück. »Es war mit Sicherheit nur ein Tier. Und jetzt spann uns nicht länger auf die Folter!«, beschwert sie sich amüsiert. Dann verdunkelt sich ihre Miene. »Oder heißt das etwa …« Sofort sehe ich das Entsetzen bei Mimi und die Sorge bei Jackson. Kasimir schnappt leise nach Luft.

Fast wünschte ich, wir hätten es gemeinsam erfahren. Wir hätten das Leid geteilt und uns gegenseitig Kraft gegeben. Nun weiß nur ich, dass wir nicht überzeugt haben, und wie es weitergehen soll, liegt bei mir. Kann man es mir übel nehmen, dass ich mich einfach nicht entscheiden kann? Gezwungen zu sein, zwischen meinen Freunden und meiner Familie zu wählen, ist das Fürchterlichste, was mir geschehen konnte. Gerade ich, die es immer allen recht machen und niemals Umstände bereiten möchte, kann diese Wahl nicht treffen.

Es gibt nur eine Person, die mir in dieser Situation helfen kann. Eine, die stets mit dem Kopf denkt und nie mit dem Bauch. Genau das brauche ich jetzt, um zu entscheiden, was zu tun ist.

Julianna.

Jeder andere würde nur sentimentale Sprüche für mich übrig haben. Sagen, dass ich auf mein Herz hören solle, um herauszufinden, was wichtiger ist. Aber meinem Herzen habe ich schon vor langer Zeit den Mund verboten, denn es ist unfähig, realistisch zu denken.

Ich brauche Juliannas Klarheit, mit der sie alles in ihrem Leben eifrig zu verfolgen scheint. Max neben mir bellt bestätigend und ich gehe in die Hocke, um seine Ohren zu kraulen. So würde es leichter werden, die Lüge über die Lippen zu bringen. Man sollte meinen, dass ich nach all den Flunkereien mittlerweile geübt darin bin, doch es fällt mir noch immer unendlich schwer.

»Die Liste hängt noch immer nicht aus. Sie haben sich eine weitere Woche Bedenkzeit erbeten«, sage ich und schaue nur flüchtig hoch. Enttäuschtes Protestgemurmel breitet sich aus.

»Was?«, zetert Mimi. »So etwas Blödes! Was denken die Wappler sich?«

»Das geht aber nicht«, protestiert auch Kasimir. »Die können das doch nicht erst ankündigen und dann den Ablauf ändern. Wie soll man so planen?«

Fanny und Jackson machen ebenfalls ihrem Unmut Luft

und ich streichle verbissen Max' Fell, um nicht in ihre Augen zu sehen.

»Wo ist denn Juli eigentlich?«, erkundige ich mich, als der erste Unmut verschwunden ist und ich mich aufrichte.

Mimi rubbelt ihre roten Hände aneinander. »Julianna hat es leider ganz schlimm erwischt. Sie schnieft, hustet und fiebert so sehr, dass ihr unsere Hausdame Bettruhe verordnet hat. Ich soll euch aber alle schön grüßen.«

»Sollst du nicht.« Fanny dreht eine einwandfreie Pirouette und Mimis Wangen röten sich.

»Vielleicht hat sie das nicht mit Worten erwähnt, innerlich will sie es jedoch bestimmt. Krank ist sie nur noch unverträglicher. Ich glaube, sie hasst es, wenn andere sie schwach sehen, und momentan ist sie wehleidiger als Max, wenn er sich an der Pfote verletzt hat.«

»Wirklich?«, frage ich innerlich zerrissen. Der Gedanke, dass Julianna so sehr leidet, lässt sich nur schwer ertragen. Sie ist unsere treibende Kraft, in jeder Sekunde stark, und durch ihre schonungslose Ehrlichkeit hat sie mir ein Stück ihrer Kraft abgegeben. Immerhin hat sie schon damals im WEK Katalinas wahres Gesicht gesehen, während ich noch nachsichtig gewesen bin. »Ich werde sofort zu ihr gehen und sie pflegen«, sage ich kurzentschlossen.

»Mach das bloß nicht«, ruft Mimi mir hinterher. »Das hasst sie. Niemand darf sie schwach sehen, wie gesagt!«

Lachend drehe ich mich um, bin froh, eine neue Aufgabe zu haben und den anderen nicht den restlichen Tag etwas vorzulügen müssen. »Es wird schon gut gehen.«

Markows Schloss ist nicht weit von unserer Villa und so bin ich nicht einmal eine Stunde später auf dem Anwesen. *Schloss* erscheint mir für das Gutshaus mit Zwiebelturm in der Mitte etwas übertrieben, aber vielleicht sollte ich nicht überall Schönbrunn erwarten, wenn ein Schloss erwähnt wird. Fürstlich lebt er allemal, und schon bald soll er vom Kaiser geadelt werden, wie ich in der Zeitung gelesen habe. Für seine Verdienste an der Ringstraße, da so gut wie jeder Ziegel, der in der Ringstraße verbaut wurde, aus seiner Ziegelei stammt. Nach dem, was Fanny und Kasimir aus der Fabrik erzählt haben, erscheint mir das als die reinste Farce, dennoch zeigt es nur abermals, dass es in dieser Welt so viel gibt, was ich nicht verstehe. Es gehört zu den Dingen, die ich nicht ändern kann. Aber was ich ändern kann, ist, dass eine liebe Freundin von mir krank ist und niemanden hat, der sich um sie kümmert.

Problemlos entdecke ich das schmale Haus, das an das Schloss angebaut ist, wie Mimi es mir beschrieben hat, und gehe die schmale Treppe in Juliannas Zimmer hinauf. Ich klopfe an, warte aber keine Antwort ab, falls Juli zum Sprechen zu schwach ist. Der Raum ist nicht einmal halb so groß wie meiner, und der gesamte vorhandene Platz wird von den einfachen Holzbetten verbraucht, die eng nebeneinanderstehen. Obendrein ist es so kalt, dass es sich anfühlt, als würde Wind durch das Zimmer wehen. Nichts von alledem lasse ich mir anmerken, stelle den Korb auf ein leeres Bett und setze mich direkt zu Julianna ans Kopfende.

»Juli, o mein Gott, du glühst ja. Wie können sie dich hier allein lassen, wenn es dir so schlecht geht?«

»Warum sorgst du dann dafür, dass es mir noch schlechter geht?«, brummt sie. »Ich *will* allein sein.« Sie dreht den Kopf von mir weg, aber so schnell wird sie mich nicht los. Sie hat mir einst sehr geholfen.

Deswegen habe ich alles mitgebracht, damit es ihr rasch besser geht. Ich hole die Tücher für die Wadenwickel hervor, sehe mich nach einem Wasserkrug um und finde ihn neben einer verbeulten Waschschüssel. Nachdem sie angelegt sind, bringe ich ihr einen Kamillentee aus der Küche. Die Köchin schwört, dass sie mehrmals versucht hat, Julianna etwas zu geben, doch ich winke ab. Julianna benimmt sich ohnehin stets wie eine Raubkatze, und wenn sie verletzt ist, beißt sie noch mehr um sich. Aber mir entgeht nicht das Leuchten der Dankbarkeit in ihren Augen, als sie sich aufsetzt, um am Tee zu nippen. Es ist wichtig, dass sie schnell wieder auf die Beine kommt. Nicht wenige Brotherren entlassen die Bediensteten, wenn diese zu lange ausfallen. Ich reiche ihr die Trommel mit dem Zwieback und beginne mit meinem Aufmunterungsprogramm.

»Dann habe ich dir noch das hier mitgebracht.« Ich setze eine der verbliebenen Porzellanpuppen so auf die Fensterbank, dass sie Julianna direkt ansieht, und sie wendet den Kopf ab.

»Bäh, tu die weg. Mir geht es schon schlecht genug.«

»Also gibst du es zu?«

»Was?«

»Dass du leidest.«

»Ich habe von Anfang an gesagt, dass deine Anwesenheit dazu führt, dass es mir noch schlechter geht. Und jetzt obendrein eine von den gruseligen Puppen?«

»Du meintest ja, so schlimm wären sie gar nicht«, sage ich spitzfindig.

Sie verzieht das Gesicht. »Nimm die nachher nur ja wieder mit.«

Das werde ich nicht tun. Julianna würde niemals Almosen von mir nehmen, aber diese fürchterliche Puppe soll sie haben. Mimi würde schon dafür sorgen, dass sie ebenfalls in Geld umgewandelt wurde.

Und dann ziehe ich das lindgrüne Buch aus dem Korb. »Ist die Langeweile nicht immer das Schlimmste am Kranksein?«

»Nein. Ich genieße es, hier zu liegen und nichts zu tun.«

Fast hätte ich aufgelacht. Julianna hält ja kaum unsere Pausen beim Eislaufen aus und ist schon wieder auf dem Eis, noch bevor der Letzte von uns seinen Kakao leer getrunken hat.

»Ruhig jetzt«, ordne ich an und schlage das Buch auf. »Ich weiß, dass wir uns am liebsten auf dem gefrorenen Wasser bewegen. Für heute werde ich uns aber unter Wasser entführen. Zwanzigtausend Meilen, um genau zu sein. So heißt das Buch von Jules Vernes: *Zwanzigtausend Meilen unter dem Meer.*«

Sie runzelt die Stirn. »Wie soll das gehen?«

»Vielleicht hat ja jemand einen Weg gefunden, um die Natur zu besiegen und auch unter Wasser zu atmen.«

Sie schnaubt. »Wenn jemand einen Weg findet, die Natur zu besiegen, würde ich ja eher das Wasser auch im Oktober und März zum Frieren bringen. Dann könnten wir noch länger üben.«

Ich lächle. Selbst jetzt, wo sogar das Atmen ihr schwerzufallen scheint, denkt sie ausschließlich an ihren Tanz auf dem Eis, denn so sieht es bei ihr stets aus. Sie läuft nicht über das Eis, sie tanzt.

»Sch, sch«, weise ich sie nun aber an, da man bei Julianna streng sein muss. Und dann tauchen wir ab. Mit Professor Aronnax und seinem Gehilfen. Ich lese die spannendsten Abschnitte vor. Und so bergen wir gemeinsam Schätze aus versunkenen spanischen Galeonen, kämpfen gegen Riesenkraken, und als der Unterwasservulkan ausbricht, kommt auch Mimi hinzu und richtet Grüße von den anderen aus. Julianna brummt.

Und dann geschieht ein Wunder. Sie bittet mich mit schwacher Stimme, weiterzulesen.

Und so tauchen wir mit der Nautilus wieder in die Tiefen des Meeres und erleben gemeinsam die Zerrissenheit des Professors, der gerne noch mehr über das mysteriöse Boot erfahren möchte, das sogar unter Wasser fahren kann, und den Wunsch seines Dieners, der ins normale Leben zurückkehren möchte.

Zum Ende der Geschichte sind Mimis Atemzüge gleichmäßig geworden. Juliannas Augen blitzen im Licht des Halbmonds, als ich das Buch schließlich zuklappe.

»Das war vielleicht eine Reise …«, sagt sie ergriffen. »Es muss faszinierend sein, etwas vollkommen Neues hautnah mitzuerleben. Kannst du dir das vorstellen, ein Boot, das unter Wasser fahren kann? In dem man atmen kann, als wäre man ein Fisch?«

Langsam nicke ich. Und dann sage ich, was mir schon einige Male in den Sinn gekommen ist, von dem ich jedoch ziemlich sicher bin, dass es ein törichter Gedanke ist. »Manchmal habe ich das Gefühl, dass uns jetzt gerade genau so etwas passiert. Als gäbe es eine Zeitenwende im Eislauf und wir erleben hautnah die Neuerung, sind ganz vorne mit dabei.«

Wird sie lachen? Das klang wie naives Kleinmädchengerede. Schließlich geht es hier nur ums Eislaufen und nicht um einen bahnbrechenden Fortschritt der Technik wie etwa beim Unterwasserboot. Für mich jedoch ist es eine Kunst. Vielleicht sollten wir es *Eiskunstlauf* anstelle von Eisballett nennen.

Ich höre Julianna schlucken. »Ich weiß«, flüstert sie ganz leise, anstatt zu lachen.

Tief sauge ich die Nacht in mich auf. Jetzt muss sie raus. Die gallige Wahrheit.

Ich schließe die Augen und bringe es hinter mich. »… und genau deswegen kann ich es kaum glauben, dass wir es nicht geschafft haben.«

Keine Antwort.

»Wir dürfen nicht auftreten.«

Fest habe ich damit gerechnet, dass sie laut wird. Schreit und zetert, mit den Fäusten gegen die Wand hämmert, denn so fühlt sich die Ungerechtigkeit an.

Doch sie bleibt still.

Im Schweigen wird mir klar, dass ich so etwas schon einmal erlebt habe. Als ich János angeschwiegen habe, da ich aus Angst vor den Tränen nicht sprechen konnte. Geht es Julianna etwa genauso? Der mutigen, starken, immer tapferen Julianna?

Es ist zu dunkel, um sie zu sehen, ich kann es nur vermuten.

Aber falls dem so ist, muss es da noch mehr geben.

»Was ist denn los?«, frage ich im Flüsterton. Wenn ich jemals die Chance auf die Wahrheit habe, dann in dieser magischen Nacht, wo Jules Vernes beeindruckende Geschichte noch um uns schwebt. Die Geschichte, in der es möglich ist, das Unmögliche, das Unglaubliche wahr zu machen.

Ich kann es kaum glauben, als Julianna tatsächlich leise beginnt zu sprechen.

»Ich habe es dir nie erzählt, aber ich will nicht nur Profi werden, um der Armut zu entgehen. Es geht auch um meine Mutter. Sie war ebenfalls Eisläuferin, und wenn ich in ihre Fußstapfen treten könnte, würde ich mich ihr so viel näher fühlen. Auch ohne sie zu kennen. Und dann …«

Ihre Stimme versagt. Ich tätschle ihre Schulter, hätte sie am liebsten umarmt, aber ich weiß, dass sie das nicht mag, daher sehe ich sie nur aufmerksam an.

»Es gibt da diesen Jungen …«, sagt sie zaghaft.

Und dann erfahre ich alles. Wie sie und der Himmelsstürmer, wie sie ihn nennt, sich kennengelernt und auf welch tragische Art sie sich wieder verloren haben. Was sie schon alles unternommen hat, um ihn zu finden – inklusive mich anzuflehen, sie mit zum WEK zu nehmen.

Jetzt wird mir klar, dass ich falschgelegen habe. Selbst Julianna wird nicht ausschließlich von ihrem Kopf gesteuert. Und obwohl sie mir nun vermutlich bei der sachlichen Entscheidung zum weiteren Vorgehen nicht helfen kann, freue ich mich. Vor allem freue ich mich, dass sie sich mir anvertraut hat – auch wenn ich sie am liebsten durchgeschüttelt hätte, da sie mich nicht eher eingeweiht hat. Ich hätte schließlich mit nach ihm Ausschau halten können! Auf jeden Fall würde ich jetzt alles, was in meiner Macht steht, tun, damit die beiden sich wiederfinden. Ich liebe die guten Liebesgeschichten, auf dem Papier sowieso, aber wenn es hier eine echte gibt, ist das noch viel aufregender, und sie muss unbedingt gut enden.

Zunächst müssen wir allerdings das Problem mit dem Winterfest lösen.

»Wegen des Festes … Ich habe dir vorhin nicht alles erzählt. Eine Möglichkeit gäbe es da vielleicht …«

»Hmmm?« Julianna klingt wie im Halbschlaf. Warum habe ich es nicht eher angesprochen? Aber wir hatten so vieles zu bereden.

»Ich habe unter Umständen einen Weg gefunden, wie wir doch noch antreten können. Beim Wettbewerb.«

Julianna schnellt hoch. »Wie bitte?«, sagt sie so laut und so quietschend, dass Mimi im Schlaf zusammenzuckt. Sie senkt ihre Stimme. »Es gibt einen Ausweg? Wieso sagst du das erst jetzt? Und worauf warten wir noch? Woher kommt die neue Möglichkeit?«

»Erinnerst du dich an Katalina?«

»Katalina?« Julianna sinkt wenig begeistert zurück in die Kissen. »Natürlich. Das ist keine Person, die man leicht vergisst.« Sie seufzt ergeben, wirkt fast, als wäre alles verloren. »Was müssen wir tun? Unsere Seele verkaufen?«

Ich lache traurig. »Sie will meinen Tanzpartner.«

»Na dann.« Julianna zuckt die Schultern. »Soll sie doch, oder? Meintest du nicht ohnehin, der wäre mies?«

»Nein, er ist nicht … mies. Die Dinge sind nur kompliziert. Das Problem ist, dass ich ohne Tanzpartner nicht auf diesen Ball kann und ohne Ball nicht in die Gesellschaft eintreten. Dann würde ich niemals heiraten, und das wäre für meine Familie das reinste Desaster.«

»Kannst du denn nicht mit Katalinas Partner tanzen?«

Ich senke den Blick, obwohl wir uns im Halbdunkel ohnehin kaum sehen können. »Das will er vermutlich nicht. Keiner will mit mir tanzen.« Bei Katalinas Tanzpartner Joachim Ignaz Edler von Hofreiter ist dies sogar ziemlich gewiss, denn ich habe ihn einst über die großen Zähne einer höheren Tochter schlecht reden hören. Wenn er bereits darin einen Makel sieht, muss ich ihn gar nicht erst fragen.

»Dieses Biest!«, zischt sie lediglich in die Dunkelheit.

Eine Weile sitzen wir schweigend da.

»Aber es ist nicht ganz sicher, dass er absagen würde?«, hakt sie schließlich nachdenklich nach.

»Nicht vollkommen. Ich vermute es nur sehr stark.«

»Dann liegt im Grunde der nächste Schritt auf der Hand«, sagt sie entschlossen. »Bevor du irgendetwas entscheidest, müssen wir herausfinden, ob Katalinas Tanzpartner mit dir tanzen würde …«

»Wie soll das gehen?«

»Na, wir gehen hin und fragen ihn.«

Ich lache auf. »Julianna, in meiner Welt gehen die Damen nicht einfach umher und reden mit Männern. Es gibt dazu allerlei Regeln zu beachten, wer wem wann seine Aufwartung machen darf, und das geht zudem erst, nachdem man einander vorgestellt wurde, was ich als junge Frau jedoch natürlich nicht verlangen kann … Und alleine irgendwohin gehen darf ich auch nur in Ausnahmefällen.«

Ich bin fast sicher, dass Julianna anfängt zu lächeln. Und es ist nicht heimtückisch wie das von Katalina – obgleich ihre Stimme vermuten lässt, dass es etwas Verschlagenes hat.

»Dann müssen wir dabei eben gefinkelter vorgehen.«

Kapitel 39

Leopold

Es ist zwar immer noch nicht mein Eis, über das ich sause, aber ich genieße die Geschwindigkeit, mit der ich auf den Hockeyschläger gestützt über den See fliege. Und dann schieße ich den Puck zielsicher auf János, der zwischen zwei klobigen Ästen darauf wartet, ihn abzuhalten. Blitzschnell saust er an seinem linken Schuh vorbei und prallt mit einem dumpfen Geräusch gegen das gefrorene Gras am Ufer.

»Tor!«, rufe ich mit lang gezogenem O und reiße beide Hände mit dem Hockeyschläger in die Luft. Es ist schön, sämtliche Sorgen zurückzulassen und mich einfach nur auf das simple Ziel zu konzentrieren, den Puck an János vorbeizubekommen. Fort mit den Verkaufszahlen der Wachstuchfabrik, die weiterhin stark hinter den Vorjahren zurückbleiben. Weg mit Heipas stichelnden Fragen, da das Eisbassin noch immer nicht von einer spiegelnden Eisfläche überzogen ist. Und vor allem will ich nichts von höheren Töchtern wissen, die eine vermeintlich gute Partie wären. Heipa spricht zwar nicht davon, denn er spricht ja generell wenig, doch seit er angekündigt hat, dass er in diesem Jahr eine Vermählung erwarte, spuken immer wieder junge Damen mit Hut oder Fächer durch meinen Kopf.

Aber die will ich allesamt nicht.

Mir ist das Mädchen mit der roten Pudelmütze lieber. Ob sie meinen Schal noch hat? Nicht dass ich ihn zurückwill, ich frage mich einfach nur, ob der Schal sie an unser Treffen erinnert. Oder ist es für sie in der Masse der Tage untergegangen?

»Ohne Ferdinand ist dieses Spiel sinnlos«, wettert János, während er die Uferböschung nach dem Puck absucht. »Apropos, kommst du zur Geburtstagssoiree seines Vaters? Du bist doch geladen worden?«

»Überraschenderweise, ja. Ich frage mich, wie es Ferdinand gelungen ist, Frau Finck von Ehrenbach zu überreden. Sie hat letztes Mal zwischen den Zeilen verlauten lassen, was sie von uns Neureichen hält … Ich muss es mir noch überlegen, allerdings bin ich nicht sehr erpicht auf einen Abend, wo ich die ganze Zeit mit Argusaugen beobachtet werde.«

»Aber wenn du kommst, könnten wir vorher auf deren See endlich mal ordentlich Hockey spielen. Hier hast du ja gar keinen, der dich vom Tor abhält.«

Ich hebe die Schultern. »Na und? Warum sollte nicht einmal im Leben etwas *einfach* für mich sein?«

»Immer noch Probleme mit der Eisfläche? Oder bist du sauer, dass wir dieses Jahr erst zwölf Seen geschafft haben?«

Ich winke ab. »Lass uns nicht davon reden. Ich hatte zwar eine Idee, wie ich an Geld für die Pumpen kommen könnte, und habe beim WEK nachgefragt, aber daraus ist nichts geworden«, erkläre ich, während János und ich die Plätze tauschen. »Ich wurde von der versnobten Vorsitzenden nicht mal richtig angehört, da meinte sie schon, dass es nicht passen würde. Nur weil ich auch den Arbeitern Zutritt gewähren wollte.«

Wie es aussieht, muss ich mir eigene Geschäftspartner suchen. Vielleicht kann ich diesen Ziegelei-Baron Markow ins Boot holen. Erst neulich ist er wieder in der Zeitung gewesen. Er scheint in Geld zu schwimmen.

»Hmmm«, überlegt János laut. »Das klingt eigentlich nach einer guten Idee mit den Arbeitern. Ich halte ohnehin nichts von diesem ganzen Standesdünkel.« Seine Miene wird düster, dabei hat er mit seinem Familienstammbaum faktisch nichts, worüber er sich beschweren kann. Sein Blick geht nachdenklich in die Ferne. »Wer ist noch die Vorsitzende? Macht das nicht die Freifrau von Rottenau? Willst du dich auf ihr Urteil wirklich verlassen?«, fragt er, während wir erneut die Plätze tauschen.

»Wieso, kennst du sie? Ist ihr nicht zu trauen?«

»Das weiß ich nicht. Nichtsdestotrotz meine ich, dass du normalerweise nicht so schnell aufgibst. Es würde doch nicht schaden, mal unverbindlich bei einem anderen Vorstandsmitglied anzufragen, oder? Nur um sicherzugehen.«

»He, so verschlagen hätte ich dich gar nicht eingeschätzt«, rufe ich zu ihm hinüber. Aber letztlich hat er recht. Fragen kostet nichts, und es geht hier schließlich um meine Zukunft.

In dem Moment saust der Puck auf mich zu, und obwohl ich meinen Schläger schnell nach links schiebe, ist er unhaltbar und rutscht knisternd ins Gras. János grinst. Ich ebenfalls.

»Du hast recht, ohne Ferdinand geht es nicht«, sage ich.

»Du willst sofort zum WEK und meine geniale Idee umsetzen, nicht wahr?«

Ich hasse es, dass meine Freunde mich immer durchschauen. »Möglich«, sage ich trotzdem geheimnisvoll.

»Gib einfach zu, dass ich die besten Ideen habe.«

»Tse!« Unauffällig lasse ich mich nach unten sinken und nestle an meinen Kufen. »Aber ich gebe dir gerne *das*!«, rufe ich und reibe ihm eine Ladung Schnee ins Gesicht.

Wir jagen uns über den gesamten See, und es tut gut, für wenige Minuten weder Fabrikbesitzer noch Ingenieur zu sein.

Kapitel 40

Nikolett

Bis vor Kurzem habe ich geglaubt, das Schwierigste in meinem Leben wäre gewesen, János zu bitten, mit mir zu tanzen. Jetzt erkenne ich, wie falsch ich damit lag. Noch schwieriger ist es, ihn zu bitten, *nicht* mehr mit mir zu tanzen. Ich habe einen Einkaufsbummel vorgeschoben, um in Ruhe ein Gespräch führen zu können, und knete nervös meine Hände, während der Fiaker mich unnachgiebig unserem Treffpunkt näher bringt.

Wir treffen uns beim Palais Ferstel in der Herrengasse. Das Bankhaus samt Einkaufspassage steht erst seit einigen Jahren. In seinem Inneren gibt es sogar einen Himmel aus Glas, der Architekt hat irgendwie einen Weg gefunden, Glas und Stahl zu vereinen, habe ich gelesen. Was mir aber noch besser gefällt, ist das Kaffeehaus unter freiem Himmel, denn hier ist es Frauen gestattet, allein einen Kaffee zu trinken, während wir in anderen Kaffeehäusern stets in Begleitung sein müssen.

Heute interessiert mich vor allem der Basar, da ich für den runden Geburtstag meines Vaters etwas Besonderes erstehen möchte. Eigentlich hätte ich zwar schon ein Geschenk besorgt, allerdings ist mir kein besserer Vorwand eingefallen, um János zu treffen. Möge er mir verzeihen, dass ich nun noch mehr seiner kostbaren Zeit beanspruche.

Ich entdecke ihn mit seinem breitkrempigen Hut bereits, als ich aus der Droschke steige. Vor dem Eingang des Palais läuft er auf und ab, obwohl ich zu früh bin, der Mantelkragen ist hochgeschlagen. Natürlich hat er einen Tschick in der Hand. Es ist voll hier drin, und in meiner Graukatzenart gehe ich in der Menge unter. Gerade als ich ihn begrüßen will, dreht er wieder ab, sodass ich ihm folgen muss.

»Hallo«, sage ich schließlich schüchtern, als er einfach nicht anhalten will. Durch seinen Körper geht ein Ruck, und er bleibt abrupt stehen, schwingt herum.

Sein Blick ist so eindringlich wie gewohnt, doch jetzt lächelt er. Und von dem Winter ist keine Spur mehr in mir. Mein Bauch füllt sich bis zum Rücken mit Hitze, die leise gegen mein Korsett tickelt.

»Hallo«, sagt auch er. Wie immer legt sich im nächsten Moment die Unbeholfenheit wie eine Käseglocke über uns. Wir sind gefangen in dieser ganz speziellen Sphäre, in der jedes törichte Wort widerhallt und jede dumme Handlung übergroß hervortritt.

Vielleicht sagen wir deswegen so wenig. Oder verhalten uns generell wenig. Die Leute strömen um uns herum, und wir stehen weiterhin da.

Weswegen war ich noch gleich gekommen?

János räuspert sich. »Also.« Er rückt seinen Hut zurecht. »Was könnte deinem Vater gefallen?«

Ich überlege. Er hat vielfältige Interessen. Doch als Hofkämmerer begegnen ihm die kuriosesten Dinge, deswegen ist er nicht leicht zu beeindrucken. Als Kind habe ich es geliebt, ihn in seinem Kontor aufzusuchen. Man würde es nicht vermuten, aber dort gibt es allerlei Spannendes zu entdecken. Der klobige ewige Kalender aus dunklem Holz, den Papa jeden Tag weiterdreht, sodass er stets das richtige Datum anzeigt. Ein schweres Vergrößerungsglas, durch das meine Finger dick wie Brühwürste wirken. Eine Klammer für seine Papiere in der Form eines Entenkopfs, die mich als Kind jedes Mal kichern ließ, wenn sie in meinen Zeigefinger schnappte. Winzige quadratische Goldbarren für seine Briefwaage, die ich unbedingt für mein Puppenhaus haben wollte. Er hat darüber stets gelacht, als wäre es eine absurde Bitte. Aber da es sogar über funktionierende Lampen verfügte und somit besser ausgestattet war als so manches Haus in Wien, erschienen mir goldene Barren als Beistelltische damals durchaus angemessen.

Doch ihn konnte ich nicht so leicht überreden wie meine Mutter. Er hat mich auch nie aus der filigranen japanischen Tasse meinen Kakao trinken lassen. Und als ich einmal an das so hübsch verschnörkelte Kästchen aus Rosenholz gegangen bin, ist er so wütend geworden, dass ich mich danach eine ganze Weile nicht mehr ins Kontor getraut habe.

Ich seufze und lege vorsichtig meine Hand auf János' Arm, den er mir pflichtschuldig darbietet. Es ist seltsam, obwohl wir nun zweimal die Woche zusammen tanzen, ist es mir peinlich, ihn zu berühren. Vielleicht, weil ich weiß, dass er es nicht will. Allein der Anstand lässt nichts anderes zu.

»Das ist es ja, im Grunde genommen hat er bereits alles. Deswegen habe ich auf deine Hilfe gehofft. Worüber freuen Männer sich? Ich bin eine grauenvolle Geschenkegeberin«, sage ich, während wir das Palais betreten, und denke dabei an die Malsachen, die ich János überflüssigerweise zu Weihnachten geschenkt habe.

»Aber ganz und gar nicht«, protestiert er sogleich. Ich

wünschte, er würde sich nicht wie aus dem besten Benimm-ratgeber aufführen. Immerhin haben wir uns als Kinder verschwörerische Blicke zugeworfen, wenn wir besonders laut die Suppe vom Löffel geschlürft haben, ganz egal, wie oft Mutter uns ermahnt hat, manierlicher zu essen. Aber das hat es nur noch lustiger gemacht. Warum können wir jetzt nicht einfach darüber lachen, dass meine Geschenkwahl ein Fehlgriff gewesen ist?

»Wie wäre es, wenn wir uns in den Geschäften beraten lassen?«, schlägt er vor. »Immerhin sind sie für genau solche Fälle da.«

Die nächsten Stunden verbringen wir damit, uns Krawattennadeln, Kragenbroschen, Einstecktücher, Hüte, Gürtel, Zigarettenetuis, Pfeifen und Manschettenknöpfe anzusehen. Anfangs bin ich mir jeder meiner Handlungen nur allzu bewusst. Prüfe, ob ich den richtigen Abstand zu ihm habe, dass ich ihn nicht zu oft berühre – was mir immer wieder passiert – und wie ich meine Wörter betone. Doch nach und nach wird es leichter. János besteht darauf, alles für mich zu demonstrieren. Als er mit Jagdmütze auf dem Kopf und Pfeife in der Hand dasteht, muss ich so herzlich lachen, dass ein Jüngling auf uns aufmerksam wird.

»Das wäre eine tolle Buchfigur«, sagt er mit englischem Akzent. »Vielleicht ein skurriler Wachmann oder ein privater Ermittler«, überlegt er laut und wir scherzen eine Weile weiter. Schließlich kaufe ich eine neue Kragenbrosche für Vaters Sammlung. So was mag er wirklich sehr.

Natürlich trägt János die Tüte für mich, und Seite an Seite spazieren wir bis zum Ende des Palais, wo der Donaunixenbrunnen steht. Hier geht das Palais vier Fensterreihen in die

Höhe, und direkt über uns, wenn ich den Kopf in den Nacken lege, wölbt sich eine Glaskuppel, die wegen der Dämmerstunde tiefblau gefärbt ist. Es ist ein wenig, als habe jemand die Käseglocke angehoben und die Beklemmungsgefühle entschwinden lassen.

Vor uns speien kleine Drachen in einem immerwährenden Zyklus Feuerwasser in den Brunnen und sorgen für angenehmes Gurgeln.

»Machst du dir noch immer Sorgen wegen des Opernballs?«, fragt János und erinnert mich unfreiwillig an mein eigentliches Vorhaben. Zack, sind wir wieder gefangen unter der Kuppel, gefüllt mit Beklommenheit.

Ich nicke erst mal. Und benetze meine Lippen. Dann fällt mir nichts mehr ein, um meine Antwort hinauszuzögern. Der gesamte Nachmittag ist schließlich ein einziges Hinauszögern gewesen. »Ganz fürchterlich sogar.«

Er tastet nach seinem Zigarettenetui. »Ich bin mir sicher, dass wir es gut schaffen werden. Es ist immerhin nur ein Abend.«

Ich betrachte die drei aus Stein gemeißelten Nixen, die aus dem Marmorbecken auftauchen. Sie halten einander an den Händen und umtanzen die aus der Mitte des Wasserbeckens ragende Säule. Es ist absurd, aber die Nixen erinnern mich an unseren Eistanz. Es ist, als würden Mimi, Julianna und Fanny dort tanzen – und das schenkt mir die Kraft, das heikle Thema anzusprechen.

»Es gibt da allerdings etwas, das mir die Sache erheblich erleichtern würde.«

Aufmerksam sieht er mich an. Steckt sogar die Zigarette zurück.

Ich halte es nicht aus und beginne, langsam den Brunnen zu umrunden, streiche mit dem Zeigefinger über das kühle Becken, fühle jede Kerbe und jeden Kratzer.

»Mir ist wirklich nicht wohl bei dem Gedanken, die Parade anzuführen. Deswegen habe ich überlegt …« Ich schlucke und schlucke. Da ist so viel Speichel in meinem Mund.

»Was hast du dir überlegt?«

»Ob du vielleicht mit Katalina tanzen könntest.«

Die Papiertasche gleitet ihm aus der Hand. Sofort bückt er sich danach und hebt sie wieder auf. »Ich soll mit Katalina tanzen?«

Am liebsten würde ich die Augen schließen. Hätte ich es doch nur bereits hinter mich gebracht. »Ja«, krächze ich. »Letztlich macht es für dich schließlich keinen Unterschied, oder? Und sie führt gerne die Parade an …«

»Nikolett, es ist eine große Ehre, die Parade anzuführen. Und Katalina tanzt nicht halb so gut wie du. Das kannst du doch nicht aufgeben!«

»Aber ich möchte an dem Abend so wenig gesehen werden wie möglich, und das ist in der Mitte sehr viel besser machbar.«

Sein Blick fährt wieder so tief in mich, als wolle er meine Gedanken lesen. Ich bin erleichtert, als er ihn endlich abwendet. Er schüttelt jedoch den Kopf. Sofort geht alles in mir in Habacht-Stellung, er wird hoffentlich nicht ablehnen?

»War das Katalinas Idee?«

Ich will ihn nicht anlügen. Das hat er nicht verdient. Nur, wenn ich seine Vermutung bestätige, wird er es womöglich nicht machen, so skeptisch wie er jetzt wirkt. »Nein, es ist mein Wunsch«, sage ich deshalb.

»Und was sagt Joachim dazu?«, hakt er nach.

»Den muss ich noch fragen. Aber wenn er einwilligt, bist du dann ebenso einverstanden?«

Stumm schüttelt er den Kopf. »Ich verstehe es nicht«, sagt er schließlich.

Nach und nach weichen die Beklemmungsgefühle der Wut. Zunächst sind da nur vereinzelte Wutpunkte, doch sie werden mehr und mehr, bis sie wie strömender Regen herunterprasseln. Warum macht er es mir so schwer? Es sind nur wenige Stunden, und ob er nun mit mir oder Katalina tanzt, ist für ihn ein minimaler Unterschied. Auch wenn unser Umgang so schwierig geworden ist, habe ich ihn dennoch auf meiner Seite geglaubt. Er muss doch nachvollziehen können, dass ich nicht zu einer Art Zirkusattraktion werden will.

Mit verschränkten Armen lehne ich mich an den Springbrunnen. »Was gibt es da nicht zu verstehen?«

»Ich weiß noch, wie verstört du warst. Damals, als du als junger Backfisch nach diesem Kaffeekränzchen nach Hause gekommen bist. Es war der erste Nachmittag, an dem du nicht mehr dein Zimmer verlassen hast. Die anderen Mädchen können grausam sein. Aber erkennst du nicht, dass das hier deine große Chance ist, es ihnen allen zu zeigen? Zu beweisen, dass man sich nicht verstecken muss, trotz deiner …« Er gestikuliert in meine Richtung, findet jedoch keine Worte für meine Entstellung, die höflich genug sind.

»Verunzierung?«, schlage ich vor, doch das scheint ihn zu erzürnen.

»Du musst aufhören, dir davon dein ganzes Leben bestimmen zu lassen!«

Tse! Was weiß er denn schon? Er, der von sämtlichen Fräuleins angehimmelt wird, und selbst die Blicke einiger Damen sind mir nicht entgangen. Warum kann ich es den Leuten nicht recht machen? Jetzt bin ich bereit, auf den vermaledeiten Ball zu gehen, aber nein, ich soll obendrein in erster Reihe tanzen. Wann sind sie jemals zufrieden?

Aber wenn ich das hier nicht richtig arrangiere, sind die anderen vom Wettbewerb auf dem Winterfest ausgeschlossen, und das kann ich nicht zulassen.

»Dann machst du es also nicht?« In mir tost inzwischen ein ganzer Sturm aus Wut, Trauer und Angst.

Er holt einen neuen Tschick hervor.

»Wenn du das wirklich möchtest, dann mache ich es.« Laut lässt er das Etui zuschnappen.

Das Geräusch geht mir während der gesamten Rückfahrt nicht aus dem Kopf. Dafür ist es zu tief in meine Glieder gefahren. Es fühlt sich an, als hätte sich endgültig eine Tür zwischen uns geschlossen. Dabei wollte er doch ohnehin nie mit mir tanzen. Und vor dem Ball gibt es nur noch vier Tanzproben.

»Hast du etwas Schönes gefunden?«, fragt Mutter, als ich meinen Mantel aufhänge.

Ich halte die Tüte hoch. »Ja. Ich denke, er wird sich freuen.« Mein zweites, eigentliches Geschenk, das ich bereits besorgt hatte, würde ich bis Weihnachten zurückhalten.

»Hör mal, es sind leider Gottes einige Absagen zur Geburtstagsfeier eingetrudelt, sodass wir überraschend noch Raum haben. Warum bittest du nicht deine neue Freundin, sich zu uns zu gesellen, wenn Katalina keine Zeit hat?«

Ich erstarre. »M…Meine neue Freundin?«

»Diese Jacqueline White?«

»Oh.«

»Oh?«

»Ich … äh … bin nicht sicher, ob sie frei sein wird. Und solche Einladungen in letzter Minute sind ja schon etwas heikel …«

»Nikolett. Ich dulde keinen weiteren Umgang mit dieser Person, bis wir sie nicht endlich kennengelernt haben. Falls sie es zum Geburtstagsessen nicht einrichten kann, kann sie uns auch privat eine Aufwartung machen.«

Irgendwie schaffe ich es, zu lächeln. Zumindest habe ich meine Mundwinkel nach oben gezwungen. Gleichzeitig rasen meine Gedanken.

Wie in aller Welt soll ich da wieder rauskommen?

Kapitel 41

Julianna

Nikolett wartet bereits, als ich auf unseren geheimen Treffpunkt zuhetze. Max läuft mir hechelnd entgegen, als wolle er mich abholen. Natürlich bin ich zu spät. Ich musste eine günstige Gelegenheit abpassen, um mich davonzuschleichen. Tatiana, Markows Gattin, geht gänzlich darin auf, meine angebliche Liebschaft zu decken, indem sie mir immer wieder mal vermeintliche Botengänge zuschanzt; seit Sonntag ist sie jedoch wieder verreist, und Markow ist momentan getriebener denn je. Gestern hat er mich auf frischer Tat ertappt, als ich gehen wollte, und hat mir eine letzte Verwarnung gegeben. Meine Angst, auf der Straße zu stehen, ist immens, doch ich will Nikolett auf keinen Fall bei der schwierigen Aufgabe allein lassen, wenn sie Katalinas Tanzpartner bittet, mit ihr zu tanzen. Meiner Meinung nach ist es ohnehin eine Verbesserung, wenn man mit Nikolett tanzen kann anstatt mit Katalina, aber ich habe schon oft feststellen müssen, dass die Mehrheit der Menschen anders denkt als ich.

Vor allem aber hat Nikolett sich in den Kopf gesetzt, den Himmelsstürmer zu finden, und will mit mir sämtliche Kaffeehäuser der Stadt besuchen. Dort treffen sich zahlreiche junge Männer aus unterschiedlichen Schichten. Aber ob wir ihn tatsächlich finden werden?

Sein spitzbübisches Grinsen und die klaren Augen stehen mir so deutlich vor Augen, als hätten wir uns erst gestern verloren. Und was noch viel entscheidender ist, ist das Gefühl, das er in mir ausgelöst hat. Obwohl ich weiß, dass es vermutlich fatal ist, mich der Hoffnung hinzugeben, stelle ich mir immer wieder vor, wie seine Augen aufleuchten, wenn wir uns begegnen und unsere Hände zusammenfinden. In meiner Vorstellung ist im selben Moment die Vertrautheit wieder da, die durch unseren gemeinsamen Tag auf dem Eis entstanden ist.

Ich weiß nicht, warum es so ist.

Vielleicht weil es so ein besonderer Tag war, oder womöglich, weil unsere Herzen durch unseren gemeinsamen Eislauf im selben Takt geschlagen haben. Fanny würde vermutlich mit einer esoterischen Erklärung aufwarten und sagen, dass es in den Sternen stünde. Mimi mit einer romantischen und behaupten, dass wir das Feuer der Liebe ineinander entfacht hätten. Und ich? Ich weiß nur, dass es sich richtig angefühlt hat. Und dass da diese tiefe Überzeugung ist, dass wir zusammengehören, obwohl es absurd ist, da wir uns kaum kennen.

Nikolett winkt mir zu. Selbst aus der Entfernung kann ich sehen, wie aufgeregt sie ist. »Da bist du ja endlich«, sagt sie und zieht mich ins Gebüsch am Straßenrand. »Komm, hier hinter dem dicken Baum können wir dich umziehen. Ich habe alles dabei.« Sie hält einen Beutel aus Stoff hoch.

»Ich soll mich umziehen? Hier in der Kälte?«

»Seit wann sind wir denn so zimperlich? Und selbstverständlich musst du dich standesgemäß anziehen.«

»Ich bin standesgemäß angezogen.«

»Ich meine natürlich, *vermeintlich* standesgemäß, damit wir dich ins Kaffeehaus schmuggeln können.«

Sie beginnt den Beutel zu öffnen. »Na los, zieh schon mal deine Bluse aus.«

»Können wir das schicke Oberkleid nicht einfach über meine Arbeitskleider ziehen?«

»Willst du diesen jungen Mann finden oder nicht?«

Grummelnd beginne ich meine Bluse aufzuknöpfen, obwohl mir bewusst ist, dass das ganze Unterfangen ein weiterer verzweifelter Griff nach einem Strohhalm ist. Unwirsch schüttle ich den Kopf. »Es gibt so unglaublich viele Menschen in Wien. Wie groß ist da die Wahrscheinlichkeit, dass er ausgerechnet heute in dem Kaffeehaus ist, das wir aufsuchen?«

Statt einer Antwort legt Nikolett ein Korsett um mein Unterhemd.

Entsetzt schreie ich auf.

»Keine Frau, die etwas auf sich hält, verlässt ohne Korsett das Haus«, sagt sie im besten Gouvernantentonfall.

Im nächsten Moment geht ein Ruck durch meinen Körper, als sie die Bänder festzieht.

»Was denn?«, fragt sie scheinheilig. »So ist das Leben als verwöhntes Fräulein nun mal. Du willst doch nicht etwa jammern?«

»Nein, nein«, presse ich hervor, während sie mich weiter einschnürt. »Überaus kommod!«

Ich huste zur Unterstreichung, aber Nikolett hat keinerlei Mitleid und zieht an den Schnüren, als wäre es ein Fischernetz. Dann hält sie mir eine Bluse hin. Erst danach folgt das Kleid. Es ist blutrot und vom weit ausgestellten Rock ausgehend schlängeln sich aufgenähte Ornamente nach oben.

Der glänzende Stoff wirft selbst das schwache Licht des Wintertags zurück. Vorsichtig streiche ich über den Stoff und kann kaum fassen, wie glatt er ist.

»Wie fühlst du dich?«, fragt Nikolett mit sanfter Stimme.

»Wie eine Biskuitroulade«, antworte ich prompt und huste erneut. An die Atmung im Korsett muss ich mich erst noch gewöhnen.

»Was deinen Einwand betrifft«, spricht sie weiter, während sie hinter mir steht und die Ösen verschließt, als wäre sie meine Kammerzofe, und ich muss über den Aberwitz schmunzeln. »Natürlich ist es unwahrscheinlich. Aber wenn du nur rumsitzt und nichts versuchst, ist es sogar gänzlich unmöglich. Da greife ich doch lieber nach den Sternen und hoffe.«

Max bellt zustimmend und wedelt mit dem Schwanz. Nikolett legt derweil einen hüftlangen Umhang um meine Schultern. Er ist am Revers mit hellen Blüten bestickt und die Kanten sind mit ebenso heller Spitze eingefasst. Etwas so Edles hatte ich nie zuvor an, und darunter entfaltet sich bereits eine wohlige Wärme. »Und nächste Woche können wir uns die Warenhäuser vorknüpfen. Jawohl, wir werden den gesamten ersten Bezirk genauestens unter die Lupe nehmen.«

»Doch nicht etwa in denen da?« Ich nicke zu den Schnürstiefeln aus dunkelbraunem Leder mit Absatz, die ich aus dem Beutel herauslugen sehe. Noch nie zuvor habe ich Schuhe mit Absatz getragen.

»Nein, die habe ich nur zur Zierde mitgebracht, und es wird gewiss keine Menschenseele Verdacht schöpfen, wenn du zu deinem edlen Gewand deine ausgebeulten Treter anhast, an denen Pferdemist klebt.«

»Du verbringst zu viel Zeit mit sarkastischen Menschen.«

Nikolett lacht. »Ja, mein Leben ist nicht leicht. Auch wenn du mir das nie glauben willst. Und jetzt rein in die Stiefel, wir dürfen keine weitere Zeit verlieren.«

Irgendwie schaffe ich es, mich hineinzuquetschen, und stelze damit vorsichtig durch den Schnee, sacke jedoch nach hinten und kreische.

Nikolett greift nach meinem schlingernden Arm.

»Jetzt verstehe ich, warum ihr euch immer und überall unterhaken müsst.«

Sie grinst. »Wenn wir aus dem Tiefschnee heraus sind, geht es besser. Aber schade, dass du wie ein Lamm im Wackelpudding wirkst. Ich hätte gehofft, dass du mir bei dieser winzigen Kleinigkeit behilflich sein könntest«, sagt sie, als wir auf die Straße treten und sie mir obendrein einen Hut mit langen schwarzen Federn und einer senfgelben Schleife aufsetzt.

Das kann nichts Gutes bedeuten.

Wer so beiläufig fragt, hat stets etwas Böses im Sinn. Selbst solch unverdorbene Seele wie Nikolett.

»Was?«, frage ich argwöhnisch und hadere dessen, was kommen mag.

»Natürlich konnte ich nicht ohne Ausrede so häufig außer Haus sein, um auf dem Eis zu üben«, beginnt sie, und sie dreht sich weg, um einen Fiaker herbeizurufen.

Gott, was würde ich dafür geben, kurz mit der Hand winken zu können und einen Pferdewagen zu haben, der mich überall hinfährt, anstatt stets zu laufen. Insbesondere in diesen Folterwerkzeugen namens Schnürstiefel.

»Und nun feiern wir am Wochenende den runden Geburtstag meines Vaters. Es wird eine Soiree.«

Sie sieht mich erwartungsvoll an. Also nicke ich.

»Und meine Mutter hat mich gebeten, meine neue Freundin mitzubringen, die ich in letzter Zeit so häufig besucht habe.«

Wieder nicke ich, da sie so aussieht, als würde sie eine Reaktion von mir erwarten.

»Eine Freundin, die es in Wirklichkeit nicht gibt.«

»Und wie soll das dann …?« Ich stutze. Sehe in ihr Gesicht, um sicherzugehen, ob ich richtig vermute. »O nein. Oh neinneinnein. Unter gar keinen Umständen.«

»Ach, komm schon, Julianna! Es ist wirklich wichtig.«

»Bist du von Sinnen? Ich kann mich doch nicht auf einer Feier der gehobenen Gesellschaft für jemanden ausgeben, der ich nicht bin.«

»Sieh dich doch an, du siehst aus wie eine feine Dame.«

»Aber ich fühle mich nicht so. Und ich bewege mich auch nicht so.« Betont ungelenk gestikuliere ich durch die Luft. »Du hast eben selbst gesagt, dass ich wie ein Lamm im Wackelpudding wirke. Außerdem habt ihr diese unzähligen Regeln, und ich kann nicht tanzen. Wie soll das gehen? Kann deine angebliche Freundin nicht einfach krank sein?«

»Leider kenne ich meine Mutter. Sie wird nicht lockerlassen, bis ich ihr Jacquie präsentiert habe. Da ist ein größerer Rahmen noch einfacher als eine private Aufwartung.«

»Jacquie? Was ist denn das überhaupt für ein Name?«

»Er mag etwas außergewöhnlich sein, aber ich finde, er hat was. Er ist inspiriert durch Jackson.«

»Dann soll Jackson das doch machen. Der macht sich bestimmt gut in Frauenkleidern.«

Sie legt den Kopf schief, und ich zwinge mich, das Thema ernsthaft zu betrachten. Es scheint ihr enorm wichtig zu sein.

»Niko, ich würde dir sehr gerne helfen. Ich weiß nur nicht,

wie das funktionieren soll. Ich falle durch mein Äußeres auf wie ein bunter Hund. Und meine Sprache ist ganz anders, du benutzt manchmal Wörter, die ich noch nie gehört habe. Ich würde doch keine fünf Minuten als höhere Tochter durchgehen. Nicht mal die mittlere Tochter würde man mir abkaufen.«

Nikolett setzt sich auf. »Also, ich habe mir das genau überlegt. Was die Sprache betrifft: Sie glaubt, dass du – wie Jackson – aus der Neuen Welt kommst, und wird jegliche Fehler der Unkenntnis der Sprache zuschreiben. Und was die Manieren angeht: Wir haben ja heute einen ganzen Tag, an dem du das Fräulein aus gutem Hause spielen musst und wo wir üben können. Und wir brauchen nur einen kurzen Auftritt deinerseits. Danach könnte dir blümerant zumute sein, oder du bist früh erschöpft und verabschiedest dich.«

»Hmmm«, murmle ich wenig überzeugt. Das konnte nicht gut gehen. »Mir ist jetzt bereits blümerant zumute. Ein-ganzer-Blumenstrauß-blümerant sogar.«

Nikolett sieht mich flehentlich an. »Aber du machst es?«

Da es Frauen nicht gestattet ist, allein die Kaffeehäuser aufzusuchen, treffen wir Jackson in der Innenstadt. Er trägt einen Anzug – ich nehme an, dass Nikolett ihn von einem ihrer Brüder ausgeborgt hat – und sieht richtig schick aus.

»Die Damen!«, ruft er von Weitem mit ausgebreiteten Händen. »Wenn ich Sie erblicke, geht die Sonne auf. Und ich glaube es ja kaum, Nikolett, wer ist diese unbekannte Blüte an deiner Seite?«, scherzt er grinsend, als er mich betrachtet.

»Halt bloß den Mund!«, schimpfe ich und boxe ihm gegen die Schulter.

Nikoletts mahnender Blick erinnert mich, dass ich mich heute *damenhaft* zu verhalten habe. »Oh. Ich … bitte vielmals um Verzeihung?«, sage ich in ihre Richtung und boxe Jackson dann mit abgewinkeltem kleinem Finger und etwas sanfter gegen die Schulter, bevor ich meine Hand sehr damenhaft wieder zurückziehe.

Nikolett findet das jedoch gar nicht lustig. »Selbst beim Kaffeekränzchen ist das Abwinkeln des kleinen Fingers eine Unart. Das *glaubt* ihr Fußvolk nur, dass wir das so machen.«

»Oh, Pardon!«, lenke ich ein. Aber wie würde eine feine Dame dann ihren Unwillen zum Ausdruck bringen? Ich stemme die Hände in die Hüften, sehe Jackson finster an und schimpfe in hoher Stimme: »Du Rüpel!«

Jackson lacht herzhaft, und Nikolett schüttelt den Kopf. Sie wirkt resigniert, obwohl wir gerade erst begonnen haben. In der Kutsche habe ich soeben gelernt, wie man sitzt. Nie hätte ich geglaubt, dass es dabei so viel zu beachten gibt.

»Unhold?«, versuche ich es noch einmal.

»Nein! Nein! Nein!«, sagt Nikolett am Rande der Verzweiflung.

»Aber wie gebe ich ihm dann zu verstehen, dass er seine Zunge besser im Zaum halten soll?« Drohend hebe ich den Zeigefinger.

»Gar nicht. So etwas dürfen wir nicht äußern. Wir können allemal konsterniert dreinschauen.«

Puh! Kein Wunder, dass in ihrer Schicht so viele Frauen der Hysterie verfallen. Das kann nicht gesund sein! Um meinen guten Willen zu zeigen, werfe ich Jackson jedoch den besten konsternierten Blick zu, den ich mir vorstellen kann.

Nikolett wirkt zufrieden. »Das liegt dir.«

Ich grinse stolz.

Jackson bietet uns beiden galant je einen seiner Arme dar und ich ergreife ihn begeistert. Doch Nikolett meckert auch darüber. »Das ist sehr aufmerksam von dir, Jackson, aber ich bedaure. So können wir nicht durch die Straßen gehen.«

»Warum nicht?«, frage ich verdutzt. »Ich sehe ständig Frauen, die von Männern irgendwohin geleitet werden, als wären sie unfähig, allein etwas hinzubekommen.«

»Das hat damit nichts zu tun, Julianna. Es geht um Höflichkeit. Man hat der Dame seine Ehrfurcht zu erweisen.«

Ach ja? Und warum muss ich dann tagtäglich Markows Nachttopf leeren?, denke ich, will die ausgelassene Stimmung jedoch nicht vermiesen. Ohnehin bin ich unentschlossen. Das mit der Ehrfurcht gegenüber Damen gefällt mir, gleichzeitig schiebt es uns Frauen in eine recht hilflose Position, wo wir stets auf andere angewiesen sind.

»Wenn ein Herr zwei Damen begleitet, bietet er keiner seinen Arm an«, erklärt Nikolett weiter. »Höchstens unter Verwandten oder sehr nahen Bekannten auf Ausflügen. Auf den Straßen der Stadt hingegen würde man so etwas nie machen. Das hätte etwas von einem Hallodri.«

»Oh.« Jackson steht kerzengerade da. »Das würde mir natürlich niemals in den Sinn kommen«, sagt er schelmenhaft, und wir ziehen lachend Seite an Seite los.

Es ist wie ein kleines Abenteuer, so fein herausgeputzt durch die Straßen Wiens zu spazieren. Ich muss nur stets auf der Hut sein, dass meine Absätze nicht in den sandigen

Fugen des Kopfsteinpflasters versinken oder stecken bleiben.

Überrascht stelle ich schnell fest, dass die Menschen mir ganz anders begegnen. Schauen sie sonst direkt durch mich hindurch, tippt sich nun jeder Mann an den Hut oder hebt ihn sogar leicht und die Damen nicken gediegen, wenn sich unsere Blicke kreuzen. Schon bald muss Nikolett mich nicht mehr an meine Haltung erinnern, denn ich fühle mich so erhaben, dass mein Rücken von selbst gerade wird.

Dann knüpfen wir uns als Erstes das Kaffeehaus vor, wo dieser Joachim Ignaz Edler von Hofreiter sich aufhalten soll. Nikolett entdeckt ihn sofort.

»Da ist er«, wispert sie uns zu, und ihre Augen huschen zu einem jungen Mann mit dunklem Schnurrbart. Die Haare sind ordentlich in der Mitte gescheitelt und fallen in zwei großen Bögen zur Seite, und um den aufgestellten rein weißen Kragen hat er eine Schleife gebunden. Das ist aber auch das Einzige, was an ihm ordentlich ist. Auf seinem Stuhl kippelt er nach hinten, in seiner Hand hält er eine dicke Zigarre, und mit seiner Männergruppe liegt er in einem lautstarken Disput. Ich höre etwas von »Freiheitlichkeit«, »Weltanschauung« und »Menschheit«.

»Und was machen wir jetzt?« Nikoletts Stimme zittert.

Jackson kehrt die Handflächen nach außen. »Na, wir gehen hin und fragen.« Er bemerkt die blanke Furcht in Nikoletts Gesicht schon nicht mehr, denn er geht unumwunden los.

Angsterfüllt sieht sie mich an. Mir fällt auch keine bessere Lösung ein, und so folgen wir ihm.

Jackson räuspert sich lautstark, da ihn niemand am Tisch beachtet. Das Gespräch verebbt nach und nach, und als er die volle Aufmerksamkeit hat, tritt er zur Seite und macht eine präsentierende Geste in Nikoletts Richtung. »Diese junge Dame hat ein Begehr.« Nikolett ist gezwungen, vorzutreten.

Umgehend schwingt dieser Joachim Edler von Dingsbums in seinem Stuhl nach vorne. Mit dem dumpfen Geräusch ändert sich die Stimmung, wird von ausgelassen zu gehemmt, nachdem im ersten Moment alle Nikolett angestarrt haben, da das Tuch die Narbe nie gänzlich verbirgt. Die jungen Männer erheben sich kurz, und danach flattern ihre Blicke wie in einer Voliere umher. Überallhin, nur nicht zu Nikolett.

»Die Comtesse Finck von Ehrenbach, welch angenehme Überraschung. Mit Verlaub muss ich jedoch sagen, dass ich Sie nicht in einem Literaten-Kaffeehaus erwartet hätte«, säuselt der vermeintlich Edle, und ich muss mich zusammennehmen. Ich kenne niemanden, der so belesen ist wie Nikolett, aber das ahnt er vermutlich nicht.

»In der Tat verkehre ich normalerweise in anderen Etablissements«, stimmt Nikolett unsicher zu.

Ich trete etwas näher an sie heran, um ihr wortwörtlich den Rücken zu stärken, denn die Nikolett hier im Kaffeehaus ist nicht mehr die Nikolett, die ich kenne. Nicht die junge Frau mit dem riesengroßen Herzen, dem sanften Lachen und den gefinkelten Vorschlägen. Es ist die schüchterne Nikolett von unserer ersten Begegnung, die kaum wagt, den Mund zu öffnen. Sie steht mit hochrotem Kopf da, als hätten wir eine harte Probestunde hinter uns, und ich würde ihr am liebsten etwas Bestärkendes ins Ohr flüstern. Dieser Joachim kann doch froh sein, mit Nikolett zu tanzen anstelle von dieser Hexe mit den gelben Schleifen im Haar.

»Ich … habe jedoch eine Frage. Katalina möchte gerne den

Opernball mit János bestreiten, um die Parade anzuführen. Wäre es …«« Alle am Tisch starren sie an, und Nikoletts Stimme bricht weg. Ich lege, für die anderen nicht sichtbar, meine Hand an ihren Rücken. Sie atmet tief ein und spricht weiter. »Könnten Sie sich vorstellen, die Partner zu tauschen?«

Geschickt! Sie stellt gar nicht in Aussicht, dass sie sonst nicht debütieren kann, und spricht einfach von Partnertausch.

»Ich … würde dann Sie auf den Ball geleiten, Comtesse?«, hakt er nach.

Einer der Männer aus der Runde bekommt einen Hustenanfall, und Jackson tritt näher an den Tisch. »Das ist doch gewiss kein Problem?«, hakt er seinerseits nach.

Nun liegen alle Augen auf Joachim Ignaz Edler von Hofreiter. Wie edel würde der feine Herr sich verhalten? Er sieht zu seinen Kumpanen, die gebannt seine Antwort abzuwarten scheinen. Einige wirken amüsiert, andere schlichtweg neugierig. Haben sie vorher nicht über Freiheit und Menschlichkeit debattiert? Nun kann er seine wahre Gesinnung demonstrieren.

Er merkt, dass die Pause zu lang wird, muss jetzt etwas sagen, sonst spräche sein Schweigen für ihn.

»Äh … aber gewiss doch.« Er erhebt sich halb vom Tisch, tastet nach einem Hut und fährt sich durch die Haare, als er bemerkt, dass keiner da ist. »Es wäre mir eine Ehre, Sie zum Ball zu geleiten, Comtesse.«

Nikolett lächelt erleichtert, und ich hätte am liebsten laut applaudiert, muss aber meine Contenance wahren, wie Nikolett mich gelehrt hat.

»Die Freude ist ganz meinerseits. Dann sehen wir uns bei der nächsten Tanzprobe?«

Er neigt den Kopf. »Sehr gerne.«

Nikolett knickst, und ich tue es ihr rasch gleich. Danach dürfen wir endlich das Kaffeehaus verlassen. Die gesamte Zeit über wahre ich brav die Fassung, auch wenn ein riesiges Lächeln in meinem Gesicht zu sehen sein dürfte.

Doch kaum sind wir draußen, ziehe ich Nikolett in eine Nebengasse. Wir fassen uns an den Unterarmen, springen und hüpfen und kreischen gleichzeitig unser Glück heraus. Jackson sieht uns verblüfft an. Er weiß, dass Nikolett diesen Tausch einfädeln musste, aber nicht, was parallel für uns auf dem Spiel stand. Nun weihen wir ihn ein und er ist ebenso erleichtert.

Glücklich sehen wir uns an. »Wir haben es geschafft!« Jetzt dürfen wir auftreten, und Nikolett kann trotzdem zum Opernball gehen.

»Und weißt du was?«, sagt Nikolett und klingt dabei fest entschlossen. »Ich werde mit auftreten.«

Überrascht sehe ich sie an. Ich freue mich ungemein, doch nach all der Sorge, die sie hatte, muss ich einfach fragen. »Bist du sicher?«

Sie nickt freudig. »Wenn ich den Opernball überstehe, sollte der Eislaufauftritt ein Kinderspiel werden. Mit euch an meiner Seite schaffe ich das!«

Euphorisch pilgern wir danach weiter von Kaffeehaus zu Kaffeehaus, um den Himmelsstürmer zu finden. In jedem umhüllt uns ein stickiger Geruch nach Tschick, vermischt mit Mokka und laute Stimmen schwirren durch den Raum. Da wir nicht ausreichend Geld haben, um überall etwas zu trinken, geben wir meist vor, jemanden zu suchen, und drehen lediglich eine kurze Runde durch den Innenbereich.

Jedes Mal überfliege ich hastig die Gäste und mit jedem weiteren erfolglosen Versuch sinkt der Mut wieder. Passt mein Himmelsstürmer hier überhaupt herein? Würde er mit den anderen stundenlang rauchend am Tisch sitzen und über das Leben philosophieren, seine Geistesblitze danach fragmentartig in einem zerfledderten Notizbüchlein festhalten?

Ich kann es mir kaum vorstellen.

Andererseits kenne ich ihn eben auch nicht. Einen einzigen Tag haben wir vor Jahren geteilt, was weiß ich schon über ihn? Selbst an diesem winzigen Auszug seines Lebens habe ich ihn schließlich falsch eingeschätzt, als ich geglaubt habe, er wäre Anfänger.

»Julianna«, zischt Nikolett, und ich weiß, dass ich abermals eine der zehntausend Regeln außer Acht gelassen habe. Das Umsehen darf nur höchlichst diskret geschehen. Wenn wir was trinken, darf ich nur auf dem äußersten Rand des Thonet-Sessels sitzen und mich niemals anlehnen. Als ich einmal die schmerzenden Beine übereinanderlegen will, ist sie ganz außer sich, kann jedoch nicht erklären, warum es so schlimm sein sollte. »Es lässt sich mit der Wohlanständigkeit nicht vereinen«, sagt sie lediglich mit hochrotem Kopf.

»Können wir bitte eine Verschnaufpause einlegen?«, frage ich Stunden später. »Ich fühle mich dank dieser fürchterlichen Schnürstiefel bereits wie die kleine Meerjungfrau, die zwar Beine von der Meerhexe bekommen hat, bei der aber jeder Schritt nur noch schmerzt.«

Nikolett legt amüsiert einen Arm um mich, und Jackson

sagt: »O ja, wie wäre es, wenn wir zur Abwechslung in ein Kaffeehaus gehen?«

Ich lache gequält, denn ich bin den beiden unendlich dankbar, spüre aber gleichzeitig, wie sich Resignation in mir ausbreitet.

»Eines noch?«, fragt Nikolett.

»Ich weiß nicht. Ich habe jetzt ausreichend Kaffeehausgänger und Literaten gesehen. So ist er aber nicht. Das passt einfach nicht zu ihm.« Und wenn doch, dann passe ich vermutlich nicht zu ihm.

»Wie ist er denn?«, fragt Jackson.

»Aktiv, er bewegt sich gerne. Fröhlich. Und er hat eine anpackende Art, scheint aber auch gerne logisch zu denken.«

Nikolett nimmt den Zeigefinger von ihrer Unterlippe. »Ich glaube, in dem Fall habe ich genau das Richtige.«

»Na dann …« Jackson bietet uns seinen Arm an und lässt ihn sogleich, in Erinnerung an Nikoletts Worte, wieder sinken.

Nikolett geleitet uns zu einem weiteren Etablissement. *Stierböcks Kaffeehaus* steht draußen. Doch statt der verrauchten Innenräume treten wir hier in eine Halle mit meterhohen Decken und gestreiften Tapeten. In der Mitte des weitläufigen Raumes stehen große grüne Tische, deren Beine so geschwungen sind wie die Hinterläufe eines Hirschs. Männer mit langen Stöcken beugen sich über die Tische, um Kugeln fortzustoßen. Immer wieder erfüllt ein helles Klackern zwischen dem Gewirr an Menschenstimmen den Saal.

»Was ist das?«, frage ich Nikolett neugierig.

»Kaffeehausbillard«, erklärt sie. »Oder vielleicht kennst du Karambolage? Das Spiel ist recht ähnlich.«

Jackson führt uns durch den Saal und wir geben vor, uns nicht recht für einen Platz entscheiden zu können; natürlich will er mir einfach nur Zeit geben, möglichst viele Besucher zu begutachten. Ich sehe Herren in allen erdenklichen Größen und Haarfarben, die sich über den Tisch beugen oder von der Seite das Geschehen beobachten. Einer von ihnen sitzt in einem klobigen Rollstuhl am Billardtisch, es gibt aber auch Tische mit Stühlen am Rand des länglichen Saals.

Doch wieder ist der Himmelsstürmer nicht unter ihnen.

Schade. Hier hätte ich ihn mir tatsächlich vorstellen können.

Jackson bestellt, nach Absprache mit Nikolett, uns allen eine Melange, und ich genieße sie in winzigen Schlucken – natürlich nicht, ohne regelmäßig von Nikolett belehrt zu werden. Nicht einmal das Schlagobers darf ich mir von der Oberlippe lecken. Was sie wohl sagen würde, wenn ich hier die Eigenarten aus dem Waisenhaus hervorholen würde? Dort haben wir Semmel in das Getränk gebröselt. Zu heiße Getränke haben wir auf die Untertasse gegossen und direkt von dort geschlürft. Nikolett ist jedoch bereits entsetzt, als ich Löcher in den Kaffee puste.

Doch nun ist der letzte Schluck ohnehin getrunken und ich sinke in meinen Stuhl zurück. Was für ein Tag!

»Lehne!«, flüstert Nikolett sogleich, und ich richte mich grummelnd wieder auf. »Aber ich bin so müde. Muss man dem nicht ebenfalls Respekt erweisen?«

»Nicht einmal im Kreise der Freundinnen darf man sich anlehnen. Allemal im höheren Alter könntest du …«

Ich höre nicht mehr, was sie sonst noch sagt, denn mein Blick ist wie gefesselt.

Vor allem auch, weil alles stillsteht.

Da sind keine Stimmen mehr, kein Klackern der Kugeln, nicht einmal mein Herzschlag.

Da, im gläsernen Nebenraum ist er. Ich bin ganz sicher.

Er ist über den Tisch gebeugt und visiert hoch konzentriert die weiße Kugel an, von der ich beobachtet habe, dass sie damit auf die anderen Kugeln zielen. Nichtsdestotrotz ist mein Blick so schonungslos und so starr, dass er es eigentlich fühlen muss.

Jetzt.

Ich warte, dass er vom Billardtisch aufsieht und unsere Blicke sich endlich treffen. Wird es so sein, wie ich es mir vorgestellt habe?

Doch dann peitscht eine grausame Stimme durch den Raum. Umgehend ist alles zurück. Das Stimmengewirr und auch mein Herzschlag. Vor allem mein Herzschlag. In dreifacher Geschwindigkeit. Ich schaffe es gerade noch, mich vom Eingang wegzudrehen.

An der lauter werdenden Stimme erkenne ich, dass Markow im Raum ist. Was hat er hier zu suchen, sind Kaffeehausbesuche etwa keine Vergnügung, der man zu entsagen hat? Nikolett scheint nicht weniger alarmiert und wühlt hektisch in ihrem Täschchen.

Wo soll ich hin? Hier gibt es nichts zum Verstecken, schließlich kann ich schlecht durch den gesamten Raum unter einen der Billardtische krabbeln – selbst wenn mir sehr danach zumute wäre. Aber ich kann auch nicht ewig auf diese merkwürdige Art sitzen bleiben. Früher oder später würde Markow sich umsehen.

»Was habt ihr denn?«, fragt Jackson irritiert.

»Markow ist hier.« Nikolett nickt in Richtung der Tür. »Drüben in der Männergruppe, der mit dem schwarzen Schnauzer und dem länglichen Kopf.« Dann wendet sie sich mir zu. Mit einer einzigen Handbewegung und einem *Ratsch!* hat sie einen Fächer aus Spitze ausgebreitet. »Hier, halt dir den vors Gesicht!«

Dankbar nehme ich den Fächer entgegen und schirme, so gut es geht, mein Gesicht ab. »Nach draußen komme ich so aber nicht. Leider erkennt man mich ja sofort an meinen Augen, die meine asiatische Abstammung verraten, und die kann ich schlecht ebenfalls abschirmen.«

»Ich weiß, ich weiß, ich weiß. Es ist nur eine erste Maßnahme, während ich versuche, eine Lösung zu finden. Zum Teufel, ich kann nicht denken!«

Ich auch nicht. Das Einzige, was ich denken kann, ist, dass ich Nikolett noch nie habe fluchen hören. Und dass es wahrlich nichts Gutes bedeuten kann, denn ich bin mir ziemlich sicher, dass Fluchen alles andere als damenhaft ist.

Wenn ich bei Markow rausfliege, kann ich den Wettbewerb vergessen. Bei einem anderen Arbeitgeber würde ich so kurz nach einer Neuanstellung niemals freibekommen. Falls ich überhaupt so schnell wieder etwas finden würde.

Jackson zieht ein blütenweißes Taschentuch hervor und reicht es mir eilig. »Tupfe damit immer wieder deine Stirn ab, sodass es deine Augen bedeckt.« Er wendet sich an Nikolett. »Du fächerst ihr Luft zu und schirmst sie ab, so gut es geht.«

»Und du?«, fragt Nikolett.

»Ich trage sie hinaus.« Im nächsten Moment werde ich aus dem Sessel gehoben. Ich spüre Jacksons kräftige Arme unter meinen Achseln und in den Kniekehlen, meine Beine wackeln in der Luft. Doch dann hält Jackson inne. »Oder gibt es diesbezüglich auch irgendwelche Anstandsregeln? Muss ich beide Damen hinaustragen, wenn ich es der einen anbiete?«, fragt er Nikolett mit Unschuldsmiene.

Zum Glück ist sie genauso wenig zu Scherzen aufgelegt wie ich. »Zur Hölle mit dem verfluchten Anstand«, zischt sie ihm zu. »Und jetzt raus mit dir!«

»Bahn frei, diese junge Dame muss an die frische Luft!«, ruft er theatralisch und schafft so mit dem auffälligsten aller Abgänge unsere Fluchtmöglichkeit, während ich mir viel zu heftig das Taschentuch ins Gesicht presse und Nikolett fächerwedelnd neben mir herläuft. Das spüre ich nur am Luftzug, denn ich wage es nicht einmal zu linsen – bis endlich die frische Luft meine Nase umspült.

Kapitel 42

Nikolett

Gleich am nächsten Tag mache ich mich auf zu Katalina, um ihr meinen Entschluss mitzuteilen. Ich freue mich zwar, dass der Tausch geglückt ist, so richtig vollkommen ist die Freude jedoch nicht. Dazu liegt zu viel im Argen. Nicht nur bei mir, vor allem auch bei Julianna. Sie hat gestern kaum noch etwas gesagt, stand vollkommen neben sich. Jackson war sogar ins Kaffeehaus zurückgekehrt und hat im angrenzenden Wintergarten nach einem jungen Mann mit rotbraunen Haaren und hochgekrempelten Ärmeln Ausschau gehalten. Die Handvoll Männer, die er ansprach, hat ihn nur leider verdattert angesehen, nachdem er sich erkundigt hatte, ob sie manchmal eisliefen. Wir haben ihn also wieder verloren. Julianna ist so geknickt, dass auch ich ihren Schmerz spüren kann. Es muss fürchterlich sein, ihn nach all den Jahren der Suche zu finden – und ihn im nächsten Moment wieder zu verlieren.

Der Hausdiener Gregor führt mich diesmal ins Musikzimmer, um auf Katalina zu warten, da der Empfangssalon besetzt ist.

Langsam schlendere ich über den dicken Orientteppich, der meine Schritte verschluckt – und erstarre, als meine Augen wie von selbst die Wörter auf einem Zettel erfassen, der aus einer Mappe herausschaut. *Vorauswahl Winterfest* steht dort geschrieben, und mein Herz scheint einen Schlag auszusetzen. Sollte ich einen Blick hineinwerfen? Es ist zwar unschicklich, trotzdem kann ich gar nicht anders, als die Schriftmappe zitternd aufzuschlagen.

Geschwind fliegt mein Blick über das Papier, es ist eine Tabelle mit mehreren Spalten und wackeligen handgezogenen Linien dazwischen.

Gruppe 1: Kostümierte Eisquadrille. Klare Linien, gute Technik. Gruppe 2: Prinz Karneval und die Eisnixe. Drei kleinere Fehler, beeindruckende Kostümierung. Gruppe 3: Pantomime. Zu viele Stürze. Das ist die Gruppenabfolge vom vergangenen Samstag! Hastig fliege ich zu unserer Gruppe.

Gruppe 8: Freie Eislaufkür, lese ich. Und bei den nächsten Worten würde ich am liebsten den gesamten Ordner durch das Zimmer werfen. *Missachtung der Grundregeln des englischen Stils, lächerliche Schau.*

Lächerlich? Diese Person hat uns als lächerlich empfunden? Schnaufend blättere ich weiter und kann nur hoffen, dass Katalina auch heute ihre Zeit benötigen wird, um salonfähig zu werden, obwohl bereits Nachmittag ist.

Das nächste Blatt enthält ebenfalls Bewertungen der einzelnen Gruppen. Diesmal kommen wir mit einem *Interessant* davon, der Kommentar der folgenden Person ist dafür absolut vernichtend. *Grässlich,* hat sie notiert und mein Lebensmut sinkt in den Keller.

Hat es überhaupt Sinn, dass ich den Tausch erkämpft und János geopfert habe? Keiner der Preisrichter hat uns Talent zugestanden.

Dann höre ich Schritte im Flur und lege die Mappe zurück auf den Sekretär, obwohl ich nur zu gerne das Urteil der anderen erfahren hätte. Vermutlich wäre es ohnehin nur schmerzhaft gewesen, aber ich bin auch neugierig, ob nicht wenigstens eine Person das Potenzial erkannt hat.

Gregor teilt mir mit seinem warmen Lächeln mit, dass Katalina bereit ist, während ich meine Hände fest verschränkt halte, aus Sorge, sie könnten zittern.

Er führt mich in Katalinas Zimmer, wo mich als Erstes der Patschuligeruch empfängt. Ist der schon immer so widerlich gewesen? Katalina sitzt am Schminktisch, ihr Spiegelbild lächelt mich freudig an.

»Hallöchen, Nikolettchen!« Sie spricht, ohne aufzuhören, ihre Frisur zurechtzuzupfen. »Was verschafft mir die Ehre?« Ohne eine Antwort abzuwarten, steht sie auf. »Bevor ich es vergesse: Ich habe noch eine Überraschung für dich.« Sie geht zum Vertiko und zieht die oberste Schublade auf. Mit zwei runden Dosen in der Hand kommt sie zurück und hält sie mir entgegen. »Für dich.«

»Was ist das?«

»Theaterschminke«, sagt sie triumphierend, und als ich die Stirn runzle, erklärt sie: »Damit machen sich die Schauspieler rosige Wangen oder einen blassen Teint. Ich dachte, du könntest …« Sie lässt den Satz ins Leere laufen und nickt mit dem Kinn in meine Richtung.

»Meine Hässlichkeit übertünchen?«

Sie gackert, als sei das vollkommen absurd. »Jetzt sei nicht so bissig, ich will doch nur dein Bestes! Es war nicht einfach, die Schminke zu besorgen. Wie auch immer. Du wolltest etwas mit mir besprechen?« Sie setzt sich wieder an den Frisiertisch, und ich nehme auf der Récamiere Platz, auf die sie gedeutet hat, und streiche mein Kleid glatt, um meine Hände zu beschäftigen.

Noch einmal hole ich tief Luft. Dann zerre ich die schmerzhaften Worte aus mir heraus. »Wir können es machen. Du kannst mit János tanzen.«

Umgehend lässt sie von ihren Haaren ab. »Wirklich?«, fragt sie begeistert. Springt zu mir herüber und schließt mich in eine feste Umarmung, als hätte ich ihr aus freien Stücken einen Gefallen getan. Ich bleibe starr sitzen und klopfe schließlich leicht auf ihren Arm, um ihr zu signalisieren, dass es genug ist.

Sie kehrt zum Frisiertisch zurück, lächelt zufrieden ihr Spiegelbild an und dann mich. »Oh, das wird fantastisch! Der richtige Partner ist so wichtig, um die eigenen Tanzkünste zur Schau zu stellen. Das hat man bei dir ja gemerkt. Bei mir hatte die alte Horvath stets etwas zu bemäkeln. Aber jetzt, mit János …« Plötzlich wirkt sie zerknirscht. »Oh, ich bin mir allerdings nicht sicher, ob Joachim auch mit *dir* tanzen wird …« Sie spricht so, als würde ihr die Problematik erst in diesem Moment bewusst werden, doch ich glaube ihr kein Wort. Ich bin einfach nur froh, dass meine echten Freunde und ich das bereits geklärt haben und ich aus diesem Grunde gelassen abwinken kann.

Viel lieber komme ich zum Thema, das mir noch wichtiger ist. »Können wir uns sicher sein, dass es funktioniert? Wir bekommen unser Zeitfenster beim Winterfest?«

Katalina steht auf. »Sei unbesorgt. Ich werde noch heute mit meinen Eltern reden.«

»Und … äh … könntest du mir eine schriftliche Bestätigung zukommen lassen?«

Sie hält inne. Ihre Augenbrauen ziehen sich zusammen. »Vertraust du mir etwa nicht?«

Ich lache auf. Hat sie mir je Grund gegeben, ihr zu vertrauen? »Doch, doch«, beschwichtige ich sie dennoch. »Nur damit wir beim Einlass etwas zum Vorzeigen haben. Du weißt ja, wie voll es immer ist.«

»Na schön. Dann bringe ich den Brief eben zur nächsten Tanzstunde mit.«

Ich bedanke mich brav. Somit muss ich nur noch schauen, wie ich die Tanzstunde ohne János überstehe.

Kapitel 43

Nikolett

Mit all den Proben auf dem Eis fließt die Zeit mit doppelter Geschwindigkeit, und so ist auch Vaters Geburtstag viel zu schnell herangeeilt. Ich stehe mit dem Rest meiner Familie im Vestibül und muss einen Gast nach dem anderen begrüßen. Dabei würde ich am liebsten einfach nur verborgen hinter den Gardinen am Fenster alles ungesehen beobachten.

Ich sehne mich nach frischem Wind, denn die Luft wirkt jetzt schon, als wäre sie zu dick. Vielleicht liegt es auch nur am übergroßen Foulard, das ich wie immer um Hals und Mund geschlungen habe. Oder an meiner Nervosität. Julianna gegenüber habe ich mich optimistischer gegeben, als ich bin, um ihr keine Angst zu machen. Aber in Wirklichkeit fallen mir Hunderte, wenn nicht Tausende Dinge ein, die schiefgehen könnten. Natürlich. Immerhin bin ich die Königin der Katastrophenszenarien.

Gleichzeitig weiß ich, dass es vermutlich übertrieben ist.

Sicher ist jedoch, dass meine Mutter sich vergisst, wenn herauskommt, dass meine angebliche neue Freundin aus Übersee nur erflunkert ist. Für sie wäre es ein ernst zu nehmendes Anzeichen, dass ich vom Pfad der Tugend abgekommen bin, und vermutlich würde sie uns verbieten, weiterhin den Mondscheinsee zu nutzen. Das wäre eine Katastrophe.

Als Erstes trifft Ferdinands Vorgesetzter ein und wird überschwänglich begrüßt. Mit Schrecken erkenne ich, dass es dieser General Hirschbeck ist, den Katalina mir im WEK schmackhaft machen wollte. Sein Blick verweilt etwas zu lange auf mir, und ich bin nicht sicher, ob es an den Narben liegt, die unter dem Tuch hervorschauen, oder ob er mich von jenem Tag im Eisverein wiedererkennt. Ich hoffe nicht, denn dann würde er sich unter Umständen sogar an Julianna und ihre einfache Kleidung erinnern. Allerdings ist es wirklich voll gewesen, und bereits kurze Zeit später hat Jackson mit einer Schaueinlage die gesamte Aufmerksamkeit auf sich gezogen.

Ich kann nicht weiter darüber nachdenken, denn plötzlich steht János neben mir, und das geht nicht, ohne dass mein Kopf leer gefegt wird. Wie immer sieht er hinreißend aus, und obwohl sein Lächeln allein der Höflichkeit entspringt und unser Verhältnis wegen des Tausches noch schlechter geworden ist, lässt es mich dahinschmelzen. Das ist nicht gut. Er hat mir meinen Wunsch zwar erfüllt, doch der Preis dafür ist offenbar, dass wir es nun gar nicht mehr in der Gegenwart des anderen aushalten. Jedes Mal, wenn er bei der Tanzprobe mit Katalina an mir vorbeigeschwebt ist, hätte man ebenso gut mit einer Rasierklinge über meine Haut fahren können. Ich hingegen bin in mein anfängliches Staksen zurückgefallen, und Joachim hat permanent die Zähne zusammengebissen. Ich weiß, dass er versucht hat, es zu verhindern, aber seine Augen sind immer wieder über die Narbenfläche geglitten, und auch wenn ich stets nur kurz in seine Richtung blicken konnte, war sein Ekel offensichtlich. János hingegen schien der Wechsel zu gefallen, er wirkte nicht mehr ganz so mürrisch. Katalina entlockte ihm stetig kleine Lacher. Zum Glück ist sie heute nicht hier.

Inzwischen sind alle angekommen, und wie abgesprochen kommt Julianna als Letzte dazu, sodass es gerade noch schicklich ist, sie aber dennoch so wenig Zeit wie möglich hier im Palais Edelweiß verbringen muss. Mit angehaltenem Atem beobachte ich die Reaktion des Generals auf Juliannas Eintreffen. Ich kann keine Veränderung seiner Gesichtszüge feststellen. Zum Glück! Er bemerkt meinen Blick, und bevor ich wegsehen kann, zwinkert er mir zu.

Julianna hat inzwischen abgelegt, und ich mustere sie angespannt von Kopf bis Fuß. Ich würde es ihr glatt zutrauen, dass sie pragmatisch die Handschuhe weglässt, da ihr warm ist. Oder dass sie aus Versehen den Promenadenfächer von unserem Ausflug dabeihat, obwohl ich ihr die Unterschiede zum Fächer für abendliche Gesellschaften genauestens erklärt habe. Doch ihre Garderobe ist tadellos, und ein hektischer Blick zu Mutter zeigt mir, dass ihr nicht auffällt, dass Julianna ein umgenähtes altes Kleid von mir trägt. Bei all den Kleidern in meinem Schrank verliere selbst ich den Überblick, da Mutter versucht, meine äußerlichen Mängel durch eine hübsche Garderobe auszugleichen.

»Sie sind also Nikoletts neue Freundin, von der ich schon so viel gehört habe?«, sagt Mutter nach der formellen Vorstellung. »Ich freue mich, dass wir endlich Ihre Bekanntschaft machen dürfen. Bitte, darf Nikoletts Bruder Sie zu Ihrem Platz geleiten? Sie sitzen direkt neben Nikolett und János, den Sie vom Tanzkurs kennen.«

Juliannas Lächeln friert fest und ich rechne es ihr hoch an, dass ihr Blick nicht wie Lawntennis-Bälle durchs Zimmer schießt. Natürlich hat sie keinen blassen Schimmer, wer János ist, ich habe vollkommen vergessen, sie darauf vorzubereiten. Zum Glück verneigt er sich leicht und Julianna erwidert seinen Gruß mit einem gelungenen Knicks. Vielleicht einen Hauch zu tief, aber noch im Rahmen, keinesfalls so tief, wie man ihn im Angesicht des Kaisers machen würde.

»Wollte Leopold nicht ebenfalls kommen?«, erkundigt Mutter sich jetzt bei Ferdinand.

»Den hast du mit deiner letzten Schimpftirade über Neureiche erfolgreich ferngehalten«, erwidert Ferdinand spitzbübisch, doch der tadelnde Blick meiner Mutter entlockt ihm die Wahrheit. »Er war leider verhindert.«

Schade, denke ich im Stillen. Ich hätte hier gut jemanden gebrauchen können, dem die Gepflogenheiten der feinen Gesellschaft nicht ins Nest gelegt wurden. Wobei die Neureichen so gut im Aufholen sind mit ihren zahlreichen Benimmratgebern, dass sie die Regeln mittlerweile eventuell sogar noch besser beherrschen.

Wir setzen uns in Bewegung, um die Plätze zu beziehen, und ich bin gezwungen, mich von János geleiten zu lassen. Tiefe Linien zeichnen sich auf seiner Stirn ab, und nun sehe ich, wie Julianna deutlich in der Luft schnüffelt, in der der Bratengeruch schwebt. Er duftet wahrhaftig köstlich, aber natürlich schickt sich so ein Schnüffeln nicht. Vorsichtig luge ich zu den anwesenden Damen und deren hochgezogene Augenbrauen beweisen, dass es ihnen nicht entgangen ist.

János wirkt nachdenklich, bleibt jedoch still. Ich wünschte, ich könnte ihn rasch einweihen, doch es gibt zu viele Mithörer. Schade, dass wir uns nicht mehr wie früher ohne Worte verstehen. Vielleicht hätte ich ihn auf dem Markt ins Vertrauen ziehen sollen, die Gelegenheit wäre eine günstige gewesen, allein der Mut hat mir gefehlt. Ich wollte nicht noch stärker in seinem Ansehen sinken.

Der erste Gang, die Suppe, wird aufgetragen. Hierauf war ich vorbereitet und habe Julianna alles Nötige mitgeben können, sodass ihr Verhalten nicht weiter ins Auge fällt. Wenn man davon absieht, dass ihr Löffel einige Male gegen den Rand der Schüssel klirrt. Aber sie ist nicht die Einzige, der dieser Fauxpas unterläuft. Immerhin legt sie keine Ellbogen auf, schmatzt nicht, spricht nicht mit vollem Mund und stopft sich auch nicht die Serviette als Lätzchen ins Dekolleté. Als ich sie darauf aufmerksam gemacht hatte, dass sich all dies nicht ziemt, ist sie fast schon beleidigt gewesen.

Nein, es sind eher die kleinen Dinge, die ihr nicht geläufig sind.

Und manchmal weiß sie zu viel.

»Habt ihr gehört, dass Franz Wilhelm Markow in den Adelsstand erhoben wurde?«, fragt Tante Käthe, und ich umklammere meinen Löffel, als hinge mein Überleben davon ab. »Das ist eine feine Geste von unserem Kaiser. Es ist so wundervoll, was dieser Mann alles für unsere Stadt getan hat. Die halbe Ringstraße ist sein Verdienst.«

Zustimmendes Gemurmel setzt ein – und schallendes Gelächter.

Direkt neben mir.

Sämtliche Tischgespräche verstummen, und alle Augen liegen auf Julianna, deren Wangen sich erstmalig rot verfärben. Ich ringe mit meinem schwergängigen Gehirn, um eine Ausrede zu finden, denn es darf nicht herauskommen, dass sie Markow kennt, und erst recht nicht, was sie von ihm hält. In diesem Moment räuspert János sich. »Ich bitte vielmals um Verzeihung, ich hätte meine Tischnachbarin nicht mit einer privaten Konversation ablenken dürfen, während ein Tischgespräch stattfindet.«

Fast wäre *ich* in schallendes Gelächter ausgebrochen.

Als ob er jemals jemanden zum Lachen bringen würde, so trübsinnig, wie er nun immerfort ist. Nur früher hat er das getan. Wenn ich mich fest zurückerinnere, spüre ich noch die schmerzenden Bauchmuskeln vom Lachen und die warmen Freudentränen, die ungehalten über meine Schläfen liefen, als er im Spielhäuschen mit den Schatten seiner Hände ein ganzes Theaterstück aufgeführt hat.

»Worum geht es?«, hakt General Hirschbeck laut bei meinem Bruder Benno nach und deutet mehrmals auf sein Ohr. Offenbar hat sein Gehör Schaden genommen. Vielleicht bei einem Gefecht?

»Franz Wilhelm Markow«, antwortet Benno laut. »Er wird geadelt.«

General Hirschbeck nickt. »Ist ein guter Freund von mir«, verkündet er. »Hat er sich verdient, er gönnt sich niemals eine Pause.«

Julianna wird unruhig, rutscht auf ihrem Stuhl hin und her, als sei er aus Eis. Mit einem Blick bringe ich sie zum Schweigen. Und zum Stillhalten. Wir Frauen haben uns aus der Politik herauszuhalten!

Glücklicherweise ist das Tischgespräch nun in vollem Gange und mein Vater erinnert an die fürchterlichen Zustände in den Ziegeleien, die der Arzt und Politiker Victor Adler enthüllt hat, nachdem er dort eine Zeit lang mitgearbeitet hatte. Julianna bettelt und fleht mit ihren Augen, da sie mitreden möchte, doch ich bleibe streng. Es würde sich ohnehin keiner hier von einer jungen Frau etwas sagen lassen.

»Wie dürfen wir den Abend fortsetzen?«, fragt Albert, mein mittlerer Bruder, dann nach dem Essen, als wir uns im Salon versammelt haben. Meine Mutter hat bereits eine ihrer Arien zum Besten gegeben und dafür viel Begeisterung geerntet. Wäre sie nicht adelig geboren worden, hätte sie eine fantastische Opernsängerin werden können, und wenn jemand eine Kunst beherrscht, ist es Pflicht, diese zur Unterhaltung der Gäste einzusetzen. »Wie wäre es mit einem deklamatorischen Vortrag?«

Zustimmendes Gemurmel setzt ein, und Albert wendet sich ausgerechnet an Julianna. »Wollen Sie uns nicht vielleicht aus der Neuen Welt erzählen?«

Julianna erstarrt für eine Sekunde und erhebt sich dann langsam. »Well ...«, sagt sie, wie Jackson es oft tut, wenn er nachdenken muss. Sie hat einiges an Englisch von ihm gelernt in den vergangenen Wochen.

Ich lache den Vorschlag meines Bruders weg. »Albert, du weißt sehr gut, dass derartige Vorträge nichts für Frauen sind. Die Aufmerksamkeit lenkt sich dann auf eine einzige Person. Das ist für uns Damen nicht angenehm.«

Das ist die allgemeine Begründung, die man an dieser Stelle stets hört. Frauen haben schüchtern und zurückhaltend zu sein, und so kommen keine Einwände. Stattdessen lauschen wir Ferdinands Ausführungen, der gerade erklärt, warum er die Notwendigkeit eines Führerscheins für Hochradfahrer und dass nur bestimmte Straßen befahren werden dürfen, nicht angemessen findet.

Noch immer bin ich in Sorge um Julianna. Gleichzeitig hat es etwas Amüsantes, wie ich neben ihr am Ende des Sesselpolsters sitze und meinem Bruder lausche. Natürlich ohne übereinandergeschlagene Beine. Und jedes Mal, wenn Juli sich anschickt, an ihren Knöpfen oder gar den Quasten der Tischdecke zu nesteln, genügt ein einziger Blick von mir, um sie zum Einhalt zu bewegen. Ich fühle mich bereits wie eine strenge Gouvernante, denn es gibt so vieles, was sich nicht ziemt, aber ich weiß, dass Juli es mir nicht übel nimmt.

Von den kleinen Fehltritten abgesehen verläuft der Abend aber gut. Julianna unterlässt jegliche Wortspiele und sogar ihren beißenden Sarkasmus. Die Bowle mit den exotischen Früchten wird zwar mit enormer Begeisterung von ihr aufgenommen, doch das fällt nur auf, wenn man weiß, wie nüchtern sie normalerweise ist. Alle Benimmfehler sind im Rahmen oder können erklärt werden und fast haben wir die Zeit erreicht, wo es nicht mehr unhöflich ist, sich zurückzuziehen.

Bis János nach seinen obligatorischen Tschick greift.

Das Etui gleitet ihm dabei aus den Händen und holpert mit einem dumpfen Geräusch über den Orientteppich. Noch bevor er sich bücken kann, ist Julianna in einer einzigen geschmeidigen Bewegung zu seinen Füßen und hebt es ihm auf.

Ach du meine Güte!

Nie in meinem Leben wäre ich auch nur auf die Idee gekommen, einem Herren einen solchen Dienst zu erweisen. Nicht einmal János. Und auch nicht, weil ich mir zu fein dafür bin, das tut man als Dame schlichtweg nicht. Ich bücke mich ja nicht einmal für Dinge, die mir selbst aus der Hand geglitten sind.

Julianna als Bedienstete hat gänzlich andere Verhaltensmuster verinnerlicht, für sie ist es normal. Für uns allerdings so absonderlich, dass es im gesamten Salon still geworden ist. Aller Augen liegen auf ihr. Selbst als sie am Tag des Vortanzens nicht aufgetaucht ist, war ich weniger angespannt als in diesem Moment.

János nimmt ihr das Etui mit einem sympathischen Lächeln aus der Hand. »Mir gefällt diese unkonventionelle amerikanische Art«, sagt er und nickt unterstreichend dazu. »Warum sollen nur wir Männer immer hilfsbereit und zuvorkommend sein?«

»Aber János!«, tadelt Mutter. »Natürlich haben die Herren den Damen ihre Ehrfurcht zu gebieten. Habe ich etwa dem falschen Kavalier für Nikolett zum Opernball meine Zustimmung gegeben?«

Zustimmung gegeben? Ich will mich auf der Stelle in Luft auflösen. Zum Glück weiß in der Gesellschaft selbstredend niemand, dass ich János förmlich auf Knien anflehen musste. Seine Augen springen zu mir, und siedend heiß fällt mir ein, dass wir ja gar nicht mehr zusammen tanzen und zudem offensichtlich ist, dass ich meine Mutter darüber nicht in Kenntnis gesetzt habe. »Äh …«, entfährt es mir undamenhaft, während sich neuerliche Katastrophenszenarien in meinem Kopf zusammenbrauen.

»Apropos, wie wäre es mit einer weiteren Kostprobe des Walzers? Vielleicht diesmal János mit Fräulein White?«, schlägt Mutter vor.

Fräulein White macht mit ihrer urplötzlichen Blässe ihrem

Namen alle Ehre, und ihre Panik ist fast greifbar. Natürlich hat sie den Walzer nie gelernt. »Ach, Mutter, dazu haben wir doch hier kaum Platz, und nächsten Monat kommt ihr ohnehin zu dem Vergnügen. Willst du nicht lieber noch einmal für uns singen? Es klingt so wunderschön.«

»Das macht nun wirklich keine Umstände«, ruft Albert, der bereits dabei ist, einen Sessel beiseitezurücken. Ferdinand und Benno eilen ihm zu Hilfe. Mutter lächelt zufrieden.

Julianna ringt sich so etwas Ähnliches wie ein Lächeln ab.

János tritt einen Schritt an mich heran. »Wenn ich tanze, dann natürlich mit der Tochter des Hauses, alles andere wäre unhöflich. Zudem ist sie ja meine eigentliche Tanzpartnerin.« Wieder geht mir sein Blick durch und durch, und ich frage mich, wie er das meint. Auf heute Abend bezogen? Oder versucht er etwa, mir zu sagen, dass er lieber mit mir tanzen würde als mit Katalina? Allerdings haben die zwei sich gestern doch bestens amüsiert. Das kann es also nicht sein.

Er hält mir seinen Arm entgegen, und ich schalte meinen Kopf schlichtweg aus. Mittlerweile haben wir das schon so oft gemacht, dass ich blind mit ihm tanzen könnte. Meine Hand passt perfekt in seine. Sie sind nicht mehr verschwitzt, sondern angenehm warm. Ich weiß exakt, wie viel seiner Wärme auf mich abstrahlt, und obwohl wir erst seit einer Probe getrennt tanzen, spüre ich bereits, wie sehr ich es vermisst habe. Genau wie seinen Geruch. Wir mögen uns nichts mehr zu sagen gehabt haben, und doch hatten wir durch den Tanz einen Weg gefunden, miteinander zu reden. Und ich habe ihm mit jeder Drehung gesagt, dass ich bei ihm sein will. Und ihn vermisse. Ob er es verstanden hat?

Bennos Walzermusik setzt ein, und diesmal tanzen wir problemlos miteinander. Wie habe ich es jemals schwierig finden können, mit János zu tanzen? Es geht wie von selbst. Wir schweben über den Teppich, und es macht Spaß.

Bis die letzten Akkorde verklingen. Nur ganz langsam, nahezu widerwillig lässt er mich los. Mir wird bewusst, dass es womöglich unser letzter Tanz war. Die Erkenntnis schmerzt, doch der Applaus ist so begeistert, dass ich in alle Richtungen lächeln muss. Am meisten freut mich Juliannas anerkennendes Nicken. Wenn sie es ansprechend findet, ist es tatsächlich gut gewesen. Sie spielt einem nichts vor.

Obwohl ich nahezu alles tun würde, um meinen Freunden zu helfen, bin ich plötzlich sicher, mit dem Partnertausch einen riesigen Fehler begangen zu haben. Werde ich den Opernball mit Joachim überstehen? Oder endet es im Desaster wegen unserer mangelnden Kompatibilität?

»Na, da habt ihr ja einen großen Fortschritt gemacht«, sagt meine Mutter stolz. »Ich freue mich schon, euch in der Oper zu sehen.« Dann wendet sie sich an János. »Wie wäre es *jetzt* mit einem Tanz mit Fräulein White? Wir wollen ja niemanden übergehen …«

Bevor er antworten kann, gähnt Julianna lauthals. Noch ein derber Fauxpas. Schlägt dabei sogar mehrmals die Hand vor den Mund. Dennoch bin ich dankbar für diese Ausrede.

»Ich bin hundemüde«, verkündet Julianna nun, und aus irgendeinem Grund knickst sie dabei. »Es war ein wundervoller Abend, aber nun sollte ich mich besser nach Hause begeben.«

»Gewiss, du siehst wahrlich erschöpft aus«, sage ich rasch, bevor jemand sie zum Bleiben überreden kann. »Lass mich dich nach draußen begleiten.«

Ich gehe zu ihr hinüber, und so gediegen wie möglich verlassen wir den Raum, nachdem Julianna sich von meinen Eltern verabschiedet hat.

»Also, diese Amerikaner …«, höre ich noch, bevor ich die Tür des Salons hinter mir schließe.

Im Vestibül fächert Julianna sich Luft zu, obwohl es hier deutlich kühler ist. Ich sage Frau Zauner, dass ich Julianna zur Tür begleite, und sie zieht sich dankbar zurück.

»Es tut mir unendlich leid«, sagt Julianna, sobald die Hausdame außer Hörweite ist. »Ich habe mich so sehr bemüht, trotzdem bin ich offenbar von einem Fettnäpfchen ins nächste gesprungen.«

Ich muss kichern. »Halb so schlimm!« Der Abend ist geschafft, und trotz zahlreicher Regelbrüche sind wir davongekommen. Und die Welt steht noch, obwohl Julianna beim Reden mit dem Besteck in der Hand gestikuliert und das eine oder andere Fremdwort falsch ausgesprochen hat. Ob die gar so strengen Regeln vielleicht langsam aufbrechen, weil sich die Schichten nun doch immer öfter vermischen? »Wir haben es überstanden. Mutter nimmt nach diesem Abend zwar an, dass ich eine etwas ungehobelte Freundin habe, aber immerhin glaubt sie mir, dass sie existiert, und das ist das Wichtigste. Ich fürchte allerdings, dass die Amerikaner dank dir bis ans Ende unserer Tage einen Ruf für schlechtes Benehmen genießen werden.«

Wir gackern beide wie die Backfische, und obwohl der restliche Abend deutlich einfacher für mich werden wird, bedaure ich, dass sie geht. Es war schön, sie an meiner Seite zu haben.

»Danke, dass du mir diesen Gefallen getan hast«, sage ich, als wir uns beruhigt haben und sie in ihren Mantel geschlüpft ist.

»Es war mir eine Ehre«, antwortet Julianna formvollendet und knickst abermals. Sie wirkt mit Mantel und Hut gerade wie eine richtige Dame. Am liebsten würde ich sie in die Arme schließen. Da dies jedoch unangebracht ist, knickse ich lediglich meinerseits mit einer respektvollen Verbeugung. Mein Leben hat eine Kehrtwende genommen, seit ich sie kennengelernt habe – auch wenn ich das von dem biestigen Wesen auf dem Eis niemals vermutet hätte. Und ich habe richtiggelegen, sie hat tatsächlich ein gutes Herz.

Seite an Seite gehen wir zur Tür, und ich öffne sie. Tosender Wind mit winzigen Schneeflocken peitscht ins Vestibül. »Und dieser János ist dein fürchterlicher Tanzpartner?«, schreit Julianna gegen das Unwetter an. »So schlimm fand ich ihn gar nicht.«

Verlegen winke ich ab. Das war in einer vollkommen anderen Situation aus mir herausgebrochen.

Lachend springt sie die Stufen hinunter, wirft zum Abschied eine ausgelassene Kusshand und zwinkert, da sie genau weiß, dass sich das nicht schickt. Kopfschüttelnd schließe ich die Tür, sinne noch dem Abend hinterher – als meine Augen etwas sehen, das sie nicht sehen sollen.

János. Er steht mitten im Vestibül.

Und die Verletztheit in seinem Ausdruck zeigt mir, dass er die letzten Sätze mitbekommen hat. Enttäuscht wendet er sich ab, steuert den Salon wieder an.

»János!«, rufe ich ihm hinterher, doch er hat die Tür bereits erreicht und hebt einfach nur die Hand. Ich eile hinterher, bitte ihn im Flüsterton, mit mir zu reden. Ich muss ihm das alles erklären.

Aber er geht gar nicht auf mich ein, bahnt sich seinen Weg

zu meinen Eltern und verabschiedet sich ebenfalls. Mich wür-
digt er keines Blickes.

Aufgebracht folge ich ihm ins Vestibül, wo er bereits seinen
Mantel überzieht.

Wieder hebt er die Hand. »Lass es einfach, Nikolett«, sagt
er ungehalten.

Und dann ist er weg.

Kapitel 44

Leopold

Bei meinem neuen Versuch beim WEK kaufe ich mir ein reguläres Ticket, anstatt auf einen geschäftlichen Termin hinzuweisen. Es gibt ja auch keinen Termin. Ich will nur ein wenig eislaufen und dabei im besten Fall einen unverfänglichen Plausch mit einem Vorstandsmitglied anfangen. Natürlich würde ich früher oder später meine eigene Eisbahn erwähnen, und dann könnte eines zum anderen führen, das war ja nicht verboten.

Nur wie soll ich die Vorstandsmitglieder erkennen? Die Baronin hat gesagt, dass sie allesamt hohe Positionen bekleiden. Leider trifft das auf nahezu alle Läufer hier zu, da ja nur die obere Gesellschaftsschicht zugelassen ist. Und so verzweifelt, aus vorgeschobenen Gründen nach einem Arzt zu rufen, bin ich noch nicht. Mir bleibt also nichts anderes übrig, als es noch mal im Bureau zu versuchen. Vielleicht ist ja heute jemand anderes dort tätig. Die Freifrau hat gewiss auch anderweitige Verpflichtungen.

Ich schlendere auf den Bureaupavillon zu und gehe direkt vor der Tür in die Hocke, gebe vor, mit meinen Schnürsenkeln beschäftigt zu sein. Dabei lausche ich. Zum Glück hat die Freifrau solch eine schnarrende Stimme, dass ich sie sofort erkennen würde. Doch an mein Ohr dringt die Stimme einer jungen Frau. Gebannt lausche ich. Junge Leute sind womöglich eher offen für neue Ansätze.

»Aber warum sollte sie auftreten, Mutter? Unser Abkommen war, dass ich ein gutes Wort bei euch einlege, mehr nicht. Soll sie mir etwa hier beim Winterfest die Schau stehlen? Weißt du, wie beschämend das ist? Mir ist sehr wohl bewusst, dass ich nicht eben mit Schönheit gesegnet bin, doch von so jemandem in den Schatten gestellt zu werden, macht es zur reinsten Schmach.«

»Nur die Ruhe, Katalina!«, schnarrt es, und ich unterdrücke ein Fluchen. Also ist erneut die verfluchte Freifrau im Kontor. »Ich habe mit Weitblick darüber räsoniert. Du vergisst vermutlich, dass ich ihren Auftritt gesehen habe?« Jetzt höre ich nur noch leises Rascheln und kann eigentlich schon wieder gehen, denn ich weiß ja, dass ich es im Kontor nicht versuchen muss. Doch sie sprechen mit solch einer geheimnisvollen Dringlichkeit, dass ich mich unauffällig näher zu Tür lehne. »Es war desaströs! Ich konnte kaum hinsehen, dermaßen haben sie sich selbst zum Narren gemacht. Hätte mich auch nur eine Menschenseele gefragt, ob ich eine der Beteiligten kenne, hätte ich glatt gelogen. Wahrlich beschämend war das! Aber wenn sie darauf besteht, sich vor der ganzen Stadt lächerlich zu machen … Bitte, ich werde sie nicht davon abhalten. Schließlich scheint es ihr sehnlichster Herzenswunsch zu sein. Warum tun wir ihr also nicht diesen kleinen Gefallen?«

Nur zu gerne hätte ich die Antwort abgewartet, denn so, wie ich die Freifrau mittlerweile hasse, ist es mir ein Bedürfnis, die Person zu warnen, und ich würde gerne mehr über sie erfahren. Aber der Wärter der Eisbahn hat nun schon einige

Male in meine Richtung gesehen. Ich kann unmöglich noch länger hier unten hocken. Außerdem könnte jederzeit die Tür aufgerissen und ich entdeckt werden. Wenn diese Personen so mit ihren Freunden umgehen, will ich nicht wissen, was sie anderen Menschen antun.

Da ich schon mal hier bin, betrete ich die Eisfläche. Nicht ohne Neid muss ich zugeben, dass sie fest und perfekt ist, während meine noch immer nicht begehbar ist. Tagtäglich scheint sie mich höhnisch anzulächeln, wenn ich sie auf dem Weg in die Fabrikgebäude passiere.

Sobald ich mich zwischen all den Eisläuferinnen und Eisläufern umsehe, kehren meine Gedanken zu dem Mädchen zurück, das die Baronin und ihre Tochter ins offene Messer laufen lassen wollen. Wie sie wohl gefahren sein mag, dass die Baronin es als dermaßen beschämend empfunden hat? Jetzt gräme ich mich, dass ich mir die Vorauswahl nicht bis zum Ende angesehen habe, dann hätte ich vielleicht gewusst, von wem die Rede war.

Ob ich János darauf ansprechen soll? Aber was sollte ich sagen? »He, kennst du eine junge Frau, die bei der Vorauswahl des Winterfests aufgetreten ist? Sag ihr besser, dass sie ihren Auftritt nicht wiederholen soll, denn aller Wahrscheinlichkeit nach wird sie sich bis auf die Knochen blamieren.« Der würde mir doch den Vogel zeigen.

Kapitel 45

Nikolett

Heute laufen wir eis auf der Donau, und die untergehende Sonne erleuchtet den Himmel in hellgelben und orangefarbenen Schattierungen. Sie malt lang gezogene Schatten der emsigen Schlittschuhläufer auf das Eis und bringt die Fläche dazwischen wie einen einzigen Funkelteppich zum Glitzern. Es ist märchenhaft. Eine vollkommen andere Welt als die, in die ich eigentlich gehöre. In der ist es nun noch düsterer. János ist mittlerweile endgültig zum Eisklotz geworden – und das tut weh. Wieder und wieder habe ich versucht, ihn unter vier Augen zu erwischen, um zu erklären, dass er alles falsch verstanden hat. Aber er weicht mir jedes Mal aus. Kommt spät und geht früh. Irgendwie schafft er es sogar, so zu tanzen, dass er nicht einmal in mein Gesichtsfeld kommt. Immerhin sehe ich so nicht, wie Katalina ihn anplinkert oder angebliche Fussel von seiner Jacke zupft. Letztes Mal sind sie sogar gemeinsam gegangen. Wohin sie wohl gefahren sind? Vielleicht wollten sie einen Salon besuchen oder im Prater spazieren gehen.

»Ist alles in Ordnung?« Jackson legt einen Arm um mich, und ich lehne meinen Kopf an seine Schulter, sodass meine Haare über den weichen Pelz seiner Kappe streichen.

Ich winke ab. Vielleicht sollte ich mich besser auf das Gute in meinem Leben konzentrieren. Meine Freunde und unseren großen Auftritt. Meinen Eltern habe ich bereits angekündigt, dass ich beim Winterfest eine Überraschung für sie habe. Ich kann nur hoffen, dass der Abend so erfolgreich verläuft. Vielleicht sehen sie dann darüber hinweg, dass ich mit Arbeitern auftrete. Zum Glück vermischen sich beim Eislaufen die Schichten, und wir haben einheitliche Kostüme an, sodass es nicht sofort auffallen sollte.

»Na dann … let's go!« Jackson streckt seine Hand nach mir aus – und gemeinsam sausen wir über den gefrorenen Fluss. Die Häuser mit den beleuchteten Fenstern am Ufer verschmelzen zu Lichtfäden, da wir so schnell sind, und ich überrasche mich selbst, als mir ein Juchzer entschlüpft. Ich liebe den Geruch des Eises und den Wind in meinen Haaren, der mich alles vergessen lässt.

Fast alles.

Allein mein bevorstehender Auftritt auf dem Opernball nagt mit solcher Stärke an mir, dass ich die Sorge nie vollkommen ausblenden kann. Ich wünschte, ich könnte mit János tanzen, das würde mir so viel mehr Sicherheit geben.

Auf den Kufen kommen wir um einiges zügiger voran als beim Flanieren an der Uferpromenade zu Fuß. Schon bald werden die Häuser und die Brücken, deren Schatten uns jedes Mal wie kalter Atem umfängt, weniger. Kahle Bäume säumen das Ufer, und die Sonne ist nun fast ganz untergegangen, lediglich ein schmaler Streifen in sanftem Rot, der in flächiges helles Gelb übergeht, ist zu sehen, bevor der Himmel sich im Taubengrau verliert.

Hand in Hand lassen wir uns ausgleiten, und ich lächle Jackson atemlos an.

»Bist du nervös wegen morgen?«

Ich presse die Lippen zusammen. Nicke. Eigentlich will ich nicht darüber reden, es würde den Zauber des Abends zerstören. Und er soll nicht wissen, welche Seelenqualen mir der Ball bereitet, denn Jackson wirkt stets so souverän. Nichts im Leben scheint ihm schwerzufallen.

»Es ist töricht. Ich weiß«, sage ich dennoch.

»Das würde ich nicht sagen. Gefühle sind nie töricht. Aber vielleicht können wir der Nervosität entgegenwirken, indem wir den Ball mit etwas Schönem verbinden.« Er legt eine Hand ans Kinn und überlegt. »Was magst du?«

Ich lasse meine Gedanken wandern. Was mag ich? Apfelstrudel mit Vanillesoße natürlich, aber ob mir das helfen würde? Fast muss ich schmunzeln bei der Vorstellung, wie ich strudelspeisend durch das Opernhaus tanze, ermahne mich jedoch, diesen Versuch ernst zu nehmen. Also, meinen Max liebe ich, und Bücher geben mir stets ein Gefühl von Heimat. Meine neuen Freunde haben einen riesigen Platz in meinem Herzen, genauso wie János, ganz gleich was zwischen uns vorgefallen ist. Trotz allem, was war, und obwohl er so unerreichbar ist, würde ich ihn immer mögen. Zu sehr. Und dann gibt es da noch etwas und das wähle ich als Antwort.

»Ich mag Eislaufen«, sage ich verschmitzt, senke aus alter Gewohnheit direkt danach meinen Blick, obwohl ich mich vor Jackson nicht verstecken muss.

»Na dann …« Er tritt einen Schritt zurück, legt die linke Hand auf den Bauch, streckt die Rechte zur Seite und verbeugt sich tief vor mir. »Darf ich bitten?« Seine Augen funkeln, aber da ist zudem eine absolute Bestimmtheit in seinem Ausdruck. Er meint es ernst.

»Wir sollen tanzen? Hier? Auf dem Eis? Das geht doch gar nicht.«

»Woher willst du es wissen, ohne es je versucht zu haben? Bevor ich angefangen habe, Ballett auf dem Eis zu tanzen, waren ebenfalls alle der Meinung, dass es unmöglich sei. Von daher …« Er streckt seine Hand nach mir aus.

Zaghaft ergreife ich sie, und mit dem nächsten Wimpernschlag stehen wir in der klassischen Tanzhaltung. Ich spüre sofort, dass er das nicht zum ersten Mal macht. Seine linke Hand umfasst fest mein Schulterblatt, und die rechte, in der meine liegt, ist perfekt auf Augenhöhe.

»Du kannst klassisch tanzen?«

Er nickt. »Ich habe eine Weile in einem Tanzetablissement als Gesellschafter gearbeitet. Die Tanzlokale haben es nicht gerne, wenn zu viele Damen ohne Tanzpartner zurückbleiben. Meine Aufgabe war es dann, die Übriggebliebenen aufzufordern.«

Abend für Abend Tänze ausschließlich mit Damen, die niemand wollte? »Das muss schauderhaft gewesen sein.«

»Ganz und gar nicht. Für mich gibt es keine hässlichen Menschen. Zumindest nicht äußerlich. Und selbst wenn nicht alles perfekt sein mag – hat nicht jeder seine eigene Schönheit?«

»Mag sein«, sage ich mit brennenden Wangen und bin dankbar für die sich nun herabsenkende Dunkelheit. Hat er mir gerade durch die Blume gesagt, dass er mich schön findet?

Vorsichtig gibt er das Startzeichen, und wir wagen die ersten Schritte. Zunächst sind sie noch etwas ruckelig, doch bald schon erkennen wir, was wir ändern müssen, um geschmeidig übers Eis zu schweben. Und es klappt erstaunlich gut. Wie von selbst gleite ich rückwärts. Natürlich. Wir tanzen auf dem Eis! Ich kann es kaum fassen.

Im gleichen Rhythmus heben wir nach jedem langen Gleitschritt das Spielbein, um neuen Schwung zu holen. Ich erkenne, dass ich regelmäßig mein Standbein übersteigen muss, um in die Drehung zu kommen. All die Übungen haben sich ausgezahlt. All die Runden in der Storch-Position. Die vielen Stunden des mühevollen Rückwärtslaufens mit den zahlreichen Richtungswechseln. All das benötige ich jetzt. Durch Jacksons Führung finde ich schon bald meine Sicherheit. Und als er beginnt, eine langsame Walzermelodie zu summen, gelingt es noch besser.

Doch dann löst Jackson eine Hand. Offenbar will er eine Figur versuchen. Erstaunt sehe ich ihn an. »Was machst du? Wir dürfen uns beim Walzer nicht trennen.«

Er schmunzelt. »Im Wiener Walzer vielleicht nicht. In Amerika gehören zahlreiche Figuren zum Walzer, das macht es meiner Meinung nach sehr viel spannender. Aber nun gut. Let's start small.«

Wir laufen eine Chassé, und wie von selbst gelangen wir zurück in den Tanzkreis, wobei ich ziemlich sicher bin, dass Jackson daran nicht ganz unschuldig ist. Ich zeichne innerlich die Bögen nach, die wir fahren, und nun, da meine Füße immer selbstständiger ihre Position finden, kann ich mich um die Geschmeidigkeit der Bewegungen kümmern. Wir ergeben eine Einheit. Und schließlich wird mein Kopf vollkommen frei.

Es gibt nichts mehr zu bedenken. Alles ist richtig. Wir gehören hierher. Auf das Eis. Es scheint eine natürliche Fügung zu sein. Gehören wir auch zusammen? Habe ich die ganze Zeit Gefühle für den Falschen gehabt? Ich weiß es nicht. Ich weiß nur, dass das zwischen uns hier und heute zauberhaft ist. Wenn es etwas gibt, das diese Nacht noch magischer machen kann, dann ist es dieser Tanz.

Erst Ewigkeiten später kommen wir zum Stehen.

Trotz des Zwielichts sehe ich die Euphorie in Jacksons Augen. Vereinzelter, dumpfer Applaus ertönt von behandschuhten Händen, um uns hat sich ein kleiner Kreis aus Zuschauern gebildet. Sie sind alle voll des Lobes und beteuern, dass sie etwas Derartiges nie zuvor gesehen hätten.

Ihre Schwärmerei und die Glückseligkeit, die das Eislaufen mit Jackson in mir ausgelöst hat, spüre ich noch auf dem gesamten Rückweg. Am leicht zugewachsenen hinteren Eingang zum Palais bleiben wir stehen. Feinste Schneeflocken beginnen herabzurieseln. Unsere Hände finden zueinander.

Da ist gerade so viel, was ich ihm sagen will, und doch schweige ich. Keines meiner Worte wäre genug. Jackson ist es tatsächlich gelungen, mir ein wenig die Angst vor dem großen Auftritt zu nehmen. Und er wirkt ebenfalls glücklich. Ob er gerade das Gleiche empfindet? Ich weiß es nicht. Ich weiß nur, dass es sich gut anfühlt. Unglaublich gut. Er gibt mir Sicherheit.

Und mit dem Zauber der Nacht im Bauch kann ich heute nicht anders.

Mein halbes Leben bin ich schüchtern gewesen, habe mir verboten zu fühlen. Weil mich ohnehin keiner mag.

Doch mit Jackson ist es anders. Und auch wenn ich die Worte nicht herausbekomme, will ich dieses eine Mal mutig sein. Ich fühle mich an seiner Seite so behütet wie nirgendwo. Und das will ich ihm zeigen.

Also beuge ich mich näher.

Und schließe meine Augen.

Kapitel 46

Nikolett

Aus dem Spiegel verhöhnt mich eine Fratze. Hässlicher und abstoßender denn je. Wenn ich nicht wüsste, dass es mein Spiegelbild ist, würde ich es nicht glauben. Es taugt alles nichts! Weder die Theaterschminke von Katalina, die ich aus purer Verzweiflung für den Debütantinnenball aufgelegt habe, noch mein Leben. In einer rasenden Bewegung greife ich nach der Puderdose und knalle sie mit aller Macht gegen die Wand. Klirrend zerspringt sie in die tausend Teile meines Herzens und rasselt zu Boden.

Er will mich nicht. Nicht einmal der einzige Mann, der sich bisher von meiner Ungestalt nicht hat abschrecken lassen. Ich presse die Augen zusammen, doch die Bilder kommen wieder hoch.

»Nikolett!« Jacksons überraschter Ausruf hallt durch meinen hohlen Kopf. Und da war diese überwältigende Traurigkeit in seinen Augen. Er ist aus allen Wolken gefallen, als ich ihn küssen wollte. Bestürzt hat er mir erklärt, dass ich zu einem der wichtigsten Menschen in seinem Leben geworden bin, er jedoch *so* nicht fühlt.

Ich sehne die schmerzvolle Stille herbei.

Sie ist nicht so schneidend wie die schmerzvolle Wahrheit. Warum er so nicht fühlt, ist mir klar. Weil ich ein solch abstoßendes Wesen bin, dass es egal ist, wie nett ich bin. *Lieben* würde mich dennoch niemand. Keiner hat es je getan, und keiner wird es je tun.

Wie konnte ich nur so töricht sein, jemals etwas anderes zu glauben?

Kraftlos stütze ich mich mit beiden Armen auf die Kommode und lausche meinem rasselnden Atem. Dann blicke ich wieder in den Spiegel. Die Tränen haben dünne Rinnsale in die Schminke gegraben, die meine Wangen leichenblass macht, die Scheußlichkeit der Narbe aber dennoch nicht verschleiern kann. Und auch das Rouge auf den Lippen lenkt nicht davon ab.

Mit der flachen Hand versuche ich die Schminke aus dem Gesicht zu wischen, ziehe jedoch nur Schlieren über meine Haut. Die Narbe schimmert hindurch. Noch mehr Tränen rinnen darüber. Mit dem Handrücken will ich das Rot von den Lippen reiben, doch auch das zieht nur breite Striemen über mein Gesicht.

Geht das Zeug denn nie wieder ab? Wie im Wahn scheuere ich darüber, schrubbe es mit Wasser ab. In kürzester Zeit sehe ich aus wie eine Groteske. Die Schminke ist verschmiert, jedoch immer noch da. Ich schluchze auf. Kann nicht mehr. Sinke auf den Boden und lasse den Tränen ihren Lauf.

Nicht mal, als Mutter nach mir ruft, reagiere ich.

Auch dann nicht, als die Tür sich langsam öffnet. »Comtesse? Ihre Eltern wünschen in einer halben Stunde aufzubrechen …« Da ist tiefe Sorge in Frau Zauners Stimme.

Ich blicke auf, lasse sie die Misere begutachten. Zumindest die in meinem Gesicht. Die in meinem Herzen kann sie allemal erahnen.

»Nikolett, was machen Sie denn nur?« Im nächsten Moment ist sie bei mir. Sie öffnet einige Schubladen, und ich habe keine Ahnung, wie sie es macht, aber mit einem weichen Lappen gelingt es ihr, die Schminke zu entfernen.

Sie hilft mir aufzustehen, zieht meine Schultern nach hinten, als ich zusammengesunken vor dem Spiegel stehe.

Immerhin ist die Farbe weg. Hässlich bin ich noch immer. Auch wenn Frau Zauners sanftes Gesicht neben mir im Spiegelbild erscheint und sie mit fester Stimme sagt: »Es gibt keinen Grund, sich zu verstecken.«

Ich nicke beklommen, um kein Gespräch führen zu müssen. Dann lasse ich mir von ihr in das neue, schlichte weiße Kleid helfen, für das Mutter den doppelten Preis gezahlt hat, damit es rechtzeitig fertig wird. Mit schnellen, geschickten Bewegungen steckt sie mir die Haare hoch. Nur eine kleine Locke darf über der Narbe hängen, denn ich weiß, dass Mutter es nicht dulden würde, wenn mein üblicher Wust mir ins Gesicht hängt.

Und dann bin ich in der Kutsche.

Unwiderruflich rollt sie Richtung Opernhaus. Ich ziehe dicke Schutzmauern um mich hoch und starre aus dem Fenster der Kabine, obwohl es dort nichts gibt als Dunkelheit. Ich wünschte, ich könnte ein Teil von ihr sein. Mutter sagt etwas. »Ich bin so stolz auf dich«, höre ich gedämpft in meinem Kokon und spüre kaum den Druck ihrer Hand. Nichts erreicht mich mehr richtig. Ich habe mich innerlich zurückgezogen. Bin wie eine Porzellanpuppe, die von einer fremden Macht gelenkt wird, denn nur so kann ich diesen Abend durchstehen. Und funktionieren. Die Dinge tun, die von mir erwartet werden.

Mit so viel Grazie, wie ich in meine Bewegungen zu legen vermag. Mehr ist nicht möglich. Alles Weitere liegt außerhalb meiner Kraft. Doch János hat recht. Es ist nur ein Abend. Und irgendwie wird es gehen. Danach bin ich in die Gesellschaft eingeführt, und wir können schauen, ob sich irgendwer erbarmen wird, mich zu heiraten. Vielleicht benötigt ja jemand Geld. Oder unseren Titel.

Mit tauben Gliedern stakse ich aus der Kutsche und betrete das Opernhaus. Im Vorbereitungsraum herrscht aufgeregtes Treiben. Es ist lauter als im Heizwaggon einer Lokomotive.

Alle sind aufs Feinste herausgeputzt mit ihren seidenrauschenden Kleidern, und wohin ich sehe, ist reines Weiß. Viele der Mädchen kämpfen um einen Platz am Spiegel, während ich jeglichen Blick hinein meide, als wäre der Spiegel verwunschen.

»Nikolettchen!« Katalina springt mir entgegen. Ihr Kleid mit den Raffungen, die von einer Schleife gekrönt werden, wallt bis nach München und zurück. Sie umfasst meine Hände. »Du siehst hinreißend aus. Im Rahmen deiner Möglichkeiten natürlich. Bist du auch so aufgeregt? Endlich ist es so weit! Danke noch mal, dass du mir János überlässt.«

Zum Glück lässt mein Porzellanpuppenpanzer kaum etwas an mich heran. Ich stimme ihr zu, entschuldige mich und flüchte in den Flur. Hier gibt es immerhin Luft zum Atmen.

Viele der Tanzpartner haben sich hier bereits eingefunden. Ein jeder von ihnen in seinem schönsten Frack, die Wiener Rose oder ein Handgelenksbouquet, das die Wertschätzung des Tanzpartners zum Ausdruck bringen soll, schon bereit. Doch auch sie wirken nervös. Natürlich trifft mein Blick sogleich auf János, obwohl er diagonal von mir ganz bei der Treppe an einer Säule lehnt, zwischen uns Männer in Gruppen stehen und Bedienstete in Livreen hin- und hereilen.

Sofort bin ich keine Porzellanpuppe mehr. Er bricht meinen Panzer durch die Eindringlichkeit seines Blicks schlichtweg auf, und ich bin für alle verletzlich.

Ich schlinge die Arme um mich und fröstle. Wir starren uns an. Verharren auf unseren Plätzen. Auch János hat seine Wolke aus Trübsinn mitgebracht. Jetzt stößt er sich von der Säule ab, und zeitgleich setzt mein Herz einen Schlag aus. Er wird doch nicht etwa herüberkommen? Seit zwei Wochen haben wir kein einziges Wort miteinander gesprochen.

Trotzdem steuert er direkt auf mich zu. Die Hände sind in seine Taschen geschoben, und in seinem Frack sieht er viel zu gut aus. Zaghaft blicke ich über die linke Schulter nach hinten. Da ist niemand.

Und dann steht er vor mir.

»Guten Abend, Nikolett«, sagt er nach einer kurzen Pause.

»Guten Abend, János.« Hat er das Zittern in meiner Stimme bemerkt? Warum müssen wir jetzt miteinander sprechen, wo ich vollkommen schutzlos bin? Ich räuspere mich. »Wegen der Geburtstagssoiree …«, setze ich an, um zumindest dieses Missverständnis endlich aus dem Weg zu räumen.

Er hebt die linke Braue.

»Meine Freundin hat den Satz aus dem Zusammenhang gerissen. Es gab da eine Probe, wo einige Debütantinnen recht unschöne Sache über mich gesagt haben. Danach habe ich alles verflucht. Den Ball, die Debütantinnen …«

»… und natürlich auch den fürchterlichen Tanzpartner.«
Ein leichtes Lächeln umspielt jetzt seine Mundwinkel.

Ich nicke. »Aber natürlich bist du nicht wirklich … fürchterlich.«

»Schon in Ordnung«, sagt er verschmitzt, wird dann aber wieder ernst. »Ich habe auch eine fürchterliche Tanzpartnerin.«

Ich werde nervös. Wie meint er das? Sie scheinen sich doch blendend zu verstehen. Und ich dachte, er würde sich freuen, mit ihr tanzen zu können. »Ihre Linksdrehungen haben sich in den letzten Stunden aber noch deutlich verbessert.«

»Ja, sie tanzt gut. Aber ich meinte, sie hat einen fürchterlichen Charakter.«

»Findest du?«, frage ich überrascht. Da erzählt er mir nichts Neues. Ich wusste allerdings nicht, dass er so von ihr denkt.

»Und ich habe da letztens was gehört, was mir ein völlig neues Bild von ihr vermittelt hat.«

»Ach ja? Was denn?«

Er kommt ein Stück näher. »Vielleicht ist es auch nur Quatsch, aber Leo, mein Freund mit der Eisbahn, hat neulich im WEK etwas gehört.«

»Was …« Ich sehe verstohlen erst über die linke, dann über die rechte Schulter und beuge mich sogar ein wenig näher. »Was hast du denn gehört?«

»Katalina hat doch tatsächlich ihre Mutter angefleht, jemanden auf dem Winterfest nicht auftreten zu lassen. Ist das nicht widerlich, mit was für unlauteren Mitteln sie kämpft, nur um wieder der Höhepunkt des Abends zu sein?«

Seinen letzten Sätzen kann ich kaum folgen. Mir wird ganz schwindelig. Da ist so vieles, was ich nicht fassen kann. Ging es da um uns? Wollte Katalina sich dafür einsetzen, dass wir *nicht* auftreten? Aber sie hat es mir versprochen. Und ich habe es schriftlich.

»Immerhin hat ihre Mutter dann gesagt, dass sie dennoch auftreten können – aber nur, weil sie fest davon ausgeht, dass die Gruppe sich ohnehin bis auf die Knochen blamiert. Die Armen! Ich wünschte, man könnte sie irgendwie vorwarnen …«

»Wann … wann war das?«, frage ich kraftlos.

»Hmmm.« Seine Hand fährt über das Kinn. »Es muss kurz vor dem Geburtstag deines Vaters gewesen sein.«

Ich schlucke. Das passt zeitlich genau.

»Nikolett, geht es dir nicht gut?« János greift nach meinem Arm und geleitet mich rasch zu einem Stuhl.

»D…Danke … es muss die Aufregung sein«, murmle ich, während Tausende Fragen durch meinen Kopf schwirren. Doch ich dränge sie zurück. Zunächst muss ich den Opernball überstehen, im nächsten Schritt kann ich mit den anderen überlegen, was zu tun ist.

Eine vollkommen veränderte Frau Horvath im bordeauxroten Abendkleid verschwindet in der Garderobe und danach tröpfeln die Debütantinnen eine nach der anderen heraus.

»Dann ist es jetzt wohl so weit.« Inzwischen bin ich so nervös, dass mir übel ist.

János nickt. Wieder sieht er mich voller Eindringlichkeit an. *Willst du das wirklich?,* scheint sein Blick ein letztes Mal zu fragen.

Natürlich will ich nicht.

Aber ich muss.

Erst gestern habe ich es erstmalig gewagt, auf jemanden

zuzugehen. Jemanden, der mir zugetan schien und meiner Nähe nicht auswich. Da würde ich einen Teufel tun und mich einer Person aufdrängen, die in meiner Anwesenheit stets befangen ist. Ja, ich mag János – dennoch ist er für mich der Gipfel der Unerreichbarkeit. Warum soll ich mich danach ausstrecken, wenn es ohnehin sinnlos ist?

»Ich wünsche einen angenehmen Abend«, sage ich, und er erwidert die Floskel mit einer leichten Verbeugung. Wir drehen einander den Rücken zu, um unsere entgegengesetzten Plätze in der Parade zu beziehen.

Nach dem Tausch bin ich nun ganz hinten, deswegen sehe ich, wie Katalina auf János zutanzt und ihn ebenso begeistert begrüßt wie mich in der Garderobe. Was gäbe ich für ihre Leichtigkeit. Er begrüßt sie in seiner formvollendeten Höflichkeit. Und als er ihr eine perfekte Wiener Rose ansteckt, ertrage ich es nicht länger.

Rasch bindet mir Joachim mit zusammengebissenen Zähnen mein kleines Bouquet um, und ich danke ihm schüchtern. Er nickt und sein Blick geht durch den Raum. Schon hier, wo nur vereinzelte Gäste und Bedienstete anwesend sind, gibt es Getuschel und die immer zuckenden Blicke in meine Richtung. Ich ziehe mein Tuch höher und atme tief ein. Versuche, meinen Porzellanpanzer wieder aufzuziehen, um mich gegen die geballte Ladung zu wappnen, die in wenigen Minuten auf mich einprasseln wird.

Die Musik setzt ein. Zuerst die Streicher, dann die Flöten. Jetzt gibt es kein Zurück mehr.

Mein Atem kommt nur noch stoßweise. Die Schlange setzt sich in Bewegung und zieht sich wie ein Ruck durch die ganze Reihe fort. Schließlich laufen auch wir los. Ich tausche ein nervöses Lächeln mit Joachim. Feine Schweißperlen stehen auf seiner Stirn, und es beruhigt mich ein wenig, dass ich nicht die Einzige bin, die vor Aufregung zu zerfließen scheint. Gemeinsam steigen wir die Treppe hoch, haben Schwierigkeiten, Schritt zu halten.

Es wird gelingen, erinnere ich mich.

Unser Tanz ist nicht mit dem von János und mir zu vergleichen, es wird jedoch ausreichen. Und in wenigen Stunden würde ich in meinem kuscheligen Bett liegen, Max' gleichmäßigem Atem lauschen, und der Opernball wäre nichts als eine Erinnerung. Vielleicht eine unschöne, womöglich würde es aber nur halb so schlimm werden wie vermutet. Immerhin bin ich in den vergangenen Wochen immens gewachsen. Ich bin nicht mehr allein und habe sogar schon einen Auftritt auf dem Eis gemeistert.

Wir sind auf dem Treppensockel angekommen, und ich kann durch die Flügeltür die prunkvollen Lüster des Ballsaals sehen. Direkt zu Beginn habe ich kurz hineingelinst, und die Pracht hat mir den Atem geraubt. Und hier würde ich gleich tanzen. War es nicht tatsächlich eine Ehre?

»Ich kann das nicht.«

Joachims Worte reißen mich aus den Gedanken. »Wie bitte?«

Er bleibt stehen. Der Schweiß steht nun auch auf seiner Oberlippe, und er ist leichenblass. »Es tut mir leid«, presst er hervor und stürmt davon.

Kapitel 47

Julianna

Seit über einer Woche ist Nikolett nicht zur Probe erschienen. Unsere Blicke gehen mittlerweile nicht einmal mehr zum Wäldchen. Wir wissen, dass sie nicht auftauchen wird. Und auch nicht Max mit einer Botschaft am Halsband.

Sie lässt uns einfach hängen!

Obwohl Nikolett genau weiß, dass ohne sie unsere Nummer viel zu kurz ist. Und dass niemand ihren Part so schnell lernen kann.

»Vielleicht ist der Opernball doch in einer Katastrophe geendet«, überlegt Mimi laut, während sie mit dem Zeigefinger über den Rücken ihrer Maus streichelt.

»So ein Schmarrn! Das hätten wir auf jeden Fall in der Zeitung gelesen.«

»Da werden sie kaum reinschreiben: ›Abermals hat unsere Gesellschaft im Prunk ihre eigene Großartigkeit gefeiert, unglücklicherweise haben wir dabei ein unschuldiges Mädchen wegen ihrer Narbe zum Abendgespräch gemacht‹«, gibt der Piefke zu bedenken, worin ich ihm leider recht geben muss.

»Trotzdem«, ruft Mimi trotzig. »Selbst wenn es ihr nicht gut geht, könnte sie herkommen. Wir würden sie doch wieder aufbauen, dafür sind Freunde schließlich da.«

Jackson schwebt zu uns herüber. Normalerweise läuft er

weiter, während er mit uns redet, diesmal bleibt er stehen. »Ich fürchte, es ist meine Schuld.«

Überrascht sehe ich ihn an. Die zwei wirken stets wie ein Herz und eine Seele, fast schon wie ein altes Ehepaar – was mag zwischen ihnen vorgefallen sein?

»E…Es gab da ein Missverständnis«, sagt er vage.

Ich verschränke die Arme. Egal, was geschehen ist, ich kann nicht fassen, dass sie uns dermaßen hängen lässt. Das Winterfest ist in zehn Tagen, und ohne sie können wir den Sieg vergessen. Somit wäre alles vergebens gewesen!

»Selbst wenn es eine Missdeutung zwischen euch gab, dann wollte das Schicksal es so«, sagt Fanny voller Überzeugung, nachdem sie ihren Dreier absolviert hat.

»Ich sage ja, es war der Opernball«, wiederholt Mimi vom anderen Ende des Sees.

»Was auch immer es war, sie muss dennoch herkommen! Schließlich ist es nicht so, dass wir sie aufsuchen könnten und …« Mitten im Satz halte ich inne. »Sag mal, ist das Kleid, das ich zur Geburtstagssoiree anhatte, noch bei dir?«, frage ich Jackson.

»Warum? Du willst doch nicht etwa …?«

Ich hebe die Schultern. »Wenn sie nicht zu uns kommt … Auf jeden Fall werde ich hier nicht untätig sitzen und abwarten, wie sich unser Traum in Luft auflöst, weil das Fräulein irgendwelche Befindlichkeiten hat.«

»Du weißt, dass sie nicht so ist«, protestiert Mimi, während sie Krümel in ihrem Kragen verschwinden lässt.

»Ja. Aber ich will herausfinden, was los ist.« Ich zögere. »Gerade *weil* sie nicht so ist, mache ich mir langsam Sorgen.«

»Wie bitte?« Ich spüre Mimis Arm um meinen Nacken,

die übermütig neben mir zum Stehen kommt. »Kann ich das bitte schriftlich haben? Julianna Winter macht sich Sorgen? Hört, hört!«

Unwirsch schüttle ich sie ab und sehe Jackson auffordernd an.

»Ja, es ist noch da.« Er sieht dennoch skeptisch aus. »Aber gibt es da nicht auch irgendwelche Regeln? Ich meine, nach allem, was wir bei den Kaffeehausbesuchen gelernt haben, gibt es tausend Regeln. Daher wäre ich vorsichtig, was die Garderobe betrifft.«

Er hat recht. Ich habe Tatiana Markow nie zuvor zweimal im selben Kleid gesehen und sie sucht mich mittlerweile regelmäßig im Stall auf, um mit mir zu plauschen und Neuigkeiten über meine angebliche Liebschaft zu hören. Und auch Nikolett trägt niemals dasselbe an aufeinanderfolgenden Tagen. Dennoch bedeutet das nicht, dass es nie vorkommt. Gab es nicht auch verarmten Adel? Aber ich bin in meiner Rolle ja neureich gewesen. Verarmte Neureiche erscheinen mir unwahrscheinlich. Doch welche Wahl haben wir? »Willst du lieber dort als Kammerdiener vorstellig werden?«

Jackson quietscht erschrocken auf. »Viel zu gefährlich! Am Ende stellen die mich noch ein, so agil, wie ich wirke …« Er vollführt eine lang gezogene Pose und bringt uns trotz der Sorge zum Lachen. Ich zerbreche mir den Kopf über weitere Möglichkeiten. Doch wenn Mimi oder Fanny in dem einzigen eleganten Kleid, das uns zur Verfügung steht, auftauchen würde und die Gräfin es wiedererkennt, wäre dies nur noch auffälliger. Und den Piefke würde man ohne Weiteres ebenfalls nicht zu Nikolett vorlassen.

Ich muss es also machen. Niemals hätte ich geglaubt, in

meinem Leben je solch einen Gedanken zu haben, aber letztlich bin ich als höhere Tochter von uns allen am glaubhaftesten. Dann bleibt nur noch ein einziges Problem: Nikolett hat mir zwar alles über feine Diners beigebracht – was man jedoch bei einem Höflichkeitsbesuch zu beachten hat, ist mir völlig schleierhaft.

Im Spielhaus hilft Jackson mir mit dem Kleid. Es ist mir ein Rätsel, wie Nikolett das alleine hinbekommt.

»Ist es so zu fest?«, fragt er nach dem Schnüren der Bänder.

Ich weiß, dass wir hier vermutlich den größten Fauxpas des Jahrhunderts begehen, indem ein junger Mann mir beim Ankleiden hilft, doch für mich ist nichts dabei. Ich spüre keinen Unterschied zur Hilfe, die Nikolett mir geleistet hat. »Perfekt. Vielen Dank!«

Er verneigt sich grinsend, bevor er mir behilflich ist, in das Überkleid zu steigen.

Einzig die Haare bleiben ein Problem. Bei der Soiree hat Nikolett sie mir Stunden zuvor so elegant hochgesteckt, wie ich es nie und nimmer hinbekommen würde. Mir bleibt nichts, als sie in einem schlichten Knoten zusammenzufassen. Besorgt sehe ich in den Spiegel und treffe Jacksons Blick. »Keiner von denen trägt einfach nur einen Knoten«, sage ich sorgenvoll.

»Papperlapapp.« Er winkt ab. »Das ist kein einfacher Knoten, es ist ein eleganter Chignon. In Frankreich ist das zurzeit die neueste Mode.«

Ich weiß, dass er schon viel herumgekommen ist, so ganz kann ich ihm jedoch nicht glauben. »Wirklich?«

»Peut-être«, antwortet er lediglich geheimnisvoll.

Mir reicht es als Ausrede, doch mein Herz klopft wie verrückt, sobald ich auf die Tür des Palais zugehe. Würde ich mit der Verkleidung durchkommen, auch ohne Masse, in der ich untergehen könnte? Und ohne Nikolett, die mir regelmäßig gegen das Schienbein tritt? Und ohne diesen charmanten János, der die Schuld auf sich nimmt? Auf der anderen Seite muss ich es nur zu Nikoletts Zimmer schaffen. Oder wo auch immer wir miteinander sprechen dürfen.

So zaghaft, wie Nikolett es tun würde, klopfe ich. Die Hausdame öffnet, und ich nehme rasch eine kerzengerade Haltung ein, wie Nikolett es mich gelehrt hat.

»Guten Tag. Ich würde gerne das …« Herrje. Ich weiß, dass *ich* in meiner Position die jungen Damen des Hauses mit *gnädiges Fräulein* zu bezeichnen habe und meine Hausherrin entsprechend mit *gnädige Frau*. Aber wie bezeichnen sich Freundinnen untereinander? Nikolett hat schon einige Male von *Katalina* gesprochen, aber würde man auf diese Weise auch den Wunsch anmelden, diese zu treffen? Oder würde ich den gesamten Namen nennen? Mit *Fräulein* oder *Comtesse* davor oder ist das für Freundinnen hinfällig?

Ich täusche einen Hustenanfall vor und bin froh, dass meine erröteten Wangen auch dem Ringen um Atem zugeschrieben werden können.

»Sie wünschen, der Comtesse einen Besuch abzustatten?«, hilft mir die Hausdame.

»Richtig.«

»Wen darf ich melden?«

Mein Zögern dauert nur eine Sekunde. Ich muss sichergehen, keinen Fehler zu machen. »Jacqueline White.« Gott, wie ist sie nur auf einen derart närrischen Namen gekommen? Ich lächle und hoffe, dass es nicht so gequält wirkt, wie ich mich fühle.

Die Hausdame sieht mich überrascht an. O Gott! Erkennt sie am Namen, dass er erflunkert ist? Das Hauspersonal weiß doch immer über alles Bescheid. Oder hat sie mir meine Lüge am Gesicht abgelesen?

»Haben Sie keine Karte für mich?«

Ganz schwach erinnere ich mich, dass Markow manchmal Visitenkarten auf dem Silbertablett serviert bekommt. Das wäre zu dieser Gelegenheit angebracht? Ich reagiere mit einer Mischung aus dem, was Markow und Nikolett stets tun. Ich entschuldige mich und sehe sie gleichzeitig so herablassend an, als würde der Fehler bei ihr liegen. Gewiss fühle ich mich nicht gut dabei, aber sie huscht davon und bittet mich, in der Bibliothek zu warten.

Die Bibliothek verschlägt mir den Atem, obwohl Markows auch nicht klein ist. Doch hier reihen sich die Regale bis zur Decke und umhüllen den gesamten Raum. Vorsichtig fahre ich mit den Fingern über die eingravierten Titel und studiere die Buchrücken in den gedeckten Farben. Ob Nikolett hier dieses fesselnde *Zwanzigtausend Meilen unter dem Meer* herhat? Es muss herrlich sein, seine Tage hier zu verbringen und in eine Geschichte nach der anderen abtauchen zu können.

In diesem Moment erscheint eine blasse Nikolett mit roten Rändern um die Augen. Sie wirkt wie ein Geist, und ich bekomme tatsächlich Gänsehaut. Wir begrüßen uns im perfekten Schauspiel, doch sobald die Hausdame verschwunden ist, fällt die Maske.

Nikolett umfasst meine Schultern und schüttelt mich leicht. »Bist du des Wahnsinns, hier einfach aufzutauchen? Obendrein ganz außerhalb der Besuchszeit?«

»Was soll ich denn machen, wenn du nicht mehr kommst?«

»Aber nun könnte alles herauskommen! Man trägt ein Kleid nicht zweimal. Schon gar nicht in solch kurzen Abständen. Und was soll das für eine Frisur sein? Da hättest du dir auch gleich ein Schild um den Hals hängen können: ›Ich bin bloß eine Arbeiterin‹!«

»Das ist ein französischer Chignon, in Paris die neueste Mode!«, keife ich flüsternd zurück, und Nikolett zieht mich von der Tür weg. »Und wie es aussieht, ist dir ohnehin alles einerlei, was kümmert es dich also, ob es auffliegt? Oder warum lässt du uns hängen?«

Sie dreht sich weg, sieht aus dem Fenster, hinter dem sich die weiß gepuderte Parklandschaft auftut.

»Es tut mir leid«, flüstert sie, als ob jegliche Kraft ihren Körper verlassen hätte. »Ich würde euch gerne helfen. Aber ich kann nicht.«

»Natürlich kannst du. Wir brauchen dich, Nikolett!«

»Ihr schafft das auch ohne mich. Besser sogar. Durch meine Ungestalt würde ich nur schlechte Presse auf die Gruppe ziehen.«

»Meines Wissens wurden deine Narben mit keinem Wort in den Berichten über den Opernball erwähnt.«

Sie antwortet nicht sofort. Schließt die Augen, als könne sie die Schönheit der Winterlandschaft nicht länger ertragen. »Das liegt daran, dass ich nicht da war.«

»Du warst nicht da?« Meine Stimme ist viel zu schrill, denn ich kann nicht fassen, dass sie nicht hingegangen ist. Nicht nach allem, was war. Vielleicht ist sie doch nicht die, für die ich sie gehalten habe?

Ganz allmählich beginnt sich ein fürchterliches Bild in mir abzuzeichnen. Bis eben gerade habe ich weiterhin Hoffnung gehabt, merke ich jetzt. Nikolett hat eine Woche der Proben verpasst, durch ihren Vorsprung hätte sie es jedoch noch aufholen können.

Doch langsam begreife ich.

Sie würde kneifen.

So wie sie auch beim Opernball gekniffen hat, obwohl das Wohl ihrer Familie davon abhing. Was würde sie dann für ein paar dahergelaufene Dienstmädchen geben, mit denen sie hin und wieder eislaufen war? Mir ist die Truppe wichtiger als alles andere, sie ist eine Art Familie für mich. Nikolett kann es jedoch egal sein. Sind wir für sie überhaupt je von Bedeutung gewesen? Offensichtlich nicht. Da sie am meisten Zeit zum Üben hatte, haben Jackson und sie ihren Part verlängert, und eine beeindruckende Pirouette und mehrere Richtungswechsel wären nun Teil ihrer Vorführung. Ich wüsste nicht, wie wir nun so schnell anderweitig diese Zeit füllen sollten.

»Nikolett, bitte!«, flehe ich.

Ja, ich flehe. Nicht einmal dazu bin ich mir zu schade, denn ich sehe mich nun ewig auf Knien den Boden schrubben, und das einzige Eislaufen, dem ich nachgehen würde, wäre die Tortur, die wir regelmäßig für Markow abliefern müssen.

Meine Schultern sacken nach unten, alles sackt nach unten. Weil es diese Hoffnung gegeben hat, einen Weg aus dem Arbeiterstand zu finden, habe ich mich meinen Träumen hingegeben.

Ein Luftschloss nach dem anderen zerplatzt nun.

Und das tut weh.

Ich will den Schmerz in meinem Hals wegschlucken, aber es gelingt mir nicht.

Es ist gleichgültig, sage ich mir. Vermutlich hätten wir ohnehin nicht gewonnen, wenn wir schon für unsere Teilnahme auf Bestechung zurückgreifen mussten. Aber zumindest *versuchen* hätten wir es können. Dass Nikolett mir diese letzte Hoffnung auf ein besseres Leben nimmt, kann ich ihr nur schwerlich verzeihen. Vielleicht auch gar nicht.

Da sind Tränen in meinen Augen. Ich blinzle sie davon, doch sie kommen wieder. Diese Sache ist zu groß, als dass ich sie mir schönreden könnte. Unaufhaltsam brechen sie aus mir heraus.

Das kann nicht sein!

Ich stürze davon, nehme keinerlei Rücksicht mehr auf irgendwelche Gepflogenheiten. Wenn ihr alles einerlei ist, dann ist es mir das auch. Diese eine Sache wäre mir schließlich wichtiger als alles andere gewesen.

Doch sie soll nicht merken, wie sehr es mich zerstört. Denn niemand hat Julianna Winter je weinen gesehen.

Kapitel 48

Nikolett

Unzulänglichkeit. So viel Unzulänglichkeit wabert durch meinen Körper, während ich im zu heißen Wasser der Badewanne liege. Allein aus Langeweile habe ich Frau Zauner heute gebeten, ein Bad für mich aufzusetzen. Früher gehörte dies zu meinen kleinen Tricks, um die Tage herumzubekommen. Heute merke ich, dass ich mich hier, eingehüllt vom Dampf und Schaum, noch weniger vor den quälenden Gedanken verstecken kann.

»Wie konntest du das tun?«, war das Erste, was meine Mutter gefragt hat, als sie mich draußen zitternd im weißen Kleid auf den Stufen vor dem Opernhaus entdeckt haben. Keine Sekunde länger hatte ich es drinnen ausgehalten. Vater hat sofort seinen Frack um meine Schultern gelegt, während meine Mutter höchstpersönlich eine Kutsche herangewunken hat. Sobald wir die geschlossene Kutschkabine bezogen haben, verlangte sie abermals, dass ich ihr Rede und Antwort stehe.

»I…I…Ich … Er hat mich stehen lassen«, sagte ich tränenerstickt. »Ich schwöre, ich wollte tanzen. Aber dann hat er offensichtlich kalte Füße bekommen.«

Mutter sah betont aus dem Fenster und Vater hin und her. Wusste nicht, ob er sich einmischen sollte oder ob das hier Frauenangelegenheiten waren.

»Weil du ihn dazu getrieben hast«, zischte Mutter. »Ein wenig Ermunterung brauchen die jungen Männer schon.«

In den darauffolgenden Tagen haben wir nur das Nötigste miteinander geredet – bis Mutter mir mitteilte, dass ein Brief eingetroffen sei. General Hirschbeck bekunde sein Interesse, mich zu ehelichen. Sie und Vater hätten entschieden, das großzügige Angebot anzunehmen. Sobald das erste Grün sprieße, solle unsere Hochzeit stattfinden.

Seitdem weiß ich nicht mehr, was ich fühlen soll. Der Gedanke, den General zu berühren, lähmt mich. Wenn ich es in Betracht ziehe, Zärtlichkeiten mit ihm auszutauschen, wird mir übel. Und wenn ich mir vorstelle, mein restliches Leben an seiner Seite zu verbringen, kann ich nicht länger atmen.

Meine Eltern haben jedoch seinen exemplarischen Lebenswandel, seinen Fleiß und seine hochrangige Stellung in den höchsten Tönen gelobt, sodass die Pflicht hünenhaft in meinem Nacken sitzt.

Es plätschert leise, als ich meine Schultern aus dem warmen Wasser herausschiebe. Ich betrachte die Narbenfläche, die sich auch hier fortsetzt. Die kleinen Hügel wirken wie erstarrte Wellen.

Ich bin ein Monstrum, rufe ich mir in Erinnerung.

Ich habe keinerlei Ansprüche zu stellen. All die Abneigung, die ich dem General gegenüber empfinde, verspürt er ebenso gegen mich. Womöglich sogar noch stärker. Und wer heiratet schon aus Liebe? Wenn ich meinen Teil dazu tun will, die Posten meiner Familie am Hofe zu sichern, muss ich diese Verbindung eingehen.

Fest presse ich die Augen zusammen.

Wäre es da nicht fast besser, einfach abzutauchen – und nie

wieder aufzutauchen? In dem Fall wäre alles vorbei. Wäre es das nicht ohnehin, wenn ich ein freudloses Leben an der Seite des Generals fristete? Aber wenn ich bereit wäre, alles aufzugeben, könnte ich dann nicht genauso gut alles riskieren?

Ich seufze und streiche mir mit nassen Händen die klammen Haare aus dem Gesicht. Es ist von der Feuchtigkeit aufgedunsen. Warum muss alles so schwierig sein? Schwerfällig steige ich aus dem nun fast kalten Wasser und ziehe den Stöpsel. Ich setze mich auf den Wannenrand, bevor ich die Kraft habe, weiterzumachen. Gedankenverloren beobachte ich, wie sich das Wasser im Kreis dreht. So, wie wenn man die Walzertanzenden von der Empore aus beobachtet.

»Zunächst war der Walzer ein verbotener Tanz«, erinnere ich mich an Frau Horvaths Worte von der Probe. »Zum Glück war die Begeisterung für den Walzer in der Bevölkerung so groß, dass sein Siegeszug zu Beginn unseres Jahrhunderts, nach dem Wiener Kongress, nicht mehr aufzuhalten war.«

Ich habe mir so sehr gewünscht, dass es mit unserem Eislauf genauso sein würde. Aber da sind auch die Worte der Freifrau in meinem Kopf, die fest überzeugt ist, dass wir uns lächerlich machen würden. Hätte ich es Julianna sagen sollen, als sie gestern da war? Aber das hätte ein weiteres Stück aus meinem Herzen gebrochen.

Im Morgenmantel schlurfe ich über den kalten Flur in mein Zimmer. Noch während ich im Bett liege und Max hinter den Ohren kraule, denke ich über die Welt, die Gesellschaft und das Leben nach. Vielleicht kann man dabei nur noch trübsinniger werden. Wo man auch hinsieht, scheint Ungerechtigkeit zu herrschen.

Und Schwergängigkeit. Es hat zwar Änderungen in der Gesellschaft gegeben, doch wenn etwas neu ist, stößt es grundsätzlich zunächst auf Ablehnung, wie das Sezessionsgebäude. »Wieso mögen die Menschen neue Sachen nicht? Warum musste das Gebäude von der Ringstraße entfernt errichtet werden, obwohl die Künstler wissen, was sie tun?«, frage ich Max, und er legt den Kopf schief.

Mit diesen Überlegungen schlafe ich ein.

Als hätte mein Kopf jedoch weiterhin über dem Problem gebrütet, wache ich am nächsten Tag mit einem kühnen Gedanken auf. Einer Idee.

Und die könnte alles verändern.

Kapitel 49

Leopold

Eisiger Schneeregen klatscht mitten auf meine Mütze und meine Schultern, trotzdem atme ich die diesige Luft tief ein, als sich Markows Schloss vor mir abzeichnet. Bei seinem Vermögen habe ich es mir um einiges pompöser vorgestellt, es wirkt jedoch eher wie ein Gutshaus, nur dass es einen kleinen Turm in der Mitte hat. Sicherlich ein gutes Zeichen, überlege ich, während ich den Torbogen passiere. Der Mann verzichtet auf Prunk und weiß sein Geld vermutlich lohnenswert einzusetzen. Und was wäre eine bessere Investition als eine aufstrebende Eisbahn? Mit den richtigen Mitteln könnte sie eines Tages womöglich tatsächlich zum Eispalast werden, das Potenzial ist enorm.

Ich betätige die Glocke und teile einem Dienstmädchen in adretter Uniform mein Anliegen mit. Sie geleitet mich in einen Salon. Wenig später bringt mir ein weiteres Mädchen mit kreisrunder Brille einen Tee. Sie wirkt viel zu jung, um hier zu arbeiten, strahlt mich aber so herzlich an, dass ich ihr Lächeln sofort erwidern muss. Es scheint sie zu wundern.

»Der Herr ist momentan im Gespräch und bittet Sie, einen Augenblick zu warten.«

Unter ihrer Bluse bewegt sich etwas auf ihren Schultern, die sie kichernd an den Kopf heranzieht.

»Was war denn das?«, frage ich amüsiert.

»Nichts, nichts«, sagt sie rasch und sieht mich nun so ängstlich an, als könne ich jeden Moment einen Prügel hervorziehen. Macht der Herr des Hauses etwa noch von seinem Züchtigungsrecht Gebrauch? Es steht zwar weiterhin in der Wiener Dienstbotenordnung, doch ich kenne kein Haus, wo es wahrhaftig praktiziert wird, und ich habe es bisher als barbarisches Überbleibsel angesehen.

»Kann ich sonst noch etwas für Sie tun?«

»Vielleicht haben Sie einen kleinen Tipp für mich.«

»Einen Tipp?«

»Ja. Ihr Dienstherr, wie ist er so? Gibt es etwas, das er besonders gerne mag? Womit kann man ihn gütlich stimmen?«

Sie nimmt sich Zeit, nachzudenken, schüttelt dann langsam den Kopf. »Nein. Ich fürchte, da ist nichts, dessen ich mich entsinnen könnte.«

»Rein gar nichts? Pferderennen? Die Oper? Das Theater? Oder etwas Ähnliches?«

Sie verzieht das Gesicht. »Das ist ihm alles zuwider.«

»Tatsächlich?« Ich kenne niemanden aus der ersten Gesellschaft, der keinerlei dieser Dinge frönte. Hoffentlich ist es mit dem Eislaufen anders. Eine Eisfläche hat den Vorteil, dass sie nicht nur Vergnügen, sondern gleichzeitig körperliche Betätigung bedeutet, die der Gesundheit sehr zuträglich sein soll. »Was kann ich dann tun, um ihn für mein Anliegen zu gewinnen?«

Sie lacht auf. »Ich fürchte, da hilft nur noch Beten.«

Jetzt muss ich meinerseits lachen. Offenbar ist sie strenggläubig. Ich verlasse mich aber besser nicht auf die Hilfe von oben.

Sie will bereits gehen, hat das silberne Tablett an ihren Bauch gepresst, hält jedoch inne. »Was …«, ängstlich blickt sie um sich, »was ist denn Ihr Vorhaben, wenn ich mir diese Frage erlauben darf?« Sie spricht fast im Flüsterton und sieht mich mit wahrem Interesse an.

Ich spüre, wie ich ein Stück wachse, da ich so stolz auf die Bahn bin, obwohl sie weiterhin nicht den Zweck erfüllt, den ich für sie vorgesehen habe. Trotzdem bin ich zuversichtlich. »Ich plane eine weitere Eislauffläche in der Stadt.«

»Wirklich?« Ihre Augen leuchten auf wie die künstlichen Sonnen im WEK. »Ich liebe das Eislaufen! Ich übe immer zusammen mit einigen Freunden und …«

Sie verstummt abrupt, als feste Schritte vor der Tür zu hören sind.

»Danke für den Tee!«, sage ich, obwohl ich mich gerne weiter mit ihr unterhalten hätte. Doch dazu bleibt keine Zeit, denn nun öffnet sich die Tür.

Markow streckt schon von Weitem die Hand aus, als er auf mich zukommt. »Herr Lindenfels, bitte entschuldigen Sie, dass Sie warten mussten. Ich hoffe, das Personal hat sie nicht belästigt?« Er tötet das Mädchen mit einem einzigen Blick und beglückt mich dann mit einem zu festen Händedruck.

Wir suchen sein Kontor auf, er hält den Austausch von Belanglosigkeiten kurz und signalisiert, dass er rasch zur Sache kommen will. »Was ist das für eine vielversprechende Geschäftsidee, die Sie angekündigt haben?«

Ich öffne meine Aktentasche, die ich mir extra für diesen Anlass zugelegt habe und mit der ich unglaublich geschäftsmäßig aussehe, und ziehe meinen Ordner mit den Dokumenten heraus. In zahlreichen Nachtschichten habe ich alles geplant und durchgerechnet.

»Mein Ziel ist es …«, die dramatische Pause habe ich zu Hause eingeübt, »eine weitere Eisbahn in Wien zu eröffnen.«

Ich lasse Raum, damit er seine Begeisterung äußern kann.

Er verzieht jedoch keine Miene. Starrt mich stattdessen an.

Ich räuspere mich und will loslegen – von der Standortanalyse, den Besucherzahlen und der rasanten Entwicklung der körperlichen Ertüchtigung auf dem Eis in den vergangenen Jahren.

Doch er hebt die Hand. »Das kommt für mich nicht infrage.«

»Nicht?«

Mit einer so schnellen Absage habe ich nicht gerechnet. Für sämtliche Einwände habe ich mir entkräftende Antworten zurechtgelegt. Nicht aber für eine Abkanzelung, noch bevor ich den zweiten Satz zu Ende gebracht habe. »Mit Verlaub, wollen wir vielleicht zunächst …«

Er unterbricht mich abermals, erhebt sich bereits vom schlichten Stuhl ohne Polster, der ihm als Schreibtischstuhl dient. »Tut mir leid, dass Sie so weit herausgekommen sind. Wenn ich das vorher gewusst hätte …«

»Das ist nicht der Rede wert. Könnten wir möglicherweise …«

Seine Geduld scheint aufgebraucht. »Wenn ich Sie jetzt bitten dürfte zu gehen?« Die Ausdrucksweise ist höflich, seine Stimme ist es nicht. Stattdessen schreien seine Augen mich an.

Warum will er mich nicht einmal ausreden lassen? Verständnislos öffne ich die brandneue Aktentasche noch einmal und verstaue den Ordner. Einen allerletzten Versuch muss ich noch wagen. »Sind Sie …«

»Raus!« Sein Wort peitscht durch meine Glieder, und nun verstehe ich die Angst in den Augen des Mädchens.

Wäre vermutlich kein guter Zeitpunkt, nachzuhaken, ob ich noch einmal mit ihr sprechen könnte. Stattdessen eile ich wie ein Gauner über den Hof. Aus dem Marstall ertönt ein nervöses Wiehern, gleich danach eine beruhigende Stimme, die mich innehalten lässt. Kann das sein?

Ich schüttle den Kopf. Hier ist sie gewiss nicht, das wäre absurd. Meine Gefühle sind nur in Aufruhr. Und ich würde den Teufel tun, einen Blick in den Pferdestall des Geschäftsmannes zu werfen, der mich soeben im hohen Bogen an die Luft gesetzt hat.

Kapitel 50

Nikolett

Der Gedanke, den ich heute Morgen hatte, ist so weltbewegend, dass ich ihn nicht länger für mich behalten kann. Es gibt nur einen Ort, wo ich ihn besprechen kann, denke ich, ziehe mich in aller Eile an und stürze mit Max los.

Außer Atem komme ich am See an, Max wirkt genauso aufgeregt wie ich und läuft bellend das Ufer ab.

Doch der See liegt leer vor uns. Stille Nummer neun hüllt uns ein, sobald Max verstummt ist. Friedhofsstille. Die Oberfläche ist von zahlreichen Linien durchzogen, aber heute gleitet niemand über das Eis. Eine böse Vorahnung erfasst mich. Er würde doch nicht … Auf dem Absatz mache ich kehrt, hetze zum Spielhaus und reiße, ohne zu klopfen, die Tür auf – auch das ist verwaist.

»Jackson!«, kreische ich, und meine panische Stimme wird von den Wänden zurückgeworfen. Er darf nicht weg sein! Nicht jetzt, wo ich die Erleuchtung hatte. Nicht, wo es noch so viel zu sagen gibt.

Ich renne die zugewucherte alte Auffahrt hinunter und atme erst auf, als ich ihn an der Straße entdecke, wo er mit der Biberpelzmütze auf dem Kopf und seiner Tasche unter dem Arm versucht, eine freie Mitfahrt zu ergattern.

»Jackson!«, rufe ich erleichtert und ängstlich zugleich, und sein Gesicht leuchtet auf, als er mich am Straßenrand entdeckt.

Wir fallen uns in die Arme. Entschuldigen uns gleichzeitig.

»Lass uns zurück ins Haus gehen, du zitterst ja.«

Wenig später sitzen wir mit einem heißen Pfefferminztee am klobigen Küchentisch. »Ich hatte einen brillanten Einfall!«, platzt es aus mir heraus, doch er hebt beschwichtigend die Hände.

»Nikolett, meine Liebe, zuerst möchte ich noch mal in aller Ruhe um Verzeihung bitten. Bitte, glaube nicht, dass du mir nicht wichtig bist. Es ist nur … i…i…ich … bin nicht so wie andere.« Stotternd streicht er sich mit beiden Händen die Haare nach hinten. »Wenn ich so wäre, wärst du gewiss die Erste, der mein Herz gehört, doch leider kann ich es nicht lenken.«

So aufgewühlt habe ich ihn noch nie erlebt. Ich greife nach seiner Hand. »Das verstehe ich. Keiner kann sein Herz lenken. Ich habe es oft genug selbst verflucht.«

Vehement schüttelt er den Kopf. Er reißt sich los und schreitet den schmalen Raum zwischen Tür und Küchenanrichte auf und ab. Schließlich wendet er mir den Rücken zu, legt die Hände auf die Arbeitsfläche unter dem mickrigen Fenster und sieht hinaus. »Nein. Du verstehst nicht.«

Ich erhebe mich ebenfalls. Gehe auf ihn zu und beziehe direkt hinter ihm Position. So wie sonst beim Eislaufen, wenn er mir für eine neue Figur Halt geben will. »Dann erkläre es mir«, hauche ich in den Raum. Weil kein Ofenfeuer mehr brennt, kommen mit meinen Worten durchscheinende Wölkchen aus meinem Mund.

Er senkt den Blick und holt Luft. Tief. »Sagen wir mal so.

Wenn ich mich in einen Finck von Ehrenbach verlieben würde, dann ...« Seine Stimme bricht.

»Was dann?«

»Dann wäre dein jüngster Bruder der geeignetere Kan-
didat.«

Ich schnappe nach Luft. »Ferdinand?«

Er nickt. »Ich habe ihn zu Weihnachten aus der Kutsche
steigen sehen.« Jackson steht vollkommen ruhig da, doch
selbst ohne ihn zu berühren, spüre ich, wie heftig sein Herz
schlägt.

»A...Aber dann ... a...aber dann ...«, stammle ich.

»Ja«, flüstert er mit rauer Stimme. »Ich bin einer von denen,
über die man nur hinter vorgehaltener Hand spricht. Meist
mit Abscheu. Einer von denen, wo man nie sicher ist, ob es
sie gibt. Ich kann dir jedoch versichern, es gibt sie. Und es
sind nicht so wenige, wie man vermuten würde. Ich verstehe,
wenn du jetzt nichts mehr mit mir zu tun haben willst.«

»Jackson, ich würde niemals ...«

»Ist schon in Ordnung. Ich nehme es dir nicht übel. Wir
gelten als Kranke, als Sünder ... Weil wir etwas begehren, das
angeblich wider die Natur ist.«

Ich glaube, mein Kopf war selbst nach der anstrengends-
ten Eislaufprobe nicht heißer. Nie zuvor habe ich über derlei
Dinge geredet. Nicht einmal über die Liebe zwischen Mann
und Frau, zumindest nicht über die körperliche. Wenn ich
nicht tief verborgen in einigen Romanen einige höchst auf-
schlussreiche Stellen entdeckt hätte, würde ich vermutlich davon ausgehen, dass Mann und Frau in der Hochzeitsnacht
schlichtweg nebeneinander schlafen. Doch es gibt dort nur
widersprüchliche Hinweise. Diese romantischen Beschrei-

bungen der Liebesnächte unterscheiden sich vollkommen von dem, was ich in einem Ratgeber für die gute Ehefrau gelesen habe. Dort steht, dass alle Männer tierische Gelüste hätten und ich mich einfach tot stellen sollte, wenn sie diesen nachgingen – was ich in der Anfangszeit maximal einmal pro Woche zulassen sollte, bis ich genügend Kinder hätte. Danach sollte ich Unwohlsein vortäuschen.

Aber wenn jene Nächte wirklich so schön sind, wie sie in den Romanen beschrieben werden, warum sollte ich das tun? Ich bin verwirrt und habe niemanden, mit dem ich all die Gedanken besprechen könnte. Deswegen weiß ich letztlich gar nichts. Woher sollte ich wissen, was eine natürliche Begierde und was wider die Natur ist? Wäre es nicht auch wider die Natur, wenn ich mich tot stelle? Und wenn sich die Gelüste der Männer so sehr von denen der Frauen unterscheiden, ist es dann nicht vielleicht sogar besser, wenn sie sich zusammentun?

Letztes Jahr habe ich ein überaus interessantes Buch gelesen, das erstmalig eine völlig neue Art zu denken bei mir angeregt hat. *Eros. Die Männerliebe der Griechen, ihre Beziehungen zur Geschichte, Literatur und Gesetzgebung aller Zeiten* von einem gewissen Heinrich Hössli. Er argumentiert, dass in der Antike bestimmte Formen der Männerliebe gesellschaftlich akzeptiert wurden. Und welche Kultur ist schon höher entwickelt als die der Antike? Er führt aus, dass Völker, die eine solch beeindruckende Kultur und Literatur geschaffen haben, keinesfalls sittlich verdorben gewesen sein können.

Mich hat das Buch damals noch lange beschäftigt. Nie zuvor habe ich es auf diese Weise betrachtet, wie ich mir zu meiner Schande eingestehen musste. Überall sind Männer mit

Frauen zusammen, also musste das wohl so gehören, habe ich naiv angenommen. Auch ich bin dem Fehler unterlegen, das abzulehnen, was ich nicht kannte und was für mich nur schwer vorstellbar war.

Und konnte man überhaupt alle Männer in nur einen Topf werfen? Gab es nicht selbst innerhalb der Geschlechter große Unterschiede?

All diese Fragen schwirrten mir durch den Kopf.

Und ich wusste, dass ich sie nicht würde lösen können. Nicht durch reines Nachdenken.

Nur wenn ich auf meinen Bauch höre, bin ich mir einer Sache gewiss, und genau das sage ich Jackson nun.

»Jackson«, ich berühre seinen Arm, und endlich sieht er mich wieder an. »Wie könnte ich dich verurteilen, nur weil du anders liebst? Ich könnte enttäuscht sein, weil du mich abgewiesen hast, aber letztlich hat es auch etwas Beruhigendes, denn nun weiß ich, dass es nichts mit meiner Ungestalt zu tun hat. Und ganz gleich, für wen dein Herz schlägt: Du bist und bleibst ...«

Zu meinem Schrecken schwimmen jetzt Tränen in seinen Augen, und ich ziehe ihn an mich. Lange halten wir uns nur fest und am leichten Beben seiner Schultern merke ich, dass er bitterlich weint. Sanft streiche ich über seinen Rücken. Erst als er ruhiger geworden ist, lösen wir uns wieder. Er wirkt so erleichtert, dass ich ihn einfach fragen muss: »Hast du das wirklich von mir geglaubt?«

Er zuckt leicht mit den Schultern. »Das ist die normale Reaktion, die ich bekomme, wenn ich es doch einmal wage, von meiner Gesinnung zu berichten, oder wenn sie es auf anderem Wege herausfinden.« Mit dem Handrücken wischt er die Tränen fort und lacht freudlos auf. »Meine Vorlieben werden offenbar ausschließlich in dunklen Hinterhofgassen und speziellen Etablissements geduldet.«

Langsam bewege ich mich durch den Raum, um besser denken zu können. »Aber wenn du sagst, dass es gar nicht so selten ist … Vielleicht müsste man dann nur offener damit umgehen? Sodass es nach und nach zur Normalität wird, weil eben bekannt wird, dass es keine abnormalen Einzelerscheinungen sind. Menschen sind schließlich Herdentiere, sie wollen und denken gerne das, was andere auch denken.«

Schuldbewusst habe ich meine eigene Einstellung vor Augen, bevor ich jenes Augen öffnende Buch gelesen habe. Nun hat jedoch nicht jeder eine solch gut sortierte Bibliothek wie mein Vater zu Hause, und kaum jemand verbringt so viel Zeit mit einem Buch vor der Nase wie ich.

»Das wäre schön.« Jackson seufzt. »Aber es ist leider nicht möglich.«

Ich bleibe stehen und lehne mich an die Arbeitsfläche. »Woher willst du das wissen?«

Er atmet tief ein und schluckt geräuschvoll, bevor er spricht. »Weil ich es schon zu oft versucht habe. Und viel zu oft fällt die Reaktion allzu hart aus. Ekel, Ablehnung, Hass, Wut.«

»Wirklich? Das kann ich mir fast nicht vorstellen.«

Jacksons Hände ballen sich zu Fäusten. »Ich fürchte, du bist nicht die Einzige, der der dunkelste Tag ihres Lebens für immer in Erinnerung bleiben wird.«

Kapitel 51

Jackson

Erwartungsvoll sieht Nikolett mich von ihrem Platz am Fenster an. Trotz der schwierigen Situation muss ich fast schmunzeln über ihre Weltsicht. Niemals könnte sie sich vorstellen, wozu Menschen imstande sind. Das Starren, wenn man anders aussieht, kennt sie. Aber die Ablehnung, zu der Menschen fähig sind, wenn man anders liebt, ist ihr fremd. Diese ist oft um einiges größer. Ich habe viel darüber nachgedacht, warum das so ist. Mittlerweile denke ich, dass es wegen der Angst ist. Wenn die Menschen jemanden sehen, dessen Äußeres abweicht, haben sie keine Angst. Sie bekommen Mitleid oder werden sensationssüchtig und wollen es ganz genau sehen. Niemals würden sie auf die Idee kommen, dass etwa die Narbe abfärbt oder auf sie zurückfällt.

Wenn die Innenwelt abweicht, ist es anders. Viele halten sich betont fern, vielleicht fürchten sie, dass meine Innenwelt die ihrige beeinflussen könnte. Oder sie wollen einfach nicht, dass andere Menschen Rückschlüsse ziehen, dass unsere Gefühlswelten ähnlich sein könnten. Viele wollen deswegen keinerlei Zeit mit mir verbringen. Oder auch nur in meiner Nähe sein. Bloß keine Ansicht – ganz gleich zu welchem Thema – mit mir teilen.

Das ist alles zu heikel.

Aus Angst, dass nicht nur ich der Sonderling sein könnte.

Und wenn die Angst zuschlägt, werden die Dinge dreckig.

Einen Großteil der Dinge, die mir widerfahren sind, werde ich Nikolett daher verschweigen. Doch einen Teil der Geschichte von früher muss sie wissen. Damit sie versteht, warum ich nichts gesagt habe. Also räuspere ich mich und beginne zu erzählen.

»Eigentlich hatte ich eine gute Kindheit. Meine Mutter war recht aufopferungsvoll, mein Vater als Studienrat nicht der schlechteste – wenn sein größter Wunsch nicht gewesen wäre, nicht aufzufallen. Nun war ich mit meinen Allüren nicht gerade ein Kind, das nicht auffiel. Bei jedem Schauspiel stand ich mit auf der Bühne und liebte es auch jenseits der Aufführungen, mich zu verkleiden.«

Nikolett lächelt. »Das kann ich mir sehr gut vorstellen.«

»Er war nicht eben begeistert, aber das eigentliche Problem waren die anderen Kinder. Insbesondere die Jungen. Ich weiß nicht, ob sie neidisch waren, da ich wohl eine gewisse Begabung zeigte, oder ob ihnen meine Andersartigkeit Angst machte. Auf jeden Fall haben sie mich gehasst. Und das haben sie mich spüren lassen. Auf dem Weg nach Hause haben sie mir gerne aufgelauert, um den Anstand, den meine Eltern angeblich verpasst hatten mir beizubringen, in mich hineinzuprügeln. Meistens habe ich Ausreden gesucht, um so lange wie möglich in der Schule herumzulungern, doch auch sie bewiesen in ihren Verstecken eine Engelsgeduld.«

Nikoletts Augen weiten sich.

Aber das war noch lange nicht alles. Ob ich aufhören sollte? Würde eine vage Andeutung ausreichen? Sie ist damals allerdings auch ehrlich zu mir gewesen. Sie verdient die Wahrheit. Ich deute auf den Fußboden. »Leg dich hin.«

»Wie bitte?«

»Du sollst dich auf den Boden legen. Ich kann es dir nicht erzählen, wenn ich dir dabei in die Augen sehe.«

Ohne weitere Nachfragen stützt sie sich von der Arbeitsplatte ab, setzt sich hin, streckt die Füße aus und legt sich ganz nieder. Rock und Haare ergießen sich über die Holzdielen. Sie ist wunderschön und ahnt es nicht einmal. Ich lege mich in die entgegengesetzte Richtung neben sie, sodass unsere Köpfe auf gleicher Höhe sind, die Körper jedoch in gegensätzliche Richtungen zeigen. Wie Liebende sehen wir uns einen Moment an. Sie lächelt wieder. Es ist schön, dass der Schmerz aus ihren Augen verschwunden ist. Ich drehe meinen Kopf zur Decke und studiere die Astlöcher in den Deckenbalken. Muss ein weiteres Mal tief Luft holen, bevor ich weiterspreche.

»Schließlich habe ich die Taktik gewechselt. Ehe der Lehrer den Unterricht beendete, verstaute ich bereits unauffällig meine Sachen im Pult und schlängelte mich regelmäßig als Erster hinaus, sprintete regelrecht über den Schulhof. Wie ein nasser Fisch glitt ich ihnen tagtäglich aus den Fingern.«

Sie schmunzelt. »Das gefällt mir.«

»Mir auch. Bis zu dem Tag, an dem Toby Macintosh krank war.«

Ich höre sie schlucken, doch sie sagt nichts, lauscht nur meinen Worten.

»Ich ahnte nichts Böses, spulte wie gewohnt mein Sprintprogramm ab. Als ich an der alten Kornmühle zur Farm meiner Eltern abbog, raschelte es hinter mir, und im nächsten

Moment stand Toby vor mir. Grinste mich aus seinem kantigen Gesicht an. Das Haar zurückgekämmt. Und ich konnte seine Wut auf zwei Meter Entfernung spüren … Das Verrückte war, dass ich mich ausgerechnet in ihn verguckt hatte. Bereits im Vorjahr. Natürlich habe ich es mir nie anmerken lassen. Keine verliebten Blicke oder dergleichen. Niemals. Wenn überhaupt, habe ich ihn noch mehr gemieden. Nachts im Bett habe ich mich mit den Momentaufnahmen, die ich im Vorbeigehen oder wenn er vorlesen musste, gemacht habe, in eine gemeinsame Welt hineingeträumt. Eine Welt, in der es Momente der Zweisamkeit gäbe. Wo ich ihm durch das dicke Haar fahren und seine Muskeln berühren durfte. In unseren Unterhaltungen wäre sein Blick nicht mehr so düster, und wir würden über die Erlebnisse des Tages sprechen. Ganz einfache Dinge. Ich bräuchte nicht einmal einen hochtrabenden Austausch über unsere Wünsche und Ziele, keine Bestärkung, dass ich einmal ein großer Tänzer werden würde, oder dergleichen. Wenn ich mit ihm zusammen sein könnte, würde es mir genügen, darüber zu jammern, dass der Milchmann heute zu spät gekommen war … Aber ich wusste, dass es niemals so kommen würde … Dass er nicht so war wie ich … Niemand war das … Zumindest dachte ich das damals. Also habe ich mich zurückgehalten. Nichtsdestotrotz schien ausgerechnet er mich am allermeisten zu hassen. Ich merkte es an der Art, wie er mit mir sprach und wie sich seine Atmung veränderte, wenn ich in der Nähe war. Und nun stand er vor mir. Wutschnaubend. Und kein anderer weit und breit … Er trat auf mich zu … Für den Bruchteil einer Sekunde flatterte etwas in mir auf. Ich war so unglaublich töricht. Er explodierte fast vor Zorn, und ein winziger Teil von mir machte sich dennoch Hoffnung … Auf das, was als Nächstes geschah, war ich trotzdem nicht vorbereitet. Er machte eine Bewegung mit der Hand, und in der Sekunde, die ich benötigte, um zu erkennen, dass es ein Lasso war, lag es auch schon um meinen Körper. Im nächsten Moment ging ein Ruck durch mich, als er es festzog, und ich stolperte einen Schritt nach vorne … Ich sagte ihm, dass er den Quatsch lassen soll, doch die anderen Jungen von der Schule kamen nun, und ich war umzingelt.«

»Was … was haben sie mit dir gemacht?«

Ich zucke die Schultern. »Was Knaben eben so machen. Sie haben mich grün und blau geschlagen. Das Ganze hat sich irgendwann verselbstständigt. Jeder durfte mal. Da ich nach zehn Minuten, nachdem die Großen sich ausgetobt hatten, am Boden lag, haben sich dann die Kleinen ausgetobt. Wahrscheinlich hatte ich Glück, dass nicht auch noch die Mädchen da waren. Mädchen können brutal sein.«

Nikolett schüttelt den Kopf. Offenbar ist es ihr zu ernst, um zu scherzen. »Was ist mit dir geschehen?«

»Nur ein paar gebrochene Rippen.«

Am Rascheln erkenne ich, dass sie den Kopf zu mir gedreht hat, und tue es ihr gleich. Da sind helle Linien in ihren braunen Augen. Es ist, als würde sie ahnen, dass das noch nicht einmal die halbe Wahrheit ist.

»Nachdem sogar der kleine Smithy seinen Fuß in meinen Magen gerammt hatte, habe ich das Bewusstsein verloren. Es war nicht so, dass Smithys Tritt der heftigste gewesen wäre, es war vermutlich eher die Masse, der mein Körper nicht länger standhalten konnte. Als ich wieder zu mir kam, war es bereits dunkel geworden. Eine laue Sommernacht, an der nichts schön war. In meinem Schädel surrte es, und da war so viel

Schmerz überall, dass ich nicht einmal bestimmen konnte, wo es am schlimmsten war. Ich wollte nach meinem Gesicht tasten, doch der Arm war wie gelähmt. Vorsichtig schob ich den Mund von links nach rechts, etwas Klebriges erschwerte die Bewegung. Eingetrocknetes Blut … Der rechte Arm, auf dem ich noch immer lag, war so taub, dass ich herunterrollen musste. Doch mein sonst so agiler Körper wollte kaum einer meiner Bewegungen folgen. Wie ein schwerfälliges Frachtschiff setzte ich mich millimeterweise in Bewegung, um mich auf den Rücken zu drehen. Gleißender Schmerz zerriss meine Brust, und ich ächzte. Im nächsten Moment war da eine Dunkelheit in meinem Kopf. Schwärzer als die Nacht, und dennoch hatte sie etwas Sanftes, Warmes. Sie begrüßte mich, und ich wünschte mir nichts sehnlicher, als mich von ihr willkommen heißen zu lassen. Dann würde ich dem unerträglichen Schmerz entkommen. Dem meines Körpers und, viel wichtiger noch, dem meiner Seele … In der Ferne meinte ich Stimmen zu hören. Rief da jemand meinen Namen? … Aber ich wollte nicht … Ich wollte in die samtweiche Erlösung, wo alles einfacher sein würde … Ich gab mich der Dunkelheit hin und ließ los … Als ich wieder erwachte, fand ich mich in meinem Bett wieder. Ich muss einen Laut von mir gegeben haben, denn im nächsten Moment war meine Mutter an meiner Seite, ihr Gesicht feucht von Tränen. Mit einem zerknüllten Taschentuch in der Hand schluchzte sie auf. Als ich ihre Erleichterung sah, tat es mir leid, dass ich bereit gewesen wäre zu gehen … Es war also mehr als ein paar gebrochene Rippen gewesen. Ich wäre an jenem Abend fast gestorben, und meine Eltern hatten eine Woche lang um mein Leben gebangt.«

»Wie ist es weitergegangen?«, fragt Nikolett mit brüchiger Stimme.

»Danach habe ich nicht mehr in die Schule gemusst, meine Mutter hat mich zu Hause unterrichtet … Und noch etwas ist geschehen. Ich habe das Tanzen verbissener geübt als zuvor, denn eines war mir klar geworden: Wenn ich Sicherheit wollte, musste ich das Landleben hinter mir lassen.«

»Und so hattest du die Idee, den Balletttanz mit dem Eislaufen zu verbinden? Weil du einfach immer tanzen musstest?«

»Genau … Gerade deswegen würde es sich so gut anfühlen, wenn der von mir erfundene Stil auf Akzeptanz stoßen würde. Dann wäre es, als hätte ich es allen gezeigt. Aber nun ja … ich werde wohl immer der Sonderling bleiben, dem andere Dinge gefallen als dem Rest der Welt.«

Ruckartig setzt Nikolett sich auf. »Das muss allerdings nicht an dir liegen!«

»Stimmt. Es könnte auch einfach die Welt sein, die falschliegt.« Ich stütze mich nun auf die Unterarme und zwinkere ihr zu. »Aber versuch der Welt das mal verständlich zu machen!«

Nikolett pufft mich gegen die Schulter. »Es liegt an der Schwergängigkeit der Zeit! Nur weil die Zeit noch nicht reif ist, heißt es nicht, dass wir alle falschliegen müssen.«

»Und wie soll uns das helfen?«

»Das kann uns insofern helfen, als wir wissen, dass wir der Gesellschaft nicht zu viel zumuten dürfen. Wir brauchen eine Art Trojanisches Pferd, um den Wiener Bürgerinnen und Bürgern deinen fantastischen Eislaufstil schmackhaft zu machen.« Ich krame tief in meinen Erinnerungen, was es mit dem Trojanischen Pferd auf sich hatte. Haben die Griechen es nicht als gigantisches Geschenk getarnt und dann im Bauch des Pferdes versteckt Krieger in die Stadt geschmuggelt?

»Wie soll das gehen? Bauen wir innerhalb einer Woche ein riesiges Holzpferd, in dessen Bauch ich meinen Eiskunstlauf mache, während ihr außen herum im rigiden englischen Stil fahrt?«

Nikolett lacht herzlich, doch dann wird sie ernst. »Ich meine vielmehr, wir nutzen eine Sache, um etwas zu erreichen, was man nicht auf den ersten Blick erkennt.«

»Und was soll das sein?«

Sie grinst geheimnisvoll wie eine Katze. »Etwas, das die Wiener über alles lieben und von dem sie nie genug kriegen können.«

Kapitel 52

Julianna

Ich glaube meinen Augen nicht zu trauen, als ich Nikolett mit Jackson auf den See zukommen sehe. Fast wäre ich ihr entgegengerannt und hätte sie mit Fragen überhäuft, doch ihr Verrat sitzt zu tief in den Knochen, daher verschränke ich die Arme. Auch wenn Mimi mich sachte mit der Schulter anstupst.

»Na, das ist ja eine Überraschung«, ruft sie den beiden entgegen. »Was ist denn nur geschehen? Ist etwas vorgefallen auf dem Opernball? Geht es dir gut?«

»Das klären wir alles später, wir haben keine Zeit zu verlieren«, ruft Nikolett zurück.

Was jetzt wohl kommen mag?

Die beiden setzen sich auf einen Stein, um ihre Schlittschuhe anzuziehen. »Nikolett will irgendwelche Trojanischen Pferde bauen«, sagt Jackson, während er in den Schuh schlüpft und mit dem Schnüren beginnt.

Nikoletts Gesicht verdüstert sich, doch es ist offensichtlich, dass sie nicht ernsthaft sauer ist. »Wenn du es so erklärst, kommt es völlig falsch rüber.«

»Trojanische Pferde?«, hakt der Piefke nach. »Aber natürlich. Was man halt üblicherweise so macht am Sonntag. Machen wir uns danach an die Cheopspyramide? Oder lieber an die Chinesische Mauer?«

Mit einem leisen Grummeln betritt Nikolett die Eisfläche, wo sie beginnt, langsam in die Runde zu fahren. »Lasst mich anders beginnen. Wir wollen den Wienern ja etwas schmackhaft machen, das vollkommen neuartig ist.«

Die anderen nicken, ich bleibe starr, bin weiterhin skeptisch, worauf das alles hinauslaufen soll.

»Leider stoßen neuartige Dinge oft im ersten Schritt auf Ablehnung. So war es beim Walzer, und so war es auch beim Opernhaus. Die Freifrau ist obendrein fest überzeugt, dass wir uns mit unserer Kür vollkommen lächerlich machen würden. Deswegen ist es sicherer, Jacksons modernen Eislaufstil mit etwas zu verbinden, das die Wiener bereits kennen. Und lieben.«

»Und wie soll das funktionieren? Bewerfen wir sie beim Fahren mit Kaiserschmarrn?«, fragt Fanny kichernd.

»Oder traben wir wie die Lipizzaner?« Mimi versucht es, scheitert dabei jedoch kläglich.

Nikolett verdreht konsterniert die Augen, doch ich sehe ihr an, dass sie dennoch amüsiert ist. »Nein, nein, nein, nein«, sagt sie schließlich und reicht Jackson würdevoll die Hand.

»Darf ich bitten?«

Jackson stemmt die Hände auf und neigt den Kopf zur Seite. »Hast du mich etwa gerade zum Tanzen aufgefordert? Schickt sich das für eine Dame überhaupt?«

»Jackson?«

»Ja?«

»Halt den Mund.« Mit Nachdruck streckt sie ihm die Hand noch näher entgegen.

Grinsend ergreift er sie, und nach einer geschmeidigen Drehung stehen sie sich im nächsten Moment gegenüber.

Falls es je schwierig zwischen ihnen gewesen ist, merkt man davon nichts mehr.

Verwirrt sehe ich zu Mimi und dann zu Fanny, als die beiden die klassische Tanzhaltung einnehmen. Sie wirken genauso überrascht wie ich. Tanzen auf dem Eis? Das geht doch gar nicht. Jackson und Nikolett werden ja wohl nicht … Noch bevor ich den Gedanken zu Ende gedacht habe, setzen sie sich in Bewegung. Anmutig gleitet Nikolett rückwärts, Jackson vorwärts. Zeitgleich schwingt ihr Spielbein zur Seite, und sie beschreiben einen Kreis.

Obwohl keine Musik zu hören ist, meint man, es wäre welche da. Dermaßen fesselnd ist ihr Tanz.

»Das gibt es doch nicht!«, flüstert Mimi andächtig und drückt ihre Maus sachte gegen ihr Herz. Fanny zieht träumerisch mit zwei Fingern eine Locke lang. Aus den Augenwinkeln sehe ich, dass selbst der stets sachliche Piefke fasziniert auf das Eistanzpaar starrt. Leise beginnt er eine Walzermelodie zu summen. Nach und nach stimmen wir ein. Nikoletts Lächeln wird noch offener. Sie tanzen ein Chassé und finden spielend leicht zurück in ihre Ausgangsposition.

Ich könnte ewig zusehen und bin so verblüfft, dass ich nicht weiß, was ich sagen soll.

»Gefällt es dir nicht?«, fragt Fanny.

»Doch«, antworte ich, ohne meinen Blick von Nikolett und Jackson zu wenden. »Es ist das Schönste, was ich je gesehen habe.«

Schließlich habe auch ich in den gesummten Walzer eingestimmt. Nach dem großen Finale klatschen wir begeistert, und Jackson reißt Nikoletts Arm in die Höhe. Sie kichert, doch dann verbeugen sie sich.

»Na, was sagt ihr?«, fragt sie freudig, als sie zu uns herüberkommt. Mir entgeht nicht, dass ihre Augen vor allem auf mir liegen.

Ich fasse mir ein Herz und begrabe meinen Groll. »Der Plan ist wirklich genial. Ihr fährt im neuen Stil, dennoch hat der Walzer etwas so Vertrautes, dass er die Leute einfach verzaubern muss!«

Nikolett nickt begeistert. »Also sollen wir es versuchen? Lasst uns abstimmen: Wer ist dafür, dass wir den Walzer tanzen auf dem Winterfest?«

Alle Hände gehen nach oben.

Nikolett wirkt beseelt vor Glück und wendet sich dann an mich. »Wir haben noch etwas mehr als eine Woche. Denkst du, du schaffst das so schnell?«

»Ich?«

»Natürlich. Du bist die Beste von uns.«

Ich spüre in mich hinein. Sollte ich es machen? Es wäre nicht unmöglich, in der Regel lerne ich schnell. Und es könnte für mich den Einstieg in die Profi-Laufbahn bedeuten, wenn ich mir da draußen einen Namen mache. Gleichzeitig ahne ich, dass es für Nikolett noch bedeutender wäre. Es würde sie zwar wahnsinnige Überwindung kosten, aber es wäre wichtig, dass sie ihre inneren Dämonen besiegt. Wenn sie das schafft, wird sie mehr gewinnen, als ich je erreichen könnte. Und falls sie im neuen Stil überzeugen, könnte ich vielleicht zu anderer Gelegenheit im kommenden Winter auftreten.

Entschlossen schüttle ich den Kopf. »Im Walzer bin ich nicht die Beste. Du hast ihn die letzten Monate mehrmals pro Woche geübt. Du musst ihn tanzen, Nikolett!«

Ihr Mund klappt auf. »A…Aber … das kann ich nicht! Der Kaiser wird anwesend sein, ist euch das bewusst?«

»Doch, du kannst!«, sage ich und bin fest überzeugt, dass dem so ist.

»U…U…Und wo der Kaiser ist, ist die Kaiserin nicht weit«, stammelt sie weiter.

»Du wirst ihre Herzen im Sturm erobern«, ruft Mimi und boxt in die Luft. Fanny nickt beipflichtend. »Es steht in den Sternen, dass es dir gelingen wird!«

»V…V…Vermutlich kommt der gesamte Hofstaat …«

»Keiner hat eine so perfekte Beherrschung seines Schwerpunkts wie du«, sagt der Piefke sachlich, und in seiner Welt ist das wahrscheinlich das schönste Kompliment, das man jemandem machen kann.

»Jeder, aber wirklich jeder, der in der Gesellschaft etwas auf sich hält, wird zugegen sein.« Nikolett fiept jetzt mehr, als dass sie spricht.

Jackson lächelt charmant, greift nach ihrer Hand und deutet einen Kuss an. »Du wärst auch meine erste Wahl. Wir sind schon so gut eingespielt, und beim Eistanz kommt es vor allem auf Synchronität an.«

Nikolett holt tief Luft und fährt sich durchs Gesicht. Sie nimmt sich Zeit, einen nach dem anderen von uns anzusehen. Jeder schenkt ihr sein zuversichtlichstes Lächeln. Sogar ich.

Noch einmal saugt sie ganz viel kalte Winterluft in sich ein und streicht mit zitternden Händen die dicke Haarsträhne hinters Ohr.

»Ihr glaubt allen Ernstes, dass ich es schaffen werde?«

Max bellt. Und alle lachen.

»Nun gut.« Die Weichheit kehrt in ihre Glieder zurück.

»Wenn ihr wirklich denkt, dass es so am besten ist, werde ich für uns in den Kampf ziehen. Das Preisgeld werden wir natürlich dennoch teilen, auch wenn nur Jackson und ich auftreten. Aber wir sitzen immerhin alle im selben Boot.«

Sie lächelt uns an und ich bin unglaublich stolz, dass sie endlich bereit ist zu kämpfen.

Kapitel 53

Nikolett

Mit Sonne im Herzen kehre ich ins Palais Edelweiß zurück. Endlich gibt es wieder einen Lichtblick und ich muss nicht mehr immerzu an den Opernball denken …

Mein Lächeln erstirbt jedoch, als ich die Tür hinter mir schließen will. Frau Zauner eilt mir entgegen. »Comtesse, da sind Sie ja. Ein Besucher wartet im weißen Salon auf Sie.«

Ein Besucher? Und das im weißen Salon? Den nutzen wir für gewöhnlich nicht. Und Besucher bekomme ich so gut wie nie – wenn nicht gerade meine niederen Freunde verkleidet ihre Aufwartung machen. Merkwürdig.

»Wer ist es denn?«

Die Hausdame reicht mir seine Karte. In mir zieht sich alles zusammen, als ich den Namen in der hübsch geschwungenen Kursivschrift lese. *General Hirschbeck.*

Seine Absichten habe ich bisher erfolgreich verdrängt.

»Nikolett, wo warst du denn nur?« Mutter kommt hinzu und sieht mich euphorisch an. »Rasch, wechsle in deine beste Garderobe. Dein Zukünftiger ist hier.«

Mein *Zukünftiger?* Kann jemand, mit dem man keine Zukunft will, ein *Zukünftiger* sein? Ich starre sie an. So schnell geht es bereits voran? Er kann gerade erst die Antwort meiner Eltern erhalten haben.

Mutter kommt herüber und drückt meine Hände. »Oh, Nikolett, ich bin guter Dinge. Jetzt wird alles gut werden.« Sie flattert davon und gestikuliert im Türrahmen stehend noch einmal lächelnd, dass ich mich beeilen soll.

Mit steifen Bewegungen eile ich die Treppe hoch und fühle mich von außen gesteuert wie beim Opernball. Kurz überlege ich, eines der Kleider zu wählen, die meinen Teint eher blass wirken lassen, aber wenn der General sich nicht von meiner Verunstaltung hat abschrecken lassen, wird ein wenig Blässe gewiss auch nicht helfen. Um Mutter keinen weiteren Grund zur Rüge zu geben, beeile ich mich, fliege im tadellosen smaragdgrünen Kleid nahezu die Treppen hinunter – und pralle gegen einen menschlichen Oberkörper.

»Nikolett?«, sagt János atemlos. Vermutlich will er Ferdinand besuchen, der dieses Wochenende auf Heimaturlaub ist. Seit dem Opernball haben wir nicht mehr miteinander gesprochen. Ob er weiß, was geschehen ist? Ich habe gehört, dass zweierlei Versionen dessen, was sich zugetragen hat, kursieren. Die einen sind fest überzeugt, dass Joachim mich stehen hat lassen, da er es nicht ertrug, mit mir zu tanzen. Andere behaupten, dass ich Joachim habe stehen lassen, weil ich die Öffentlichkeit fürchtete.

Ich weiß nicht, welche Version die entwürdigendere für mich ist.

»Es … es tut mir leid, was geschehen ist. Beim Opernball.«

Zu gerne würde ich abwinken. Sagen, dass es nicht weiter schlimm sei. Aber ich bin im Begriff, die Person kennenzulernen, die als einzige bereit ist, mich zu ehelichen. Gewiss ist das das Schmachvollste von allem.

Ob János auch davon weiß? Wie viel hat Ferdinand ihm erzählt? Vermutlich nichts. Meines Wissens diskutieren Männer derlei Themen nicht.

»Wenn ich geahnt hätte …«, setzt er an, doch ich unterbreche ihn. Ertrage es nicht länger, über den Opernball zu sprechen.

»Es war meine Entscheidung«, erinnere ich ihn, da ich nicht will, dass er sich meinetwegen schlecht fühlt.

»Ach so.« Er wirkt geknickt.

Hat er das denn bereits vergessen? Ich kann in seinen Augen nicht mehr lesen. Viel zu schnell hat er den Blick abgewandt.

Für eine winzige Sekunde schwirrt mir die wahnwitzige Idee durch den Kopf, János zu bitten, mich zu heiraten. Natürlich wäre es für ihn keine Liebesheirat, aber wenn schon arrangiert, wäre es dann nicht schön, wenn man zumindest befreundet ist? Oder mal gewesen ist? Wir wissen, dass wir uns prinzipiell gut verstehen. Und er ist mit seinen fünfundzwanzig Jahren auch nicht mehr der Jüngste und hat offensichtlich wenig Interesse an einer Heirat. Wenn er also keine heimliche Geliebte hat, könnten wir dann nicht vielleicht glücklich werden? Gewiss würde ich ihn die ganze Zeit mit Liebe überschütten – allerdings muss er das ja nicht wissen. Oder spürt er das? Ganz gleich, ich würde ihn lieben, und er stünde in freundschaftlicher Verbindung zu mir. Mir würde das genügen. Glaube ich zumindest. Oder würde sie mich auf lange Sicht zerstören, diese unerwiderte Liebe? Und würde ich János nicht so oder so auf ewig lieben, auch wenn ich den General heiratete?

Weshalb mache ich mir eigentlich solche Gedanken? János will mich nicht, andernfalls hätte er längst etwas verlauten lassen. Es ist schließlich nicht so, dass die Anwärter bei mir Schlange stehen.

»Ich muss gehen«, sage ich und deute mit dem Kinn zum Salon. »Wir haben Besuch.«

Er nickt stumm. Sieht mich noch einmal an. »Du … du siehst sehr hübsch aus.«

Hübsch? Ich? Was ist denn in ihn gefahren? Ich streiche über das edle Kleid und bedanke mich. Vermutlich will er mich aufmuntern, nach allem, was war.

Trotzdem fühle ich mich fürchterlich, als ich den Salon betrete.

Mutter sieht mich trotz der Eile tadelnd an, doch der General schnellt förmlich in die Höhe, sobald er mich erblickt. Es hätte mich nicht gewundert, wenn er vor mir salutiert hätte, und fast muss ich schmunzeln.

Wir tauschen einige oberflächliche Floskeln aus, und ich trinke meinen Tee in besonders kleinen Schlucken, um besonders lange beschäftigt zu sein.

Schließlich erhebt sich meine Mutter. »Lassen Sie mich rasch das Buch holen, von dem ich Ihnen berichtet habe«, sagt sie zum General und lächelt mir vielsagend zu. Ich lege sofort ein *Untersteh dich, uns alleine zu lassen* in meinen Blick, doch sie ignoriert es.

Sobald sie den Salon verlassen hat, wird es noch beschämender. Es ist streng genommen nicht erlaubt, aber wenn eine Hochzeit im Raum steht, wird dem jungen Paar oft ein wenig Zeit unter vier Augen gewährt.

»Ein wirklich schöner Raum, den Ihre Frau Mutter hier eingerichtet hat. Äußerst geschmackvoll«, sagt er und blickt sich zwischen den weißen Vasen und Bilderrahmen auf dem weißen Mobiliar um. Nomen war Omen in diesem Salon. Und er ist in der Tat mit dekorativen Dingen bestückt, dennoch habe ich mich hier nie so richtig wohlgefühlt. Trotzdem stimme ich zu, schließlich will ich nicht als widerspenstig gelten. Oder wäre das gerade gut? Sollte ich all das Verhalten an den Tag legen, das ich Julianna mühevoll austreiben musste? Hier brüsk die Beine übereinanderschlagen, den Namen Gottes verunstalten und gedankenlos Emotionen zeigen, die ohnehin schon nah unter der Oberfläche wabern? Aber was wäre damit gewonnen, wenn ich ihn vergraulte? Einen anderen Bewerber würde es nicht geben, und ich hätte meine Pflicht verletzt.

Also lächle ich und erkundige mich nach seinem Wohnsitz. Die Adresse im ersten Bezirk wird hoch geschätzt. Jetzt räuspert er sich. »Und ich habe überlegt, am Wochenende einen ersten gemeinsamen Auftritt als Verlobte anzugehen? Ein Spaziergang am Nachmittag durch den Tiergarten und eine Melange im Kaffeehaus?«

»Das … klingt sehr verlockend.« Ich weiß nicht, wie mir das soeben über die Lippen gekommen ist. Da er mich nicht richtig gehört hat, muss ich es sogar noch mal laut wiederholen. Streng erinnere ich mich abermals, dass ich nicht in der Position bin, Ansprüche zu stellen. »Welcher Tag schwebt Ihnen vor?«

»Der kommende Samstag.«

Herrje! Ausgerechnet der Tag, an dem das Winterfest stattfindet. »Welch ein Jammer, an diesem Tag bin ich leider verhindert. Ginge der Sonntag?«

»Da bin ich meinerseits unabkömmlich. Ich will aber nicht noch länger abwarten, immerhin ist die Saison nahezu vorüber. Welcherlei Verpflichtung müssen Sie denn nachkommen? Vielleicht kann ich Sie begleiten?«

»Ich …« Was sollte ich ihm sagen? Da die Zeitungen ohnehin darüber berichten werden, entscheide ich mich für die Wahrheit. Eislaufen ist schließlich nichts Verbotenes. »Ich werde eislaufen, es ist ein richtiger Auftritt. Beim Winterfest des WEK.«

Seine Miene verdüstert sich, und er verschränkt die Arme. »Bei etwas Derartigem nehmen Sie teil?«, fragt er und wirkt verblüfft, beinahe … verärgert?

Vorsichtig nicke ich. »Ich liebe das Eislaufen seit jungen Jahren. Nun habe ich mit … Freunden eine kleine Kür einstudiert. Sind Sie nicht ebenfalls ein Freund des Eislaufens? Ich habe Sie letztes Jahr im WEK gesehen.«

»Mag sein, mag sein. Aber Sie müssen wissen, ich habe Sie nicht grundlos ausgewählt.«

Fragend sehe ich ihn an.

»Ich möchte keine Frau, die im Rampenlicht steht. Meine letzte Frau war so eine und das kommt mir nicht noch einmal ins Haus, ich bin ein Mann der traditionellen Werte. Und ich will in Ruhe meinen Lebensabend genießen können.«

Mit zittrigen Händen stelle ich meine leere Teetasse zurück auf den Tisch. »Ich kann Ihnen versichern, dass ich normalerweise die Ruhe in Person bin. Was allerdings das Winterfest betrifft …«

Mit einer einzigen Bewegung bringt er mich zum Schweigen. »Nein. Ich wünsche nicht, dass meine angehende Frau an derlei Aktivitäten teilnimmt. Das ist mein letztes Wort.«

Kapitel 54

Julianna

»Nun gut, wollen wir es für heute dabei bewenden lassen?«, fragt Jackson, nachdem die Sonne längst untergegangen ist und wir Stunden im zuckenden Licht der Fackeln gefahren sind. Mimi, Fanny und der Piefke sind schon lange zu Hause. Obwohl auch ich unglaublich müde bin, kann ich nicht anders, als mich bis zum Äußersten zu treiben. Nach dem Wettbewerb wird Jackson weiterziehen. Ich will die wenigen Tage, die noch bleiben, nutzen, um so viel von ihm zu lernen wie nur möglich. Mein Eistanz soll ebenso mühelos und faszinierend wirken wie seiner. Sollte der neue Stil dann jemals akzeptiert werden, könnte das meine große Chance sein, den Arbeiterstand zu verlassen.

Also übe ich mit zusammengebissenen Zähnen Wendung um Wendung, jede Drehung, jeden Sprung und auch die Pirouetten.

»Einmal noch!« Ich bin kurz davor, dass mir die *eingesprungene Sitzpirouette* gelingt, ich werde nicht die Segel streichen, bis es mir nicht zumindest ein Mal geglückt ist.

Er schmunzelt, lässt sich aber erweichen, und ich weiß, dass das gleiche willensstarke Herz in uns schlägt. Er versteht, dass ich jetzt nicht aufgeben kann.

Plötzlich knackt es im Wald.

Erschrocken sehen wir uns an. Doch im nächsten Moment ertönt ein freudiges Bellen und direkt danach Nikoletts Stimme. »Ein Glück, ihr seid noch da!« Sie tritt in den Schein der Fackeln, und selbst im fahlen Licht ist deutlich zu erkennen, dass etwas nicht stimmt.

»Was ist geschehen?«, fragen Jackson und ich gleichzeitig und werfen uns ein kurzes Lächeln zu.

Nikolett sinkt auf einen der Steine am Ufer. Es wirkt erneut so, als hätte jegliche Kraft ihren Körper verlassen. »Ich kann nicht tanzen am Samstag«, sagt sie mit belegter Stimme und meidet unseren Blick.

»Nikolett …« Ich gleite ein wenig näher auf sie zu. Ob ich meine Hand auf ihren Rücken legen sollte? Sie wirkt so niedergeschlagen. Aber ich schaffe es nicht. »Machst du dir Sorgen wegen der Zuschauer? Ich bin sicher, dass wir eine Möglichkeit finden, dass du sie nicht einmal wahrnimmst.«

Sie schüttelt den Kopf.

»Und es wird uns gelingen, Liebes«, sagt Jackson mit samtener Stimme. »Da bin ich mir ganz gewiss. Lass dich einfach von mir führen.«

»Ich weiß.« Ruckartig springt sie auf. Da sind Tränen in ihrem Gesicht. »Und ich wäre bereit gewesen. Ich habe eine Heidenangst, trotzdem wäre ich aufgetreten.« Bis eben war ihre Stimme laut und zornig. Jetzt flüstert sie. »Aber es geht nicht.«

Sie wirkt so verloren, wie sie mit hängenden Schultern und dem obligatorischen Wust im Gesicht dasteht. Die Haare haben sich zu dicken Strähnen zusammengefunden, das wunderschöne grüne Kleid passt kein bisschen hier nach draußen und unterstreicht die Verzweiflung in ihren Augen. Es geht jetzt nicht mehr anders. Ich gebe meinen Schlittschuhen einen minimalen Schwung und gleite ganz gemächlich auf sie zu. Lege zaghaft meinen Arm um sie.

Da hängen stumme Tränen in Nikoletts langen Wimpern, doch sie lächelt mich dankbar an. Ich klemme ihr die Haarsträhne hinter die Ohren, damit sich nicht noch mehr Tränen darin verfangen. »Und jetzt erzähl mal der Reihe nach. Was ist überhaupt geschehen?«

Nun erfahren wir alles. Vom Opernball, wo Nikoletts Tanzpartner kalte Füße bekommen hat, und von dem General, der gewillt ist, sie zu heiraten.

»Du kennst ihn sogar, Julianna. Wir haben ihn damals im WEK gesehen, und er war auf der Soiree.«

Ich gerate auf meinen Schlittschuhen aus dem Gleichgewicht und wäre fast gefallen. »Der?«

Nikoletts Kehlkopf bewegt sich, während sie langsam nickt.

»Aber der ist fürchterlich. Er ist so viel älter als du und so tölpelig. Außerdem ist er mit Markow befreundet.«

Nikolett verzieht das Gesicht, als habe sie Schmerzen, und ich bereue meine Worte. Jetzt habe ich durch meine Fassungslosigkeit alles nur noch schlimmer gemacht.

»Liebes, musst du ihn denn wirklich heiraten?«, kommt nun auch Jackson näher. »Wenn das für deine Familie so wichtig ist, könnte ja ich dich heiraten. Ich mache dir hier auf der Stelle einen Antrag.« Er sinkt auf die Knie, und Nikolett lacht auf, während nun ganze Bäche von stillen Tränen über ihr Gesicht strömen.

»Danke, das weiß ich sehr zu schätzen, Jackson.« Sie zieht ihn wieder hoch. »Aber wir wissen beide, dass ein heimeliges

Eheleben nichts für dich wäre. Und auch wenn wir hier alle begeistert von deinem Können sind und dich großartig finden«, sie deutet mit dem Kopf in die Dunkelheit, »sieht die Gesellschaft da draußen es leider anders. Und nur eine standesgemäße Heirat innerhalb des Hochadels nutzt meiner Familie.« Verlegen sieht sie zum Eis. »Alles andere bringt eher Schande über uns.«

Nun verlässt auch mich der Mut. Wieder einmal überkommt mich die Ohnmacht unserer Herkunft. Es ist so ungerecht, und es gibt nichts, was man tun könnte. Nur eines verstehe ich noch nicht. »Warum machst du das mit, Nikolett? Sie können dich nicht zwingen zu heiraten. Du könntest schlichtweg Nein sagen.«

Nikolett seufzt, und für einen Moment ist nur die Stille der Nacht zu hören. »Jeder hat seine Bürde zu tragen, Julianna. Du musstest ohne Eltern aufwachsen und rackerst dich nun tagtäglich ab, um über die Runden zu kommen. Und meine Pflicht ist es, die gesellschaftliche Stellung meiner Familie zu sichern.«

Ich balle die Hände zu Fäusten, alles in mir rebelliert dagegen, dass es so sein soll. Doch ich bleibe stumm, denn ich weiß, dass nichts sie von ihrem Pflichtbewusstsein abbringen wird. »Überleg es dir gut«, sage ich nur.

Jackson sieht ebenso nachdenklich aus. »Und die Verlobung ist bereits am Wochenende? Oder warum kannst du nicht auftreten?«

»Er wünscht es nicht. Möchte nicht, dass seine angehende Frau sich dermaßen zur Schau stellt.«

»Aber es ist eine gute Schau! Es ist etwas, worauf man stolz sein kann, er sollte …«

Nikolett hebt die Hand und blinzelt frische Tränen weg.

Sofort höre ich auf. Natürlich. Sie muss ich nicht überzeugen, und sie kämpft schon schwer genug damit, wie die Dinge stehen.

»Und was sollen wir jetzt machen?«, frage ich mutlos.

Nikolett neigt den Kopf. »Fragst du das wirklich?« Ein hauchzartes Lächeln umspielt ihre Mundwinkel, und in ihren Augen liegt etwas Mütterliches. »Niemand lernt so rasch neue Figuren wie du … Du musst übernehmen, Julianna. Du bist unsere einzige Chance.«

Ich soll nun doch den Walzer tanzen? Ganz langsam atme ich so viel Luft in mich hinein, wie es irgendwie geht. Vielleicht findet die Panik dann keinen Platz mehr.

Unschlüssig schaue ich zu Jackson. Wir haben nur noch eine Woche Zeit. Kann das überhaupt gut gehen? Immerhin hat Nikolett den normalen Walzer wochenlang vorher geprobt. Kein Wunder, dass er ihr auf dem Eis so schnell geglückt ist.

»Es wird sein wie zu Beginn«, sagt Nikolett schmeichelnd. »Wo wir uns abgewechselt haben, um im englischen Stil Figuren zu fahren.«

Merkwürdigerweise gibt mir das tatsächlich einen Schubs, und ich ergreife Jacksons Hand, die er mir hinhält. Er ist ein begnadeter Tänzer, das steht außer Frage. Doch mit Nikolett lief alles parallel. Bei uns stoßen die Schuhe zusammen, als wir sie zum Schwungholen heben.

»Macht nichts«, versichert er schnell, und ich lache nervös.

Ich spüre seine unauffälligen Zeichen nicht, wenn er die Richtung ändert, und ganz plötzlich ist sein Bein da, wo ich gerade hinwollte. Ich mache einen großen Schritt zur Seite, gleite weg, taumle nach vorne, wo sein Körper ist. Gebückt drehen wir uns, jeder um Gleichgewicht ringend, und dann ist da ein gleißender Schmerz in meinem Steißbein. »Autsch!« Ich versuche den Schmerz durch Reiben zu lindern und sehe zu Jackson, der zum ersten Mal in unserer gemeinsamen Zeit gestürzt ist. Selbst sein Gesicht ist von Pein gezeichnet.

»Na, das war doch schon mal umwerfend«, sagt er.

Zaghaft kommt Nikolett zu mir herüber und hilft, den Schnee aus meinen Kleidern zu klopfen. »Das *wird* mit der Zeit«, sagt sie zuversichtlich. *Zeit.* Als wenn wir Unmengen davon hätten. Ich weiß nicht mal, wann ich mich vom Schlösschen wegschleichen kann. »Jackson und ich haben uns am Anfang auch schwergetan«, behauptet sie, doch die hochgezogene Augenbraue von Jackson verrät mir, dass Nikolett nicht so ein Trampeltier gewesen ist.

Kapitel 55

Nikolett

Mutter lächelt mir am Tag des Winterfests aufmunternd zu, als wir nebeneinander im Fiaker sitzen, der uns zum General bringt. Heute steht unser erster gemeinsamer Auftritt in der Öffentlichkeit an. Ich schlucke. Dieser gesamte Winter hat bisher etwas fast Magisches für mich gehabt, doch heute sehe ich nur noch den schmutzig grauen Schnee am Straßenrand. Die gelben Flecken, wo die Hunde sich erleichtert haben, schreien mich an. Darüber kann auch die Sonne nicht hinwegtäuschen, die garstig auf uns herunterlacht. Sie bringt die langen Eiszapfen, die von den Dächern hängen, zum Schmelzen. Immer wieder rutschen die Tropfen in den Schnee. Kleine Tunnel haben sie bereits in die Schneedecke gegraben, und manchmal saust ein ganzer Eiszapfen messerscharf in den Schnee. Der Anblick veranlasst mich, Dinge zu denken, die ich lieber nicht ausspreche.

Vielleicht hätte mich der General erhört, wenn ich meine Bitte stetig hätte vorbringen können. Doch es war mir unmöglich, ihm ohne Einladung einen Besuch abzustatten. Ich hatte sogar überlegt, so lange in den WEK zu gehen, bis wir uns *zufällig* dort begegneten. In diesem Fall hätte es der Anstand gebührt, dass er sich mit mir unterhält. Und im nächsten Schritt hätte ich versuchen können, ihn noch mal dazu zu überreden, mich beim Winterfest auftreten zu lassen. Allerdings brauchte Jackson mich weiterhin, um so häufig wie möglich den Walzer zu üben. Gemeinsam wogen wir ab, und nachdem ich einen Tag vergeblich beim WEK meine Runden gedreht hatte, beschlossen wir, dass es wichtiger sei, dass Jackson eine Tanzpartnerin zum Proben hatte. Schließlich war es recht unwahrscheinlich, dass ich den General würde überzeugen können.

Leider hat Julianna es lediglich dreimal geschafft, sich vom Schlösschen davonzustehlen. An diesen Abenden haben sie zwar stundenlang geübt, am verbissenen Ausdruck auf Juliannas Gesicht konnte ich jedoch ablesen, dass sie mit ihrer Leistung nicht zufrieden war. Ich wünschte, ich hätte den beiden etwas Wohlwollendes mit auf den Weg geben können. Doch selbst wenn ich mit all der Güte in meinem Herzen gesprochen hätte, ich hätte ihnen nicht sagen können, dass ihr Tanz eine Meisterleistung war. Er war solide, immerhin.

»Es war die Generalprobe«, erinnere ich mich und muss dabei wohl vor mich hin gemurmelt haben, denn Mutter fragt nach, was ich gesagt hätte.

»Ich bin etwas angespannt wegen heute«, bringe ich hervor, und sie drückt meine Hand.

»Das ist völlig normal, Nikolett, aber du wirst den Ausflug in den Tiergarten gewiss genießen. Und zur Not bin ich ja auch noch da – wobei ich allerdings mein Bestes tun werde, mich wie ein Vögelchen im Hintergrund zu halten.« Sie zieht meinen Schal ein Stück höher und lächelt mich dann zufrieden an.

Ich nicke, während ich meine Hände knete, und sage nicht, dass ich wegen des Winterfests aufgeregt bin. Denn auch wenn ich diese Stimme niederkämpfe, die darauf hinweist, dass die Generalprobe vor dem Vortanzen damals ebenfalls schiefgelaufen ist, ist es nun mal so, dass wir es davor unzählige Mal geschafft hatten. Das ist diesmal anders. Juliannas und Jacksons Walzer konnte kein einziges Mal so richtig überzeugen. Ich verstehe nicht, warum. Jedes Mal, wenn ich mit ihm getanzt habe, ging es wie von selbst. Er ist solch ein begnadeter Tänzer, dass ich den Walzer mit geschlossenen Augen hätte tanzen können. Man muss Jackson nur vertrauen, auf die feinen Signale achten und sich der Musik hingeben.

Der Fiaker kommt in der Herrengasse zum Stehen, und ich begutachte mit einem Eisklumpen im Magen das Haus, in das ich in einigen Wochen aller Wahrscheinlichkeit nach einziehen werde. Für immer. Es gibt Menschen, die sich verbiegen würden für diese beste Adresse in Wien, so nah beim König. Doch alles, was ich denken kann, ist, dass es hier keinen See gibt, wo ich heimlich hingehen könnte. Würde mir überhaupt eine Freude bleiben?

Ein Hausdiener geleitet uns in einen eleganten Salon, und ich bin schon jetzt ein bisschen weniger die Nikolett, die ich normalerweise bin, indem ich nicht während des gesamten Weges brav die Augen niederschlage. All die letzten Wochen habe ich mich gefragt, ob ich noch ich selbst bin, wenn ich mich nachts für geheime Treffen davonstehle, junge Männer verstecke oder Arbeitermädchen in die Probe der Spanischen Hofreitschule einschmuggle. Jetzt erkenne ich die Wahrheit. Vorher bin ich nicht ich selbst gewesen. In diesem Winter habe ich mich gefunden. Und ich bin nicht mehr ich selbst, wenn mir all das wieder genommen wird.

Der General erscheint.

Zur Feier des Tages hat er seine Uniform angezogen, und ich kann die Orden und Verdienstabzeichen nicht zählen, so viele sind es. Ich bin undankbar! Wie Mutter schon sagt, ich darf mich wahrlich glücklich schätzen, dass er mich nimmt.

Mutter entschuldigt sich erneut unter einem Vorwand, und der General kommt so nah an mich heran, dass ich das Brennnesselkraut seiner Rheumasalbe riechen kann. Früher hätte allein dies mir die Röte ins Gesicht getrieben. Durch den Tanz und das Eislaufen bin ich mittlerweile jedoch nicht mehr so leicht aus der Fassung zu bringen. Er nimmt meine Hand in seine. Sie ist ganz feucht. So wie meine stets bei János. Vermutlich hat János sich genauso geekelt, wie ich es nun tue.

Er beugt sich zum Kuss über meinen Handrücken, und ich sehe, wie feine Schuppen aus seinem Schopf auf die Spitze meines Ärmels segeln. »Es ist mir eine Ehre, Sie heute an meiner Seite zu haben, Comtesse.« Sein Lächeln wirkt so aufrichtig, dass ich mich schäbig fühle, denn ich wäre lieber überall anders auf der Welt als hier.

Irgendwie gelingt mir ein Knicks. Dann ermahne ich mich, die Zeit ohne Mutter zu nutzen. Ich muss es wenigstens versuchen.

»Die Freude ist ganz meinerseits«, flöte ich zurück, obwohl es schwierig ist, schmeichlerisch zu klingen, wenn man dabei sehr laut sprechen muss. »Sollten Sie es sich wegen des Winterfestes doch noch einmal überlegen: Meine Schlittsch… äh, Kufen sind bereits beim WEK, und ich könnte jederzeit auftreten.«

Ich kann seinen Blick nicht richtig einordnen, daher purzeln weitere Wörter aus mir heraus. »Sie würden es nicht bereuen, bitte glauben Sie mir. Wir haben sehr lange für unseren Auftritt geübt.«

»Also, mit diesem Auftritt …« Er lacht tief aus dem Bauch heraus. »Nein. Wer möchte denn schon eine Frau, die einen selbst in den Schatten stellt?«

Ich lache mit, so gut es geht, da ich nicht weiß, was ich sonst machen soll. Zudem habe ich das vage Gefühl, dass es kein guter Zeitpunkt für einen Impulsvortrag zum Thema gleiches Recht für alle wäre.

»Aber da Ihnen das Eislaufen so viel zu bedeuten scheint, habe ich eine Überraschung für Sie …«

»Ja?«

»Ja. Statt des Tiergartens werden wir zum WEK fahren. Ich habe nun doch das Winterfest als Ort unseres ersten gemeinsamen Auftritts gewählt.«

Ich lächle. Aber es ist kein aufrichtiges Lächeln. Ich weiß nicht, ob ich es ertrage, wenn ich jetzt das vor der Nase habe, was ich nicht haben kann. Und womöglich meinen herzallerliebsten Freunden auf der ganzen Welt beim Scheitern zusehen muss.

Kapitel 56

Julianna

Der große Tag ist gekommen, und in mir und um mich herum lebt allein die Aufregung. Und das, obwohl ich zumindest für meinen Aufbruch nichts zu befürchten habe. Markow ist heute den gesamten Tag außer Haus. Und Tatiana hat mir schon versichert, mir einen vermeintlichen Botengang aufzutragen, damit ich zu meinem vermeintlichen Rendezvous kann.

In einer leeren Box im Stall ziehe ich mich um, Nikolett hat mir inzwischen gezeigt, wie ich das Korsett selber schnüren kann. Gerade habe ich meine Haare in einem Knoten um den Kopf gelegt, als ich Schritte in der Stallgasse vernehme und zusammenzucke. Zum Glück ist es nur Tatiana, die hinter dem hübsch geschnitzten Balken, der die Pferdeboxen trennt, auftaucht.

Ihre Augen weiten sich, und sie lächelt, als sie mich in dem edlen Kleid erblickt. »Hui, Julianna, heute steht wohl ein ganz besonderes Treffen an?«

»Ja«, sage ich nicht ohne Stolz. »Eine Bekannte hat mir dieses Kleid ausgeborgt.«

Sie nickt anerkennend.

»Was habe ich für dich aus der Stadt besorgt, falls dein werter Gatte früher als vermutet zurückkehrt?«

Kurz überlegt sie. »Neue Handschuhe. Die verlege ich permanent.«

»In Ordnung.« Ich trete in die Stallgasse, und sie mustert mich von Kopf bis Fuß.

»Du bist ja ein ganz anderer Mensch«, sagt sie verblüfft. Ich bin nicht sicher, ob ich das als Kompliment aufnehmen soll, aber Frau Markow hat mich so oft in Schutz genommen und mir Ausreden geliefert, dass ich ihr nicht böse sein möchte.

»Danke«, sage ich schlicht.

»Wie wäre es, wenn ich dir noch die Haare mache? Dein Liebster wird hingerissen sein.« Ihr Ton hat etwas Schwärmerisches, und zu gerne würde ich ihr Angebot annehmen, andererseits habe ich mir geschworen, dass heute nichts schiefgehen wird. Ich werde mich überpünktlich auf den Weg machen, für den Fall, dass ich kein Fuhrwerk finde, das mich mitnehmen kann. Sollte ich zu viel Zeit übrig haben, würde ich im Park neben dem WEK spazieren gehen. Flaniert die obere Schicht nicht ständig irgendwo?

»Das ist ein furchtbar nettes Angebot, und ich weiß es sehr zu schätzen, ich darf jedoch unter gar keinen Umständen zu spät erscheinen. Ich mache mich also besser auf den Weg.«

Sie wirkt enttäuscht. Dann hellt sich ihre Miene wieder auf. »Na komm, ich mach dir eine überaus moderne Frisur, die nicht aufwendig ist und nur wenig Zeit beansprucht. Ich verspreche dir, in einer Viertelstunde bist du hier raus.«

Ich wäge ab. Eine Viertelstunde ist nicht lang. Und eine eindrucksvolle Frisur könnte das Urteil der Zuschauenden wohlwollend beeinflussen. Mit der bescheidenen Anzahl an Proben, die wir gehabt haben, können Jackson und ich jede Beihilfe gebrauchen, wenn wir auf den Sieg zumindest hoffen wollen. Also stimme ich zu und betrete wenig später das Gemach von Frau Markow, die ein eigenes Schlafzimmer hat, und sie drückt mich auf den Sessel vor ihrem Frisiertisch.

Mir ist es zuwider, mein eigenes Spiegelbild zu studieren. Also betrachte ich das glänzend lackierte dunkle Holz, die vergoldeten runden Knöpfe, die wie Blumen an den schmalen Schubladen sitzen. Die Akanthus-Schnitzereien an den Schenkeln der geschwungenen Tischbeine. Und dann wieder das florale Ornament, das wie eine goldene Knospe über dem einklappbaren Spiegel thront.

Nur ab und an linse ich fasziniert zu meiner Schulter, auf der sich meine ansonsten aalglatten Haare nun lustig kringeln. Dafür nehme ich gerne den Geruch versengter Haare und die unheilvolle Hitze in meinem Nacken wahr.

Tatiana im Spiegel wirkt allerdings bedrückt, und da wir zwei hier fast wie Freundinnen beisammensitzen, wage ich eine Frage. »Wie hältst du es nur aus?«

Sie begegnet meinem Blick im Spiegel. »Mit Markow? Wir gehen uns so gut wie möglich aus dem Weg. Dann ist es erträglich.«

»Erträglich? Sollte das Leben nicht mehr sein?«

»Julianna, Julianna.« Langsam wickelt sie eine nächste Strähne um das Brenneisen. »Du gibst dich immer so kühl und berechnend, aber letzten Endes bist du eine wahre Romantikerin. Im Waisenhaus aufgewachsen und glaubst dennoch daran, dass sich dein Leben zum Guten wenden könnte. Ist das nicht ziemlich leichtgläubig?«

Wenn ich nur herumsitzen würde und still vor mich hin hoffte, vermutlich. Aber ich tue ja etwas dafür, dass sich mein Schicksal ändert. Nur habe ich ihr nie vom Eislaufen erzählt.

»Ich sage ja nicht, dass man jeden Tag auf Rosen gebettet schlafen soll. Ich meine nur, mit Markow und diesem sehr speziellen Lebenswandel und all seiner Rage … Das ist doch kein Leben!«

»Nun ja, ich weiß ja, was dazu geführt hat, dass er so ist. Er hatte es nicht leicht. Und immerhin schlägt er mich nicht.«

»Ach ja? Hatte er strenge Eltern? Der Arme«, sage ich sarkastisch. »Und was hatte es neulich mit dem Veilchen auf sich? War das etwa nicht seine Schuld?«

Sie schüttelt den Kopf. »Nein, ich bin wahrhaftig gestürzt. Er rührt mich nicht an. Nicht einmal für seine ehelichen Pflichten. Er hat zwar dafür gesorgt, dass ich die Zwillinge bekommen habe, aber das war schnell getan. Seitdem würde er mich vermutlich nicht einmal mehr mit einer Lockenzange berühren.« Sie wackelt leicht mit der Zange und zwinkert meinem Spiegelbild zu.

»Tatsächlich? Das hätte ich nie vermutet«, sage ich überrascht.

»Das zeigt nur, wie sehr ihn die Geschichte von damals noch immer trifft.« Sie seufzt. »Manchmal wünschte ich, er würde mich so lieben, wie er sie geliebt hat. Vielleicht wäre er dann ein ganz anderer Mensch.«

Ich runzle die Stirn, glätte sie aber rasch wieder, als ich im Spiegel sehe, wie böse ich dadurch aussehe.

»Welche Geschichte?«

»Das weißt du nicht? Das Gesinde ist doch sonst dem Tratsch nicht abgeneigt.« Der beißende Geruch von verschmorten Haaren breitet sich im Zimmer aus, und Tatiana wickelt die Locke rasch ab. Es scheint noch einmal gut gegangen zu sein.

»Ich weiß gar nichts über Markow«, sage ich und lasse all die schlechten Dinge weg, die mir zu seiner Person einfallen.

»Er muss damals noch ein Jüngling gewesen sein, aber er hatte sich über beide Ohren verliebt. Seine große Liebe muss die reinste Wucht gewesen sein. Eine Zirkusartistin. Im Sommer tanzte sie auf dem Seil, im Winter auf dem Eis. Natürlich war Markows Familie streng gegen diese Verbindung, und so konnte er sie nicht offiziell anerkennen. Doch die Familie der Artistin brauchte Geld. Dringend. Das hat sie zu einer waghalsigen Show-Einlage verleitet …«

Tatiana wickelt die nächste Locke ab und sieht mich bedeutend im Spiegel an.

»Was … was hat sie gemacht?«

»Seiltanz.«

Nun gut, das war nicht eben ein Kinderspiel, aber machen das nicht viele im Zirkus?

»Über die Donau.«

»Was?«, kreische ich und wäre am liebsten aufgesprungen, allein das heiße Eisen in meinem Nacken hat mich abgehalten. »Das ist doch lebensmüde! Wie hat sie das überhaupt hinbekommen?«

»Die Zirkusleute haben ein langes, langes Seil von einem Haus am Donau-Ufer zum anderen gespannt. Erst hat sie im Bereich, wo es nicht so tief hinabging, geübt. Ziemlich bald ist sie jedoch mit einem langen Stab in der Hand losgewandert.«

Ich schnappe nach Luft und sehe Tatiana gebannt an.

»Sie war sich ihrer Sache ungemein sicher, musst du wissen. Stand ja bereits seit Kindheitstagen auf der Bühne und konnte ihre Seiltanznummer mehr oder weniger im Schlaf.«

»W…Was ist geschehen?«

Tatiana atmet tief ein. »Sie ist drübergetanzt. Die Leute waren begeistert. Ihr Wagnis hat sich rasch herumgesprochen. Bald kamen von weit her Menschen angereist, um sie zu sehen. Dreimal ging es gut.«

Sie presst die Lippen zusammen, und ich beobachte sie genau im Spiegelbild.

»Beim vierten Mal nicht mehr.«

Ich beiße fest die Zähne zusammen. Stelle mir vor, wie die Personen sich auf der Brücke und an den Ufern drängen und all die tausend Augen mit ansehen müssen, wie die junge Frau in die Tiefe stürzt. Ich muss schlucken. »Das ... das muss fürchterlich gewesen sein.« Ich zögere, denn der Gedanke kommt mir erst jetzt. »Hat er es auch mit angesehen? Markow?«

Für einen Atemzug schließt sie die Augen. »Ja«, haucht sie schließlich. Und dann glitzern Tränen in ihren Augen. »Und das ist noch nicht alles.«

Fragend sehe ich sie an.

Sie legt die Lockenzange beiseite, obwohl erst drei Viertel meiner Haare sich kringeln, und sinkt auf das Bett. Ich drehe mich zu ihr.

»Es muss wohl in der menschlichen Natur liegen, dass, ganz gleich was man erreicht hat, es nie genug ist. Es ist einerlei, wie groß der Erfolg ist, viel zu schnell nutzt sich das Glücksgefühl ab, und man strebt nach einer noch größeren Herausforderung.« Sie spricht mit einer derartigen Fassungslosigkeit, dass mir ganz mulmig zumute wird.

»Was ... was hat sie getan?« Mir fällt beim besten Willen nichts ein, wie man ein solch immenses Wagnis hätte steigern können.

Stumm schüttelt Tatiana den Kopf.

Wir sitzen nur da, lauschen unseren Atemzügen und dem leisen Ticken der Tischuhr.

Als sie wieder spricht, meidet sie den Blick in meine Augen. »Sie hatten eine kleine Tochter. Emmi.«

Ich bewege meinen Kopf von links nach rechts, sobald der Hauch einer Vorahnung in meinen Kopf weht, wie die Geschichte weitergehen könnte, und will Tatiana am liebsten am Weiterreden hindern, als könne das den Verlauf der Geschichte abwenden.

Doch Tatianas Worte kommen unaufhaltsam. »Sie … sie hat … Sie hat Emmi auf die Schulter genommen. Wie gebannt haben die Leute zugesehen, obwohl man kaum hinschauen konnte. Die Hälfte des Weges hat sie problemlos bewältigt. Sie war unglaublich gut. Doch ein falscher Schritt hat ausgereicht.« Sie fährt sich durch das Gesicht, bevor sie weiterspricht. »Die beiden sind gemeinsam in die Fluten gestürzt. Markow ist am Ufer mitgerannt, schließlich sogar in den Fluss. Sein Schrei soll durch Mark und Bein gegangen sein. Keiner konnte sie retten.«

Kraftlos sitze ich da. Es muss fürchterlich gewesen sein, für alle Beteiligten. Insbesondere natürlich für Markow. Kaum vorstellbar, wenn man auf einen Schlag die zwei wichtigsten Menschen in seinem Leben verliert. Obendrein hat er ihnen richtiggehend beim Sterben zusehen müssen. »Deswegen ist er so streng mit sich und der Welt«, sage ich dann.

Tatiana nickt. »Er sieht es als Strafe Gottes und möchte es wiedergutmachen. Er ist ein gebrochener Mann. Keiner soll mehr reinen Vergnügungen nachgehen.« Seufzend erhebt Tatiana sich. »Und in einer Angelegenheit muss ich dir recht geben: Es ist nicht erträglich. Ich habe alles versucht. War nett zu ihm, war böse zu ihm. Habe ihm jeden Wunsch von den Augen abgelesen, habe ihn ignoriert. An sich ist mein Leben nur annehmbar, wenn ich woanders bin. Leider geht das nicht immer. Und nun, da ich feststellen musste, dass selbst unser weiblicher Stallbursche ein aufregenderes Leben als ich führt, habe ich mich entschlossen, ihn zu verlassen.«

Mein Mund klappt auf. »Bist du sicher?« Ich kann ihre Beweggründe zwar nachvollziehen, dennoch würde sie fortan als Geächtete leben und müsste sich von jeglichem Komfort verabschieden.

»Ja. Ich habe viel darüber nachgedacht und sehe keine andere Möglichkeit. Die Zwillinge und ich nehmen noch heute den Zug.«

»Heute? Das kommt sehr plötzlich.«

Sie nickt. »Es ist mir gelungen, über einen Bekannten drei Plätze auf einem Schiff zu ergattern. Du wirst verstehen, dass ich dir nicht sagen kann, wohin. Wir müssen morgen am Hafen sein. Allerdings soll mein Gatte so lange wie möglich nichts von alledem mitbekommen.«

»Verstehe. Soll ich ihm mitteilen, dass du Verwandte aufsuchst?«

»Nein, er liest meine gesamte Korrespondenz. Daher habe ich mir etwas anderes überlegt.« Sie greift nach der Tasche, die auf dem Bett liegt, und nimmt einen Brief von der Kommode. »Hier habe ich ihm all deine Vergehen aufgelistet.«

»M…Meine … meine Vergehen? Ich verstehe nicht.«

»All die Male, wo du dich mit deinem Liebsten getroffen hast, anstatt deiner Arbeit nachzugehen. Er wird toben vor Wut.« Sie lächelt zufrieden, als sei das etwas Gutes.

Mit gerunzelter Stirn erhebe ich mich. »Was hast du vor?«

»Ganz einfach: Um den Vorsprung zu bekommen, den ich benötige, werde ich Markow etwas zum Fraß vorwerfen. Er wird gar nicht merken, dass die Zwillinge und ich nicht länger im Schloss sind.«

Sie will mich Markow zum Fraß vorwerfen? Dann war das alles eine Lüge? »Bitte, Tatiana, tu das nicht!« Mit meinen Worten bewege ich mich ganz langsam auf die Tür zu. Ich versuche, ruhig und gleichmäßig zu atmen. Vielleicht merkt sie dann nicht, dass meine Nerven kurz vorm Zerreißen sind. »Nicht heute, bitte nicht heute. Ich habe einen Termin, von dem mein Leben abhängt. Ich verspreche dir, wir finden eine andere Lösung, damit Markow dein Verschwinden nicht bemerkt.«

Statt einer Antwort schlüpft sie durch die Tür. Ein Schlüssel dreht sich von außen.

Mit einem Satz bin ich an der Türklinke. Drücke sie verzweifelt hinunter. Rüttle. Wieder und wieder. Die Tür bleibt stoisch wie ein Felsen. »Tatiana!«, kreische ich und meine sich überschlagende Stimme führt mir die eigene Panik vor Augen.

»Keine Zeit«, höre ich dumpf vom Flur. »Es tut mir leid, dass du für mein Ablenkungsmanöver herhalten musst. Aber du kannst an jedem weiteren Tag deines Lebens mit deinem Liebsten zusammen sein. Und jetzt will ich ein Leben für mich und die Zwillinge. Ein echtes Leben. Kein schlichtes Dasein, in dem wir geduldet werden.«

Aber- und abermals rüttle ich an der Tür. Sehe mich nach Gegenständen um, mit denen ich auf sie einschlagen kann. Doch sie ist zu massiv.

Ich haste zum Fenster, wo ich Tatiana mit den Zwillingen über den Hof eilen sehe. Reiße es auf. »Tu mir das nicht an!«, kreische ich. »Es gibt keinen *Liebsten*!«

Zumindest keinen, von dem ich weiß, wo er ist und wie er zu mir steht. Alles, was es gibt, ist diese eine Chance heute Nachmittag, um für ein besseres Leben auf dem Eis zu tanzen.

Und die wurde mir soeben genommen.

Kapitel 57

Nikolett

Die Karten für das Winterfest sind restlos ausverkauft, und es gibt wahrlich keinen einzigen freien Platz mehr, ganz gleich wohin ich auch sehe. Selbst auf den freien Flächen neben den Sitztribünen türmen sich die Leute. Und mittendrin der Kaiser und die Kaiserin. Sie sitzen vor der Tribüne in einer eigens für sie angefertigten Loge, und ihrem Lächeln zufolge genießen sie die dargebotene Schau.

Jetzt bin ich froh, dass Julianna auftritt und nicht ich. Niemals würde ich es schaffen, vor Seiner Königlichen Hoheit zu tanzen. Volksnähe hin oder her. Vor drei Monaten habe ich schließlich kaum vor Max getanzt, da wäre es wahrlich zu viel verlangt, nun einen Walzer vor dem halben Königshaus zu tanzen. Noch dazu ohne Hoffähigkeit.

Gleichzeitig ertrage ich kaum den Geruch von abgeschabtem Eis und das inzwischen so vertraute Geräusch der Eis zerschneidenden Kufen. Es fühlt sich an wie Heimat, und zugleich bin ich weniger ich selbst als je zuvor. Neben mir dieser Mann, der mich zwischendurch wie zufällig berührt. Immer wieder lächelt er mir zu und zwingt mich, mit meinem Mund etwas Ähnliches zu formen. Vorsichtshalber nicke ich dazu. Dezent im Hintergrund sitzt meine Mutter.

Die Schau, das muss ich neidlos gestehen, ist famos. Ein

riesiger Chinese, er vollbringt es wahrlich, auf Stelzen eiszulaufen, bringt uns zum Lachen, und es folgt ein gigantischer Wagen, dessen Fertigstellung Monate gedauert haben muss. Natürlich laufen alle im englischen Stil, aber es ist trotzdem hübsch anzusehen, und ich freue mich umso mehr, dass bald Julianna und Jackson allen zeigen werden, wie Eislaufen auch aussehen kann.

Obwohl ich hier in der Sicherheit der Zuschauerränge sitze, schaffe ich es vor Aufregung nicht, meine Augen bei der Darbietung zu lassen. Auf der gegenüberliegenden Seite des Rings treffen meine Augen auf Mimis, die neben Fanny und Kasimir steht. Traurig hebt sie die Hand. Ich erwidere ihren Gruß, schaue aber schnell wieder weg, weil es mich zu sehr daran erinnert, was sein könnte.

Meine Augen wandern weiter, doch als Nächstes finden sie jemanden, den ich hier nicht vermutet hätte. János. Er sitzt neben Ferdinand und diesem Freund, den wir zusammen in der Stadt getroffen haben. Als würde er umgehend meinen Blick spüren, sieht er zu mir her, obwohl er sich dafür nach hinten drehen muss. Dann zum General. Und seine Miene ist wie versteinert. Kein Gruß, kein verzerrter Gesichtsausdruck. Er dreht sich wieder um, und es fühlt sich an, als hätte er mir eine Watsche verpasst.

Ich lasse meinen Blick weiterwandern und sehe zu allem Unglück meine ehemaligen *Freundinnen*. Aloisia, Therese und Ludovica haben sich wenig verändert, sind nur eine etwas erwachsenere Version der Mädchen von früher. Therese fängt meinen Blick auf, und ich muss mit ansehen, wie sie Aloisia anstupst, die eine halbe Sekunde später zu mir sieht. Sie tuscheln. Und kichern. Ich fühle mich an der Seite des Generals noch unwohler, recke dennoch das Kinn vor und wende den Blick ab.

Ich atme tief durch und versuche, die Schwere von meinen Schultern zu schütteln. Es ist alles egal. Ich stutze. Ist mir dieser Gedanke nicht schon einmal gekommen?

Ja, doch, neulich in der Badewanne, als es den Anschein hatte, mein Leben würde sich nie wieder zum Guten wenden. Danach hatte ich die Idee mit dem Walzer und war entschlossen, mutig zu sein. Habe mich dem Menschen anvertraut, der mich verletzt hat, aber endlich sind wir vorangekommen. Das wäre nie geschehen, wenn ich den Mut nicht zusammengenommen hätte.

Und dennoch sitze ich nun hier an der Seite eines Mannes, den ich niemals lieben könnte. An dessen Seite ich nie glücklich werden würde.

Wieder kommt der Geistesblitz von damals auf.

Wenn alles egal ist, kann ich dann nicht auch alles riskieren?

Eine Welle der Unruhe geht durch das Publikum. Für den Bruchteil einer Sekunde denke ich, dass sie meine Gedanken erraten haben. Erst jetzt erkenne ich, dass auf der Bühne gähnende Leere herrscht. Ich kann nur vermuten, warum, denn am Eingang der Eisarena sehe ich Jackson, der sich über die Stirn fährt. Fanny und Kasimir sind neben ihm, und ihren Gesten zufolge diskutieren sie heftig. Ein Mensch in dunkler Kleidung rechts von Jackson deutet wiederholt zur Eisfläche. Jetzt bricht auch mir der Schweiß aus. Julianna. Sie hat es nicht rechtzeitig geschafft. Abermals. Die Nervosität kribbelt durch meine Arme und Beine und sammelt sich in meinen Handflächen.

Wenn Julianna nicht da ist, muss er eben alleine fahren, denke ich. Aber das hat er ja schon so oft versucht. Wir brauchen den Walzer!

Kapitel 58

Julianna

Nach einer halsbrecherischen Aktion, bei der ich die Regenrinne hinuntergeklettert bin, habe ich die größere Straße, die ins Zentrum führt, fast erreicht. Ich bete, dass ich ab hier auf einem Fuhrwerk mitfahren kann. In diesem Moment biegt eine mir inzwischen nur allzu vertraute Kutsche in meine Straße ein, die ich oft schon sauber polieren musste. Markow! Da ich Nikoletts gutes Kleid bereits trage und mich daher nicht mit Besorgungen herausreden kann, springe ich rasch über den Graben und verberge mich hinter dem Gebüsch. Hoffentlich hat er mich nicht gesehen, bete ich, als seine Stimme durch die Luft peitscht. »Anhalten!«

Hektisch sehe ich mich um. Hinter mir ist eine Weide. Den Zaun werde ich mit dem pompösen Kleid niemals erklimmen können. Links und rechts von mir schmale Bäume und Büsche.

Markow ist aus der Kutsche gestiegen. »Rauskommen!«

So selbstsicher wie möglich trete ich hinter dem Gebüsch hervor und wende alles an, was Nikolett mich über die Haltung höherer Töchter und das Verbergen der Gefühle gelehrt hat. Er darf meine Angst nicht wittern.

Der Kutscher muss röchelnd husten, als er mich in dem edlen Kleid erspäht. Ich schiebe die Schultern nach hinten und sehe Markow mit diesem herablassenden Blick an, den ich mit Nikolett geübt habe.

Er beginnt zu grinsen. Das habe ich noch nie bei ihm gesehen, doch irgendwie wirkt es bedrohlicher als sein bitterböser Ausdruck.

»Sieh an, sieh an«, sagt er überraschend leise und umrundet mich langsam, begutachtet mich von allen Seiten, und ich ziehe den samtenen Umhang enger um mich. Er verschränkt die Arme, und als wäre all dies nicht schlimm genug, verweilt sein Blick an meinen Schlittschuhen, die zusammengebunden über meiner Schulter hängen. »Was hast du vor?«

Nutzt es überhaupt, zu lügen? Das Kleid spricht schließlich Bände. Und er mag vieles sein, aber dumm ist er nicht. »Ich muss eislaufen. U...Um zu büßen«, stammle ich, derweil der Schweiß über meinen Rücken rinnt.

Er schnaubt. »Was hast du getan?« Kleine verächtliche Spucketropfen landen auf meinem Gesicht, und der Geruch seiner fettigen Haare steigt mir in die Nase, sodass ich mich stark zusammennehmen muss, damit ich mich nicht vergesse. Am liebsten würde ich ihm auf der Stelle an den Kopf werfen, dass ich ihm all die Zeit nur etwas vorgemacht und seine vermeintlichen Bestrafungen als zusätzliche Probe für meine Eislaufkür genommen habe. Auch richtiges Fallen will gelernt sein.

Er lacht eisig. »Unsinn, dann hättest du den See hinter dem Haus aufgesucht. Und was hat es mit dem Kleid auf sich? Wem hast du es gestohlen?«

»I...Ich ...«

»Na los. Raus mit der Sprache. Sonst streiche ich euch allen das Essen, ihr seid ohnehin eine verfressene Meute.«

Das Essen? Die anderen würden mich hassen, sobald ich

vom Winterfest heimkehrte. Soll ich mich opfern, damit wenigstens die übrigen Bediensteten nicht hungern müssen?

»I…Ich …« Meine Gedanken zerfließen, schaffen es nicht, eine Form anzunehmen, um eine Entscheidung zu treffen.

»Sie will zum Winterfest«, sagt plötzlich jemand mit heiserer Stimme hinter mir.

Zeitgleich schnellen unsere Köpfe herum. Der Kutscher hat den Kopf gesenkt. Jetzt schweigt er. Markow lacht auf. »Die? Zum Winterfest? Die lassen gar keine Nichtmitglieder hinein.«

»Sie will dort auftreten.«

Ich bin ebenso sprachlos wie Markow. Woher in aller Welt weiß Tomek Bescheid?

»Du willst mich wohl zum Narren halten?« Er stürzt auf den Kutscher zu. »Dort dürfen nur echte Talente auftreten und die hier hat allemal eine Begabung dafür, auf die Nase zu fallen.« Jetzt erklimmt er den Kutschbock und packt den Kutscher am Schlafittchen.

»Bitte!« Er hebt abwehrend die Hand, lehnt sich nach hinten, und seine Stimme zittert, als er weiterspricht. »S…S…Sie hat Ihnen etwas vorgemacht. In … in Wirklichkeit kann sie hervorragend fahren. I…I…Ich habe es mit eigenen Augen gesehen!«

Markow brüllt jetzt völlig ungehalten, und mir stellen sich sämtliche Haare auf. »Nonsens! Niemand wagt es, mich zum Narren zu halten.«

Markow holt aus, Tomek liegt nun fast auf dem Bock, während ich mich elendiglich langsam in Richtung Straße bewege. Fortlaufen käme einem Schuldgeständnis gleich, und er glaubt dem Kutscher ja nicht.

»W...W...Warum ... was glauben Sie, warum sie wohl dieses Kleid trägt?«

In der Sekunde, wo Markow vom Kutscher ablässt, stürme ich los. Der Schlag kommt keine Sekunde später mit solch einer Wucht, dass ich falle. Im nächsten Moment ist Markow über mir, ich bin gefangen zwischen seinen Armen, und seine Schwere erdrückt mich. Ich winde mich und spüre mit einer beängstigenden Vehemenz, dass ich hier nicht herauskomme.

»Hilfe!«, kreische ich wie von Sinnen. Meine Stimme erinnert an das Quieken der Schweine auf der Schlachtbank. Mit aller Macht stemme ich mich gegen seinen Körper, schlage den Kopf hin und her.

Wann immer ich einen Blick auf ihn erhasche, ist da Genuss in seinen Augen. So wie damals, als ich ihn habe Geige spielen hören. Er genießt das in vollen Zügen. Das zeigt mir auch die Härte, die ich an meinem Oberschenkel spüre.

Plötzlich wird es um meinen linken Augenwinkel heller. Markows Hand hat zum Schlag ausgeholt. So weit, dass mir klar ist, dass es vorbei sein würde mit mir, wenn er mit voller Wucht zuschlägt. Dann würde ich ohnmächtig werden und nicht einmal mehr wissen, was das Winterfest überhaupt ist.

Kapitel 59

Nikolett

Mein Blick wird von Mimis angezogen, die mir heftig gestikuliert, herüberzukommen.

Ich versuche ihr durch nicht weniger heftiges Kopfschütteln zu verstehen zu geben, dass das nicht geht.

Wieder stutze ich. Habe ich nicht gerade beschlossen, dass alles egal ist? Ich habe jetzt die Wahl: Ich kann meine guten Freunde auflaufen lassen und ein angepasstes Leben an der Seite eines Menschen verleben, den ich nicht einmal mag. Oder ich kann meinen lieben Freunden helfen, die Schau meines Lebens tanzen und danach als einsame Jungfer von meiner Familie verstoßen und der Gesellschaft verachtet sterben.

Beides keine rosigen Aussichten. Aber da ist noch mehr.

Ich springe auf. »I…I…Ich…«, stottere ich, als ich den verdutzten Blick des Generals sehe.

»Nikolett, setz dich hin. Was sollen denn die Leute denken?«, schimpft meine Mutter.

Das ist es. Das ist, was ich zu beweisen habe. Ich bin keine Marionette. Ich bin ein Mensch, der seine eigenen Entscheidungen trifft! Tausende Katastrophenszenarien drohen in meinem Kopf einzuziehen – doch diesmal kämpfe ich sie zurück.

Meine Mutter deutet mir mit einer Bewegung, dass ich meinen Schal höher ziehen muss.

Aber ich folge ihrer Anweisung nicht.

Keiner sollte sich verstecken müssen. Weder die Kriegsversehrten noch diejenigen, die ursprünglich aus anderen Ländern stammen, noch diejenigen, die anders lieben oder schlichtweg anders sind. Und auch nicht diejenigen, die ein Schandmal tragen. Und außerdem sollte man es anders nennen, denn es ist keine Schande und auch nicht das, was uns ausmacht.

Ich sehe abermals zu Mimi. Sie nickt mir aufmunternd zu. Kasimir und Fanny lächeln. Und Jacksons Blick scheint zu sagen: »Beeil dich, Darling, ich brauche dich hier!«

Ich wende mich an den General und vor allem auch an meine Mutter. »Es tut mir leid, aber ich muss gehen.«

Ich sehe Mutter noch nach Luft schnappen, höre aber nicht, was sie sagt, denn ich bahne mir bereits meinen Weg durch die Sitzreihen. Ein Raunen geht durchs Publikum, und ich spüre, dass ihre Blicke mich schon jetzt verfolgen. Weiter vorne, wo die letzten Sitzreihen auf die Stehplätze treffen, drohe ich nicht weiterzukommen. Doch dann höre ich von der anderen Seite tiefe Stimmen.

»Machen Sie bitte Platz, die junge Dame muss auf die Bühne«, höre ich Ferdinand und Leopold anordnen, und tatsächlich bildet sich bald darauf eine Gasse. Die Herren reichen mir die Hände und ziehen mich durch die Masse. Plötzlich ist János direkt neben mir.

»I…I…Ich …«, stammle ich wieder. Das scheint heute das Einzige zu sein, was ich sagen kann. Aber letztlich bin ich heute ja erst dabei, mich selbst zu finden.

»Später!«, sagt er mit einem schiefen Grinsen. Dann hebt er mich mit Leopold über die Bande, da es auf dieser Seite keinen Eingang gibt.

Im nächsten Moment ist Jackson neben mir, er hat meine Schlittschuhe dabei.

Eilig ziehe ich sie an, und wenig später sausen wir Hand in Hand in Richtung Startposition. Mein Gesicht kratzt, und ich spüre, dass ich purpurrot bin, doch Jackson winkt freudig in die Menge, als würde das bereits zu unserer Schau gehören. Ich weiß nicht, ob ich es mir nur einbilde, aber als wir an der Loge des Kaisers vorbeirauschen, meine ich etwas zu hören wie: »Nun bin ich aber gespannt.«

Viel zu schnell sind wir auf unserer Startposition. Ängstlich sehe ich zu Jackson, seine Augen sind voller Zuversicht. Meine Hände schwitzen so sehr, dass ich Sorge habe, keinen Halt zu finden, und ich spüre meinen Herzschlag bis in die Ohren.

Und dann setzt die Walzermusik ein, und ich weiß, dass es kein Zurück mehr gibt.

Ich muss es jetzt tun. Jetzt oder nie.

Also lasse ich mich fallen und vertraue der Musik.

Ich vertraue Jackson.

Aber vor allem vertraue ich mir selbst. Ich kann eislaufen. Wir haben das hier oft genug geübt. Für mich ist der Walzer auf dem Eis das Wunderschönste, was ich je gesehen habe. Und das will ich den Zuschauerinnen und Zuschauern zeigen. Ich will sichtbar machen, was ich fühle, wenn ich mich zu dieser traumhaften Melodie auf dem Eis bewege. Und entweder gefällt es ihnen ebenso oder es ist amtlich, und Julianna, Mimi, Fanny, Kasimir und ich würden auf ewig die skurrilen Außenseiter bleiben, zu denen wir abgestempelt wurden. Aber dann hätten wir es wenigstens versucht.

Und eines kann uns keiner nehmen. Wir haben immer noch uns.

Ich bin eingehüllt in die Musik, der Wirklichkeit entrückt. Jacksons Lächeln ist so glücksbeseelt, dass ich merke, er ist mehr als zufrieden. Ich habe keinen blassen Schimmer, was das Publikum von uns denkt, denn ich spüre noch immer nur die Musik und unseren Tanz. Und letztlich ist es mir einerlei, was andere denken. Hier aufzutreten fühlt sich gut an, und ich weiß, ganz gleich was danach geschehen wird, es war die richtige Entscheidung.

Fast bin ich traurig, als das Lied bald vorüber ist. Für das pompöse Finale hat Jackson sich aber etwas Besonderes überlegt. Nach unserer Chassé dreht er mich in einer amerikanischen Figur. Leichter Wind kommt auf in diesem Moment, und ich habe so viel Schwung, während ich mich um die eigene Achse drehe, dass das seidene Tuch, das ich wie immer um Hals und Dekolleté geschlagen habe, aufflattert. Das wäre normalerweise der Moment, in dem ich panisch auf dem Boden zusammenbrechen würde.

Aber ich spüre, dass ich mich nicht länger verstecken möchte.

Daher strecke ich theatralisch die Hand aus und löse das Tuch von meinem Hals. Mit den finalen Klängen des Walzers entfaltet es sich, segelt durch die Luft und kommt mit der letzten Note zum Erliegen, während Jackson mich geschmeidig zu sich zurückzieht.

Fünf Sekunden herrscht Schweigen in der gesamten Arena. Stille Nummer eins. Vollkommene Stille.

Ich halte die Luft an und hätte nichts dagegen, hier und jetzt auf der Stelle zu sterben.

In dem Moment reißt Jackson meinen Arm hoch und keine Sekunde später bricht ein tosender Applaus aus, wie ich ihn nie zuvor gehört habe. Von der Tribüne schwingen solch eine Energie und Freude zu mir herüber, dass ich vor Überwältigung kaum weiß, wohin mit meinen Gefühlen. Soweit ich gegen das Licht sehen kann, ist jeder Einzelne aufgestanden, und als ich zur Loge des Kaisers sehe, kann ich es nicht fassen. Auch das Königspaar steht. Bedächtig applaudieren sie. Und als sich unsere Blicke kreuzen, lächelt der Kaiser nicht nur, er neigt den Kopf. Der Kaiser verneigt sich vor mir! Ich schlage die Hände vor den Mund und spüre die Tränen aufsteigen. Endlich sind es keine Tränen der Verzweiflung mehr.

Glücklich muss ich diesen Wahnsinn weglachen, sehe zu Jackson und genieße die Erleichterung in seinen Augen. Er hat also doch Angst gehabt, dieser Schwindler!

Jetzt beugt er sich ganz nah an mein Ohr. »Würde sagen, das Trojanische Pferd ist drinnen.«

Überwältigt wische ich die Tränen aus meinem Gesicht und sehe noch einmal zum Publikum. »Und was machen wir jetzt?«, frage ich ihn mit dünner Stimme. Denn ich habe keine Ahnung, wie man die Bühne verlässt, wenn die Leute nicht aufhören wollen zu klatschen.

Jackson zuckt die Schultern und sieht mich spitzbübisch an. »Ich würde sagen, das, was wir am besten können.« Er winkt jemandem am Ausgang zu, und im nächsten Moment strömen die anderen drei auf die Eisfläche.

Fassungslos sehe ich zu Jackson.

»Wie ich schon sagte: Das Trojanische Pferd ist drin. Dann müssen wir jetzt nur noch unsere Krieger hervorholen, richtig?« Er zwinkert.

Doch ich habe keine Zeit zu antworten, denn ich muss auf meine Position.

Wir fahren ein ähnliches Programm wie beim Vortanzen und dem Applaus nach zu urteilen, hätten wir uns keine bessere Zugabe ausdenken können. Die Leute toben vor Begeisterung.

So hat Jackson Gelegenheit, von seinem Werdegang und der Entwicklung seines Stils zu berichten. Auf die Frage, wie dieser neuartige, moderne Stil denn heiße, sieht er sich kurz um und antwortet dann mit fester Stimme: »Das ist die sogenannte Wiener Schule.«

Ich muss in mich hineingrinsen, bis eben gerade hatte der neue Stil schließlich noch gar keinen Namen. Aber es ergibt Sinn. In so vielen Ländern war seine Art zu laufen abgelehnt worden, und erst hier bei uns in Wien ist der Durchbruch geglückt, wenn man der Begeisterung des Publikums Glauben schenken darf.

Nun räuspert sich Jackson und wird ernst. »Den Stil habe also ich entwickelt. Dass man auch mal einen Walzer auf dem Eis tanzen könnte, die Idee gebührt allerdings dieser jungen Dame.« In einer dramatischen Geste deutet er auf mich und abermals brandet so viel Applaus auf, dass ich es kaum fassen kann. Viele pfeifen oder juchzen gar. Stört es sie denn gar nicht, dass ich so verunstaltet bin? Mein Tuch liegt noch immer auf der Eisfläche, sodass ich mich nicht verstecken kann. Ich denke darüber nach, es zu holen, doch dann beschließe ich, es genau dort zu lassen, wo es ist.

Jetzt spricht Jackson weiter. »Als Amerikaner kenne ich eure Sitten nicht so genau und weiß auch nicht, was alles auf dem Opernball getanzt wird. Aber der Walzer gehört bestimmt dazu, oder?«

Zustimmendes Gemurmel aus dem Publikum.

»Sehr schön. Und da wir nun hier den Walzer getanzt haben, wäre es dann unter Umständen möglich, dass dies als das Debüt von Comtesse Nikolett Finck von Ehrenbach zählt, da diese junge Dame beim Ball verhindert war?«, fragt er und sieht den Kaiser auffordernd an.

O mein Gott! Er wendet sich einfach so mit einer dreisten Bitte an Seine Königliche Hoheit und …

»Aber selbstverständlich«, sagt der Kaiser gediegen und nun applaudiert das Publikum noch wilder, und ich muss die fürchterlichen Tränen wegblinzeln. Erst war ich gar nicht hoffähig, und nun wird es sogar bejubelt? Das ist unvorstellbar.

»Ich habe eine Frage an die Dame.« Mit Schrecken sehe ich, dass auch der Direktor sich nun an uns wendet.

Haben wir irgendetwas falsch gemacht?

»Ihr Auftritt war überaus ergreifend. Sie haben mit so viel Gefühl getanzt … darf man denn fragen, ob Sie beide gedenken zu heiraten?«

Zwei Herzschläge lang lächeln Jackson und ich uns an. Ich mag Jackson so sehr und würde meine Hand für ihn ins Feuer legen. Ich bin ihm dankbar, dass er mich diese neue Art eiszulaufen gelehrt hat, aber mehr noch, dass er mich auf meiner Reise unterstützt hat. Die Zeit, die es gebraucht hat, bis ich erkannt habe, dass ich mich nicht zu verstecken brauche. Ich mag anders sein, anders aussehen, dennoch bedeutet das nicht, dass ich bis ans Ende allein sein muss.

Und mit all diesen neuen Erfahrungen im Bauch habe ich die Kraft, das zu sagen, was schon vor so langer Zeit über meine Lippen hätte kommen sollen.

Selbst wenn er es nicht so sieht.

Er hat die Wahrheit verdient.

»Nein, Jackson und ich sind nur gute Freunde und Eistanzpartner. Mein Herz ...« Nun zögere ich doch. Ist da überhaupt noch Stimme in mir? Aber ich erinnere mich an das, was ich soeben beschlossen habe: *Ich will mich nicht länger verstecken.*

Also hole ich tief Luft und mache etwas, das noch letzte Woche unvorstellbar gewesen wäre.

Ich lege mein tiefstes Geheimnis für Hunderte Menschen offen. »Mein Herz gehört einem anderen«, sage ich mit fester Stimme. Und todesmutiger als zehntausend Krieger auf dem Schlachtfeld sehe ich ihm direkt in die Augen.

Kapitel 60

Julianna

Mit klammen Fingern taste ich nach meinen Schlittschuhen. Als ich sie finde, überlege ich nicht. Ich hole so weit aus wie möglich, und mit all meiner Kraft ramme ich die Kufe in Markows Hintern. Er jault peinvoll auf und lässt umgehend von mir ab.

Sofort bin ich auf den Beinen. Sollte ich meine Schlittschuhe zurückerobern?

»Renn!«, ruft der Kutscher, und ich bin trotz allem, was war, dankbar, dass er mir die Entscheidung abnimmt und ich nicht länger zögere. Ich stürme die Straße hinunter. Zum Glück habe ich auf die Folterschnürstiefel verzichtet.

»Das wirst du mir büßen, du liederliches Miststück!«, schallt Markows Stimme hinter mir und ich nehme mit Genugtuung zur Kenntnis, dass sie noch immer schmerzverzerrt ist. Ich kann nicht anders und rufe über die Schulter: »Rächet euch selber nicht, sondern gebet Raum dem Zorn Gottes; denn es steht geschrieben: ›Die Rache ist mein; ich will vergelten, spricht der HERR.‹« Es hat auch Vorteile, in einem katholischen Waisenhaus aufgewachsen zu sein.

Seine zornige Antwort verstehe ich nicht im Einzelnen, denn ich habe nun die große Straße erreicht und winke der nächstbesten Kutsche.

Sie hält an. Hui, selbst das scheint als höhere Tochter einfacher zu sein.

»Kindchen, was machen Sie hier ganz allein auf der Straße?«, fragt eine ältere Dame mit ausladendem Hut über den weißen Haaren. Sie wirkt ehrlich bestürzt.

»I…I…Ich …« Himmel, welche Ausrede hat Nikolett noch mal ihren Eltern aufgetischt? Der Dieb, ach ja. Aber wie heißen diese kleinen Täschchen, die diese Damen überall mit hinschleppen? Ich stehe vollkommen neben mir und kann kaum klar denken. »Mein Täschchen. Es ist geklaut worden. Und nun kann ich keinen Fiaker mehr zahlen, um nach Hause zu kommen.«

»Ihr Retikül würde gestohlen? Herrje, diese Barbaren werden immer dreister. Kommen Sie, steigen Sie ein, Sie sind ja völlig durch den Wind. Möchten Sie etwas Riechsalz?«

Dankbar nehme ich neben ihr Platz, lehne das Riechsalz jedoch ab.

Während der Fahrt lerne ich auch ihre Schwester kennen, die mit einem milden Lächeln, ganz in Schwarz gekleidet, gegenüber sitzt. »Wo können wir Sie absetzen?«, erkundigt sie sich.

Mit dem Schock in meinen Gliedern bin ich nicht sicher, ob ich eislaufen kann. Aber ich muss es versuchen. Viel schlechter als gestern können Jackson und ich nicht werden.

»Könnten Sie mich beim Wiener Eislauf-Klub absetzen? Meine gesamte Familie ist dort, und ich möchte jetzt nicht alleine sein.«

Die beiden sprechen mir gut zu, und obwohl ich sie nicht kenne, tut es mir merkwürdigerweise gut.

Als die Kutsche vorm WEK hält, bin ich innerlich wieder

etwas ruhiger. Die Frau mit Hut tauscht zwar einen merkwürdigen Blick mit ihrer Schwester, als beim Aussteigen ein Stück meiner ausgetretenen Schuhe zum Vorschein kommt, aber ich tue so, als sei nichts gewesen. »Tausend Dank, Sie haben soeben mein Leben gerettet«, sage ich aufrichtig, und wir verabschieden uns.

Dann hetze ich in den Verein und schiebe mich durch die Menschenmassen. So voll habe ich es hier noch nie zuvor erlebt. Zu meinem Schrecken ist die Eisfläche jedoch leer, und das Publikum wirkt ungeduldig. Ich sehe Jackson am Bühnenrand herumlungern, und panisch wird mir bewusst, dass unser Auftritt *jetzt* stattfinden soll. Gerade will ich auf mich aufmerksam machen, als am hinteren Ende der Tribüne Unruhe aufkommt. Ich kneife die Augen etwas zusammen, um besser sehen zu können, und als ich es erkenne, geht mein Herz auf. Nikolett ist aufgestanden. Sie ist also hier? Und bereit, den Tanz zu wagen? Schnell tauche ich in der Menschenmenge unter, damit sie sich nicht umentscheidet.

Während sie die Schlittschuhe anzieht, bahne ich mir hinter den Menschen verborgen einen Weg zu Mimi, Fanny und dem Piefke. Wir halten uns alle an den Händen, als ihr Tanz beginnt, und schon bald hüllt uns die Magie ein, die ihr Walzer auf die Erde zaubert. Es ist unmöglich, den Blick abzuwenden, und ich habe das Gefühl, dass diese Magie Stück für Stück jede einzelne Reihe des Publikums einfängt.

Der Applaus, der ausbricht, ist unfassbar, trotzdem klatsche ich so heftig mit, dass meine Hände jucken, um noch mehr Menschen anzufachen.

»Schnell, Jackson hat gesagt, dass wir uns bereit machen sollen, wenn der Walzer gut angekommen ist.«

»*Gut angekommen* ist die Untertreibung des Jahrhunderts«, sagt der Piefke in seinem sonoren Priester-Tonfall.

»Zieh einfach deine Schlittschuhe an!«

Schlittschuhe? Ich habe keine Schlittschuhe, fällt mir wieder ein. »Hat jemand Schlittschuhe für mich?«, rufe ich den anderen Auftretenden zu.

Sie sehen mich an wie Almkühe.

»Ich meine, Kufen? Könnte mir jemand seine Kufen leihen? So klein wie möglich?« Ein junges Mädchen stürmt zu mir herüber und legt mir ihre Kufen in den Schoß. »Viel Glück!«, wispert sie, und das kann ich brauchen.

Ich schlüpfe gerade erst in die Schnallen, als Jackson uns bereits ein Zeichen gibt. Wir strömen hinaus.

Und dann beginnt unsere Kür.

Was für ein Unterschied ist es diesmal! Ich weiß gar nicht, wie ich beim letzten Mal auf die Idee kommen konnte, unser Auftritt wäre auf Zustimmung gestoßen. Erst jetzt weiß ich, wie es sich anfühlt, wenn etwas mit Entzückung angenommen wird. Es entsteht eine fast spürbare Kraft im Raum, und man merkt die Begeisterung des Publikums in seinen eigenen Gliedern. Weg sind sämtliche Sorgen und unschönen Gefühle des Tages. Ich fühle mich einfach nur lebendig.

Vielleicht bin ich deswegen nicht darauf vorbereitet, dass es ausgerechnet jetzt geschieht.

Nachdem wir uns alle an den Händen gehalten und verbeugt haben, gleiten wir auf den Ausgang zu, während Jackson und Nikolett ein weiteres Mal den Walzer tanzen. Bis eben hatte ich tausend Gedanken in meinem Kopf. Wie schön es ist, dass die Wiener die Besonderheit des neuen Eislaufstils jetzt zu erkennen scheinen. Wie stolz ich auf Nikolett bin.

Wie sehr ich das Eislaufen liebe. Und gleichzeitig ist da noch die Sorge um meine verlorene Stelle und das fehlende Geld. Doch wenn wir gewonnen haben, wäre das schon ein wichtiger Schritt.

Mit all diesen Gedanken im Hinterkopf durchkämmen meine Augen die Arena nach einem Platz, wo ich die Kufen abschnallen kann. Dabei finden sie etwas so viel Bedeutenderes. Graublaue Augen voller Wärme und ein verschmitztes Lächeln. Mit verschränkten Armen steht er da, die Ärmel locker nach oben geschoben.

Umgehend bleibe ich stehen. Uns trennen gut drei Meter. Ich war doch eben schon voller Leben. Ist sein Anblick deswegen fast zu viel? Er pumpt noch mehr Energie in mich hinein, sodass mein Herz kurz vorm Zerspringen ist. Fassungslos schnappe ich nach Luft und wünsche mir das Riechsalz herbei, das die netten Schwestern mir angeboten haben.

Er lässt mich keine Sekunde aus den Augen. So als habe er Angst, mich andernfalls wieder verlieren zu können. Millimeter für Millimeter gleite ich auf ihn zu, und er beginnt, ganz langsam den Kopf zu schütteln.

Dann stehe ich vor ihm.

Sein vertrauter Geruch lässt die Bilder des Tages vom See noch einmal im Schnelldurchlauf durch meinen Kopf rauschen.

»Jedes Jahr habe ich so gut wie alle Seen in Wien nach dir abgesucht …«, flüstert er fassungslos. »Dabei hätte ich mir doch denken können, wo meine Eisprinzessin ist.«

Ich muss lachen – wenn er nur wüsste … Aber etwas in mir löst sich auch, als ich höre, dass auch er wie verblödet nach mir gesucht hat.

»Dann ... dann hast du mich nicht vergessen?«

Er greift nach meinen Händen, und ich genieße die Wärme und die Vertrautheit, die sofort wieder da ist. »Wie könnte ich? Ich bin den ganzen restlichen Winter an fast jedem weiteren Sonntag zu jenem See gekommen, wo wir uns gefunden haben ... Nur warst du nie da.«

Ich schnappe nach Luft. Wie war das möglich? »A...Aber ich war dort, wann immer ich konnte.«

»Und ich auch. Haben wir uns einfach immer nur verpasst ...?«

Regungslos starren wir uns an. Plötzlich kehrt Leben in ihn zurück, und mit einer ausladenden Bewegung schiebt er alles fort, was war, kommt auf mich zu und zieht mich entgegen jeder Konvention in eine feste Umarmung.

Es ist seltsam. Obwohl ich heute meines Zuhauses beraubt wurde, fühlt es sich gleichzeitig so an, als wäre ich endlich angekommen. Ich lege meinen Kopf an sein Herz und erwidere den Druck, so fest ich kann. Am liebsten würde ich nie wieder loslassen.

Tosender Applaus brandet auf, und ich weiß, dass er für Jackson und Nikolett ist, aber es fühlt sich an, als wäre er nur für uns. Ich bin so glücklich und erleichtert, dass wir es endlich geschafft haben.

Dann spüre ich, dass er sich leicht löst. Ich will schon protestieren, ahne jedoch, dass er einen verdammt guten Grund dafür hat.

»Sag mal, wie heißt du eigentlich?«, fragt er, und ich muss lachen.

Kapitel 61

Nikolett

Als auch die letzte Applauswelle verklungen ist, gleiten Jackson und ich überglücklich auf den Ausgang zu. Überrascht sehe ich, dass Julianna sich mit János' Freund unterhält, möchte sie dabei aber nicht stören. Insbesondere nicht, als plötzlich János mir gegenübersteht. Jackson hebt seine gekreuzten Finger und entfernt sich höflich. Mein Herz setzt aus und will gleichzeitig losgaloppieren. Doch wenn ein winziger Teil von mir gehofft hat, dass János erfreut sein könnte, hat dieser kleine Teil sich getäuscht. Er hält mir mit noch düsterer Miene als sonst meine Schnürstiefel entgegen. »Zieh die an, wir haben etwas zu besprechen.«

Mit zittrigen Händen tausche ich Schlittschuhe gegen Stiefel, und einen Atemzug später zieht er mich durch die Menge. Raus aus dem Vereinsgelände in den nahe gelegenen Park, der zu dieser Stunde verlassen daliegt. Die Lichter der Laternen zuckeln und erhellen für uns die winterliche Landschaft.

Ansonsten ist an diesem Abend nichts mehr heimelig.

Sobald wir einige Schritte in den Park hinein getan haben, bleibt János stehen.

»Ist es wahr, was du da drinnen angedeutet hast?« Unbeherrscht deutet er auf die Eisarena.

Ich nicke verschämt. Was bleibt mir auch übrig? Es mag ihn wütend gemacht haben, doch ich werde es nicht mehr zurücknehmen.

János knurrt wie ein wildes Tier, fährt sich mit gespreizten Fingern durch die groben Locken und beginnt, ungehalten neben einem leise plätschernden Bach auf und ab zu gehen. Immer wieder. Am liebsten würde ich mich verstecken.

Schließlich hält er vor einer mächtigen Buche und hämmert mit Fäusten auf sie ein. »Das kann doch nicht wahr sein!«, ruft er in die Nacht hinaus.

»Bitte, János …« Vorsichtig trete ich einen Schritt auf ihn zu. »Du musst es nicht erwidern. Ich weiß, dass du so nicht fühlst … Ich …« Zaghaft beiße ich auf meine Unterlippe, während ich nach Worten suche. »Ich wollte es nur nicht länger verstecken.«

Umgehend hört er auf. Dreht sich langsam zu mir. Sieht mich bestürzt an. Drei Herzschläge lang. »Du … du denkst, ich würde es nicht erwidern?«

Ich runzle die Stirn. Verstehe seine Frage nicht. Natürlich erwidert er meine Gefühle nicht, er kann jede haben.

Im nächsten Moment steht er vor mir, in seinen Augen nichts als Sorge. »Wie kommst du zu der Annahme?«

»Nun ja …« Womit sollte ich anfangen? Da gab es so viele Kleinigkeiten und Hinweise. »Ich habe es dir doch schon einmal gesagt.«

Seine Stirn legt sich in tiefe Falten. »Und wann soll das gewesen sein?«

»Na, bei der Tanzstunde, als Frau Horvath uns in die Geschichte des Walzers eingeweiht hat. Da habe ich dir gesagt, dass meine Gefühle sich verändert haben …«

»… was mich tieftraurig gemacht hat. Es war schmerzhaft, zu hören, dass du nicht mehr so fühlst wie früher.«

Ich kann ihn einfach nur anstarren. So hat er das verstanden?

»A…Aber ich dachte, du findest mich abstoßend. Immerhin hast du mich gemalt. Ohne die Narbenfläche. Ist das nicht die Nikolett, die du gerne hättest?«

Er reißt die Augen auf. »O mein Gott, nein! Es ist die Nikolett, die ich sehe! Es tut mir leid, was dir als Kind widerfahren ist, aber ich nehme die Narbe nicht mal wahr …« Er stockt und scharrt mit dem Schuh etwas Schnee zur Seite. »… ich mag dich so, wie du bist. Immer schon. Und als du gesagt hast, es hätte sich nun geändert, da …«

Mir wird so heiß, dass ich mein Tuch, das ich von der Eisfläche mitgenommen und wieder umgeschlagen habe, von den Schultern lösen muss. Er mag mich? »Aber warum … warum wolltest du dann nicht mit mir tanzen?«

Er neigt mit feinen Linien auf der Stirn den Kopf. »Aber ich habe mich doch bereit erklärt, dein Tanzpartner zu sein.«

»Ja.« Ich presse die Lippen zusammen. »Nachdem ich dich mehr oder weniger angefleht habe, hast du mit großem Widerwillen zugesagt. Ich habe jedoch das Gespräch gehört, das du mit Mutter geführt hast, als sie dich darum gebeten hat und du dankend abgelehnt hast.«

»Das hast du gehört? Himmel!« Er schließt die Augen, legt den Kopf in den Nacken und geht eine Runde.

»In der Tat.« Ich verschränke die Arme.

Er bleibt seitlich von mir stehen. Lässt Kopf und Schultern hängen.

»Wieso?«, flüstere ich kraftlos, während meine Augen vor

Tränen schwimmen, obwohl ich nicht schon wieder weinen will.

»Weil …« Er holt tief Luft, sieht in den Sternenhimmel und presst die Augen zusammen. »Weil da noch so viel mehr ist.«

»Mehr?«

Er schluckt. »Ich hatte so sehr gehofft, dass wir heiraten.«

Es dauert einen Moment, bis ich den Sinn seiner Worte entnehme. »Du wolltest mich heiraten?«, frage ich perplex. »Aber warum hast du denn nichts gesagt? Und gerade dann solltest du doch mit mir tanzen wollen.«

Ganz langsam wendet er sich wieder zu mir. Es dauert unzählige Atemzüge, bis wir uns wieder frontal gegenüberstehen. »Ich wollte sichergehen, dass dich mir niemand wegschnappt, deswegen habe ich frühzeitig meine Absichten signalisiert und bei deinen Eltern um deine Hand angehalten.«

»Wann?«

»Vor zwei Jahren.« Er lacht tonlos auf.

»Du hast *was*?« Ich muss es einfach noch mal hören, diese schönsten Worte, die ich je in meinem Leben gehört habe. Warum scheint die Sonne nicht, und warum sind die Vögel so still?

»Ich habe in aller Form um deine Hand angehalten«, wiederholt er, sackt dabei jedoch in sich zusammen und wirkt unendlich traurig.

Was stimmt hier nicht?

»Warum weiß ich dann nichts davon? Und warum dann der General?« Es ist zu viel auf einmal, um es zu erfassen, dennoch tanzt mein Herz freudig in der Brust.

János will mich heiraten!

»Sie haben abgelehnt, Nikolett.«

Ich starre ihn an. »Aber warum?«

»Deine Eltern wollen nicht, dass wir heiraten.«

»Nein«, sage ich halb belustigt, halb fassungslos. Gehe einen Schritt zurück, als könne ich die Situation nun mit mehr Abstand betrachten.

János sieht mich voller Pein an. »Verstehst du jetzt, warum das alles so schwer für mich ist? All die Stunden in eurem Haus … Wenn ich Ferdinand besuche, kann ich nur an dich denken. Und dass wir nie zusammen sein können. Ich rauche hier Tschick um Tschick, um den Schmerz zu betäuben, doch so richtig hilft es nicht. Und deswegen wollte ich lieber nicht mit dir tanzen. Dich in meiner Nähe zu haben, macht es nur noch schwerer.«

Ich starre ihn an. Ich begreife nicht.

»Aber natürlich möchte ich gleichzeitig, dass du glücklich bist«, spricht er weiter, »daher habe ich zugestimmt, als du mich gefragt hast. Nur, als du dann wolltest, dass ich mit Katalina tanze …«

»Katalina hat mich gezwungen. Der Tausch war unsere einzige Möglichkeit, aufzutreten, und für die anderen hing mehr oder weniger das Leben davon ab, deswegen musste ich es machen.«

János mustert mich mit einem zärtlichen Zug aufs Genaueste und tritt auf mich zu. So nah, dass mein Rock seine Beine berührt. Wir atmen im gleichen Rhythmus, und ich frage mich, ob sein Herz genauso schnell schlägt wie meins.

»Siehst du, Nikolett? Genau dafür liebe ich dich. Ich kenne keinen Menschen, der so viel Güte in seinem Herzen trägt wie du. Und dann hast du heute auch noch diesen beeindruckenden Tanz auf dem Eis gezeigt …« Er schüttelt den Kopf. »Der Kaiser hat für dich applaudiert, Nikolett! Und in solchen Momenten denke ich, dass deine Eltern recht haben. Ich bin deiner nicht würdig.«

Seine Worte durchströmen mich wie warme Sonnenstrahlen, und ich genieße seine Anerkennung. Fast muss ich lachen, als er sagt, er sei meiner nicht würdig. Gibt es so etwas überhaupt? Wie oft habe ich das beim Gedanken an János geglaubt. Und nun würde es mir das Herz brechen, wenn er mich aus diesem Grunde ablehnen würde. Kann man die Leistung eines Menschen tatsächlich an irgendetwas messen? Und wer entscheidet, wofür es Punkte gibt und wofür nicht? Bekomme ich weniger Punkte, weil ich es nicht zum Opernball geschafft habe? Und was ist mit Mimi, Julianna und all den anderen, die nicht einmal die Chance dazu gehabt hätten? Es ist unmöglich, Personen miteinander zu vergleichen, schließlich ist jeder unter anderen Umständen geboren worden und aufgewachsen.

Jeder Mensch ist für sich wertvoll.

Und deswegen ist das Einzige, was zählt, die Liebe. Denn wenn zwei Menschen sich aufrichtig lieben, sind sie einander das Wertvollste auf Erden. Und das ist so viel schöner, als irgendeiner Sache würdig oder unwürdig zu sein.

Ich greife nach János' Händen und drücke sie sanft. »Jeder Mensch ist würdig. Und ich liebe dich. Schon mein ganzes Leben.«

Er lächelt. Endlich lächelt er wieder. Mein Herz schlägt nun noch schneller. Ich bin so aufgeregt, dass ich schwören könnte, die Miniatur-Schneeflocke in seinen Augen würde zum Leben erweckt werden, als er langsam näher kommt.

Um uns herum ist es vollkommen still, und ich muss mich korrigieren: Es gibt nicht dreiundzwanzig verschiedene Arten der Stille. Es sind vierundzwanzig, denn hier mit ihm muss ich eine weitere hinzufügen. Die wunderschöne Stille des Angenommenseins.

Eine, in der man ohne Worte spürt, dass alles richtig ist.

Er riecht nach Pfefferminze. Seine rechte Hand wandert in meinen Nacken, es scheint ihn nicht zu stören, dass sein Daumen meine Narbenfläche berührt. Zumindest wirkt er immer noch glücklich.

»Darf ich jetzt endlich das tun, wogegen ich all die Stunden in der Tanzprobe ankämpfen musste?«

Statt einer Antwort lege ich meine Lippen auf seine. Und es ist nicht, wie es in all den Büchern stets beschrieben wird. Dort heißt es immer: *Ihre Lippen fanden zueinander, und sie versanken in einem Kuss.* Punkt. Bei uns ist es noch so viel mehr. Es ist aufregend! Ich dachte, dass ich einen Kuss nur auf den Lippen spüren würde. Doch unseren Kuss spüre ich in meinem gesamten Körper. Er ist in meinem Kopf, natürlich ganz tief in meinem Herzen, in meinen schneeweichen Knien, in meinen kribbelnden Fingerspitzen.

Und wenn ich ganz ehrlich bin, spüre ich ihn sogar an einer Stelle, von der ich sicher bin, dass sich das gewiss nicht ziemt. Und das verleitet mich zu der Annahme, dass ich mich vermutlich nicht tot stellen werde, wenn wir eine gemeinsame Nacht verbringen. Aber bis dahin ist noch Zeit. Erst mal muss ich meine Eltern davon überzeugen, dass er der Richtige für mich ist.

Erst nach einer Ewigkeit lösen wir uns voneinander. Noch immer tanzt das Glück in János' Augen, und er wirkt kein bisschen mürrisch mehr.

»Und jetzt?«, fragt er.

»Jetzt mischen wir uns wieder unter das feiernde Volk und tun so, als wäre nichts gewesen«, sage ich.

János lacht, und wir spazieren eng aneinandergedrängt zurück zum WEK, von dem die Musik zu uns herüberdringt.

Noch einmal umarme ich ihn.

Und im nächsten Moment versinken wir im Menschengetümmel des WEK. Ich muss sehr viel Lob und Glückwünsche entgegennehmen, fühle mich wie eine gefeierte Diva und kann kaum glauben, dass ich mich vor wenigen Wochen kaum hergetraut habe.

Und dann taucht in all dem Getümmel plötzlich eine atemlose Katalina auf. Ein dicker Pelzmantel liegt über ihren Schultern, und feine sonnengelbe Schleifen zieren ihr dunkles Haar. »Das war … das war ja atemberaubend! Warum hast du mir nie gesagt, dass du vorhast, auf dem Eis Walzer zu tanzen, Nikolettchen? Und wie dieser Mann dich geführt hat … Unglaublich! Kannst du mich ihm vorstellen?«

»Das geht leider nicht.«

»Aber warum denn nicht?« Sie ist entrüstet, versucht es jedoch nicht zu zeigen. »Na komm schon, Nikolettchen. Wir sind doch beste Freundinnen! Hast du etwa schon vergessen, was ich alles für dich getan habe?«

Ich mustere sie stumm von Kopf bis Fuß und sage etwas, das ich ihr schon vor langer Zeit hätte sagen sollen. »Nein, das habe ich nicht vergessen. Und deswegen kann ich dir versichern: Wir sind alles andere als Freundinnen.«

Ihr Mund klappt auf, die Augen werden rund. Sie wirkt völlig verdattert, und ich wende mich unumwunden ab. Doch dann überlege ich es mir anders und schwinge ein letztes Mal herum. »Und noch etwas: Mein Name. Ist. *Nikolett.*«

Ich hake mich mit einem zufriedenen Lächeln bei János unter, und er nickt mir anerkennend zu.

Wir bahnen uns weiter unseren Weg. Und schließlich entdeckt uns eine aufgedrehte Julianna. Sie wirkt wie ein Flummi, als sie uns wild herüberwinkt. »Nikolett, Nikolett, du wirst es kaum glauben! Wir haben uns endlich gefunden.« Sie deutet auf den hochgewachsenen jungen Mann mit rotbraunen Haaren und ich kann es nicht fassen! Hätte ich doch nur seine Einladung zum Besichtigen seiner Eisfläche nicht ausgeschlagen!

»Das ist also der legendäre Himmelsstürmer«, sage ich, und er wirft Julianna einen verdutzten Blick zu. »Entschuldige bitte«, neckt sie ihn spielerisch. *›Junge, der mir vorgemacht hat, nicht eislaufen zu können, und mit dem ich beinahe eingebrochen wäre‹* war auf die Dauer zu lang.«

János wendet sich an Julianna und küsst ihre Hand. »Und das ist also die junge Dame, für die wir jeden Winter achtundzwanzig Seen abgesucht haben?«, fragt er amüsiert.

Und Leopold funkelt ihn an. »Denkst du, du könntest mich noch ein kleines bisschen verzweifelter darstellen?«

János' Mundwinkel zucken. »Aber gerne doch. Die junge Dame, für die Leo eine eigene Eisbahn gebaut hat?«

Juliannas Mund klappt auf, und ich muss eine Hand auf mein Herz legen, das plötzlich so groß wird. Wenn dem wirklich so ist, ist es so ziemlich das Romantischste, was ich je gehört habe.

Doch er hebt beschwichtigend die Hände. »Das habe ich nicht nur für sie gemacht. Ich sehe im Eislauf einfach ein immenses Potenzial. Insbesondere nach dem, was ihr heute gezeigt habt. Wie das die Massen mitgerissen hat … Dieser neue Stil und der Tanz … All das wird in die Geschichte eingehen!«

Es freut mich, dass er das so sieht. Und wenn er genauso eisverrückt ist wie wir, ist er in der Tat haargenau der Richtige für Julianna. Und es ist verständlich, dass sie beide die Suche nie aufgegeben haben.

Ich weiß nicht, wo Mimi plötzlich hergekommen ist, aber sie legt von hinten einen Arm um mich und Julianna. »Und wer ist das?«, fragt sie und mustert János von Kopf bis Fuß, und ich muss ehrlich überlegen. János ist so viel für mich. Mein Freund aus Kindheitstagen. Mein Tanzpartner. Die Liebe meines Lebens. Aber das klingt alles so dramatisch. Auf einmal erinnere ich mich an Mutters Worte, die mittlerweile so weit entfernt wie die Geschichten aus der Bibel wirken.

»Das ist mein Zukünftiger«, antworte ich – und diesmal fühlt es sich richtig an.

János und ich tauschen ein Lächeln.

»Wollen wir jetzt meine Eltern suchen?«

»Gleich.« Er hält mir seine Hand hin. »Als Erstes würde ich gerne das machen, was mir seit vorhin nicht mehr aus dem Kopf geht.«

»Und das wäre?«

»Ich möchte auch mal so einen Walzer mit dir auf dem Eis tanzen.«

Lächelnd nehme ich seine Hand entgegen und ziehe diesmal ganz in Ruhe meine Schlittschuhe an.

Wenig später gleiten wir über das Eis. Es ist nicht mehr leer, in der Tat versuchen sich jetzt schon viele Menschen am Walzer auf dem Eis. Die reinste Walzerseligkeit liegt in der Luft. Mittendrin schwirrt Jackson umher und gibt ihnen Tipps. Er scheint vollkommen in seinem Element zu sein.

Doch trotz der Masse ist da für mich nur János. Als Einheit schweben wir über die gefrorene Fläche. Und auch wenn es zu Beginn noch etwas ruckelig ist und wir manchmal ins Straucheln geraten, weiß ich, dass uns so einfach nichts mehr trennen wird.

Epilog

Nikolett

Ein letztes Mal für diesen Winter treffen wir uns auf dem Mondscheinsee. Der Tau hat eingesetzt – ein Moment, der mich sonst immer ganz melancholisch gestimmt hat, da eine meiner wenigen Freizeitbeschäftigungen weggefallen ist. Diesmal ist es nicht so schlimm. Ich freue mich auf das, was kommt. Spazieren zu gehen zwischen den ersten Feldblumen auf den Praterwiesen, zu lauschen, wie die Donau gegen das Ufer schwappt, und vielleicht wage ich mich sogar einmal auf ein Hochrad, wenn keiner zusieht.

All das natürlich an János' Seite.

Er ist heute auch dabei, und wann immer ich zu ihm sehe, kann ich nicht anders, als zu lächeln – auch wenn er mich gebeten hat, meinen Eltern gegenüber zunächst noch nichts zu erwähnen. Schwungvoll kommt er neben mir zum Stehen und reicht mir seine Hand. Unsere Bewegungen auf dem Eis sind genauso geschmeidig wie beim Tanz, ein wenig so, als würden wir fliegen.

Ein ausgelassenes Kreischen von Julianna lässt mich den Kopf schütteln. Sie fliegt mit ihrem Leo ebenfalls über das Eis – allerdings in doppelter Geschwindigkeit. Zwischendurch fügt sie die tollkühnsten Figuren ein, manchmal hebt Leo sie sogar in die Luft, obwohl die Eislaufetikette besagt, dass beide Schuhe zu keiner Zeit gleichzeitig die Eisfläche verlassen dürfen. Zum Glück hat Julianna sich noch nie darum geschert, denn es sieht spektakulär aus.

Vom Ufer aus kommt Applaus, als Julianna wieder Eis unter den Kufen hat, und ich sehe Jackson auf uns zukommen. Er hat seinen prall gefüllten Seesack geschultert, fällt mir auf, und mein Herz wird schwer, obwohl ich stets wusste, dass dieser Tag kommen würde.

»Brillant, Julianna, du solltest mit mir auf Tournee gehen!«

»Kommt nicht infrage«, sagt Leo sofort und zieht Julianna an sich heran. »Meine persönliche Hauptattraktion gebe ich so schnell nicht wieder her.« Dann stutzt er. »Es sei denn natürlich, du möchtest …«

Ausgelassen und so gelöst, wie ich sie zuvor nie erlebt habe, schüttelt sie den Kopf. »Erst mal nicht. Ich muss noch viel üben. Aber dann, eines Tages vielleicht …« Geheimnisvoll gestikuliert sie in die Ferne.

»Wohin zieht es dich als Nächstes, Jackson?«, fragt Fanny, die neben uns zum Stehen gekommen ist. »Schweden? Finnland? Liegt dort noch Schnee?«

Er schüttelt den Kopf. »London«, sagt er mit nachgeahmtem britischen Akzent.

»London?«, fragt Kasimir sichtlich konsterniert. »Dort friert es aber gewiss nicht mehr.«

»Nein, das nicht. Aber sie haben hervorragende Eisstadien dort. Sie sind überdacht, sodass sich das Eis extrem lange hält, daher ist die Eissaison dort um einiges länger.«

Leo gleitet sofort näher auf ihn zu und wirkt, als habe er Feuer gefangen. »Ach, das ist ja interessant! Wie machen sie das denn? Nutzen sie dafür Kühlsysteme? Setzen sie etwas dem Wasser hinzu? Wie isolieren sie die Hallen?«

»Sorry, mein Lieber.« Jackson hebt wie zur Ergebung die Hände. »Darüber, wie das alles funktioniert, weiß ich kein bisschen Bescheid. Ich weiß nur, dass es herrlich ist. Und dass es dort großartige Vorführungen gibt, so spektakulär wie euer Winterfest, nur viel öfter. Großartige Tänzerinnen und Tänzer – auch wenn die meisten noch in diesem fürchterlich altmodischen Stil laufen.« Er gähnt betont. »Aber das Können dort ist schon Weltklasse, das müsstet ihr sehen. Ich habe da, trotz der Ablehnung meines Stils, auch wundervolle Menschen kennengelernt. Eine der Eisläuferinnen erinnert mich sogar ein wenig an dich, Julianna, und das nicht nur, weil sie Japanerin ist, es geht eher um das Temperament, sie hat das gleiche Feuer wie du und …«

Julianna wirkt, als sei ein Blitz in sie gefahren. Sie hat seine beiden Schultern gepackt und schüttelt ihn leicht. »Du kennst eine Eisläuferin aus Asien, die dich an mich erinnert?«, fragt sie mit ungewohnt schriller Stimme, und ich erinnere mich daran, wie sehr sie darunter leidet, ihre Mutter nie kennengelernt zu haben.

Er nickt beklommen.

»Wie alt ist sie?«

Er zuckt hilflos mit den Schultern, blickt fragend in die Runde. »Ich weiß nicht … Es ist ja schon Jahre her, dass ich sie gesehen habe.«

»Konzentrier dich, Jackson.« Julianna spricht jetzt ganz langsam und deutlich. »Das ist jetzt wichtig. Wie. Alt. Ist. Sie?«

»Puh, da fragst du was.« Er kratzt sich am Nacken.

Julianna seufzt ungehalten und fährt sich durch das Gesicht. »So ganz ungefähr. Ist sie so alt wie wir? Oder deutlich älter? Benötigt sie mittlerweile einen Gehstock?«

»Hmmm. Also, ganz grob … Mittlerweile müsste sie wohl um die vierzig sein.«

Julianna ist wie erstarrt. Mimi will einen Arm um sie legen, doch Julianna schüttelt ihn ab.

»Du glaubst doch nicht etwa …?«, fragt Mimi zaghaft.

»Ich weiß es nicht. Aber es könnte immerhin sein. Wie vielen Eisläuferinnen mit asiatischen Wurzeln bist du denn sonst noch begegnet, Jackson?«

Er schüttelt den Kopf. »Keiner.«

Viel sagt Julianna an diesem Tag nicht mehr. Sie verabschiedet sich früher als sonst, und nicht einmal Leo kann das Leuchten in ihr Gesicht zurückbringen.

Es dauert drei Tage, bis ich sie wiedersehe. In der Mitte des Sees hat sich eine große Pfütze gebildet. Am Rand könnte er noch tragen, doch nicht einmal Julianna will das Risiko eingehen.

»Juli, was ist denn eigentlich los?«, frage ich sie, während wir durch das verschneite Wäldchen spazieren. Max springt immer gleich mehrere Schritte voraus und dreht sich erwartungsvoll wieder zu uns um, bis er eine spannende Spur entdeckt und umgehend die Fährte aufnimmt.

»Mir geht nicht aus dem Kopf, was Jackson gesagt hat. Eine japanische Koryphäe auf dem Eis. Was …« Sie bleibt stehen und sieht mich bedeutungsvoll an. »Was, wenn das wirklich meine Mutter ist?«

»Was willst du tun?«

»Ich weiß es nicht. Es wäre ein ziemlicher Schuss ins Blaue. Dennoch weiß ich, dass es mir keine Ruhe lassen wird, bis ich es zumindest versucht habe.«

»Du willst nach England gehen?«

»Ich will nicht.« Sie schüttelt den Kopf. »Zum ersten Mal in meinem Leben fühle ich mich so richtig wohl. In meiner neuen Anstellung ist das Leben zwar kein Zuckerschlecken, aber die Herrin des Hauses ist zumindest keine Cholerikerin. Ich habe eine wundervolle Eislauftruppe, in der mir alle zu Freunden geworden sind.« Ungewohnt schüchtern senkt sie den Blick. »Eine ganz besonders.«

Ich lächle über das ganze Gesicht.

»Und Leo – endlich habe ich ihn gefunden, und er ist noch großartiger, als ich ihn in Erinnerung hatte.« Sie lacht verlegen. »Das kann ich doch nicht aufgeben. Aber andererseits …« Sie holt eine kleine Bronzefigur aus der Tasche und dreht sie nachdenklich hin und her. Ganz langsam setzen wir uns wieder in Bewegung und lauschen dem Knirschen des Schnees unter unseren Schuhen.

»Andererseits gibt es da diese Frage, die dich seit deiner Kindheit nicht loslässt?«

Sie nickt und wirkt dabei innerlich so zerrissen, dass es auch mir wehtut.

»Was mache ich denn nur, Nikolett?«

Sachte berühre ich sie am Arm. Wenn ich eines gelernt habe in diesem Winter, dann, dass jeder sein Päckchen zu tragen hat. Nicht nur ich habe vor langer Zeit einen dunkelsten Tag erlebt, auch Jackson ist es so ergangen. Meine Narben sind äußerlich für alle sichtbar, doch auch Julianna ist vom

Leben gezeichnet. Innerlich. Der Schmerz, dass ihre Mutter sie als Säugling zurückgelassen hat und sie nichts über ihre Herkunft weiß, sitzt sicherlich tief. So, wie auch ich nie mit meinen Problemen hätte abschließen können, wenn ich mich nicht meiner größten Angst gestellt hätte, könnte auch sie auf ewig verfolgt werden, wenn sie dieser Sache jetzt nicht auf den Grund geht.

»Weißt du … wahre Freunde bleiben deine Freunde – auch wenn viele Meilen zwischen uns liegen und man sich ein paar Monate nicht sieht. Wir werden immer für dich da sein. Ganz gleich, wo du bist. Ob hier oder in England oder sogar in Amerika. Sobald du wieder hier bist, wird alles wieder beim Alten sein. Ich meine … wir ertragen sogar deine Launen und deinen fürchterlichen Sarkasmus.« Ich knuffe sie sanft in die Seite, und sie lacht.

Dann wird sie wieder ernst. »Und Leo?«

»Auch Leo wird warten.«

»Aber das hat er doch gerade erst. Drei lange Jahre hat er auf mich gewartet. Da kann ich doch jetzt nicht das Land verlassen!«

»Doch. Gerade weil er so lange gewartet hat, wird er ein paar weitere Wochen auch überstehen. Es wird diesmal auch anders sein, ihr würdet euch ja nicht aus den Augen verlieren. Ihr könnt euch schreiben …«

Sie antwortet nicht sofort, der Blick ist in die Ferne gerichtet.

Dann fängt sie langsam an zu nicken. Erst ganz zaghaft, doch schließlich entschlossener. »Also … gehe ich nach London?«, fragt sie trotzdem unsicher.

»Du gehst nach London«, wiederhole ich und schließe

sie in eine feste Umarmung – auch wenn sie das nicht mag. Aber wer weiß, wie oft ich noch die Gelegenheit dazu haben werde.

Nachwort

Liebe Leserin, lieber Leser,

ich hoffe, Sie haben mit Nikolett und Julianna einige spannende Stunden im historischen Wien verbracht. Ich meinerseits habe das Schreiben und Entwickeln der Geschichte sehr genossen.

Nun möchte ich gerne noch Auskunft darüber geben, was wirklich so geschehen und was meiner Fantasie entsprungen ist.

Generell ist ein Großteil der Geschichte reine Fiktion. Weder Nikolett und ihre Familie noch Julianna oder Katalina hat es gegeben. Einige historische Persönlichkeiten entstammen aber dem wahren Leben oder sind von echten Personen inspiriert.

Jackson Haines

Jackson Haines war tatsächlich Balletttänzer und Eiskunstläufer aus den USA und gilt als Begründer des modernen Eiskunstlaufs. Er hat seinen Balletttanz mit dem Eislaufen kombiniert und viele Figuren erfunden. Was die Aufnahme dieses neuen Stils betrifft, gehen die Meinungen auseinander. Einige behaupten, dass er sofort auf Begeisterung gestoßen ist, andere, dass er zunächst vehement abgelehnt wurde. Fakt ist aber, dass Haines auch in Wirklichkeit viel gereist ist und in zahlreichen Ländern Auftritte hatte. Nicht gesichert ist, ob er schwul war oder nicht. Aber er hat seine Familie in den USA zurückgelassen und ist oft mit jungen Männern aufgetreten, teilweise sogar in Frauenkleidern, sodass er von einigen als früher Verfechter der LGBTQ-Bewegung gesehen wird.

1868 kam Haines auf Einladung des Wiener Eislauf-Vereins auch nach Wien. Seine Auftritte gelten als die Geburtsstunde des modernen Eiskunstlaufsports. Die anwesenden Zuschauerinnen und Zuschauer waren wahrhaftig begeistert, als er einen Walzer über das ganze Eis lief.

Sein Programm wurde später übersichtlich geordnet und als sogenannte Wiener Schule zum Fundament der Ausbildung der künftigen Wiener Eisläufer. Das Eistanzen entwickelte sich zum fixen Bestandteil des Wiener Gesellschaftslebens.

Der WEK

Der Wiener Eislauf-Verein war auch in Wirklichkeit ein exklusiver Klub, aber auch Nichtmitglieder hatten Zutritt. Ich habe den WEV extra in WEK umbenannt, da dort im Roman ja nicht alle Personen sonderlich nett behandelt wurden, ich bin aber sicher, dass es im echten WEV nicht so war. Die fiese Vorsitzende war rein fiktional und aus dramaturgischen Gründen notwendig.

Die Beschreibungen der Fläche des WEK damals, beispielsweise die elektrischen Sonnen, deren Licht von den Eiskristallen zurückgestrahlt wurde, und die damaligen Eislauffiguren habe ich einem historischen Buch von Demeter Diamantidi und dem Jubiläumsbuch des WEV entnommen, damit es möglichst authentisch wirkt.

Leopold Lindenfels

Leopold ist vage an Eduard Engelmann angelehnt. Dieser hat ebenfalls versucht, auf dem Gelände seiner Wachstuchfabrik in Hernals in Wien eine Eisfläche zu errichten, ist Hochrad gefahren und hat die Mariazellerbahn elektrifiziert. Leopold wurde durch diese reale Person inspiriert, handelt aber aus anderen Beweggründen. Der echte Eduard Engelmann hat nämlich nach einem Auftritt von Jackson Haines beschlossen, eine Eisbahn zu konstruieren. Ist es aber nicht so viel schöner, wenn etwas aus Liebe gemacht wird?

Die beschriebenen Schwierigkeiten beim Aufbau der Schwimmeisfläche gab es tatsächlich, allerdings habe ich diese einem Buch über den Aufbau des WEV entnommen.

Wer wissen möchte, wie die historischen Anfänge des Eiskunstlaufs in Wien wirklich waren, dem empfehle ich das Buch: *150 Jahre Eiszeit. Die große Geschichte des Wiener Eislauf-Vereins.* Es ist nicht nur spannend zu lesen, sondern zudem mit tollen Bildern ausgestattet.

Der Ziegeleibesitzer wurde durch diverse Quellen verschiedener Großindustrieller inspiriert. Er hat bewusst einen fiktiven Namen, um niemandem zu nahe zu treten. Dass die Zustände in den Ziegelfabriken desaströs waren, ist spätestens seit dem erschütternden Bericht von Victor Adler bekannt, der sich dort einige Wochen eingeschlichen und mitgearbeitet hatte.

Auch wenn es kein direktes Vorbild gibt, sind die Dinge, die Mimi, Fanny und Kasimir berichten, so gewesen. Es gab die *Ziegelböhm,* die Massenunterkünfte waren kaum erträglich, Frauen mussten tatsächlich Kinder dort gebären, und der Lohn wurde als fabrikeigene Währung ausgezahlt. Trotz all dieser Umstände wurde auch eines der historischen Vorbilder aufgrund der Verdienste an der Ringstraße geadelt.

Das Leben zu Hofe/Hierarchien der österreichischen Adelsgesellschaft

Die österreichische Adelsgesellschaft war von strengen Hierarchien geprägt. Die Ordnung der Rangfolge setzte die genaue Kenntnis des Familienstammbaums und ihrer Privilegien voraus. Nur dann konnte entschieden werden, wer bei wem sitzt und wo geladen wird. Es ist das *soziale Kapital* der Aristokraten, dass über mehrere Generationen hinweg adelige Ehre angehäuft wurde.

Dies zeigte sich ebenfalls in den Stellungen am Hofe. Auch hier war die Hierarchie kompliziert und zudem sehr stark reglementiert. So waren die höchsten und dementsprechend bestbezahlten Posten, wie adelige Hofwürden oder Hofchargen, allein dem hohen Adel vorbehalten. Die hier infrage kommenden Personen mussten mindestens im Grafenrang stehen. Die darunterstehenden Hofbeamten verfügten in der Regel über eine fundierte juristische oder kaufmännische Ausbildung. Bürgerliche Personen konnten höchstens Kanzleidirektor oder Hofrat werden.

Deswegen war Nikoletts Debüt für ihre Familie so wichtig. Der Opernball hieß damals übrigens noch *Hofopern-Soirée* bzw. *Redoute im k. k. Hof-Operntheater*. Aus Gründen der Wiedererkennung habe ich im Buch dennoch vom Opernball gesprochen.

Das Leben der Dienstmädchen

Das Dienstmädchen war früher wichtiger Teil der adeligen Repräsentation. Dadurch zeigte man den gesellschaftlichen Wohlstand, da die Hausfrau so von jeglicher Arbeit befreit war. Körperlich Arbeitende wurden richtiggehend verachtet.

Gerade am Wiener Hofe gab es einen ungeheuren personellen Aufwand, und dieser galt der Hocharistokratie als Vorbild.

Im 19. Jahrhundert wurde die Teilung zwischen Herrschenden und Dienenden noch als gottgegeben und als natürliche Rollenverteilung gesehen und die Schicksale dahinter gar nicht weiter hinterfragt. (Das änderte sich erst ganz allmählich zum Ende des Jahrhunderts.) Die Oberschicht hatte deswegen wenig Mitgefühl für die arbeitende Bevölkerung.

Vermutlich wäre es unter den langen Arbeitszeiten damals mit fünfzehn Stunden pro Tag, siebenmal die Woche, in Wahrheit kaum möglich gewesen, nebenbei noch eine Eislaufkür zu proben.

Weitere Kleinigkeiten

Hin und wieder haben Ferdinand oder Leopold sich beschwert, dass das Radfahren in Wien im 19. Jahrhundert noch stark reglementiert war. Es gab Stadtpläne, in denen vermerkt war, wo man fahren durfte und wo nicht. Bis 1897 musste man einen Fahrradführerschein machen. Um 1900 gab es aber bereits rund 300 Fahrradklubs, und der Wind des Fortschritts wehte immer heftiger.

Eine Freifrau wird mündlich mit *Baronin* angeredet und schriftlich mit *Hochgeboren*. In Österreich positioniert man zudem den Adelstitel zwischen dem Vor- und dem Familiennamen, während er in Deutschland meist dem gesamten Namen vorangestellt wird.

Die Beschreibung des Kranzes für die Toten auf dem Friedhof der Namenlosen habe ich einem Zeitungsartikel entnommen.

Zunächst war der Walzer, wie von Frau Horvath berichtet, verboten, und dann durfte er nicht linksherum getanzt werden. Seinen Siegeszug trat er nach dem Wiener Kongress im Jahr 1815 an.

Das Buch über die Männerliebe, von dem Nikolett spricht, wurde in 17-jähriger Arbeit verfasst. Es ist eine zweibändige Monografie von Heinrich Hössli mit dem Titel *Eros. Die Männerliebe der Griechen, ihre Beziehungen zur Geschichte, Erziehung, Literatur und Gesetzgebung aller Zeiten* und dem Untertitel *Die Unzuverlässigkeit der äusseren Kennzeichen im Geschlechtsleben des Leibes und der Seele.* Der erste Band erschien 1836 in Glarus. Es gilt als die erste wichtige Verteidigung der Homosexualität.

Als Nikolett und János das Geschenk für den Vater aussuchen, treffen sie auf einen jungen Mann, der sagt, dass jemand mit Pfeife und Mantel wie ein Detektiv aussehe. Das war eine Anspielung auf Sherlock Holmes' Erfinder Arthur Conan Doyle, der nicht nur ein Jahr in Feldkirch zur Schule gegangen ist, sondern 1891 auch eine Weiterbildung zum Augenarzt in Wien machen wollte. Die medizinischen Fachbegriffe auf Deutsch waren ihm allerdings zu kompliziert, sodass er nach kurzer Zeit bereits abgebrochen hat. Stattdessen hat er lieber geschrieben und ist mit seiner Frau eislaufen gegangen.

Der tödliche Seiltanz mit der Tochter auf den Schultern hat tatsächlich stattgefunden, allerdings erst im Sommer 1949. Es war der Seiltänzer Josef Eisemann, der auf solch tragische Weise ums Leben gekommen ist.

Auch die *Real-Life-Rapunzels,* die Jackson erwähnt, hat es wirklich gegeben. Die Gesangstruppe aus New York trat von Ende der 1880er-Jahre bis Anfang des 20. Jahrhunderts auf und musste feststellen, dass die Zuschauerinnen und Zuschauer vor allem wegen der Haare kamen. Einem Zeitungs-artikel zufolge kann man die Haartinktur der *Real-Life-Rapun-zels* noch heute für 249,99 US-Dollar auf eBay kaufen.

Noch mehr Hintergrundinformationen zu meinen Büchern finden Sie auf meiner Website RenaRosenthal.de. Lassen Sie bei einem Besuch auch gerne einen kleinen Gruß oder Ihre Gedanken zum Roman da. Ich freue mich, von Ihnen zu hö-ren!

Herzliche Grüße
Rena Rosenthal

www.RenaRosenthal.de
www.instagram.com/renarosenthal_autorin

Österreichische Wörter

Brathendl – Brathähnchen
Erdäpfel – Kartoffeln
Fiaker – zweispännige Kutsche
gefinkelt – ausgefuchst/gerissen
Jänner – Januar
Jause – Zwischenmahlzeit oder kalte Abendmahlzeit
Leiberl – Unterhemd
Lüster – Kronleuchter
Paradeiser – Tomaten
Polster – Kissen
Schlagobers – Sahne
Schmankerl – Leckerbissen
Sessel – Stuhl
Tschick – Zigarette
Verlängerter – Kaffee mit doppelter Menge Wasser
Wappler – Idiot
Watsche – Ohrfeige
Weckerln – Brötchen

Nikoletts wahrgenommene Arten der Stille

1. Vollkommene Stille
2. Angenehme Stille
3. Peinlich berührte Stille
4. Schmerzhafte Stille
5. Die Stille vor dem Sturm
6. Die Stille nach dem Sturm
7. Gierige Stille
8. Die Stille in mir
9. Friedhofsstille
10. Trügerische Stille
11. Gebannte Stille
12. Gespenstische Stille
13. Lähmende Stille
14. Drückende Stille
15. Winterstille
16. Ängstliche Stille
17. Einvernehmliche Stille
18. Feierliche Stille
19. Morgendliche Stille
20. Leuchtende Stille
21. Bleierne Stille
22. Zerreißende Stille
23. Ehrfürchtige Stille
24. Wunderschöne Stille

Jackson Haines

WIENER EISLAUF-VEREIN.

Heute ½ **3** Uhr Vorstellung

des Herrn

Jackson Haines

Cerclesitze 2 fl., Sitzplatz 1. Rangs fl. 1.50, 2. Rangs 1 fl.,
Eintritt 50 kr.

Vereinsmitglieder können bis längstens 1 Uhr Mittags Karten zu sämmtlichen
Sitzplätzen mit 50 kr., Eintrittskarten mit 20 kr. Ermässigung in der Kanzlei am Eisplatze lösen.

Reproduktion etwa im dieble aufbewahrten Original-Einzelgruppstück.

So sah der echte Jackson Haines aus.
Das Foto ist von 1912.
Rechts: Die Ankündigung des WEV
für einen Auftritt von Jackson

93—The Jackson Haines Waltz

Die Schrittfolge des echten Haines-Walzers,
den Jackson Haines unter anderem bei seinen
Auftritten in Wien 1868 und 1871 getanzt hat.
(K. v. Korper, M. Wirth, D. Diamantidi: *Spuren auf dem Eise – Die Entwicklung des Eislaufens auf der Bahn des Wiener Eislauf-Vereines*,
1881, S. 13, 14)

Und so sahen die *Real-Life-Rapunzels* aus, die Jackson erwähnt hat.

Wiener Eislaufbilder. Nach Skizzen von G. Jndauer.

Bin heute wieder unwiderstehlich!

Ein laufendes Institut!

Kavalleric-Dienst.

Chor der Mütter.

Krakau dri ti nia.

Geniren Sie sich nicht Herr Anton, aber machen Sie nur „fest!"

Aber Herr Eduard halten s mich, i fall! i fall! Eduard) Herr Onel, Herr Onel, halten s' d' Frau Tant fallt!

Punschkrapfen

Die Punschkrapfen, die Julianna, Nikolett und ihre Freunde gerne beim Eislaufen gegessen haben, gehören neben der Sachertorte und dem Apfelstrudel zu den Klassikern in Wien. Eingehüllt in eine rosa Punschglasur, bestehen sie aus feinem Biskuitteig und einer süßen Füllung aus Marmelade und Rum. Probieren Sie es doch auch einmal aus!

Zutaten für 8 Portionen:
240 g Puderzucker
(oder wie man in Österreich sagt: Staubzucker)
1 Pkg. Vanillezucker
6 Eier
1 Prise Salz
Schale einer halben Zitrone (gerieben)
200 g Dinkelmehl
40 ml Rum
150 g Aprikosenmarmelade (Marillenmarmelade)
für die Füllung

Für die Glasur:
400 g Fondant
1 x rosa Lebensmittelfarbe
(oder stark eingekochten Kirschsaft)
1,5 EL Zitronensaft
Cocktailkirschen oder Kuvertüre nach Belieben

Zubereitung:

Zunächst die Eier sauber trennen und die 6 Eigelbe gemeinsam mit dem Puderzucker mehrere Minuten schaumig schlagen. Das Eiweiß mit einer Prise Salz steif schlagen und gemeinsam mit dem Mehl vorsichtig unterheben.

Die Masse auf ein mit Backpapier ausgelegtes Blech streichen und bei 200 °C im vorgeheizten Backofen für 8–10 Minuten backen.

Danach den Boden in zwei Hälften teilen und die Ränder wegschneiden. Den weggeschnittenen Rand für die Punschfüllung zerkleinern, mit Rum vermengen und ziehen lassen, bis die Masse eine cremige Konsistenz hat.

Eine Hälfte des Biskuitbodens mit Aprikosenmarmelade bestreichen, die andere mit der Punschmasse. Beide Hälften zusammenlegen, sodass die Füllung in der Mitte ist, etwas zusammenpressen und kalt stellen.

Anschließend mit einem Ausstecher Würfel stechen (oder schneiden). Jeden Würfel mit heißer Marmelade bestreichen und danach trocknen lassen.

Für die Glasur das Fondant im Wasserbad erhitzen, Zitronensaft hinzugeben und mit der Lebensmittelfarbe färben. Etwas abkühlen lassen und die Würfel damit überziehen.

Noch hübscher werden die Krapfen, wenn man sie mit einer Cocktailkirsche oder feinen Streifen aus geschmolzener Kuvertüre verziert.

Guten Appetit!

Wichtigste verwendete Quellen

Feix, Gustav: *Das Kunstlaufen und der Tanz auf dem Eise.* Saturn Verlag 1935
Diamantidi, Demeter: *Spuren auf dem Eise: Die Entwicklung des Eislaufes auf der Bahn des Wiener Eislauf-Vereines.* Hansebooks; Nachdruck der Ausgabe von 1892 (9. März 2017)
Dolz, Johann Christian: *Anstandslehre für die Jugend.* Verlag von Johann Ambrosius Barth 1825
Meisinger, Agnes: *150 Jahre Eiszeit: Die große Geschichte des Wiener Eislauf-Vereins.* Herausgeber Wiener Eislauf-Verein. Böhlau Verlag 2017
Morgenstern, Hugo: *Gesindewesen und Gesinderecht in Österreich.* Hölder 1902

Onlinequellen

https://www.secession.at/planung-kritik/
http://www.dasrotewien.at/seite/tschechen-in-wien/galerie/fotos-12
https://www.geschichtewiki.wien.gv.at/Wiener_Walzer
https://www.habsburger.net
https://www.eistanz-wien.at/de/alte_taenze.html
https://chronik.stadthaag.com/haag/ziegelgasse/ziegelgasse-1-ez-249/
https://www.geschichtewiki.wien.gv.at/Freihaus_auf_der_Wieden
https://www.geschichtewiki.wien.gv.at/Hauspersonal
https://www.geschichtewiki.wien.gv.at/Wiener_Walzer
https://www.geschichtewiki.wien.gv.at/Josef_Eisemann
https://www.eistanz-wien.at/de/12-waltz.html
https://skateguard1.blogspot.com/search?q=english+style